LE MONDE DE LA FIN

Traduit par Guy Abadia à partir de la version anglaise *The World of the End*,
édité par Tor Book en 2013, approuvée par l'auteur
et elle-même traduite de l'hébreu par Mitch Ginsburg

Titre original :
Olam Hasof
Éditeur original :
Keter Publishing House, Jérusalem

ISBN 978-2-330-03977-6

EXOFICTIONS

OFIR TOUCHÉ GAFLA

Le monde de la fin

roman traduit de l'anglais
par Guy Abadia

ACTES SUD

À Norbert Parienté et aux anges de Marseille.

Toute fin est arbitraire, car la fin est seulement l'endroit où l'on écrit le mot FIN. *Un point final, un signe de ponctuation, un point de stase. Une piqûre d'épingle sur le papier. On pourrait y coller un œil et apercevoir, de l'autre côté, le commencement de quelque chose de différent.*

MARGARET ATWOOD, *La Voleuse d'hommes.*

1

AU COMMENCEMENT ÉTAIT LA FIN

Quinze mois après la perte de Marianne dans des circonstances aéronautiques pour le moins bizarres, le mari décida de célébrer le quarantième anniversaire de son épouse. Leurs amis de longue date, qui n'ignoraient rien de l'amour qu'ils avaient éprouvé l'un pour l'autre, ne furent pas surpris de découvrir, parmi la monotonie quotidienne de leur courrier, une invitation à se rendre au domicile de la défunte et du mari survivant. Ils savaient que Ben Mendelssohn n'avait pas encore dit son dernier mot sur la question et que, derrière le blabla émotionnel et les susurrements dégoulinants d'amour, Ben était essentiellement un homme d'action. Ses copains, mis à leur aise par les termes de l'invitation, virent dans l'occasion un pur classique de Mendelssohn, autrement dit une invite à se présenter à la "viens comme tu es" et "sois prêt à tout". En vérité, Ben payait ses factures avec son imagination, autrement dit il gagnait sa vie en concoctant des dénouements-surprise. Scénaristes, écrivains à l'aube ou au crépuscule de leur carrière, épistoliers, graphomaniaques, poètes, rédacteurs de dernières volontés et de testaments, tous avaient besoin d'un noteur comme Ben Mendelssohn. Dans les cercles intellos, on le désignait sous le titre d'épiloguiste. Pour les béotiens, il était totalement anonyme. Pas une fois il n'avait exigé que son nom apparaisse à la fin des ouvrages qu'il bouclait pour d'autres. À la longue, les experts avaient appris à reconnaître sa touche personnelle et à louer, dans le privé de leurs cercles de lettrés, son génie. Marianne, qui avait reconnu son talent depuis le début, détestait profondément cet anonymat forcé ; mais lui, en gloussant, répliquait :

“Tu connais beaucoup de dépanneurs routiers célèbres ? Tout ce que je fais, c’est sortir de malheureux écrivains de la fange où ils se sont embourbés.”

Après les funérailles, Ben avait demandé à ses amis de le laisser tranquille. Au début, ils avaient ignoré sa requête. Ils passaient le voir chez lui et laissaient des messages sur son répondeur alors qu’il avait bien précisé, dès l’instant où sa bien-aimée s’était trouvée engouffrée dans les entrailles de la terre, qu’il n’avait pas le moindre désir d’être sauvé. Il s’était mis à vivre en reclus, et ils avaient fini par cesser de le harceler, convaincus qu’il voulait faire de son deuil une affaire strictement privée. Lors de leurs réunions hebdomadaires, ils parlaient beaucoup de lui et de ce qu’ils considéraient comme ses caprices, mais au passé, comme de manière posthume, en se demandant occasionnellement ce qu’il devenait dans le présent. Ils mirent quelque temps à se rendre compte qu’ils pleuraient en réalité la perte de leurs deux amis. Marianne, dans la mort, avait ravi le bleu vital énergisant des yeux de son mari. Le jour de son trépas, il avait perdu l’ampleur de ses pupilles, ses grands yeux s’étaient voilés et ses muscles avaient semblé relâcher d’un coup leur prise sur sa carcasse. Ses épaules s’étaient affaissées, son dos s’était voûté, son front s’était incliné en avant. Ses mains, molles à ses côtés, témoignaient d’un total détachement. Ses amis avaient tenté de ressusciter leur bon vieux Ben, mais n’avaient pu trouver de réconfort que dans l’alcool et la nostalgie. Ils arpentaient les allées du souvenir, évitant les ruelles du présent, entourées d’un grand mur de silence, un mur de non-dit.

Puis, un beau jour, les invitations arrivèrent, mettant un terme à leur exil. Enfin un signe de vie ! Ben était revenu d’entre les morts. Ils s’étaient immédiatement concertés à propos d’une question délicate. Quel cadeau offrir à une morte pour l’anniversaire de sa naissance ? Ceux qui avaient l’esprit poétique optèrent pour un objet que Marianne aurait aimé. Les plus pragmatiques préconisèrent un présent à leur ami cloîtré. Trois paquets de cigarettes, vingt-six canettes de bière et quinze variations sur le mot *idiot* plus tard, ils arrivèrent à un accord. Aucun présent ne pourrait faire plus plaisir à Ben qu’un portrait signé Kolanski.

La charmante épouse du peintre s'avéra être une parfaite hôtesse. Sans leur demander leurs noms ni leurs intentions, elle les conduisit dans un salon aux murs bardés d'œuvres d'art, leur servit des fruits et des boissons gazeuses, puis s'éclipsa pour aller chercher son mari dans son studio au fond de la cour. Ils se levèrent comme un seul homme à son arrivée. Le grand Kolanski, délaissant son travail, vint vers eux dans son fauteuil roulant électrique, le regard noir, l'air indigné, en tonnant :

— Qui êtes-vous et pourquoi mangez-vous mes fruits ?

Sa femme lui demanda de se calmer, mais il la fusilla du regard.

— Qu'est-ce qu'ils me veulent ? Ce sont peut-être des assassins. Elle ouvre la porte à n'importe qui, celle-là. Tu ferais quoi, si c'étaient des terroristes ?

Elle lui sourit tendrement.

— Comme vous le voyez, mon mari souffre de paranoïa, leur dit-elle.

— Le jour où on se fera massacrer, tu me traiteras encore de paranoïaque ? glapit Kolanski.

— Tu vois bien que ces gens ne te veulent aucun mal, souffla-t-elle en les montrant du doigt et en roulant des yeux vers le plafond.

— Nous sommes… commença Kobi, qui s'était autoproclamé porte-parole des amis de Ben, avant de perdre son sang-froid face au ton quelque peu hargneux du peintre.

— Des élèves des Beaux-Arts ? Des profs ? Des critiques ? J'ai horreur de tout ça.

Tali, la femme de Kobi, se racla la gorge avant de murmurer :

— Monsieur Kolanski, nous n'avons rien à voir avec le monde des beaux-arts.

Le peintre pivota brusquement dans sa direction en hurlant :

— Qu'est-ce que vous voulez, alors ?

— Monsieur Kolanski, nous avons un ami très cher qui s'appelle Ben. Il a toujours admiré votre œuvre. Il va à toutes vos expositions. Il y a un an et deux mois, sa femme, Marianne, est décédée. Ils s'aimaient comme des adolescents. Le genre d'amour qu'on ne trouve pas au coin des rues. Il l'a pleurée si intensément qu'il s'est coupé du monde extérieur. Jusqu'à hier, où il nous a tous invités à célébrer son anniversaire. Nous nous sommes concertés pour savoir quel serait le présent le plus approprié en cette circonstance, et nous avons décidé, à l'unanimité, que rien ne le rendrait plus heureux qu'un portrait du couple exécuté par le grand maître qu'il adule. Nous savons très bien que…

— Ça va, ça va, j'en ai assez entendu. Vous voulez que je peigne votre ami barjo en compagnie de son épouse clamsée. L'amour triomphe à la fin et toutes ces conneries. Elle morte, lui vivant, mais ils s'aiment d'un amour éternel. Très kitsch. Très ringard. De la couleur. De la romance… Fichez-moi le camp d'ici, ou je vais dégobiller sur vous.

— Rafaël ! fit sa femme en donnant un coup de pied à une roue de son fauteuil et en lui faisant les gros yeux.

— Je vois, je vois. Toutes ces insanités, ça t'émeut, hein ? Penses-y une seconde, Bessie. Si je meurs, tu voudras un portrait de nous deux ensemble, pas vrai ?

— Tout à fait ! répliqua-t-elle aussitôt.

— Tout à fait ! singea-t-il. Mais réfléchis. Qu'est-ce qu'il va faire de ce tableau ? Se le foutre dans le cul ? Le contempler béatement toute la journée ? Et depuis quand est-ce que je peins des portraits, moi ? Ça ne m'est jamais arrivé. Je n'y crois pas. Ça étouffe la créativité. Ça fige l'esprit en mode paralytique. Le temps aidant, votre copain barjo, à force de fixer son tableau, oubliera à quoi elle ressemblait dans la réalité. Il ne retiendra d'elle qu'une horrible expression défigurée. Écoutez mon conseil. Ne sclérosez pas les choses. Ni les personnes. Plus vous les archivez, plus votre mémoire vous trahira. Votre ami sait qu'il peut compter sur le misérable petit album photo qu'il a dans la tête. Vous voyez ce que je veux dire ? Vous avez tous l'habitude de faire ça. Le souvenir, c'est là-haut qu'il faut le garder.

Les amis de Ben s'entre-regardèrent. Tali fut la première à réagir. Prenant son courage à deux mains, elle sortit une photo de Ben et de sa femme, qu'elle tendit au peintre.

— Pour le cas où vous changeriez d'avis, murmura-t-elle.

L'artiste lui arracha la photo des mains, y jeta un coup d'œil et hocha la tête.

— Hum… Votre copain avait de la chance. Cette femme, soit dit en passant, devait avoir un problème de vision. À moins qu'il n'y ait quelque chose de tout à fait spécial. C'est très positif. Comme pour Bessie et moi. La fleur qui s'éprend de l'épine. C'est l'amour le plus fort qui soit. L'épine titille la fleur, et la fleur envape l'épine. Le sommeil et l'éveil. Le chambard et le silence. Aucune autre sorte d'amour ne résiste au temps. Deux fleurs ensemble se font chier à mort. Deux épines ensemble se piquent à mort. Tout le reste, c'est du chiendent. Je vais vous donner un conseil gratuit. Vous dites que l'épine veut célébrer l'anniversaire de la rose ? Si vous l'aimez, ne faites pas attention à ce mec. Après tout, c'est l'anniversaire de la femme et non le sien, n'est-ce pas ? Lui faire un cadeau à lui, c'est lui manifester inutilement de la pitié, comme si le présent n'appartenait plus qu'à lui maintenant qu'elle est morte. Dans votre désir de bien faire, vous contournez le problème en lui faisant un cadeau qui les lie. Vous pensez à elle ? Essayez de trouver quelque chose qu'elle aurait aimé et qu'il détesterait. Si, pour lui, elle est toujours vivante, vous l'offenserez en choisissant un truc qui évoque la mort. Tel est mon avis. Si vous en tenez compte, parfait. Sinon, allez vous faire voir.

Ils étaient déjà devant la porte quand il roula vers eux.

— Qu'allez-vous faire, pour votre copain ?

— Pourquoi voulez-vous savoir ? lui demanda Tali avec un sourire.

— Pas moi, mon ego.

— Nous allons y réfléchir.

Le vieil homme grommela quelque chose entre ses dents et claqua la porte.

Un mois plus tard, l'ego de Kolanski marqua un point dont son titulaire, victime d'un AVC suivi d'un coma une heure après le départ de ses visiteurs, n'eut malheureusement même pas conscience. Bessie, frappée de désespoir, s'installa de manière permanente dans la petite clinique où on l'avait transporté, refusant de quitter son chevet, ignorant les conseils des médecins qui lui suggéraient de continuer à vivre sa vie, frissonnant chaque fois qu'elle entendait l'horrible mot en *eu*.

Les premiers soirs, elle restait couchée en chien de fusil à côté de son bien-aimé en murmurant à son oreille les petits mots à l'eau de rose qui, s'il avait été vaillant, lui auraient valu une beigne. Mais au bout d'une semaine, la source de l'eau de rose s'était tarie, ne lui laissant plus qu'un résidu râpeux au fond de la gorge. Épuisée, vidée de tout espoir, elle fixait son mari d'un air absent, en priant pour être frappée à son tour. Mais son vœu ne se réalisa pas et cette femme au cœur tendre, dans sa troisième semaine d'attente, entra dans une rage aussi folle qu'inhabituelle. Elle se mit à invectiver son époux, lui reprochant en vrac le temps perdu, son monstrueux égoïsme, ses tableaux inachevés, les déceptions disséminées dans les blanches étendues vierges de ses toiles, sa paresse indécrottable, son peu convaincant simulacre de mort. La rose avait viré au noir face à l'épine desséchée. Certaine que sa nouvelle approche faciliterait le passage des mots à travers les remous secrets de l'appareillage de maintien en vie, Bessie se lança dans de longs et fertiles monologues où elle le stigmatisait, jurant que, s'il se laissait aller, elle détruirait toute trace de son passage ici-bas, brûlerait ses tableaux et répandrait sur lui d'abominables mensonges. Huit jours plus tard, voyant que ses menaces n'avaient eu aucun effet, elle l'apostropha d'une voix ferme et monocorde :

"Rafaël, tu te souviens de cette histoire d'Edgar Allan Poe sur une maison maudite, je ne sais plus comment elle s'appelait, dont le propriétaire ne pouvait pas s'échapper, et devenait fou à la fin ? Tu te souviens de ce qu'il a fait ? De la manière dont il a, avec son ami, enterré sa sœur malade pour que l'ami s'aperçoive avec horreur, quelques jours après, qu'elle n'était pas morte et qu'il avait aidé à l'enterrer vivante ? Je suis sûre que tu t'en souviens. Si je te dis tout ça, c'est parce que, le temps passant, j'ai l'impression d'être comme le propriétaire cinglé de cette maison. Que voudrais-tu que je fasse ? Que je t'enterre vivant ? Si c'est ça, je vais prendre des dispositions. Mais je ne veux pas avoir ta mort sur la conscience. Les médecins disent que tu ne te réveilleras jamais. Je ne sais pas quoi penser. J'ai du mal à y croire, mais l'idée commence à faire son chemin. Tu sais, mon pauvre Kolanski, c'est toi qui dors mais c'est moi qui fais des cauchemars. Dis-moi ce que tu veux. Ils se font chaque jour un peu plus pressants. Je n'entends plus que ce mot : *euthanasie*. Ils prétendent que tu souffres et qu'en appuyant sur un bouton je pourrais te délivrer de tes tourments. L'idée m'est insupportable, mais..."

L'infirmière en chef du service, qui l'écoutait discrètement sur le seuil, eut un sourire satisfait. Elle connaissait par cœur ce genre de monologue. Elle savait où cela menait. Encore une dizaine de jours au maximum, et cette femme se résoudrait à l'inévitable. Après avoir parcouru dans tous les sens les allées tourmentées de la réflexion, elle demanderait d'une voix humble qu'on lui accorde le repos éternel. Si des signes inattendus d'amélioration apparaissaient, elle lui expliquerait gentiment où résidait le véritable espoir. Mais elle avait, au cours des dix années écoulées, poussé les conjoints de quatre-vingt-dix-neuf hommes et femmes à accepter dignement leur perte, et c'était maintenant le tour de Kolanski. En fait, depuis qu'elle avait goûté aux bienfaits de l'euthanasie, elle avait fait le vœu de prendre une retraite aussi anticipée que méritée à la centième cessation de vie, certaine d'avoir assumé jusqu'au bout une vocation pleinement gratifiante. À cinquante ans, elle se voyait comme un ange de miséricorde chargé de délivrer les comateux des angoisses de leurs proches. Les autres infirmières la surnommaient l'Ange de la Mort, ce qui jurait étrangement par rapport à son aspect frêle et sensible.

Elle quitta la clinique de bonne heure ce soir-là, peu pressée de rentrer chez elle. Comme à son habitude, elle erra dans les grandes artères de la ville, en synchronie avec le pouls de la vie quotidienne, s'abreuvant à l'idée que tous ces gens qu'elle voyait, dans les voitures, les magasins, les cafés, les restaurants, les cinémas et les rues n'étaient pas, en cet instant même, occupés à forniquer. Elle suivait son itinéraire habituel, heureuse de voir des mortels vaquer à leurs affaires, des ecclésiastiques urbains qui, pour le moment, portaient comme elle leur ceinture de chasteté. Elle répugnait encore, à ce stade, à l'idée de regagner déjà son saint des saints. À cinq minutes de chez elle, elle traversa la route et, au moment de tourner dans son allée, sentit une violente et irrésistible éruption dans sa poitrine. La partie rationnelle de son esprit se mit à la larder de coups de pique en raison de son excitation puérile, de la débilité de sa réaction et du fait qu'un simple lieu pût charger les accus corrodés de son cœur au point de presque émettre à ses oreilles le vrombissement d'un moteur qui s'éveille. Elle scruta la rue pour s'assurer que personne d'autre n'avait entendu le sinistre bruit. Mais personne n'entendait ni ne soupçonnait rien.

Deux ans plus tôt, le coin de la rue n'était qu'une balise sur le chemin de la maison, et elle n'avait aucune raison de penser qu'on y construirait un club de remise en forme. Mais il se dressait maintenant, fier comme un roc et incontournable, sur son chemin. Et l'inattendu s'était produit. Si quelqu'un, depuis, avait remarqué son expression nouvelle, il aurait sans doute eu du mal à l'interpréter. C'était une conjonction délétère de gêne, paralysie, dédain, attirance, répulsion, souffrance, excitation, jalousie, dépit, indignation, prétention et délectation. Deux années durant, elle était passée devant ce club avec une nonchalance feinte en épiant au passage, à travers la grande baie vitrée, des hommes musclés et des femmes en sueur en train d'exhiber les prouesses de leur corps. Deux années durant, elle avait éprouvé le même pincement cathartique au cœur, détournant vivement les yeux chaque fois qu'elle risquait de croiser le regard d'un membre masculin. Deux années durant, elle avait supporté ses fastidieuses vacations de dix heures à la clinique uniquement dans la perspective de récolter cinq minutes de béatitude au moment de rentrer chez elle. Si elle s'était écoutée, elle se serait attardée beaucoup plus longtemps, mais elle avait peur de se faire repérer par ses idoles musclées et de les voir s'immiscer dans ses pensées prohibées. C'est pourquoi elle ne s'accordait que cinq petites minutes avant de poursuivre son chemin en catimini. De temps à autre, avec l'arrivée d'un nouveau membre ou la disparition d'un ancien, un éclat farouche illuminait son regard, comme si son esprit archiviste recensait diligemment toutes les péripéties du drame en cours. Un an plus tôt, elle avait élu son protagoniste. Elle le suivait depuis avec persévérance, admirant ses attributs muets. Il venait au club tous les soirs, sans jamais s'intéresser à personne autour de lui, défendant farouchement son indépendance. Elle n'oublierait jamais la première fois où elle l'avait vu : grand et mince, la quarantaine débutante, l'air propret, cheveux bruns au ras du crâne, semés d'épis fantaisistes, yeux bleus immobiles et inexpressifs, nez épaté, lèvres épaisses, tout dans son physique témoignait d'une sensualité bien maîtrisée. Au fil des mois, elle s'était souvent posé la question de savoir pourquoi cet homme plutôt décharné gardait ses distances par rapport à la ruche sociale bourdonnante de la salle de gym, alors que son langage corporel révélait clairement son ambition d'accéder au panthéon des disciples d'Hercule. Et elle avait pu constater avec ravissement que, loin de se transformer en un de ces monstres qui traitent leur corps comme un temple sacré, il gardait son humanité tout en s'immergeant pleinement dans son programme de musculation, désireux d'aller coûte que coûte jusqu'au bout de sa contraignante mission, comme s'il s'attendait à décrocher une inestimable récompense au bout du chemin.

Au détour de la route, ses yeux s'agrandirent de surprise. Ce soir, pour la première fois, il n'était pas là. Son absence était comme un gouffre entre la blonde aux seins en obus sur sa droite et l'aveugle au regard vide sur sa gauche.

La sonnette retentit à 21 heures. L'un après l'autre, les amis de Ben, le regard empreint de mélancolie, entrèrent dans cette demeure qui leur était interdite depuis un an. Par-delà les douzaines de ballons de baudruche, les décorations murales, les plateaux débordants de victuailles, la sono à tue-tête et le souvenir omniprésent de Marianne, les invités n'eurent aucun mal à reconnaître la chambre d'ami et purent constater avec joie que le maître des lieux n'avait apporté aucun changement. Les étagères ployaient toujours sous le poids des livres, CD, vinyles, vidéos et autres œuvres d'art que l'héroïne du jour avait tant aimés et qui, immuables, étaient encore disséminés dans la maison.

Cependant, ils avaient du mal à comprendre ce qui se cachait derrière la nouvelle façade de leur vieil ami. Que signifiait cette mise en scène ? Annonçait-elle un changement profond ? La virilité qui suintait à travers chaque pore de son corps endurci ne lui seyait pas, et cela n'avait rien à voir avec l'esthétique. Ils s'empressaient autour de lui, le serraient tour à tour dans leurs bras, et ne s'aventuraient qu'avec d'infinies précautions sur la fragile couche de glace que représentait le nom de Marianne. En attendant, Ben, le roi de la fête, riait à gorge déployée, invoquant constamment sa bien-aimée, probablement parce qu'il percevait les tensions et était désireux de les désamorcer. De seconde en seconde, il devenait plus évident qu'il n'accepterait pas de la part de ses compagnons le moindre signe de commisération. Le sang qui désertait leur visage chaque fois qu'il plaisantait à son propos, ou laissait entendre qu'elle avait fait preuve d'un sens parfait du timing en s'en allant au moment où elle l'avait fait pour éviter d'affronter la crise de la quarantaine, se remit à circuler normalement à mesure qu'ils comprenaient que Ben ne pouvait affronter une perte aussi douloureuse qu'en faisant preuve d'humour. Ils entrèrent dans son jeu, pouffant avec empressement quand il décrétait que sa femme avait découvert la manière la plus originale au monde de quitter un homme sans faire souffrir son ego. Au bout d'une heure de ce ballet verbal, Ben suggéra d'ouvrir les cadeaux. Il ne réussit pas tout à fait à cacher la larme qui perlait au coin de son œil lorsqu'il déchira les emballages, révélant les œuvres les plus récentes des écrivains, musiciens et grands couturiers préférés de sa femme. Mais avant que la soirée sombrât dans la mélancolie, il joignit les paumes de ses mains, les frotta vigoureusement l'une contre l'autre et annonça à l'assistance qu'il avait un second cadeau pour sa chère épouse. Lorsque quelqu'un lui demanda quel était le premier, il minauda un instant, prit une pose de mannequin et pivota trois fois sur lui-même, les bras écartés, ravi du spectacle insensé qu'il offrait.

"Mon corps. Marianne a toujours eu envie que je le muscle un peu plus."

Ses amis, réjouis d'entendre cette simple explication, se levèrent de leur siège et vinrent lui donner des tapes dans le dos, en essuyant furtivement une larme pour certains.

Ben attendit qu'ils se rassoient et leur répéta ce qu'il leur avait dit tout à l'heure. Puis il alla tirer les tentures de la fenêtre et hocha la tête. Avant que ses copains eussent le temps d'interpréter ses gestes, leurs oreilles se dressèrent au bruit d'une pétarade venue de l'extérieur. Souriant, Ben indiqua la porte du menton. Ils se précipitèrent dans la cour, sidérés, levant la tête pour suivre la courbe des feux d'artifice qui illuminaient la nuit et traçaient dans le ciel des bouquets festifs et multicolores. Pour le plus grand plaisir des yeux et de l'âme, les ombres et les lumières dessinaient des cœurs, des roses, des fontaines bleues, des jardins d'émeraudes, des soleils orangés et de somptueux astres mauves. Les amis de Ben poussèrent des oh! et des ah! tandis que les voisins sortaient pour se joindre à eux, enchantés de contempler ce déploiement pyrotechnique un soir de semaine comme les autres.

Mais ce n'était pas tout à fait, apprirent ses amis, un soir comme les autres. Vingt minutes de ravissement plus tard, quand ils retournèrent à l'intérieur pour féliciter Ben de les avoir gratifiés de ce spectacle de génie, ils déchantèrent méchamment. Ben gisait dans une mare de sang où nageaient des fragments de matière cérébrale. Dans sa main droite reposait un revolver encore fumant. Dans la gauche, une lettre leur demandait d'aller ouvrir le frigo et d'en sortir le gâteau d'anniversaire sur lequel était écrit au sirop d'érable : Et Ils Moururent Heureux Jusqu'à La Fin Des Temps.

2

RÈGLES DE L'AUTRE MONDE

Bienvenue dans l'Autre Monde. Tout d'abord, nous présentons nos sincères condoléances à ceux que vous avez laissés derrière vous. Nous espérons qu'ils comprennent bien qu'ici il ne vous sera fait aucun mal. Si jamais ils avaient une conception différente, il faudrait simplement qu'ils attendent leur tour pour se rendre compte de leur erreur. Nous sommes certains que vous apprécierez le fait que, contrairement au monde précédent, où vous êtes arrivé sans préambule ni prise en charge, nous vous fournissons, aux portes de votre nouvelle résidence, toute une série d'instructions détaillées qui, sans être pour autant fastidieuses, vous permettront de tirer le meilleur parti de votre nouvel environnement et de goûter, en quelque sorte, aux sucs essentiels du trépas.

Deux brèves clarifications avant de commencer : Pour ceux d'entre vous qui s'inquiètent à propos des cicatrices, séquelles ou dommages divers causés par les événements qui les ont conduits ici, je tiens à vous rassurer. Lorsque la lumière se fera et que vous contemplerez votre corps, vous allez être, à coup sûr, heureux du résultat final. Tout le mérite en revient à nos équipes de chirurgie reconstructrice et à nos artisans somatiques. Chacun d'entre vous est passé, avant d'arriver ici, dans les salles d'op de l'Autre Monde. Vous êtes tous équipés d'un système immunitaire flambant neuf, et votre organisme a subi une révision complète, avec remise en état de tous vos défauts et handicaps. Malheureusement, nous ne sommes pas en mesure de réparer vos imperfections génétiques. Mais ceux qui souffrent de malformations congénitales seront heureux d'apprendre que nous les avons munis de microdispositifs tactiques leur permettant de compenser leur gêne pour une durée d'un an. Au terme de la période impartie, nous demanderons, par exemple aux aveugles, de se présenter à la clinique du Nivuniconnu, où un nouvel implant leur sera installé. Les sourds devront se rendre au centre Delafeuille, les muets à l'institut Parlédor, les anosmiques et les dysgueusiques à l'hôpital des Autres Affections, les insuffisants et handicapés mentaux au labo d'Intelligence artificielle, et ceux qui souffrent d'une invalidité physique au Conservatoire des Pièces détachées. Pour tous les autres, remisez vos inquiétudes. Toutes les maladies dont vous avez pu souffrir de votre vivant ont été excisées de votre système. Ici, les pathologies n'existent pas. La santé n'est plus un souci.

Nous présentons nos excuses aux médecins, infirmiers, chercheurs et autres praticiens du domaine médical. Si vous voulez continuer d'exercer vos talents dans vos disciplines respectives, vous devrez suivre un recyclage au terme duquel, si vous réussissez aux examens, vous serez affecté à l'un des six établissements précédemment indiqués, ou bien à l'un de nos milliers d'ateliers de reconstruction.

La seconde clarification concerne le langage. Dans la mesure où vous vous exprimez dans tant de langues différentes, nous avons pris la liberté d'implanter une micropuce, Babel, dans votre cerveau. Elle contient plus d'une centaine de langues et un millier de dialectes divers. Lorsque vous voudrez vous adresser à quelqu'un dans sa langue alors qu'elle vous était précédemment étrangère, vous constaterez que vous la parlez couramment, et même éloquemment. En raison de nos convictions concernant la franchise et l'honnêteté, nous n'avons pas omis la partie la plus vile de chaque idiome, et nous vous fournissons une panoplie de vingt jurons à n'utiliser que dans vos rares moments de fureur. N'en déduisez surtout pas que nous cautionnons les violences verbales. Nous préférons simplement les imprécations aux échanges de coups. Il vous appartiendra de vous rendre de temps à autre dans un laboratoire multilingue pour mettre à jour votre puce, sous peine de voir s'étioler votre vocabulaire dans les langages inusités, ce qui pourrait causer des courts-circuits dans vos conversations.

Nous prions les traducteurs, transcripteurs, linguistes et autres spécialistes de nous pardonner, mais s'ils veulent poursuivre leurs activités dans leur domaine, ils devront se soumettre à une série de tests qui, en cas de succès, leur ouvriront les portes des laboratoires multilingues où ils pourront collaborer aux indispensables mises à jour sémantiques, en particulier dans la sphère colloquiale, conformément aux recommandations des différentes académies des langages.

Passons maintenant à l'énoncé de quelques faits concernant notre monde.

1) Compte tenu des résultats désastreux du système financier de votre monde précédent, il a été décidé qu'ici, toute forme d'organisation monétaire serait abolie. Nous vous enjoignons de ne pas chercher de substitut. Vous n'en trouverez aucun. Si vous désirez acquérir un article particulier, entrez dans le magasin le plus proche et demandez aux "vendeurs" de vous aider. Ils vous fourniront gratuitement ce que vous cherchez. N'ayez crainte, il y en a assez pour tout le monde. Si vous avez du mal à accepter l'agencement de notre monde, nous vous fournirons sur demande tous les éclaircissements nécessaires. Ceux d'entre vous qui choisiront le travail aux champs ou qui voudront changer de carrière ne recevront aucune compensation financière. Qu'il soit bien compris que toute occupation devra être considérée comme une œuvre d'amour. Vous ne mettrez pas longtemps à comprendre que la récompense de toute activité ici est immense. L'organisation du travail non rémunéré engendre une créativité accrue. Dans la mesure où vous disposez de tout le temps du monde, vous n'avez qu'un seul choix : vous livrer corps et âme à des activités qui vous gratifieront d'une bonne dose… d'amour.

Aux banquiers, négociants, entrepreneurs, économistes, courtiers, numismates, frappeurs de pièces, faux-monnayeurs, usuriers, grippe-sous, dépensiers et autres matérialistes, toutes nos excuses.

2) En conformité avec notre culte de la franchise, de la pureté et de la liberté sans entraves, tous les résidents de ce monde sont nus. Lorsque les parties exposées l'emportent sur les parties cachées, les individus sont beaucoup plus confiants, et la société est infiniment plus honnête et respectable sans les costumes, masques et autres accessoires inutiles. En outre, de nombreuses études ont prouvé que la nudité contribuait grandement à réduire le taux d'agressivité et les violences. Avant de passer aux recommandations suivantes, nous vous faisons part d'une simple requête, sur laquelle nous n'insisterons pas, pour d'évidentes raisons de sécurité. Il va peut-être vous arriver de tomber sur des personnes habillées. Nous vous prions instamment de ne pas frayer avec elles et de ne pas les déranger. Aux stylistes, mannequins, tailleurs, cordonniers, couturiers, confectionneurs et autres membres de l'industrie de l'habillement, encore une fois, nos excuses.

3) Une bonne nouvelle pour ceux d'entre vous qui sont végétariens. Tout le monde ici ayant franchi avec succès le stade de la mort, on ne trouvera dans ce monde ni carcasses, ni charognes, ni animaux écrasés sur la route. Par conséquent, la seule nourriture absente de ce monde est la viande. La chasse est absolument interdite. Bon appétit !

4) Le logement. Comme vous n'allez pas tarder à le constater, les limites géographiques de notre monde ne sont pas faciles à définir. Pour éviter une explosion démographique causée par la vertigineuse accumulation des personnes décédées, l'Autre Monde est configuré en quatre dimensions. Les notions de longueur, de largeur et de hauteur vous sont familières. Mais ici, nous leur ajoutons une dimension temporelle qui nous permet de loger tous les individus morts depuis les débuts de l'humanité. Le lieu est lié au temps, même si cette notion vous paraît confuse. Pour simplifier, nous dirons que tous les morts présents dans cette salle, au nombre de 9 568, ont rendu l'âme le 21 juin 2001 et se retrouvent, par conséquent, dans le cercle 21 de la ville de juin 2001. Chacun d'entre vous aura son appartement dans une tour du cercle 21, identique

à toutes les autres. Chaque tour comporte mille logements, répartis sur vingt-quatre niveaux. Chaque porte indique vos initiales. L'heure de votre mort détermine l'étage où vous êtes. Par exemple, si quelqu'un est décédé entre 1 heure et 2 heures du matin, il résidera au premier étage. Entre 2 et 3, au deuxième, et ainsi de suite. Rien ne vous oblige à vivre dans le logement qui vous est affecté, mais c'est une question d'organisation. L'adresse restera la vôtre pour l'éternité. Dès la fin de la réunion, lorsque vous quitterez cette salle, on vous accompagnera jusqu'à votre cercle pour vous aider, si vous êtes un peu perdu, à trouver votre résidence.

5) Les transports. Il n'existe dans notre monde qu'un seul mode de déplacement motorisé : le multiroues. C'est un véhicule de cinq cents places qui vous conduira de la gare centrale de votre cité jusqu'à la destination de votre choix. Afin de ne pas encombrer nos routes, nous interdisons la circulation de tout autre moyen de transport. Aux conducteurs, mécaniciens, dépanneurs, pilotes et fans de Formule 1, nos excuses.

6) Jeux et loisirs. Nous mettons à votre disposition une panoplie considérable de distractions en tous genres : films, théâtre, concerts, opéras, expositions, bibliothèques, salles de sport, stades, pelouses, salles de jeu, restaurants, cafés, pubs et réserves naturelles. Nous avons prévu, dans chaque quartier, des vidéoclubs où vous pourrez trouver, outre les films et séries télévisées habituels, une collection de cassettes retraçant votre vie antérieure. Pour les obtenir, il vous suffit d'utiliser votre code personnel d'identification, autrement dit votre empreinte de pouce. Au guichet du service de vie-déo, on vous demandera d'appuyer sur un bouton avec votre pouce. Dix secondes plus tard, vous recevrez la cassette demandée. Chaque année est enregistrée sur une bande différente. Par exemple, si vous désirez regarder l'année de vos vingt ans, vous n'aurez qu'à presser le bouton vingt sur le calendrier de la console. Vous n'aurez pas à rendre la cassette. Nous respectons la mort privée de chacun. La vie-déo est conçue pour déjouer toute tentative d'usurpation d'identité. Nos excuses à tous les voyeurs,

les refoulés et les insatisfaits. J'ajoute – et je m'adresse à présent aux amputés de la main ou du pouce – que votre prothèse est équipée d'une puce qui fait office d'identificateur infalsifiable.

7) Le godget. Vous le portez autour du cou. Sa taille est celle d'une calculette ou d'une télécommande. Votre godget comporte six boutons à utiliser à votre convenance. Chacun correspond à une fonction étudiée pour vous permettre de déterminer au mieux les conditions de votre nouvelle existence.

> BOUTON 1 : Jour/nuit. Il sert à établir votre moment préféré. Appuyez une fois pour l'aube, deux pour le matin, trois pour l'après-midi, quatre pour le crépuscule, cinq pour le soir, six pour la nuit.
>
> BOUTON 2 : Météo. Régler sur votre climat favori. Une fois, zéro degré, avec neige. Deux, dix degrés, froid mais sans pluie. Trois, dix degrés, froid avec pluie. Quatre, quinze degrés, froid avec vent vif. Cinq, quinze degrés, froid, sans vent. Six, quinze degrés, bruineux. Sept, vingt degrés, chaud, léger vent d'est. Huit, vingt-cinq degrés, chaud et sec. Neuf, vingt-cinq degrés, chaud et humide. Dix, trente degrés, sec et torride. Onze, trente degrés, humide, ambiance sauna. Douze, divers.
>
> BOUTON 3 : Sommeil. Définit votre mode de sommeil privilégié. Une fois, huit heures sans rêve. Deux fois, huit heures avec. Trois, sieste. Quatre, deux heures de sommeil léger. Cinq, douze heures de sommeil de plomb, sans rêve. Six, douze heures avec. Sept, sommeil éternel.
>
> BOUTON 4 : Mise à jour quotidienne des événements du monde antérieur relatifs à : Un, l'actualité politique. Deux, les arts et lettres. Trois, le sport. Quatre, les sciences. Cinq, autres.
>
> BOUTON 5 : Mise à jour quotidienne des événements du monde actuel relatifs à : Un, l'actualité. Deux, les arts et lettres. Trois, le sport. Quatre, les sciences. Cinq, autres.

BOUTON 6 : Le télédoigt, analogue au téléphone que vous connaissez, fonctionne avec votre empreinte. Il est doté d'une immense mémoire et peut enregistrer jusqu'à cent mille empreintes digitales étrangères. Pour appeler un individu donné, il vous suffit d'avoir mis son empreinte en mémoire dans votre liste de contacts, et elle y restera éternellement.

N'oubliez surtout pas que chaque godget ne réagit qu'à son propriétaire.

8) Dernière recommandation. Dans deux minutes, une annonce sera faite par haut-parleur pour informer les citoyens de ce monde de l'arrivée de nouveaux résidents. Les noms des entrants seront énoncés un par un afin que chacun ici puisse éventuellement retrouver ses chers disparus. Nous vous demanderons de rester dans cette salle encore deux heures pour laisser le temps aux anciens de venir vous accueillir. Nous espérons que ces directives vous seront utiles et nous vous souhaitons un agréable trépas. Bienvenue dans l'Autre Monde.

Dès que l'écran s'éteignit et que la fille nue se retira, la salle s'illumina d'une lumière crue qui força l'assistance à se frotter les yeux et à les cligner de manière répétée. Sur le sol gisaient 9 568 personnes nues, dans un silence de mort totalement hébété. Ben fut parmi les premiers à reprendre ses sens. Comme tous les autres, il était sidéré, électrisé par ce qui était en train de lui arriver, mais il n'était nullement, contrairement aux 9 567 autres, en état de choc. Il affichait plutôt un sourire satisfait. Tout ça, il le savait. En partie, du moins. Même dans ses rêves les plus fous, il n'avait jamais imaginé les détails exposés par cette fille au corps somptueux dans son discours d'introduction. Mais il y avait quelque chose qu'il avait toujours su. La mort n'était pas la fin. En pressant la détente, il n'avait fait que monter à bord d'un train express à destination de l'autre rive de la vie, pour retrouver Marianne. Et il n'avait plus qu'à attendre, à présent, l'ouverture des portes.

Une voix métallique se mit à annoncer, au haut-parleur, les noms des présents, par ordre alphabétique. La voix était nette et précise. Trop drôle, se disait Ben, de voir ces milliers de personnes nues au visage figé dans une expression de stupeur muette. Trop drôle, aussi, de voir à quel point les haut-parleurs généraient une risible mentalité de troupeau mal réveillé. Chaque personne, à l'appel de son nom, répondait : "Présent" d'une voix pâteuse, et dans toute une panoplie de langages, comme à l'école, en colonie de vacances ou à l'armée. Mais le choc était encore là. Depuis toujours, on leur avait appris qu'ils allaient se retrouver dans l'un des deux endroits habituels, ou bien dans aucun. Mais pas dans un lieu aussi étrange que celui-ci. Plus il y pensait, plus Ben sentait un fou rire lui remonter le long de l'œsophage, titillant sa pomme d'Adam et explosant finalement à la vue de leurs yeux ronds en boules de loto. Il se roula littéralement par terre, incapable de résister au spectacle de la déception des païens et de la stupeur encore plus grande de leurs ennemis jurés. Il n'aurait pas pu s'arrêter si une quinquagénaire, rompant le silence, ne s'était pas mise à hurler : "Mon Dieu ! On me voit tout !" Mais, heureusement pour elle, sa meilleure amie, qui l'accompagnait dans son voyage final, se mit à la calmer et à la consoler en lui montrant les autres et en murmurant d'une voix douce et maternelle "N'aie pas peur, tout le monde voit tout à tout le monde."

Ben examina son propre corps. Une vague de chaleur monta en lui à l'idée que dans moins d'une heure il allait voir Marianne, et sans doute le reste de sa famille. Quand il entendit son nom au haut-parleur, son cœur passa à la vitesse supérieure, car il était sûr et certain qu'elle l'attendait de l'autre côté de la porte.

Lorsque le dernier nom eut été appelé, Ben fut le premier à bondir sur ses pieds, transperçant du regard la double porte blanche comme s'il avait le pouvoir de l'ouvrir par la seule force de sa volonté. Il se frottait déjà les mains de joie anticipée, et tout son corps pulsait d'un enthousiasme grandissant. Une minute passa avant que tous comprennent la solennité du moment et se ruent vers la porte en se bousculant les uns les autres, comme si seuls quelques privilégiés allaient être autorisés à franchir le seuil. Ben était sur le point d'assommer son voisin qui lui donnait des coups de coude pour passer avant lui lorsque la double porte commença à s'ouvrir avec un chuintement feutré. Lorsqu'il put enfin jeter un coup d'œil de l'autre côté, son sourire se flétrit, et le frisson qui lui parcourait l'épine dorsale s'éteignit.

3

UN GRAIN

Anne détestait le monde entier. Non pas par jalousie irrépressible, ni par passion violente, et encore moins par calcul. Non, sa haine était modérée, tranquille et résignée. Depuis toute jeune, elle avait compris que, si elle voyait les gens autour d'elle, eux ne la voyaient guère. Le monde extérieur l'ignorait de manière flagrante. Les serveuses au restaurant oubliaient de venir prendre sa commande, les réceptionnistes à l'hôtel continuaient de parler au téléphone quand elle était devant le comptoir, et tout le monde lui passait devant quand elle faisait la queue au cinéma, à la poste ou au supermarché. Dès l'âge de dix ans, elle s'était adaptée au comportement des autres en sa présence, et considérait son handicap comme un aspect congénital de sa personnalité. Ayant conclu que sa spécificité remontait à sa vie prénatale, elle était plus à même d'expliquer l'étrange sentiment de soulagement qui l'étreignait chaque fois qu'elle regardait son image chétive dans la glace de la salle de bains en murmurant sereinement : *minus habens!*

Cette petite femme au profil de souris ne blâmait personne, au demeurant, pour ce qu'elle était. Elle avait toujours pensé qu'elle ne servait à rien en ce bas monde et qu'elle faisait partie d'un jeu clandestin à base d'animosité réciproque. *Pourquoi nier l'évidence?* se demandait-elle. Elle n'avait pas oublié la période noire de son enfance dans un orphelinat miteux. Elle avait tout juste huit ans lorsque la directrice au grand cœur lui avait montré une vieille photo jaunie d'un couple en voyage de noces, en lui demandant si elle reconnaissait les jeunes mariés.

“Les deux personnes les plus moches du monde”, avait-elle répliqué en crachant son mépris. Et la directrice, atterrée, lui avait appris que c’étaient ses parents, qui avaient trouvé la mort dans un accident de voiture un an après sa naissance, peu de temps après avoir quitté l’Angleterre pour s’établir en Israël. Anne avait répondu qu’elle regrettait qu’ils ne se soient pas tués bien avant, puis elle avait déchiré la photo en mille morceaux.

La directrice avait pris la fillette mélancolique sous son aile, en la recevant quotidiennement en privé dans son bureau pendant trois mois afin de s’en faire une amie et de la consoler en lui apprenant à positiver et à vaincre son amertume et sa haine de soi. Mais juste au moment où la fillette semblait avoir retrouvé un semblant d’estime pour elle-même, la directrice avait commis une erreur fatale. Elle avait laissé la porte de son bureau entrouverte pendant qu’elle téléphonait à une amie intime, et Anne l’avait entendue murmurer : “Je ne sais pas pourquoi elle se donne la peine de continuer à vivre. Son existence est parfaitement inutile.” La petite fille perturbée ne pouvait pas savoir que la directrice se référait à Anita, une femme battue qui, pour la vingtième fois, venait de retourner dans les bras de son mari repentant. Certaine qu’il s’agissait d’elle-même, Anne s’était désormais mise à fuir les sourires réconfortants de la directrice et des autres membres du personnel, avec la ferme conviction que ses parents s’étaient donné la mort parce qu’ils ne supportaient pas d’avoir une fille aussi répugnante. L’histoire de l’accident de voiture, elle en était sûre, avait été inventée par l’infâme hypocrite qui tenait à la ménager en la protégeant de la cruelle vérité.

Si Anne avait d’excellents résultats scolaires, elle estimait que c’était parce que la vie ne s’intéressait pas à elle. Pendant que ses copines vouaient leur existence à séduire les garçons qui avaient ce qu’il fallait là où il fallait, elle restait assise sur son lit, les yeux clos, en essayant de disparaître. Elle n’avait jamais poussé l’expérience jusqu’au bout, cependant, car elle craignait qu’on ne retrouve pas son corps et qu’on le laisse pourrir dans la campagne où les vautours viendraient lui picorer les yeux et lui dévider les entrailles pour s’en délecter.

Elle était convaincue d'appartenir à une branche rare de la race humaine, censée naître invisible, mais qui avait fait les frais d'un dysfonctionnement biologique. Coincée entre deux modes d'existence, elle passait simplement inaperçue, ce qui lui rendait la vie plus difficile qu'aux deux autres catégories. Il va sans dire qu'elle fut la dernière de sa classe à avoir besoin d'un tampon, ce qui ne fit que renforcer sa conviction que la nature, à sa manière, l'ignorait aussi. Lorsqu'elle sentit, à quinze ans, les premières gouttes de sang lui dégouliner sur les jambes, elle regarda vers le bas, puis vers le haut, en tirant la langue et en grognant : "Je n'ai pas besoin de Tes faveurs."

Sa puberté tardive ne fit rien pour secouer son apathie envers le sexe opposé. Elle trouvait les garçons puérils, brutaux, frimeurs, pinailleurs, grossiers, égoïstes, débiles, poilus et, pour tout dire, répugnants. Dans le même ordre d'idée, elle considérait les représentantes du sexe faible comme des bavardes, chieuses, cancanières, impulsives, nombrilistes et superficielles.

Les bourses universitaires, qui pleuvaient sur elle, ne servirent qu'à nourrir sa véhémente haine de soi. Dans son raisonnement, cela faisait partie de la conspiration globale du système visant à la persuader qu'elle n'était pas totalement sans valeur. Son mépris du monde joua un rôle crucial dans le choix de sa carrière. Au moment de devenir adulte, elle se jura de consacrer sa vie à prendre sa revanche sur les injustices marquantes dont elle était l'objet. Elle allait se vouer à guérir les malades, afin de les forcer à continuer de porter le plus longtemps possible le pesant fardeau de leur existence. Détestant les gens, elle ferait tout pour prolonger leur vie. Tous ceux qui, dans leur aveuglement, marquaient son infériorité du sceau de leur approbation, pourraient, pour autant qu'elle ait son mot à dire, continuer à vivre éternellement. En son for intérieur, elle se félicitait d'avoir conçu un plan si insidieux, impossible à démasquer par quiconque.

Après avoir achevé ses études *summa cum laude*, elle se fit recruter par une clinique privée de Tel-Aviv où, en moins d'un mois, elle gagna le surnom de Glacianne, qu'elle accepta sans rechigner. Elle éprouvait un plaisir immense à se sentir observée par ses collègues stupéfaits devant les soins affectueux qu'elle réservait, elle qui était si morose et solitaire avec eux, à ses patients. Ils avaient du mal à concilier les deux aspects discordants de sa personnalité. Plus elle faisait preuve d'intolérance envers le personnel de la clinique, plus elle se montrait aux petits soins avec ses malades. Elle ne disait même pas bonjour quand elle croisait un collègue, mais elle passait des heures à bavarder en souriant avec ses patients, en plaisantant agréablement. Les infirmières de son service, incapables de forcer le mur glacé qu'elle leur opposait, avaient décidé que son professionnalisme sans faille ne faisait que confirmer qu'elle n'avait aucune vie réelle en dehors des murs de l'établissement. Elles n'avaient pourtant pas renoncé à capter les motivations de leur étrange collègue. Glacianne était toujours la première à se porter volontaire pour remplacer quelqu'un. Et elle n'avait jamais, en huit ans, pris un seul jour de congé. À huit reprises, malade comme un chien, elle avait tenu à venir travailler quand même, circulant d'un lit à l'autre en grelottant de fièvre.

Elle mettait un point d'honneur à rétablir rapidement ses patients, qu'elle renvoyait à leur existence avec un sourire matois. Tout au fond d'elle-même, elle savait que leur reconnaissance, proche de l'adulation, n'était rien d'autre que la réaction naturelle et éphémère d'une personne dépendante. Chaque fois qu'un patient quittait son service, elle redevenait une ombre anonyme. Dès qu'ils recouvraient la santé, ils se fondaient dans la masse de ceux qui passaient devant elle quand elle faisait la queue ou la bousculaient dans la rue sans la voir.

Pour qu'elle ait une existence palpable, il fallait que leur vie soit en jeu. À ses yeux, c'était là que résidait la racine de son infériorité. Ne pas être considérée comme une personne, mais comme une pourvoyeuse de services. Le coup le plus dur lui avait été porté par un quinquagénaire ventru qui, après deux mois entiers de soins attentifs, l'avait croisée un beau jour dans la rue sans même lui adresser un signe de tête. Elle souriait intérieurement en entendant les voix de centaines de patients qui résonnaient encore à ses oreilles en lui promettant de garder contact et de venir lui rendre visite de temps en temps. Aucun d'eux n'avait jamais tenu parole. Ils s'étaient tous arrangés pour l'oublier. Mais elle ne leur en tenait plus rigueur. Elle avait appris à ignorer leurs promesses de la même manière qu'ils l'ignoraient après coup, chacun faisant comme s'il était humain.

Réveil à 5 heures, douche, café, départ de la maison à 5 h 45, bus à 5 h 50, arrivée à la clinique à 6 h 20. Elle enfile sa blouse blanche, lit les fiches de nuit jusqu'à 7 heures, s'occupe de ses patients jusqu'à 13 heures, va déjeuner : deux sandwiches en triangle, œuf, salade, pomme de terre, un grand verre d'eau minérale, toujours pareil. À 13 h 30, elle retourne dans le service jusqu'à 18 heures. Elle fait la tournée de ses patients, anciens et nouveaux, trotte comme une possédée de chambre en chambre, résout les problèmes, appelle s'il le faut le médecin voulu et remplit la fiche de jour deux minutes avant de quitter la clinique. À 18 h 20, elle prend son bus. À 18 h 30, elle descend et jouit du temps qu'elle s'est imparti pour flâner dans les rues. À 20 heures, elle rentre chez elle, dîne, se douche, regarde la télé puis se glisse dans son lit. À 23 heures, extinction des feux. Trois minutes plus tard, elle dort à poings fermés.

Cette existence robotique ne réservait à Anne ni plaisir, ni excitation, ni satisfaction d'aucune sorte. Cependant, elle refusait de se laisser abattre par la monotonie. N'ayant pas le choix, elle continuait tout simplement à vivre. Tel était son sort, et elle l'acceptait avec résignation. Ce fut avec la même équanimité qu'elle accueillit la nouvelle lorsque le directeur de la clinique lui annonça qu'elle était promue au rang d'infirmière en chef. Elle n'eut pas un battement de paupière à l'idée de sa promotion, assortie d'une faible augmentation de salaire. Un rapide calcul lui révéla simplement qu'elle réussirait ainsi, sauf miracle, à finir de payer les monstrueuses traites de sa minuscule maison à l'âge de soixante ans.

Quand elle eut quarante ans, ledit miracle se produisit. Une complication imprévue au cours d'une intervention chirurgicale plongea une patiente âgée dans un état végétatif. Cette vieille dame, prénommée Hanna, avait envisagé le pire, et demandé à Anne, si elle sortait du bloc opératoire maintenue en vie par le fil ténu d'un système de support de vie, de ne pas attendre plus d'un mois, s'il n'y avait aucun signe d'amélioration, pour la débrancher. Quelques instants avant d'entrer en salle d'opération, elle avait souri à Anne en lui tapotant la main, comme si elle savait que sa vie allait prendre fin sous le scalpel censé lui extirper sa tumeur au cerveau. Pendant trente jours, Anne avait passé chaque minute de son temps libre au chevet de la vieille dame, comme si sa présence pouvait la ramener à la vie. Le trente et unième jour, prenant son courage à deux mains, elle était allée frapper à la porte du directeur, pour lui raconter l'histoire de cette patiente sans famille. Il avait pesé le pour et le contre, et annoncé à Anne qu'il se fiait à son instinct. À 12 h 45 ce jour-là, Anne, en présence de deux médecins et de trois infirmières, avait débranché le système de réanimation. Puis elle avait embrassé la vieille dame sur le front, et s'en était allée manger son sandwich aux œufs, à la tomate et à la laitue. Le surlendemain, et c'était une première, elle avait assisté aux funérailles de sa patiente en compagnie d'un rabbin et d'un notaire qui l'avait prise à part pour lui annoncer que la disparue lui avait légué une somptueuse résidence à Kfar Shmaryahu. Elle avait regardé le notaire avec de grands yeux, et il avait souri en lui expliquant qu'elle avait perdu toute sa famille dans l'Holocauste et n'avait pas mis d'enfant au monde. Anne connaissait déjà ces détails. Hanna lui avait tout raconté, à l'exception de sa fortune et du legs.

Après avoir pesé toutes ses options, Anne avait vendu la maison d'Hanna et remboursé ses traites, surprise de voir qu'il lui restait en banque un joli magot. Elle s'était mise à épargner. Chaque mois, elle déposait sur son compte, en plus de l'argent de l'héritage, la partie de son salaire dont elle n'avait pas l'usage. Elle n'avait aucun projet de voyage autour du monde ni de construction d'une maison de rêve. Son seul désir était d'assurer son indépendance au moment de traverser les plaines arides du grand âge. Toute dépendance lui faisait horreur. Au fil des années, elle avait également cultivé une prudente aversion envers tout ce qui touchait à l'amour et à ses annexes, persuadée que ces histoires n'étaient qu'un piège destiné à priver les gens de leur liberté individuelle. À son grand désarroi, elle vit, avec le temps, que ses nouvelles fonctions incluaient des responsabilités de consolatrice et d'autres talents qu'elle n'avait jamais songé à acquérir. Elle lut plusieurs ouvrages sur le deuil, y trouva quelques formules creuses et les malaxa en une vérité unique. À la longue, elle maîtrisa l'art de polir ses mots, en leur conférant un vernis de professionnalisme. Quand ils l'écoutaient, les veufs et les veuves en herbe avaient l'impression d'être épaulés par quelqu'un pour qui les rouages de l'inconscient humain n'avaient aucun secret. Ils ne se doutaient pas que ses paroles de consolation avaient été longuement mises au point dans les royaumes lointains de son imagination et que, chose bien plus importante, le processus l'avait profondément changée.

La mort d'Hanna avait signé le début d'un nouveau chapitre de son existence. Elle avait fait sien le fardeau de débrancher les comateux, ce qui l'avait peu à peu amenée à oublier sa soif de vengeance. Elle s'était suffisamment occupée de ramener ses malades à la vie. Il était temps de renverser la vapeur en les expédiant au royaume du repos éternel. Hanna lui avait appris quelque chose sur la bonté humaine. Si elle avait vécu, elle l'aurait sûrement saluée en la croisant dans la rue. Anne sentait qu'elle lui devait une faveur en retour, et elle avait demandé au directeur de la clinique de l'affecter au service de réanimation.

Les années passèrent à aider les comateux à s'immerger dans un sommeil encore plus profond. Sa réputation n'avait fait que grandir, et à l'âge de quarante-six ans, après avoir expédié son quarante-neuvième patient, elle décida qu'elle prendrait sa retraite quand elle arriverait au centième. Le directeur de la clinique, jugeant peut-être que les chiffres ronds étaient un gage de rationalité, accéda à sa demande. Le centième comateux débranché serait synonyme de liberté pour l'Ange de la Mort, comme on l'appelait désormais. Il lui promit même une pension confortable et la questionna sur ses projets après sa cessation d'activité.

En haussant les épaules, elle répondit : "J'ai consacré ma vie à m'occuper d'autrui. Ma retraite, je veux la passer à m'occuper de moi." Hormis un vague titillement intérieur, elle n'avait aucune idée de ce qu'elle entendait par là. Mais deux ans plus tard, elle tomba sur le club de remise en forme, et son ventre se contracta en plusieurs points. Elle avait trouvé le Grand Point. Cette année-là, elle étudia fiévreusement plusieurs candidats. Chaque regard prolongé qu'elle s'accordait rendait le reste du chemin pour rentrer chez elle inconfortablement mouillé. L'année suivante, elle jeta son dévolu sur un Roméo, un homme dont elle ne connaissait pas le nom, mais qui faisait des ravages à l'intérieur d'elle-même. Et plus elle essayait de le chasser de ses pensées, plus il s'y incrustait. Les cinq enivrantes minutes qu'elle s'accordait quotidiennement devant la vitrine du club dominaient tellement son esprit que ce n'était qu'au moment de fixer le plafond, le soir, avant de se déconnecter du monde animé, qu'elle reconnaissait l'état de dépendance dans lequel elle était en train de s'enfoncer.

Chaque matin, refusant les cogitations de la veille, elle passait devant la vitrine sans même jeter un coup d'œil en direction des appareils désertés, se sentant fortifiée, vaccinée contre l'emprise aiguë du club. Mais un beau jour de décembre, ayant fini sa garde, elle réfléchissait à un moyen de convaincre la famille d'un comateux d'autoriser son inévitable transfert lorsque le Point surgit dans sa tête, s'introduisant de force dans sa réalité, faisant gicler les noires cascades gravitationnelles de l'attraction physique en gerbes corruptrices qui ne demandaient qu'à l'entraîner, tête la première, dans un tourbillon frénétique où elle se retrouverait face à face avec un somptueux corps sculptural propre à purger ses sens en émoi de toute pensée étrangère aux gouttelettes de sueur qui perlaient sur un torse d'athlète, coulaient sur les protubérances abdominales, marquaient un bref instant de pause au niveau du nombril et continuaient leur chemin en catimini sur les pentes humides du désir qu'elle éprouvait, pour s'insinuer sous l'élastique de sa petite culotte, en la faisant marcher comme un canard. Et quand il se tourna, la chair et l'acier se mêlant au rythme de ses mouvements fessiers, les pupilles d'Anne s'étrécirent, fascinée qu'elle était par ce spectacle, refusant de croire que l'hiver pouvait amener de telles chaleurs palpitantes, cachée sous un parapluie de plus en plus bombé, laissant finalement ruisseler l'eau qui lavait l'écume de son esprit enfiévré. Elle se mit à courir comme une dératée. Le parapluie lui glissa des mains et ricocha gracieusement sur une série de flaques brillantes. Quand elle s'arrêta enfin devant sa porte, elle sut qu'elle n'était pas bien. Elle prit quatre jours en prétextant la grippe, due à une conjonction de pluie et de Point, et se jura, le cinquième jour, d'éradiquer son assuétude.

Huit jours atroces durant, en rentrant de la clinique, elle n'osa pas lever les yeux vers la vitrine du club, luttant contre le Point, réprimant les sensations de plaisir qui commençaient à monter en elle. Mais le huitième jour, elle s'autorisa un coup d'œil. Et six nouveaux mois passèrent durant lesquels, ayant succombé au Point, elle replongea dans ses habitudes sordides. Heureusement pour elle, son expression glaciale masquait son bouleversement intérieur. Et même, un jour, alors qu'elle se trouvait dans l'œil du cyclone sexuel, elle put, quand elle croisa un collègue du service d'oncologie, tenir avec lui une conversation plaisante, comme si la langue de son athlète ne lui léchouillait pas ses intérieurs. Tout en appréciant chaque seconde, elle ne s'était jamais habituée à l'idée d'un étranger en elle, et elle en déduisait que cette soudaine impudicité dénotait un profond changement qui s'était accompli dans sa personne. De l'état de femme complexée, invisible, elle était passée à celui de dominatrice régissant le destin des autres et considérée avec respect par son entourage. Sans avoir renoncé à son exceptionnelle spécificité, elle inspirait de la crainte aux jeunes infirmières récemment recrutées dans le service. Elles la regardaient même avec admiration. Nul doute qu'elle n'était plus du tout invisible. Et maintenant que son humanité avait été confirmée, son corps s'était mis à la recherche de sa féminité, qu'il avait trouvée dans le monde des faux-semblants. Les fantasmes qui habitaient Anne évoquaient une version quelque peu déviante de *La Belle au bois dormant* : le bel athlète de la salle de musculation, plongé dans un coma végétatif à la suite d'un accident, est soigné par une infirmière dévouée. Elle tente par tous les moyens de le ramener à la vie, mais, n'ayant plus le choix, pose la main sur le bouton et lui donne un baiser sur les lèvres en guise d'adieu. Le patient ouvre alors ses yeux bleus, l'attire contre lui, et la remercie de manière appropriée. Anne se reput de ce fantasme durant des mois, en l'enrichissant de spéculations concernant la vie privée de son compagnon onirique. C'était tantôt un chercheur scientifique accompli se livrant à des expérimentations complexes dans son laboratoire, tantôt un artiste impulsif débordant d'idées fécondes, mais dans tous les cas il était un amoureux transi qui n'avait d'yeux que pour elle. Dès le premier jour où elle l'avait assimilé au Point, elle lui avait juré allégeance. Et un an plus tard, rien n'avait changé. Elle allait bientôt débrancher son centième patient et serait libre de vivre comme elle l'entendait, ce qui impliquerait, d'une manière ou d'une autre, son athlète de Point. Elle trouverait même, sait-on jamais, le courage de franchir les portes de ce lieu terrifiant pour s'y inscrire. Mais cette idée frivole la fit rire, et elle la remisa au rang des phantasmes ridicules qui traversaient son imagination. Elle n'aimait personne, et surtout pas un inconnu luisant de transpiration. Quant au Point, il se situait à la frontière du faux et du vrai. Quand elle était surexcitée, elle se disait que son athlète ne jouait qu'un rôle mineur dans l'élaboration de son fantasme et que, s'il n'existait pas, elle lui trouverait aisément un substitut.

Toutefois, malgré ses résolutions, elle succomba encore le troisième soir de sa disparition. En regardant à travers la baie vitrée et en constatant de nouveau son absence, elle se sentit désemparée, incapable de dire si elle était accablée ou soulagée. Le Point avait perdu toute sa force. Elle ne ressentait plus rien, son corps n'envoyait plus aucun signal répréhensible. Le moteur était mort. Le conflit était résolu. Par son absence, l'homme avait dérobé le plaisir dont il était seul détenteur. Elle fut forcée d'admettre finalement que cette soudaine disparition l'affligeait. Il ne lui restait qu'un goût insipide dans la bouche. Elle acheta sa barre chocolatée préférée, mais l'insipidité demeura. Une douce mélancolie l'envahit. *Mince*, se dit-elle en achetant une autre barre. *Il est devenu invisible. Comme moi.* Elle essaya de se décontracter, de trouver des raisons à son absence. Des vacances, un voyage d'affaires… Il allait revenir. Mais elle chassa cette pensée. Au fond d'elle-même, couvrant les voix qui l'appelaient au calme, elle en entendit une autre qui lui disait : “Il ne reviendra pas. Il est parti pour toujours. Il t'a abandonnée.” Elle laissa échapper un gémissement, regarda son reflet dans la vitrine, et murmura entre ses dents : *“Minus habens!”*

Elle passa une nuit blanche, pleurant la fin prématurée de son histoire d'amour imaginaire. Le lendemain, dans le bus qui la conduisait au travail, elle s'ingénia à trouver une explication plausible à son retard. Elle ne pouvait tout de même pas dire qu'elle arrivait trois heures après les autres parce qu'elle avait passé les cinq premières heures de la nuit à sangloter et qu'elle n'avait trouvé le sommeil qu'à 4 heures du matin. Elle décida finalement de prétexter que le bus avait eu un accident. Quand elle arriva à la clinique, son histoire était mûrement préparée, dans les moindres détails. Et quand elle croisa le directeur dans un couloir et vit les infirmières trotter dans tous les sens, vaquant à leurs occupations comme des fourmis industrieuses, elle baissa la tête en souriant lamentablement. Elle n'avait nul besoin d'excuse. Personne n'avait prêté la moindre attention à son retard.

4

LA TACHE DE NAISSANCE DE ROBERT

La pelouse immaculée qui s'étendait de la salle blanche à la gare était pratiquement déserte. Seul un personnage à moitié caché était assis dans un fauteuil roulant à la limite de l'herbe verte, derrière une énorme pancarte affichant les mots : CATHERINE DUMAS. Au début, les nouveau-morts crurent que l'homme était en flammes, mais en s'approchant ils virent que l'épaisse fumée âcre venait de derrière la pancarte et émanait d'un épais cigare fiché entre ses lèvres.

Avant que les 9 568 appelés aient eu l'occasion d'exprimer leur déception à la vue de la pelouse impeccablement tondue et vide de toute présence de parents, amants ou amis, en contradiction avec les promesses faites à l'accueil, ils entendirent une voix masculine de baryton qui leur criait, de l'autre bout du chemin : “Bienvenue à toutes et à tous. Nous vous prions de bien vouloir prendre place à bord des multiroues qui vont vous conduire dans votre nouvelle demeure, au cercle 21 de la ville de juin 2001. Votre multiroues partira dans dix minutes. Pas de bousculade, s'il vous plaît. Il y en a vingt qui vous attendent. En ma qualité de guide, je vous souhaite un bon voyage et un agréable trépas.” Une seconde ou deux plus tard, ce fut la panique. Le troupeau humain s'élança en direction des véhicules bleus que l'on apercevait maintenant à l'autre extrémité de la pelouse. Leur guide, qui les attendait devant les multiroues, porta son mégaphone à ses lèvres pour leur crier avec un sourire désabusé : “Inutile de vous précipiter. Et veuillez vous abstenir de piétiner les corps de vos voisins.”

Seul Ben avait gardé son calme. Au lieu d'ignorer, comme les autres, la présence de l'infirme au cigare, il le dévisagea longuement, jusqu'à ce que l'autre, sous le feu de son regard empreint de curiosité, lui murmure, avec un accent français à couper au couteau : "Vous allez rater votre multi." Ben lui sourit comme pour s'excuser, regrettant de ne pas avoir écouté Marianne et pris le temps d'apprendre la langue des amoureux. Mais ses sourcils se haussèrent de surprise en entendant le son de sa propre voix qui disait, en un français parfait : *"Ne vous inquiétez pas."*

Lorsque les nouveau-morts se furent tous engouffrés dans les multis à vingt roues, le convoi s'ébranla, laissant derrière lui un tourbillon d'air. Ben jeta un regard admiratif aux rails. Les multiroues étaient un curieux mélange de bus et de tram, avec des guides spéciaux au sol qui se soulevaient mystérieusement comme des bosses au passage d'une rame pour la propulser en avant à la vitesse d'une voiture de course. Les multis firent bientôt partie de l'horizon, et Ben resta seul avec l'infirme, qui se tortilla dans son fauteuil roulant pour sortir de dessous son siège un étui en or qu'il ouvrit avant de le tendre à Ben.

Ce dernier lui exprima sa gratitude, mais murmura :

— Je ne fume pas, merci. De toute manière, c'est votre dernier cigare.

L'infirme plissa les lèvres et remit l'étui en place.

— C'est exact. Bien raisonné, dit-il de sa voix cassée.

— Je vous demande pardon ?

— Vous n'avez pas pris le cigare parce que c'était mon dernier. S'il y a une chose que je déteste, c'est qu'on refuse quelque chose pour une mauvaise raison.

— De quelle raison parlez-vous ? demanda Ben en fixant du regard l'étrange tache de naissance sur l'aréole gauche du fumeur.

— Cancer, murmura l'infirme avec un rire d'asthmatique en écartant les bras de part et d'autre de son fauteuil roulant. On ne vit qu'une fois.

Ben se mit à rire à son tour. L'infirme lui serra la main.

— Robert, dit-il.

— Ben. Est-ce que je peux vous poser une question ?

— Vous voulez savoir pourquoi personne n'est venu vous accueillir, ni vous ni les autres ?

— Comment avez-vous deviné ?

— Très simple, *mon cher ami*. Je viens ici tous les jours depuis dix ans. Dix ans que je vois la même expression de choc sur le visage des nouveau-morts. Le haut-parleur fait des promesses, mais elles ne se réalisent jamais. Vous n'avez pas idée de l'étendue de ces lieux. Qui peut arriver ici en moins de deux heures ? N'oubliez pas que les gens ont leurs occupations et qu'ils ne prêtent généralement aucune attention aux annonces des haut-parleurs, à supposer qu'ils soient à portée d'oreille. En dix ans, j'ai dû assister à six retrouvailles. Six, pas une de plus, *mon ami*. Et, entre nous, il s'agissait chaque fois de parents de malades au stade terminal, si vous voyez ce que je veux dire.

— Vous êtes venu ici tous les jours depuis dix ans ?

— C'est exact, soupira Robert en tapotant sa pancarte. Dix ans que je l'attends. Comme je ne veux pas courir le risque de la rater à son arrivée, je viens chaque jour à l'ouverture. Et je ne m'éloigne jamais trop du coin.

— Je suppose qu'elle n'en est pas au stade terminal.

— Elle a une santé de fer, lui dit Robert en secouant la tête. Elle n'a que soixante ans. Vous savez ce que ça veut dire ? Je risque de poireauter encore vingt ans. Mais je ne renonce pas. On finira par se retrouver.

— J'ôte mon chapeau devant votre détermination, lui dit Ben pour lui remonter le moral.

— J'espère seulement qu'elle sera dans le même état d'esprit, fit Robert en tirant une bouffée de son cigare.

— Quelle femme ne le serait pas en sachant que son homme l'attend depuis dix ans ?

— Et si elle ne savait pas qui est son homme ? demanda Robert derrière son écran de fumée.

Ben faillit s'étrangler, en partie à cause de la puanteur du cigare.

— Vous voulez dire qu'elle ne le sait pas ?

Robert ferma les yeux, tira longuement sur son cigare et grogna :

— Elle ne sait rien du tout, cette idiote. Elle ne se doute de rien.

Puis, au bout d'un long moment de silence gêné, il ajouta :

— Tant qu'elle ne tombe pas amoureuse d'une autre femme… Ça, je ne le supporterais pas.

Captivé par cette histoire romantique d'un amour impossible, Ben insista :

— Pourquoi tomberait-elle amoureuse d'une autre femme ?

D'une chiquenaude, Robert lança son cigare au loin en laissant échapper un gémissement plaintif.

— Parce que c'est ce qui arrive généralement dans les prisons. Cinq cents femmes par quartier. Comment ne tomberaient-elles pas amoureuses les unes des autres ? Toutes ces beautés confinées… De quoi perdre la tête. Imaginez l'arrivée d'un pur joyau comme ma Catherine. Dès qu'elle a franchi la grille et que la gardienne l'a refermée, elles ont probablement fait cercle autour d'elle.

— Je ne comprends pas. Elle est en prison ? C'est une criminelle ? demanda Ben avec impatience en s'asseyant dans l'herbe.

Robert lui montra sa tache de naissance, en forme d'étoile couvrant son aréole gauche. Il lui donna une tape haineuse.

— C'est à cause de ce truc-là. Cette foutue tache m'a pourri la vie.

— Je n'ai jamais vu une marque pareille. D'habitude, ces taches ne ressemblent à rien. Mais là, cette étoile, c'est… du grand art !

— Qu'est-ce que je n'ai pas entendu sur ma putain d'étoile ? Une forme parfaite à cinq branches ! Un fabuleux pentagramme ! À l'école, je leur disais que je venais d'une autre planète et que cette étoile en était la preuve. Dès que j'ai eu l'âge de comprendre, j'ai su que j'étais marqué par le destin, et que de grandes choses m'attendaient. Sans compter que je rêvais d'être acteur. Quand on est jeune, on se laisse guider par des signes mystérieux sur les chemins les plus optimistes. Et savez-vous pourquoi on tombe sur tous ces signes mystérieux ? C'est parce qu'on ne demande que ça. Voilà pourquoi. Et moi, comme un imbécile heureux, j'ai tout de suite vu dans cette merde que j'ai sur la poitrine le signe d'un destin exceptionnel. Mais la réalité est tout autre. Cette foutue étoile m'a rendu malheureux comme un chien.

Ben ne pouvait détacher son regard de la marque.

— Qu'a-t-elle fait pour aller en prison ? demanda-t-il.

Robert montra du doigt la double porte blanche.

— À votre avis, pourquoi est-ce que je me trouve ici ?

Ben regarda la porte, puis se tourna, surpris, vers Robert.

— Elle vous a tué ?

— Je vous saurais gré de choisir vos mots avec plus de soin, lui dit Robert en souriant. Oui, elle m'a assassiné. De sang-froid. Elle a vidé sur moi un chargeur entier. Je suis truffé de plomb. Les médecins des ateliers de reconstruction n'ont pas dû en croire leurs yeux, j'en suis sûr, à mon arrivée. Robert la passoire.

— Mais pour quelle raison ?

— Certains diraient par haine. Mais à mon avis, sa véritable motivation était une rigidité mentale qui l'empêchait de reconnaître l'amour pour ce qu'il est. Il s'agissait d'un véritable déni émotionnel. Depuis le début, elle jouait à se faire désirer. Cela ne me posait aucun problème. Chacun prend son pied comme il veut dans les préliminaires. Entre nous, qui a envie d'une fille qui livre tout à la première rencontre ? Elles aiment bien nous voir ramper pour mieux nous faire sentir ce que c'est que de s'envoyer en l'air. Mais qu'auriez-vous fait à ma place ? Imaginez que vous ayez vingt ans, avec un physique à côté duquel, pour parler français, Alain Delon aurait la gueule de Louis de Funès. Tout le monde autour de vous fait l'éloge de votre sex-appeal. Les femmes vous tombent toutes cuites dans les bras, mais vous, vous êtes fou amoureux d'une seule. Vous vivez avec elle sous le même toit, vous savez que votre destin est d'être avec elle pour l'éternité, mais il y a un hic. Elle ne veut pas se donner entièrement, si vous voyez ce que je veux dire.

— Vous êtes restés combien de temps ensemble ?

— Une année entière, murmura Robert en laissant traîner sa voix comme pour mieux traduire la durée. Pendant un an, j'ai vécu avec la plus belle femme que la race humaine ait jamais produite. Une femme qui, en comparaison, fait pâlir toutes les autres. Il suffisait de la regarder une seule fois pour se dire que les autres représentantes de son sexe étaient une anomalie génétique. Que Dieu l'avait en tête, et personne d'autre, quand il a prélevé la côte. *Bonté divine, quelle catastrophe !* Jour après jour, j'entonnais ses louages, je vouais un culte à sa beauté. J'étais conscient d'aller un peu trop loin, mais je ne pouvais pas m'arrêter. Elle me raillait, me répétait que Paris regorge de jolies filles, puis courait se réfugier dans sa chambre.

— Quoi, dans sa chambre ? Vous viviez sous le même toit, vous étiez amoureux, mais vous me dites que vous faisiez chambre à part ?

Robert eut un sourire amer.

— Nous étions des amants platoniques. Nous ne nous sommes jamais touchés. Elle répétait qu'elle se réservait pour quelqu'un d'autre.

— Quelqu'un d'autre ?

Robert leva un doigt au ciel en attendant le déclic. Ben s'esclaffa, en se tenant les côtes.

— Dieu ? Catherine était amoureuse du bon Dieu ?

Robert s'efforça de réprimer son propre rire, quelque peu jaune sur les bords.

— À quoi d'autre pourrait-on s'attendre ? Pendant un an, je lui avais répété qu'elle était à l'image de Dieu, que sa beauté était divine, et je lui mendiais un petit coin de paradis. Mais que croyez-vous qu'elle faisait ? Elle s'enfermait à double tour toute la nuit dans sa chambre avec son gode, en gémissant avec une passion déchaînée comme une nonnette de Géorgie en proie à l'extase. Le summum de la vie spirituelle. Le matin, étudiante en théologie ; l'après-midi, aux petits soins pour un prêtre handicapé ; la nuit, Marie Madeleine.

— Mon Dieu ! fit Ben.

— Ne m'en parlez pas. À votre avis, comment aurais-je pu, moi qui suis fait de chair et d'os, rivaliser avec Lui ? Imaginez mon tourment. Jour après jour, je contemple ce visage angélique. Au bout d'un an, je ne sais même pas si elle est réelle, si elle est née comme ça, ou si c'est juste une émanation douteuse concoctée par Celui qu'elle aime, Qui l'a créée uniquement pour Son plaisir.

— Mais les autres femmes ? sourit Ben. Je suis sûr qu'à un moment, la nature a repris ses droits et que…

— Je n'avais aucun besoin naturel ! articula Robert en abattant son poing sur le bras de son fauteuil roulant. Je ne pensais qu'à elle. Elle était tout ce que j'attendais de la vie. Je me doutais bien que vous ne comprendriez pas. Dès l'instant où je l'ai vue pour la première fois, tout était joué. Le reste était mort pour moi. Le sexe féminin tout entier. Comme si j'avais eu la révélation du Plan Divin. Le fait même qu'elle existait représentait la négation de l'existence de toutes les autres. Et plus elle se refusait, plus mon amour grandissait.

— Le désir s'accroît quand l'effet se recule. Tout le monde sait ça.

— Vous ne pouvez pas imaginer comme j'étais attiré vers sa chambre la nuit, et avec quelle ardeur j'étais repoussé.

— Je vous demande pardon ?

— Elle se cloîtrait pour m'empêcher de m'interposer, c'est ce qu'elle disait.

Ben, conscient du potentiel caché dans l'histoire de la vie de cet infirme qui attendait depuis dix ans sur cette pelouse de l'Autre Monde l'arrivée de l'élue de son cœur, comprit qu'ils avaient atteint le pivot de la chose.

— Et que s'est-il passé ensuite ? demanda-t-il en roulant chaque mot dans sa bouche comme un bonbon.

Il disait souvent cela de manière professionnelle, quand il pressait un scénario bancal pour en extraire le suc vital.

— Vous vous rappelez que je vous ai parlé de mon rêve de devenir acteur ? Il n'y avait pas un seul théâtre à Paris où je n'avais pas demandé à passer une audition. Quinze jours avant les événements qui changèrent ma vie, j'ai postulé pour un petit rôle dans une adaptation cinématographique de *L'Avare* de Molière. Ce fut la pire audition de mon existence. J'étais si stressé qu'au lieu de me mettre dans la peau du personnage affable que j'étais censé incarner, j'ai eu l'air d'un fou ravagé de tics nerveux. Au bout d'une minute, j'ai laissé tomber mon texte et je me suis enfui du studio en courant. Je venais de rater une occasion de plus. Mais deux semaines plus tard, j'ai reçu un coup de fil. La directrice de casting me convoquait pour une nouvelle audition. J'en suis resté tout ébahi. Le lendemain, je me suis présenté au studio, certain d'auditionner pour le rôle de Cléante, mais le réalisateur m'a demandé de lire le célèbre monologue d'Harpagon. Vous savez bien, acte quatre, scène sept. “Au voleur ! Au voleur ! À l’assassin ! Au meurtrier ! Justice, juste Ciel ! Je suis perdu, je suis assassiné, on m’a coupé la gorge, on m’a dérobé mon argent.” J’ai cru qu’il s’était trompé, mais il a insisté, en m’expliquant que mon comportement névrotique le faisait penser à Harpagon. Mon cœur battait la chamade. Je fermai les yeux en pensant à Catherine et au tort qu’elle m’avait causé. Je me la représentai comme la cassette volée à l’avare et, au bord des larmes, beuglai le monologue. Deux jours plus tard, on m’annonça la bonne nouvelle. J’étais sélectionné pour tenir le rôle principal dans la version cinéma de *L’Avare*. J’étais le roi du monde. C’était enfin arrivé. Ma bonne étoile accomplissait sa promesse. J’allais devenir le deuxième Belge dans l’histoire à apporter honneur et renommée à son pays. Réfléchissez, de quoi d’autre pourrions-nous être fiers, à part Brel ? Le plus célèbre détective du monde, créé par une Anglaise ? Quoi qu’il en soit, je me suis enhardi à demander à Catherine de sortir avec moi pour fêter ça, mais elle n’était pas d’humeur. Elle refusa, en disant qu’elle ne quitterait pas la maison tant qu’elle n’aurait pas retrouvé sa clé. Il se trouve qu’elle avait perdu la clé de sa chambre. Je ne voyais pas pourquoi cela l’affectait tellement. Quoi qu’il en soit, je la laissai à la maison et je sortis faire la fête avec des copains. Nous nous biturâmes une bonne partie de la nuit, et pour la première fois depuis que j’avais fait la connaissance de ma mère supérieure, je réussis à ne pas penser à elle durant plusieurs heures d’affilée. Je rentrai à 3 heures du matin, émoustillé comme pas deux. J’allai dans ma chambre, ôtai mes vêtements et me glissai dans le lit. J’ignore combien de temps j’ai dormi. Mais quand je me suis réveillé, j’ai cru rêver. En ouvrant les yeux, j’ai vu une femme complètement nue qui me chevauchait. J’ai allumé la lumière pour être sûr que mes yeux ne me trompaient pas. Mais la délicieuse Catherine Dumas me faisait bel et bien l’amour, dans le plus simple appareil, les yeux fermés, en gémissant : “Mon Dieu !” et en se tortillant sur moi de la manière la plus glorieuse qui soit.

Je me souviens que j’ai pensé alors que c’était encore ma bonne étoile qui faisait des siennes, et que tout était pour le mieux dans le meilleur des mondes. Nous avons fait l’amour jusqu'aux premières lueurs de l'aube. Quand j'ai quitté la maison, ce matin-là, elle dormait encore. Et dans mon lit ! Dans la rue, je marchais sur un nuage. J'ai pris ma voiture et je suis allé directement chez le réalisateur signer mon contrat. À mon retour, elle n'était plus là. Le soir venu, j'ai commencé à m'inquiéter. Aucune trace d'elle. La porte de sa chambre était restée ouverte. Juste au moment où j'allais appeler son vieil ecclésiastique, quatre flics se sont engouffrés chez moi. Ils m'ont menotté, en me disant que j'étais accusé d'avoir sauvagement violé ma colocataire, et m'ont traîné dans leur voiture. Je n'avais pas la moindre idée de ce dont ils parlaient. Ils m'ont posé un million de questions sur ce qui s'était passé cette nuit-là, et je leur ai affirmé qu'il devait y avoir une erreur quelque part. Ils m'ont répondu qu'ils en doutaient, vu les accusations qu'elle avait proférées à mon endroit. Je les ai suppliés de la faire venir devant moi pour qu'elle me regarde dans les yeux et leur explique qu'il s'agissait d'un horrible malentendu. Mais ils ont refusé catégoriquement, en disant que je ne verrais la couleur de ses yeux que le jour du procès. Un procès ! De quoi parlaient-ils donc ? Je restai derrière les barreaux pendant un mois et demi. Naturellement, je perdis le rôle, mais c'est secondaire. D'après mon avocat, nous n'avions pas d'autre choix que de faire déclarer Catherine folle à lier par un expert. Ce qui ne me plaisait pas du tout, mais il avait raison. Je n'avais pas le choix.

Je lui avais tout raconté dans les détails. Sa liaison physique avec son gode, sa relation platonique avec moi jusqu'à cette nuit fatidique, toute l'histoire. Il m'avait écouté en souriant, et en disant qu'un jour elle finirait par regretter ses accusations. J'attendis mon procès durant huit semaines. Croyez-le ou non, j'étais plus impatient de la revoir que de savoir à quelle sauce j'allais être mangé.

Le jour venu, la police m'escorta au palais de justice. Elle était assise à côté de son avocate, et je ne pus m'empêcher de crier son nom en la voyant. Elle tourna la tête, les yeux écarquillés, et se mit à hurler comme si on l'assassinait : "Ne me touche pas ! Ne t'approche pas de moi !"

Je ne vais pas vous embêter avec les détails du procès. Je me cantonnerai aux faits. Dès le départ, il était clair que les jurés étaient de son côté. Comment aurait-il pu en être autrement? Elle ressemblait à un pauvre petit ange blessé. Ajoutez à cela une matrone revêche avec un maillet à la main, et vous aurez une bonne idée du tableau. J'imagine que vous ne serez pas surpris d'apprendre que le procès fut expédié en moins de quinze jours. Dans son argumentation finale, l'avocate de la plaignante fit valoir que j'avais profité du fait que Catherine était somnambule pour la violer et…

— Oh! Hé! Une seconde! interrompit Ben. Vous ne m'aviez pas dit qu'elle était somnambule!

Le visage morose du Belge se déforma en un rictus qui laissa Ben perplexe.

— Vous comprenez, maintenant, ce qu'on m'a fait? Elles ont inventé cette histoire de toutes pièces. Elles ont fait venir une experte qui a confirmé qu'elle était somnambule. Qu'elle fermait sa porte à clé la nuit pour des raisons de sécurité, pour éviter qu'elle se fasse du mal en sortant de sa chambre. Vous vous rappelez qu'elle ne trouvait plus sa clé? On m'accusait de l'avoir subtilisée. En fait, c'était la pièce à conviction numéro un de l'accusation. Ils l'ont retrouvée dans la poche de mon pantalon, avec mes empreintes dessus. Il est évident qu'il s'agissait d'un coup monté. Elles ont dit que je l'avais volée pour m'introduire chez elle au milieu de la nuit et que, pour faire croire qu'il s'agissait d'une autre de ses escapades, je l'avais portée dans ma chambre pour la violer sauvagement. Vous saisissez le genre d'affabulation délirante que cette salope m'a collée sur le dos?

Quand mon tour est venu de témoigner à la barre, j'ai nié en bloc, tout en sachant que je n'avais aucune chance d'être cru. Quand j'ai affirmé que c'était elle qui était venue dans mon lit, elle s'est mise à glapir avant de tomber dans les pommes. J'ai échangé un regard avec mon avocat, qui a haussé les épaules en refermant sa serviette. Un geste que je n'oublierai jamais. J'ai compris, à ce moment-là, que c'était pour moi la fin des haricots. La clé, les bleus sur sa peau, le foutre, et l'évanouissement théâtral pour couronner le tout.

Le verdict tomba sans surprise. Pareil pour la sentence. Le monstre qui avait profité de la candeur d'une pauvre jeune femme écopait de huit ans de prison. Quand elle quitta le tribunal, elle n'eut même pas un regard dans ma direction. Je ne la revis plus jusqu'au jour de ma mort. Je vous épargne toutes les horreurs que j'ai vécues dans l'endroit le plus sinistre de la terre, excepté celle-ci. Je venais de passer sept ans dans une véritable jungle. Si je vous décrivais ce que j'ai vu, vous presseriez sept fois le bouton trois juste pour m'arrêter.

— Que s'est-il donc passé la huitième année ? demanda Ben en retournant le godget entre ses doigts, les yeux fixés sur son interlocuteur.

— La huitième année, soupira Robert, un nouveau maton est arrivé à la maison d'arrêt. Vingt-cinq ans, bâti comme une armoire à glace. Il bombait le torse en marchant, comme un soldat. Ou bien un canard. Les détenus l'appelaient Moulard. Un jour, six mois après son arrivée, il est passé devant ma cellule pendant que je lisais à voix haute *Le Portrait de Dorian Gray*. Il s'est arrêté, m'a souri, puis m'a demandé si j'étais acteur. J'ai hoché la tête affirmativement. Le lendemain, il m'a passé trois livres à travers les barreaux. Des nouveautés, rien à voir avec ce qu'on trouve dans les bibliothèques des prisons. Deux mois durant, il a continué à m'apporter des livres, et nous sommes peu à peu devenus amis. Il venait régulièrement parler littérature avec moi dans ma cellule. Les autres nous appelaient "les intellos". C'était quelqu'un de sensible et de brillant, et j'avais l'impression de renaître après toutes ces années gâchées dans la jungle. J'avais remarqué que son regard se portait souvent sur mon étoile, mais je n'y prêtais pas trop attention. Un jour, je lui ai demandé ce qu'un type intéressant comme lui faisait dans un endroit aussi infâme. Il a baissé les yeux en me disant qu'il m'en parlerait peut-être plus tard.

Il me restait quatre mois à tirer derrière les barreaux. J'avais un nouvel ami, et je commençais à sentir l'odeur de la liberté. Je n'arrêtais pas de penser au jour où je sortirais de cet enfer pour aller retrouver Catherine.

— Hein ? Mais je croyais que…

— Que quoi ? l'interrompit brusquement Robert. Que huit ans de prison pouvaient effacer le souvenir d'un tendre amour ? La seule chose qui m'avait maintenu en vie durant tout ce temps était la perspective de revoir Catherine. Si j'avais pu lui parler, mon pardon l'aurait fait fondre.

— Et ensuite ?

D'une voix éraillée, Robert continua :

— Cent dix-sept jours avant ma libération, je me suis endormi vers minuit. À une heure et demie du matin, un bruit m'a réveillé. Quand j'ai ouvert les yeux, j'ai vu quatre gardiens qui chuchotaient à l'intérieur de ma cellule. Avant que j'aie pu réaliser ce qui se passait, ils se sont jetés sur moi pour m'attacher les poignets et les chevilles, et m'enfoncer un chiffon dégueulasse dans la bouche. Je n'avais jamais eu aussi peur de toute ma vie. Ils m'ont traîné dehors et m'ont fait descendre l'escalier en colimaçon jusqu'au trou.

Là, ils m'ont poussé à l'intérieur, ils m'ont déshabillé puis ils m'ont enfoncé la tête dans le matelas en rigolant. Je savais que quelque chose d'horrible allait m'arriver. C'est alors que la porte s'est ouverte pour laisser entrer un cinquième homme. Il leur a demandé de lui donner une demi-heure. Ils sont sortis en nous laissant seuls. Moulard et moi. Il s'est déshabillé et m'a enfourché. J'ai essayé de me libérer, de gueuler, de me débattre, mais il était trop puissant. Et pendant tout le temps, il soufflait à mon oreille : "C'est ta marque de naissance qui m'a rendu dingue. J'ai eu envie de faire ça depuis notre première rencontre. Ton étoile m'affole. Robert superstar. Tu appartiens à Moulard. Moulard qui t'aime." Quand il a eu fini, j'avais envie de dégueuler, mais le choc m'empêchait de réagir, surtout dans la mesure où il continuait à chuchoter : "Tu comprends pourquoi, maintenant ? Tu comprends pourquoi je bosse ici ?"

Il se releva, se rhabilla et appela les autres. Ils me ramenèrent dans ma cellule et me souhaitèrent de faire de beaux rêves. Je n'en ai pas dormi pendant trois jours. Je ne mangeais plus rien, je ne me douchais pas. Je restais prostré, perdu dans mes pensées confuses. Le quatrième jour, il est venu dans ma cellule m'apporter un livre. Calme et avenant, comme s'il n'était rien arrivé. Je suis entré dans son jeu, en lui donnant l'impression que tout allait bien. Une semaine a passé. Il m'a apporté un autre bouquin. Dedans, il y avait un mot : *Superstar, demain soir, toi et moi, dans le trou.* Signé *M.* Le lendemain, je lui ai renvoyé le livre avec cette réponse : *Moulard, cette nuit, toi et moi, dans les douches, seuls. Je veux faire ça bien.*

Ils sont venus me chercher au milieu de la nuit. Tous les quatre. Ils m'ont conduit jusqu'aux douches, m'ont poussé à l'intérieur, ont refermé la porte et sont restés dehors. Moulard était déjà prêt. À poil, les mains croisées dans le dos, excité à l'idée de ce qui allait se passer. Il m'a ordonné de me déshabiller. J'ai obéi. Puis il m'a demandé de m'approcher. J'avais le cœur qui battait à se rompre. Quand j'ai vu qu'il tenait un revolver à la main, j'ai commencé à transpirer. Je lui ai demandé pourquoi. D'une voix glacée, il m'a ordonné de m'agenouiller devant lui et de le prendre dans ma bouche. J'ai murmuré qu'il devrait poser son revolver, que cela pourrissait l'ambiance. En le collant contre ma tempe, il a répliqué qu'il n'en avait rien à foutre, de l'ambiance. Je me suis mis à genoux pour faire ce qu'il voulait. Il m'a averti qu'à la moindre fausse manœuvre, il m'exploserait la tête. Quand il a commencé à faire du va-et-vient en oubliant le reste, vous voyez ce que je veux dire, j'ai donné un coup de mâchoire de toutes mes forces. Il a poussé un cri et s'est effondré en proférant des insultes. Je lui ai arraché le revolver des mains, je l'ai collé contre sa tempe, et j'ai tiré trois coups. Les gardiens sont entrés et se sont mis à me tabasser avec ardeur. Vous imaginez le reste. Quand le moment de ma libération est arrivé, je suis retourné devant le juge, cette fois-ci pour assassinat avec préméditation. C'est une chose de tuer un codétenu, mais c'est une tout autre affaire que d'assassiner un maton, surtout quand il y en a quatre de plus qui témoignent contre vous, en affirmant que vous avez zigouillé leur copain de sang-froid. Ce fut le procès le plus court de l'histoire de l'humanité. Quinze jours après la date prévue pour ma libération, j'ai écopé de vingt-cinq ans d'emprisonnement. Vingt-cinq années de rab, vous vous rendez compte ?

La mâchoire de Ben s'affaissa.

— Mon pauvre Robert, je ne sais pas… quoi vous dire… C'est… monstrueux… C'est inconcevable.

— Non, fit Robert en secouant la tête. Ce qui est inconcevable, je vais vous le dire. Ce qui est inconcevable, c'est qu'un individu brisé du nom de Robert ait fait vingt ans de taule en plus et soit sorti à l'âge de cinquante piges, en jurant d'accomplir deux choses après sa libération : primo, de faire enlever par un chirurgien la maudite tache sur sa poitrine, et deuzio, de retrouver Catherine dans l'appartement où nous vivions à l'époque. Ce qui est inconcevable, c'est que j'ai eu beau la chercher partout, je n'ai pas pu la trouver. Comme si la terre l'avait engloutie. Ce qui est inconcevable, c'est que, le jour de mon opération, sur mon lit d'hôpital, le torse à découvert, heureux d'être bientôt débarrassé de cette foutue marque d'infamie, je vois une femme entrer par erreur dans la salle d'op, s'excuser, ressortir et revenir deux secondes plus tard pour bien regarder mon torse, sortir un pistolet de son sac, et vider un chargeur entier sur moi. Oui, mon pauvre Ben, le plus inconcevable de tout, c'est que le jour de mon opération, alors que je me prépare à repartir d'un bon pied dans la vie après de vaines recherches, Catherine me trouve et m'abat de sang-froid. Drôle de coïncidence, n'est-ce pas ? Que faisait-elle ce jour-là en particulier dans le service de chirurgie plastique de l'hôpital, et surtout, pourquoi avait-elle un putain de pistolet dans son sac, et pourquoi ne m'a-t-elle pas adressé un traître mot ?

Ben scruta le ciel cobalt en silence. Puis il murmura posément :

— Le plus étonnant, à mon sens, c'est que vous êtes ici à l'attendre depuis dix ans, et que vous lui avez tout pardonné. Loin de moi l'idée de faire l'apologie de la vengeance, mais comment, bordel, pouvez-vous encore lui porter un culte ?

— C'est ma dernière chance, lui dit Robert avec un sourire contrit. Je me dois de lui demander des explications. Pourquoi m'a-t-elle accusé faussement et, plus important encore, pourquoi m'a-t-elle assassiné ? Mais par-dessus tout, je veux lui demander si, après toutes les épreuves que nous avons traversées, elle est prête à donner une nouvelle chance à notre relation. Si elle refuse, je promets de renoncer à elle. Mais en attendant, il m'est impossible de connaître le repos éternel. L'idée de passer toute ma mort en proie à des regrets atroces m'est insupportable. Avouez que cette femme me doit une explication. C'est la moindre des choses, n'est-ce pas ?

— Je comprends, soupira Ben. Vous dites qu'elle était en prison. Vous croyez qu'elle y est encore ?

Robert hocha affirmativement la tête.

— Comment pouvez-vous savoir ça ? s'étonna Ben. Vous êtes ici depuis dix ans. Elle a peut-être eu une remise de peine pour bonne conduite. Elle n'a peut-être jamais été arrêtée. Ou encore…

Robert changea de position dans son fauteuil, sortit sa boîte à cigares de dessous son siège, farfouilla à l'intérieur, et en tira un bristol blanc qu'il tendit à Ben. Ce dernier lut à haute voix : "Mad Hop. Détective privé. Résout les mystères, retrouve les disparus, élucide les crimes en tous genres. Adresse : septembre 1986, cercle 4, bâtiment S, niveau 18, appartement 45."

Ben sourit.

— Mad Hop ? C'est quoi, ce nom ?

Robert haussa les épaules.

— Écoutez, c'est le meilleur détective que j'aie jamais connu. Un peu excentrique sur les bords, mais qui ne l'est pas ? Dès mon arrivée ici, je l'ai contacté pour lui demander de se renseigner sur Catherine. Il m'a appris son arrestation et son procès. Vingt ans pour meurtre au premier degré. S'il y a un changement, je fais confiance à Mad Hop. Il le saura.

Ben lui rendit la carte de visite en plissant les lèvres.

— Une chose, encore, que je ne comprends pas. Votre fauteuil roulant…

— Je vais vous expliquer, lui dit Robert avec un petit sourire. Mais si ça ne vous ennuie pas, accompagnez-moi jusqu'au bureau de tabac. C'est sur le chemin de la gare centrale. Ainsi, nous profiterons tous les deux de la balade. J'imagine que vous avez hâte de découvrir votre nouvel appartement.

— Je meurs surtout d'envie de voir où habite ma femme, gloussa Ben, heureux de laisser la salle blanche derrière lui et de partir à la découverte de son nouveau monde.

Ils prirent la direction de l'endroit où les multiroues étaient stationnés deux heures plus tôt.

— À la réunion d'orientation, commença Ben, ils nous ont dit que…

— Je sais, je sais, le coupa Robert. Qu'ils avaient des prothèses pour remplacer tous les organes humains défectueux, et autres conneries du même genre. Vous êtes quoi ? Un gamin naïf qui croit tout ce qu'on lui raconte ? Ils veulent vous donner une image idéalisée de l'Autre Monde, c'est tout. D'accord, ils ont de très bons labos, avec des pièces de rechange et des systèmes immunitaires performants, mais entre nous ils ne valent pas l'amant de Catherine. Il y a une limite à ce qu'ils peuvent faire, et j'en suis la preuve trépassée. Quand Catherine m'a truffé de plomb, elle a causé d'irréparables dommages à ma colonne vertébrale. Les chirurgiens d'ici n'ont pu en réparer que la moitié, et encore. D'où ce fauteuil roulant. Suivez mon conseil, Ben. Ne croyez pas tout ce qu'on vous dit. Après tout, il ne s'agit que d'alias.

Ben s'immobilisa brusquement pour le regarder, perplexe.

— Oubliez ce que je viens de dire, soupira le Belge. Je ne me sens pas d'entrer dans les détails pour le moment.

Il accéléra son fauteuil de manière surprenante. Ben lui courut après en s'exclamant :

— Je n'arrive pas à y croire ! Vous êtes devenu handicapé après votre mort !

Robert hocha la tête. Ben, plongé dans ses pensées, le menton sur la poitrine, marchait mécaniquement derrière lui. Il avait hâte d'arriver chez Marianne pour se changer les idées en oubliant le récit déroutant de l'infirme.

— Nous y sommes ! annonça Robert, le tirant de sa rêverie.

Quand il leva les yeux, Ben vit un groupe de fumeurs devant un comptoir géant. Un peu plus loin sur la gauche, au-dessus d'une file de gens qui discutaient avec animation, il y avait une enseigne au néon qui affichait : 21/06/2001, GARE ROUTIÈRE CENTRALE. Il se retourna pour dire avec excitation :

— Je crois que nos chemins se séparent ici.

Robert lui serra la main.

— Merci de m'avoir écouté, Ben. C'est toujours un plaisir de se faire de nouveaux amis.

— Bonne chance, pour Catherine, lui dit Ben en souriant.

Robert se signa, puis fit rouler son fauteuil en direction des fumeurs. Ils s'écartèrent pour le laisser passer, et il disparut derrière le comptoir.

Ses battements de cœur s'accentuèrent quand il se rapprocha de l'enseigne clignotante. Arrivé au bout de l'avenue, Ben entendit quelqu'un, derrière lui, qui l'appelait. En se retournant, il vit une bande de gamins d'une dizaine d'années qui riaient en parlant très fort. Il aurait été curieux de savoir quel genre de calamité avait pu les arracher à la vie à un âge si précoce. L'hypothèse la plus plausible qui lui venait à l'esprit était qu'ils avaient péri dans un accident de car à l'occasion d'une sortie scolaire. Le genre de chose qui l'avait sevré de la lecture des journaux dans le monde précédent.

Une heure plus tard, il descendit du multi. Au centre d'une grande place circulaire, il y avait un panneau constitué par des milliers de feuilles rouges disposées de manière à afficher : MARS 2000. La place, pavée de dalles de marbre d'une douzaine de couleurs différentes, était grouillante de monde. Ben plissa les paupières comme s'il scrutait cette foule à travers des jumelles, à la recherche de Marianne. Enivré par le parfum entêtant exhalé par les fleurs des trente et une allées numérotées qui partaient en rayon du centre de la place, chacune commençant par une arche, il s'engagea résolument dans la voie 17. Quand il passa sous l'arche, il eut l'impression de pénétrer dans un monde entièrement nouveau, où ses sens étaient stimulés par chaque détail, petit ou grand, depuis les parterres de fleurs arc-en-ciel qui bordaient les allées jusqu'aux senteurs enivrantes qui s'en dégageaient, depuis le tourbillon de couleurs à la fois familières et nouvelles jusqu'à la fantastique pollinisation croisée des anémones bleues qui germaient dans les cornets azur des orchidées, depuis le chaos absolu des combinaisons florales jusqu'à la saturation des yeux éblouis qui se fermaient en papillotant doucement. Ben, obligé de faire face à cet assaut incessant de ses sens, accéléra le pas autant qu'il put, en espérant laisser derrière lui au plus vite les effets psychédéliques qui perturbaient ses perceptions.

Au bout de l'allée, il eut soudain devant lui la perspective d'une longue avenue bordée de part et d'autre de gratte-ciel massifs d'une totale uniformité argentée qui, cependant, n'était pas désagréable à voir, peut-être en raison des dômes étranges qui les couronnaient en leur conférant un aspect futuriste.

En observant ces dômes avec attention, Ben se rendit compte que chacun portait, dans un coin, une lettre, dans l'ordre alphabétique. Ayant demandé à une jeune femme en larmes ce qu'il devait faire pour trouver l'appartement de son épouse, il apprit que les lettres au sommet des gratte-ciel représentaient l'initiale du nom de famille de leurs occupants. Il se dirigea donc vers le septième immeuble de gauche.

Il se disait qu'il aurait beau jeu de taquiner Marianne, végétarienne endurcie, à propos de son immeuble, orné du symbole impérissable de l'industrie de la viande hachée. Mais les plaisanteries sur les hamburgers ne devaient pas manquer dans ce monde sans abattoirs. Il ouvrit la grande porte vitrée et s'avança à l'intérieur. Ébloui devant l'immensité du hall d'entrée, il eut le vertige en comprenant peu à peu l'importance du bâtiment. Si chaque immeuble comportait 1 000 appartements répartis sur 24 niveaux, un simple calcul arithmétique permettait d'établir que chaque étage abritait quelque 42 logements.

"Incroyable!" s'exclama-t-il tout haut en s'avançant vers la double porte de l'ascenseur. Elle s'ouvrit, mais la vue du piano à queue à l'intérieur l'arrêta net. C'était plus une salle de bal qu'une cabine destinée à faire monter et descendre les gens des étages. Il y avait même un pianiste, penché sur le clavier. Il était en train d'interpréter une mélodie douce et tranquille, sans accorder la moindre attention à Ben, qui hésitait sur le seuil.

Il appuya sur le 11, conformément aux instructions reçues à l'accueil. La double porte se referma, et l'ascenseur se mit en branle. Quand il s'arrêta, Ben se prépara à sortir, mais hésita en voyant la taille du couloir devant lui. Il se tourna vers le pianiste, qui demanda sans même lever la tête :

— À quelle heure est morte cette personne?

— Je ne me souviens pas de l'heure exacte. Un peu avant midi, lui dit Ben.

— C'est dans l'aile gauche, alors, fit le pianiste en lui indiquant du doigt la direction.

Ben le remercia, puis sortit. Il suivit le couloir dans la direction indiquée, en s'aidant des plaques en laiton qui affichaient un nombre et des initiales sur chaque porte en acier poli. Soudain, il comprit un dernier détail. Les nombres gravés sur les plaques du côté gauche du couloir étaient compris entre 30 et 60, à l'exception de la dernière plaque, proche de l'ascenseur. Les numéros des logements correspondaient à la minute précise du trépas de leur occupant, ce qui expliquait pourquoi certaines portes avaient le même numéro, mais pas les mêmes initiales. La notion statistique d'écart-type s'appliquait aussi à ce monde, constata-t-il, tout en considérant avec amusement la possibilité que deux personnes portant les mêmes initiales meurent le même jour, exactement au même moment. Raisonnant que les appartements du côté droit devaient être numérotés de 1 à 29, il se mit à courir dans le couloir, ravi de découvrir qu'il y avait une seule porte avec les initiales MM. Il inspira une bonne goulée d'air, expira longuement, puis frappa à la porte. Son angoisse à l'idée que Marianne était peut-être absente disparut quand il entendit des pas à l'intérieur. Puis une douce voix féminine roucoula :

"C'est toi, Arthur ? Pourquoi as-tu été si long ?"

Avant que Ben pût retourner la question dans sa tête, la porte s'ouvrit, et il se trouva nez à nez avec la dernière femme au monde qu'il s'attendait à rencontrer ici.

5

LES MILLE MOTS :
LE MONOLOGUE D'UNE IMAGE

Méchants, détestables et insensibles humains ! Laissez-moi élever ma voix en signe de protestation ! De nombreuses années ont passé depuis le premier daguerréotype, et moi, en toute innocence, je croyais que vous aviez évolué en même temps que la prunelle de vos yeux, votre technologie effrénée. Mais, à mon grand chagrin, tout se passe comme si chaque avancée en la matière vous faisait reculer d'une case. Le mépris, l'ingratitude et l'horrible indifférence avec lesquels vous nous traitez me sont insupportables… comme si nous devions vous servir éternellement !

Quelquefois, dans mes rêves les plus insensés, je me prends à souhaiter que les objectifs de tous les appareils photo du monde soient voilés par un brouillard indélébile. Peut-être, alors, manifesteriez-vous un semblant de contrition ; peut-être même feriez-vous le vœu de ne plus jamais nous maltraiter, même si mes sœurs et vous et moi savons le peu de foi que l'on peut accorder à un serment humain. Ce qui m'amène à notre contentieux. J'ignore quel est le crétin qui est arrivé à la conclusion qu'une image vaut mille mots, et si je le savais, je trouverais le moyen de lui régler son compte en chambre noire. Mais je n'ignore pas, en fait, ce que ce salaud voulait dire. C'était une façon de nous complimenter. Comme si le fait de nous mettre dans la balance avec mille mots était propre à rembourrer notre ego et à regonfler notre amour-propre ; comme si mille représentait le nombre ultime de mots à invoquer pour chanter les louanges d'une image.

Billevesées que tout cela ! Une bouse de vache déguisée en soufflé au chocolat ! Nous n'allons pas nous laisser embarquer dans cette galère. J'exige que l'on change le dicton, le proverbe, l'aphorisme, le colloquialisme, quelle que soit l'appellation politiquement correcte que vous déciderez d'associer aux mille mots. Désormais, une image vaudra cent mille mots… à tout le moins !

Vous serez certainement d'accord pour dire que, lorsqu'un humain regarde une photo, il est impossible de savoir quelles impressions circulent dans ses veines, quelles pensées lui montent à la tête. Peut-être, en retournant dans tous les sens la pièce à conviction mate ou brillante, éprouve-t-il des sentiments inattendus, des vapeurs brûlantes de nostalgie, des révélations fracassantes, ou mille et une réactions qui ne demandaient qu'à s'extérioriser. Leur valeur ne saurait être quantifiée, et encore moins avec des mots.

J'ai eu le privilège de faire partie de ces images controversées, comprises par certains, mystérieuses pour d'autres. Je suis née au pays de Galles, à une demi-heure en voiture de Bangor, non loin du magnifique hôtel de Brin Gwynant, le 13 août 89, à 11 h 37, d'une mère Olympus et d'un père Kodak. Deux de mes sœurs furent malencontreusement surexposées à la naissance, nous laissant au nombre de vingt-deux aux mains de l'obstétricien, un commerçant nommé Kobi. Il était parti en vacances avec sa femme et leurs amis, un couple de jeunes mariés : un noteur et une prof d'anglais. Mon lieu de naissance : une étendue vert bouteille d'herbe trempée par la rosée, jonchée de mégots tachés de rouge à lèvres. Comme arrière-plan, un versant de montagne plongeant dans la mer et plaçant l'herbe spongieuse et l'eau sur le même plan. Le ciel avait pour décor une armada de petits nuages cotonneux, et le vent apportait les effluves d'un automne précoce.

Le noteur et la prof occupaient le centre du cliché. L'homme était mince, cheveux bruns hérissés d'épis, grands yeux bleus, pommettes saillantes. Il portait un jean délavé et un tee-shirt rouge. La femme était fluette, cheveux bruns tombant sur les épaules, yeux bleus en amande, joues rondes, cou de cygne. Elle portait une robe violette en velours. Ils faisaient face à ma mère, bras dessus, bras dessous. Ma mère tressaillit bêtement de rire juste au moment où Kobi appuyait sur le déclencheur.

Peut-être avait-elle pressenti ce qui allait arriver. Quelques instants plus tôt, un mouton avait traversé la prairie pour se payer un petit-déjeuner tout en se délestant de son précédent dîner. Les deux humains qui avaient pris sa place dans l'herbe n'avaient aucune idée de ce dans quoi ils mettaient les pieds, ce qui explique probablement pourquoi ils ne prêtèrent pas attention au joyeux bêlement qui venait de derrière un gros arbre tandis que le mouton regardait glisser la femme que son mari essaya vainement de retenir, entraîné avec elle sur le petit tas de crottes noires comme des olives issues de son intestin. Ma mère réussit à capturer le moment exact de leur chute. Pris d'un fou rire hystérique, les deux jeunes mariés demandèrent à Kobi d'arrêter de les prendre en photo juste au moment où, pour notre grand bonheur, il appuyait pour la troisième fois sur le déclencheur. Deux des clichés comme je l'ai déjà dit, furent atrocement surexposés, et seule votre humble servante survécut. Le bras dessus, bras dessous précédent et la bouffonnerie dans les crottes noires étaient mort-nés. Seule demeure la chute comique. Si je ne me trompe, le jeune couple était plus qu'heureux d'abandonner la photo à Kobi et à sa femme. Peut-être avaient-ils suffisamment de photos d'eux. Peut-être, comme j'étais un produit de l'appareil de son ami, était-il censé faire tirer un deuxième exemplaire du cliché. Mais à la suite d'une erreur malencontreuse, mon père fut jeté à la poubelle, et je fus seule à rester en lice. Toute modestie mise à part, on pourrait raisonnablement dire que j'ai l'âme d'une survivante.

Un mot, si vous permettez, sur la survie. Juste avant sa naissance, toute photo est promise à une vie éternelle. C'est là l'essence de notre existence : l'immortalité. Nous sommes des parcelles de vie que vous avez décidé de sauver. Mais comment, pour l'amour de Dieu, voulez-vous que nous vivions éternellement si vous nous laissez prendre la poussière, jaunir sur les bords, nous écorner, nous effriter, nous déchirer, nous brûler et mourir ? Si la justice existait en ce monde, vous seriez tous forcés de répondre de votre criminelle maltraitance !

Ce Kobi, par exemple. Il prend une photo sans s'apercevoir qu'un cheveu s'est nonchalamment échappé de sa queue de cheval et retombe sur le ventre de ma mère au moment critique.

C'est de la maltraitance, vous dis-je, mes amis. Ce cheveu est gravé pour l'éternité dans mon coin supérieur droit ! La bulle de perfection est éclatée avant la naissance. Sans compter les mauvais traitements qu'ils m'ont fait subir après, sa femme et lui. D'accord, vous m'avez mise au monde, merci beaucoup. Vous m'avez collée avec mes sœurs dans un album, merci encore. Mais en dix ans, vous n'avez pas ouvert une seule fois cet album, et vous savez quoi ? Je ne parle pas de l'indifférence. Je supporte l'affront. Mais qu'est-ce que vous avez contre le fait de prendre un peu l'air ? J'aimerais bien vous voir vivre dans une maison pendant dix ans sans ouvrir une seule fois la moindre fenêtre. Vous ne comprenez donc pas que notre vocation à toutes est de nous faire encadrer et d'être placées à un endroit en vue, comme ce portrait kitsch de vous avec le bébé, qui me paraît gravement sous-alimenté, soit dit en passant.

Dix années durant, nous avons suffoqué dans le cercueil que vous avez ingénieusement aménagé pour nous, et vous n'avez toujours pas compris. La photo où vous êtes en train de vous bécoter devant le château de Cardiff, passe encore. Les paysages fleuris, ça va. Mais vous avez oublié dans quoi la femme du noteur a marché ? Mes sœurs se tiennent à distance en se bouchant le nez, et n'attendent qu'une chose, c'est que je m'en aille. J'ai appris à vivre avec ce fardeau, et on peut dire que mes sœurs ont appris à vivre avec l'odeur, mais voilà que soudain, au bout de dix ans, vous décidez d'ouvrir l'album et de me faire sortir. Quel soulagement ! Quelqu'un prête enfin attention à moi ! Mes sœurs respirent. Tout le monde se demande où je vais aller.

Le choc, c'est quand vous me donnez à ce vieux débris. Je n'entrerai pas dans le détail des invectives dont il m'a abreuvée. Je dirai seulement que je lui souhaite une longue vie et une sénilité brutale. Dès l'instant où cet artiste détraqué m'a fourrée dans sa poche, j'ai compris que j'étais en danger. J'ai passé tout un mois dans son pantalon, morte d'ennui. J'avais envie de hurler. Depuis quand est-ce qu'on plie une photo en deux, hein ? Mais ce crétin a eu une crise cardiaque, et il m'a fallu supporter ses ignobles tressautements. Dieu merci, dans les hôpitaux, on force les malades à enfiler un uniforme, sans quoi j'aurais passé un mois dans cet endroit déprimant. Par bonheur, sa femme a emporté son pantalon, qu'elle a posé sur le lit de la chambre d'ami. Hop ! Comme ça, pendant un mois, comme si j'étais une moins que rien. Au bout du mois, Kobi et sa femme sont venus chez le peintre et ont demandé à me récupérer, en disant que j'étais la seule photo qu'ils possédaient du noteur et de son épouse, et qu'ils aimeraient me remettre dans leur album. La vieille femme n'a fait ni une ni deux. Elle a pris le pantalon et elle m'a sortie de la poche.

En retrouvant mes propriétaires, j'avais des pensées mitigées. D'un côté, je leur en voulais pour la manière expéditive dont ils s'étaient débarrassés de moi un mois plus tôt ; de l'autre, j'estimais que vivre dans un cercueil valait mieux que dépérir dans la poche d'un pantalon miteux, d'autant plus que d'horribles histoires couraient chez nous sur les machines à laver. La femme de Kobi me rangea dans son portefeuille, changeant ainsi radicalement le cours de ma destinée. Après avoir remercié la femme du peintre, ils s'arrêtèrent en chemin pour prendre un café. Au bout d'une heure, heureuse de m'avoir de nouveau en sa possession, au moment de demander l'addition, la femme se leva en disant qu'elle n'en avait que pour une minute. Kobi eut un petit sourire et se leva aussi. Je comprenais très bien leur manège. Ce n'était pas la première fois, et j'imagine que ce ne fut pas la dernière. Quoi qu'il en soit, c'était la dernière fois qu'ils me voyaient.

Le couple honteusement libidineux avait oublié le sac sous la table. Cinq minutes après leur départ, une jeune fille genre étudiante efflanquée entra dans le café. Elle repéra aussitôt le sac abandonné, s'avança vers la table avec une nonchalance étudiée, le ramassa, le mit en bandoulière à l'épaule, laissa un pourboire dérisoire, et s'en alla. Je tremblais à l'idée que j'étais entre les mains d'une criminelle. Une fois dehors, elle accéléra le pas et ne ralentit que lorsqu'elle eut tourné au coin de la rue. Elle examina alors son butin. Elle sourit en ouvrant le portefeuille. Le crime paye bien. Il n'y avait pas grand-chose dans le sac, à part moi. Elle me sortit, me lança un bref coup d'œil puis me jeta d'une pichenette sur le trottoir. J'étais dévastée. Je savais que c'était la fin pour moi. Une photo sur un trottoir ? Comment s'extirper de ce genre de situation ? Totalement désespérée, maudissant la voleuse, j'attendis sur le dos que mon sort soit réglé. D'une seconde à l'autre, j'allais être piétinée, écrasée, jetée je ne sais où…

Mais rapidement, le vent me vint en aide. Une brise glacée sortie de nulle part me souleva du trottoir et me plaqua contre deux sachets en plastique étroitement emmêlés. Nous formions un trio qui ressemblait à un joyeux cerf-volant. Pour la première fois de ma vie, je goûtais à la liberté. Ni cadre, ni album, ni, surtout, personne pour m'entraver. Tout en redoutant le moment où j'allais retomber, je jouissais pleinement de l'instant présent. En fin d'après-midi, l'inévitable se produisit. Le vent s'épuisa, et je fus arrachée à mes amis de fortune pour atterrir à l'entrée de la nouvelle gare routière centrale. Redoutant d'être piétinée par quelque voyageur pressé, je sentis soudain une petite main qui m'agrippait. Levant les yeux, je me mis à hurler intérieurement. Un gamin ! Les gamins sont la pire espèce entre tous les humains. Sales, cruels, imprévisibles, capricieux. Il avait les doigts gras, et je me souviens du dégoût que j'éprouvai quand il me retourna avec ses sales pattes qui sentaient l'oignon frit et l'agneau. J'avais envie de dégueuler. J'espérais de tout mon cœur qu'il me jette par terre, mais cet idiot me plia avant de me fourrer dans sa poche. La femme qui l'accompagnait le traîna par la main dans la gare. Ils prirent un escalier roulant et attendirent leur car. Pendant que le mouflet me tripotait dans sa poche, je traitai Kobi de tous les noms. Ils montèrent dans le car, payèrent leur place et s'assirent. Le car démarra. Le gamin me sortit de sa poche et me regarda sournoisement, comme un espion préparant un mauvais coup. Puis il leva la tête vers la femme assise en face de lui. Celle qui était à côté de lui, probablement sa mère, lui posa une question à laquelle il ne répondit pas. Elle le réprimanda, en ajoutant que c'était impoli de fixer quelqu'un du regard.

Il murmura quelque chose à son oreille et me montra à elle. Elle me regarda, regarda la femme assise en face d'eux, et lui dit quelque chose comme : "Excusez-moi, mais je crois que vous avez perdu ceci."

La femme eut un sourire perplexe ; elle me prit dans ses mains, fronça les sourcils, et la remercia. Le mouflet se mit à brailler : “C’est à moi ! C’est à moi !” La mère, rouge de confusion, lui enjoignit de se calmer. Le car s’arrêta au bout d’un moment. La femme descendit, me regarda de nouveau, cette fois-ci avec attention, se baissa, ouvrit son sac et me jeta à l’intérieur. J’espère de tout mon cœur qu’elle sera gentille avec moi et surtout, pour l’amour du ciel, qu’elle me sortira bientôt de cet endroit sinistre.

6

LES MORTS PRÉFÈRENT LES BLONDES

Ben était incapable de dire ce qui le choquait le plus : le fait que la femme qui ouvrait la porte n'était pas Marianne, le fait qu'elle affichait le sourire le plus célèbre de l'histoire de la gent féminine, le fait qu'elle avait teint ses cheveux en noir de jais, rejetant aux orties sa marque de fabrique, ou peut-être la soudaine intuition qu'elle n'était pas celle qu'elle prétendait être. Elle eut un soupir irrité et lui fit signe d'attendre. Puis elle s'éloigna en ondulant dans le long couloir de son appartement, disparut dans une chambre, s'affaira bruyamment quelques instants, puis revint avec un Polaroid à la main. Elle se pencha vers lui, colla son visage contre le sien, cria : "Ouistiti!" et appuya sur le bouton. Gêné, Ben regarda la photo qu'elle lui mettait dans les mains. Le sourire figé et forcé qu'il arborait lui donnait l'impression d'être le dernier des crétins. Cependant, il décida de ne pas entrer dans son jeu.

— Ça vous va comme ça? demanda-t-elle. Vous allez pouvoir montrer à tout le monde qu'on vous a pris en photo à côté de moi. Que pourriez-vous demander de plus? Et maintenant, s'il vous plaît, prenez-la et partez. Arthur va revenir d'un moment à l'autre.

Il plissa le front, en songeant à l'industrie prospère des sosies dans le monde précédent, et en se demandant si cet Arthur était bien le célèbre Arthur Miller en personne, ou simplement une réplique du dramaturge. Quoi qu'il en soit, il rendit la photo à "Marilyn" en haussant les épaules :

— Merci, mais je n'en ai pas besoin.

Elle lui sourit avec grâce.

— Vous savez combien ça vaut?

Ben lui reprit la photo d'un geste brusque, la retourna dans ses mains, puis déclara d'un air condescendant :

— Désolé, madame Monroe, je suis sûr que vous méritez amplement tous les compliments qu'on vous a jamais adressés, mais permettez-moi de vous assurer que je ne fais pas partie de vos fans. Je ne suis venu ici que dans un seul but : retrouver mon épouse.

— Votre épouse ? Et qu'est-ce qui vous a fait penser qu'elle pourrait être là ?

Sans la quitter des yeux un seul instant, il répondit par une autre question.

— Que faites-vous ici ? Ne devriez-vous pas être en 1962 ?

L'expression de Marilyn s'assombrit.

— Croyez bien que j'en ai plus qu'assez de déménager continuellement. Mais je n'ai pas le choix. Ils me retrouvent toujours. Ils finissent par dénicher ma nouvelle adresse, et me forcent à m'en aller.

Au bout de quelques instants de pesant silence, elle demanda d'un air étonné :

— Vous n'êtes pas un fan ? Réellement ?

Il secoua négativement la tête.

— Cet appartement est celui de ma femme, Marianne Mendelssohn. Je n'arrive pas à comprendre comment vous avez pu vous en emparer. Cela ressemble fort à une violation de domicile.

— Vous croyez que j'ai besoin de m'introduire de force chez les gens ? J'ai un excellent ami qui recherche pour moi les logements abandonnés portant mes initiales. Je déménage au moins une fois par an. Et, avant que vous ne me posiez la question, je vous dirai que oui, il y a des tas de curieux qui rôdent autour des appartements portant les initiales NJB, en se disant que j'y suis peut-être incognito, sous mon ancien nom.

— Vous n'avez jamais songé à changer de patronyme ? demanda Ben, regrettant aussitôt sa question.

Un frisson de désespoir voila le sourire éclatant de Marilyn.

— Même si je m'appelais Florence Nightingale, ils me retrouveraient. Chaque fois que je déménage, je gagne au mieux deux ou trois mois de tranquillité, mais c'est tout.

— Si vos fans vous retrouvent partout, pourquoi ne pas aller vivre chez Arthur ? À mon sens, tous vos problèmes seraient résolus si…

Elle porta un doigt à ses lèvres, avec une moue d'ennui. Elle murmura d'une voix morne, comme si c'était la millième fois qu'elle le disait :

— C'est à cause de l'APPMC.

Elle roucoula en voyant l'expression de Ben, et reprit :

— Sans trop entrer dans les détails, vous n'ignorez sans doute pas que, dans cet Autre Monde, il est permis de changer de nom, mais dans un seul sens. On peut le raccourcir, mais pas l'allonger. Je parle, naturellement, du nom que l'on avait en quittant le monde précédent. Cette règle s'applique surtout à ceux qui avaient trois noms ou plus. Par exemple, Wolfgang Amadeus Mozart. Il n'avait pas du tout l'intention de changer son nom. Et le bruit court qu'il eut une mort fascinante, jusqu'à ce que l'Association pour la promotion de la musique classique s'en prenne à lui. L'APPMC est pleine de musicologues, de compositeurs amateurs, de musiciens professionnels et de simples aficionados. Tous des fanatiques, du premier au dernier. Si vous êtes un compositeur célèbre, ils feront tout pour vous convaincre de continuer à écrire de la musique. Ils ne vous laisseront jamais reposer en paix. Leur amour de la musique se traduit presque par une hargne invétérée envers les musiciens. Ils décidèrent qu'ils voulaient que Mozart finisse son *Requiem*, comme s'il n'était jamais tombé malade. Il refusa catégoriquement, en leur disant que l'œuvre de Süssmayr était entièrement satisfaisante, et que personne ne pourrait le convaincre du contraire. Mais cela ne leur fit ni chaud ni froid. Ils rédigèrent des pétitions, organisèrent des manifestations, le traquèrent partout où il se réfugiait. Cependant, il ne céda pas. La véritable victime, dans cette histoire, c'est Süssmayr, qui ne supportait pas leurs insultes et qui, malgré les louanges et les encouragements prodigués par son maître, appuya sept fois sur le bouton 3. Mozart fut anéanti. Il reprocha à l'APPMC d'avoir poussé son disciple au sommeil éternel, mais ils rejetèrent ses allégations. Et comme si cela ne suffisait pas, le même jour, ils firent une déclaration sur les ondes, au journal du soir, où ils lui enjoignaient d'écrire un nouveau requiem, car il avait maintenant, "plus que jamais", les meilleures raisons de le faire. Il devait composer un requiem pour le compositeur qui avait achevé son propre requiem. Naturellement, Mozart refusa. Il avait déjà dit que rien ne pourrait le faire changer d'avis. Tout le monde pensa que cela s'arrêterait là, mais ils ne le laissèrent pas en paix. Ils le poursuivirent sans relâche, le harcelèrent sans répit. Il déménagea cinq fois, et cinq fois ils le retrouvèrent. Il songea à reprendre son ancien nom, mais comme je l'ai déjà dit, on ne peut pas ajouter des lettres, on peut seulement en retrancher. Songez un peu, avec un nom comme Joannes Chrysostomus Wolfangus Theophilus, qui aurait pu le retrouver ? Quoi qu'il en soit, il décida de retirer Wolfgang. Histoire d'aller à l'essentiel, vous voyez ce que je veux dire. Amadeus Mozart. J'ignore ce qu'il avait en tête. Ils avaient écumé ce monde pendant deux siècles pour le retrouver, et subitement c'était fini ? En vérité, il réussit presque son coup. Il aurait réussi, en fait, s'il n'y avait pas eu Salieri le cafteur, qui tomba sur lui par hasard à un récital de Beethoven, où on jouait la *Dixième*, je crois, et le suivit jusqu'à son appartement, découvrant ainsi le pot aux roses.

Depuis ce jour, le pauvre diable est continuellement en mouvement. Il erre d'immeuble en immeuble. Mais c'est mon pauvre Arthur qui en a le plus souffert. Savez-vous combien de fois on est venu frapper à sa porte à cause de ses initiales ? Et ces gens-là sont des détraqués, croyez-moi. Même quand on leur dit qu'ils font erreur, ils demandent la permission de fouiller l'appartement. Ces tarés se figurent que mon Arthur cache Mozart chez lui. Il a été obligé de déménager huit fois avant de suivre mon conseil et de venir habiter chez moi. C'est vrai que je suis harcelée, moi aussi, mais pas de la même manière.

Elle porta la main à sa bouche pour étouffer un bâillement. Ben lui promit qu'il s'en irait bientôt. Il voulait juste savoir comment elle avait échoué dans l'appartement de sa femme.

Elle s'étira, puis répéta d'une voix ensommeillée ce qu'elle avait déjà dit plus tôt.

— J'ai un très bon copain qui repère les logements vacants. Celui-ci est abandonné depuis six mois.

— Six mois ? Mais elle n'est arrivée ici qu'il y a un an et trois mois. Vous prétendez que Marianne n'a vécu ici que neuf mois ?

— Je n'en ai pas la moindre idée. Pour ma part, je suis ici depuis trois mois. C'est ce qui m'a permis de tout organiser.

— Mais les adresses ici sont éternelles, n'est-ce pas ? C'est ce qu'on nous a dit à l'accueil. Dans mille ans, ce logement sera encore celui de Marianne.

— C'est ce que j'entendais par tout organiser. Mon copain travaille au service du Pouce, vous voyez, donc…

— Je ne vois rien du tout.

— Écoutez, vous croyez que je suis morte d'hier ? Je sais très bien que vous cherchez uniquement à gagner du temps.

— Mais pas du tout, je vous assure, protesta Ben. Je m'en vais tout de suite. Sachez cependant que c'est moi qui suis mort d'hier. J'ignore à peu près tout de ce monde. Ce truc des pouces, par exemple. Tout ce qu'on nous a dit, c'est que cela servait à récupérer nos enregistrements privés et à…

— D'accord, d'accord, la bleusaille, fit Marilyn en riant et en ouvrant la porte pour lui montrer une cavité elliptique, en forme de pouce. Vous voyez ça ? Il n'y a pas de clé ici, ni de serrure. Juste des trous de pouce. Chacun reconnaît son appartement aux indications affichées : moment du décès et initiales. Et chaque appartement reconnaît son titulaire à son empreinte de pouce. Depuis les origines, il n'y a jamais eu d'effraction en ce monde. Quand vous arrivez chez vous, vous appliquez votre pouce dans l'alvéole, la porte s'ouvre, et hop ! Vous entrez. Pas plus difficile que ça. Et pas besoin de vous encombrer d'un trousseau de clés.

— Mais, objecta Ben, enchanté par la simplicité de la chose, ce truc-là est censé reconnaître l'empreinte de Marianne et non la vôtre !

Elle hocha la tête pour signifier qu'elle était d'accord, mais se hâta d'expliquer :

— Chaque fois qu'on entre ou qu'on sort, une lumière bleue s'allume au centre de traitement du Pouce. Si aucun mouvement n'est détecté durant six mois consécutifs, la lumière tourne au rouge. Cela signifie que la personne résidente est partie, ou qu'elle a fait un sept fois trois. Quatre-vingt-dix-neuf fois sur cent, il s'agit du premier cas. Lorsque quelqu'un a abandonné son domicile, n'importe qui peut s'inscrire au Centre pour prendre sa place. On fait alors signer au candidat un papier stipulant que, si le titulaire initial revenait, il faudrait qu'il lui restitue le logement dans les trois jours. Je vous ai déjà expliqué que j'habite ici avec Arthur depuis trois mois, et personne ne s'est encore présenté pour récupérer l'appartement.

— Mais le pouce ?

— Ils ont changé l'alvéole ! fit Marilyn en levant son pouce. Elle est à mon nom. Si votre épouse revient, je devrai lui céder la place et l'emporter avec moi.

— Mais Marianne, insista Ben comme un enfant, où peut-elle être ?

— Désolée, fit Marilyn en roulant les yeux. J'ai laissé ma boule de cristal dans le monde précédent.

Ben lui lança un drôle de regard.

— Je ne voulais pas paraître cynique, reprit-elle. Mais elle peut être n'importe où.

— Et au Centre ? Est-ce qu'ils ne peuvent pas la localiser ?

— Le Centre donne des informations sur les résidents qui occupent leur logement officiel, et c'est tout.

Ben hocha pensivement la tête.

— Puis-je vous demander une faveur ?

— Vous voulez laisser votre empreinte dans mon télédoigt pour que, si jamais elle revient ici, je lui dise que vous la cherchez, et qu'elle ait un moyen de vous retrouver.

Hochant la tête, Ben posa le doigt sur le numéro 6 du godget de Marilyn.

— Appuyez ! lui dit-elle.

Il obéit, haussant un sourcil quand elle lui tendit la main en disant :

— Ravie de vous avoir connu, Ben.

Voyant son air étonné, elle sourit en portant la main à sa tempe.

— Les nouvelles et les services du télédoigt parviennent directement à votre oreille, murmura-t-elle. Il en est de même pour le nom du correspondant que vous désirez appeler. Ainsi, il ne peut pas y avoir d'erreur d'identité.

Avant que Ben ait eu le temps de la remercier, elle lui donna un nouveau conseil utile :

— Prenez votre godget et appuyez quatre fois sur le numéro deux. Vous transpirez comme un cheval de course au moment d'attaquer la dernière ligne droite.

Ben eut un sourire penaud. Une brise fraîche souleva le voile de chaleur moite, et il eut l'impression, l'espace d'un instant, qu'il pouvait échapper au chaos tourbillonnant dans sa tête.

— Comment pourrai-je jamais vous remercier ? demanda-t-il.

Elle fit un pas en arrière dans l'appartement, lui sourit et le poussa gentiment vers la porte.

— Partez, ce sera suffisant.

Au moment de prendre l'ascenseur, il se souvint brusquement qu'il avait oublié la photo qu'ils venaient de prendre. Il revint sur ses pas, leva la main pour frapper à la porte, mais entendit la voix de Marilyn qui criait : "Laissez-la pour Marianne !"

7

LE DÉFAUT

Un an et demi environ après la grande foirade du bug de l'an 2000, Yonatan eut un fou rire en repensant à la nuit où les quatre chiffres du millésime avaient changé en même temps. Tandis que le monde entier saluait l'événement historique par une éblouissante symphonie de sons et de couleurs, Yonatan achevait tranquillement sa lecture du livre de Salman Rushdie, *La Terre sous ses pieds*. Une montée d'adrénaline le parcourut tandis qu'il savourait les derniers mots du roman écrit par son auteur favori. Incapable de trouver le sommeil, il s'assit devant son ordinateur et éternua sept fois. Malgré sa grippe, il avait de bonnes raisons de se réjouir, dans la mesure où il avait un prétexte pour ne pas faire la tournée des grands-ducs avec ses copains dans Tel-Aviv. Il allait célébrer l'anniversaire le plus égocentrique de l'humanité. Regagnant la cuisine, il se fit du thé, y versa une bonne dose de whisky, et retourna s'asseoir dans son fauteuil. Son cœur battait la chamade. Ses narines pleines de microbes frémissaient d'impatience. Il éternua de nouveau, laissa échapper un gémissement, maudissant ce foutu virus, et alluma l'ordinateur. La machine obéit aussitôt, en lui faisant gagner 2 000 shekels les doigts dans le nez. Il avait parié avec quatre copains, à raison de 500 shekels par tête de pipe, que le bug était une invention issue d'esprits chtarbés ne cherchant qu'une seule chose, jouer avec la tête des gens qui vacillaient sur la crête du nouveau millénaire.

Yonatan ne croyait pas à la fin du monde. Mais il croyait à la fin de l'humanité. Il ricanait à l'idée qu'un jour, une invisible main vengeresse balayerait les humains de la planète. Et il n'avait que mépris pour les gens qui ajoutaient foi aux élucubrations des devins, en souhaitant publiquement que leurs pires craintes se réalisent vite fait, ne fût-ce que parce qu'ils étaient si convaincus de l'inéluctabilité de leur destin funeste qu'ils n'avaient pas le temps de commencer à vivre leur vie. Quant à sa propre existence, ses amis les plus intimes lui reprochaient la simplicité excessive avec laquelle il la menait, en critiquant son insondable laisser-aller. Il fumait trois paquets de Gitanes par jour, éclusait dans le même temps trois litres de Guinness, se nourrissait essentiellement chez McDonald's et Pizza Hut, couchait sans protection avec des inconnues, prenait l'avion une fois par an pour se dorer sur toutes ses faces au soleil torride des plages à la mode, ne connaissait pas l'usage de la ceinture de sécurité, avait tendance à commencer la semaine en se faisant quelques lignes et à la finir avec des pilules bleu ciel qui l'expédiaient directement sur la face cachée de la Lune. Il misait son bel et bon argent sur des équipes de foot moches et miteuses, et allumait son ordi sur le coup de minuit.

Demain, Yonatan ira collecter son argent, et payer à boire à ses copains, après quoi il insistera pour conduire bourré jusque chez lui, dans les quartiers sud. Roni lui tapera dans le dos en disant qu'il ne peut pas conduire dans cet état. Yonatan demandera pourquoi il ne peut pas. Daniel lui dira en riant qu'il risque de tomber sur un flic, et qu'est-ce qu'il fera alors ? Yonatan haussera les épaules et répondra que ce sera un honneur de dégobiller sur un représentant de la loi. Ses copains lui diront qu'il est impossible. Yonatan haussera les épaules en répliquant qu'il est simplement improbable. Puis il rentrera à la maison en zigzaguant modérément. Après s'être garé de travers devant son immeuble, il titubera jusqu'à l'entrée, s'agrippera des deux mains à la rampe pour monter, aura du mal à insérer sa clé dans la serrure, entrera dans l'appartement, refermera la porte et s'écroulera sur sa moquette pour une longue nuit de profond sommeil.

Ce n'est que le lendemain soir, en rentrant de la librairie, qu'il allumera son ordinateur pour voir sur l'écran, à son grand ravissement, le message adressé par une femme : "Mon cher Grimus, tes paroles m'ont profondément émue. Si tu en as envie, laisse-moi un mot. Vina." Yonatan se souviendra de cette veille du millénaire. Après avoir allumé son ordinateur, il s'était rendu sur le site des fans de Salman Rushdie et avait écrit qu'il venait d'achever la lecture de *La Terre sous ses pieds* et qu'il avait été très touché par l'histoire mythique du rock and roll vue par le maître indien :

> La terre sous les pieds de Vina Apsara est la seule terre sacrée que je connaisse. La terre de l'amour. La seule qui vaille la peine que l'on se batte pour elle. Ormus s'est battu, Rai s'est battu, Vina s'est battue ; chacun à sa façon ; et chacun, simultanément, avait gagné et perdu. Quand la terre s'ouvrit sous les pieds de Vina, elle disparut. L'amour l'avait engloutie tout entière. Puis elle resurgit, comme un second lever de soleil, en un lieu différent, sur une terre différente. Et elle disparut de nouveau, puis resurgit encore une fois. Elle s'était réinventée, les masses l'avaient réinventée, son amant l'avait inventée, et son ami aussi. Vina est le cœur quintessenciel qui continue de battre après la crise, l'attaque ou le choc, le cœur qui refuse de s'incliner devant un séisme. De tout son cœur, Vina Divina rendait tous les hommes fous, particulièrement Ormus. La déesse rendait le dieu fou, et leur folie faisait trembler la terre, prélevant son quota de victimes. Tel est le visage du véritable amour. Autoritaire, arrogant, impitoyable, plus grand que la vie, indompté par la mort. Car, comme dans la chanson, il survit, lui aussi, à la terminaison de la vie.
>
> La dernière œuvre en date de Rushdie me laisse dans un état d'esprit sentimental, au cœur d'une période contrariante où le monde ne parle que de la fin des jours, d'apocalypses et de phobies. Le noir règne sur le poulailler. Le monde ne comprend pas que la peur de la mort est tout aussi irrationnelle que la peur d'un tremblement de terre. Je ne crains pas la mort. Mes amis me bassinent avec leur sempiternel cliché : "Tu crois peut-être que ça n'arrive qu'aux autres." Foutaise. Je sais, bien au contraire, que ça m'arrivera un jour. Mais je ne crois pas aux vertus de la prudence. J'ai besoin d'être impulsif, imprévisible, irréfléchi. Ils me traitent de suicidaire. Je leur réponds que le suicide, au moins, est un plaisir. Surtout quand il est lent, délibéré et

délectable. Ils redoutent la fin, comme si elle les prenait par surprise. Moi, je n'en ai pas peur, car je suis prêt, à tout moment, à la recevoir. Je n'ai pas peur que la terre s'ouvre sous mes pieds pour m'engloutir. Qui a dit qu'il valait mieux mourir à un âge avancé ? Entre nous, la plupart des vieilles personnes sont dans un état beaucoup trop avancé. Si, par miracle, j'arrivais à l'âge où l'on devient gâteux, j'aurais, au moins, le réconfort de savoir que j'ai commis, à mon heure, mon lot d'irresponsables péchés ; et s'il advient que mon style de vie me prive de mes années les plus vulnérables, ainsi soit-il, je me sentirai le droit de bomber le torse en racontant mes prouesses. C'est moi qui fais trembler la terre sous Ses pieds, ce n'est pas Lui. Ni je ne sais quel Destin, ni une quelconque faille tectonique fatiguée. C'est moi, Grimus. Et comme Vina, je n'ai peur de rien. Je ne ressens rien d'autre que de l'envie pour elle. Le grand amour. Non pas celui des masses adoratrices, ni celui du photographe qui a fourni la chaleur humaine, mais celui d'Ormus, qui outrepasse les frontières de la logique et de l'émotion. Ce même Ormus qui a regardé sous la terre, qui nous a mis en garde contre les séismes tout en devenant accro au tremblement de son âme affligée, Ormus a retrouvé Vina entre les lignes de faille. Et pas une seule Vina, mais un million. Combien d'entre vous ont-ils connu un amour comme celui-là ? Très peu, j'imagine.

Très peu, en vérité, j'en suis certain.

Et je suis certain également que, malgré le cynisme qui régit mon existence et celle de mon entourage, il ne serait que juste d'avouer mon désir, une fois au moins dans ma vie, d'être Vina ou Ormus. Non pas par modestie, mais pour la simple raison que je ne crois pas à la multiplicité du grand amour dans le cadre d'une seule et unique existence. Ou la terre tremble sous vos pieds, ou elle ne tremble pas. Je serais curieux de savoir si les grands amours de la littérature sont tous les fruits de fiévreuses imaginations romantiques ou s'ils constituent seulement une variété rare, authentique et sublime. J'espère de tout mon cœur que c'est ce dernier cas.

Grimus.

"Vina" était une véritable enfant de minuit*. Sa connaissance de l'œuvre de Rushdie ouvrit la voie à une franche camaraderie, puis à une profonde amitié. Au début, ils s'étaient livrés à de multiples joutes verbales, testant leurs savoirs respectifs dans ce domaine à coup d'énigmes, de pinailleries et d'anagrammes, y compris sur les noms de personnages tout à fait secondaires, en bons disciples de Maître Anagrammari. Sous la surface des choses, cependant, les deux complices savaient pertinemment que leurs petits jeux littéraires débordaient sur deux motivations très simples : d'une part l'amour-propre, en ce qui concernait l'étendue de leurs connaissances et de leur compréhension, et d'autre part un certain degré de ressentiment à l'encontre de l'autre, qui prospectait au tréfonds d'un gisement richissime, mais faisait également en sorte de l'incorporer à leur vie privée. La première de ces motivations découlait d'un besoin intellectuel de se faire valoir ; la seconde, d'un puéril instinct de possession. Ces réactions jumelles, qui les habitaient tous les deux, donnèrent naissance à une troisième, qui les excita infiniment. Au bout d'un mois de joutes nocturnes, ils arrivèrent d'un commun accord à la conclusion qu'ils étaient du même avis. Ayant tous les deux réussi aux tests de l'autre, ils firent tomber les haies de leur course compétitive à la connaissance et se mirent à décortiquer ensemble les principaux rouages de leurs ouvrages favoris. Deux têtes pensantes liées entre les mains d'une troisième qu'ils admiraient à l'unisson. Quand "Grimus" désignait *Les Versets sataniques* comme symbole intellectuel de réussite d'une société vouée à s'auto-impressionner, "Vina" savait exactement ce qu'il voulait dire. Elle n'éprouvait que dérision pour le fait que tant de personnes se procuraient le livre à cause de l'ignorance de quelques religieux tarés plutôt que pour les brillantes idées qui y étaient exposées. Ils s'accordaient à dire que les clients qui l'achetaient pour le mettre bien en vue sur la table du salon, comme un objet à la mode, et qui en faisaient la louange en

* Allusion au roman de Salman Rushdie, *Midnight's Children* (Jonathan Cape, 1981), en français *Les Enfants de minuit* (Stock, 1983). *(Toutes les notes sont du traducteur.)*

société, n'étaient que de fieffés hypocrites. "Grimus", qui tenait une librairie dans Pinsker Street, racontait à "Vina" qu'en dix ans, il avait dû avoir trente-cinq clients qui lui avaient acheté le livre parce qu'ils "se devaient de l'avoir à la maison" et qui, quand ils revenaient au magasin et qu'il leur demandait s'ils l'avaient lu, répondaient par un chapelet d'excuses du genre : "Je n'en ai pas encore eu l'occasion", ou : "J'attends le bon moment", ou encore : "Je l'ai acheté pour montrer que je suis pour la liberté d'expression, ça ne suffit pas ?" Il y avait aussi ceux qui disaient : "J'en ai lu trente pages, et je n'ai pas continué", ou bien : "Je n'ai lu que les pages où il est question de Mahound*, parce que c'est ça qui a rendu fous les fanatiques." Ou encore : "J'ai lu seulement le passage du retour à la Jahiliya**, parce que c'est ça qui a fait chier les Iraniens." Et aussi : "C'est un pavé", "C'est de la fiction", "C'est trop dense", "c'est trop compliqué", "Ce n'est pas lui, c'est moi", et : "Je ne lis pas beaucoup en général."

À l'occasion d'un autre échange, qui se prolongea pendant huit soirées fascinantes, ils analysèrent le thème de la rivalité, qui est au centre de l'œuvre de Rushdie. Aussi bien la perpétuelle opposition entre le bien et le mal, l'ange et le démon, le divin et le diabolique, le sacrifice et le sacrificateur, l'enraciné et le déraciné, le moderne et le primitif, l'acceptable et le rejetable, la force et la faiblesse, la liberté et les entraves, que le terrestre et le céleste, l'honneur et la mortification, le tordu et le droit, le caché et l'apparent, le religieux et le séculier, le constant et l'éphémère, le gagnant et le perdant, le passé et l'avenir, le conflit jamais résolu entre les Saleem et les Shiva, les Farishta et les Chamcha, les Aurora et les Uma de notre monde, et ils conclurent tristement que le rideau de soie de la tranquillité ne tomberait jamais sur un monde aussi tributaire des intérêts de chacun.

Mais le dialogue qui mit le plus en relief l'intensité de leur compréhension mutuelle naquit d'une chose qui était à mille lieues d'une discussion savante et qui les surprit tous les deux.

* Manière péjorative de désigner Mahomet.

** C'est-à-dire à l'époque préislamique "de l'ignorance et du chaos".

GRIMUS : Tu sais, Vina, ça fait déjà un mois qu'on bavarde à propos de Rushdie, et je viens de m'apercevoir que je ne sais pas encore pourquoi tu aimes tellement ses livres.

VINA : Je n'en crois pas mes yeux. J'allais te faire la même remarque.

GRIMUS : Et qu'est-ce qui t'a retenue ?

VINA : J'en sais rien. On était tellement plongés dans cette analyse que… Je ne sais vraiment pas.

GRIMUS : Je te promets de répondre si tu le fais la première.

VINA : D'accord, d'accord. À mon avis… Attends, non, Grimus. On ne va pas procéder comme ça. Rendons la chose plus intéressante. Je vais essayer de deviner pourquoi tu aimes tellement ses bouquins, et tu feras la même chose pour moi. Tu veux bien ?

GRIMUS : Ça me paraît intéressant. On fait un essai. Moi, Vina, j'aime les livres de Rushdie pour l'écriture. J'adore son mélange fascinant de prose enflammée et de jargon salmanien, j'adore la manière dont il mélange l'érudition et la sagesse populaire, j'adore sa façon de jouer sur les mots, son humour, ses métaphores, son vertigineux télescopage de l'anglais et du hindi, qui le hisse à la frontière d'un nouveau langage. Le rushdien. Un truc comme ça. Je me trompe ?

VINA : Comment as-tu fait pour deviner que pour moi, c'est son écriture qui fait pencher la balance ?

GRIMUS : C'est parce que tu ne cites jamais des passages en relation directe avec l'intrigue. Tu te concentres toujours sur sa manière dévastatrice de manipuler les mots. Tu adores Virgil*, particulièrement ce qu'il dit sur le langage à l'origine des concepts, et les concepts à l'origine des chaînes.

VINA : Moi, Grimus, j'aime les livres de Rushdie à cause de la manière dont il tisse ses récits fantasques. Je raffole de ses associations et de ses personnages inoubliables, mais par-dessus

* Virgil Jones, personnage du roman *Grimus* de Rushdie.

tout je me prosterne en hommage à son imagination. Il n'y en a qu'un comme lui !

GRIMUS : Bien vu. Tu as mis le doigt sur quelque chose. Mais à mon avis, nous sommes tous les deux des faibles d'esprit flatulents.

VINA : Je ne sens rien.

GRIMUS : Mais moi, j'entends, Vina. C'est trop facile de dire qu'on aime Rushdie pour son style ou pour son imagination. Mais toi et moi ? Quand on aime une personne, il est probable qu'elle remplit un grand vide qu'on avait à l'intérieur. La question n'est pas de savoir pourquoi nous l'aimons, lui, mais pourquoi nous l'aimons, nous.

VINA : Mon cher Grimus, tu es un con fini.

GRIMUS : Tu crois ?

VINA : Il y a des tas de gens qui adorent ce qu'il écrit.

GRIMUS : Nous ne sommes pas des tas de gens.

VINA : Que sommes-nous, alors ?

GRIMUS : Un mec qui pose une question et une nana qui essaie de se débiner.

VINA : Je n'essaie pas de me débiner.

GRIMUS : Je vais te faciliter la tâche. C'est un truc que je voulais te demander depuis longtemps. Dis-moi, Vina. Dans quelle langue as-tu lu ses livres ?

VINA : Dans la version originale.

GRIMUS : Ce qui explique l'élégance de ton anglais.

VINA : Je pourrais dire la même chose de toi.

GRIMUS : Exact. Je ne fais pas confiance aux traducteurs, et je sais que tu n'as pas de problème à leur encontre. Mais tu as choisi de le lire en anglais, bien que nous connaissions parfaitement, toi et moi, l'incroyable complexité du langage dans l'original.

VINA : J'aime ce langage. Et j'ai toujours privilégié la lecture dans l'original.

GRIMUS : Je t'approuve entièrement. Et je voudrais associer ton estimable point de vue à la chose qui intéresse le plus Rushdie : les racines, l'appartenance, le pays natal, ou leur absence. Est-il possible, Vina, que tu ne te sentes chez toi nulle part ?

VINA : Chez moi ? Quel chez-moi ? Les gens se méprennent souvent. Ils croient qu'il n'y a qu'un seul endroit qui correspond à cette notion. Gardons-nous de tomber dans ce piège populaire. On peut être chez soi dans un lieu, une époque, un langage, un peuple, et probablement plusieurs autres choses qui m'échappent pour le moment. Je ne me sens pas forcément chez moi dans le pays où je vis, de même que le fait d'être à l'aise devant un ordinateur ne signifie pas que je m'intéresse particulièrement à la période moderne. Je préfère l'anglais à ma langue natale, le français. Je ne sais d'ailleurs pas pourquoi. Quant aux gens… n'en parlons pas.

GRIMUS : Y a-t-il une période de l'histoire où tu aurais préféré vivre ?

VINA : L'histoire est trop sombre pour moi.

GRIMUS : Et le futur ?

VINA : Trop lumineux.

GRIMUS : Ça te mène où, alors ?

VINA : À attendre le prochain livre de Rushdie.

GRIMUS : Je suis heureux d'apprendre de nouvelles choses sur toi.

VINA : Et toi ? Tu te sens bien où ?

GRIMUS : Nulle part. Le fait d'être venu au monde me conduit à y être chez moi, mais le reste c'est de la foutaise. Et ne parlons pas politique. Disons que je suis né dans cet endroit paumé. Et alors ?

VINA : Une époque, peut-être ?

GRIMUS : Je ne dédaignerais pas d'être un César de la Rome antique. Mais sans les emberlificotages diplomatiques, les guerres, les rites religieux et leur sénat débile.

VINA : Hédoniste !

GRIMUS : Que faire d'autre ? Nous lamenter sur la trop courte durée de la vie ? Chialer tout le temps ?

VINA : Tu n'as jamais songé à t'expatrier ?

GRIMUS : Un million de fois. Mais mes courts séjours à l'étranger m'ont appris le grand secret.

VINA : Que chaque nouvel endroit est un paradis pendant huit jours ?

GRIMUS : Exactement. Je n'ai jamais pu me faire à cette sensation, si tu vois ce que je veux dire. Au bout d'une semaine, tu n'as plus l'impression d'être un touriste, et tu te mets à singer les autochtones. Mieux vaut encore revenir dans ce maudit pays pour y cultiver ma familière et précieuse impression de n'être nulle part chez moi.

VINA : Je suis d'accord. En principe. Je suis un peu fatiguée, mais je voudrais te poser une dernière question.

GRIMUS : ???

VINA : Tu n'es pas obligé de répondre tout de suite. Mais réfléchis, Grimus. Si quelqu'un t'offrait l'occasion de grimper à bord d'un vaisseau spatial pour te conduire très loin, sur une planète habitée, sans possibilité de revenir jamais ici, accepterais-tu ?

GRIMUS : Tu connais ma réponse.

VINA : Tu crois ?

GRIMUS : J'en suis sûr. Pour nous deux.

VINA : Je suppose que tu as raison.

Yonatan n'avoua pas à "Vina" que le vaisseau spatial en question lui avait traversé l'esprit des dizaines de fois depuis qu'il était gamin, et qu'il avait du mal à croire qu'il était finalement tombé sur quelqu'un qui ne désapprouvait pas son style de vie inconsidéré. L'indifférence chaleureuse de la Française lui plaisait quand il lui parlait de son mauvais trip du dimanche précédent. Il aimait bien la sérénité de la journaliste spécialisée dans les arts et la culture, qui en avait vu de toutes les couleurs et avait cessé depuis longtemps d'être impressionnée par les engouements passagers, les lubies d'un soir et les gadgets pseudo-culturels. Mais plus que toute autre chose, il appréciait le fait que "Vina", tout comme lui, n'était pas béate devant sa propre existence, et qu'elle ne redoutait aucunement la mort ni, éventuellement, le départ définitif pour un autre monde dans le ventre d'un vaisseau spatial.

Peut-être avait-elle le même défaut de naissance que lui, se disait Yonatan. Un de ces jours, il lui confierait son secret le plus intime, mais pas tout de suite. Elle risquait de le prendre pour un demeuré. Non, pas "Vina". Elle allait le comprendre. Elle saurait que sa philosophie existentielle plongeait ses racines au cœur des ténèbres d'où il était issu. Il avait une malformation cardiaque. Avant même qu'il ait eu le temps de commencer à vivre, les cloisons qui séparaient la chambre gauche de la chambre droite de son cœur étaient perforées. Le trou, cependant, était minime, et l'opération fut un succès. Les chirurgiens lui avaient posé une endoprothèse en plastique qui permettait à son cœur de fonctionner normalement. Ils avaient rassuré ses parents en leur promettant que sa malformation ne serait pas un handicap dans sa vie. Mais Yonatan n'avait pas confiance. Il continuait de considérer son cœur comme un point faible et peu fiable. Convaincu qu'il pouvait le trahir d'un moment à l'autre, il avait décidé de l'arrêter de son propre chef. À l'âge de vingt ans, il lui avait mené une guerre sans merci, en le poussant au maximum pour tester ses limites. Vingt ans plus tard, il était surpris de constater que cette petite crapule résistait, sans donner le moindre signe de soumission ni de capitulation. Il était sûr que ce viscère gâté était directement responsable du paysage lunaire romantique qui caractérisait sa vie sentimentale. Quelle femme sensée tomberait amoureuse d'un mec qui survivait au jour le jour ? La seule qui avait jamais daigné s'engager dans une liaison avec lui s'était enfuie en courant, furieuse, au bout d'un mois de passion, quand elle avait compris que son propre instinct suicidaire avait atteint son paroxysme et que deux pulsions autodestructrices ne sont pas synonymes d'amour.

Quand "Vina" et lui avaient commencé leurs causeries, elle était en train de se séparer de son mari. Six mois plus tard, elle était divorcée. Elle racontait ses peines de cœur et ses tourments à "Grimus", qui essayait de la consoler, mais elle jurait qu'aucun amour ne valait la peine de souffrir à ce point. Six mois après le début du nouveau millénaire, ils laissèrent Rushdie de côté pour passer à autre chose. Deux êtres issus de contrées différentes partageant leurs idées, leurs expériences et leurs sentiments, savourant la notion d'âme sœur, confortablement ancrés dans la certitude d'une amitié inconditionnelle. Au bout de six nouveaux mois de conversations, ils trouvèrent le courage de s'avouer une fraction de ce qu'il y avait dans leur cœur.

Au lieu de "Grimus", "Vina" avait tapé par erreur "Ormus". Yonatan en fut sidéré. Durant tout le temps qu'ils avaient passé ensemble, il n'avait pas permis à ce scénario quelque peu plausible après tout de franchir la barrière de ses lèvres, craignant peut-être qu'il ne sape la forteresse de leur amitié en marquant au fer rouge le beau sentiment qu'ils partageaient. "Vina" s'excusa et corrigea en "Grimus". Quinze jours après que l'incident eut été enfoui sous la montagne habituelle de conversations sur le travail, les amis et autres occupations routinières, ce fut le tour de Yonatan de commettre une "bévue". Un beau soir d'hiver, une amie frappa à sa porte et, au bout de quelques heures de conversation quelque peu arrosée, l'entraîna dans le lit. Yonatan se sentit heureux. C'était l'arrangement sexuel parfait. Une fois par an environ cette femme surgissait de nulle part dans sa vie, se soûlait avec lui, couchait avec lui et disparaissait au matin. Mais cette nuit-là, en regardant la poitrine tressautante de Talia la grognasse, il se sentit minable et dépressif, et lui demanda de partir avant qu'elle ait eu l'occasion de lui ratisser le dos avec ses faux ongles. Elle en fut estomaquée. Il renouvela sa demande, et quand elle voulut savoir s'il y avait quelqu'un d'autre dans sa vie il hocha affirmativement la tête en indiquant l'ordinateur du doigt et en se détournant pour éviter la pluie d'obscénités avinées qu'elle déversait sur lui. L'insupportable impression de trahison l'accablait, et il alla taper sur le clavier tandis que tout tournait autour de lui : "Vina, appelle-moi Ormus." Il s'excusa le lendemain, expliquant que c'était le whisky qui avait dicté ses mots la veille. "Vina" lui répondit qu'elle comprenait très bien.

Le soir venu, elle adressa son message à "Ormus". Ravi, Yonatan en conclut que leur relation avait pris un tournant aussi étrange que passionnant. L'amour épistolaire. Le week-end suivant, il lui écrivait déjà que sa seule raison de vivre était d'attendre le soir. Et "Vina" lui répondait que ses jours étaient passés du noir et blanc à la couleur et qu'elle vivait dans un nuage jusqu'au moment de s'asseoir devant son ordinateur pour voir s'afficher son nom.

Les deux mois suivants furent consacrés à des jeux d'amour virtuels dans le ventre d'un vaisseau spatial. Les deux astronautes se posèrent sur un astre lointain nommé Gorfik, et firent défiler lentement, chacun devant les yeux de l'autre, toute une série d'aventures sur cette planète fascinante. "Vina" et "Ormus" y rencontrèrent de multiples personnages exotiques qui leur donnaient des trésors magiques et mystérieux en échange de leurs leçons humaines sur l'amour. Pendant leur cent cinquantième nuit sur la planète, Prolificus, une créature aussi haute qu'un séquoia, qui épaississait quand elle était excitée, leur donna une pilule qui augmentait à l'infini les organes du corps, et ils furent les premiers représentants de l'humanité à se livrer, sous les applaudissements frénétiques des Gorfikiens, à une orgie à deux. Huit jours plus tard, ils passèrent quelque temps à Paradés, le plus grand casino spatial, où ils remportèrent un concours de télépathie. Le grand prix était un voyage organisé sur Vénus. "Vina" et "Ormus" passèrent quatre nuits sur la planète de l'amour, encadrés par les Cupidons, experts à l'arc, qui agrémentèrent leur séjour en leur enseignant le tir sur cible et la chasse aux météorites esseulées. La reine des Cupidons, Artémise, organisa un éblouissant gala en leur honneur. Elle invita des milliers de stars et de starlettes qui se rencontrèrent et s'aimèrent grâce à leur adresse au tir à l'arc. Les habitants des météorites isolées les remercièrent chaleureusement et les supplièrent de rester encore un peu, mais ils répondirent en souriant qu'ils préféraient continuer leur tour de la galaxie. Artémise, qui les comprenait, hocha la tête en leur souhaitant des délices éternels. Elle les expédia, le lendemain à midi, sur la Lune de Miel, le temple du kitsch et de tout ce qui est sacchariné, où ils se susurrèrent des torrents de mots sucrés à l'eau de rose et, sous l'influence mielleuse des lieux, décidèrent d'un commun accord de proclamer leur impérissable amour à la manière des autochtones uraniens.

Pour la première fois depuis qu'ils avaient commencé leurs jeux, Yonatan eut un frisson d'horreur devant l'une des inventions de "Vina". D'après elle, les couples uraniens se prouvaient leur amour en échangeant leurs cœurs. Après avoir donné le sien à la femme qu'il aime, l'Uranien meurt pendant un temps. La femme aux deux cœurs examine alors celui qu'elle vient de recevoir et décide que cette preuve de chevalerie, d'abnégation et de foi en sa fidélité est digne de son amour. Elle arrache alors son propre cœur et meurt. Si l'amour du couple est réel et sincère, un cardiologue uranien appartenant au Conseil céleste de l'amour éternel pratique une double transplantation simultanée, de sorte que les deux amants se réveillent en même temps et, à partir de là, deviennent inséparables. Chacun porte la cicatrice du cœur de l'autre comme si c'était le sien. La mort dans l'âme, "Ormus" accepta la proposition de "Vina", et ils échangèrent le serment coronarien des Uraniens. Cependant, Yonatan détestait l'idée de donner à "Vina" son cœur défectueux, et il en voulait à son imagination de l'avoir fait régresser au périlleux moment présent.

L'histoire d'amour du couple dura cinq mois, à raison des cinq heures par jour durant lesquelles ils furent continuellement impressionnés par la sauvagerie de leurs hallucinations partagées. Le reste du temps, "Ormus" était Yonatan Gur, un modeste quadragénaire qui partageait son temps entre sa librairie et ses rêves éveillés concernant une femme dont il ne connaissait même pas le véritable nom. Il ne se sentait nullement obligé de faire la connaissance de la mystérieuse personne dont il était tombé amoureux. Après tout, son identité n'était pas vraiment un secret. Il connaissait sa profession, il savait ce qu'elle aimait et ce qu'elle détestait, ses pensées les plus intimes ne lui étaient pas inconnues, ni ses points forts, ni ses faiblesses, ni ses opinions, ni sa manière de voir le monde. Elle avait même échangé son cœur avec lui à l'occasion d'une cérémonie douteuse. Pour le reste, il comblait les vides, en se concentrant avec délectation sur la pelure esthétique du fruit de son imagination. Après en avoir pendant cinq mois étudié le goût et léché le noyau, il se réjouissait à la pensée de consommer sa peau. Son œil intérieur lui teignait les cheveux en blond et les lui peignait jusqu'aux épaules, lui faisait des yeux bleus en amande, lui remplissait les joues, lui épaississait la lèvre inférieure, lui arrondissait le visage, lui allongeait le cou, lui teintait le corps en blanc ivoire, lui retraçait les hanches en les remplissant, lui rembourrait légèrement l'abdomen, lui allongeait les jambes jusqu'à la courbe des hanches, lui octroyait généreusement 1,70 mètre et 59 kilos, et tout cela en souriant. Il la voyait se tenir droit, se déplacer avec une grande mobilité, saupoudrer ses expressions avec un rien d'intelligence cinétique, parler d'une voix douce, sur un ton posé, avec un rire céleste, la nuque exhalant un fabuleux parfum floral. Non, il ne voulait pas donner son cœur défectueux à la femme de ses rêves, car il craignait qu'il ne se venge sur elle pendant que lui-même était occupé à railler la dévotion fervente avec laquelle il considérait leurs escapades nocturnes, à des années-lumière de sa vie réelle.

Ce n'est qu'un jeu, se disait-il en allumant son troisième joint. La bruine légère qui brouillait son pare-brise mental se mua en brume épaisse lorsque, en s'installant devant son ordinateur à l'heure habituelle, il se connecta, entra son code et demanda s'ils allaient retourner à Gorfik ou passer à un astre différent, sans recevoir de réponse. Une heure plus tard, il tapa un court message : "Ma Vina, où es-tu passée ? Je t'attends. Ormus." Alors que la nuit menaçait de lâcher prise, les premières lueurs de l'aube pointant dans son dos, il martela son clavier, désemparé. Au bout d'une nouvelle nuit sans "Vina", il inonda le site de messages où il la suppliait de reprendre contact. La troisième nuit sans elle, il appela le dealer du quartier pour lui demander du shit qualité extra. La quatrième nuit, il se bitura à s'en rendre malade. La cinquième, il prit horriblement conscience de la situation. La terre avait englouti "Vina" comme dans le bouquin de Rushdie. Le week-end venu, il se demandait si elle n'était pas le produit de son imagination et, non moins important, s'il n'était pas en train de perdre la boule. Après une nouvelle semaine sans "Vina", il se lâcha et se livra à une mégateuf qui dura trois jours d'affilée. Il se cuita, se défonça, s'éclata avec deux putes, ravagea son appartement, bourra le pif à tous ceux qui l'approchaient. Il traversa la ville à toute berzingue, en pleine nuit, en conduisant comme un fou, jusqu'à ce que deux flics missent fin à son orgie destructrice. Il passa le reste de la nuit au ballon. On le laissa sortir le lendemain, son permis de conduire suspendu. Le retour à la maison fut déprimant au possible. Il ne restait plus rien d'intact, à part l'ordinateur qui clignotait dans l'obscurité. Lui seul avait survécu à sa rage. Vidé, Yonatan se fit couler un bain très chaud et s'y plongea pendant deux heures. Puis, ayant retrouvé un semblant d'humanité, il se mit à nettoyer la dévastation d'une semaine. Il était en train de ramasser les débris de l'écran du téléviseur mêlés à d'autres saloperies quand il finit par remarquer que l'ordinateur clignotait. Il se précipita pour l'activer, sans illusion sur la déception qui l'attendait. Il n'arrivait pas à croire qu'il avait un mail. Il écarta les éclats de verre, broya pratiquement la souris dans sa main et cliqua nerveusement jusqu'à ce que le message apparaisse : "Cher Ormus, désolée d'avoir disparu ainsi. J'ai eu plus de travail que prévu. C'est un peu le bordel, ici. J'espère que tout va bien pour toi. Si jamais tu étais à la maison au lieu du magasin à 16 heures, on pourrait bavarder. Sinon, à l'heure habituelle. Je t'aime plus que Rushdie, VINA."

Éberlué, Yonatan consulta sa montre et patienta, vissé à son fauteuil, pendant toute l'heure qui suivit. Il repassa dans sa tête leurs voyages à Gorfik et la semaine infernale qu'il venait d'endurer. Dans son imagination, les monstres à vingt bras se mêlaient aux plaintes angoissées d'une prostituée masochiste, et les vaisseaux spatiaux écarlates ne faisaient qu'un avec les sirènes hurlantes de la police tandis que des archers impassibles prenaient pour cible une armée de dealers enfiévrés. Et par-dessus tout ce chaos flottait un strudel viennois qui battait des ailes en hurlant : "Zogoiby, Zogoiby*!" Il se réveilla à 15 h 59, essuya la bave au

* Personnage de Rushdie dans *Le Dernier Soupir du Maure*.

coin de sa bouche, donna un coup de poing sur le côté de sa tête lancinante, et se rendit au rendez-vous en ligne avec “Vina”.

VINA : Ormus, comment vas-tu ?

ORMUS : Ça va, où étais-tu ? (YONATAN : Où étais-tu passée, salope ?)

VINA : Tu ne vas jamais me croire.

ORMUS : Dis toujours. (YONATAN : Tu as quelqu'un d'autre ?)

VINA : Mon patron m'a fait venir dans son bureau pour me faire une offre alléchante.

ORMUS : À quel sujet ? (YONATAN : L'enfoiré !)

VINA : Notre correspondante arts et lettres en Israël vient de se suicider. Il m'a offert sa position pour un an.

ORMUS : Sa position ? (YONATAN : Qu'est-ce que ça cache ?)

VINA : Ouais, il s'agit de couvrir les événements culturels et toute l'actualité nationale dans ces domaines.

ORMUS : Les arts et les lettres ? (YONATAN : Dieu du ciel, dis-moi que tu as refusé !)

VINA : C'est ça, mon chéri. Je savais que tu en tomberais des nues. Et tu imagines ma réponse, pas vrai ?

ORMUS : Pas tout à fait, non. (YONATAN : Dis-moi que tu as refusé ! Dis-moi que tu as refusé !)

VINA : Je n'avais qu'une seule chose en tête.

ORMUS : Et… c'est ? (YONATAN : Bon Dieu ! Qu'est-ce que tu es en train de me dire ?)

VINA : Que bientôt nous allons nous voir, mon chéri. Je n'ai jamais été aussi excitée de ma vie !

ORMUS : Moi aussi, ma Vina. Moi aussi. (YONATAN : Tu veux me faire avoir une crise cardiaque ?)

VINA : Tu comprends, maintenant, pourquoi je n'étais pas là ? Je voulais te faire la surprise. J'ai tout arrangé. J'ai trouvé un logement, et j'ai pris le travail hier.

ORMUS : Hier ? (YONATAN : Pourquoi est-ce que je ne sens plus son doux parfum floral ?)

VINA : Mais oui, mon chéri. Tout est parfait. Je veux dire que ce n'est pas tout à fait Londres, mais je sens que je vais me plaire quand même à Tel-Aviv.

ORMUS : Hein ? Tu es ici… à Tel-Aviv ? (YONATAN : Oh, mon Dieu ! Tu es tout près ! Tu es…)

VINA : As-tu faim, Ormus ?

ORMUS : Quoi ? (YONATAN : Comment peux-tu parler de bouffe en un moment pareil ?)

VINA : Pardonne-moi si je t'ai bousculé. Je comprends que tu sois contrarié. Mais je voulais te faire la surprise. Ce n'est pas Gorfik, bien sûr, mais c'est ici, et c'est maintenant. Tu ne crois pas qu'il est temps qu'on se rencontre ?

ORMUS : Bien sûr ma chérie. (YONATAN : Surtout pas ! Dès que tu auras posé les yeux sur moi, tu retourneras à Paris plus vite que le Concorde !)

VINA : C'est la raison pour laquelle je t'ai demandé si tu avais faim. Veux-tu qu'on dîne ensemble ce soir ? Si je ne me trompe, tu aimes bien la cuisine indienne. Il paraît qu'il y a un super restaurant place Dizengoff.

ORMUS : C'est vrai, mais il faut réserver. Je connais un endroit cool dans les quartiers sud. (YONATAN : Mais qu'est-ce que tu fais ? Qu'est-ce que tu fais ?) Rue Florentine.

VINA : Formidable. On dit 9 heures ?

ORMUS : 9 heures, génial. (YONATAN : Je ne vois pas du tout ce qu'il y a de génial.)

VINA : Je t'attends devant l'entrée.

ORMUS : Comment te reconnaîtrai-je ?

VINA : Dis mon nom.

ORMUS : Vina ?

VINA : Pas mon pseudo, Ormus. Mon nom.

ORMUS : Et c'est quoi ?

VINA : Celui de la dulcinée de Robin des Bois. À tout à l'heure, mon cœur.

Trois heures plus tard, Yonatan n'avait toujours pas retrouvé le nom de la dulcinée en question, mais c'était le dernier de ses soucis. Savoir qu'elle se trouvait à moins de deux heures de lui le paralysait. L'individu qui le contemplait dans son miroir avait l'air hagard et indistinct, bossu et chétif, surpris et désemparé. C'était quelqu'un qui n'avait jamais songé que la réalité et les fantasmes pouvaient fusionner. Il craignait que la première n'anéantisse les seconds. Et ce serait à lui, comme d'habitude, d'en payer le prix. Il hocha tristement la tête. L'homme qui le regardait dans le miroir ne serait jamais Ormus. Ormus n'est pas chauve, ni gros, il n'a pas les yeux vitreux cernés de noir. Son nez n'a pas la forme d'un tronc de palmier, ses lèvres ne sont pas fines comme du papier à cigarette, il n'a pas la taille d'un nabot, ses joues ne sont pas ornées de verrues et ses dents sont blanches et bien implantées.

Il songea à "Vina" et à la manière dont elle allait se détourner avec horreur dès qu'elle aurait posé les yeux sur lui. D'un seul coup, sa théorie selon laquelle la vraie beauté est celle de l'âme serait anéantie. Même le rayonnement d'une belle âme a ses limites. L'histoire d'un grand amour allait bientôt prendre fin. Au mieux, "Vina" lui dirait qu'elle voulait qu'ils restent amis, et elle serait rongée par le remords d'avoir été aussi superficielle. La dernière chose qu'il souhaitait, quand elle l'aurait vu, c'était de la sentir dévastée par la culpabilité d'avoir cédé à la nature, ce monstre horrible. Même lui était révulsé en contemplant son reflet. Sa décision était prise. Il resterait à la maison pour épargner à "Vina" le terrible châtiment que lui avait valu le fait de tomber amoureuse de lui.

Le pantalon noir, la chemise bleue et le blazer marron vont parfaitement à M. Gur. Il sanglote intérieurement, mais pas une larme ne coule sur sa joue. Son funèbre costume lui fait un pied de nez, le fait rire, même, mais soulève la question évidente de savoir pourquoi il l'a sorti de la naphtaline s'il n'a pas l'intention d'aller au rendez-vous. Yonatan n'a pas de réponse à ça. L'air soucieux, il se brosse soigneusement les dents, laisse échapper un juron quand une boulette de dentifrice gicle sur son tricot, l'essuie avec application. Il ne doute pas que cette soirée restera dans les annales au titre du plus sinistre et pathétique événement de son existence, et que c'est uniquement pour marquer d'une pierre blanche ce moment de l'histoire improvisée de sa vie qu'il se frictionne la nuque et le visage, et surtout derrière les oreilles, avec une eau de Cologne plus apte à terrasser une mouche qu'une femme. Il sort de chez lui à 20 h 30, en se disant qu'il va se rendre au café du coin et oublier le reste. Mais il hèle un taxi et demande à aller rue Florentine, en essayant de faire bonne figure devant le bavardage à sens unique du chauffeur. Au bout de dix minutes de monologue pendant lesquelles il apprend tout sur l'attentat terroriste qui vient, il y a moins d'une heure, de causer la mort de dizaines de personnes, Yonatan s'excuse en prétextant un fracassant mal de tête.

Le chauffeur ferme son clapet, mais lui jette des regards hostiles. Yonatan s'en fout. La curiosité a eu raison de son amour-propre, et il va la voir. Non pas la rencontrer, mais la voir. Uniquement pour satisfaire un désir puéril qu'un homme plus mûr aurait pu étouffer. Quand ils arrivent, Yonatan ne se sent pas bien du tout. Ses traits crispés ont raison de l'hostilité qui se lit sur le visage fatigué du chauffeur. Il lui demande si ça va. Yonatan lui fait oui de la tête, descend du taxi et épie le restaurant sur le trottoir d'en face. Trois femmes sont en train de regarder le menu devant la porte. Il aurait du mal à dire lequel de ces dos appartient à "Vina". Il toussote en se rappelant qu'elle ne s'appelle pas ainsi. Au bout d'une minute de palabres, deux des femmes entrent dans le restaurant. Il n'en reste plus qu'une dehors. Yonatan attend qu'elle se retourne. Mais elle a le nez collé au menu. *Elle va sûrement prendre le poulet tikka massala*, se dit-il en se cachant derrière un arbre. Une minute plus tard, rassemblant un brin de courage et beaucoup de lâcheté, il crie : "Vina!", puis se baisse, en la dévorant du regard tandis qu'elle se retourne. Il se pince le bras, n'en croyant pas ses yeux. La chaussée qui les sépare ne peut pas lui cacher ses beaux cheveux blonds, ses yeux bleus en amande, ses joues pleines, sa lèvre inférieure charnue, son visage rond, son cou de cygne, ses hanches larges, son port de reine. Elle ne le voit toujours pas. Il aimerait qu'elle le remarque, il fait des efforts pour se souvenir de son nom, mais ses pensées se dérobent. Il sent une constriction dans sa poitrine, et même quand il veut se lever pour se montrer à elle, son corps prend le dessus et le jette sur le trottoir. Il porte la main à son cœur, il a du mal à respirer. Ébranlé par sa propre impuissance, il maudit le putain de sort qui a choisi son moment avec une telle perfection. Fermant les yeux, il se souvient soudain, et murmure : "Marianne, Marianne!"

8

LANGUE PATERNELLE – A

Ben comprit qu'il ne s'était pas trompé dès l'instant où il posa le pied à l'intérieur des labos multilingues. Pour une femme comme Marianne, qui aidait le matin les enfants de diplomates étrangers à s'extirper des fondrières de la langue anglaise, enseignait l'après-midi aux acteurs visant Hollywood l'art de se diriger à travers les labyrinthes de la diction, concoctait le soir les plus ardus des mots croisés, fouinait en tous temps dans les dictionnaires et autres encyclopédies, admettait volontiers qu'elle avait rompu ses vœux de mariage avec Shakespeare, une femme qui ne pouvait pas rêver de meilleur endroit que ces salles, qui abritaient toutes les constellations possibles de l'univers du langage, c'était le paradis. Dès qu'il s'était rendu compte que sa femme, qui faisait une sorte d'allergie à toute forme d'atermoiement, ne pouvait pas avoir choisi meilleur endroit que ces labos pour exercer ses activités, il s'était souvenu des recommandations faites à l'accueil et se rengorgeait à l'idée qu'elle avait dû passer les tests haut la main. Ils avaient dû être estomaqués par sa sensibilité et par sa connaissance des nuances qui délimitent et relient les différents langages. Il imaginait les rivalités entre les multiples services qui voudraient l'employer et était chaviré à l'idée des possibilités qui devaient s'ouvrir devant une femme dont la curiosité intellectuelle était insatiable. Incapable de deviner vers quel bureau elle était susceptible d'avoir plutôt dirigé ses pas, il décida de les explorer tous les cinq.

Sa première visite le conduisit au département principal, où la longue file de personnes qui attendaient dans le couloir le fit renâcler. Mais quand il leva les yeux, il comprit pourquoi les morts affluaient ici et pourquoi, malgré les protestations qu'ils avaient sur le bout de la langue, à en juger par leur regard hagard, ils demeuraient muets. Un grand panneau, du sol au plafond, proclamait : BABEL – NE SOYEZ PAS EN RETARD, OU VOUS SEREZ TOURNEBOULÉS. Ben avait l'impression que tous ces morts silencieux avaient amené avec eux, du monde antérieur, la détestable manie de toujours tout remettre au lendemain. Il supposait que cette armée de trépassés était engagée dans une course muette contre la montre pour faire remettre à jour leurs micropuces avant que leur année de sable ait fini de s'écouler du sablier en les laissant à jamais embourbés dans un marécage sans langue. Au début, Ben avait eu du mal à imaginer le sort d'un éventuel retardataire ; mais deux heures plus tard, ses tempes menaçant d'exploser, sa curiosité fut plus qu'amplement satisfaite, et il ressentait le besoin d'avaler une pleine poignée de cachets d'aspirine extraforts. Mais avant d'assister à la déconfiture langagière, il rendit visite au deuxième département, où le panneau mural annonçait : VIE ET MORT AUX MAINS DE LA LANGUE. Là encore, il fut accueilli par un silence céleste. Il se tourna vers l'un des morts et lui demanda à voix basse des explications sur ce service. L'homme sourit, ouvrit la bouche et lui montra du doigt le vide entre ses dents du haut et celles du bas. Ben le considéra d'un air perplexe et murmura : "Je ne…" Mais avant qu'il eût une chance de finir sa phrase, il sentit les doigts délicats du muet qui lui agrippaient la langue.

En sortant de l'ascenseur au troisième niveau, il ressentit une montée de commisération à l'endroit des sans-paroles. Le département des Choses et d'Autres grouillait d'une activité verbale sans précédent. Les lignes de démarcation entre les dix queues en cours avaient du mal à canaliser la foule des défunts, et Ben, qui avait entrepris de se mêler à chaque queue pour voir si sa femme faisait partie des thérapeutes chargés de recevoir les patients trop loquaces, dut se boucher les oreilles pour se protéger du tumulte. Il espérait, pour son bien, que Marianne ne faisait pas partie du personnel de ce service cacophonique ; mais, poussé par le démon insatiable de sa curiosité, il étouffa son aversion montante et attendit patiemment pendant cinq heures le moment d'arriver en tête de file où il pourrait demander des nouvelles de sa femme. Pendant qu'il patientait, il dut supporter une conversation entre deux anciens muets qui, au bout d'une vie entière de silence, étaient si décidés à rattraper le temps perdu que, même quand ils voulaient mettre un frein à leur logorrhée, ils s'apercevaient qu'ils avaient perdu le contrôle de leur langue. Ben se voyait entouré de gens qui étaient pris dans les affres de leur propre Babel. Ils portaient le fardeau de toute une série de pathologies résultant de leurs penchants personnels. Certains formulaient des phrases qui sortaient de leur bouche en une douzaine d'idiomes différents à la fois ; d'autres avaient une voix qui produisait un mélange discordant de langages et d'accents ; d'autres encore concoctaient une mixture dérangeante à base de cent dialectes ou plus gérés par la puce, avec pour résultat un flot de galimatias entrecoupé de crachotements. Certains obéissaient à la compulsion de s'exprimer en vers ; d'autres parlaient à un rythme accéléré égal à trois fois la vitesse habituelle ; d'autres dissertaient au ralenti, deux fois moins vite que la normale ; d'autres saupoudraient leur conversation de palindromes, omettaient les voyelles, ou les consonnes, ou bien certaines lettres. Mais le pompon revenait sans conteste à ceux qui faisaient preuve d'un terrible manque de synchronisme entre leurs lèvres infatigables et leur voix.

Dans l'ascenseur qui montait au quatrième niveau, il sentit les battements de ses tempes se propager jusqu'à sa nuque. Il ne pouvait pas supporter l'idée que l'étage suivant pût être aussi éprouvant pour ses nerfs. Fermant les yeux, il imagina que sa femme lui massait les tempes avec l'une des nombreuses huiles aromatiques qu'elle gardait à portée de la main pour leurs nuits torrides, et quitta l'ascenseur avec un sourire.

À sa grande surprise, le hall était désert, et il s'avança prudemment, humant le silence de mort. Mais il apprit bientôt que les trente-deux portes fermées faisaient partie d'un labyrinthe académique d'étymologistes, de philologues et de phonéticiens occupés à sonder les irrégularités du langage. N'ayant trouvé trace de son épouse dans aucune de ces salles, il se hâta de gagner le dernier étage, non sans un rien de tension dans sa démarche. Le cinquième niveau, connu sous le nom de Palais de la Langue, abritait des milliers d'experts penchés avec application sur d'épais volumes ou plongés dans des discussions mouvementées en une multitude de langages. Quand Ben voulut leur demander quelle était la spécialité de leur département, on l'envoya dans le bureau du chef de service, où un vieil homme aussi jovial que loquace lui expliqua avec un enthousiasme grandissant au fur et à mesure qu'il parlait que, comme beaucoup de ses confrères, morts ou vivants, il était d'avis que l'humanité n'avait nul besoin d'une telle profusion de langages, particulièrement à l'ère de la technologie. C'est pourquoi, à la lumière de leur brillant programme de communication, ils avaient entrepris de créer un Langage Père constitué par un assortiment méticuleux de vocables empruntés à tous les idiomes connus et fondus en une nouvelle langue universelle qui abriterait sous le même toit tous les impératifs d'une expression totale. Réprimant l'envie de s'engager avec ce lettré dans une argumentation socratique sur les avantages respectifs de chaque langage humain, Ben bredouilla une vague excuse comme quoi il était pressé et tourna les talons. Il retourna illico dans l'ascenseur et appuya sur le bouton du sous-sol, démoralisé mais refusant encore de baisser les bras.

La plaque sur la porte du sous-sol peint en vert le fit éclater de rire. Il avait passé la plus grande partie de la journée à explorer les étages de l'immeuble alors que pendant tout ce temps, au sous-sol, le département des Ressources humaines était là à l'attendre. Il s'assit face à une respectable employée à lunettes qui lui demanda en quoi elle pouvait lui être utile. Il répondit qu'il voulait savoir si une certaine Marianne Mendelssohn était employée dans l'un des milliers d'ateliers de l'Autre Monde.

Elle entra le nom dans son ordinateur, attendit trente secondes, puis haussa les épaules.

— Rien ? demanda-t-il d'une voix étranglée.

— J'ai vingt-sept Marianne, murmura-t-elle en sortant un état imprimé. Mais il n'y a pas de Mendelssohn.

— Corbin, peut-être ? Vous n'avez pas de Marianne Corbin ?

Elle parcourut rapidement des yeux la liste. Puis elle secoua la tête.

— Désolée.

Ben lui prit le papier des mains et l'examina. Il avait envie de le déchirer en mille morceaux. Mais il se leva, la remercia poliment et sortit. La fatigue lui pesait sur les épaules. Depuis son arrivée dans ce monde étrange, il avait écouté un Belge désabusé lui raconter sa vie, il avait rencontré l'alter ego de Marilyn Monroe, il avait visité de fond en comble l'immeuble des laboratoires multilingues, mais il n'avait pas encore pu justifier sa décision de se rendre dans l'Autre Monde. Personne ne lui avait dit qu'en mettant fin à ses jours, il lui faudrait encore galérer pour retrouver sa femme. Il était tellement sûr qu'elle serait là à l'attendre, sans annonces emberlificotées, sans plan d'urbanisme mathématiquement monstrueux, sans ateliers ramifiés à l'infini. Personne ne l'avait préparé à ces ridicules désillusions.

Sur le chemin de l'arrêt de bus le plus proche, ses pensées furent brusquement interrompues par un coup de pied impromptu à la cheville. Il sourit en voyant le gamin aux jambes arquées qui l'avait bousculé avant de continuer à courir derrière son ballon. En le voyant détaler, il se demanda pourquoi le magnifique parc sur sa droite était plein de jeunes enfants. Le gamin, entre-temps, avait laissé son ballon pour regarder Ben, vers qui il se dirigeait d'un pas décidé. Ben se demandait pourquoi son cœur battait si fort, comme s'il redoutait un mauvais coup. Il adressa un sourire innocent à l'enfant, qui ne devait pas avoir plus de cinq ans. Le gamin lui rendit son sourire, mais continua d'avancer vers sa jambe droite. Il émit un long soupir et l'agrippa fortement. Ben aurait voulu lui donner une tape amicale sur la tête, mais quelque chose l'arrêta. L'enfant colla sa tignasse brune contre la jambe de Ben, comme s'il cherchait à se cacher. Ben se demandait ce qu'il lui voulait. L'enfant ne lui lâchait pas la jambe et laissait entendre de petits grognements étouffés. On aurait dit qu'il avait trouvé un trésor dont il était seul à connaître la valeur.

Ben regarda le parc autour de lui. Un début de panique lui montait à la gorge. Il y avait des adultes et des gamins qui gambadaient à quelques mètres de là. Qu'allaient-ils penser en le voyant ainsi, au milieu de l'allée, un enfant nu collé à sa jambe ? Il gloussa sans conviction, puis marmonna : “Écoute, mon grand… Il faut que j’y aille… Est-ce que tu pourrais… me lâcher la jambe, maintenant ?”

Le gamin l’ignora. Ben pria pour que le sol s’entrouvre sous ses pieds et l’engloutisse. Il essaya de repousser doucement l’enfant, mais comprit qu’il n’arriverait jamais à rompre ce bizarre effet de magnétisme sans employer un brin de force. Il y mit les deux mains. Le jeune garçon leva les yeux vers lui, vexé, et chercha à se rapprocher encore. Ben leva un index menaçant en disant : “Arrête de faire ça. Désolé, mon vieux, mais je ne tiens pas à être accusé de je ne sais quelles perversions malsaines. Tu promets de ne pas recommencer ? Ça ne se fait pas d’attraper comme ça la jambe d’un inconnu. Tu comprends ?”

Quand il vit que l’enfant se préparait à un troisième assaut, Ben se mit à courir, pour s’apercevoir aussitôt que le gamin le suivait comme un léopard affamé sur les traces d’une antilope aux hanches alléchantes. Il s’arrêta à 400 mètres de la ligne de départ improvisée pour l’avertir de sa voix la plus sévère :

— Va-t’en ! Fiche le camp, mon petit, ou tu vas le regretter !

L’enfant s’arrêta. Ben se mit à gesticuler pour le chasser.

— Dégage ! Je ne suis pas d’humeur à supporter tes conneries !

Le gamin s’était figé. Il le regardait d’un air totalement incompréhensif. Ben fut soulagé en voyant arriver son multiroues. Il trouva un siège à l’intérieur et vit le gamin retourner dans le parc, s’asseoir à côté d’une vieille dame et se serrer contre elle. Le multi démarra. Ben ferma les yeux en décidant qu’il était grand temps d’aller chez lui. Demain, il aurait peut-être une meilleure idée pour retrouver Marianne.

9

LE SOMMEIL DE LA GUILLOTINIÈRE

Pendant cinq semaines entières, c'est à peine si Bessie ferma l'œil. Les rares fois où elle succomba à l'épuisement, cela ne dura guère longtemps, et elle rêva de guillotine. Ses cauchemars bien tranchés arpentaient en boucle le même territoire effrayant. Elle accompagne son mari jusqu'à la machine à décapiter, elle hausse un sourcil sournois, déclare qu'il n'y a pas le choix, lui demande de placer sa tête dans le creux approprié, claironne que l'exécution va commencer, et lâche le couperet étincelant sur sa nuque. Une fois de plus, en se réveillant de la vision glaçante de son rêve, elle jeta un coup d'œil effaré à son Rafaël, étonnamment serein. Il ne soupçonnait pas combien de fois elle avait tranquillement fait les gestes de son exécution, comme si elle souhaitait réellement sa perte. Elle détestait ce cauchemar, et elle détestait encore plus ce qu'il semblait impliquer. Elle considérait ces images de mort comme un viol perpétré sur son esprit conscient, avec l'aval de son tortueux subconscient. Pour lors, elle était condamnée à une vigilance de tous les instants par l'état comateux de son mari. Le cauchemar récurrent n'était rien de plus qu'une sonnerie de réveil. Mais cette récurrence même la surprenait chaque fois comme si c'était la première. Elle s'endormait, elle voyait la guillotine, elle se réveillait. En dehors de ces courts moments de sommeil, elle était toujours active. Elle parlait à Rafaël, elle descendait à la cafétéria pour manger, elle rentrait chez elle prendre une douche et se changer, et elle retournait à son chevet. Trois jours plus tôt, écoutant les conseils de l'infirmière en chef, elle avait quitté la clinique pour la nuit. Une fois dans sa chambre, elle s'était allongée sur le lit avec ravissement. Depuis un demi-siècle, ce lit qui l'accueillait toujours à bras ouverts connaissait tous ses secrets. Elle s'étira langoureusement, d'une manière qu'elle avait fait en sorte d'oublier depuis l'infarctus. Le lit gémit sous son poids, elle avait l'impression de ne plus faire qu'un avec le matelas, et elle se laissa absorber par une merveilleuse sensation de confort qui ne dura malheureusement pas très longtemps. En regardant le côté du matelas où dormait normalement son mari, elle se demanda comment elle pouvait se permettre de se reposer dans un lit qui n'avait jamais connu la solitude, un lit qui, en un seul instant d'esseulement, lui donnait l'impression d'être une mécréante envahissante. Tout compte fait, il lui était impossible de faire abstraction de la criante absence à ses côtés. Le drap était trop lisse, l'oreiller trop froid, et le seul bruit qu'elle entendait était celui de sa propre respiration. Elle se tourna et se retourna dans le lit, n'ayant que trop conscience de ses oreilles et de la manière dont elles refusaient le silence. Elle essaya d'invoquer la respiration sibilante de Rafaël la nuit, ce braiement saccadé qui l'avait fidèlement accompagnée des milliers de fois aux portes d'un monde moins tapageur, mais ne fut guère surprise que le silence lui parût trop bruyant. "Comment demander à quelqu'un de se souvenir du râle d'une personne incapable de respirer sans assistance ?" murmura-t-elle tout haut en se levant pour aller appeler un taxi qui la reconduirait à la clinique.

"La petite infirmière fripée ne va pas tarder à revenir", dit-elle en regardant par la fenêtre les premières lueurs de l'aube qui filtraient à travers un épais brouillard. "Je ne l'aime pas du tout, tu sais, Rafaël. Elle ne m'a jamais rien fait, et elle me demande toujours comment je vais, mais il y a quelque chose qui cloche chez elle, je ne sais pas trop quoi, peut-être sa petite taille. Elle paraît fragile, mais je suis sûre que c'est une fausse impression. Elle me console tout le temps, comme si tu n'étais déjà plus là. Elle dit que, médicalement parlant, tu es pratiquement mort à cent pour cent. Elle m'a expliqué des trucs sur le cerveau, comme quoi on n'est considéré comme vraiment mort que lorsque la matière cérébrale a complètement cessé de fonctionner. On dirait que tu n'as jamais renoncé à faire de la résistance, pas vrai ? Tu continues de nous narguer avec la parcelle vivante de ton cerveau." Elle se tut pendant quelques instants, puis reprit avec entrain : "Tu ne devineras jamais qui est venu te rendre visite. Yehoshua Dolev, le propriétaire de la galerie d'art qui t'a exposé il y a cinq ans. Tu te rappelles ? Il est venu ici me demander à qui tu laissais toutes tes œuvres, comme si ça m'intéressait, comme si j'étais au courant, comme si tu avais déjà disparu. Je l'ai prié de sortir, mais il m'a affirmé qu'il allait revenir. Et le lendemain, c'est Rafi qui est passé. Tu sais bien, celui du musée. Lui aussi voulait parler d'héritage. Tu vois comme tu es populaire ? Pendant cinq ans, tu n'échanges pas un seul mot avec eux, et tout d'un coup tu deviens une vedette. Dans ce fichu pays, il faut tomber dans le coma pour être reconnu. Je ne veux pas dire que tu avais besoin de cette reconnaissance, ne te méprends pas. En tout cas, je ne vais pas t'embêter plus longtemps. Je sors prendre l'air. Prie seulement pour qu'elle ne m'énerve pas de nouveau aujourd'hui. Quoique, à mon avis, elle va se calmer un peu. Il y a un nouvel arrivant dans le service. On l'a amené hier soir. Sa femme a besoin d'une leçon ou deux. Elle ne tient pas en place. Elle ne reste jamais plus de deux heures. Tu vois comment c'est ? Avec la chance que j'ai, il va probablement sortir du coma alors que toi… Tu es capable d'attendre qu'on m'enterre pour aller te chercher une jeunette, hein, Kolanski ?"

— Bonjour, fit une voix fluette derrière elle.

Elle se raidit. L'infirmière s'arrangeait toujours pour la prendre par surprise. Elle rendit son salut à Anne, en lui jetant un regard plein de ressentiment. L'infirmière en chef s'approcha de Rafaël en minaudant :

— Et comment se porte notre patient, aujourd'hui ?

Bessie haussa les épaules.

— Je crois que je vais descendre à la cafétéria prendre une tasse de thé, dit-elle.

Elle sortit de la clinique et s'assit sur les marches de l'entrée en contemplant la rue tranquille qui commençait à prendre vie. Ses paupières étaient de plus en plus lourdes. Elles se fermaient toutes seules. De nouveau, la guillotine s'abattit avec un claquement sec sur la nuque de son mari. Tirée en sursaut de sa somnolence, Bessie regarda autour d'elle avec effarement, comme si un bandeau venait de lui être retiré. Elle porta une main tremblante à sa poitrine tandis que la petite voix se frayait un chemin jusqu'à ses tympans.

— Un vilain cauchemar ?

Là encore, elle n'avait pas entendu venir l'infirmière, qui s'était assise à côté d'elle sur les marches deux minutes plus tôt et s'apprêtait à la réveiller.

— Un mauvais rêve, oui, fit Bessie en se préparant à changer de sujet.

— Vous devriez le laisser partir, murmura Anne.

Sans se retourner, les yeux fixés sur le flot encore mince de la circulation, Bessie répliqua :

— Je ne suis pas de cet avis.

Le ton de l'infirmière grimpa d'un cran.

— Bessie, comprenez bien que les chances de Rafaël de sortir du coma sont négligeables. Infinitésimales. Je ne veux pas vous cacher la vérité. Quel âge a-t-il, déjà ?

— Quatre-vingt-trois ans la semaine prochaine.

— Et vous croyez vraiment qu'un homme de cet âge-là a la moindre chance de se réveiller ? Il est déjà...

— Trop vieux ? Il a encore de beaux jours devant lui.

— Pas dans son état. Il n'était déjà pas en bonne santé au départ. Voilà cinq semaines qu'il est étendu pratiquement sans vie dans ce lit. Cela ne nous pose pas de problème de le faire respirer artificiellement pendant des années encore, mais la logique nous recommande de procéder autrement.

— Ce que j'attends, c'est un miracle. Rien à voir avec la logique.

— Mais vous n'êtes pas toute jeune, vous non plus. Cette épreuve va vous miner la santé.

— Ma santé ne fait pas partie du débat.

— Mais elle dépend directement de la sienne. Il faut que vous compreniez bien que votre situation ne va pas s'améliorer, parce que la sienne n'a aucune chance de le faire.

— Et qu'est-ce qui vous permet d'en être aussi certaine ?

— L'expérience, c'est tout. Il peut rester dans ce lit un mois, deux mois, un an… Et cela n'y changera rien. Puis, un beau jour, la machine tombera en panne et… vous savez bien.

— Je ne sais rien du tout.

— Bessie, avez-vous songé à ce que deviendra votre vie après son départ ?

— Non.

— Vraiment pas ?

— J'ai toujours été sûre que je mourrais avant lui.

— Sûre ?

— Quand vous vivez pendant si longtemps avec quelqu'un, sa présence devient aussi permanente que la nature qui vous entoure. Les arbres, le ciel et tout le reste… Rafaël est comme eux.

— Vous ne pouvez pas imaginer le monde sans lui ?

— Je n'ai aucune envie de l'imaginer.

— Ma pauvre Bessie, pardonnez-moi si je vous fais de la peine, mais croyez-moi, il ne se réveillera pas. Pis encore, il souffre pour rien en ce moment.

— Il souffre ? Comment savez-vous ça ? Vous avez été dans son cas ?

— J'ai vu des dizaines de patients dans son cas. Des gens qui sont à deux doigts de la mort mais qui, à la suite d'une aberration, demeurent en suspens entre le ciel et la terre. Tel que je le vois, votre mari est pris au piège dans les affres de la mort. Cela fait cinq semaines qu'il souffre parce qu'elle ne veut pas le libérer. Elle refuse de lui donner la paix et la sérénité à laquelle il a droit. C'est vrai que personne ne peut deviner ce qui se passe dans son cerveau, mais il n'est pas nécessaire d'être extralucide pour savoir avec une certitude quasi totale que, s'il n'a plus en ce monde qu'une coquille sans vie à sa disposition, il est probable que cela ne l'intéresse plus de s'attarder parmi nous.

— D'après vous, mon obstination puérile le fait souffrir ?

— Je ne dirais pas la chose exactement comme ça. Je dirais plutôt que, lorsque le sort d'un être aimé est en jeu, nous avons le devoir de retirer nos pulsions de l'équation. Croyez-moi, Bessie, ces atermoiements sont totalement inutiles.

— Taisez-vous. Ça suffit comme ça. Vous m'avez farcie de culpabilité jusqu'au cou.

— Désolée.

— Inutile de l'être. Il s'agit là du plus grand désastre qui soit arrivé dans ma vie. On ne plaisante pas avec ça. Je suis en train d'en perdre la tête. Il a survécu aux Allemands, et il serait incapable de survivre à cette maudite crise cardiaque ?

— Ce n'est pas un orage qu'il suffit de laisser passer. On en sort ou on n'en sort pas.

— Vous ne comprenez donc pas que je suis au courant de toutes ces foutaises ? Je n'ai aucune envie d'entendre ce que je sais déjà. Seulement, je ne veux pas le tuer pour apprendre ensuite qu'il avait une chance de s'en tirer, même un an plus tard. Vous comprenez, Anne ? Je ne manque pas de patience, mais quand vous venez me dire qu'il souffre dans les limbes de la mort, c'est trop pour moi. Ça ne m'aide pas du tout, figurez-vous.

— Je pense que je vous rends service en vous disant que la chance dont vous parlez n'existe pas, et que toute la patience du monde ne saurait le faire revenir. Écoutez-moi, Bessie. Votre Rafaël est mort. Acceptez la chose. Et croyez-moi, personne ne souhaite la fin de qui que ce soit.

— Vous défendez l'euthanasie ?

— Pourquoi pas ?

— Elle n'est pas officiellement reconnue par la loi. Si je pose la question, c'est juste parce que je veux être sûre que nous ne sommes pas… Dieu nous en préserve…

— Bessie, notre seul crime est de le laisser souffrir. Montrons-lui le chemin.

— Le chemin ?

— Oui, Bessie. Je suis sûre qu'il a eu une vie riche et honorable. Faisons en sorte qu'il ait aussi une mort digne.

— Et le doute, dans tout ça ?

— Je trouve que vous en avez profité suffisamment longtemps.

Bessie accepta l'insulte sans rien dire. Le fait d'être obligée de mettre dans la balance son sentiment d'hostilité envers l'infirmière frigide avec les failles indéniables de sa propre argumentation la mettait hors d'elle. Anne murmura une vague excuse comme quoi sa présence était requise dans une certaine salle, et retourna à l'intérieur de la clinique non sans lui avoir demandé de bien réfléchir à leur petite conversation. Bessie la regarda s'éloigner en grommelant entre ses dents : "Pour qui te prends-tu ? Rafaël ne te connaît même pas. Tu veux me tuer mon Kolanski ? Une petite bonne femme de rien du tout comme toi ?"

Quand elle fut de retour de la cafétéria, un fragment de jaune d'œuf coincé entre ses incisives, la petite bonne femme de rien du tout tendit à Bessie un formulaire en quatre exemplaires. Tandis qu'elle lui demandait ce que c'était, l'infirmière sortit un stylo de sa poche et le lui donna. Elle parcourut le document des yeux, jusqu'au bas de la page, bordé de noir. Avec un tact dicté par l'habitude, Anne s'éclipsa, laissant la vieille dame affligée aux prises avec les écœurantes formalités de la mort. Bessie se demandait si le manège de l'infirmière était systématique, étape par étape, chacune un peu plus audacieuse que la précédente. Elle tenait le stylo entre ses doigts comme si c'était une lame bientôt ensanglantée. Elle avait du mal à croire qu'un objet aussi innocent pût se transformer en instrument de mort. Ce stylo était destiné à sceller le sort d'un homme qui avait toujours eu la phobie des signatures, un homme qui proclamait que celui qui regardait ses tableaux devait être capable de reconnaître son style. Même quand on lui donnait des bordereaux à signer à la banque, il prenait un air offensé et inscrivait *Fuck You* en lettres tarabiscotées à la manière d'une impressionnante signature. Bessie était la seule à savoir qu'il ne signait jamais de son nom. Et quand, un jour, elle lui avait fait remarquer que quelqu'un finirait par découvrir sa petite astuce, il avait plissé les paupières en rétorquant : "Il faut entendre ça de la bouche d'une femme qui a rempli des cahiers avec ses ridicules essais de signature expressionniste ? Une femme qui voulait trouver avec ses copines la forme parfaite à donner à leur nom, dans l'espoir que leur personnalité suivrait ?"

Pesant toute l'ironie du moment, Bessie fit la grimace. Sa signature ampoulée, qui avait toujours été la cible des tendres railleries de son mari, allait peut-être maintenant devenir l'outil de sa mort. Elle lut et relut le formulaire, jusqu'à ce qu'elle le connaisse par cœur, comme si le fait de déshabiller chaque mot pour le rhabiller ensuite lui donnait le pouvoir d'en nettoyer le fiel.

Le soir venu, elle dut reconnaître que les mots avaient gagné la partie. Elle avait le tournis en se levant pour quitter la clinique après être passée devant le sourire d'Anne derrière sa vitre pour gagner l'arrêt de bus le plus proche. Le trajet dura une éternité. Tout ce qu'elle demandait, c'était dormir un peu. Ses paupières jouaient sadiquement avec sa résistance. Elles se fermaient toutes seules puis s'ouvraient, en lui montrant les autres voyageurs à travers un brouillard confus qui faisait place, un bref instant, à l'obscurité rassurante d'un fragment de nuit improvisé. Mais comment dormir vraiment en l'absence de la bande sonore de Rafaël ? Quelque chose lui disait que la solution se trouvait dans les archives de sa vie commune avec le peintre, dont les narines caverneuses, remplies de stalactites et de stalagmites, détournaient la circulation de l'air, en provoquant d'horribles ronflements. Quelque part, dans l'un de ces tiroirs, elle était certaine de trouver le moyen de s'endormir. Plongée dans la pensée des vieilles berceuses de Kolanski, elle laissa errer son regard sur le jeune homme assis en face d'elle. Le similicuir et le chrome qu'il portait avaient de légers relents de Gestapo, mais son expression adoucissait l'effet, et elle réprima un sourire en le voyant. Le plaisir se peignait sur son visage tandis qu'il remuait la tête en rythme. Elle vit qu'il avait de minuscules écouteurs cachés sous une rangée d'une douzaine de boucles d'oreilles identiques. Puis les mouvements de sa tête cessèrent, ses doigts actionnèrent une série de touches appropriées, et il sortit le CD pour en mettre un autre. Bessie, qui ne perdait aucun de ses gestes, eut soudain envie de lui exprimer sa gratitude en l'embrassant sur la joue.

Encore ensommeillée, elle descendit à son arrêt et pressa le pas pour rentrer chez elle. La voix de Rafaël à ses oreilles retentit dans les corridors de sa mémoire. Il disait d'un ton défensif :

"Tu dis n'importe quoi. Moi, je ronfle ?"

Elle courut dans la cuisine, ouvrit bruyamment les placards et les tiroirs, fouillant fébrilement, souriant au son de sa propre réponse : "Un jour, je vais t'enregistrer, et tu verras si je mens quand je te dis que tu ressembles à un dragon asthmatique."

Elle se précipita dans l'atelier, remua le contenu des tiroirs pleins de tubes de peinture, et éclata de rire en revoyant mentalement la tête du peintre quand il avait entendu le barrissement saccadé qui sortait de la bande. Elle eut un sourire triomphal en saisissant la cassette audio poussiéreuse qui traînait au fond du tiroir du bas. Elle l'essuya, alla chercher le lecteur également poussiéreux qui se trouvait dans l'atelier, le posa sur le lit du côté de Rafaël, y inséra la cassette, éteignit la lumière et enfonça la touche de lecture. Quarante-cinq joyeuses minutes de ronflements sonores se mirent à remplir la chambre d'une vie miraculeuse, et Bessie s'endormit, le visage illuminé de larmes.

Mais dans son sommeil, elle rendit visite à son site habituel. Rafaël marchait, raide comme un piquet, devant son bourreau, horriblement bossu. La guillotine l'attendait avec boulimie. La corbeille à son pied se délectait à l'idée de recueillir bientôt sa tête toute fraîche. Bessie était enfouie sous sa robe de bure, couverte d'une honte immense, pressée de voir la fin de cette ignoble cérémonie. Rafaël était déjà sur l'estrade, le cou tendu en vue de son découronnement. Mais quand il vit la guillotinière hésiter, il la siffla exactement comme il l'avait fait la première fois qu'il avait posé les yeux sur sa beauté virginale, dans les sables déserts de la plage de Brighton, quand l'innocente jeune fille aux joues roses avait sans le savoir empiété dans son champ de vision, envahissant le paysage qu'il était en train de peindre. Remplie d'excitation, elle s'avança vers lui, une courte ligne droite séparant leurs quatre yeux amoureux. C'était Rafaël, à présent, qui souriait victorieusement. Son exécutrice n'était pas sûre de ses intentions, et il remua la tête dans l'espace exigu réservé à son cou comme pour l'encourager à libérer le couperet. "Tu es sûr ?" lui demanda-t-elle.

Son sourire s'élargit. Le couperet tomba.

Six heures plus tard, à midi, Anne sortit d'une chambre au bout du couloir juste au moment où Bessie arrivait à l'autre extrémité. Leurs regards se croisèrent. Elles s'avancèrent l'une vers l'autre à pas mesurés, se saluèrent et continuèrent sans s'arrêter.

Quand l'infirmière en chef se retourna pour appeler son antagoniste, cette dernière la regarda dans les yeux en disant :

— Quoi ?

Anne se gratta le front pour feindre l'embarras, puis émit un petit rire étouffé.

— Est-ce que par hasard vous n'auriez pas gardé mon stylo ?

Bessie sourit à son tour.

— Je crois que oui.

Après avoir fait mine de le chercher un moment dans son sac, elle sortit le stylo et le lui donna.

— Alors, s'enhardit à demander l'infirmière, il vous a servi ?

Bessie hocha la tête.

10

MAD HOP

Ben n'eut aucun mal à trouver son appartement. Ville de juin 2001, cercle 21, bâtiment M, niveau 24, appartement 7, BM. Plaquant son pouce dans l'alvéole de la porte, il s'efforça de chasser la vision qu'il avait de lui-même en tant que monte-en-l'air. La porte s'ouvrit avec un déclic, et il s'avança à l'intérieur en la refermant vivement. Tâtonnant dans l'obscurité, il trouva l'interrupteur, alluma et fit un bond en arrière, en portant la main à sa nuque pour frotter l'endroit où il avait cogné la porte.

Marianne se tenait au milieu de l'appartement, radieuse et plus belle que jamais.

— Bonjour, mon chéri, lui dit-elle.

Il la regardait sans comprendre.

— Eh bien, reprit-elle en lui ouvrant ses bras, tu as fait toute cette route uniquement pour te cogner la tête ?

Il s'avança droit sur elle, soutenant son regard, pressé de vérifier par le toucher ce que ses yeux lui rapportaient. Ce n'est qu'en humant le doux parfum de framboise de sa peau qu'il fut convaincu qu'elle se tenait bien là devant lui en chair et en os. Pendant une heure, après cela, ils restèrent enlacés, en riant comme des gamins qui viennent de jouer un bon tour. Marianne lui mordilla l'oreille en murmurant :

— Mmm, comme il m'a manqué, ce petit lobe…

Ben tendit le cou vers ses lèvres, lui offrant plus d'espace à mordiller, puis, comme s'il n'était pas satisfait de la profondeur de ses émotions, lui demanda sèchement :

— Comment savais-tu que j'étais ici ?

Les lèvres de Marianne cherchèrent les siennes. Entre deux longues succions, elle souffla :

— L'Annonceur.

Ben sourit d'un air entendu.

— Tu as entendu l'annonce ?

Marianne ne répondit pas. Occupée à se réhabituer à sa nouvelle apparence améliorée, embrassant chaque recoin de peau rendu fascinant par l'attente, elle accompagnait chaque baiser d'une voix métallique et chantante :

— John Dart, Mahmud Davul, Svetlana Devchokshenski, Françoise Deveroux…

— Une seconde, fit Ben en la repoussant. Que se passe-t-il, Marianne ? Pourquoi récites-tu tous ces noms ?

Avec un sourire angélique, elle continua :

— Deidre Didskin, Bernie Dole, Manny Dole, Sam Dole…

— Arrête, Marianne, je t'en supplie ! demanda-t-il avant d'être submergé par une nouvelle vague de noms. Pour l'amour du ciel, Marianne, ça suffit comme ça, ou je vais repartir.

Ses menaces n'ayant aucun effet sur elle, il se dirigea vers la porte, non sans se demander pourquoi il y avait tous ces Dole dans ce monde, et dans quelles circonstances ils avaient quitté l'ancien tous ensemble. Il ouvrit la porte, sortit dans le couloir et referma bruyamment en entendant une nouvelle fournée de noms.

Le bruit le fit sursauter, et il ouvrit les yeux. En fond sonore, il entendit la voix sans vie de l'Annonceur qui lisait une liste de noms sur un ton monocorde, et il comprit que Marianne n'avait pu en aucune manière l'entendre prononcer son nom, à supposer qu'elle ait tendu l'oreille. Dix noms suffisaient pour que le cerveau ait envie de fermer les écoutilles. Ben se releva du sol où il était couché, souffla un bon coup, s'étira, fit le tour de son appartement désert et réfléchit à ce qu'il allait faire ensuite. La voix de l'Annonceur, qui résonnait encore à ses oreilles, et le souvenir vivace de son rêve le poussèrent à prendre une résolution. Désormais, il appuierait une fois sur le bouton 3 du godget dès qu'il sentirait venir l'envie de dormir. Il se procurerait aussi une radio pour éliminer les intonations discordantes et les inévitables maux de tête qui les accompagnaient. Mais pour le moment, se dit-il, une bonne douche suffirait.

Une douche bien chaude exerçait toujours sur lui un effet apaisant. Sous le jet d'eau reconstituant, il repensa au moment où il avait pressé la détente, et repassa tous ses gestes en revue au cas où quelque chose lui aurait échappé. Cela fait, il ferma le robinet, s'aperçut qu'il n'avait pas de serviette, et se rua dans le couloir en appuyant dix fois sur le bouton 2 du godget tout en s'engouffrant dans l'ascenseur. Pendant les vingt-trois étages que dura la descente, il dut subir les glissandos et les diminuendos du saxophoniste obèse. Il préférait nettement le pianiste de l'immeuble de Marianne. Quand la double porte de l'ascenseur s'ouvrit enfin, il se précipita dehors et monta dans le premier multi à destination de la gare routière centrale. Dix minutes plus tard, après avoir remercié le conducteur, il descendit. Dans sa hâte, en traversant l'avenue, il se fit écraser à deux reprises par un multi, se releva chaque fois, prit ses jambes à son cou au milieu d'une horde de gamins, et s'arrêta sur sa lancée à l'orée de la pelouse immaculée qui conduisait aux portes de la salle blanche.

Des milliers de morts hébétés tout frais sortis de l'accueil s'engouffrèrent dans le multiroues qui attendait derrière Ben. Ils lui jetèrent des regards perplexes en se demandant pourquoi un mort marchait à contre-courant des autres. Si Ben avait été d'humeur plus facétieuse, il leur aurait expliqué qu'il en avait assez de la mort ; mais, pressé de retrouver son Belge amoureux, il rempocha cette idée. Quatre cent sept victimes de catastrophe aérienne plus tard, un sourire se dessina sur ses lèvres, il agita le bras en l'air et hurla : "Robert !"

Le Belge, qui scrutait la foule avec attention, fit pivoter son fauteuil roulant et lui sourit en l'apercevant. Ben s'avança vers lui, la main tendue.

— Comment ça va ?

— Pas trop mal, *mon ami*. Pas trop mal. Et vous ?

— Ça pourrait aller mieux.

— Hmm, fit Robert en tirant une bouffée de son cigare et en plissant les lèvres d'un air entendu. Je vois que vous ne l'avez pas encore trouvée.

— Non, gémit Ben. Mais j'ai un service à vous demander.

Robert lui tendit la main.

— Aidez-moi, voulez-vous ? Sa carte est dans la boîte à cigares.

— Vous ne pouvez pas savoir à quel point je vous suis reconnaissant, lui dit Ben en souriant tandis que le Belge lui donnait la carte de visite. Y a-t-il quelque chose que je puisse faire pour vous ?

— Retrouvez-la et amenez-la-moi, lui dit Robert avec un grand sourire. Ça me changera les idées d'avoir de la visite.

— Je vous le promets, murmura Ben en posant la main sur son épaule. Elle viendra.

— C'est ce que j'avais envie d'entendre, fit le Belge en fermant à demi les yeux.

Avant de le quitter, Ben lui suggéra d'échanger leurs empreintes de pouce sur le télédoigt. Mais il refusa en secouant la tête pour répliquer :

— Je sais que vous ne reviendrez pas me voir.

À 11 h 53, Ben arriva à destination et frappa trois fois à la porte n° 45. Elle s'ouvrit pour révéler un petit homme bedonnant au visage rond et aux yeux bleus mobiles derrière des verres épais. Il avait les lèvres charnues et le crâne entièrement chauve. Il scruta son visiteur avec un frémissement du menton désapprobateur. Sa tête était à peu près au niveau du nombril de Ben. Ce dernier fit un pas en arrière en se raclant la gorge.

— Je cherche Mad Hop.

— Qu'est-ce que vous lui voulez ? demanda le petit homme en levant vers lui des yeux suspicieux.

— On m'a dit qu'il était capable de retrouver des personnes disparues, et je ne sais pas où est ma femme.

— Vous auriez dû la surveiller un peu mieux, cracha-t-il.

Ben, intimidé, s'abstint de répliquer. Il considéra le sexagénaire en silence. Au bout d'un moment d'examen réciproque, il sourit en disant :

— Vous êtes britannique, n'est-ce pas ?

— Et vous israélien. Même Babel ne peut pas effacer cet accent.

Ben, vexé qu'il ne l'ait pas encore invité à entrer, fit un pas en avant, amusé de voir le nabot reculer en hâte.

— Je croyais que… commença-t-il.

— Qui vous a donné mon adresse ? coupa l'autre.

— Robert, répliqua Ben en fronçant les sourcils devant le gloussement condescendant de son interlocuteur.

— Je vois. *Le Malade imaginaire**.

— Je pense que vous faites erreur, lui dit Ben. C'était *L'Avare*.

— Laissez tomber, murmura le nain en ricanant de nouveau, la main sur son cou invisible. Plus on est petit, plus on a une grande gueule.

— Qui ? Robert ?

— Non, moi, fit son hôte pugnace en lui serrant la main avec une force bienveillante. Samuel Sutton. Et je vous saurais gré de vous abstenir de faire des plaisanteries sur mes initiales.

— Ben Mendelssohn. Ravi de faire votre connaissance.

— Avant que vous ne me posiez la question, fit Samuel en levant l'index, je précise que je suis Mad Hop pour mes clients et Samuel pour tous les autres. Et maintenant, allons à l'intérieur avant que je ne me déboîte le cou.

Ben le suivit dans l'appartement, qu'il avait transformé en bureau spacieux meublé de trois tables de travail en chêne massif, chacune avec son ordinateur, d'une quadruple étagère bourrée de classeurs, de deux télécopieurs, d'une photocopieuse et de plusieurs piles de papiers. Quand il s'assit, Ben sentit sous ses pieds d'autres papiers qui encombraient l'espace sous le bureau de Mad Hop, complétant ainsi le décor dont il s'était soigneusement entouré.

— J'avoue, déclara Ben, que cet endroit me rappelle, plus qu'aucun autre, le monde que nous avons quitté.

Mad Hop sourit.

— J'espère que c'est un compliment dans votre bouche, dit-il.

Sans autre préambule, il sortit d'un tiroir un formulaire de couleur beige et se racla la gorge.

— Quel âge avez-vous, monsieur Mendelssohn ?

* En français dans le texte.

— Quarante ans, et appelez-moi Ben.
— Adresse ?
— Juin 2001, cercle 21. Bâtiment M, niveau 24, appartement 7.
— Vous ne perdez pas de temps.
— Exact. Ma femme et moi, nous nous aimons, et j'ai besoin de la retrouver.
— Quand est-elle arrivée ici ?
— Le 17 mars 2000.
— Comment êtes-vous venu ?
— Je me suis tiré une balle.
— Hmm. Courageux. Et pour quelle raison ?
— Pour retrouver Marianne.
— Votre épouse ? Marianne Mendelssohn. Nom de jeune fille ?
— Corbin.
— Et moi qui pensais que l'époque où l'on mourait par amour était révolue !
— Vous vous trompiez.
— Pourquoi avez-vous attendu si longtemps ?
— J'étais sous le choc au début. Incapable de réagir. Peu à peu, j'ai pris ma décision. Six mois après son décès, je savais ce qu'il me restait à faire.
— Pourtant, vous avez attendu encore un an.
— Marianne avait toujours eu envie que je me muscle. Elle disait que j'avais un grand potentiel, mais que j'étais trop paresseux. Je n'avais pas la patience d'aller régulièrement dans une salle de sport. L'idée me semblait ridicule. Quelques mois après sa mort, je me suis souvenu que, pendant notre dernière nuit ensemble, alors que nous étions couchés, elle avait passé la main sur mon torse en murmurant : "Tu ne m'en voudras pas si je t'appelle Van Damme au lit ?" J'ai fait de la musculation pendant un an. Le jour de son anniversaire, je me suis suicidé en guise de cadeau. Je suis sûr qu'elle n'en reviendra pas quand elle me verra ici.
— Une seconde. Il y a une chose que je voudrais comprendre. La musculation, c'était uniquement pour elle ? En vue de votre suicide ?

— Oui, et avant que vous ne me posiez la question, j'ignore comment, mais je savais qu'il y avait une vie après la mort.

— Vous rendez-vous compte de ce qui serait arrivé si vous aviez fait erreur ?

— Rien du tout. Je serais mort en pleine forme, c'est tout.

— Je vous avoue que j'en ai entendu des vertes et des pas mûres depuis que je suis ici, mais celle-là alors… Depuis combien de temps étiez-vous mariés ?

— Onze ans. Onze années de bonheur intégral.

— Et dans le monde précédent, quel genre d'activité exerciez-vous ?

— J'étais un noteur. Un épiloguiste. J'écrivais des dénouements pour des romans, des scénarios…

— Intéressant. J'aurais cru que quelqu'un comme vous aurait plutôt considéré la mort comme quelque chose d'absolu. L'apothéose, si vous voulez.

— Un peu simpliste, vous ne trouvez pas ?

— Nous ne le saurons que plus tard.

— Écoutez, si je suis venu vous trouver, c'est parce que, depuis deux jours que je me trouve dans cet endroit étrange, j'essaie désespérément de retrouver Marianne, mais en vain. Je suis allé dans son appartement, mais elle n'y est plus. J'ai essayé les laboratoires multilingues, et elle ne travaille pas là-bas.

— Les labos ? Pourquoi ?

— Elle était prof d'anglais. Elle était… elle est amoureuse de la langue.

— Je vois. Des enfants ?

— Non.

— Désolé de l'apprendre.

— Dans les circonstances présentes, il me semble que c'est mieux.

— Pourquoi ? Parce que, si vous aviez des gosses, vous ne seriez pas assis en face de moi en train de me demander mon aide ?

Ben hocha la tête en regardant Mad Hop gribouiller quelque chose sur son bloc-notes.

— Comment est-elle venue ici ?

— Pardon ?

— Comment votre femme est-elle décédée ?
— Un accident.
— Pourriez-vous préciser ?
— Un accident de voiture.
— Accident de voiture. Je vois.

Ben entendit un étrange ronronnement issu de dessous le bureau. Il se pencha, en s'attendant à voir un chat, mais ne vit rien. Le ronronnement s'intensifia, et Ben commença à ressentir de la peur. Il vit les muscles du visage de Mad Hop se mettre à trembler comme de la gélatine. Avant qu'il pût identifier ce phénomène, les joues du détective se gonflèrent comme celles de Dizzy Gillespie avant d'attaquer une longue note bleue. Les yeux écarquillés d'incrédulité, Ben vit le gros nain éclater d'un rire tonitruant en faisant vibrer son bureau en chêne sous son souffle avant de le marteler d'un poing charnu tout en donnant des coups de pied au fauteuil du noteur horrifié.

Ben s'était levé d'un bond.

— Quelque chose ne va pas, Samuel ?

Mad Hop, dont les bajoues étaient baignées de larmes d'exultation, indiqua d'un doigt boudiné un tiroir situé du côté de Ben en balbutiant d'une voix éraillée :

— Sortez-le… Sortez-le.

Ben ouvrit le tiroir et regarda le pistolet à l'intérieur. Il le prit pour le poser sur le bureau.

— Non ! glapit Mad Hop, dont les joues avaient viré du pourpre au cramoisi. Reprenez-le et tirez ! Allez, tirez !

Ben saisit l'arme et visa le pied de Mad Hop. Ce dernier émit un grognement étouffé par son rire.

— Pas le pied, imbécile ! La tête ! Visez la tête !

Ben releva le canon du pistolet, visa un point situé entre les sourcils broussailleux de Mad Hop, et pressa la détente. La grosse tête du nain s'abattit sur le bureau avec un bruit sourd. Ben se laissa tomber en arrière dans son fauteuil et ferma les yeux.

Moins d'une minute après, la voix de basse s'éleva du sofa situé contre le mur opposé.

— Excusez-moi, Ben, d'avoir fait preuve de mauvais goût.

Ben rouvrit les yeux avec un soupir. Il avait espéré que ce répit durerait un peu plus de soixante secondes, mais Mad Hop se leva et reprit sa place en poussant le pistolet vers lui. D'une voix sèche, il lui demanda de le remettre dans le tiroir.

— Qu'y avait-il de si drôle ? voulut savoir Ben.

Le détective soupira.

— Les voies de l'âme humaine sont mystérieuses. Quand vous avez grandi dans un milieu conservateur, terrorisé par des parents qui ne vous ont inculqué rien d'autre qu'un sens très strict de la discipline, vous finissez par prendre certaines habitudes qui vous collent au train toute votre vie. Vous m'avez demandé pourquoi je riais comme un âne. C'est que, depuis que j'ai quitté la maison, le jour de mes vingt ans, j'ai attrapé certaines névroses, par exemple ces accès de fou rire incontrôlable. Vous me suivez ? On peut me demander ce qu'on veut, de la dévotion, de l'attention, de la compréhension, tout sauf, malheureusement, du tact. Vous me dites que votre femme est morte dans un accident, et moi je me mets à glousser comme un dindon. Vous n'avez pas idée du nombre de fois où je me suis fait jeter d'un enterrement, d'un mariage ou bien d'un lit à cause de ça. Ici, au moins, il y a un moyen radical de mettre fin à ces crises… au moins temporairement.

— Vous n'avez pas essayé de vous faire soigner ?

Mad Hop cligna deux fois des paupières, feuilleta nerveusement la pile de papiers sur son bureau, et répondit sans relever la tête :

— Trop tard, Ben, trop tard. Mais une dernière question. Auriez-vous par hasard une photo de Marianne ?

— J'aimerais bien, fit Ben avec un sourire triste.

Mad Hop releva lentement la tête en le clouant d'un regard grave.

— Pardonnez-moi ce cliché, dit-il, mais cela revient à chercher une aiguille dans une botte de foin. Il m'est difficile de refuser ce genre de défi, mais comprenez bien que je ne vous promets rien. Retrouver une personne disparue dans ce monde-ci présente dix fois plus de difficultés que dans le monde antérieur. Et c'est exactement la raison pour laquelle je suis prêt à enquêter sur votre affaire.

Au bout d'un bref instant de pause, il reprit :

— Dans l'ancien monde, j'ai bossé trente-sept ans comme détective, et à vrai dire, malgré toute mon expérience, je n'ai jamais réussi à percer vraiment. J'avais un petit bureau à Manchester, et du travail en quantité modérée. Des affaires modestes, d'un ennui mortel, en vérité. La routine, quoi. Quand je suis parti m'installer à Londres, je ne pouvais pas rivaliser avec les grosses agences. La clientèle se faisait de plus en plus rare. Entre 83 et 84, croyez-le ou non, je n'ai pas vu l'ombre d'un client. La leçon m'a servi. À mon arrivée ici, je me suis juré de devenir le meilleur détective que l'Autre Monde ait jamais connu. En quinze ans, je me suis fait une réputation à rendre jaloux tous mes confrères. J'ai résolu des affaires où la victime n'avait pas la moindre idée sur la ou les personnes qui voulaient se débarrasser d'elle. J'ai retrouvé des disparus dans des endroits auxquels nul parmi les vivants et les morts n'aurait jamais songé. Et j'ai changé de nom. Rares sont les gens qui savent que Mad Hop est en fait un acronyme en hommage à mes détectives préférés : Marple, Dagliesh, Holmes et Poirot.

— Je ne m'en serais pas douté, fit Ben.

— L'important dans tout ça, murmura Mad Hop en se levant pour se diriger vers la porte, c'est que l'argent n'a jamais eu beaucoup de signification pour moi. J'ai toujours enquêté pour une meilleure raison, une curiosité insatiable. Rien ne me fait plus de bien que l'ablation chirurgicale des points d'interrogation. Le chemin qui sépare la question de la réponse est toutefois sinueux et traverse généralement de noires forêts d'incompréhension. Un bon enquêteur se doit de découvrir ses indices en hélicoptère.

— En hélicoptère ?

— Oui, façon de parler, en survolant le problème pour voir la forêt et non les arbres.

— J'ai compris, fit Ben en souriant. Et c'est de cette manière que vous comptez retrouver ma femme ?

Mad Hop ouvrit la porte et sortit son godget d'un tiroir voisin.

— Chaque chose en son temps, dit-il. Échangeons nos empreintes pour commencer.

Quand ce fut fait, il porta l'index à ses lèvres et fredonna un air inconnu de Ben. Puis, d'une voix autoritaire, il dit :

— Vous dites que vous avez quarante ans et qu'elle est morte il y a un an et demi. Je vous demande de vous rendre au centre de vie-déo le plus proche, de prendre la cassette numéro trente-neuf et de revenir ici. Il nous faut une photo d'elle qui ne soit pas trop vieille.

— Quand voulez-vous que je revienne ?

— Si ça ne tient qu'à moi, dans trois heures. Ça vous va ?

— Je pense.

Voyant la perplexité qui se peignait sur le visage de Ben, il sourit en montrant le godget.

— Il suffit d'appuyer une fois sur le télédoigt pour avoir l'heure.

— Une seconde, fit Ben en regardant le petit écran du godget, qui indiquait 7 h 45. Je croyais qu'il était autour de midi !

Mad Hop gloussa, une lueur malicieuse au coin de l'œil.

— Et moi, je croyais que la parole des morts reposait en paix sur la vérité !

Ben quitta le bureau en faisant semblant de ne pas avoir entendu cette remarque. Pendant tout le chemin qui le séparait du service vie-déo, une voix intérieure le harcela : “Comment, au nom du ciel, a-t-il su que tu lui mentais ?”

11

EXTRACTION DE SAGESSE

— Qu'est-ce que tu fais ? demanda le grand extracteur en voyant les hideuses contorsions du derrière de son collègue.

Le petit extracteur fit la grimace en relevant la tête.

— C'est pas tes oignons.

— Je t'emmerde, lui dit le grand en tapant du pied. C'est la première fois que je te vois tortiller du cul comme ça. On dirait qu'il y a quelque chose de coincé…

— Ne m'en parle pas, fit le petit en reprenant son manège, perdu dans sa concentration.

— Pourquoi remues-tu comme ça ? insista le grand extracteur.

— Je t'ai déjà dit que c'est pas tes oignons, lui dit le petit sans rompre le rythme.

Son collègue piétina la terre de la concession n° 2605327, sortit des jumelles de son sac à dos, scruta l'allée et cracha :

— Rien du tout.

Le petit se releva pour inspecter l'allée d'en face avec ses propres jumelles, puis murmura :

— Rien par là non plus.

Six heures plus tard, au bout d'une journée ordinaire qui comptabilisait 1 256 branches cassées, 2 extractions de tronc définitives et une bonne dose d'énervement, les deux hommes prirent place au début de la cinq centième allée et mirent à jour les 1 256 nouveau-morts, en marquant leurs emplacements sur leurs arbres généalogiques respectifs, sans oublier de noter les noms des deux familles qui seraient déclarées officiellement déracinées. En attendant l'arrivée de l'équipe de nettoyage basée à l'usine de la Nouvelle Feuille, ils n'échangèrent pas une parole.

Le silence, cependant, était rare et éphémère dans cette forêt dynamique, où l'on entendait vingt-quatre heures sur vingt-quatre les craquements lents ou secs des branches arrachées à leur tronc. Elles pendaient selon des angles impossibles, se balançant sous les vents capricieux, rattachées par des fils invisibles – une soie d'araignée, un filament de dentelle, un simple filigrane – à des branches plus fortes entrelacées dans leurs vains efforts pour ne pas toucher terre, jouissant de leurs dernières gouttes de vie, bruissant par dizaines de milliers aux oreilles des extracteurs.

Le grand déracineur ne s'était jamais habitué à la musique discordante du désengagement. Plus que n'importe quoi d'autre, elle lui rappelait les pas feutrés d'un prédateur de la jungle prêt à bondir sur sa proie. Il s'était habitué à parler, à siffloter ou à se fredonner quelque chose dans le vain espoir que la décomposition rituelle à laquelle il assistait chaque jour ne pénétrerait pas son âme. Aujourd'hui, comme toujours, il avait une chanson dans la tête. Et il était prêt à la massacrer tout haut quand il se rendit compte qu'il n'arriverait jamais à se concentrer sur elle si son collègue continuait à jouer des hanches comme une écolière en train de faire du hula-hoop.

Il savait que sa curiosité ne serait jamais satisfaite s'il abordait son collègue en suivant les voies habituelles. Il scruta donc l'allée des deux côtés, guettant l'arrivée des équipes de nettoyage, et commença à remuer des hanches en imitant les mouvements gauches de son collègue. Le petit extracteur remarqua son manège et lui dit :

— Pourquoi tu cherches à me ridiculiser ? Quel genre d'alias es-tu ?

— Qui cherche à te ridiculiser ? Regarde comme je le fais bien tourner.

— Tourner ? De quoi est-ce que tu parles ?

— Je fais tourner un cerceau imaginaire autour de mes hanches.

— Pourquoi fais-tu un truc aussi débile ?

— Bouger les hanches sans cerceau, comme tu le fais, c'est encore plus débile.

— Oui, mais j'ai une raison.

Enfin !

— Explique-moi, alors, pourquoi tu tortilles du cul depuis ce matin.

Le petit extracteur enfouit son visage dans ses mains et fondit en larmes. Le grand déracineur posa une main noueuse sur l'épaule de son collègue et lui demanda :

— Pourquoi pleures-tu, 57438291108 ?

Le petit extracteur leva vers lui des yeux embués et répondit d'une voix entrecoupée de sanglots :

— Je le déteste ! Je le déteste ! Il va tout me gâcher !

— Qui ça ?

— Elvis.

— Elvis ?

— Presley.

— Le chanteur ?

— Le chanteur.

— Qu'est-ce que tu lui reproches ?

— Tu l'as déjà vu danser ? fit le petit extracteur en tapant du pied. Tu l'as vu danser, cet enfoiré ? Tu as de la chance de ne pas avoir assisté à son spectacle la nuit dernière. Il a une manière de remuer les hanches qui fait perdre la tête à toutes les filles. Hier soir, elles sont devenues dingues. Elles hurlaient, elles pleuraient, elles s'arrachaient les cheveux par poignées, je n'en croyais pas mes yeux. Dès qu'il s'est mis à danser, elles ont toutes perdu la boule. Complètement ! Les alias qui assuraient le service d'ordre autour de la scène s'efforçaient de tenir à distance un groupe de filles en folie, mais l'une d'elles a réussi à s'infiltrer et à s'accrocher à lui comme une sangsue. Il s'est mis à rire et a chanté : "Love Me Tender". Et à la fin du morceau, il a tenté de se dégager de cette fille à la peau jaunâtre. Mais rien à faire. La folle avait dû vider dix pots de beurre de cacahuète pour s'en enduire entièrement. Quand il a vu qu'il n'arrivait pas à s'en débarrasser, le chanteur a commencé à hurler, en demandant aux alias de l'enlever. Finalement, il a été obligé de se réfugier dans les coulisses avec la groupie encore collée à lui. Le spectacle a fini prématurément. Je n'en pouvais plus de rigoler, mais 88888888 m'a engueulé : "Quand tu sauras bouger comme lui, tu pourras te marrer autant que tu voudras." Elle m'a dit que j'étais immature, en me lançant des regards à faire fondre un iceberg et en ajoutant : "De toute façon tu ne m'emmènes plus jamais danser." Une heure plus tard, je me suis retrouvé dans je ne sais plus quel club funky, avec l'aliasse la plus chaude de tout 2000 qui me secouait ses choses en pleine face tandis que j'oscillais de droite à gauche et inversement comme un robot en manque de recircuitage. Elle m'a forcé à danser pendant tout le temps que nous avons passé là-bas, puis m'a lancé un ultimatum : "Apprends à remuer comme Elvis avant la fin de la semaine prochaine, ou disparais à jamais de ma vie." Mais le lendemain matin, en me réveillant, j'ai vu qu'elle était déjà partie.

Le sourire du grand déracineur évoquait différents stades de compassion et d'envie.

— Qu'est-ce que tu vas faire, alors, 57438291108 ? On peut dire que tu as jeté ton dévolu sur une sacrée aliasse. Si c'était une aliasse ordinaire, je ne dis pas, mais 88888888, ce n'est pas pareil. Sans vouloir te vexer, le fait qu'elle t'a plaqué douze fois en dix ans a quelque chose de plutôt flatteur pour toi.

— Flatteur ? glapit son collègue.

— Réfléchis, elle est revenue onze fois. La chose ne fait aucun doute. Si jamais elle te quittait pour toujours, elle tournerait le dos à un super alias, non ?

— Il y a du vrai dans ce que tu dis, fit le petit extracteur, dont le regard reprit vie. La première fois qu'elle m'a quitté, c'était parce que je ne savais pas nager. La deuxième, parce que je ne savais pas peindre. Ensuite, il y a eu la cuisine, les échecs, le massage thaïlandais, le tuba, imiter un animal en faisant l'amour, la méditation, la composition florale, l'ambidextérité, l'usage approprié des métaphores, et à présent la danse.

— Tu as été capable de maîtriser les autres disciplines, tu feras la même chose avec la danse.

— Ça m'étonnerait, fit le petit extracteur en secouant la tête. Tu as vu comme j'avais l'air ridicule. Je ne serai jamais capable de danser comme ça. Pas comme le King. Cette fois-ci, elle ne reviendra pas.

— Tu l'aimes?

— Je vivrais pour elle, tu le sais bien.

— Alors, ne dis pas que tu refuses d'apprendre à danser.

— Et qui va m'enseigner?

Le grand déracineur eut un sourire.

— Mon aliasse a une amie qui s'occupe d'un stage de deux semaines sur la danse corporelle en dessous de la taille.

— En dessous de la taille?

— Ouais. Je crois que ça s'appelle le popo-tempo. D'après mon aliasse, il y a un mec, nommé Ricky Martin, qui rendait folles les nanas du vieux monde avec sa nouvelle technique pour remuer la partie inférieure de son corps. Elle dit que la moitié du stage consiste à faire l'apprentissage de sa coordination hanches-cuisses. Si ça t'intéresse, je te fournirai plus de détails demain.

— Merci, fit le petit extracteur en remplaçant son expression angoissée par un sourire.

Préoccupé par son pelvis peu coopératif et déprimé à l'idée de regagner un appartement d'où 88888888 serait absente, il était littéralement obsédé par son télédoigt muet, espérant à chaque instant que la voix délicieuse allait résonner à son oreille.

— Elle me harcèle, dit-il tout haut.

— Pardon?

— C'est du harcèlement passif. Voilà ce que c'est. Elle n'appelle pas. Elle sait pourtant, mais c'est peut-être justement pour ça, à quel point j'ai envie d'entendre sa voix. Elle va rester introuvable une semaine ou deux, le temps que je puisse lui prouver que j'ai appris à danser. Ensuite, ce sera le bonheur pendant quelque temps. Tout sera rose, jusqu'à ce qu'elle s'invente une nouvelle exigence. Je vis dans l'angoisse permanente de ne pas être à la hauteur de son prochain ultimatum. Nous n'étions peut-être pas faits l'un pour l'autre. Elle est la perfection même, alors que j'ai continuellement besoin de me recycler, comme un alias défectueux.

— Tu crois que mon aliasse à moi n'essaie pas de me changer? Détrompe-toi, mon coco. La seule différence, c'est qu'elle ne cherche pas à me transformer en une copie d'elle-même. À mon avis, 88888888 est un peu trop imbue de sa personne.

Mais qui pourrait l'en blâmer, hein ? Toi, par contre, au lieu de te défendre, tu fais en sorte, chaque fois, d'ajouter un nouveau maillon à ta longue chaîne d'accomplissements. Je ne comprends pas pourquoi tu n'exiges pas que ce soit elle qui allonge sa chaîne de temps en temps.

— Elle m'accorde son amour…

— Ah ! s'écria le grand déracineur en agitant un index satisfait sous son nez. Et toi, tu lui accordes le tien. Mais sais-tu quel est le problème avec ton amour ? C'est qu'il est inconditionnel. Il serait temps, peut-être, que tu poses tes conditions.

— Mes conditions ? Quelles conditions peut-on imposer à la perfection faite femme ?

— Ça n'existe pas, la perfection. Et même si ça existait, il faudrait peut-être y percer des trous.

— Comment fait-on des trous dans la perfection ?

— On cherche un point faible, et on ajuste le tir.

— Oui, mais en attendant ?

— En attendant ? fit le grand déracineur en exhibant ses dents dans un large sourire. Apprends à danser à ton cul.

Le petit extracteur hocha la tête d'un air morose, le regard rivé sur l'horizon qui s'animait. L'équipe de nettoyage arrivait. Les branches coupées et les deux troncs furent empilés dans les brouettes électriques, et elles s'envolèrent en direction de la concession suivante.

— On peut y aller, à présent, dit le grand déracineur en quittant à pas de géant la concession 2605327.

Trente secondes plus tard, il s'aperçut que seule son ombre le suivait. Fronçant les sourcils, il fit volte-face et s'écria, surpris :

— Qu'est-ce qui te retient donc ?

12

LES CHARLATANS

Quand il donna la cassette à Mad Hop, Ben ne put empêcher ses mains de trembler. Le détective, conscient des conséquences de ce qu'il s'apprêtait à faire, indiqua à Ben la direction d'une chambre voisine, avant de lui montrer le canapé. Ben s'y laissa tomber et regarda d'un œil morne l'écran plat qui lui faisait face.

Mad Hop s'assit à côté de lui. Il passa la main sur son crâne lisse en se raclant la gorge.

— Des questions, avant de commencer ?

— Je veux ! fit Ben en détachant son regard de l'écran pour scruter le visage sombre du petit homme. Ils nous ont un peu parlé de ces cassettes pendant la réunion d'accueil. Si on a vécu quarante ans, il y en a quarante. C'est bien ça ? Une cassette correspond à une année de vie.

— C'est exactement ça, lui dit sèchement Mad Hop, à l'exception de la dernière année, à moins, naturellement, que vous ne soyez mort le jour de votre anniversaire.

— Je ne saisis pas très bien. Comment faire entrer une année de vie dans une seule vidéocassette ?

Mad Hop roula des yeux excédés, puis grogna :

— Vous n'avez donc pas encore compris que ce monde-ci est un tout petit peu plus avancé que celui que vous avez quitté il y a deux jours ? Dans le monde précédent, est-ce que vous pouviez choisir votre propre météo ? Sélectionner une nuit de sommeil sans cauchemar ? Vous exprimer dans une centaine de langues différentes ? Ne vous cassez donc pas votre jolie petite tête à propos de tout ça, vous vous familiariserez avec leurs nouvelles technologies en temps voulu. Songez un peu, Ben.

Combien d'accros au petit écran sont capables de comprendre le processus qui fait arriver une image dans leur salon ? Je parie qu'il y a plus de gens qui savent qui a tiré sur J. R.* ou pourquoi Jerry, Elaine, George et Kramer** se sont fait enfermer, que de téléspectateurs qui comprennent comment ça marche…

— Qu'est-ce que vous savez de *Seinfeld* ? demanda Ben. Vous êtes mort en 1986, bien avant la…

Mad Hop leva la main droite, en l'arrêtant sur sa lancée.

— Vous vous imaginez que l'Autre Monde prive les morts des fruits du précédent ? Si tel était le cas, la grande majorité de ceux qui sont ici se divertirait à l'aide de simples feux de joie ou s'émerveillerait devant le spectacle d'une roue. Si les ragots vous intéressent, je vous apprendrai que Bach est fou de techno, que Léonard de Vinci fait de la publicité pour ses inventions sur le Net, et que Curie ne rate pas un épisode d'*Urgences*. Quand on meurt, on profite du meilleur des deux mondes, terrestre et post-terrestre.

— Vous avez parlé de me familiariser avec leurs nouvelles technologies. Qu'entendez-vous par "leurs" ?

— Les alias, fit le détective avec un sourire.

— Ah, bon ! Tout s'explique, alors.

Mad Hop éclata de rire.

— Parfois, j'oublie que vous êtes un novice. Les alias sont ceux qui font marcher l'Autre Monde. En fait, ils régissent tout ici.

Ben plissa les lèvres.

— Ça veut dire quoi, "régissent" ?

— Disons qu'ils assurent l'intendance, déclara Mad Hop en allumant une Benson & Hedges. Ne vous en faites pas, vous n'êtes pas arrivé dans quelque lointaine galaxie complètement paumée. Ces gens-là sont des êtres humains comme vous et moi. La seule différence, c'est la manière dont ils sont arrivés ici.

— Mais pourquoi les appelle-t-on alias ? Et tant que nous y sommes, comment sont-ils arrivés ici ? Vous ne parlez tout de même pas d'une forme de vie différente ?

— Écoutez, mon cher Ben, je pourrais vous parler des alias

* Dans la série *Dallas*.

** Dans la sitcom *Seinfeld*.

pendant une éternité, mais à quoi bon ? Vous ne les embêtez pas, et ils vous laissent tranquille.

— Il y a pourtant une ligne de démarcation entre nous. Autrement, ils ne pourraient pas…

— C'est vrai, mais ça ne signifie pas grand-chose. Croyez-moi, Ben, ce sont les créatures les plus adorables que j'aie rencontrées de toute ma mort…

— Vous me rendez dingue ! s'exclama Ben de manière puérile. Je veux les voir !

— Vous en avez déjà vu plusieurs, fit Mad Hop en cueillant un brin de tabac égaré sur sa langue. La fille à la réunion d'orientation, par exemple.

— C'est une aliasse ? demanda Ben en se remémorant sa beauté glaciale. Elle avait l'air d'une humaine normale.

— C'est ce qu'elle est.

— Vous allez me dire, je suppose, que les alias sont responsables des cassettes ? demanda Ben en plissant les yeux.

— C'est exact. Ils filment tout.

— Comment diable peuvent-ils filmer quelqu'un de la naissance à la mort ? glapit Ben.

Au bout d'un moment de silence, Mad Hop demanda :

— Vous êtes bien installé ?

— Désolé d'avoir élevé la voix. Mais ce truc à la Big Brother ne me plaît pas trop, surtout dans la mesure où il s'agit de documents privés. Ça me fout la trouille, j'avoue.

— Ce n'est pas de l'espionnage, je vous assure, Ben. C'est une invention brillante. Vous pouvez revoir la totalité de votre vie antérieure, et comprendre ainsi toutes sortes de choses qui vous avaient échappé parce que vous n'aviez pas assez de recul. Vu de l'extérieur, cela paraît plus clair.

— Vous voulez dire que ces enregistrements aident les gens à faire leur examen de conscience ?

— Oui, mais ça ne concerne qu'eux, je vous le précise, avant que vous ne vous lanciez dans des spéculations spirituelles ou religieuses.

— À propos de religion, justement, qu'en est-il de… ?

— Il ne s'est pas révélé à vous dans la vie, il n'y a pas de raison qu'Il le fasse dans la mort.

— Alors, le mystère…
— Demeure intact.
— Vous voulez dire que rien n'a changé ?
— Parfaitement. Ne cherchez pas d'explications, il n'y en a pas. Vous feriez mieux d'accepter l'inconnaissable et de vous consacrer entièrement à la poursuite du bonheur.
— On dirait que vous avez avalé un bocal de biscuits chinois.
Mad Hop sourit puis, voyant le visage troublé de Ben, demanda :
— Quoi ?
— Vous ne leur avez jamais demandé ? Je veux dire, de quelle manière ils nous filment ?
— Les alias se sentent insultés si vous leur laissez entendre qu'il y a une différence entre eux et nous. Ils sont muets comme des carpes quand on leur demande comment ils peuvent avoir accès à notre existence tout entière dans le monde précédent. Mais j'ai un copain, astronome de profession, qui s'est penché sur la question. Il dit qu'il a trouvé la réponse.
— Alors ? le pressa Ben.
— Sa théorie est toute simple. Et complètement farfelue. Il affirme que chaque personne a une étoile qui le suit de la naissance à la mort. Cette étoile est pourvue d'une caméra qui ne perd rien de la vie de l'individu. Le jour où il meurt, l'étoile tombe. Vous voyez ce que je veux dire, comme un météore. C'est la raison pour laquelle, à son avis, il y a tant d'étoiles dans le ciel.
Ben plissa le front.
— Si on regardait cette cassette ? demanda-t-il.
Mad Hop hocha la tête, inséra le boîtier dans la fente du lecteur sphérique, et appuya sur MARCHE. Ben se pencha en avant, les yeux rivés sur l'écran de télévision géant. Dans le coin supérieur droit s'affichait la date, 18.05.1999, à côté d'un code horaire indiquant l'heure, la minute et la seconde.

Ben se souvenait très bien de la scène qui s'affichait sur l'écran. Vingt heures avant de fêter son trente-huitième anniversaire, il avait essayé de convaincre sa femme de lui dévoiler quelques détails sur la fête surprise à venir. Elle était au lit, plongée dans la lecture de *Haroun et la mer des histoires*, de Rushdie. Il s'était allongé à côté d'elle, en essayant de déchiffrer ses pensées.

— Je vous crois, maintenant, quand vous me dites que vous avez passé toute une année à faire de la musculation, murmura Mad Hop.

MARIANNE (elle sourit, les yeux rivés sur sa page) : Arrête !

BEN : Arrête quoi ?

MARIANNE (son sourire se fige) : Cesse de me regarder comme si tu n'avais jamais vu une femme en train de lire !

BEN : Je n'en ai jamais vu en train de faire semblant de lire.

MARIANNE (elle se tourne vers lui) : Je te demande pardon ?

BEN (il sourit) : Tu crées des interférences.

MARIANNE : Des interférences ? Des interférences avec quoi ?

BEN : Avec les pensées qui sont en train de te traverser l'esprit. Est-ce que je n'ai oublié personne ? Est-ce que les invités vont tous venir ? Comment garder le secret ?

MARIANNE (qui finit par craquer) : Benji, je t'ai déjà dit mille fois qu'il n'y aura pas de fête d'anniversaire surprise cette année.

BEN : Tu dis ça tous les ans.

MARIANNE (elle prend un air sérieux et pose le livre ouvert sur la table de nuit) : Mais cette année, c'est vrai. Kobi est à Glasgow, ta mère est en Amérique. Et si ma mémoire est bonne, on a des places de cinéma.

BEN : Pour voir quoi ?

MARIANNE : Séance exceptionnelle des Livres de Prospero.

BEN : Quoi ? L'adaptation complètement dingue de La Tempête *par Greenaway ? On ne l'a pas déjà vue ?*

MARIANNE : Pas en présence du réalisateur.

BEN : Je parie qu'ils seront là demain.

MARIANNE : Au cinéma ?

BEN : Ou bien au restaurant, après le film.

MARIANNE : Tu es complètement dingue.

BEN : Mon inspiration, c'est toi.

MARIANNE : Inutile de faire de la lèche pour me soutirer des informations.

BEN : J'avais raison, alors ?

MARIANNE : Tu es loin du compte. On va passer une soirée géniale ensemble. Rien que toi et moi. (Elle lui dépose un baiser sur le bout du nez.)

BEN : Qui fait de la lèche, à présent ?

MARIANNE : Si tu appelles ça faire de la lèche, attends de voir quand je fais des courbettes. (Elle se colle à lui et lui prend le lobe de l'oreille entre ses lèvres.)

BEN (il soupire) : Interférences, saison deux.

Marianne l'embrasse, lui prend la main, la plaque sur son nombril, et éteint la lumière.

Mad Hop mit le lecteur sur pause.

— Alors, quel a été le fin mot de l'histoire ? demanda-t-il.

Ben ne répondit pas. Ses traits étaient figés par le choc. Ses mains, qui s'agitaient nerveusement devant sa bouche, lui couvraient les lèvres. Durant de longues minutes, il garda les yeux fixés sur l'écran, pris en otage par l'image rémanente de la femme qui brillait encore dans sa vision intérieure, comme s'il voulait y plonger pour s'y noyer corps et âme. Réprimant les larmes qu'il sentait monter, il montra l'écran avec un index crochu et tremblant, en balbutiant : "C'est tellement… réel." Au bout d'un court instant de silence, il se prit le menton dans le creux de la main et murmura : "Savez-vous depuis combien de temps je n'avais pas entendu sa voix ? Depuis combien de temps je ne l'avais pas vue vivre ?"

Mad Hop eut un sourire.

— Finalement, cette fête d'anniversaire surprise, elle a eu lieu ou non ?

— Il n'y a pas eu de fête. Nous avons juste passé une nuit fabuleuse ensemble. Rien qu'elle et moi. Comme elle l'avait promis.

— Je vois.

Désireux de rompre le silence qui venait de s'établir entre eux, Mad Hop saisit ostensiblement la télécommande avant de demander d'une voix neutre :

— Pouvez-vous me rappeler le jour de sa mort ?

Ben répondit machinalement :

— Le 17 mars 2000.

— Vous l'avez vue ce jour-là ?

— Oui, le matin.

— Et ensuite ?

— Je ne sais pas. Elle a quitté la maison à 10 h 30.

— Donc, la dernière fois que vous l'avez vue, c'est le 17 mars 2000 à 10 h 30 ?

— Oui. Pourquoi voulez-vous savoir ça ?

— Je m'efforce de reconstituer les faits avec le plus de précision possible.

Mad Hop déroula la bande en accéléré et arrêta le lecteur une minute plus tard : 21:40, *01.02.2000. Ben est dans son bureau, il écrit fiévreusement.*

Mad Hop fit encore avancer l'enregistrement et s'arrêta à 08:57, *23.02.2000. Ben est sous la douche.*

Le détective accéléra de nouveau avant d'arrêter le lecteur pour la troisième fois : 12:00, *16.04.2000. Ben est allongé sur le canapé, il fixe le plafond d'un regard éteint.*

Mad Hop revint un peu en arrière, et s'arrêta à 10:38, *17.03.2000. Ben est dans son bureau, il lit le journal. Une tasse de café est posée devant lui.*

Mad Hop grommela puis rembobina. *Ben plie son journal, crache dans la tasse. Il se lève, marche à reculons vers la cuisine. Il verse l'eau dans la bouilloire et remet le café dans le pot. Il sourit et va jusqu'à la porte. Elle s'ouvre. Marianne le serre dans ses bras, l'embrasse sur la bouche.*

Mad Hop arrêta le retour en arrière.

BEN : Dommage que je ne puisse pas t'accompagner.

MARIANNE : Dommage, c'est vrai. (Elle l'embrasse sur la bouche, le serre dans ses bras et sort.)

Mad Hop revint de nouveau en arrière, puis appuya sur la touche de lecture image par image. *Marianne s'avance, un grand sourire aux lèvres.* Mad Hop arrêta le lecteur. Le visage de Marianne emplit l'écran.

Au bout de trois minutes de contemplation intensive, le détective décida qu'il était temps de passer à l'action. Il éteignit le lecteur.

— Qu'est-ce que vous faites ? protesta Ben.

— Venez, lui dit Mad Hop en se levant pour marcher jusqu'à la porte. Vous avez besoin de prendre un peu l'air.

— Je ne veux rien prendre du tout.

— Je me fiche pas mal de ce que vous voulez ou non. J'ai une personne disparue à retrouver. Ne vous inquiétez pas, cette cassette ne va pas s'envoler. J'aimerais pouvoir en dire autant de votre douce épouse.

— Où allons-nous ?

— Vous le verrez bien assez tôt.

Mais Ben ne vit rien du tout. Il ne comprenait pas pourquoi ils se rendaient en 2001, et quand il posa la question à Mad Hop, ce dernier le coupa d'un geste furieux, en lui demandant quelques minutes de silence. Quand ils descendirent du multi, le petit homme avait un sourire malicieux aux lèvres. Il demanda à Ben s'il avait faim.

— Faim ?

— Oui, Ben. Faim.

— C'est vraiment bizarre. Je viens de m'apercevoir que je n'ai pas mangé depuis ma mort. Et mon estomac ne réclame absolument rien.

— La mort comble tous les désirs humains, déclara Mad Hop.

— Encore un biscuit chinois ?

— Plus simple que ça. Après la mort, le corps ne ressent plus aucun besoin. Mais je vous encourage à manger quand même. Autrement, votre appétit va s'étioler, et vous ne pourrez plus rien absorber, même si vous le désirez. C'est la même chose, soit dit en passant, pour l'alcool et le sexe.

— Vous voulez dire que si je n'ai pas d'activité sexuelle pendant quelque temps, ma libido va disparaître ?

— Disons plutôt que si vous n'y pensez pas, vous n'aurez plus de libido. C'est la raison pour laquelle je vous conseille vivement de ne pas abandonner votre appétit ni vos pulsions tant qu'il vous en reste.

— Et vous, vous mangez ?

Mad Hop se tapota le ventre avec fierté.

— Trois heures après mon arrivée, j'ai découvert la plus fabuleuse pizzeria de 1986.

Ben se mit à rire. Il éprouvait de plus en plus de sympathie pour le détective, qui lui énuméra ses plats favoris jusqu'à ce qu'ils arrivent à un endroit nommé Ambrosia.

— Entrons, lui dit Mad Hop.

— On a fait quinze ans de route juste pour un restaurant ? demanda Ben.

— Pas n'importe lequel, répliqua Mad Hop en le précédant à l'intérieur.

Le restaurant occupait l'espace de tout un pâté de maisons, c'est tout au moins l'impression qu'il donnait à Ben, dont les sens étaient saturés par les myriades de tables, le brouhaha confus des consommateurs et les couleurs criardes des différents plats. Ambrosia était constitué de plusieurs douzaines de salles qui étaient toutes pleines à craquer. Sur un fond de cliquetis de vaisselle et d'argenterie, Ben réussit à distinguer les principales caractéristiques du plus grand restaurant végétarien de 2001. Chaque salle contenait une centaine de convives environ. Ils choisissaient leurs mets avec une grande discrétion sur une table circulaire qui servait de buffet au centre de la salle. Ni les serveurs ni les cuisiniers n'étaient visibles dans le tableau. Les plats, supposait Ben, étaient préparés par des maîtres-queux dans une partie cachée du restaurant labyrinthien, puis acheminés dans les salles sur des tapis roulants non visibles.

— Alors, on commence à avoir de l'appétit ? demanda Mad Hop.

— Non, Samuel. Et pour être honnête, je me demande même pourquoi vous m'avez amené ici.

— Il nous faut une photo récente de Marianne, n'est-ce pas ?

— Oui, et vous remportez le pompon en matière de coq-à-l'âne.

Mad Hop adressa à Ben l'un de ces sourires entendus dont il avait le secret, prit sa tête entre ses mains et demanda :

— Vous ne remarquez rien d'inhabituel ?

— D'inhabituel ? fit Ben en regardant calmement autour de lui avant de plisser les lèvres. À part le fait qu'ils sont tous en train de s'empiffrer comme s'ils n'avaient jamais vu de nourriture avant ça ?

— Intéressant, déclara le détective en croisant les jambes. L'illusion d'optique fonctionne sur vous aussi.

— Quelle illusion d'optique ?

— C'est comme l'écoute sélective. L'œil aussi choisit ce qu'il a envie de voir. Vos yeux voulaient voir des gens en train de se goinfrer, et…

— Oh, mon Dieu ! Comment cela a-t-il pu m'échapper ? s'écria Ben en portant les mains à son entrejambe. Nous sommes les deux seuls à être nus dans le restaurant ! Ils sont tous habillés !

En regardant de plus près les dîneurs il remarqua qu'ils étaient tous en bleu de chauffe, comme des forçats enchaînés ou plutôt des prisonniers pendant la pause déjeuner.

— Ils sont à moitié momifiés, murmura Mad Hop.

— Pour les conserver ? Comme les Égyptiens antiques ?

— Non, comme pour les empêcher de se déshabiller.

— Ça me rappelle un certain livre dont l'action se situe il y a dix-sept ans*.

Mad Hop fit un pas en arrière, noua ses mains dans son dos et se mit à parler comme un guide pour touristes attirant l'attention sur un obscur phénomène local.

— Je vous présente les Charlatans ! Ils n'ont rien à voir avec George Orwell, et je vous déconseille de faire tout haut des

* C'est-à-dire en 1984.

allusions littéraires indiquant votre goût pour les dystopies étranges et particulières. Les Charlatans ne sont rien d'autre que ce que leur nom implique. Leur mort est une escroquerie et une fumisterie, un acte de pur charlatanisme. Cela dit, gardons-nous de les juger trop sévèrement. Ils ne sont pas responsables de leur duplicité. Les jeux sont faits pour eux depuis le monde précédent. De manière temporaire, je suis heureux de le préciser. Vous pouvez les traiter d'invités provisoires, de visiteurs indésirables, de *personae non gratae*, mais sachez qu'ils ont peur de vous. Vous êtes mort, Ben. Personne ne peut vous faire de mal. Eux, par contre, ne sont décédés que provisoirement, ce qui explique que la peur joue un rôle majeur dans leur existence. Les alias ne veulent pas que les Charlatans retournent dans le monde précédent et avertissent l'humanité du sort qui l'attend quand elle s'engage dans la voie de toute chair. La frontière naturelle entre les deux mondes en serait irrémédiablement détériorée. On leur met ces bleus de travail pour que les morts puissent les reconnaître facilement. Il n'y a aucun moyen de les enlever, de sorte qu'ils sont incapables de se mêler à nous avant de retourner à leur existence monotone. C'est là que vous et moi entrons dans le tableau. Tout Charlatan qui se respecte a envie de retrouver le monde qu'il a quitté. Je vous ai fait venir ici afin que vous m'aidiez à choisir le meilleur candidat pour accomplir le boulot.

Mad Hop accéléra le pas et se dirigea vers la quatrième salle du restaurant.

— Une seconde, fit Ben en s'adressant au dos légèrement bossu qui s'éloignait. Comment savez-vous que nous le trouverons ici ?

Mad Hop se tourna vers lui et rétorqua d'un ton redevenu coupant :

— Cet endroit est un lieu de rencontre pour les Charlatans, Ben. Contrairement à nous, ils ont besoin d'ingérer de la nourriture pour survivre. Et j'ai besoin d'un Charlatan novice, sans quoi je vous aurais conduit à Ambrosia 86. Comprenez bien que plus un Charlatan prolonge son séjour dans l'Autre Monde, plus son esprit s'embrume. Il devient de plus en plus apathique.

— Je n'ai pas la moindre idée de ce dont vous parlez, lui dit Ben, désemparé. Pourquoi donc avons-nous besoin d'un Charlatan ?

— Il nous procurera une photo à jour de Marianne. Si nous faisons une copie d'écran sur la télé, elle sera floue et ne lui ressemblera pas suffisamment. Par bonheur, j'ai un copain qui s'est pris une balle dans la tête et qui tient encore le coup. C'est un expert médicolégal de la police de Manchester, spécialiste de la reconstitution faciale. Il mange en général dans la neuvième salle. C'est là que nous allons.

— Il a déjà fait ça pour vous dans le passé ?

Mad Hop répondit par un sourire, que Ben lui rendit aussitôt.

— Et qu'est-ce qu'il y gagne, en échange ?

Dans un souffle à peine audible Mad Hop expliqua :

— La promesse de l'aider à regagner son environnement d'origine. Et inutile de me demander comment on peut accomplir cela. Disons seulement que je l'ai vu faire, un jour, par un alias complètement torché.

Ben se mordilla un ongle.

— Peut-on savoir, Samuel, combien de fois vous avez utilisé les services de cet expert ?

— Je ne me rappelle pas, grommela Mad Hop.

— Et qu'est-ce qui vous fait croire qu'il sera encore d'accord, après toutes vos fausses promesses ?

— Il n'a guère le choix. Je vais lui promettre que c'est la dernière fois que je lui demande son aide avant de…

— Ce n'est pas bien, Samuel. Vous abusez de…

— Ouah ! Arrêtez un peu, l'interrompit Mad Hop. Vous croyez que la mort fait de nous des saints ? Si j'avais les moyens nécessaires, je ne profiterais pas d'innocents Charlatans de cette façon.

— Mais vous ne pourriez pas trouver un portraitiste mort ?

— Je n'aurais rien à lui offrir en échange.

Dans la neuvième salle, Mad Hop désigna une table sur le côté, en affichant sa connaissance du sujet.

— C'est là qu'il s'assoit en général. Entre Michael et Ahmed. Venez.

Mais quand il posa la question, le gros Américain lui sourit en répondant que Nigel était parti.

— Bordel de merde, il a bien choisi son moment pour se réveiller, celui-là !

— Au moins, vous n'aurez plus à lui raconter des bobards, fit Ben.

Mad Hop indiqua du doigt les deux chaises vides à côté d'Ahmed.

— Mangeons, dit-il.

— Je n'ai pas faim.

— Et moi, je vous dis que oui, putain ! Attendez-moi ici.

Obéissant, Ben prit la chaise à côté d'Ahmed, en s'efforçant de ne pas trop fixer les gens en bleu de chauffe qui s'empiffraient de dizaines de plats différents. Une voix lasse sur sa gauche lui demanda :

— Ça ne vous dérange pas de vous asseoir à une autre table ?

Gêné par sa nudité, Ben murmura sans lever la tête :

— Je vous demande pardon ?

La voix lasse se fit acerbe.

— J'ai du mal à manger tranquillement quand un homme nu est assis à quelques centimètres de moi.

Ben regarda autour de lui et repéra une petite table à l'autre bout de la salle. Par chance, les quatre chaises qui l'entouraient étaient vides. Mais moins d'une minute après qu'il se fut assis, un doigt lui tapota l'épaule avec insistance, et une voix revêche et âgée lui dit :

— Excusez-moi, monsieur, mais vous êtes assis à ma place.

Ben se dit que s'il l'ignorait, l'emmerdeur renoncerait et irait s'asseoir ailleurs. Mais à son grand dépit, le doigt lui tambourina de nouveau l'épaule et la voix s'éleva, un cran plus haut :

— Je vous demande pardon, mais c'est ma chaise !

Ben ferma les yeux. Mais il sentit un souffle rance à son oreille droite.

— Vous êtes sourd, ou vous faites semblant ? tonna l'autre.

Ben bondit de sa chaise en se tournant vers le vieil homme qu'il renversa à terre en hurlant :

— Écoutez-moi, vieux débris puant! Pour qui vous croyez que… ?

Le vieux avait laissé échapper l'assiette qu'il tenait à la main pour se protéger le visage.

— Ne me faites pas de mal! gémit-il.

Ben le regarda, effaré, certain d'avoir commis une erreur.

— Impossible, bredouilla-t-il. Je dois vous prendre pour quelqu'un d'autre!

— Ne me frappe pas, connard! glapit le vieux.

Ben cria d'une voix hystérique :

— Laissez-moi voir votre visage. Je ne vais pas vous frapper. Laissez-moi voir votre putain de visage!

Le vieillard refusa. Ben écarta ses mains noueuses, puis porta les deux siennes devant ses yeux en disant :

— Je n'y crois pas! Je n'arrive pas à y croire!

Mad Hop arriva alors avec deux assiettes de légumes fumants.

— Je vous laisse juste quelques secondes, et vous trouvez le moyen d'agresser un pauvre vieux? Vous devriez vous voir dans une glace, Ben, avec vos biceps saillants, à cheval sur ce malheureux!

— Vous ne comprenez pas, protesta Ben. Savez-vous qui c'est?

Avant d'avoir la réponse, il tendit la main au vieillard pour l'aider à se relever.

— Vous ne pouvez pas savoir comme je suis heureux de vous rencontrer, dit-il avant de lui présenter Mad Hop d'une voix fière :

— Cet homme admirable est mon peintre préféré, Rafaël Kolanski.

— Un peintre? murmura Mad Hop.

— Si c'est comme ça que vous exprimez votre admiration… grommela l'artiste en rapprochant son visage de celui de Ben jusqu'à ce qu'il le touche presque.

— Que… Que faites-vous? demanda Ben, choqué.

— Je vous connais, affirma Rafaël avec assurance avant d'ajouter, avec une pointe de mépris dans la voix : Vous êtes le mari de cette femme… Celui qui a organisé une fête pour l'anniversaire de son épouse décédée… Je vous reconnais d'après la photo.

Le visage de Ben était devenu livide.

— Comment savez-vous que j'ai fait une fête pour l'anniversaire de Marianne ?

Sans se départir du mépris qui était dans sa voix, Rafaël expliqua :

— Vos amis sont venus me trouver, en disant qu'ils voulaient vous faire une surprise. Ils m'ont demandé d'exécuter un portrait de votre femme avec vous.

— Hein ?

— Exactement. Je leur ai répondu que je ne faisais jamais de portraits. Et si vous admirez réellement mes œuvres, vous savez que je ne mens pas. À présent, fichez-moi la paix.

— Pas question, intervint Mad Hop en cessant de manger. C'est votre jour de chance, Ben.

Avec un sourire de lanterne-citrouille d'Halloween il se tourna vers l'artiste.

— Monsieur Kolanski, vous allez faire une petite entorse à vos habitudes et nous exécuter un portrait.

Rafaël écarquilla les yeux et se tourna vers Ben pour demander :

— Qui est ce nabot ridicule, et pourquoi cherche-t-il à tout prix à me faire rire ?

— Ce nabot ridicule est Samuel Sutton, le célèbre détective privé, et il m'aide à retrouver ma femme. Si j'ai bien compris, il veut que vous réalisiez son portrait.

Rafaël devint tout rouge.

— Il faudra me passer sur le corps !

D'une voix saccharinée, Mad Hop murmura sans cesser de sourire :

— Je me demande, monsieur Kolanski, si vous savez très bien où vous êtes.

L'artiste répliqua avec un haussement d'épaules un rien rebelle :

— Pas là où je devrais, en tout cas. Je sais plus ou moins de quoi il s'agit. Une sorte d'hallucination morbide. En rapport avec les morts.

— *En rapport avec les morts*, singea Mad Hop. Monsieur Kolanski, c'est ici le royaume des morts. Et vous avez mis dans le mille en disant que vous n'étiez pas là où vous devriez être. Le moment n'est pas encore venu pour vous de vous débarrasser de ce bleu de chauffe. Le sort a voulu que vous soyez coincé ici avec nous.

— Et comment dois-je interpréter votre petit sermon ?

— Ça signifie que si vous ne coopérez pas, vous allez rester coincé encore un bon bout de temps.

Voyant la déception qui se peignait sur le visage du peintre, Mad Hop eut un clin d'œil à l'adresse de Ben.

— Il semble, mon pauvre ami, que nous ayons affaire à une véritable mule, dit-il. Allons-nous-en. Je suppose qu'il n'a pas grand-chose à retrouver là-bas. Ce monde-ci ne manque pas d'artistes compétents qui donneraient n'importe quoi pour retrouver leur vie.

Ben hocha la tête d'un air entendu, et ils commencèrent à s'éloigner. Le mutisme buté du vieillard ne dura pas huit pas.

— Attendez ! s'écria-t-il.

Mad Hop se retourna, l'index dressé en guise d'avertissement.

— Je n'ai pas le temps de discutailler, dit-il. Si vous promettez de peindre Marianne, vous pourrez retrouver votre vie dès ce soir. Mais si vous changez d'avis, je jure que vous ne reverrez jamais…

— Bessie, souffla le peintre. Ma douce Bessie. Vous me promettez que je la reverrai ce soir ?

Mad Hop tendit la main en proclamant solennellement :

— Monsieur Kolanski, je vous promets que votre bien-aimée Bessie sera dans vos bras ce soir.

Rafaël succomba à la main tendue.

Quatre heures plus tard, les trois hommes étaient devant la télé de Mad Hop, fascinés par l'image figée sur l'écran. Rafaël demanda aux deux autres de quitter la pièce pour le laisser travailler. Ils furent heureux de s'exécuter. Ses exigences exorbitantes les avaient déjà lessivés. Ce n'est qu'après avoir fait la tournée d'une demi-douzaine de boutiques spécialisées pour se procurer les pinceaux appropriés, la peinture, la toile et le chevalet qu'ils avaient pu retourner chez Mad Hop, stade auquel le peintre leur avait annoncé qu'il devait d'abord se restaurer. Ayant longuement festoyé devant les plats végétariens abondants que Mad Hop lui avait préparés, il demanda à Ben de lui jurer qu'il ne dévoilerait pas à âme qui vive ou qui meure l'identité de l'auteur du portrait. C'est alors qu'il les éjecta de la pièce.

En l'attendant dans le bureau à côté, les deux hommes s'assoupirent sur le canapé et se réveillèrent en sursaut une demi-heure plus tard en entendant la voix de l'Annonceur. Ben fit signe à son ami de ne pas faire de bruit tandis qu'il allait à pas de loup coller son oreille à la porte pour écouter la complainte de l'artiste. "De la prostitution, voilà ce que c'est, Bessie. Je te jure, de la prostitution. C'est bien pour toi que je fais ça, tu sais ? Un portrait ! Quelle honte !"

Le peintre poursuivit ses jérémiades pendant des heures tout en badigeonnant la toile à grands coups de pinceau désordonnés, plongeant le poing dans la palette et tamponnant la toile par petites touches avec ses phalanges pour fignoler son œuvre d'art qu'il méprisait. Voyant qu'il avait fait à Marianne des sourcils trop durs, il cracha entre les deux arcades pour les adoucir ; et jugeant son sourire trop tendre, il racla les rides vermeilles autour des yeux avec ses ongles acérés. Quand il eut fini, il regarda l'écran, puis la toile, puis de nouveau l'écran, et fit la grimace. Jurant qu'il ne se soumettrait plus jamais à ce genre d'humiliation, il ouvrit la porte pour appeler les deux autres.

Sourd à leurs compliments, il ne s'autorisa un petit sourire que lorsque Ben lui demanda en désignant un petit grain de beauté au-dessus de la narine gauche :

— Qu'est-ce que c'est que ça ?

— Comme nous avons affaire à un cas particulièrement amusant de *cherchez la femme**, ce portrait va désormais vous inciter à la retrouver. Il vous rappelle que votre femme ne saurait être capturée par quelque représentation que ce soit. Le léger décalage par rapport à la réalité est destiné à vous pousser à rechercher l'original et non la copie. Ce portrait que j'abhorre est une réplique avec un point d'incertitude propre à tempérer

* En français dans le texte.

votre enthousiasme chaque fois que vous le contemplerez. Il s'agit là d'art fonctionnel à son degré le plus élémentaire. Ce simple grain de beauté va tenir votre sommeil à distance jusqu'à ce que vous retrouviez la personne égarée, et j'espère qu'à ce moment-là vous fêterez l'occasion par un accès de pur vandalisme en jetant le tableau aux orties.

Ben hocha la tête en disant :

— Il faudrait qu'on y aille, maintenant, Samuel.

Mad Hop grommela son assentiment, quitta le bureau, sortit un stylo d'un tiroir et invita les autres à le suivre.

Pendant plus d'une heure, il les guida, loin des cercles ornementés du centre de la cité, à travers des allées et des sentiers cachés, en leur expliquant qu'ils se dirigeaient vers la zone frontière qui séparait cette agglomération de la cité voisine.

Quand ils passèrent au pied du dernier bâtiment, celui de décembre 1986, Ben demanda ce qu'ils étaient venus faire dans la zone frontière. Mad Hop répondit qu'ils cherchaient la Bordure.

Ils étaient au début de la longue route blanche qui servait de séparation entre 1986 et 1987. Mad Hop expliqua que c'était la ligne de démarcation et qu'ils devaient la suivre jusqu'à son extrémité. Ils marchèrent un bon moment sur la chaussée blanche. Quand, finalement, Mad Hop leur dit de se retourner, ils furent surpris de voir que les gratte-ciel avaient disparu et que le décor habituel était remplacé par un énorme champ de coton.

— Que diable s'est-il passé ? demanda Ben, qui se tut brusquement.

Une fine ligne noire était devenue visible au loin.

— Qu'est-ce que c'est que ça ? demanda Rafaël en la montrant.

— C'est l'horizon, répliqua Mad Hop. Si on le franchit, on ne peut plus retourner en arrière.

— Et qu'y a-t-il de l'autre côté ?

— Le vide, murmura Mad Hop d'un ton glacé.

Quarante minutes plus tard, Mad Hop arrêta le peintre à quelques pas de la ligne noire en disant :

— Votre main gauche, je vous prie.

L'artiste obéit. Il aurait voulu comprendre pourquoi le détective lui chatouillait la paume de la main en écrivant quelques mots avec son stylo.

— Ne lisez pas maintenant, lui recommanda Mad Hop. Attendez d'être en sécurité de l'autre côté. N'importe comment, je vous signale que, dès que vous aurez quitté ce monde, vous oublierez complètement son existence.

Rafaël regarda de l'autre côté de la ligne noire.

— Ces trucs blancs, dit-il d'une voix quelque peu chevrotante. Ce sont bien…

— Des nuages, oui, confirma Mad Hop d'une voix sèche.

Rafaël refusait de bouger. Il ne voulait pas faire le saut sans savoir ce qui l'attendait de l'autre côté, sans avoir la garantie d'arriver sain et sauf. Il craignait, en vérité, que le nabot ne lui joue un mauvais tour.

Le hurlement qu'il poussa quand il s'aperçut que ses pieds ne reposaient plus sur la terre ferme se réverbéra dans leurs oreilles malgré leurs tentatives pour les couvrir de leurs mains tandis qu'ils échangeaient des regards horrifiés.

— Je crois que je suis devenu sourd, gémit Ben.

— Ça va passer, le réconforta Mad Hop. Nous aurions dû cueillir des boules de coton. Ils crient toujours comme ça quand ils commencent à tomber dans l'inconnu.

— Pourquoi diable l'avez-vous poussé ?

— Parce que, si nous avions attendu que ce monsieur le fasse tout seul, il serait d'abord repassé par la salle blanche.

— Et si j'avais sauté moi aussi ?

— Vous n'auriez pas pu.

— Qu'est-ce que vous lui avez écrit sur la main ?

— Je vous le dirai plus tard. Retournons à l'appartement. La toile a dû sécher. Il faut que vous la mettiez chez vous.

— Chez moi ?

— Oui.

— Vous avez dit qu'elle nous aiderait à la retrouver.

— Psychologiquement.

— Je vous demande pardon ?

— Ne me dites pas que vous vous figuriez qu'on allait faire des copies du tableau pour les afficher dans toute la ville ! Les gamins auraient vite fait de les déchirer. Et je suppose que vous comprenez bien que si nous les postons sur le Net, nous allons être envahis de messages par tous les psychopathes oisifs de l'Autre Monde. Ce n'est pas une enquête policière que nous conduisons. J'ai ma méthode à moi pour retrouver une personne disparue.

Il s'immobilisa, scrutant le visage de Ben.

— Ne me regardez pas comme si j'étais subitement devenu zinzin, Ben. Rentrez donc chez vous, et accrochez ce portrait au mur. De cette manière, vous aurez un souvenir palpable de la femme que vous cherchez. Sans ce tableau, vous seriez complètement accro aux cassettes, et vous ne sortiriez jamais. Ce n'est pas bon pour le moral. Vous saisissez ?

— Je ne sais pas. Vous êtes en train de me faire comprendre que tout ce cirque au restaurant et avec Kolanski, c'était juste pour que je puisse accrocher un portrait de Marianne au mur de ma chambre ?

— C'est surtout pour que vous ne rentriez pas chez vous au bout d'une longue journée de recherche pour passer la nuit devant des souvenirs enregistrés. C'est une tentation à laquelle vous ne devez céder à aucun prix.

— Mais, bordel, comment comptez-vous retrouver ma femme ?

— Passez me voir demain après-midi, et on en parlera. Vous n'êtes pas mon seul client, vous savez, lui dit Mad Hop en réprimant un bâillement.

— D'accord, mais en attendant ?

— En attendant ? Rentrez sagement chez vous, accrochez le tableau au mur, et contemplez le brillant grain de beauté ajouté par l'artiste, fit Mad Hop en lançant le stylo dans la direction du noir horizon.

13
STIGMATES

“Ormus, je veux dire Yonatan, il va me falloir un certain temps pour m’habituer à ton vrai nom. Notre premier rendez-vous ne date que d’il y a deux jours, et j’ai encore du mal à me calmer. Je t’ai trouvé étendu sur le dos, victime d’une crise cardiaque majeure. J’ai fait venir une ambulance, mais les hôpitaux étaient pleins à cause de la bombe. C’est la raison pour laquelle tu es dans cette clinique. Pour dire la vérité, j’ignore totalement ce qu’ils t’ont fait. Tout ce que je sais, c’est qu’en sortant de la salle d’opération, ils t’ont branché directement sur un système de réanimation et que, maintenant, tout le monde attend que tu te réveilles. Je me demande ce que dirait Rushdie. Même lui n’avait jamais imaginé qu’à la première rencontre entre Vina et Ormus, ce dernier serait dans le coma. C’est drôle, mais la première fois que je t’ai vu, je n’ai pas été vraiment surprise. J’avais comme l’intuition que tu ne correspondrais pas tout à fait à l’image du chevalier blanc en armure étincelante. Mais j’étais contente. J’ai déjà eu un mec comme ça. Il avait une gueule à un million de dollars, mais il ne valait pas un sou. Quoi qu’il en soit, je me demande pourquoi je te raconte tout ça. Tu sais déjà tout sur lui. Qu’est-ce que je pourrais t’apprendre d’autre ? Comme tu peux l’imaginer, je ne me suis pas encore totalement acclimatée. Mais mardi dernier, j’ai interviewé Gabriel Din, l’artiste plasticien dont les œuvres vont être exposées à la Biennale. Un mec fascinant, en vérité. À part ça, je reçois un appel à peu près toutes les deux heures de mes amis du bureau de Paris, qui veulent savoir si je suis encore en vie. Mon patron me demande où je disparais deux fois par jour. Naturellement, je ne lui dis rien. Je déteste ces histoires que je lisais dans le journal et qui me faisaient chialer. Je n'arrivais pas à croire qu'elles pouvaient être réelles. Mais nous ne sommes pas les seuls, Yonatan. Personne ne t'a dit ce qui est arrivé ici même il y a deux heures à peine ? Un drame pathétique, dans la même chambre que toi. Devine qui se trouve dans l'autre lit, branché lui aussi sur un système de survie. Rafaël Kolanski, le célèbre peintre. Si j'ai bien compris, il est là depuis six semaines. Il avait un anévrisme cérébral, un truc comme ça. Ils devaient le débrancher ce matin. Ils avaient abandonné tout espoir. Sa femme était là, avec la drôle d'infirmière en chef qui s'occupe de toi, le directeur de l'hôpital, un homme de loi et deux autres infirmières. J'ai regardé par la fente du double rideau qui divise la chambre. Il fallait que je voie ça. La scène me rappelait Greenaway. Ou bien Polanski. Ils étaient tous agglutinés autour du lit, comme les membres d'une secte mystique. Chacun a prononcé quelques paroles, à l'exception de sa femme, qui se tenait là en silence, toute tremblante. Le courant devait être coupé à 10 heures. Quand ils ont été prêts, l'infirmière en chef s'est rapprochée du lit et a posé le doigt sur le bouton. Il était 10 heures moins une. La femme du peintre a pris sa main dans la sienne, sans cesser de trembler. Je te jure que j'entendais claquer ses dents. Cela mis à part, un silence absolu régnait dans la chambre. J'ignore combien de secondes se sont ainsi écoulées, mais tout d'un coup on a entendu un gloussement. Ou plutôt un roucoulement, mélodieux et très féminin. Toutes les têtes se sont tournées pour essayer de voir qui faisait preuve d'un tel manque de tact. C'était la vieille dame, à vingt-cinq secondes de son veuvage, qui se marrait comme une petite fille qui vient de jouer un excellent tour. Un instant, j'ai cru qu'elle avait perdu la boussole. Le directeur de la clinique lui a demandé ce qui la faisait rire, et elle a répondu : « Il… me… chatouille… » Naturellement, je ne pouvais pas comprendre de quoi elle parlait, mais ils m'ont tout expliqué par la suite. Après ça, elle s'est raidie, son rire a cessé, et elle a répété, estomaquée : « Il me chatouille ! » L'idiote d'infirmière en chef devait être en train de rêvasser ou je ne sais quoi, car elle avait toujours le doigt sur le bouton, prête à appuyer. Le docteur a poussé un cri, puis il a tiré son bras en arrière d'un coup sec. Tournant le dos à l'appareillage, elle a fait comme tout le monde : elle a regardé la main du vieux peintre. Ensuite, il m'est difficile de dire ce qui s'est passé exactement, mais j'ai entendu des murmures d'ébahissement et des exclamations. Il semble que son petit doigt ait bougé. Étonnant, n'est-ce pas ? La vie d'un homme a été sauvée grâce à son petit doigt qui est revenu à la raison juste au bon moment. Après ça, ils ont fêté l'événement. Ils ont même commandé du champagne, et Bessie, la femme du peintre, m'a demandé de me joindre à eux.

Son réveil a été pathétique. Quand il a ouvert les yeux, elle a grimpé aux rideaux. Elle riait et pleurait en même temps, tout ce qu'elle avait refoulé en elle depuis des semaines sortait d'un coup. J'ai trinqué avec eux pendant que le médecin disait que nous venions d'assister à un véritable miracle. Ils ont commencé à s'en aller, et j'ai dit à Bessie que je me réjouissais pour elle. Elle m'a remerciée, et a écouté ce que disait le docteur. Il demandait à Kolanski de se détendre en attendant de subir quelques tests, et de ne pas trop parler, car il risquait d'avoir du mal à trouver sa voix au début. Le vieillard a réagi d'une manière admirable. On aurait dit qu'il revenait de la planète Mars. Il souriait de presque toutes ses dents à son épouse radieuse. Après le départ du médecin, l'infirmière en chef est restée seule avec le couple.

Tu sais, Yonatan, j'ai vraiment pitié d'elle. Elle a tendu la main à Bessie, mais cette dernière l'a ignorée avec mépris. Ne pouvant supporter son regard glacé, elle a fini par sortir de la chambre. Je suis revenue à ton chevet. J'ai attendu environ cinq minutes, et c'est alors que j'ai entendu un cri perçant. J'ai couru voir ce qui se passait. J'avais peur qu'il ne soit retombé dans le coma, mais ce n'était pas du tout cela. J'ai demandé à Bessie pourquoi elle était si pâle. Elle m'a répondu que si elle mettait la main sur cette infirmière de malheur, elle la tuerait. J'ai eu un sourire compatissant à son adresse, mais je ne comprenais toujours pas pourquoi elle avait crié comme ça. Elle a hurlé de nouveau, en me disant : « Regardez, regardez un peu ce que cette saloperie d'ordure d'infirmière lui a fait ! » Elle a levé la main gauche du peintre pour que je voie bien ce qu'il y avait dans le creux de sa paume. Tu ne devineras jamais, Yonatan. C'est complètement tordu ! Écrits à l'encre bleue, on lisait ces mots : « Il y a une vie après la mort. » En d'autres circonstances, j'aurais pouffé de rire. Mais là, je comprenais trop bien la colère que cette pauvre femme ressentait. D'après elle, l'infirmière en chef avait fait ça parce que, ayant l'habitude d'appuyer froidement sur le bouton pour mettre fin à la vie de ses patients, elle voulait soulager sa conscience et réconforter la pauvre Bessie par la même occasion en lui laissant entendre qu'elle retrouverait son mari un jour, tu vois ce que je veux dire, comme dans ces histoires ridicules où les amants sont de nouveau réunis au paradis. J'ai voulu la calmer, mais elle était trop furieuse. Elle répétait qu'elle allait se plaindre au directeur de la clinique. Et une heure plus tard, elle est revenue dans la chambre, un sourire napoléonien aux lèvres. Le directeur a mis l'infirmière en chef à pied pour une semaine, sans traitement. Une petite tape sur le dos de la main pour apaiser la colère de Bessie. D'après cette dernière, il a convoqué Anne, c'est son nom, dans son bureau pour la faire avouer. Mais elle a juré qu'elle n'avait rien à voir avec cette histoire. Bessie a montré le stylo qu'elle tenait à la main, en demandant quelle preuve de plus que ce pistolet encore fumant il fallait apporter. Anne a balbutié que tout le monde avait un stylo à bille bleu. Entre nous, Yonatan, ça n'a rien d'une intrigue à la Minette Walters*. Il est évident que c'est elle. Mais j'ai comme l'intuition qu'elle avait un autre mobile. Quoi qu'il en soit, le directeur a présenté ses excuses à Bessie, en la priant d'observer la plus grande discrétion sur cette affaire. Il arguait que l'infirmière en chef était l'un des meilleurs éléments de la clinique, et qu'il ne voulait pas que sa réputation soit ternie pour avoir commis une unique faute. Bessie a accepté, et la controverse a été oubliée. Parfois, une petite dose de vengeance suffit à calmer les esprits. Bessie est sortie se rafraîchir, et Anne a été mise en congé forcé pendant une semaine. J'imagine qu'une autre infirmière va s'occuper de toi dans l'intervalle. Il faut que je te dise, Ormus, que Vina a besoin de s'absenter aussi. Elle doit

* Romancière britannique spécialiste du roman policier.

pondre un article sur les habitudes de lecture des ados de l'âge d'Harry Potter. C'est un sujet qui semble intéressant. Est-ce que les enfants d'Israël lisent quoi que ce soit en dehors du royaume de J. K. Rowling, quels que soient ses mérites ? Mon chéri, j'espère que tu comprends qu'il faut que je m'en aille maintenant. Je reviendrai te voir demain après-midi. J'ai deux expositions et un film à voir. N'oublie pas, mon amour, que tu me dois un restaurant indien."

14

BIZARRES CIRCONSTANCES AÉRONAUTIQUES

Pour la troisième fois en trois jours, Ben se trouvait face à face avec le nain, en se demandant ce que son sourire confiant lui cachait encore.

— Cessez de vous prendre la tête, Ben. Je vous garantis que dans quelques mois au plus tard, vous aurez retrouvé votre femme.

— Qu'est-ce qui vous permet d'en être aussi certain ?

— Pourquoi en doutez-vous ? répliqua le détective en se versant un verre de vin.

— Désolé de vous décevoir, mais j'ai du mal à être optimiste alors que je n'ai pas encore l'ombre d'un indice concernant l'endroit où elle pourrait être.

Mad Hop but une gorgée de vin, ferma les yeux et marmonna :

— Il y a toujours un indice.

Avant que Ben pût deviner où son ami voulait en venir, le nain rouvrit les yeux, s'humecta les lèvres du bout de la langue, et demanda :

— Quel genre de musique aime-t-elle ?

Ben sourit.

— Tous les genres. L'opéra, le jazz, la country, la musique punk, la musique du monde, le trip-hop…

— Et le rock ? Le bon vieux rock and roll d'antan ? Elle aime ça ? coupa Mad Hop.

— Bien sûr ! Elle est dingue de rock.

— Quand vous dites dingue…

— Je veux dire qu'elle était tout le temps en train d'acheter des CD. Elle ne voulait jamais rater la sortie d'un nouvel album. Elle était… elle est… curieuse de tout. Au cas où vous ne l'auriez pas encore compris, la culture était tout pour elle. Elle allait de ravissement en ravissement. Elle dévorait à belles dents films, livres, disques, expositions, spectacles. Un jour, je lui ai demandé pourquoi elle achetait tous ces CD. Elle m'a répondu en souriant que cela faisait partie de son plan retraite. Les yeux brillants, elle a murmuré : "Songe un peu, Ben, comme on va s'éclater. On aura le temps de tout écouter, de tout voir, de tout connaître…" J'ai éclaté de rire, et je lui ai demandé si elle était sûre qu'à soixante-cinq ans nous aurions encore envie d'écouter les Smashing Pumpkins. Elle a hoché la tête en murmurant : "Bien sûr, mais un peu moins fort, peut-être."

Mad Hop se versa un nouveau verre de vin, le visage luisant de contentement.

— Je vous avais bien dit qu'il y avait toujours un indice.

— Une fois de plus, vous vous complaisez dans l'opacité.

— Pas du tout ! protesta Mad Hop en joignant le bout de ses doigts. Je sais très bien, par exemple, où votre Marianne va se trouver les trois prochains jours.

— Pardon ? fit Ben en se raidissant.

— Je dirais, sans risque de me tromper, que vous n'avez pas entendu parler du Festival de la Jeunesse Éternelle, n'est-ce pas ? Chaque année, entre le 25 et le 27 juin, l'Autre Monde organise son plus grand concert de rock. Trois jours de musique non-stop. Pour les rockers, c'est le top. Morrison, Lennon, Joplin, Mercury, Hendrix, Buckley, Drake, Cobain, Bonham, Curtis et *tutti quanti* sur le même podium ! Cinquante brillants artistes qui ont perdu la vie dans des circonstances tragiques, mais n'ont jamais renoncé à leur amour de la musique. Votre femme, c'est sûr, sera là-bas avec tous les autres.

— Et il se tient où, ce festival ?

Mad Hop eut un sourire rêveur.

— Ne vous emballez pas trop. Au parc 1945. L'an dernier, neuf millions de fans se sont déplacés. Ça ne va pas être de la tarte, de la retrouver au milieu de cette foule en liesse.

— Que suggérez-vous, alors ? demanda Ben.

— Dommage qu'elle soit morte dans un accident de voiture, soupira Mad Hop en sortant une cigarette pour l'allumer.

Sous son regard scrutateur, Ben se mit à cligner rapidement des yeux de manière répétée.

— Que voulez-vous dire ?

— Si elle était décédée de manière moins traditionnelle, cela aurait pu nous aider.

— De quelle façon ? demanda Ben, incapable de réprimer le tremblement dans sa voix.

— Qu'importe ? Elle a trouvé la mort dans un accident de voiture, n'est-ce pas ?

Ben allait lui répondre, mais les mots lui restèrent en travers de la gorge quand le détective abandonna son ton doucereux pour ajouter :

— Ou bien allez-vous vous décider à me dire de quelle manière elle a réellement quitté le monde précédent ? Cela aiderait peut-être mon enquête à avancer enfin, vous ne trouvez pas ?

— Comment avez-vous fait pour deviner ? demanda Ben en évitant le regard acéré du détective.

Ce dernier s'étira, apparemment content de lui-même.

— Si vous vous rappelez bien, quand vous m'avez dit qu'elle était morte dans un accident de voiture, j'ai attrapé un fou rire.

— Comment oublier une chose pareille ?

— Très bien. Vous n'allez peut-être pas me croire, mais ce n'est pas par manque de tact que j'ai réagi de la sorte.

— Quelle autre raison auriez-vous pu avoir ?

— J'ai éclaté de rire parce que vous mentiez.

— Comment avez-vous su que je mentais ?

— Parce que j'ai ri.

Ben eut un petit rire gloussant.

— Nous avons un léger problème de communication qu'il serait sans doute bon d'éclaircir, dit-il.

— Je vous ai déjà prévenu que vous n'alliez peut-être pas me croire, mais je m'en voudrais de ne pas vous mettre au courant. J'étais haut comme trois pommes quand j'ai compris que j'avais un don spécial, comme un radar. Disons que je suis une espèce de polygraphe parlant et ambulant.

Ben dressa l'oreille en entendant ces mots.

— Un polygraphe ? Vous voulez dire que vous êtes capable de détecter les menteurs ?

— Les mensonges, Ben. Un mensonge ne fait pas de vous un menteur. Sans quoi je n'aurais jamais accepté de m'occuper de votre affaire. Vous comprenez ce que je suis en train de vous expliquer ? Mes fous rires sont mes aiguilles qui dansent au rythme des mensonges que j'entends. Vous êtes libre de prendre cette information comme cela vous chante, mais je vous demanderai de ne pas me mettre exprès à l'épreuve. Je ne suis pas un jouet.

— Une seconde, Samuel. Ce que vous dites est sensationnel ! Dès que quelqu'un profère un mensonge, votre organisme réagit par un fou rire incontrôlable ! Comment cela fonctionne-t-il ?

— C'est un don, vous dis-je. Un talent mystérieux qu'il ne faut pas chercher à comprendre.

Au bout de quelques instants de silence, Mad Hop ajouta :

— Et maintenant, si vous aviez l'amabilité de m'expliquer pourquoi vous m'avez menti, je vous en serais éternellement reconnaissant.

Ben se tassa au creux de son fauteuil.

— J'avais peur que vous ne me croyiez pas.

— Et pourquoi donc ?

— Écoutez, Samuel, la raison pour laquelle ma femme a péri est un véritable défi à toute logique humaine. C'est...

— Comment est-elle morte, bordel ? tonna Mad Hop, fou d'impatience.

Ben répondit avec un sursaut tout aussi tonitruant :

— Elle est tombée de cette putain de grande roue !

Une succession de spasmes et de tics nerveux se répandit sur le visage de Mad Hop comme une fissure qui progresse en étoile sur un étang gelé. Son corps tout entier se mit à tressauter et il abattit son poing sur la table. Si Ben n'avait pas constaté auparavant l'étrange nature du rire du détective, il n'aurait pas su comment mettre fin à cette crise. Il ouvrit vivement le tiroir, sortit le pistolet, visa la tête de Mad Hop et pressa la détente.

Entre deux accès de rire saccadé, le détective réussit à dire d'un air jovial :

— Excusez-moi, Ben, mais j'ai oublié de me procurer des balles.

Ben remit l'arme inutile dans son tiroir, qu'il referma d'un coup sec.

— Vous ne me croyez pas là non plus ?

Mad Hop secoua vigoureusement la tête.

— Non, non, cette fois-ci, c'est parce que c'est trop drôle ! *Une femme trouve la mort en tombant de la grande roue.* On se dit qu'on a tout vu et tout entendu, mais la mort arrive encore à marquer un point. Avouez, Ben, même si c'est votre épouse, que c'est totalement hilarant !

Bien que, après l'avoir gardé en cage durant quinze mois, Ben sentît le début d'un gloussement qui voulait s'échapper, il serra les lèvres pour le réprimer. Mad Hop, pour sa part, ne manifestait aucun signe de rémission. Il donna à Ben une tape dans le dos en grognant :

— Ne jouez pas au vieux péteux présomptueux, Ben. Montrez-moi donc que vous êtes humain. Je sais qu'il s'agit de votre épouse et qu'elle est ce que vous avez de plus précieux au monde, mais pouvez-vous me regarder dans les yeux en me disant que, si c'était arrivé à quelqu'un d'autre, vous ne seriez pas en train de pisser de rire ? Ben, votre femme est tombée... de la grande roue ! Plus cocasse que ça, tu meurs ! C'est déjà arrivé dans les dessins animés, peut-être, mais dans la vie réelle ! Ouh là là ! J'en ai la mâchoire qui se déboîte ! Imaginez un peu ce qui serait arrivé si elle avait survécu... Qu'aurait-elle dit aux gens qui lui auraient demandé comment elle s'est retrouvée paralysée ? Je suis tombée de la grande roue pour atterrir dans un fauteuil roulant ?

Ben mit une main tremblante sur ses lèvres, la tête en proie à de petits soubresauts spasmodiques, et finit par céder au rire contagieux de Mad Hop. Les deux hommes continuèrent à s'esclaffer bruyamment un bon moment, les larmes au coin des yeux, en renchérissant de temps à autre avec une plaisanterie de mauvais aloi sur la capacité de Marianne à faire du vol plané, sur ses ailes d'ange qui n'avaient pas pu faire leurs preuves, sur l'impact que cela avait eu ou sur le choc éprouvé par les gamins en voyant leur prof décoller de son siège pour virevolter dans les airs jusqu'à sa mort burlesque.

Mad Hop fut le premier à recouvrer son calme.

— Quels gamins ? demanda-t-il.

Ben expliqua d'une voix encore entrecoupée d'hilarité :

— Je vous ai déjà dit… qu'elle était prof d'anglais… Ce matin-là, elle avait emmené ses élèves, ceux du consulat, au parc d'attractions, où la tragédie a eu lieu.

— Comment est-ce possible, dans un endroit comme ça ? Les installations sont censées être absolument sûres. Comment peut-on imaginer une chute en vol plané ?

Ben haussa les épaules.

— C'est inexplicable. Elle s'était peut-être mise debout. Quand les enfants ont été interrogés, ils étaient en état de choc et n'ont rien pu dire. Cela les touchait de trop près.

— Qui était à côté d'elle ?

— Un vieux bonhomme qu'elle avait invité à monter. L'un des gamins a raconté qu'elle l'avait vu regarder en l'air avec envie et qu'elle avait dû avoir pitié de lui. Il ressemblait à un SDF, et elle avait voulu qu'il prenne quelques minutes de bon temps. C'est elle tout craché, ça. Mais la police n'a pas pu le retrouver pour l'interroger. Dommage, il aurait peut-être éclairci le mystère.

— Elle est morte sur le coup ?

— Heureusement, oui. Même si les dommages ont été permanents.

— Drôle de commentaire.

— Si vous aviez vu son visage, vous ne diriez pas ça. Elle était totalement défigurée.

— On l'a identifiée à l'aide de son dossier dentaire ?

— Oui, et de son grain de beauté.

— Ne me dites pas que Kolanski avait vu juste !

— Sauf en ce qui concerne l'emplacement. C'était à son pied gauche, entre deux orteils.

— Je vois. Désolé d'avoir à remuer ces douloureux souvenirs.

— Ne vous en faites pas. La femme étendue sur cette table à la morgue n'était pour moi que le symbole de Marianne, rien de plus. Chose assez surprenante, son visage écrabouillé n'a pas marqué mon souvenir. Marianne est restée pour moi, et restera toujours, la merveilleuse créature qui a quitté la maison ce matin-là à 10 h 30.

— Et grâce à la chirurgie reconstructrice à laquelle tout le monde a droit en arrivant ici, vous pouvez dormir sur vos deux oreilles. La Marianne que nous cherchons n'est pas celle que vous avez perdue avec son visage écrasé.

Le sourire de Ben s'effaça d'un coup.

— Oh, mon Dieu ! Elle doit être paralysée !

— De quoi parlez-vous ?

— Vous savez bien, comme Robert. Les chirurgiens locaux n'ont pas pu lui restituer…

— Oubliez ça ! fit Mad Hop en se levant. Marianne n'est pas une infirme, croyez-moi. Et maintenant, assez perdu de temps. On y va.

— On va où ?

— Je vous expliquerai ça en chemin.

Pendant le trajet d'une heure qui les séparait de septembre 1980, Mad Hop lui confia :

— Depuis que je suis dans l'Autre Monde, Ben, j'ai été confronté plusieurs fois à un phénomène que l'on appelle “antiphobie”. Les gens qui ont péri dans des circonstances tragiques sont souvent attirés par des environnements qui leur rappellent leur trépas. Cela les aide à surmonter la peur qui s'est incrustée en eux. Par exemple, un individu qui s'est noyé passera une éternité devant la mer, jusqu'à ce que sa phobie soit guérie, et cela prend du temps, croyez-moi.

— Que cherchez-vous à me dire ? Que Marianne erre en ce moment comme un spectre dans des parcs d'attractions ?

— Ce n'est pas impossible.

— Admettons. Et combien d'endroits de ce genre y a-t-il dans l'Autre Monde, Samuel ?

— Des tas. Mais je ne m'y intéresse pas.

— Et pourquoi donc ?

— Parce que l'endroit où nous allons, c'est le parc des parcs, une espèce de Disneyland pour les morts.

— Ne vous fâchez pas, Samuel, mais j'ai du mal à imaginer Marianne en train de passer tout son temps sur la grande roue.

— Cependant, je ne vous vois pas en train de vous préparer à descendre de ce multiroues. C'est la beauté de la chose, ce doute qui vous habite, ce paradoxe de vos convictions. Votre épouse peut être partout et nulle part. Tant que l'incertitude subsistera, vous continuerez à la chercher. Mais foin de spéculations oiseuses. Ce qu'il vous faut savoir, c'est que les habitués du parc peuvent être divisés en trois catégories facilement reconnaissables : les enfants, les adultes et les camés.

Ben se mit à rire.

— Les camés ?

Mad Hop eut un sourire tolérant.

— C'est une sorte de nouvelle mode, apparue il y a deux ans environ. Les gens se rendent dans le parc complètement faits, ils embarquent dans l'une des attractions, et se mettent à hurler comme des gamins surexcités. Il paraît que cela confère une nouvelle dimension à leur trip.

Ben se sentit en proie à une vague déception désabusée en voyant la foule qui s'engouffrait dans le parc pour s'écouler lentement dans l'allée principale bordée de manèges, de stands et d'attractions de toutes sortes.

— On ne pourra jamais la retrouver au milieu de tous ces gens, gémit-il.

Mad Hop lui jeta un regard en coin.

— Ce n'est compliqué qu'en apparence, Ben. Il suffit de nous concentrer sur la grande roue. Le mieux est de nous répartir les tâches. Le parc est conçu comme une résidence. Il y a vingt-six sections. Si vous regardez sur votre droite, vous verrez un portail avec la lettre A au-dessus. Et sur votre gauche, il y a un autre portail identique avec la lettre Z. Il va nous falloir ratisser toutes les sections. Treize chacun. Nous nous retrouverons au milieu, au portail M. Ne vous inquiétez pas, nous n'aurons pas à faire le chemin en sens inverse. Il y a une sortie du parc dans chaque section.

— Une seconde, la grande roue est dans la section A, je la vois d'ici.

Mad Hop pointa l'index vers la gauche.

— Et que voyez-vous là-bas ?

— Une autre grande roue. Ne me dites pas que…

Mad Hop hocha la tête.

— Chaque section possède la sienne. Disons dans cinq heures au portail M, c'est entendu ?

Il fit volte-face, commença à s'éloigner, s'arrêta et se retourna pour dire :

— Rappelez-vous bien, ne prêtez aucune attention aux enfants ni aux camés. Concentrez-vous sur les adultes non accompagnés. Et bonne chance !

Ben arriva au point de rencontre avec quarante minutes de retard. Le détective, qui se balançait impatiemment d'un pied sur l'autre, était d'humeur massacrante.

— Vous traînez ! Et vous revenez bredouille, bien sûr !

Ben préféra ignorer le commentaire.

— C'est dingue ! dit-il. Je l'ai cherchée partout ! Dans la foule, sur les roues, jusqu'à ce que mes yeux n'enregistrent plus rien. Insupportable, tout ce mouvement. Arrivé au sixième secteur, j'ai même cru apercevoir oncle David. Mais en me rapprochant…

— Attendez ! Vous avez dit oncle ? Vous avez un oncle décédé ?

Ben répliqua d'un air indifférent :

— Toute ma famille est morte. Mais…

— Arrêtez ! ordonna Mad Hop d'une voix grave. Est-ce que j'ai bien entendu ? Dites-moi que je me trompe !

— Vous voulez savoir quoi, enfin ?

— Est-ce que vous venez de dire que toute votre famille est morte, ou suis-je soudain devenu la seule personne dure de la feuille de tout l'Autre Monde ?

— C'est la vérité, fit Ben. Il n'y a plus aucun membre de ma famille dans le monde antérieur. Ils sont tous morts. J'étais le dernier du lot.

Mad Hop fixa un point de l'horizon lointain, s'y attarda quelques instants, puis détala en direction d'un multiroues à l'arrêt et s'y engouffra au moment où le véhicule démarrait, laissant dans son sillage poussiéreux un noteur abasourdi qui s'assit sur l'un des gros blocs à l'entrée du parc en se prenant la tête dans les mains.

15

L'ÉLÉMENT DE SURPRISE

Une fois par semaine, le directeur des forêts en titre se réunissait avec son prédécesseur dans le luxueux chalet que possédait ce dernier. Tout en buvant du schnaps, ils échangeaient cordialement des nouvelles de leur secteur. L'ancien directeur, qui avait pris sa retraite au bout de cent cinq années de bons et loyaux services, prodiguait de sages conseils à son successeur, qui n'avait que trente ans de carrière, et l'encourageait à lui soumettre tous les problèmes qu'il pouvait rencontrer dans ses fonctions. Cette semaine, il n'avait pas manqué de remarquer, dès son arrivée, le pli de contrariété qui barrait le front assombri du jeune directeur habituellement rayonnant.

— Qu'est-ce qui vous tracasse ? lui demanda-t-il.

Le jeune directeur saisit au vol l'occasion de s'expliquer :

— J'avoue qu'il y a une chose qui m'empêche de dormir. C'est peut-être mon imagination qui déraille, mais je n'arrive pas à m'ôter cela de l'esprit.

Milliard se laissa aller en arrière dans son fauteuil, en nouant ses mains sur son abdomen.

— Je suis tout ouïe.

Demimilliard ne laissa pas son sourire interférer avec la sincérité de sa question.

— À votre époque, quel a été le taux d'expiration le plus élevé que vous ayez rencontré ?

— En temps de paix ou de guerre ?

— De paix. La guerre, c'est une tout autre histoire.

— Parfait. J'ai toujours dit que vous appreniez très vite.

Voyons voir. En 1906, nous avons assisté à l'éradication totale d'une famille par une autre.

— Non, non, non. Je voulais dire dans des conditions naturelles, normales.

— Jusqu'au déracinage ?

Demimilliard opina, chassa une mèche rousse folâtre de son champ de vision, et but une gorgée de schnaps de prune pendant que son aîné, le front plissé, égrenait un certain nombre de noms d'une voix chantante, bien que la mélodie ne fût pas reconnaissable, plissait les paupières, se mordillait la lèvre inférieure et murmurait, le visage brillant, sur un ton de triomphe mal dissimulé :

— J'ai connu une famille néerlandaise dont le dossier de déracinage a été clos en 1973. Les Van der Locke avaient un taux d'expiration extrêmement élevé, du point de vue statistique. Tous les onze mois, si je ne me trompe. En progression arithmétique. La petite-fille la plus âgée est la seule qui n'a pas suivi la règle, étant la dernière de la lignée.

— Quand a-t-elle trépassé ?

— Un an et deux mois après la mort de son frère. Elle s'est pendue.

— Rien d'étonnant à cela. Il semble que le dernier survivant ait toujours la pulsion de mettre fin à ses jours.

— C'est exact. L'instinct de survie en prend un coup, lorsqu'on n'a plus aucun parent en vie, même si, évolutionnairement parlant, on s'attendrait plutôt au contraire. Mais je suppose qu'elle n'avait pas envie de perpétuer une dynastie de cadavres.

— Elle craignait peut-être, après avoir franchi la borne du onzième mois, d'être ravie inopinément par la mort.

— Possible. Il reste que j'aurais été heureux de la voir décéder à un âge respectable plutôt qu'à vingt-quatre ans.

— C'est cela qui me fascine, Milliard. Vous croyez qu'elle aurait atteint un grand âge si elle n'avait pas eu recours à la corde ?

— La laisse du chien, mon ami. Pas la corde. Mais la réponse est oui, je suis persuadé que, si elle s'était montrée stoïque face à l'adversité et au harcèlement de la mort, elle aurait pu avoir des enfants, et l'histoire aurait eu une fin différente.

— Au fait, qu'en est-il du reste de la famille ? Sont-ils tous décédés de mort naturelle, ou bien…

L'ancien directeur eut un sourire narquois.

— Comme pour la petite-fille. Ils ont tous utilisé la laisse du chien.

— Ils se sont tous suicidés ?

— Oui. Je suppose que c'est ce qui explique la constance du taux d'expiration.

— Et aussi la raison pour laquelle la petite-fille a attendu trois mois de plus avant de rassembler le courage de se livrer à ce qui ressemble à un mystérieux rituel familial.

— Mettons que cela explique le courage dont elle a fait preuve en refusant de se plier à la tradition de sa famille, jusqu'à ce que, par lâcheté ou bien par désespoir, elle se soit résolue à mettre fin à ses jours.

— Si vous voulez. Mais la question que je vous posais concerne le taux d'expiration d'une famille normale. Ce qui n'est pas tout à fait le cas d'une famille où l'on se suicide tous les onze mois, avouez-le.

— C'était une famille on ne peut plus normale jusqu'à ce que la jeune sœur de la petite-fille, à l'âge de neuf ans, donne le départ de la réaction en chaîne. Avant cela, le taux d'expiration de la famille était de treize virgule sept.

— C'est la petite-fille cadette qui a tout déclenché ?

— Oui. Elle a perdu son chien, et elle s'est pendue avec sa laisse.

— Incroyable. Toute une famille déracinée par la faute d'un chien perdu ?

— Le premier suicide seulement. Le deuxième, c'est parce que la fillette s'est pendue.

— Hmmm. L'effet domino.

À l'issue d'un silence pesant, le jeune directeur demanda à son prédécesseur s'il avait connaissance d'autres cas d'intervalles de mort réduits.

— J'ai l'impression que vous êtes tombé sur un drôle d'oiseau ?

— Un drôle d'oiseau, en vérité. Il s'agit d'une famille israélienne, les Mendelssohn. Du grand-père au petit-fils, dernier de la lignée, qui a, naturellement, mis fin à ses jours, toute la famille a connu l'extinction, avec un taux d'expiration qui se situe entre six et douze mois. Les huit derniers se sont éteints entre 1994 et 2001, et l'arbre a été déraciné.

— Je constate qu'il s'agit d'une courte généalogie.

— C'est vrai, mais avant les années 1990, le dernier décès dans la famille remonte à 1970.

— Je vois. Si je comprends bien, vous vous demandez, comme dans le cas des Van der Locke, s'il s'est passé quelque chose, en 1994, qui a servi de déclencheur.

— Précisément. Sauf que, contrairement aux Van der Locke, les Mendelssohn sont tous morts de manière différente. Accident, suicide, maladie, assassinat. Si ce n'était le taux d'expiration anormalement élevé, ce dossier n'aurait jamais retenu mon attention. Pour tout dire, nous sommes ici en présence d'un excellent exemple de répartition rationnelle et équilibrée des modes de départ de l'ancien monde.

Milliard eut un haussement d'épaules.

— Je sais que ma remarque ne va guère vous convaincre, mais je pense que vous avez plutôt affaire à une série de coïncidences particulièrement cruelles.

Demimilliard plissa le coin de sa bouche.

— C'est ce que m'ont dit mes adjoints. Quartdemilliard m'a sorti le même bon vieil argument.

— Dégénération périphérique. Un arbre dont les branches se détachent trop fréquemment perd sa sève et sa force, jusqu'à ce que ses rameaux soient privés de leur appui au tronc.

— Je ne sais pas, fit le jeune directeur, de nouveau rembruni. Ce genre d'explication ne finit pas de me convaincre. Songez-y, Milliard. Un cycle de mort aussi étendu ! Une telle diversité dans la manière de trépasser…

— Tout à l'heure, vous parliez de répartition rationnelle et équilibrée.

— C'est vrai. N'empêche que certains de ces décès me paraissent vraiment bizarres.

— Bizarres dans quel sens ?

— L'un d'eux a été dévoré par un léopard. Un autre s'est noyé quand son avion s'est crashé.

— Je vous demande pardon ?

— L'avion s'est crashé dans la mer. Il a survécu miraculeusement, mais sa technique de natation laissant quelque peu à désirer…

— Je vois.

Demimilliard posa son verre sur la table, se pencha en avant et chuchota théâtralement :

— Je crois avoir une autre explication.

Milliard imita la posture de son ami et répliqua à voix basse, heureux du tour confidentiel que prenait cette affaire :

— Dites voir.

— Je suis presque certain qu'il y a une certaine dose de malveillance dans l'affaire Mendelssohn.

— Malveillance ?

— Oui. Cette famille avait peut-être des ennemis qui souhaitaient sa perte.

— Non, fit Milliard en plissant le front. Je n'y crois pas. Disons qu'un tel ennemi ait existé, disons qu'il ait rejoint ce monde-ci avant 1994. Qu'aurait-il donc pu faire ? Les routes qui mènent à la forêt sont fermées. Seuls les ouvriers autorisés peuvent y accéder. Et ce sont tous des alias.

— Vous croyez qu'il n'existe pas de moyen pour un non-alias de s'introduire dans la forêt ? N'oubliez pas que ces gens-là sont connus pour leurs traîtrises et leurs vengeances à petit feu.

— Par bonheur, toutes les traîtrises et toutes les vengeances du monde ne suffisent pas à leur faire franchir le cordon de gardes qui entoure la forêt. Comme vous le savez, je… hum… *vous* employez plus d'un million d'alias à cet usage.

— Je sais combien ils sont. Mais ne ferions-nous pas preuve d'une singulière étroitesse d'esprit en écartant totalement cette possibilité, aussi insensée soit-elle ?

Pour la première fois depuis le début de leur conversation, Milliard laissa voir sur son visage les signes d'une fureur qui lui était fort inhabituelle. Il croisa les bras sur sa poitrine, se laissa aller en arrière et se mit à parler d'une voix sonore et monocorde :

— Vous êtes complètement à côté de la plaque. La possibilité dont vous parlez est contraire à toute logique. Ils ne connaissent même pas l'existence de la forêt. Comment voulez-vous qu'ils s'y introduisent ? Cependant, un accident peut arriver. Quelquefois, un déracineur pressé arrache fortuitement une branche endommagée. C'est une erreur terrible, fatale, mais néanmoins humaine.

— Une erreur, cela ne se reproduit pas huit fois d'affilée, fit remarquer Demimilliard.

De marbre, Milliard coupa court à leur discussion en disant :

— Ne feriez-vous pas preuve à votre tour d'une certaine étroitesse d'esprit en écartant cette possibilité, bien que vous la jugiez insensée ?

Mais l'autre possibilité, l'horrible éventualité dont il préférait ne pas faire état pour le moment, lui parut beaucoup moins insensée le lendemain matin.

Tard dans la nuit, Demimilliard quitta le chalet de son mentor pour errer sans but dans les rues, en espérant ne pas tomber sur un de ses employés. Comme il se sentait le gosier inexplicablement sec, il décida d'aller étancher sa soif dans un pub lointain. Sachant que les ouvriers de la forêt n'avaient guère l'habitude de fréquenter 2001, il dirigea ses pas vers la cité nouvelle. Après quelques instants de délibération intérieure, il opta pour un petit bar de mai, alla s'asseoir au comptoir et commanda un whisky. Tandis qu'il regardait une bande d'Irlandais en train de danser jusqu'à plus soif, il entendit une petite voix douce, sur sa droite, qui disait : "ont… ment… ôles."

Il se tourna pour voir une grande femme perchée sur le tabouret voisin.

— Quoi ? cria-t-il. Je n'ai rien entendu, avec tout ce boucan.

Elle colla les lèvres à son oreille.

— Ils sont vraiment drôles ! C'est quoi le truc, ici, avec la nudité ?

— Je ne suis pas sûr d'avoir bien compris.

En l'examinant de plus près, il décida que cette femme impressionnante était morte dans sa cinquième décennie de vie. Période idéale, quand il s'agit de préserver la maturité féminine profonde.

Elle lui rendit son regard avant de répéter sa question sous une autre forme :

— Pourquoi tout le monde ici se promène à poil ? Ça rime à quoi ? La fille en a parlé à la réunion d'accueil, mais j'avais la tête ailleurs. Et d'abord, on est où ? Au paradis ? En enfer ? Quelque part entre les deux ?

Il sourit en prenant une voix qu'il espérait convaincante.

— C'est plus commode et plus confortable d'être nu. Et je vous promets que vous n'êtes ni au paradis ni en enfer, mais dans l'Autre Monde.

— Et dans cet Autre Monde, les hommes ont l'habitude de bavarder le nez dans les nibards des nanas, ou est-ce une spécialité qui vous est propre ?

Demimilliard s'empourpra, lui présenta ses excuses et se commanda de nouveau à boire. Mais elle émit un rire taquin avant de murmurer :

— Ce n'est pas grave. C'est gentil, même, vu que j'ai passé mes cinq premières heures ici à me demander si je n'étais pas arrivée sur un tournage porno géant, ce qui ne m'enchantait pas particulièrement.

— Vos cinq premières heures ? Depuis quand êtes-vous là ?

Elle haussa des sourcils proéminents.

— Je n'en sais rien, à vrai dire. Je sais seulement que ce matin, j'étais encore à Paris. Entre nous, je m'attends à me réveiller d'une seconde à l'autre.

— Vous ne rêvez pas, lui dit Demimilliard en souriant. Vous traversez actuellement une courte période d'adaptation, après quoi tout vous semblera normal.

— Tout me semble déjà normal. C'est juste que je ne sais pas très bien ce que je fous ici, ni comment je suis arrivée, ni ce que signifie ce drôle de truc que je porte autour du cou.

— Vous ne vous rappelez pas les circonstances de votre décès ?

— Je n'ai aucun souvenir d'être morte, gémit-elle en se mordillant un ongle. Je suis montée dans un taxi à l'aéroport, et ensuite plus rien. Voilà que je me retrouve à poil en train de bavarder avec un mec à poil qui n'arrive pas à détacher son regard de ma poitrine, dans un pub plein de beaux Irlandais bourrés, dans un Autre Monde qui ressemble à une parodie d'un film avec Kevin Costner, et je n'ai pas la moindre idée de ce qui…

— Comme je vous l'ai dit, après une courte période d'adaptation, tout s'éclaircira, et vous trouverez vos repères.

— J'aimerais d'abord trouver mon appartement.

Spontanément, Demimilliard lui offrit son aide. Elle accepta, en le prévenant qu'il ne devait pas s'attendre à quoi que ce soit en retour.

Ils passèrent quatre heures à arpenter juin 2001, jusqu'à ce qu'ils trouvent l'appartement. Elle apposa son pouce dans l'alvéole et lui demanda s'il voulait entrer.

— Vous avez dit que je ne devais m'attendre à rien en retour.

Elle se mit à rire en l'attirant contre elle.

— Je serais une fichue ingrate si je ne vous offrais pas un petit quelque chose après tout ce que vous avez fait pour moi. Vous m'avez écoutée parler pendant des heures, vous avez cherché partout avec moi cet appartement, et vous m'avez même promis d'essayer de faire marcher vos relations pour m'aider à découvrir comment je suis décédée. C'est bien ma veine, de tomber sur le mec idéal juste le jour de ma mort.

Il quitta l'appartement au petit matin et arriva à son bureau avec trois bonnes heures de retard. Ses adjoints, en voyant son air échevelé, sa barbe d'un jour et sa mine inhabituellement rêveuse, se pressèrent autour de lui pour lui demander ce qui s'était passé la veille. Avec un petit sourire, il leur enjoignit de retourner à leurs occupations. Il respira enfin quand ils eurent tous quitté son bureau. Il entra alors le nom de l'intéressée dans son ordinateur pour obtenir une explication. Une minute plus tard, la fiche complète s'afficha à l'écran. La détenue venait d'être libérée. Elle avait tué de huit coups de hache son mari qui la maltraitait, et elle était morte aussitôt après sa libération dans un accident de taxi. Ayant pris connaissance du rapport, Demimilliard saisit son godget pour appeler la femme lorsqu'un détail capta son attention. Sandrine Montesquieu, qui n'avait aucun souvenir d'être décédée, appartenait à un arbre généalogique situé dans la concession 2605327, celle-là même où, peu de temps auparavant, se dressait l'arbre des Mendelssohn.

Il se remémora la longue conversation qu'il avait eue avec elle pendant qu'ils cherchaient son appartement, et tout particulièrement la profonde tristesse qui se peignait sur son visage quand elle répétait avec insistance qu'elle n'arrivait pas à croire à sa propre mort. Il lui avait expliqué qu'elle était en état de choc, et elle s'était mise à rire en disant que, dans tous les films, on décrivait les effets tragiques du trépas sur la famille et les proches des morts, mais jamais le traumatisme fatal que cela représentait pour la personne décédée elle-même. Il lui avait demandé si elle pensait que le choc aurait été moins intense si elle s'était attendue à mourir. Elle l'avait regardé en silence, révélant par son expression que ses pensées avaient vagabondé bien loin de la sombre avenue où ils se trouvaient. Quand elle s'était pris le visage dans les mains et qu'elle s'était subitement effondrée sur le trottoir, en agitant les bras comme si elle voulait agripper la moitié du monde, manifestant tous les signes d'une crise de nerfs, il s'était assis à côté d'elle en répétant que la douleur allait passer, sans savoir de quoi il parlait puisque, comme tous les autres de son espèce, étant un alias, il n'avait jamais vécu dans le monde d'où venait Sandrine.

Elle avait tourné vers lui un visage prêt à proférer d'horribles insultes, après quoi elle s'était mise à hurler de manière hystérique. Il l'avait prise tendrement dans ses bras, cachant de son mieux son émoi intérieur, choqué par sa tirade contre le Créateur qui s'était révélé être un parfait débile mental en la tuant avant qu'elle ait eu le temps de tenir la promesse qu'elle avait faite à son amie : "J'ai attendu ce moment une année entière, et le jour de ma libération Il me tend un piège et me zigouille sans crier gare, comme si je n'avais pas pourri en prison pendant huit ans, comme si je n'avais pas payé ma dette à la société. Que cherche-t-Il à prouver ? D'où est-ce qu'Il sort Sa morale infantile de merde ? Jamais elle ne me pardonnera. Qu'est-ce que je vais lui dire quand je la verrai ? Comment ai-je pu la décevoir de cette manière ? Juste au moment où j'allais tenir ma promesse ! Dieu a perdu patience, Il en a eu marre de moi ?"

Pensant qu'elle s'était calmée, que sa fureur s'était apaisée, il avait relâché son étreinte, mais elle s'était violemment écartée de lui en se pinçant le bras et en hurlant de toutes ses forces : "Je suis morte ! Je suis morte ! Je n'existe plus ! Je suis morte !"

Elle avait eu une manière déplaisante de faire son propre deuil, jusqu'à ce qu'elle se soit complètement vidée. Elle avait alors chuchoté :

"Je ne verrai jamais New York."

Ces paroles résonnaient encore dans la tête de Demimilliard. Sandrine n'avait jamais vu New York. La mort l'avait ravie inopinément. Elle avait surgi de nulle part. Il se demandait s'il trouverait jamais une explication logique à cet élément de surprise et à la manière dont il perturbait la tranquillité des trépassés.

À la tombée du soir, il alla inspecter la concession qui posait problème. Il trouva sans mal l'arbre des Montesquieu, en caressa le tronc, et y chercha le nom de la morte désemparée. Il découvrit une minuscule coulée de sève marquée Sandrine à l'emplacement de la branche 368. Il se rapprocha, posa le doigt à l'endroit où la branche avait été rattachée au tronc, et baissa les yeux, surpris par la fine égratignure qui lui rayait la pulpe du doigt. Les fibres qui sortaient du moignon ne pouvaient laisser planer aucun doute. La branche avait été brutalement arrachée. Sidéré par cette découverte, il appela illico Milliard pour lui parler des fibres. L'ancien directeur se mit à rire de bon cœur.

— Ne vous avais-je pas dit que parfois une branche est sectionnée par mégarde ?

Demimilliard ne lâcha pas prise. Il répliqua qu'à son avis, la branche avait été arrachée exprès.

De nouveau, Milliard éclata de rire.

— Voilà que vous reprenez vos accusations de comportement illicite et malveillant. Mais elles ne sont fondées sur aucun commencement de preuve. Il s'agit d'un simple accident, croyez-moi. Vous devriez laisser tomber.

Demimilliard le remercia de l'avoir écouté, et décida de suivre son conseil. Il avait des tâches plus importantes à accomplir. Des dossiers en retard, la construction de sa nouvelle maison, et cette femme incroyable qui l'avait sorti du marécage sentimental où il pataugeait depuis trente ans. Un seul week-end enchanteur avait suffi pour qu'ils tombent sous le charme l'un de l'autre et qu'il réussisse à oublier la mort de son nouvel amour et toutes les autres choses qui le préoccupaient depuis un moment. L'élément de surprise s'était éteint. Provisoirement.

16

LANGUE PATERNELLE – B

Mad Hop ne s'était pas manifesté. Ben avait compris que quelque chose ne tournait pas rond quand, au bout de deux jours, pas un seul de la douzaine de messages qu'il lui avait adressés n'avait obtenu de réponse. Il se rendit, morose, en septembre 1986, espérant trouver le détective chez lui ou pour tout au moins lui glisser un mot sous la porte. Mais à son grand étonnement, Mad Hop refusa de lui ouvrir, en lui criant d'aller se faire voir.

Ben continua de tambouriner sur la porte en le suppliant d'une voix rauque :

— Qu'est-ce que vous avez, Samuel ? Pourquoi faites-vous ça ? Ouvrez-moi !

— Rendez-nous service à tous les deux, Ben, foutez le camp ! glapit Mad Hop.

— Mais pourquoi ? demanda Ben en tambourinant de plus belle. Qu'est-ce que je vous ai fait pour que vous vous comportiez comme un…

Il n'eut pas le temps de finir sa phrase. La porte s'ouvrit, révélant le visage rouge de colère du détective.

— Je vais vous dire ce que vous m'avez fait, espèce de crétin ahuri ! Vous avez saboté mon affaire en refusant délibérément de dévoiler des informations vitales.

— De quoi parlez-vous donc ?

— Apparemment, vous êtes encore plus débile que je ne le pensais. Cherchez vous-même la réponse sur le trajet du retour chez vous.

— Je n'ai pas l'intention de retourner où que ce soit, déclara Ben en s'avançant d'un air de défi.

— Vous n'entrerez pas chez moi de force ! barrit Mad Hop en faisant un pas en avant dans le couloir.

— Vous ne voulez plus m'aider à retrouver Marianne ? C'est cela que vous voulez dire ?

— Commencez par vous aider vous-même ! Comment avez-vous pu me cacher que toute votre famille était morte ?

— Quel rapport ? Nous n'avons jamais discuté de ma famille !

— Attendu, monsieur Mendelssohn, que votre imbécillité, qui pourrait donner matière à écrire tout un roman, atteint des sommets jusqu'ici inégalés, je vous informe de mon intention de mettre fin à notre accord antérieur…

Ben se boucha les oreilles en hurlant :

— Vous ne mettrez fin à rien du tout ! Vous êtes la seule personne qui puisse m'aider à la retrouver, et je ne me soumettrai pas à vos sautes d'humeur insensées !

— Mes sautes d'humeur ? s'écria Mad Hop en poussant Ben à l'intérieur avant de claquer la porte derrière eux. Mes sautes d'humeur ? Vous croyez que je n'ai pas envie de la retrouver, moi ? Vous croyez que ça me plaît de contempler votre mine de chien battu chaque fois que vous franchissez la porte de cet appartement ? Vous avez un sacré culot de me parler de mes sautes d'humeur alors que n'importe qui de modérément sensé comprendrait tout de suite la raison pour laquelle j'ai envie de vous chasser d'ici à coups de pied au cul pour ne plus jamais entendre parler de vous. Pourriez-vous avoir l'amabilité de m'expliquer pourquoi vous avez choisi de passer entièrement sous silence la question de votre famille alors que je me démène comme un beau diable pour retrouver une femme que personne ici ne semble avoir jamais vue ?

— Ma famille n'a rien à voir avec Marianne, riposta Ben dans l'espoir de démolir les arguments de Mad Hop.

Mais son visage devint cramoisi lorsque Mad Hop lui demanda si sa famille avait connu sa femme. Le détective se mit à hurler dix fois plus fort quand il lui répondit par l'affirmative.

— Vous voyez pourquoi vous êtes un idiot ? Il y a dans l'Autre Monde toute une famille qui connaît Marianne et qui pourrait nous aider à la retrouver, que dis-je, qui l'a peut-être déjà trouvée, et qui ignore, par-dessus le marché, que vous êtes mort !

— Je… Je n'y avais pas pensé, bredouilla Ben. Je ne songeais qu'à Marianne.

— Classique, lui dit Mad Hop. Voyez-vous, Ben, l'égocentrisme de deux amoureux est propre à les rendre aveugles à leurs plus profonds besoins.

— Pourriez-vous laisser tomber les biscuits chinois et m'expliquer ce que vous voulez dire au juste ?

— Vous êtes tellement obnubilé par votre épouse que vous avez oublié ceux qui sont le mieux à même de vous venir en aide… N'attendez aucune sympathie de ma part si vous continuez à organiser votre parcours à la manière d'une chauve-souris émotionnellement aveugle…

— C'est exactement pour cette raison que je ne peux pas me passer de vous, Samuel. Vous êtes mon chien d'aveugle en cette terre étrangère.

— En d'autres circonstances, vos propos m'offenseraient. Mais il se trouve que je suis trop en colère pour y prêter attention. Répondez seulement à ma question. Êtes-vous en froid avec votre famille ?

— Pas du tout. Nous ne sommes guère nombreux. Je suis fils unique. J'ai plusieurs oncles, mais j'avais peu de contacts avec eux, à l'exception d'oncle David.

— Et quelles étaient les relations de Marianne avec votre famille ?

— Très bonnes… Vous pensez qu'ils se sont rencontrés ?

— Si elle s'entendait bien avec eux, il tombe sous le sens qu'elle a dû essayer de les retrouver.

— Surtout dans la mesure où elle est seule. Seule dans ce monde ! Pourquoi n'y ai-je pas pensé avant ? Ses parents sont encore vivants. Comme moi, elle n'a ni frère ni sœur, et elle déteste la seule personne de sa famille qui est ici, une vieille tante revêche. Vous avez raison, elle a dû prendre contact avec eux.

— Faites-moi une liste.

— Pas besoin de liste, Samuel. Je sais vers qui me tourner.

— Expliquez-vous.

— Mon père. Marianne l'adorait. Et vice versa. Mon Dieu, pourquoi n'y ai-je pas pensé tout seul ? Samuel, vous êtes un génie !

L'expression d'exaspération sur le visage de Mad Hop disparut. Croisant les bras, il murmura avec un petit sourire :

— Ou bien vous un idiot.

— Je plaide coupable ! fit Ben en riant.

Mad Hop le raccompagna jusqu'à la porte, lui serra la main et ajouta un ton plus bas qu'à son habitude :

— Bonne chance, quand vous verrez votre père.

En route vers février 1994, Ben se plongea dans le bain ouaté de ses réminiscences. Son père, qui gagnait sa vie en vendant des polices d'assurance hors normes, avait trouvé la mort, ironiquement, en se noyant. Il revenait d'un rendez-vous avec une pop star indienne du nom d'Ishkapar Matuli. Cet homme voulait assurer les pis magiques de la vache la plus célèbre de Delhi, qui fournissait, grâce à on ne sait quel mystère génétique, un délicieux lait de noix de coco, lorsque son avion s'était abîmé dans l'océan Indien. M. Mendelssohn avait acquis, à cette époque, une solide réputation, fondée sur une efficacité sans rivale, un enthousiasme juvénile et une patience à toute épreuve à l'occasion de tractations qui, dans les meilleurs des cas, relevaient d'une pure excentricité débridée de gens qui avaient l'habitude de dépenser sans compter et, dans les pires occasions, confinaient à une idiosyncrasie aiguë proche de la démence. Il va sans dire que le dynamique Menachem Mendelssohn avait bâti l'essentiel de sa fortune sur les lubies incessantes des premiers. À l'âge de vingt-cinq ans, il s'était assuré la collaboration d'un associé américain nommé O. Kazoo, qui dirigeait avec lui une compagnie d'assurances prospère spécialisée dans la satisfaction des besoins dégénérés d'une bande d'aristocrates au cerveau ramolli et au portefeuille bien garni qui voulaient assurer leurs moindres bribes de patrimoine, aussi bien matériel que spirituel, afin d'être en paix avec eux-mêmes et avec le sentiment de supériorité que leur conférait la chose assurée. Quand on lui demandait quel était le secret de sa réussite, Menachem citait toujours la peur de l'inconnu que ressentaient ses clients et sa propre volonté délibérée d'exploiter leurs angoisses les plus profondément enracinées. À titre d'exemple, il admettait volontiers qu'il avait rédigé pour lui-même une police aquatique. Il avait toujours eu inexplicablement peur de l'eau. Ses parents avaient pris conscience du problème lorsqu'ils l'avaient emmené pour la première fois à la plage. Il avait hurlé si fort et si longtemps à l'idée d'entrer dans les eaux peu profondes où jouaient les autres gamins de son âge qu'il en avait perdu connaissance. Et cela s'était produit non pas une seule fois, mais deux. À l'âge de dix-huit ans, il était déjà passé entre les mains de vingt-cinq moniteurs compétents qui avaient piteusement échoué dans leurs tentatives de lui inculquer les principes de la flottabilité et les rudiments de la natation. Les trois psychologues auxquels ses parents avaient fait appel n'avaient guère eu davantage de succès. Ils s'étaient montrés incapables de découvrir le moindre traumatisme dans son court passé qui eût permis d'expliquer son hydrophobie. Conséquemment, lorsqu'il avait grandi et trouvé son chemin dans la vie, il avait concocté une police d'assurance où il était stipulé que, s'il lui arrivait un accident fatal en rapport avec une quelconque masse d'eau, son épouse toucherait une somme égale au double de celle qui lui reviendrait si la mort l'emportait de n'importe quelle autre manière. En outre, ne doutant pas de la profondeur de sa phobie, il avait fait préciser dans le contrat que, s'il était prouvé qu'il s'était approché délibérément et en toute connaissance de cause de la masse d'eau abhorrée, l'assurance serait nulle et non avenue.

Dès que sa femme, Deborah, avait eu connaissance de l'accident, elle avait prié pour qu'il fût mort dans les airs, avant l'impact avec les eaux. Mais le rapport d'autopsie ne laissait planer aucun doute. Elle avait convoqué toute la famille pour expliquer ce qui s'était passé, puis elle avait pris l'avion avec eux et l'avait fait incinérer à l'étranger, conformément à ses dernières volontés, avant de disperser ses cendres au-dessus des flots, afin de prouver que l'âme finit toujours par triompher des faiblesses de la chair.

Quand Ben arriva chez son père, il crut qu'il avait commis une erreur. La femme qui lui avait ouvert la porte ne ressemblait pas du tout à sa mère. Il bredouilla une vague excuse, mais elle lui sourit en disant :

— Vous avez frappé à la bonne porte.

— Je vous demande pardon ? fit-il en lui rendant son sourire.

Elle secoua malicieusement la tête, puis murmura en riant :

— Je sais qui vous êtes. Vous êtes le fils de Menachem, n'est-ce pas ?

Il acquiesça d'un signe de tête, sans trop comprendre ce qui se passait. Mais elle gloussa gentiment.

— Je vous reconnais d'après les cassettes de votre père.

Au bout de quelques secondes de silence, elle lui serra cordialement la main.

— Ravie de faire votre connaissance. Je m'appelle Anifried Balaksen Dortmunsgund, et je suis très impolie de ne pas vous avoir encore invité à entrer.

Ben s'avança dans l'appartement, en remarquant au passage le mobilier massif que son père aimait tant. Anifried l'invita d'un geste à s'asseoir sur le canapé ovale et lui demanda s'il voulait boire quelque chose. Il déclina l'offre. Elle alla s'affairer derrière le bar, se versa un verre de brandy et revint s'asseoir face à lui. Après l'avoir dévisagé un instant en silence, elle eut un petit soupir et murmura :

— Oui, bien sûr.

— Je n'ai pas parlé, dit Ben.

— Mais vous aviez envie de me demander si je suis la petite amie de votre père.

— Finalement, je veux bien boire quelque chose.

Elle hocha la tête, se leva et revint promptement avec un autre verre de brandy. Avant qu'elle ait eu le temps de se rasseoir, Ben avala d'un trait le liquide ambré, se racla la gorge et demanda :

— Alors, où est votre petit ami ?

Elle se laissa aller en arrière sur son siège, croisa les jambes et consulta son godget.

— Il ne va pas tarder à revenir. Il est allé au labo multilingue faire régler sa puce.

— Je vois, fit Ben en s'efforçant de dissimuler son trouble.

Elle perça son mur d'indifférence d'un regard acéré et déclara :

— Je sais à quel point c'est dur pour vous, Ben. Ce serait peut-être un peu plus facile à avaler si je vous parlais de notre relation. J'ai fait la connaissance de Menachem dans l'avion, au moment où il se crashait. J'occupais le siège à côté du sien, et croyez-moi, il n'existe pas beaucoup d'autres manières d'être rapidement intime avec un étranger que de passer ses derniers instants sur terre en sa compagnie. Au départ, nous étions deux cadres supérieurs indifférents qui s'en retournaient chez eux. Mais quand nous avons compris que nous ne reverrions jamais nos proches, nous nous sommes tenu la main en nous serrant l'un contre l'autre et en chialant comme des gamins. Vous imaginez la suite. Nous nous sommes retrouvés dans cette grande salle blanche, parmi des milliers d'autres personnes désemparées et épouvantées. Nous n'avions plus l'impression d'être des étrangers l'un pour l'autre, mais plutôt les deux seules personnes qui se connaissaient dans ce monde étrange. Je sais que cela sonne comme une production hollywoodienne, mais nous n'avons pas mis longtemps à tomber amoureux. Avant même d'avoir saisi la portée de nos tragédies respectives, nous avions forgé un lien indestructible. Menachem et moi avions découvert ensemble tout un nouveau monde, et cela nous rendait ivres d'excitation. Désolée d'employer ce cliché, mais il était la main qui correspondait à mon gant.

— Je croyais que le gant, c'était ma mère, murmura Ben.

— On a deux mains.

— Ce qui veut dire ?

— Ah ! Finalement, je détecte une trace d'hostilité. Ne soyez pas gêné, Ben. C'est votre droit légitime que de me détester. Après tout, de votre point de vue, je suis l'autre, celle qui a pris la place de votre maman. Mais je voudrais que les choses soient claires à cent pour cent. Cela n'a pas été le cas. Le jour où j'ai rencontré Menachem, elle vivait encore. Elle est arrivée ici avec cinq ans de retard.

— De retard ?

— Oui. Si l'avion ne s'était pas crashé, votre père et moi ne nous serions jamais connus. Si votre mère avait été dans l'avion, je serais arrivée ici toute seule, et il va de soi que vous ne seriez pas actuellement assis en face de moi en train de me souhaiter tous les malheurs du monde.

— Je ne vous connais même pas. Pourquoi vous souhaiterais-je du mal ?

— À cause de ma situation actuelle, Ben. Je suis devenue la moitié de votre père.

— Et lui ? Est-il heureux ?

Les yeux mi-clos, Anifried répondit :

— Heureux comme un écolier amoureux. Il m'appelle son assurance bonheur.

Ben déglutit en plissant fortement les lèvres.

— Qu'y a-t-il ? demanda Anifried en rouvrant grand les yeux.

— Il appelait ma mère comme ça.

— Écoutez, Ben, toute cette affaire est beaucoup plus simple qu'il n'y paraît. La monogamie, c'est bien beau, mais ça ne vaut pas grand-chose quand on a à faire face à l'éternité.

— Que voulez-vous dire ?

Elle eut un petit rire.

— Si vos parents étaient morts de vieillesse, ils auraient très bien pu dire qu'en dépit des statistiques, ils auraient fait durer leur amour pendant cinquante ou soixante ans. Mais même dans ce cas, ni vous ni moi ne pouvons deviner ce qui se serait passé ensuite. Ils seraient arrivés ici et auraient vite compris qu'ils étaient partis pour vivre ensemble pendant une éternité. Une éternité, Ben. Vous saisissez la portée de la chose ? Vous pensez toujours qu'ils ne se seraient jamais séparés ? Il n'y a pas de fin au temps que nous avons devant nous. Il n'y a pas de fin non plus aux occasions romantiques à venir.

— Un jour, peut-être, mon père et vous prendrez des chemins différents ? C'est cela que vous voulez dire ? Que vous cesserez d'être un gant pour sa main ?

— La chose n'est pas impossible. Nous sommes ensemble depuis sept ans. Qui sait où nous en serons dans cinq ans ? Dans cinquante, dans cent ans ? Tout amour a une fin. Tout amour est destiné à être remplacé par un nouveau.

— Cette opinion, mon père la partage ?

— Si ce n'était pas le cas, il serait avec votre mère.

— Est-ce qu'il l'a revue ? demanda Ben d'une voix proche de la défaillance au bout de sa question.

Anifried secoua la tête. D'une voix compatissante, elle expliqua :

— Lui, non, mais moi, oui. Elle est venue frapper à la porte un beau jour. Il était sorti rendre visite à un ami. Elle m'a demandé qui j'étais, et elle est repartie comme une furie !

— Alors, ils ne se sont jamais revus ?

— Elle a eu le temps de me dire qu'elle ne voulait plus jamais entendre parler de lui. Menachem en a été déprimé pendant quinze jours. Il répétait qu'il ne savait même pas qu'elle était décédée. Mais au bout de quelque temps, ça lui a passé. Je lui ai fait remarquer que la balle était maintenant dans son camp à elle. Elle pouvait venir le voir quand elle voulait. Quoi qu'il en soit, sans vouloir vous offenser, Ben, il a vite repris le dessus.

Ben se passa la main dans les cheveux.

— Je n'arrive pas à y croire. C'est complètement dingue. Ça n'a pas pu se passer comme ça.

— Ça se passe très souvent comme ça, ici. N'oubliez pas que les deux mondes sont radicalement différents. Nul ne peut garantir qu'un amour qui a fonctionné là-bas marchera encore ici. Vous dites que ça n'a pas pu se passer comme ça parce que vous pensez que les deux êtres qui vous ont mis au monde dans le précédent étaient prédestinés à vivre ensemble dans les deux mondes, mais vous vous trompez.

— Désolé, Anifried, mais il faut que je m'en aille, dit Ben en se levant brusquement pour se diriger vers la porte.

Anifried le suivit en demandant :

— Vous n'attendez pas votre père ?

— Je le verrai une autre fois, lui dit Ben en ouvrant la porte. Mais une dernière question. Savez-vous s'il a vu mon épouse, Marianne ?

— Aucune idée.

Elle posa une main légère sur son épaule.

— Vous ne voulez pas l'attendre un peu ? Je vais l'appeler, si vous voulez.

— Ne vous inquiétez pas. Je reviendrai un autre jour.

— Je suis ravie d'avoir fait votre connaissance ! lui cria Anifried tandis qu'il s'éloignait dans le couloir, comme sa mère avant lui, en direction de l'ascenseur d'où sortaient les accents sinueux du joueur de sitar parfumé.

Pour la première fois depuis son arrivée dans ce monde, Ben fit de la place dans sa tête pour autre chose que son épouse disparue. Il était follement inquiet au sujet de sa mère. Soudain, il décida d'abandonner ses intentions premières et de diriger ses pas vers décembre 1999.

Quand il frappa à la porte et entendit une voix chevrotante à l'intérieur, son cœur se serra.

— Fichez-moi la paix, disait la voix.

— M'man, c'est moi ! cria Ben en frappant à coups redoublés.

Au bout d'un long moment, il colla l'oreille à la porte en suppliant :

— Ouvre-moi m'man, je t'en prie !

La porte s'ouvrit, laissant voir une femme blafarde, dénuée de toute vitalité. Ils échangèrent des regards alarmés, étonnés de voir les ravages du temps sur leurs visages respectifs. Deborah, une petite femme habituellement pétillante, qui était morte d'un arrêt cardiaque inopiné, fit un pas en arrière, s'adossa au mur, passa la main dans ses cheveux ébouriffés et murmura :

— Je crois que je vais m'évanouir.

Ben la prit dans ses bras et l'aida à s'asseoir sur le grand canapé qui trônait au milieu du living. Il alla lui chercher un verre d'eau, non sans remarquer les étranges objets en terre cuite qui décoraient l'appartement, et la regarda boire avec un tendre sourire. Elle ne le quittait pas des yeux. Elle paraissait figée.

— Désolé de t'avoir surprise de cette manière, dit-il. Je ne voulais pas te causer un choc.

Deborah se mit à pleurer doucement, en se passant la main dans les cheveux.

— Mon petit Ben, gémit-elle. Mon chéri, tu es mort, toi aussi ! Il ne reste plus rien là-bas ! Tout le monde s'en est allé ! J'espérais que la mort t'épargnerait quelque temps, que tu vivrais jusqu'à un âge avancé… Mon poussin, je ne sais pas si je dois être heureuse ou… Tu m'as tellement manqué… Mais je ne pensais pas que tu viendrais si vite.

— Toi aussi, tu m'as manqué, m'man.

— Je sais, je sais, fit-elle en déposant un baiser sur son front avec un sourire. Mais tu n'étais pas si costaud dans mon souvenir. Tu as fait quelque chose ?

— Un peu de poids et d'haltères, m'man. Toi aussi, tu as changé. Que t'est-il arrivé ? Pourquoi es-tu si maigre ?

Il fut ahuri par sa réaction. Elle le repoussa, essuya ses larmes, cligna plusieurs fois les paupières, et éclata d'un rire sonore.

— Tu veux savoir ce qui m'est arrivé ? Je vais te le dire ! C'est ton père ! Cet imbécile a une copine norvégienne, une fille incroyablement ennuyeuse, avec un nom qu'il faut être scandinave pour savoir prononcer. Il s'avère qu'ils se sont connus dans l'avion qui s'est crashé.

— Je sais, m'man. J'ai fait sa connaissance il y a deux heures.

— Ils se sont mis ensemble il y a sept ans. Quand je suis morte, dès que je suis arrivée ici, ma première pensée a été pour Menachem. Nous avions passé tant d'années ensemble. Je voulais voir comment il allait, mais il n'était pas chez lui. C'est la belle des fjords qui m'a ouvert la porte, en me disant que j'avais tous les droits de lui en vouloir et autres insanités du même genre. Tu imagines à quel point j'étais bouleversée. Je suis repartie en claquant la porte. Une semaine après, j'y suis retournée. Cette fois, il était là, tout seul. Mon pauvre Ben, voilà un homme qui a émis toutes sortes de polices d'assurance dans le monde précédent, mais qui n'a pas été fichu d'en inventer une contre le ramollissement cérébral.

— Je ne comprends pas très bien.

— Je pensais que quelque chose aurait changé avec la mort. Quelque chose en lui, ou dans ses perspectives, ou ses croyances, je ne sais pas, un truc comme ça…

— Mais d'après Anifried…

— Je sais, je sais, elle lui a bourré le crâne avec toutes ses conneries sur l'amour face à l'éternité, sur l'impossibilité pour deux êtres de rester tout ce temps ensemble, sur la futilité de vouloir s'accrocher toujours à la même personne, et tout le tremblement.

— Tu n'y crois pas?

— Laisse-moi rire, Ben. Ton père n'y croit pas davantage.

— C'est vrai?

— J'aurais aimé que tu le voies la première fois qu'on s'est rencontrés ici. Il n'arrêtait pas de se confondre en excuses et de me supplier de lui pardonner. Il s'est mis à délirer sur la Phase Deux, en m'affirmant qu'il m'aimait toujours, mais qu'il aimait aussi cette Norvégienne. Que la dernière chose qu'il voulait, c'était me faire du tort. Tu aurais dû voir ça, Ben. Ton père, obséquieux et hystérique, pire qu'une adolescente dépourvue de tout sens de l'humour.

— Tu ne t'attendais pas à ce qu'il s'excuse?

— Qu'il s'excuse de quoi? Qu'il s'excuse parce que son avion s'est crashé et qu'il est tombé amoureux d'une autre femme alors que je n'étais nulle part en vue? Mon chéri, j'ai pris l'habitude de vivre sans compagnon. Je suis sûre que tu te souviens à quel point j'étais dévastée les deux premières années, mais j'ai fini par m'adapter, et même par apprécier cette façon de vivre. Naturellement, ton père me manquait, et pas un jour ne passait sans que je pense à lui, mais en arrivant ici j'ai eu l'impression de naître pour la deuxième fois. Comme une petite fille qui, de nouveau, découvrait tout, toute seule! Tu vois ce que je veux dire, Ben? Vivre seule, cela présente des avantages que j'avais complètement oubliés!

— Et l'amour, dans tout ça?

— L'amour? Qui a dit qu'il devait nécessairement être partagé? J'aime Deborah Mendelssohn, et je me fiche pas mal de la manière dont c'est interprété. Je sors, je voyage, je fais des rencontres. Plus besoin de me morfondre des semaines entières à attendre que mon mari revienne de ses lointains voyages d'affaires. Je vois ma famille de temps en temps, comme dans le monde précédent, et je reconnais que la vie n'est que le préambule, l'introduction de quelque chose de plus réel. Je suis plus heureuse que je ne l'ai jamais cru possible, Ben. Je ne me suis jamais sentie aussi en vie que dans le trépas.

Ben se contenta de la dévisager en silence. Elle se laissa aller en arrière et lui prit sa main glacée dans la sienne.

— Tu trouves que je tiens des propos délirants, n'est-ce pas?

— Ne t'inquiète pas de ce que je pense, fit Ben en souriant.

— Mais mon apparence, elle t'étonne hein ? Tu te souviens que chaque décès dans la famille me faisait perdre, littéralement, quelques kilos ? Eh bien, quand je suis arrivée ici, je n'avais plus que la peau sur les os, et cette histoire avec Menachem m'en a fait perdre encore dix. Quant à mes cheveux en nid d'oiseau, ne crois pas que j'ignore à quel point je ressemble à une sorcière en route vers Salem pour assister à une convention. Je m'efforce juste de ressembler à cela quand je sais que ton père va arriver.

— Arriver ? Ici ?

— Oui, mon Benji. En fait, il était là il y a une heure à peine.

Ben retira précipitamment sa main.

— Mais elle m'a affirmé que…

— Je sais, je sais, que son Babel était en panne, et qu'il était parti au labo pour le faire réparer. Depuis notre première rencontre, il l'a fait réparer vingt fois, si tu vois ce que je veux dire.

— Il lui raconte des bobards ?

— Tout le temps. Chaque fois qu'il a envie de venir me voir, il se met à radoter dans un mélange d'espéranto et de sanscrit en lui disant qu'il faut qu'il aille au labo de toute urgence. Cette Norvégienne me fait un peu pitié. La première chose, dans une relation sentimentale, c'est de savoir quand l'autre ment. Sinon, comment deviner à quel moment il dit la vérité ?

Ben hocha lentement la tête.

— Mais pourquoi te rend-il visite aussi souvent, m'man ?

Elle se tapota la tempe avec deux doigts.

— Parce qu'il se conduit comme un enfant, voilà pourquoi. Dès l'instant où je lui ai fait comprendre que cela ne m'intéressait pas d'entamer une relation romantique avec lui, il a mué du tout au tout. Il s'est mis à me courtiser comme un possédé. Typiquement masculin, ça. On vous enlève quelque chose, et vous êtes prêts à accomplir tous les travaux d'Hercule pour le reprendre, même si vous n'en avez pas envie. Tu comprends, maintenant, pourquoi je me donne cette apparence ? Heureusement, il appelle toujours avant de venir, ce qui me laisse le temps de me rendre aussi repoussante que je peux. Mais j'avoue que ça ne marche pas tellement…

— C'est peut-être parce qu'il t'aime et qu'il ne veut pas te laisser partir ?

— Mon chéri, comprends qu'il n'encaisse pas que je puisse tomber amoureuse de quelqu'un d'autre. C'est juste son esprit de possession, de compétition, de jalousie… tout sauf de l'amour. Imagine comme il doit se sentir excité chaque fois qu'il ment à sa maîtresse pour aller courtiser son ex.

— Mais vous n'avez pas divorcé !

— Ignores-tu que la mort invalide le mariage ? demanda Deborah en se penchant en avant pour articuler lentement : "Jusqu'à ce que la mort nous sépare."

Voyant la mine figée de son fils, elle demanda :

— Qu'est-ce qui ne va pas, Ben ? J'ai dit quelque chose de mal ?

— M'man, je ne t'ai pas raconté comment je suis arrivé ici ni, plus important encore, pour quelle raison.

Deborah mit la main devant sa bouche ouverte.

— Mon petit Ben !

— C'est à cause de Marianne, m'man. Elle a perdu la vie il y a un an et trois mois dans un accident…

— Elle aussi ? l'interrompit Deborah. Et tu l'as suivie pour…

— Le problème, c'est que je n'arrive pas à savoir où elle est, dit-il en baissant la tête. Et, à en juger d'après ta réaction, tu ne l'as pas vue non plus.

— Non, mon chéri. Ni moi ni ton père. Je le saurais, s'il l'avait rencontrée.

Ben hocha silencieusement la tête.

— Je vais faire tout mon possible pour t'aider à la retrouver, Ben. Je te le promets.

— Merci, m'man. Ça ne t'embête pas si je m'en vais maintenant ?

— Quoi, déjà ?

— J'ai beaucoup de choses à faire.

Ils échangèrent leurs empreintes, et il promit de revenir bientôt la voir. Après avoir insisté vainement pour qu'il reste encore un peu, elle le raccompagna jusqu'à la porte et le serra dans ses bras en disant :

— Je suis sûre que tu vas la retrouver, mon chéri.

Il l'embrassa sur la joue avant de murmurer, rêveur :

— À moins que la mort ne nous ait séparés pour de bon.

Trois heures plus tard, il était encore en train d'errer dans les rues. Les propos d'Anifried et ceux de sa mère résonnaient sans cesse dans sa tête. Même s'il retrouvait Marianne, il n'était pas certain qu'elle l'aimerait encore. Elle avait peut-être rencontré quelqu'un d'autre, comme Anifried. Elle savourait peut-être sa nouvelle liberté comme Deborah. Ou peut-être encore s'était-elle désintéressée de lui. Déprimé, il finit par arriver à la conclusion qu'il n'existait qu'un seul endroit où il aurait une chance de mettre l'amour de Marianne à l'épreuve, un seul endroit où il trouverait la consolation dont il avait besoin, mais un endroit contre lequel Mad Hop l'avait mis en garde maintes et maintes fois.

17

LES ENFANTS TERRIBLES

Adam et Shahar vivaient dans une maison indépendante située dans une petite rue au cœur du quartier Bavli à Tel-Aviv. Ils avaient hérité cette demeure de leur père, riche industriel qui leur avait enjoint, par-delà son trépas, de continuer à la partager en bonne entente fraternelle. Les clauses du testament du vieux magnat n'avaient pas été difficiles à respecter. Les deux frères, qui veillaient l'un sur l'autre depuis leur enfance, avaient juré de vivre sous le même toit jusqu'à ce que la mort les sépare.

Leur mère, qui avait compris depuis leur plus jeune âge qu'ils étaient unis par un lien spécial, s'imaginait que c'était le sang et non, comme c'était en fait le cas, le résultat d'une expérience déchirante. Adam avait neuf ans et Shahar huit quand elle avait rendu l'âme. C'était une claustrophobe, dont le cœur s'était arrêté de battre quand elle s'était trouvée enfermée dans la cave de leur maison. Après cela, ils avaient été plus proches que jamais, à la grande satisfaction du nouveau veuf. Mais leurs relations avec leur père touchèrent le fond de manière fracassante lorsque, ayant atteint l'âge adulte, ils lui firent comprendre qu'ils n'éprouvaient aucun attrait pour l'entreprise familiale. Ils avaient tous les deux l'intention de se consacrer à des activités plus créatives. Leur père, qui rêvait que ses fils reprennent en main l'affaire qu'il avait créée de toutes pièces et à laquelle il avait consacré sa vie, s'était estimé suffisamment trahi pour les déshériter tous les deux.

Ils avaient quitté la villa familiale de Klil pour s'installer dans la grande ville où, pour la première fois, ils avaient pu voir comment on vivait ailleurs. Subsistant à l'aide de petits boulots, ils s'étaient peu à peu, sans jamais faire référence à leur famille, hissés au sommet de leurs domaines respectifs, connaissant le succès avant l'âge de quarante ans.

Adam était un concepteur de jeux vidéo de premier plan. Des milliers de gamins hyperintelligents attendaient avec impatience chaque nouvelle livraison de Cryptograph, sa série de jeux de quête inspirée par sa vision romantique du Moyen Âge, époque où les monarchies, les parlements, le clergé et les vulgaires agitateurs politiques communiquaient au moyen de messages codés pour comploter contre leurs dirigeants du moment. Adam avait su combiner son amour de l'histoire avec son éternelle adoration pour les casse-tête intellectuels. Il donnait à ses jeunes fans l'occasion de jouer un rôle actif dans le déchiffrage de centaines de documents historiques se rapportant à la Restauration, aux guerres mondiales, à la chute de l'Empire romain, à la Révolution française, à la guerre de Sécession américaine et à de nombreux autres événements qui ont changé la face du monde. Conscient de l'attrait exercé sur les jeunes par les torrents d'hémoglobine, il ne leur refusait pas le droit de se livrer sur écran à des déchaînements de violence en leur attribuant des rôles héroïques à titre de récompense pour avoir résolu une énigme. Même les parents les plus délicats ne trouvaient rien à redire à la formule. Et quand on lui demandait comment il faisait pour comprendre si bien les enfants, il répondait avec un sourire modeste qu'il n'avait jamais perdu le contact avec le gamin qu'il avait été.

Shahar, de son côté, était resté très proche de l'enfant qu'il y avait toujours en lui et qui jouait à être un roi cruel, un noble arrogant, une princesse captive ou un bossu. En grandissant, il était devenu un acteur virtuose capable d'accepter n'importe quel rôle pourvu qu'il lui donne l'occasion d'abandonner sa propre personnalité pour entrer dans la peau de quelqu'un d'autre. Les acteurs qui travaillaient sur scène ou sur le plateau avec lui disaient qu'il était habité par le syndrome de Day-Lewis, qui consistait à laisser sa personnalité au vestiaire quand il arrivait au travail. Tout le monde savait que chaque nouveau rôle le consumait un peu plus. On disait en ville qu'il était si bon parce que, dans la réalité, il n'était rien d'autre qu'une *tabula rasa*. En quinze ans, il avait interprété un détective sourd, un travesti, un strip-teaseur, une star du rock, un mendiant (qui lui avait valu le prix du meilleur acteur israélien), un neurochirurgien, un dealer, un alcoolo, une souris, un nègre littéraire, un politicien véreux, un général décoré, un prince (Hamlet), un roi (David) et une reine (Lady Macbeth). Et quand on lui demandait comment il faisait pour entrer si bien dans la peau de ses personnages, il souriait modestement en disant qu'il n'avait jamais perdu le contact avec les gamins qu'ils avaient été.

À la mort de leur père, les deux frères avaient décidé d'honorer ses dernières volontés remaniées et de s'installer ensemble dans la demeure cossue de Tel-Aviv. Ce n'était pas un grand changement pour eux, car ils avaient presque toujours vécu ensemble. Dans cette nouvelle demeure, une porte rouge, jamais fermée à clé, constituait la seule séparation entre leurs deux espaces de vie. Le soir, au coin du feu, Adam aidait Shahar à lire ses scripts ; en échange, Shahar jouait aux jeux d'Adam sur son ordinateur, essayant d'inverser le cours de l'histoire tout en sachant qu'il leur restait encore beaucoup à faire pour inverser leur propre histoire. Le succès n'avait pas effacé les cicatrices du passé. Même s'ils avaient noyé leur voisin qui, lorsqu'ils étaient enfants, les avait violés de manière hebdomadaire durant trois interminables années et les avait forcés à garder le silence en les menaçant de tuer l'un d'eux si l'autre parlait, ils étaient toujours, contre vents et marées, esclaves de leur passé. Ils ne faisaient jamais allusion à cette "exécution" lors de leur jeune âge. En revanche, ils étaient hantés par la sombre actualité d'un pédophile latent sexuellement inactif qui se masturbait de manière compulsive devant les images de jeunes enfants nus qu'il ramenait à la maison et d'un homme frigide qui honnissait tout contact humain sauf quand cela faisait partie d'un scénario. Shahar veillait à ce que son frère ne franchisse pas la ligne interdite, et Adam, à son tour, montait la garde devant cette âme aux mille facettes qui, trop souvent, était au bord de l'effondrement.

Plus d'une année passa avant que Shahar pût prouver l'ampleur de sa loyauté à l'égard son frère, et Adam ne faisait pas un secret de la culpabilité qu'il éprouvait par rapport au sacrifice de Shahar. Ce dernier affirmait qu'il n'avait rien fait d'autre que ce que n'importe quel frère aurait fait, mais aucun des deux n'ignorait qu'ils avaient eu beaucoup de chance de sortir indemnes de l'incident. Depuis ce jour horrible, Adam s'était montré extrêmement prudent, et il s'était juré que jamais plus il n'entraînerait son frère dans ses activités précaires. Trois mois durant, après cela, Shahar s'était retranché du monde, en suppliant Adam de ne plus jamais reparler de l'incident. Adam avait promis, en le remerciant mille fois du courage dont il avait fait preuve. Shahar avait caressé les cheveux châtains de son frère en disant :

— Dommage que je n'aie pas trente ans de moins.

— Qui crois-tu être en train de faire marcher ? avait répliqué Adam.

Un an plus tard, Shahar lui avait renvoyé la question quand il avait parlé d'une femme qui avait attiré son attention. Il jurait qu'il était sérieux.

— Une femme, ou bien une fillette ? avait demandé Shahar.

— Elle est petite, est elle ressemble à une gamine, mais elle a toutes les expressions d'une femme. Elle n'est pas particulièrement jolie ; mais quand je la regarde, je ressens la même chose que devant certains enfants. Comme si personne ne l'avait jamais touchée.

— Écoute, Adam, je ne t'ai jamais vu comme ça, lui dit l'acteur, soudain intéressé. On dirait qu'elle t'a vraiment tapé dans l'œil.

— Je suis sérieux, Shahar. Je la veux.

— Je n'en crois pas mes oreilles ! s'exclama Shahar.

— Je ne t'ai pas tout dit, continua Adam. Je crois qu'elle m'aime bien aussi.

— Qu'est-ce qui te fait croire ça ?

— Elle me regarde. Chaque fois qu'elle passe devant le club de sport, elle s'arrête pour me contempler pendant quelques minutes. Avant-hier, elle m'a même souri. Je t'assure, Shahar, que je lui plais, mais elle ne veut pas faire le premier pas. Ce n'est pas son genre.

— Et toi, mon cher frère, c'est ton genre ? Ou as-tu l'intention de la reléguer dans le royaume de l'imagination ?

— Apparemment oui.

— Apparemment oui quoi ?

— Je l'ai suivie hier soir. Je sais où elle habite. Ce matin, je lui ai fait envoyer un bouquet d'œillets de poète roses.

— Et comment saura-t-elle que c'est toi ?

— J'ai écrit : "Excellente journée" sur le carton, et j'ai signé : "Adam, le mec du club de sport."

— On aura tout vu ! s'esclaffa Shahar. Mon frère en train de courir après une fille qui ne joue plus à la poupée !

— Au moins, tu as un frère qui court après quelque chose, fit Adam en ôtant ses lunettes et en se laissant aller en arrière sur le canapé, les mains à plat sur le tissu qui avait souvent été en contact avec certains de ses jeunes hôtes.

— Et comment mon cher frère envisage-t-il de continuer son approche de cette petite dame ?

Adam suça son pouce avant de répliquer :

— Petite dame. J'aime bien la façon dont ça sonne. Ton frère a l'intention de continuer d'envoyer des bouquets d'œillets de poète à la petite dame, qui a son numéro de téléphone.

Shahar avait les yeux fixés sur la carpette.

— Je sais ce que tu es en train de penser, lui dit Adam.

— Quoi donc ?

— Tu as peur qu'elle ne soit rebutée par mon infirmité.

— Mais pas du tout ! Si ça doit l'arrêter, elle ne vaut pas la peine qu'on s'y intéresse.

— Quoi, alors ? Pourquoi cette grise mine ?

— Je vais me coucher.

— Je t'ai dit plusieurs fois de refuser ce rôle. Tu es têtu comme une mule !

— Écoute, Adam. Ce rôle-là, c'est un défi extraordinaire pour moi. Je n'ai jamais été dans la peau d'un homme qui...

— Laisse tomber. Je n'ai pas envie d'entrer dans les détails. La semaine prochaine, le tournage sera fini, et on oubliera tout ça. En attendant, si tu préfères, je veux bien dormir dans ta chambre.

— Comme tu voudras. J'essaierai de ne pas trop hurler.

— Ça ne me dérange pas.

— Ça te fait toujours ça, quand tu es amoureux ?
— Comment savoir ?

Cinq jours plus tard, Adam commença à se faire une vague idée de l'amour qui était en train de bourgeonner en lui. Il suivit le conseil de son frère et cessa d'aller à la salle de gym, en espérant que son absence créerait une alléchante mixture de retranchement, de mystère et de désir contrarié. Pour la première fois de sa vie, ses pensées ne déviaient pas en direction des petits garçons et des petites filles. Quand retentit, après son sixième bouquet, la sonnerie longuement attendue du téléphone, il se cala les pieds avec un gros haltère pour empêcher ses tremblements nerveux et répondit en feignant la sérénité la plus totale. La femme à l'autre bout de la ligne avait un ton grognon, refoulé, au bord de la panique. Les longs silences qui s'établissaient entre eux étaient ponctués de syllabes balbutiées, inintelligibles, jusqu'à ce qu'il rassemble tout son courage et lui demande s'ils pouvaient se voir. Elle se mit à rire, en disant qu'elle espérait qu'il ne la confondait pas avec une autre. Il rit à son tour. Elle dit qu'elle serait ravie. Forçant sur la barre de l'haltère au point de presque la soulever avec ses pieds, il suggéra un restaurant célèbre. Comme elle ne connaissait pas l'endroit, il proposa de passer la prendre à 19 h 30. Elle répondit qu'elle préférait s'y rendre par ses propres moyens. Il lui donna toutes les indications pour y arriver, lui dit au revoir et remit l'haltère à sa place. Ivre de joie, il appela son frère pour lui relater leur conversation.

Adam arriva avec cinq minutes de retard. Il avait oublié ses verres fumés sur son bureau et était retourné les chercher. Dès qu'il entra dans la salle de restaurant, il la repéra, assise à une petite table sur le côté. Chose étonnante, elle garda une mine placide en l'apercevant, et il se demanda s'il n'avait pas trop forcé sur le gel capillaire ou s'il n'avait pas commis une horrible erreur en mettant son blazer marine. Quand il dirigea ses pas vers elle, il vit que ses traits, progressivement, se déformaient sous l'effet de la compréhension. Quand il lui adressa son meilleur sourire séducteur de gamins-gamines, toute couleur déserta son visage, elle battit furieusement des paupières et se mordit la lèvre comme une enfant surprise la main dans le bocal à bonbons. Lorsqu'il se pencha vers elle pour la prier d'excuser son retard, elle lui lança un regard fulgurant teinté de gêne muette. Et lorsqu'il lui tendit la main, elle contempla sa paume ouverte d'un œil hébété, pour ne se ressaisir qu'au bout de trente longues secondes. Il s'assit en souriant à la fille apeurée, qui avait l'expression indéniable d'une petite souris prise au piège.

— Vous ne m'avez toujours pas dit comment vous vous appelez, murmura-t-il avec un sourire plus ou moins figé aux lèvres.

— Anne… Anne Dolington, dit-elle les lèvres légèrement tremblantes.

Il avait envie de lui demander l'origine de ce nom étranger, mais il se ravisa.

— Finalement, murmura-t-il, je vous vois devant moi, sans ce grand mur de verre pour nous séparer. Mais permettez-moi de vous dire que la distance ne vous avantage pas.

— Merci, fit-elle en se cachant le visage derrière le menu.

— Voulez-vous qu'on commande ?

— D'accord. J'avoue que j'ai un peu soif.

— Qu'est-ce qui vous ferait plaisir ?

— Un verre de vin blanc.

Adam fit un signe à la serveuse et commanda un verre de blanc pour elle et un verre de rouge pour lui. Quand il la regarda de nouveau, il vit que la panique s'affichait en grosses lettres sur son visage.

— Qu'est-ce qu'il y a ? demanda-t-il.

— Il y a un instant, vous avez dit que, finalement, vous pouviez me voir.

— Et alors ?

— Comment me voyez-vous exactement ? Vous êtes… euh…

— Je suis quoi, Anne ?

— Vous savez bien… Ces verres fumés…

Cette fois-ci, ce fut le tour d'Adam de devenir pâle.

— Oh, mon Dieu ! Vous avez cru que j'étais aveugle !

— Non, non. Mais vous ne les enlevez jamais. Ces verres sont tellement foncés. Je ne vous ai jamais vu sans à la salle de musculation. Je suis désolée. Vraiment désolée.

— Ce n'est pas grave.

Elle s'éclaircit la voix.

— Si vous y voyez normalement, pourquoi les portez-vous tout le temps ?

Adam jeta un regard de côté, pour s'assurer que personne ne les observait. Il ôta ses lunettes et sourit comme pour s'excuser. Anne s'était préparée au pire, mais en voyant ses yeux, qui louchaient d'une manière atroce, elle laissa échapper un grognement de surprise, puis hocha la tête en disant :

— Simple strabisme.

Et avant qu'il eût le temps de lui poser la question, elle ajouta :

— Je suis infirmière. C'est mon métier.

Adam lui montra les lunettes.

— Si ça ne vous ennuie pas…

— Allez-y, dit-elle. Mais ça ne me dérange pas du tout.

— Menteuse !

Ils éclatèrent de rire en même temps. Cela eut pour effet de faire fondre la banquise qui les séparait. Avant qu'il ait pu lui parler des cinq opérations qu'il avait subies quand il était gamin, la serveuse arriva avec un verre de vin rouge qu'elle posa sur la table en disant :

— Et voilà.

— Excusez-moi mais c'est quoi, ça ? lui demanda Adam alors qu'elle s'éloignait déjà.

Elle sourit poliment.

— Vous avez demandé un verre de rouge de la maison, n'est-ce pas ?

— Et cette dame ?

— Cette dame ? répéta la serveuse en fouillant sa mémoire tout en contemplant la tête baissée de la personne en question.

— Cette dame vous a commandé un verre de blanc de la maison.

— Désolée, j'ai dû l'oublier.

Adam se pencha en avant pour grommeler entre ses dents serrées :

— Écoutez-moi bien, surtout. Vous allez apporter à cette dame exactement ce qu'elle vous a commandé, et si vous l'oubliez encore je vous garantis que je ferai en sorte que vous ne reveniez plus jamais travailler ici, c'est bien compris ?

Anne lui sourit lorsque, quelques secondes plus tard, la fille fut de retour avec le vin blanc.

— C'était très chevaleresque de votre part.

Il la regarda avec douceur.

— Pas plus chevaleresque que la manière dont vous avez agi, Anne.

— Moi, chevaleresque ?

— Oui, ce soir. Sachez que je comprendrai très bien si vous vous levez pour partir.

— C'est moi qui ne comprends plus.

— Je ne suis pas la bonne personne, n'est-ce pas ? Vous êtes venue ici dans l'idée de rencontrer quelqu'un d'autre. C'est un autre que vous regardiez au club de muscu, et c'est pour cela que vous avez eu cette expression tout à l'heure quand je me suis avancé vers vous. Je suis terriblement désolé de ce malentendu, Anne. J'étais sûr que c'était moi. Surtout après ce qui est arrivé il y a six jours. Vous m'avez souri, et j'ai pensé que vous me donniez le feu vert pour… Mon Dieu ! Quel imbécile je fais !

Au bout d'un long silence, il demanda, indigné :

— Pourquoi m'avez-vous souri, si je ne vous intéressais pas ?

Cette question on ne peut plus directe lui valut une réponse tout aussi honnête.

— J'ai souri en pensant avec nostalgie à l'homme qui avait l'habitude de s'exercer à côté de vous.

Adam la considéra d'un air hébété avant de balbutier :

— Je ne me suis jamais senti aussi misérable de toute mon existence.

En cet instant, Anne comprit qu'elle avait vocation de combler tous les désirs de celui qui était assis en face d'elle. Pour la première fois de sa vie, elle avait l'occasion de se libérer du complexe d'infériorité qui la paralysait. Elle avait pitié de ce pauvre soupirant à lunettes, qui s'était mépris sur sa réaction et agrémentait sa mise à pied d'une semaine d'une palette de couleurs dont elle n'avait jamais osé rêver. Sans compter qu'il avait fait ce qu'aucun autre homme n'avait jamais fait pour elle. Il l'avait remarquée. Durant toute la semaine, sa présence en ce monde avait été attestée ; et lorsque la serveuse lui avait rappelé son invisibilité aux yeux de tous, cet homme adorable était intervenu pour la remettre en place et braquer un projecteur sur ce qui, habituellement, restait irrémédiablement caché dans l'ombre. En outre, comme si cela ne suffisait pas, cet homme extraordinaire était totalement à sa merci, en train de se tortiller sur sa chaise, se morfondant de n'être qu'un malheureux substitut à l'homme de ses rêves. Elle avait encore du mal à croire qu'elle avait révélé son secret avec une si grande facilité. Cela ne lui ressemblait pas. Peut-être était-ce par gratitude, ou bien à cause des fleurs, ou encore de ses yeux paresseux, de la manière dont il se contorsionnait sur sa chaise, de son instinct de compassion inusité. Peut-être que tout cela avait refait surface quand il s'était levé en lui proposant d'appeler un taxi en expiation de sa terrible erreur et qu'elle avait fait non de la tête en prenant tendrement sa main moite dans la sienne pour lui demander de bien vouloir rester, car elle était bien avec lui.

Et elle ne mentait pas en disant cela. Elle adorait écouter ce grand gamin quand il lui parlait avec enthousiasme de ses diverses occupations, en lui posant des dizaines de questions sur elle. Elle se plaisait tellement en sa compagnie que, lorsqu'ils se levèrent pour partir, elle accepta sa proposition d'aller chez lui, incapable de se rappeler la dernière fois où elle était allée chez quelqu'un.

Elle ne cacha pas son admiration devant l'immense demeure. Quand il lui demanda ce qu'elle aimerait faire, elle répondit qu'elle se sentait l'esprit aventureux. En rougissant, Adam lui proposa César, le premier jeu de la série Empire Romain, en guise de préliminaire. Elle prit place devant l'ordinateur et s'esclaffa chaque fois qu'elle essayait, sans succès, de déchiffrer le code donnant accès au meurtre prémédité de Jules César, oubliant la présence de l'homme assis à côté d'elle, qui calculait ses mouvements avec une prudence héritée de sa connaissance des jeux secrets de la séduction. L'infirmière, plongée dans les mystères du chiffre romain, en oubliait tout ce qui l'entourait ; cette nouvelle diversion chassait celle qui attendait son tour en coulisse, celle dont dépendait le salut d'Adam, celle à laquelle aspirait son âme, celle qui allait pouvoir, enfin, le laver de ses perversions, en affirmant au monde entier qu'il était véritablement attiré par cette petite femme dont les pieds, présentement, ne touchaient pas le plancher, perchée comme elle était sur sa chaise d'ordinateur, les jambes nues jusqu'à hauteur de ses genoux ronds étroitement serrés. Il la regarda batailler pour contrer Brutus, tout en se jurant intérieurement de détruire, pour répondre à sa passion, toutes les images d'enfants qu'il détenait au monde, et de ne plus aimer qu'elle, et elle seule.

— Vous êtes si gentille avec moi, murmura-t-il craintivement.

Elle hocha la tête tout en envoyant un parchemin secret à Jules.

— Voulez-vous jouer au docteur et à l'infirmière ? demanda-t-il.

Elle gloussa et se précipita vers les appartements secrets du palais.

— N'entrez pas là, prévint-il. Les espions vont vous capturer.

Elle le réprimanda avec une moue coquette.

— Ce n'est pas bien de vendre la mèche.

Il posa un doigt brûlant sur son genou.

Elle sursauta, se calma et se mit à rire.

— Vous me chatouillez.

Son sourire disparut à la vue des traîtres. Il posa la main entière sur son genou et la fit progresser doucement vers le haut, terrifié jusqu'à la moelle. Elle se mit à trembler, mais ne lui demanda pas d'arrêter. D'une voix rauque, elle bafouilla :

— Je suis sûre de pouvoir le sauver si je trouve où il est dans cet énorme château.

— Prenez le tunnel entre Romulus et Rémus.

Elle se rua vers ledit tunnel, les jambes vertigineusement écartées. Adam n'en pouvait plus. Il se laissa glisser de sa chaise pendant que Jules se faisait suriner sous les yeux d'Anne.

— Merde ! fit-elle d'une voix étranglée.

La tête d'Adam, franchie la barrière de la jupe, lui fit entrevoir un eldorado où nul autre que lui n'avait jamais mis les yeux. Anne ferma les paupières, ce qui ne l'empêcha pas de voir avec une clarté ahurissante l'homme de la salle de sport, le vrai, pas le soupirant. Elle n'avait pas idée de ce qu'il pouvait faire là, sous la table de l'ordinateur, mais elle avait retrouvé comme par miracle son Grand Point de plaisir mystérieux. Jamais il n'avait été aussi précis, la chaleur de sa langue inquisitrice explorant ses profondeurs lui fit écarter les lèvres et juste au moment où elle allait émettre un premier cri de plaisir, un hurlement à glacer le sang retentit, et il lui fallut un moment pour réaliser qu'il sortait d'une autre bouche que la sienne et que c'était un cri de terreur et non pas d'extase. Elle entendit la voix d'Adam, sous la table, qui disait :

— Ne t'inquiète pas. C'est mon frère. Il joue le rôle d'un homme pourchassé par les fantômes du passé. Ce n'est pas réel.

— Ça me paraît bien réel à moi, fit-elle en tournant la tête, les yeux toujours fermés, en direction de la source du boucan, derrière la porte rouge.

— Non, ma petite dame, ce n'est qu'un rôle.

La tête déterminée, sous la table, essaya de se forcer un passage entre les jambes serrées comme un étau, mais le second cri ne laissa aucun doute. Même Adam fut forcé de reconnaître que quelque chose n'allait pas dans l'autre partie de la maison. C'était la première fois qu'il entendait son frère hurler avec une voix de femme.

En mettant ses chaussures, Anne donna sans le faire exprès un coup de pied dans la tête d'Adam et s'écria :

— Il faut que j'aille voir ce qui se passe là-bas !

— Non, n'y va pas ! supplia Adam.

Mais elle courait déjà après les voix et franchissait la limite entre les deux parties de la maison. Au début, elle ne vit rien. Mais elle s'aperçut ensuite que la porte d'entrée était ouverte. Elle sortit rapidement et vit un homme couché sur une femme au bord de la chaussée. Il était en train de l'étrangler de toutes ses forces, en hurlant :

— Tu es morte ! Tu es morte ! Tu es morte !

Retrouvant ses esprits, elle courut à l'intérieur, saisit un vase sur la table de la cuisine et ressortit en courant sur la scène du crime où elle abattit la monstruosité de porcelaine sur le crâne de l'agresseur. Shahar perdit conscience et s'affala sur sa victime. Le sang coulait du sommet de son crâne sur le front de la femme qui était sous lui. Anne retenait son souffle et ne se souvint d'expirer que lorsque la victime se mit à tousser et à murmurer en anglais : "Au secours ! Aidez-moi !"

À elles deux, elles réussirent à faire rouler Shahar sur le côté, et Anne aida l'autre à se relever. Elle la prit par le bras et lui caressa les cheveux.

— Ne vous inquiétez pas, dit-elle. Nous allons alerter la police.

La jeune femme hocha la tête en signe d'assentiment. Ce n'est qu'en passant sous le lampadaire le plus proche qu'elle jeta un coup d'œil au visage de la femme qui venait de lui sauver la vie. Elle étouffa un cri. La réaction fut réciproque.

Une demi-heure plus tard, tandis que les deux femmes répondaient aux questions d'un officier de police au poste le plus proche, Adam achevait de bander la tête de Shahar, allongé sur le canapé, en lui demandant comment il avait fait pour se mettre dans une telle situation.

Shahar répondit d'une voix rêveuse et entrecoupée :

— Elle est… revenue. Elle est… revenue me hanter…

— Mais qui, Shahar ? demanda Adam sans comprendre. Qui est revenu ?

En chuchotant, le regard apeuré, Shahar expliqua :

— La femme… La femme aux enfants… Elle était ici.

— Une seconde, Shahar. Je croyais que tu n'étais pas à la maison. Tu disais que tu avais une interview ce soir.

— J'étais trop fatigué quand je suis rentré du studio. J'ai failli annuler l'interview, mais le producteur m'a supplié de ne pas le faire, en disant qu'il avait besoin de cette publicité. J'ai donc pris une douche, puis j'ai appelé la journaliste en lui demandant de venir à la maison.

— C'est pour cela que l'entretien a eu lieu si tard ?

— Oui, mais la question n'est pas là. Pas du tout, Adam. J'ai laissé la porte ouverte pour elle. Elle est arrivée, et ce n'est qu'après avoir posé le plateau de café sur la table que j'ai vu son visage. C'était elle, Adam. La fille de la grande roue.

Adam émit un grognement.

— Tu ne crois pas que tu es entré un peu trop dans la peau de ton nouveau personnage ?

Shahar lui donna une claque sur la cuisse.

— Ne te moque pas de moi ! Tout est de ta faute ! C'était…

— Mais c'est complètement impossible ! Cette fille est morte !

Après avoir vainement essayé de deviner les pensées que dissimulait le regard figé de son frère, Adam lui sourit en ajoutant :

— Ce n'est qu'une simple ressemblance, Shahar. Rien de plus.

— Tu ne comprends pas ! gémit l'acteur. C'était elle. La fille de la grande roue. Je la reconnaîtrais entre mille. Elle est revenue me hanter. Elle ne va pas me lâcher, Adam.

Ce dernier passa le bras autour des épaules tremblantes de son frère, en murmurant :

— Shhh ! Calme-toi. Ce n'est rien. Personne ne va te hanter. Ce n'est que ton imagination qui te joue des tours, Shahar. Cette fille ne va pas revenir nous persécuter.

Mais Shahar refusait de se laisser consoler. Il lui fallut deux bonnes heures pour enfin s'endormir dans les bras de son frère, après avoir chuchoté, épuisé :

— Elle veut se venger. Elle est revenue d'entre les morts. Cette fille que j'ai balancée de la grande roue.

18

L'AUTRE JOUE

Les coups répétés à sa porte mirent fin à la première nuit de sommeil de Ben depuis six jours. Il soupira longuement en se demandant qui pouvait venir le déranger ainsi en pleine nuit. Trois minutes plus tard, comme les coups s'intensifiaient encore, il rassembla assez de forces pour crier d'une voix fatiguée : "J'arrive ! J'arrive !" Pieds nus, il marcha sur un objet rond qui traînait par terre, proféra un juron, alluma, et alla ouvrir la porte avec un bâillement peu amène.

Le Charlatan qui attendait de l'autre côté parla d'une voix dure et impérieuse :

— Ben Mendelssohn ?

— Oui.

— Heureux de vous rencontrer, fit le moustachu aux cheveux argentés en lui serrant la main. Nous venons de la part d'une femme du nom de Marianne Mendelssohn.

— Hein ? fit Ben en se départant des dernières traces de sommeil.

Le Charlatan se tourna pour ordonner :

— Allez-y. Et n'oubliez pas, il en faut quarante !

Six autres Charlatans en uniforme bleu envahirent l'appartement en silence et commencèrent à ramasser les cassettes éparpillées par terre pour les fourrer dans les grandes poches de leurs bleus de chauffe.

— Qu'est-ce que… Qu'est-ce qui se passe ici ? s'écria Ben.

— Cette dame nous a dit que vous vouliez la voir, expliqua le représentant des morts vivants. En échange, elle veut les cassettes.

— D'où la connaissez-vous ? demanda Ben en voyant les années de sa vie disparaître trois par trois dans leurs poches.

— Elle nous a dit que vous aimeriez la revoir, répéta le Charlatan. Si vous voulez bien me suivre, je vous conduirai à elle.

— Et les cassettes ? Qu'est-ce que vous allez en faire ?

— Si vous tenez à les garder, vous ne pourrez pas revoir la dame. C'est sa seule condition.

— Et si je vous laisse les prendre, vous allez me conduire jusqu'à Marianne ?

— Parfaitement, fit le Charlatan.

Ayant obtenu l'accord tacite de Ben, il lui demanda de l'excuser et rassembla ses hommes à l'autre extrémité de la pièce. Ils tinrent un bref conciliabule, puis se séparèrent. Les six subalternes s'éclipsèrent, leurs poches lourdes et cliquetantes des années de vie de Ben, qui les regarda s'éloigner songeusement, pour ne sortir de sa rêverie que lorsque le Charlatan en chef lui prit le coude en disant :

— Allons-y. Ne perdons pas de temps.

En route vers l'arrêt du multiroues, Ben essaya de lui tirer les vers du nez, mais le Charlatan demeurait impassible. Quand ils arrivèrent à destination, il se tourna pour repartir.

— Hep ! Où allez-vous comme ça ? lui cria Ben.

— Montez dans le prochain multi. Descendez en même temps que tout le monde.

Le Charlatan s'éloigna puis disparut de sa vue. Ben jeta un coup d'œil aux autres passagers qui attendaient, l'air sombre, dans la nuit. Cette histoire ne lui disait rien qui vaille, et il la soupçonnait de dissimuler un lourd secret. Contrairement aux sourires et aux conversations propres aux voyages en multi effectués en plein jour, cette foule ressemblait à un convoi réunissant des gens de toutes provenances en route vers l'échafaud, la mine terrorisée. Quand, à l'intérieur du multi, il se tourna vers son voisin, il vit un visage déformé par le chagrin et se demanda si le Charlatan ne s'était pas trompé d'arrêt. Mais il allait bientôt le savoir, se disait-il. En attendant, il essayait de modérer son enthousiasme à la lumière des déceptions successives dont il avait été la victime depuis le jour de sa mort, et de se concentrer sur ses émerveillements de la semaine qui venait de s'écouler, où il avait revécu chaque jour, chaque minute de son amour avec une impression de réalité permanente et indélébile.

Son image était là, à ses côtés, à chaque tournant de sa vie, avec une présence et une ubiquité indéniables. Parfois, il était si absorbé par les événements retracés sur l'écran qu'il réagissait de manière audible, étonné de voir que le personnage sur la bande avait une réaction différente. Il ne pouvait néanmoins s'empêcher de sourire en évoquant le marathon de six jours pendant lequel il avait pris des notes sur un carnet à reliure spirale afin de bien garder trace des dates, des lieux et des occasions pour pouvoir les retrouver à l'avenir sans être obligé de tout repasser. Par exemple, le moment où ils avaient fait l'amour pour la première fois. Le découpage systématique de sa vie en chapitres, paragraphes, passages et même petites phrases anodines lui donnait l'impression d'être un employé de bureau anonyme en train de feuilleter la liasse complexe de son existence pour ranger chaque feuillet dans le classeur approprié. Mais cette indexation méticuleuse lui causait un plaisir immense, particulièrement quand il tombait sur un épisode depuis longtemps oublié. Si les Charlatans ne l'avaient pas dérangé, il se serait réveillé, le lendemain matin, après huit heures de sommeil reconstituant et sans rêve, prêt à reprendre son exploration là où il l'avait laissée avant que la fatigue l'emporte sur la curiosité. C'est alors qu'il entendit la voix du chauffeur qui annonçait :

— Terminus, les amis, tout le monde descend.

Il suivit les autres passagers à leur descente du véhicule. Comme eux, il dissipa l'obscurité en réglant son godget sur le plein jour, pressé de découvrir ce que cachait le double portail en acier noir à l'extrémité de l'allée sablonneuse. En avançant avec les autres, il eut l'impression de participer à un étrange rituel tribal. Des sanglots spasmodiques parcouraient la foule. Cela rappelait à Ben les funérailles familiales d'antan. Il y avait quelque chose de familier dans tous ces dos courbés par le chagrin, dans tous ces pieds plombés par une terrible perte. Quand la grande porte noire s'ouvrit, Ben s'arrêta net sur sa lancée, clignant des yeux à la vue du cimetière le plus étrange qu'on pût imaginer. Une immense salle d'une blancheur lumineuse s'étendait devant lui. Son sol était de marbre, son plafond était le ciel. Une allée noire courait en son milieu, séparant des rangées d'innombrables cercueils de verre contenant des corps nus. La foule se dispersa parmi ces espèces d'aquariums géants. Chaque visiteur, en arrivant devant le cercueil d'un être cher, tombait à genoux pour murmurer des paroles douces qui rappelaient à Ben l'atmosphère feutrée d'un musée. Sur sa droite gisait le corps d'un homme d'une vingtaine d'années en position fœtale. Sur sa gauche, une femme âgée était allongée sur le ventre, bras et jambes écartés. Un peu plus loin, un enfant avait son pouce à la bouche, et sa jambe gauche était pliée de manière à former un triangle avec la droite, qui était raide. Pendant près d'une heure, Ben erra au milieu des cercueils, étonné de voir la variété des positions qui évoquaient celles de paisibles dormeurs. Réprimant un sourire à la vue d'un homme à la peau foncée qui avait choisi de mourir dans la posture de quelqu'un qui se fait bronzer, les mains nouées sous sa nuque, les reins marqués par la blancheur d'un maillot imaginaire, comme s'il était mort une seconde après avoir quitté la plage, Ben entendit une voix qui chuchotait à son oreille :

— Vous voyez ce mec chauve, dans la quarante-huitième rangée devant vous ?

Il sursauta, tourna la tête, puis regarda devant lui, en se souvenant du télédoigt.

— Je le vois, oui, dit-il.

— Dans ce cas, cessez de tourner autour de ces cadavres, et allez jusqu'à lui, commanda la voix.

Ben ne quittait pas l'homme des yeux. Il le vit s'incliner devant le cercueil de verre comme faisaient les autres visiteurs. Ce n'est qu'à quelques pas du cercueil qu'il demanda en souriant :

— Samuel ?

— Ne parlez pas si fort ! murmura Mad Hop en lui faisant signe de s'approcher.

Ben s'inclina à son tour devant le cercueil. Il vit une petite femme assez jolie à l'intérieur. Elle était couchée en chien de fusil, les mains à plat sous sa joue gauche.

— Qui est-ce ? demanda Ben.

— Mon épouse, Mildred, lui dit Mad Hop en posant sur lui un regard vitreux.

— Je ne savais pas que vous étiez marié, fit Ben en scrutant le visage délicat de la femme.

— Cinq ans. La première fois qu'elle est morte, c'était en 1985. Cancer des poumons. La deuxième remonte à onze ans. Elle avait trop bu, et elle a fait un sept fois trois. Vous voyez ce que je veux dire ?

— Sommeil éternel, soupira le noteur. Alors, c'est ici qu'ils mettent les morts permanents ?

— Ici, personne ne peut plus revenir en arrière, articula Mad Hop d'une voix misérable.

— Je suis vraiment navré.

Mad Hop caressa le haut du cercueil transparent.

— C'était ma Marianne à moi.

Ben détourna les yeux du cercueil.

— Vous aussi, vous vous êtes tué un an après la mort de votre femme ?

— Je vous ai demandé de parler à voix basse, lui dit Mad Hop. Les gens viennent ici pour se recueillir. Et pour répondre à votre question, c'est oui et non. Oui parce que mon suicide m'a pris un an ; non parce que, si je n'avais pas choisi de noyer mon chagrin dans l'alcool, il est probable que mon foie aurait tenu le coup quelques années de plus. Ce qui ne signifie pas que j'aie des regrets. (Il considéra Ben du coin de l'œil en ajoutant froidement :) Contrairement à vous, j'imagine.

— Je vous demande pardon ?

— Il est probable que vous regrettez ce que vous avez fait, déclara Mad Hop d'une voix un peu plus glacée à chaque parole. Après tout, vous ne vous êtes pas suicidé pour renoncer à Marianne, n'est-ce pas ?

— Hein ?

— Regardez un peu autour de vous, Ben. Regardez les gens qui fréquentent cet endroit. Ils sont brisés, désemparés, éplorés d'avoir perdu un être cher. Ils donneraient n'importe quoi pour être à votre place.

— Où voulez-vous en venir, Samuel ?

— Vous ne comprenez donc pas ? Je vous ai attiré ici pour vous montrer à quel point vous avez de la chance. Vous n'avez pas encore retrouvé votre Marianne, mais au moins vous savez qu'elle n'est pas ici. Ce qui vous laisse de l'espoir.

— C'est pour ça que vous avez monté tout un scénario avec les Charlatans ? demanda Ben, oubliant de parler à voix basse.

Mad Hop lui plaqua une main sur la bouche et aboya :

— La ferme, espèce de trou du cul ! Laissez parler quelqu'un qui en sait un peu plus que vous sur la question ! La dernière fois que nous nous sommes vus, vous avez dit que vous alliez partir à la recherche de votre père et que vous me tiendriez au courant. Une semaine entière s'est écoulée, et je n'ai pas eu la moindre nouvelle. Je vous ai laissé vingt-trois messages sur le télédoigt, mais vous ne vous êtes pas donné la peine d'y répondre. Pas une fois. Reprenez-moi si je fais erreur, mais en revenant de chez votre père, ou de chez votre mère ou je ne sais quoi, vous avez dû céder au désespoir et faire ce que les faibles font toujours : vous caler devant le lecteur vie-déo et regarder en boucle les cassettes de votre vie.

— Vous n'avez pas le droit de me traiter de la sorte ! s'indigna Ben, tremblant. Comment avez-vous pu m'envoyer ces gens-là ?

— C'est vous qui m'avez contacté pour que je vous aide à retrouver votre femme ! Cela me donne tous les droits d'agir comme je l'entends. Je vous avais averti de ne pas vous plonger dans ces bandes. Elles vous sucent la moelle, elles déforment votre réalité. Chaque fois que vous en visionnez une, vous vous enfoncez un peu plus dans la certitude que vous ne la reverrez jamais plus. Vous vous piégez vous-même dans la cage dorée du souvenir, et vous en oubliez ce qui est vraiment important. Qu'est-ce que vous en dites, Ben ? N'êtes-vous pas en train de faire exactement ce contre quoi je vous ai toujours mis en garde depuis le début ? Vous avez ôté toute signification à votre suicide. Si votre seul désir était de vous lamenter à l'infini, pourquoi avoir choisi de quitter le monde antérieur ?

— Épargnez-moi vos sermons et rendez-moi mes cassettes.

— Les cassettes, c'est fini ! martela Mad Hop comme un père à bout en train de gronder son fils. Vous n'y toucherez plus jusqu'à nouvel ordre !

— Vous n'avez pas le droit de faire ça !

Mad Hop soutint son regard en chuchotant d'une voix chargée de fiel :

— N'insistez pas, Ben. La discussion est close. Vous les aurez après avoir retrouvé Marianne, et pas une seconde plus tôt.

— À moins, fit Ben, le regard brillant, que je ne vous suive jusque chez vous pour vous les reprendre de force.

Mad Hop secoua la tête.

— Vous serez le bienvenu chez moi, mais vous n'y trouverez pas vos cassettes. (Il rapprocha ses lèvres de l'oreille de Ben pour susurrer :) Les Charlatans s'en sont occupés. Elles sont hors de votre portée. Épargnez-vous cette peine, Ben, et concentrez-vous sur votre femme. Vous avez plus de chances de la trouver que de localiser les Charlatans.

Désespéré, Ben se prit la tête à deux mains.

— Vous ne comprenez pas, Samuel. Ce n'est pas du tout ce que vous dites. Ces cassettes me redonnent le moral. Elles m'encouragent à la chercher, à croire que je vais la retrouver. Sans elles, je ne suis rien. Avant d'aller les chercher, j'avais l'impression qu'on me tirait le tapis de dessous les pieds. Mon père vit avec une étrangère, ma mère s'en fout, tout l'ordre du monde semble avoir été inversé. D'un seul coup, tout devient possible. D'un seul coup, la vérité s'efface, sans laisser de trace derrière elle, comme si elle n'avait de valeur que dans le monde précédent. En regardant ces bandes, Samuel, je me sens plus fort. Elles me redonnent confiance. Je refuse de croire que dans ce monde-ci, notre amour a perdu toute signification. Je n'ai pas le choix. La réalité me percute, elle me rit au nez, et je n'ai pas de pistolet pour la réduire au silence. Tout est chamboulé. Et le plus tragique, c'est que personne ne l'a vue. Ou plutôt, le plus tragique, c'est que, même si je la retrouve, rien ne me garantit que ça va marcher.

Mad Hop mit une main à plat sur son cœur et prit une expression chagrinée.

— Très émouvant. *La réalité me percute, elle me rit au nez, et je n'ai pas de pistolet pour la réduire au silence.* Vous venez d'inventer ça, ou bien c'est tiré d'un de vos épilogues ?

Ben le considéra un long moment en secouant la tête.

— Vous vous moquez de mon chagrin ?

— Pas de votre chagrin, mais de la source de votre chagrin.

— Ce qui signifie au juste ?

— Que vous n'éprouvez pas de chagrin à l'idée de ne pas avoir retrouvé Marianne, mais à l'idée de ne pas l'avoir *déjà* retrouvée. Vous êtes un épiloguiste. Il en découle que vous voudriez voir votre histoire finir de manière élégante. Vous êtes incapable d'accepter qu'elle soit sans fin. Que vous ne trouviez pas votre femme, mais que vous continuiez à vivre votre mort en vous disant qu'un jour, peut-être… Voilà une fin beaucoup plus tragique pour vous que l'horrible notion selon laquelle vous ne la retrouveriez jamais, car cette option, naturellement, n'existe pas ici en ce monde éternel. L'hypothèse d'une histoire sans fin vous est insupportable, ce qui fait que vous levez les bras au ciel en vous laissant submerger par les bandes, qui ont un début, un milieu et une fin bien marqués. Vous serez, je pense, d'accord avec moi si je vous dis que vous vous êtes suicidé dans l'idée que, dans le meilleur des scénarios, vous la retrouveriez, et dans le pire des cas vous découvririez que la mort sert de conclusion à toutes les histoires. Vous n'avez pas envisagé la possibilité d'une vie après la mort sans Marianne. Vous n'aviez pas pensé qu'un tel scénario pouvait exister. Et lorsque vous avez réussi à localiser quelques membres de votre famille pour vous apercevoir qu'eux non plus ne détenaient pas d'informations utiles, vous avez abandonné la partie et vous avez concentré toute votre attention sur les cassettes de vie, ce qui prouve que vous êtes prêt à tout abandonner uniquement pour assurer une fin, aussi pathétique soit-elle, à votre histoire. Je vous en conjure, Ben, reprenez vos esprits et concentrez-vous sur elle, uniquement sur elle. Elle ne sait même pas que vous êtes ici. Songez à sa réaction quand, un beau jour, elle vous verra débarquer chez elle. Elle a certainement commencé à s'habituer à l'idée que vous ne serez plus jamais ensemble. De son point de vue, l'histoire est véritablement terminée… Et à ce moment-là vous arrivez comme une fleur. Vous chamboulez son univers, vous lui montrez à quel point elle s'était trompée. Sublime, comme épilogue, n'est-ce pas ?

Ben laissa voir un sourire à travers ses larmes. En son for intérieur, il applaudissait au discours de Mad Hop, tout en osant lui poser la question à voix haute :

— Et si, en la revoyant, on découvrait qu'il est trop tard et que… ?

— N'y pensez pas ! lui dit Mad Hop d'un ton las. Pour vous, il ne sera jamais trop tard.

Se tournant vers la femme exposée dans le cercueil de verre, il murmura :

— Millicent, mon amour, pour nous, il est malheureusement trop tard.

Il se baissa pour déposer un baiser sur le cercueil, resta ainsi un bon moment, puis se redressa.

Ben était figé, le regard fixé sur la morte.

— Vous vous sentez bien ? lui demanda le détective.

— Je croyais qu'elle s'appelait Mildred, souffla Ben.

— Millicent, c'est le petit nom que je lui donnais, répliqua Mad Hop en haussant les épaules.

Ben le considéra quelques instants, puis regarda le cercueil et murmura :

— Vous ne connaissez pas du tout cette femme, hein ?

Mad Hop gratta une démangeaison fantôme, puis sourit en disant :

— Je ne sais absolument pas qui c'est.

— Alors, pourquoi tout ce…

— Je voulais vous démontrer un truc, vous saisissez, mon vieux ?

Ben se leva pour le suivre en silence. Ils retournèrent au terminus du multi. Le jour commençait à poindre. Mad Hop se racla la gorge.

— J'ai menti au sujet de cette femme, je l'avoue, mais tout le reste est vrai. Mon foie était dans un état…

— Pourquoi l'avoir choisie, elle ?

— Vous avez vu un peu les autres ? Tant qu'à faire de mentir, si vous devez prétendre que vous étiez marié, autant choisir une jolie femme.

Ben éclata de rire de bon cœur.

— Moi qui croyais que vous étiez une machine ambulante à dire la vérité ! Vous représentez une menace pour la société, Samuel !

Mad Hop lui sourit fièrement.

— Mais j'ai obtenu ce que je voulais, pas vrai ?

— C'est-à-dire ?

— Demain matin, vous allez essayer de retrouver d'autres membres de votre famille, oui ou non ?

— Ai-je le choix ?

Ben prit le multi en direction de 2001. Arrivé à l'appartement, il regretta amèrement d'être privé de ses cassettes. Faisant les cent pas d'une pièce à l'autre, il s'efforça de décider quel membre de sa famille il allait essayer de retrouver en premier. Il avait des oncles qu'il n'avait pas revus depuis une éternité. Ils ne lui seraient probablement d'aucune utilité.

Finalement, il sourit en se tournant vers le portrait accroché au mur, se frappa le front du plat de la main et murmura : "Tu vois un peu quel idiot je suis devenu depuis ton départ ? Voilà des heures que je me casse la tête à essayer de trouver qui aller voir, alors que la réponse était évidente ! S'il y a deux personnes que rien au monde ne pourrait séparer, ce sont bien Rose-Anne et Moïse ! Rien au monde ! Pas vrai, Marianne ?"

La femme du portrait ne changea pas d'expression, mais Ben aurait juré avoir vu un éclat malicieux dans ses yeux, le même éclat qu'à chacune de ses rencontres avec la représentante la plus outrancière du clan Mendelssohn, Rose-Anne Horazio Malvina Mendelssohn, dite "Mémé Rosie".

19

DERNIÈRE VOLONTÉ DES GENS D'AVANT-HIER

Chers Kobi et Tali,

Pardonnez-nous cette entrée en matière éculée, mais lorsque vous lirez ces mots nous ne figurerons plus parmi les vivants. Nous regrettons d'avoir à vous imposer cela, mais il semble que vous allez être obligés de faire un nouveau voyage au cimetière et chez notre notaire, dont vous trouverez les coordonnées au dos de l'enveloppe. Pendant longtemps, nous avons caressé l'idée d'une incinération qui vous aurait permis de mélanger les cendres de Miriam et de Yossef conformément à nos vœux romantiques, afin que nous soyons unis dans la mort comme nous l'avons été dans la vie ; mais le temps passant, nous en sommes venus à détester l'idée d'être loin de notre fille adorée, et nous préférons maintenant des funérailles plus traditionnelles, à côté d'elle, dans une parodie morbide de la petite famille heureuse que nous avons fondée il y a quarante ans de cela. Ci-gît une mère avec un père et leur fille.

Miriam est penchée sur moi en souriant. Elle me presse de vous révéler le secret de l'obscure adoption qui a changé à jamais le cours de notre existence. Et elle a tout à fait raison. À quoi bon emporter ce secret dans la tombe ? Mieux vaut mourir léger comme une plume, quitter ce monde aussi libre de tout fardeau que nous l'étions à notre arrivée. Nous regrettons d'avoir à vous transmettre cette charge, mais il est préférable que quelqu'un sache, pour le cas où, un jour, cette information pourrait être utile à qui de droit. J'ai toujours apprécié le caractère direct de Miriam. Elle ne laisse jamais une boîte de

Pandore sans sa clé. Bon, je dévie un peu du sujet. Elle me dit qu'il n'y a ni boîte de Pandore ni clé. Rien que la courte histoire de deux bio-ingénieurs qui ont consacré leur vie à l'étude de la génétique et se sont aperçus, au bout de cinq heureuses années de mariage, qu'ils étaient aussi stériles qu'un caillou au milieu du désert. Nous avons failli nous laisser bercer par toutes sortes de fausses promesses ; mais avant de perdre prise sur la réalité nous avons compris, avec une immense douleur, que nous vivions le genre de situation qui nourrit les fantasmes de tous les journalistes à scandale à la recherche d'un scoop larmoyant. Aux heures les plus sombres, nous avons rejeté la faute sur l'athéisme gravé au cœur de notre ADN non recyclable. (Qu'est-ce que nous aurions pu trouver d'autre à blâmer ?) Mais au bout de quelques mois, nous sommes tombés d'accord pour dire que seuls les faibles se cherchent des boucs émissaires, et nous avons décidé de ne pas céder sous la pression. Puisque la nature nous avait refusé l'occasion d'introduire une nouvelle vie en ce monde, nous allions en trouver une toute prête.

Dès le début, nous savions que nous voulions un nouveau-né, afin de nous donner l'illusion d'être des parents qui reviennent de la maternité. Nous n'avions pas idée du nombre de démarches, attentes dans les bureaux, découragements et quasi-renoncements que cela impliquait. Chaque jour qui passait, nous en voulions un peu plus aux responsables. Au bout de deux mois d'allées et venues d'un bureau à l'autre, nous avons compris que nous n'étions pas près d'entendre les vagissements d'un nouveau-né entre nos quatre murs. C'est alors que, par chance, nous avons fait la connaissance d'un personnage nommé Arthur. Il traînait autour des agences d'adoption, à la recherche de gens comme nous. Il savait exactement ce qu'il voulait. C'était quelqu'un de grand, costaud, véritablement imposant. Il nous a donné sa carte un beau jour d'hiver, en disant que si nous voulions laisser tomber les filières officielles, nous n'avions qu'à le contacter. Au début, nous n'avions pas tellement envie d'avoir affaire à quelqu'un qui agissait en marge de la loi ; mais au bout d'une semaine de réflexion, nous avons décidé que nous n'avions rien à perdre. Nous nous sommes donné rendez-vous dans un café, et il nous a demandé si nous voulions toujours adopter un bébé. Nous avons dit oui, et il nous a parlé d'une organisation parallèle qui s'occupe de ce genre de cas. À l'époque, nous ne savions même pas qu'il existait un marché noir pour ces choses-là. Il nous a donné très peu de détails. Il a juste sorti un petit carnet où il a noté nos noms, nos moyens financiers, notre état de santé et notre préférence, garçon ou fille. Il nous a demandé si l'argent était un problème. Miriam a répondu : "Peu importe. Qu'ils demandent ce qu'ils veulent." Il a souri avant de déclarer que nous aurions de ses nouvelles sous peu. Une semaine plus tard, il nous a appelés pour dire qu'il avait quelque chose pour nous. Il nous a demandé de préparer l'argent, la moitié tout de suite et le reste à son retour. Il allait prendre l'avion (à ce jour, nous ignorons la provenance de notre fille), régler les formalités indispensables, et revenir avec le bébé. Ce n'est qu'en entendant ce mot, "bébé", que nous avons compris que notre fantasme allait prendre corps.

Nous n'avons pas dormi de toute la semaine. Nous avions peur de nous être fait rouler, peur de l'inconnu, tout en nous activant comme des fous pour préparer la chambre de l'enfant. Le jour venu, nous sommes restés à attendre devant le téléphone pendant neuf heures. Arthur nous a finalement donné une adresse dans les quartiers nord de la ville, chez des particuliers, en nous demandant de l'y retrouver à 19 heures. À partir de là, nous étions comme dans un rêve. Tout est arrivé si vite, si naturellement.

Une femme souriante, courtoise, nous ouvrit la porte et nous demanda nos noms. Elle nous fit entrer dans le living, nous pria de l'excuser et monta à l'étage. Arthur était d'humeur joviale. Il nous serra chaleureusement la main, demanda à voir l'argent dans la mallette et hocha la tête d'un air satisfait après avoir compté les billets. Miriam lui demanda comment on déterminait le prix d'un bébé. Le plus sérieusement du monde, il répondit que la mère fixait son prix en fonction de ses besoins et de la commission de vingt pour cent prélevée par l'intermédiaire, en l'occurrence l'organisation clandestine. Miriam posa ensuite des questions sur la mère. En souriant,

Arthur lui répondit : "Sachez que le contrat que nous avons signé avec elle nous interdit de divulguer quoi que ce soit sur son identité. La seule chose que vous avez besoin de savoir, c'est qu'elle vend son bébé pour pouvoir assurer le bien-être de son autre enfant. Elle a touché le fond, et sans cela elle serait obligée de l'abandonner aussi. C'est une vraie tragédie pour elle, mais elle sait que Marianne sera dans de bonnes mains."

Nous l'avons dévisagé un bon moment, suffoqués. Il a essayé de dissimuler sa gêne en ajoutant avec bonhomie : "Elle abandonne sa fille, mais pas le nom." C'était sa seule condition. Qu'elle conserve le prénom qui lui avait été donné à la naissance. Nous avons souri pour marquer notre compréhension, en roulant le nom sous notre langue pour nous habituer au fait que la liste de trois cents prénoms que nous avions amoureusement préparée pendant des mois était nulle et non avenue. En fait, nous étions plutôt contents que quelqu'un ait résolu le problème à notre place. Arthur sortit une liasse de documents de sa poche. Il y avait un faux certificat de naissance qui nous présentait comme les parents biologiques de Marianne, et plusieurs formulaires remplis par la sage-femme d'une maternité de Jérusalem, attestant que Marianne était fraîchement issue de l'utérus de Miriam. Arthur semblait se délecter à la vue de notre expression étonnée. Plissant les lèvres, il articula lentement : "Afin d'éviter toute fâcheuse complication, nous prenons bien soin d'effacer toutes les traces. La mère a signé une décharge par laquelle elle renonce à tous ses droits sur l'enfant. Elle ne sait rien de vous à part le fait que vous êtes tous les deux des scientifiques et que vous ne pouvez pas avoir d'enfant. Elle ne pourra jamais vous retrouver. Si, plus tard, vous décidez de révéler à votre fille qu'elle a été adoptée, je vous suggère de lui dire que sa mère est décédée. Cela épargnera des souffrances inutiles à toutes les parties concernées."

Bien qu'une ombre se soit soudain abattue sur nous, elle se dissipa rapidement à la vue de la femme qui redescendait avec dans les bras la plus mignonne petite chose que nous eussions jamais vue. Kobi doit bien rire en lisant ces lignes. On accuse toujours les parents biologiques de vouer un amour aveugle à leur progéniture, et nous étions là, simples parents adoptifs, remplis d'une excitation pour le moins hystérique à la vue de ce bébé gigotant qui était la plus adorable, la plus intelligente, la plus drôle créature ayant jamais existé, et qui est devenue, vous en conviendrez, une jeune femme ravissante, au charme impressionnant. Durant toutes ces années, nous sommes restés bouche cousue, en nous disant qu'il n'y avait aucune raison de perturber notre fillette adorée. Elle nous avait toujours considérés comme ses vrais parents, alors pourquoi la déstabiliser inutilement ? Il faut dire aussi, honnêtement, que nous avions un peu oublié, avec le temps, qu'elle n'était pas le fruit de nos entrailles. Sans compter que notre amour ne concernait pas qu'elle. Il y avait aussi Ben, et le reste du clan.

Ben et Marianne formaient le couple idéal ; et venant d'un vieux ménage uni comme le nôtre, ce ne sont pas des paroles en l'air. Nous qualifieriez-vous de sycophantes si nous vous disions que vous aussi vous formez un couple angélique ? Même si, au début, vous avez soulevé quelques soupçons en vous rendant, une fois par mois, dans la maison des parents de vos amis, à deux heures de Tel-Aviv. Mais quand nous avons appris la raison de ces escapades, nous n'avons pas cessé de rigoler. Ne vous inquiétez pas, les amis, nous n'avons jamais parlé à personne de votre amour pour les lieux d'aisance en général, et pour les nôtres en particulier.

Dans l'un de ses rares moments d'ébriété, Marianne nous a parlé de votre habitude de vous donner des rendez-vous passionnés dans ces endroits qui ne sont pas faits pour ça, et de la manière dont le côté technique de la chose vous excitait. Elle nous a révélé que vous aviez fait l'amour dans des centaines de toilettes à travers le pays (dans de bonnes conditions d'hygiène, il va sans dire), mais que les nôtres avaient votre préférence en raison de la disposition des lieux, propice à vos positions préférées. Remarquez, une nuit un peu surréaliste, nous avons voulu évaluer la source de votre plaisir d'une manière un peu plus que théorique. Mais au bout d'une minute de préliminaires, nous avons compris que nous allions vers un échec assuré et que, si nous insistions, nos hanches seraient victimes de notre curiosité. Nous avons donc repris notre activité à l'ancienne, dans notre lit douillet.

Dans le même ordre d'idée, Marianne nous a même avoué un jour, sous le sceau du secret, que Tom a été conçu chez nous. Nous sommes honorés de savoir que ce gamin fabuleux a été fait dans nos toilettes, et nous serions ravis de... mais n'allons pas trop vite.

Pour en revenir à Ben et à Marianne, si vous pensez que nous étions ravis d'apprendre qu'ils voulaient se marier, vous auriez dû nous voir le jour où elle nous a annoncé qu'elle était enceinte. C'était il y a cinq ans exactement. Nos pieds ne touchaient plus terre. Nous allions avoir un petit-enfant ! Nous allions être grand-mère et grand-père ! Est-ce trop pathétique de dire que l'idée de cette vie que Marianne portait dans son ventre nous conférait un sentiment de triomphe, comme si grâce à elle nous allions compenser nos insuffisances passées ? Est-ce exagéré d'admettre la satisfaction que nous procurait la perspective de tenir l'avenir sur nos genoux en nous laissant submerger par l'idée extraordinairement réconfortante que, des années après notre date d'expiration, nous continuerions à vivre dans sa tête sous la forme d'une tendre réminiscence, telle la première goutte d'eau qu'il observerait sous le microscope ou tel le souvenir de la première série d'expériences qu'il réaliserait avec la panoplie du petit chimiste que nous lui offririons pour son cinquième anniversaire ?

Comme vous le savez, cet enfant ne vit jamais le jour. Quand Ben nous appela de la maternité pour nous dire, d'une voix brisée, que Marianne s'était réveillée au milieu de la nuit dans une mare de sang, en criant au secours, nous comprîmes qu'il fallait remettre le microscope et la panoplie dans leurs boîtes, mais nous ne nous doutions pas que le pire était encore à venir. Marianne avait besoin d'une D&C*. Après quoi les médecins lui apprirent qu'elle ne pourrait plus jamais avoir d'enfant. Nous avons tout essayé. Nous avons consulté les meilleurs spécialistes, envisagé une FIV, proposé d'avoir recours à une mère porteuse, mais Ben ne voulait pas en entendre parler. Marianne a sombré dans une profonde dépression. C'était la première et la dernière grossesse dans notre famille, et vous

* Dilatation et curetage.

pouvez me croire quand je vous dis que nous n'avions jamais connu pareille autoflagellation. Marianne s'accusait d'avoir trahi Ben ; ce dernier rejetait la faute sur le mystérieux patrimoine génétique des Mendelssohn, marqué par la mort, en soutenant que le fait d'avoir introduit sa semence létale dans l'utérus de sa femme ne faisait que confirmer la malédiction qui pesait sur tous les Mendelssohn. Miriam et moi nous nous en voulions pour avoir transmis, d'une manière ou d'une autre, notre gène d'infertilité à notre fille adoptive, comme si la tragédie avait zappé la logique biologique.

Deux années passèrent avant que la famille guérisse de la vérole du martyre. Nous étions aux prises avec nos conceptions puériles et infondées. Comme cela arrive souvent en de telles circonstances, l'acceptation du fait qu'ils ne berceraient jamais dans leurs bras un enfant à eux renforça le lien qui existait entre Ben et Marianne. Ayant surmonté cette crise, ils nous apprirent un jour que Ben avait suggéré d'adopter un bébé, mais que Marianne s'y refusait énergiquement. Nous lui demandâmes pourquoi elle ne voulait pas envisager cette brillante solution, et elle nous répondit qu'elle n'accepterait qu'un enfant qui serait le fruit de leur amour. Nous cherchâmes à lui expliquer qu'un enfant adopté pouvait aussi être le fruit d'un grand amour si on l'entourait d'affection dès les premiers instants, en faisant abstraction de la génétique. Elle se mit à rire en disant que nous étions trop théoriques. Nous avons compris, à ce moment-là, que nous n'avions pas d'autre choix que de lui révéler la vérité. Ce fut pour elle un choc évident. Naturellement, selon les conseils d'Arthur, nous lui avons dit que sa mère biologique était morte deux mois après sa naissance. Et ce n'est qu'après avoir entendu nos explications selon lesquelles nous n'avions aucune raison, jusque-là, de lui révéler ces faits sans importance qu'elle nous sourit, en murmurant avec une pointe de sarcasme dans la voix : "Après tout, j'imagine que vous êtes les meilleurs parents du monde, si vous avez été capables de me cacher la vérité toute ma vie."

Il lui fallut encore un an pour accepter enfin l'idée d'une adoption. Nous fûmes les seuls à connaître les intentions du couple. Fin 1999, ils se rendirent dans une agence d'adoption et mirent la machine en marche. Nous leur expliquâmes qu'ils allaient devoir s'armer de patience et que le processus serait long et pénible. Mais en février 2000, ils nous annoncèrent qu'on leur avait promis un bébé pour dans deux mois. Nous fûmes ravis de voir que les formalités avaient été simplifiées depuis notre époque. Mais de nouveau, la tragédie nous rattrapa, pire que jamais auparavant. En plein milieu de nos préparatifs, quinze jours à peine avant la date tant attendue de l'adoption, le destin nous l'enleva.

Aujourd'hui encore, un an, trois mois et neuf jours après ce jour maudit, nous sommes incapables de faire face à l'énormité de notre perte. Notre première pensée le matin et notre dernière le soir vont à Marianne. Nous vous en avons déjà dit des tonnes sur elle, et nous avons qualifié son absence de toutes les manières imaginables. Naturellement, vous avez entendu tout ce qu'il y a à dire sur cette affaire, qui n'a été qu'une parenthèse insignifiante dans notre vie, à cause de la manière écœurante dont certains, à l'occasion du procès intenté au parc d'attractions, ont insinué que nous n'étions motivés que par l'argent. Toutes les richesses du monde ne sauraient compenser l'appauvrissement causé par sa disparition. Si nous nous sommes tournés vers la justice, c'est uniquement pour fournir un exutoire à notre rage, pour trouver un coupable, pour revendiquer un semblant de vengeance. Ils ont fait témoigner leurs experts, et nous les nôtres. Ils ont qualifié sa mort de "regrettable accident", et nous les avons traités de "meurtriers par négligence". Les éclats de colère ont fusé, et quand ils ont insinué qu'elle n'était pas décédée de manière naturelle, nous avons rétorqué que, depuis Icare, il était prouvé sans l'ombre d'un doute que les humains sont incapables d'avoir des ailes. Nous voulions à tout prix faire souffrir le coupable, mais nous ne savions pas à qui nous en prendre : le concepteur de la grande roue, son constructeur, le directeur du parc, n'importe qui. Ce procès nous avait insufflé le désir de nous battre. Nous avions l'impression de reprendre vie chaque fois que nous entrions dans l'arène. Et en quittant le tribunal, nous retrouvions notre état de mort.

Depuis le jour où elle était décédée, Ben était inapprochable. Il n'avait rien voulu entendre de notre proposition de l'héberger quelque temps, jusqu'à ce que nous ayons tous retrouvé un semblant de nous-mêmes. Il ne manifesta pas le moindre intérêt pour le procès, et oublia totalement l'adoption, devenue sans objet. Nous ne vous cacherons pas que, pour notre part, nous étions furieux contre lui. Peut-être parce qu'il poussait son deuil un peu trop loin, ou parce qu'il avait cessé de vivre en se terrant chez lui, ou encore parce que, dans la mort, il devenait dix fois plus possessif envers notre fille que dans la vie. Notre colère s'est encore accrue quand il a annoncé qu'il allait célébrer son anniversaire. Ce n'est qu'*a posteriori* que nous avons compris pourquoi il ne nous avait pas invités. Il s'en est expliqué dans son testament, arguant qu'il voulait nous éviter un spectacle par trop lugubre. Une fois de plus, à sa manière inimitable, il a réussi à surprendre tout le monde. Par sa mort, sa femme s'était emparée de la plus grande partie de son âme. Dans la sienne, Ben avait emporté les derniers fragments de la nôtre, car il était ce que notre Marianne avait de plus précieux au monde.

En bon noteur, il comprenait, même lui, que certaines histoires ne peuvent avoir qu'une seule fin. Et il ne faisait rien pour s'y soustraire. Ou peut-être que si, après tout. (Nous avions entendu dire qu'il faisait de la musculation, mais nous pensions qu'il s'agissait d'une plaisanterie.) Finalement, il a démontré clairement la chose la plus importante, c'est-à-dire que la vie ne vaut pas la peine qu'on s'y accroche à tout prix. À partir du moment où nous avons compris qu'il ne servait à rien de s'obstiner, tout est devenu bien plus simple. Sans vouloir être morbides, dès que nous avons décidé de mettre fin à nos jours, nos joues ont retrouvé un semblant de couleur, et nous avons attendu le verdict pour parachever notre projet. Quand nous avons gagné, après avoir remercié notre avocat, nous sommes rentrés rapidement chez nous afin de rédiger cette lettre. Le plus drôle, c'est que nous entendons en ce moment vos voix remplies d'excitation sur notre répondeur, et que cela nous confirme, si besoin était, la justesse de notre décision. Tali nous informe qu'elle a une bonne nouvelle à nous annoncer. Ne nous en veuillez pas de ne pas vous répondre. En cet instant, nous sommes occupés à mettre au point les derniers détails de notre suicide, et nous nous réservons le droit, aujourd'hui, de nous montrer totalement égocentriques.

Dans le même ordre d'idées, mes chers amis, nous aimerions vous infliger la tâche d'accomplir les dernières volontés d'un vieux couple décidé à laisser ce monde étrange entre les mains d'une génération un peu plus optimiste. Si toutefois notre requête vous semblait par trop audacieuse, n'hésitez pas à la refuser. Mais si vous trouvez quelque logique à cette ultime demande, réfléchissez-y, assurez-vous que vous avez suffisamment de force d'âme pour y accéder, et souvenez-vous bien que nous respectons votre décision, même si nous n'avons aucun moyen de la connaître. Quoi qu'il en soit, nous léguons tout ce que nous possédons, et vous serez heureux d'apprendre que cela avoisine les quatre millions de shekels, à vos chers enfants. Non, il ne s'agit pas d'un lapsus. Nous employons intentionnellement le pluriel tout en sachant que vous n'en avez qu'un seul. Nous serions véritablement ravis si vous pouviez lui donner un petit frère ou une petite sœur. Vous avez sûrement envisagé la chose, en la remettant à plus tard. Loin de nous l'idée de vouloir vous forcer la main, et nous ne voudrions pas non plus que vous interprétiez ce legs comme une incitation à la procréation, voire comme un soudoiement. Cet argent est uniquement destiné à assurer le bien-être futur de vos enfants. Une moitié pour Tom, une moitié pour l'autre. Après tout, vous avez toujours, pour nous, fait partie de la famille, et nous avons toujours considéré Tom comme le petit-fils que nous n'avons jamais pu avoir. Tout ce que nous vous demandons, c'est de nous donner un autre petit-enfant virtuel. Et nous devons avouer que l'idée de léguer la moitié de notre fortune à quelqu'un qui n'existe pas encore nous excite grandement.

Il est important que vous le sachiez, nous avons vendu la maison il y a un mois, et les nouveaux propriétaires emménagent dans quinze jours. Nous vous encourageons à utiliser les lieux que vous savez avant qu'ils n'existent plus que dans votre souvenir.

Encore une chose, chers amis. Si vous décidez éventuellement de donner suite à notre requête, n'utilisez pas nos prénoms pour l'enfant. Ni Miriam ni Yossef. Nous préférons que votre choix se porte sur un autre nom…

Chers Tali et Kobi, le temps nous talonne. Longtemps, nous avons eu l'impression d'être les gens d'avant-hier, qui n'ont qu'hier pour lendemain, et quand vous lirez ces lignes vous comprendrez que nous appartenons déjà au passé. Il ne nous reste plus grand-chose à dire. Nous avons fait nos adieux à Marianne et à Ben au cimetière, et nous devons résoudre, à présent, un curieux dilemme. Miriam opte pour le poison, et moi pour le gaz. Nul doute que nous allons en discuter pendant des heures. Sans compter que nous n'avons pas encore choisi la musique d'ambiance.

Très chers amis, nous quittons ce monde sans regret, avec un grand soulagement, même. Si, vers la fin de cette lettre, nous vous avons donné l'impression d'être en proie à une certaine confusion, et si nos pensées ont commencé à vagabonder, c'est probablement dû à notre hâte de régler nos affaires mondaines et de mettre un terme à cette farce insondable qu'on appelle la vie. Transmettez notre amour éternel à Tom et à l'autre, et enseignez-leur Shakespeare dans vos moments de loisir. C'est ce que Marianne aurait fait.

Vos dévoués, dans la mort comme dans la vie,
Miriam et Yossef Corbin.

Tali posa une main tremblante sur son ventre et se mit à pleurer. Kobi la prit dans ses bras en murmurant tendrement : "Je sais, je sais, mon amour, rien n'aurait pu les rendre plus heureux."

20

SUR LES TRACES D'ADAM ET ÈVE

Ben était incapable de deviner ce qui était arrivé à sa grand-mère et à son grand-père. Cela faisait six heures qu'il attendait devant leur porte, impatient de voir le couple d'octogénaires pour l'interroger sur le sort de Marianne. Malgré cette longue et fastidieuse attente, il était heureux de voir qu'un des piliers au moins de ses convictions était toujours debout. La plaque sur leur porte proclamait : ROSE-ANNE ET MOÏSE MENDELSSOHN HABITENT ICI EN BONNE INTELLIGENCE.

Rose-Anne s'était bien gardée de sombrer dans le mélodrame quand elle avait appris que son bien-aimé des soixante-cinq dernières années s'était fait écraser en traversant la rue. Elle demanda à voir le corps et engueula copieusement son mari pour n'avoir pas regardé des deux côtés avant de s'engager sur la chaussée et, plus grave encore, pour avoir fichu leurs projets par terre. "À présent, au lieu d'aller passer le week-end à Ténérife comme deux vieux croûtons décadents, il va falloir que je vire de bord illico."

Rose-Anne avait préparé son dernier jour sans Moïse avec un aplomb étonnant. Pendant que les membres de la famille, inquiets, ratissaient la ville à la recherche de la vieille dame en cavale, elle s'était réfugiée dans une chambre d'hôtel à courte distance du cimetière où, depuis longtemps, elle avait acheté une concession pour Moïse et elle. Elle sortit de sa poche un papier qu'elle gardait toujours sur elle depuis cet achat. Avec un sourire grimaçant, elle composa le numéro inscrit sur le papier jauni. Une voix d'outre-tombe lui répondit à l'autre bout de la ligne. Elle lui demanda de faire livrer l'appareil à son hôtel.

Le tapis roulant d'exercice arriva à sa porte à 18 heures. Son cœur cessa de battre à 19 heures.

Ben n'oublierait jamais le visage grave de sa femme quand elle avait vu les deux vieillards dans leur double cercueil ni la manière dont sa grand-mère, née exactement un jour après son mari, avait rendu l'âme exactement un jour après son départ de ce monde, en donnant à leurs vies un rigoureux parallélisme scientifique. Il se souvenait aussi que son oncle David s'était pointé au cimetière en traînant trois Adonis dans son sillage et avait fait scandale en vociférant son déplaisir devant la manière dont sa mère avait choisi de quitter ce monde.

Sur le chemin de la maison au sortir du cimetière, Marianne avait confié à Ben qu'elle enviait Rose-Anne et Moïse pour l'amour qu'ils s'étaient porté. Ben avait souri en disant :

— Ne t'inquiète pas, ma chérie, si jamais, Dieu nous en préserve, tu t'en allais avant moi, je te promets de ne pas perdre de temps pour…

— Je te défends de parler comme ça ! fit-elle en lui donnant une tape sur la nuque. Et ne me demande surtout pas ce que j'aurais fait à sa place. Tout le monde n'est pas Mémé Rosie.

C'est sûr, se disait Ben en se demandant pour la millième fois pourquoi il avait attendu si longtemps avant d'avoir le courage de suivre l'exemple de sa grand-mère.

— Dégonflé ! souffla-t-il en se coinçant la tête entre les jambes tandis que le mot résonnait comme un écho dans ses oreilles.

Le contact d'une petite main froide et noueuse sur son épaule le tira de sa prostration de culpabilité.

— Excusez-moi, monsieur ?

Relevant la tête, il vit le visage souriant, parsemé de taches de rousseur, d'une vieille dame à lunettes qui lui montrait la porte derrière lui en disant :

— Je ne voudrais pas vous déranger, mais je n'ai pas pu m'empêcher de vous voir en passant, et je me demandais si vous ne cherchiez pas Rose-Anne.

— C'est exact, fit Ben en se levant pour lui serrer la main. Je m'appelle Ben Mendelssohn.

— Rose-Anne Phouet, se présenta-t-elle fièrement. C'est drôle, n'est-ce pas ? Nous sommes toutes les deux des Rose-Anne… mais je suis plutôt connue sous le nom de Fouinette.

— Vous voulez dire Fouillette ?

— Non, jeune homme. Je veux dire Fouinette. Avec un *n*, comme dans fouineuse.

— Je suis sûr que ce sont des calomnies de la part de…

Il disait cela par politesse, mais fut surpris de recevoir une petite tape sur le poignet tandis qu'elle répliquait d'une voix légèrement éraillée :

— Pas du tout. Si je ne me mêlais pas des affaires des autres, je mourrais d'ennui. Entre nous, on dit que l'herbe est toujours plus verte ailleurs, mais je trouve que le fumier a aussi plus d'odeur.

Ben se racla longuement la gorge avant de montrer la porte.

— Pour en revenir à Rose-Anne…

— Je sais, mon garçon, mais à votre place je n'attendrais pas. Elle ne risque pas de revenir avant longtemps.

— Elle ? demanda Ben d'une voix rauque. Pourquoi dites-vous *elle* ? Ils ne sont pas ensemble ?

— Vous parlez de Moïse ? Bien sûr qu'ils sont ensemble. Ces deux-là, on dirait des jumeaux siamois. Ils font tout à deux. On dit qu'elle est morte un jour après lui, en faisant des exercices de physiothérapie. Ça fait un peu froid dans le dos, mais c'est tellement romantique.

— Excusez-moi, Miss Phouet, fit Ben en s'efforçant de dissimuler son impatience grandissante derrière un sourire affable, mais il y a un instant vous m'avez dit qu'elle… qu'ils… ne risquaient pas de revenir avant longtemps… Avez-vous une idée de l'endroit où ils peuvent être ?

— Est-ce que Fouinette a une idée de l'endroit où peuvent être ses voisins ? railla la vieille dame en mettant théâtralement les mains sur ses hanches. Je peux vous dire qu'ils sont partis à la recherche d'Adam et Ève.

Elle laissa la perplexité s'installer sur le visage de Ben, puis continua, satisfaite :

— Rose-Anne et Moïse sont en quête de leurs racines. Ils pensent que ce monde-ci offre une occasion unique de remonter la filière de nos ancêtres, et ils ont donc décidé d'entreprendre un voyage à travers les branches de l'arbre généalogique de la famille de Moïse. Entre nous, Ben, si ces snobinards d'alias ne nous interdisaient pas de pénétrer dans leurs forêts, cela leur faciliterait grandement la tâche.

— Je ne vois pas tellement le rapport avec Adam et Ève.

Un éclair diabolique traversa le regard de la vieille dame.

— Avant d'entreprendre ce voyage, Rose-Anne m'a confié qu'elle tenait à remonter jusqu'aux origines et qu'elle refusait de croire qu'il y avait seulement deux personnes à la racine de l'humanité. Moïse était d'avis, par paresse, de prendre le multi qui irait le plus loin possible dans le passé, mais il savait très bien que cela ne marcherait pas. Je n'ai jamais connu personne qui ait tenté de faire cela, principalement parce que nul ne sait où se situe le commencement.

— Je n'ai donc aucune chance de les rencontrer dans un proche avenir, murmura Ben avec une moue de contrariété.

— Je me ferai un plaisir de leur transmettre un message de votre part, si vous le désirez, proposa la vieille dame.

— Vous avez leur empreinte sur votre télédoigt ?

— Qu'est-ce que vous croyez ? Rose-Anne est une bonne amie. Et qui sait quelles histoires croustillantes elle pourrait avoir à me raconter pendant ses recherches ? Même des ragots du XIVe siècle peuvent être valables, du moment qu'ils contiennent une dose de controverse et un rien de ça-va-ça-vient.

Ben la coupa dans son élan.

— Désolé, mais on m'attend. Auriez-vous l'amabilité d'appeler mes grands-parents pour leur demander s'ils ont vu Marianne ?

— Marianne ? fit la vieille dame avec une lueur nouvelle dans les yeux. Qui est-ce ?

— Mon épouse. Décédée il y a quinze mois. Je cherche à la retrouver.

Elle hocha la tête d'un air compréhensif.

— Encore une de ces histoires, hein ? Bon, on va voir.

Elle pianota sur son godget et attendit. Quelques secondes plus tard, son visage s'éclaira et elle demanda d'une voix joyeuse :

— Rosie, comment vas-tu ? Ton voyage se passe bien ? Heureuse de te l'entendre dire. Où es-tu en ce m… 1750 ? Ouah !

Tu en as fait des kilomètres ! Tu n'as pas un petit scoop pour ta Fouinette ? Un truc coquin ? Bon, bon, je ne veux pas te retenir plus longtemps. Mais tu ne devineras jamais qui j'ai ici à côté de moi. Pas mon mari, non, Dieu m'en garde, qu'il vive éternellement. Non, ton petit-fils. Oui, je sais, ils nous ennuient avec leurs inventions délirantes. Le téléphone, c'était mieux. Maintenant, ils ont ce truc-là avec le pouce. En tout cas, je suis sûre que vous allez vous parler bientôt. Oui, il t'embrasse. Oh ! Il a l'air en forme. Oui, je sais qu'il est marié. En fait, c'est ça le problème. Il ne retrouve pas sa femme… Il y a quinze mois. Calme-toi, Rosie, tout le monde n'est pas aussi barré que toi. D'accord, l'amour parfait. Mais arrête un peu avec ça, tu veux ? Tout ce qu'il veut savoir, c'est si vous avez vu Marianne, ton mari ou toi… Ah ! Je vois. D'accord, d'accord, ma chérie. Bonne chance pour le reste, et mes amitiés à ton mari.

Ben n'avait pas besoin de commentaires supplémentaires. Baissant la tête, il échangea ses empreintes avec la commère, qui lui promit de l'avertir si elle avait du nouveau sur Marianne, puis il prit congé et quitta l'immeuble.

Deux heures plus tard, il retrouva sa mère dans un café de décembre 1999. Elle lui remit une liste de tous les autres membres de la famille avec leur lieu de résidence. Il lui demanda s'il ne serait pas plus simple de les appeler sur le télédoigt, ce qui lui épargnerait la peine d'aller un peu partout pour les interroger de vive voix.

— Benji, mon chéri, lui répondit-elle, depuis que nous avons été atteints par le virus de la mort, notre famille s'est véritablement désintégrée. Chacun se terre dans son petit coin de mort, et le fait que nous soyons là pour l'éternité ne change rien à l'affaire. Sais-tu combien de fois j'ai rencontré tes oncles depuis mon arrivée ici ? Deux fois, mon Benji. Pas une de plus. Loin de moi l'idée de me lamenter, mais il y a des moments où je me demande si je les reverrai jamais.

— Mais, m'man, tu disais que tu les voyais de temps en temps, comme dans le monde précédent.

Deborah hocha tristement la tête.

— C'est vrai, comme dans le monde précédent, si on exclut les vacances, les anniversaires, les fêtes, les enterrements et les commémorations… Ce qui ne nous laisse pas grand-chose, ajouta-t-elle au bout d'un moment de réflexion silencieuse.

Ben jeta un coup d'œil à la courte liste.

— Pas grand-chose, tu as raison, dit-il avant d'ajouter : Mais tout de même…

— C'est bon, c'est bon, soupira sa mère. Je vais t'éviter au moins un voyage, parce que je te vois si impatient… Et aussi parce que je lui ai déjà parlé.

— À qui ?

— À ton oncle.

— David ?

— Non, Gad.

Un sourire fugace se dessina sur les lèvres de Ben. L'oncle Gad. L'ermite qui préférait la compagnie des animaux à celle des humains et passait la plus grande partie de sa vie avec eux pour les sauver de l'extinction et ne faire qu'un, selon ses propres termes, avec la nature. Malheureusement, quatre ans plus tôt, après avoir passé trois années de sa vie dans une réserve naturelle en Afrique, il avait été tué par un léopard. Une mort atroce s'il en est, mais guère inconcevable dans ces circonstances.

— Que devient-il ?

— Toujours pareil, tu sais bien. Il travaille au Zoombie.

— Pardon ?

— Au Zoombie. Le plus grand habitat de l'Autre Monde. Il s'amuse comme un fou. Je t'épargne la peine d'y aller en personne, car c'est très loin, et je ne voudrais pas te faire perdre un temps précieux, sachant qu'il n'a pas vu Marianne.

— Il ne l'a pas vue ?

— Désolée, mon chéri, mais promets-moi d'aller rendre visite à ton autre oncle. Je sais qu'il sera ravi de te voir, et c'est la raison pour laquelle je ne lui ai encore rien dit. Sans compter que vous étiez très proches dans le monde précédent.

— Je te le promets.

Un court silence s'ensuivit. Quand elle leva les yeux, sa mère vit que son visage s'était assombri.

— Qu'y a-t-il, mon Benji ?

— Rien. Je viens juste de penser que c'est notre anniversaire de mariage et qu'elle n'est toujours pas là.

— Aujourd'hui ? demanda Deborah en tendant la main à son fils.

— En principe, dit-il d'une voix amère en repoussant sa main. J'ai mis fin à mes jours pour son anniversaire. Je pensais lui faire la surprise. Ça a raté, mais je me suis consolé en me disant que je la retrouverais quelques jours plus tard, à l'occasion de notre anniversaire de mariage. Encore raté, m'man. Elle ne sait même pas que je suis ici. J'essaie de me mettre à sa place. J'imagine que je suis Marianne. Je suis morte subitement, en laissant un mari éploré derrière moi. Je l'aime toujours autant, mais je sais qu'il n'est pas Mémé Rosie. Je sais aussi qu'il est encore jeune. Il a toute la vie devant lui. Je resterai son grand amour, celui qui éclipse tous les autres, mais le temps passant, au lieu d'être une blessure toute fraîche, je ne serai plus qu'une cicatrice éternelle. Le temps qu'il arrive ici, je serai déjà une porte fermée dans le couloir de son existence et, qui sait, un jour, peut-être, dans quarante, cinquante ou cent ans, on se rencontrera par hasard dans la rue, avec un sourire gêné, et chacun continuera son chemin de son côté. On échangera peut-être quelques mots avant, mais ça n'empêchera pas que le temps aura exercé ses ravages, en transformant notre amour en une simple anecdote intéressante ayant trait à l'histoire ancienne d'une existence révolue. Oh, m'man ! Je ne veux pas que notre amour devienne une anecdote !

— Ben, mon chéri, ce n'est pas comme ça que les choses vont se passer. Après tout… tu es… encore… déjà… en aucun cas… pitié… son amour… comprends-tu ?

Ben ne l'écoutait pas. Son attention était accaparée par d'étranges agissements dans le dos de sa mère. Une femme effarouchée était en train de se disputer avec un homme qui la maintenait par le poignet et refusait de la lâcher. Elle paraissait désemparée et se saisit soudain, de l'autre main, d'une canette de bière qui traînait sur une table voisine pour la lui briser sur la tête avant de s'enfuir sans lui laisser une chance de retrouver ses esprits. Moins d'une minute plus tard, le costaud se frotta la tête et se mit à courir, furieux, après la femme terrorisée.

Ben repoussa sa chaise en arrière, s'excusa et sortit en courant. Il voulait vérifier qu'il s'était trompé sur l'identité de cet homme qui, voyant la femme disparaître dans une petite rue, s'arrêta pour regarder autour de lui et, apercevant Ben, se mit à courir de plus belle dans la direction opposée.

— C'est impossible, murmura Ben.

Sa mère, qui l'avait suivi dans la rue, lui demanda :

— Que s'est-il passé, Benji ?

— Incroyable, vraiment.

— Mais quoi ?

Il répondit d'une voix tranquille :

— Je viens de voir un paraplégique courir comme un dératé.

21

ANNE-ONYME ET SES QUINZE CENTIMÈTRES DE CÉLÉBRITÉ

Le bruit était épouvantable. Anne, que les jacassements désordonnés avaient réveillée, se prit la tête dans ses mains lasses et supplia : "Arrêtez ! Par pitié, taisez-vous !" Jamais elle ne s'était sentie aussi épuisée. Elle essaya de se rendormir, mais se rendit compte, au bout de dix minutes de torture, que le tintamarre derrière sa porte continuait de plus belle. À contrecœur, elle se laissa glisser hors de son lit et se dirigea vers la porte en titubant. Quand elle l'ouvrit, elle n'eut même pas le temps de se baisser pour ramasser le journal. Ébahie, elle se figea sur le seuil, face à une galaxie de flashs qui l'obligèrent à s'abriter les yeux du revers de la main et à reculer précipitamment en claquant bruyamment la porte après elle.

"Oh, mon Dieu, d'où sortent tous ces gens ?" murmura-t-elle en courant vers la fenêtre qui donnait sur la rue. Elle écarta la tenture pour voir des dizaines de journalistes avides armés de caméras et d'appareils photo, qui ne manquèrent pas de déceler un mouvement suspect à la fenêtre et de braquer leurs objectifs dessus dans l'espoir de saisir au vol la femme qui avait sauvé la Française spécialiste des arts et de la culture des mains assassines de l'un des acteurs les plus en vue d'Israël.

Anne avait pensé que Marianne plaisantait quand elle lui avait conseillé de ne pas bouger de chez elle jusqu'à ce que les choses se tassent. Elle n'arrivait pas à comprendre comment ils avaient trouvé son adresse ni, chose plus importante encore, comment elle pourrait les convaincre qu'elle était obligée de respecter sa promesse, faite à l'inspecteur coriace chargé de l'enquête, de ne révéler aucun détail concernant le sinistre affrontement de la veille. Marianne lui avait juré de ne pas faire comme ses prédateurs de confrères qui voulaient à tout prix avoir l'exclusivité d'un scoop. Elle désirait, au contraire, approfondir les motifs de l'agresseur et, en temps voulu, s'assurer un entretien exclusif avec l'assassin raté. Anne alla se verser un verre d'eau, qu'elle renversa à moitié lorsque la sonnerie du téléphone retentit brusquement.

Détends-toi, se dit-elle en décrochant. Au début, elle ne reconnut pas la voix de l'homme. Il était en larmes et la suppliait de lui accorder son pardon.

— Qui êtes-vous ? coupa-t-elle.

Quand elle entendit le nom d'Adam, elle se recroquevilla dans son fauteuil, muette et désemparée.

— Anne, reprit Adam en bafouillant. Anne… je ne vous… en voudrai pas si v… vous ne voulez p… plus me voir. Je suis d… désolé de ce qui s'est passé hier avec m… mon frère, mais je peux tout vous expliquer… Je suis sûr que vous c… comprendrez. Si nous pouvions nous rencontrer de nouveau, Anne… p… pour en p… parler une bonne fois p… pour toutes…

Elle reposa le téléphone sur son socle. Elle était incapable de prononcer un mot. Les pensées se bousculaient en ferraillant dans sa tête : le sublime plaisir de la langue acrobatique d'Adam entre ses cuisses pute dégueu s'attendait pas à ça la première fois sa galanterie au restaurant frère cinglé failli tuer la femme du patient dans le coma à la clinique demain fin de la mise à pied moi qui aurai à enfiler à nouveau la blouse blanche le centième patient euthanasié vacances argent retraite peut-être Caraïbes débrancher patient ne pas rompre avec homme qui louche erreur sur la personne celui d'à côté croyait que c'était lui se faire draguer c'est bon ça me plaît mais pas bonne idée avoir une liaison avec le frère d'un assassin rien à voir avec lui aucun rapport n'empêche qu'elle a déjà passé une nuit au poste signé déposition vu en train d'étrangler Marianne devait pas se passer comme ça la soirée a fini abruptement peut-être le signe qu'il faut se calmer pourquoi ils gueulent tous comme ça dans la rue qu'est-ce qu'ils veulent aurait dû quitter la maison impossible maintenant elle est prise au piège tous ces yeux qui la regardent elle regrette sa vie d'avant aller se doucher cette odeur familière le Grand Point le club de remise en forme où est parti l'homme de ses rêves trop de choses à affronter ne reviendra plus englouti par la terre et elle recrachée devant tout le monde pas peur des espaces clos seulement des regards qui m'épient encore le téléphone qui sonne pas répondre peut-être que c'est l'un d'eux peut-être Adam pauvre Adam comment j'ai pu le traiter comme ça il doit souffrir peux pas lui parler maintenant ça suffit qu'il arrête de m'appeler zut il sait où j'habite il m'a envoyé des fleurs bon Dieu le culot qu'ils ont ces gens ils sonnent à ma porte qu'est-ce qu'ils croient peut-être que je vais me cacher le visage leur faire comprendre que je n'ai aucun commentaire voilà ce que je vais leur montrer cette situation délirante ça ne peut pas durer y mettre fin !!!

La vue d'un jeune livreur derrière sa porte, qui regardait pardessus son épaule la meute de journalistes à l'affût et tenait un énorme bouquet de roses dans ses bras, effaça l'expression résolue qui se lisait dans ses yeux. Surprise, Anne baissa sa garde un instant. Découvrant son visage, elle sourit à l'homme. Mais un seul flash aveuglant suffit pour inverser la vapeur. Elle souffla : "Renvoyez ce bouquet à son expéditeur" et referma bruyamment.

Elle colla l'oreille à la porte pour écouter ce que le livreur disait aux journalistes, mais ne put déchiffrer que quelques bribes. Tout ce qu'elle comprit, c'est qu'ils n'avaient pas l'intention de décamper jusqu'à ce qu'elle se montre et réponde à leurs questions. Quand elle entendit le téléphone sonner pour la troisième fois, elle alla prendre sa douche et resta un bon moment sous le jet revigorant en pensant à sa dernière journée de congé forcé. Sa rêverie fut interrompue, une fois de plus, par la sonnerie insistante du téléphone. Elle s'essuya longuement avant de quitter la chaleur de la salle de bains et d'allumer la télévision. Pendant que le trio à l'écran débattait avec entrain sur la manière de préparer une table garnie de mets délectables en moins de vingt minutes, elle se rendit à la cuisine, se fit du thé, mordit dans un vieux biscuit sec, et décida de passer la journée en compagnie des gens de la boîte à images.

Elle regarda une sitcom débile qui ne lui tira même pas un sourire ; perdit une minute entière devant une émission d'information particulièrement déprimante ; mit ses connaissances générales à l'épreuve en suivant un jeu télé ; regarda quelques vidéos trépignantes sur MTV, puis changea d'avis, éteignit la télé et battit en retraite dans la chambre à coucher. Elle baissa la lumière, se mit au lit et tendit l'oreille pour écouter le brouhaha qui parvenait encore de l'extérieur.

Quand elle se leva, elle eut l'impression d'avoir dormi une journée entière. L'esprit encore embrumé, elle se cogna à la table de nuit en maugréant : "Idiote!" et en se baissant pour masser sa cheville, qui allait bientôt bleuir pour lui rappeler à quel point elle était maladroite et sans une once de grâce.

"Maladroite et sans une once de grâce!" fit-elle tout haut en se regardant dans la glace. "Espèce de demeurée! Si tu ne sais même plus sortir du lit, tu ferais mieux de rester couchée! Tu n'es pas présentable. Un miracle s'est produit, tu es devenue visible. Jusqu'à présent, tu étais en dessous de zéro. Personne ne remarquait ta présence. Maintenant que tu as fait quelque chose de positif, tout le monde te regarde. Mais que ça ne te monte pas à la tête. Ils ne vont pas te lâcher, et ils finiront par te voir telle que tu es en réalité. Petite, minable, un simple grain de sable, une misérable molécule. Ils comprendront à quel point tu es vide à l'intérieur. Et ne me parle pas du mec d'hier soir, parce que c'est exactement ce qu'il est. Le mec d'un soir. Donne-lui un jour ou deux, et il détalera comme un lapin. Ne te raconte pas d'histoires. D'accord, il y a une bande de pauvres types rassemblés devant ta maison. Mais c'est uniquement à cause de cet acteur célèbre. Si c'était un autre que lui, tu serais aussi invisible que tu l'as toujours été. Anne-Onyme. Leur intérêt pour toi aura disparu avant que l'encre du journal soit sèche. Comme toutes les autres nouvelles, d'ailleurs. Dans pas longtemps, tu seras de nouveau Anne Dolington, la femme qui est obligée d'avoir des talons de quinze centimètres pour ne pas être piétinée par mégarde. Mais en attendant, je te laisse te vautrer dans tes quinze petits centimètres de célébrité, ma pauvre fille! (Elle leva l'index.) J'ai dit *en attendant*!"

Le téléphone sonna encore. Cette fois-ci, elle alla répondre, étonnée elle-même de cette soudaine volte-face.

— Allô ?

— Anne ? demanda une voix féminine.

— Oui.

— C'est Marianne. Comment allez-vous ?

— Ça va, mentit l'infirmière. Et vous ?

— Pas terrible.

— Vous avez m… ?

— Non, ce n'est pas ça. Mais je ne saisis pas ce qui vous arrive.

— À moi ? demanda Anne en regardant son visage grimaçant dans la glace.

— Oui. J'ai l'impression que vous m'évitez.

— Je ne comprends pas…

— J'ai essayé de vous appeler toute la journée, sans succès. Au début, j'ai pensé que vous étiez absente, mais je me suis souvenue qu'il y a tous ces journalistes massés devant chez vous. Il y a toujours un salaud qui s'arrange pour laisser filtrer une information. Mais si vous êtes à la maison, pourquoi ne pas répondre au téléphone ?

— Cela n'a rien de personnel. Je n'avais pas envie de parler, c'est tout.

— Et les fleurs ? Ce n'est pas personnel, ça non plus ?

— Les fleurs ?

— Oui, je vous ai fait livrer un bouquet, pour vous remercier de ce que vous avez fait hier soir. Mais ils disent que vous l'avez refusé.

— Les fleurs… C'était vous ? murmura Anne en fermant les yeux, écœurée d'elle-même.

— Vous avez cru que c'était quelqu'un d'autre ?

— Oui. J'ai fait une erreur. Je suis terriblement gênée. Veuillez m'excuser, Miss…

— Je vous l'ai dit hier, Anne, appelez-moi Marianne.

— Désolée, Marianne. Je n'ai pas lu la carte.

— Dommage. Vous auriez appris que vous êtes invitée à dîner.

— Oh ! Merci, mais ce n'était vraiment pas nécessaire.

— Je sais, mais ça me fait plaisir, et pas question de refuser mon invitation. Y a-t-il un endroit particulier où vous aimeriez aller ?

— Non, ça n'a pas d'importance.

— Parfait. Vous aimez la nourriture indienne ?

— Un restaurant indien, ça me va, lui dit Anne, incapable de glisser un sourire dans sa voix.

— Génial. Je fais venir un taxi et je passe vous prendre à 20 heures ?

Quelques instants plus tard, quand elle raccrocha, Anne se tourna de nouveau vers le miroir avec un sourire narquois en disant : "Que ça ne te monte surtout pas à la tête !"

Cinq heures plus tard, Anne ouvrit prudemment la porte, passa la tête à l'extérieur et fut ravie de voir que les journalistes avaient décampé. Elle s'avança sur le trottoir et aperçut un taxi qui arrivait dans sa direction. Quand il s'arrêta à sa hauteur, elle pencha la tête, vit une femme rousse à l'intérieur et eut un mouvement de recul.

— C'est moi que vous cherchez ? demanda la voix familière.

La femme aux cheveux flamboyants coupés à la Jeanne d'Arc regardait l'infirmière à travers d'énormes verres fumés qui lui couvraient la moitié du visage.

— Marianne ?

Elle lui fit signe de monter et demanda au chauffeur de démarrer.

— Un petit changement de temps à autre, ça ne fait de mal à personne, dit-elle.

— Vous êtes méconnaissable, fit Anne en scrutant la femme élégante en tailleur noir et foulard de soie rouge.

— Vous n'avez pas idée de la journée que je viens de passer, soupira Marianne. Quand nous avons quitté le poste, au lieu de retourner chez moi me mettre au lit comme tout être humain normal, je suis entrée dans le premier salon de coiffure que j'ai trouvé, et j'ai demandé au mec de me faire une coiffure aussi révolutionnaire que possible… Il nous a fallu un moment pour trouver la solution, mais je peux vous dire, à présent, que je déteste mon nouveau look.

— Tout ça à cause des journalistes ? demanda Anne en tordant ses petites mains l'une contre l'autre.

— Oui, souffla Marianne en lui faisant signe de s'approcher. Je veux être certaine de ne pas attirer l'attention. La dernière chose que je souhaite, c'est que mon nom soit mêlé à cette affaire. Si quelqu'un doit me reconnaître, j'espère que ce sera le plus tard possible, quand il y aura du nouveau dans cette histoire. Plus personne, alors, ne fera attention à moi ni à mon look. Ils vont tous être dingues quand j'aurai réalisé une interview exclusive de l'acteur le plus en vue d'Israël. Je vais lui faire mettre son âme à nu. Vous voyez ce que je veux dire ? Même quand il a fait une tournée en Europe, quand il a tenu le premier rôle dans *Flea*, il s'est toujours caché derrière son personnage. Il faut à tout prix que je l'interviewe. Que j'aille au fond des choses. Je ne veux pas dire le côté *people*, mais le fond des choses. Et pour y accéder, j'ai besoin de faire profil bas.

Avec un rire teinté d'une pointe de dédain, elle poursuivit :

— Il y a seulement dix jours que je suis là, et j'ai déjà réussi à me retrouver dans un foutoir pas possible.

Le taxi s'arrêta devant le restaurant. Marianne paya le chauffeur, et elles descendirent de voiture. Au moment d'entrer, Anne remarqua le regard fixe de la journaliste. Elle scrutait le trottoir d'en face comme si quelque chose l'avait coupée net dans son élan d'enthousiasme. Mais Anne garda ses réflexions pour elle-même.

Le maître d'hôtel les conduisit à une petite table de côté et leur présenta les menus avec force salamalecs. Au cours du repas, elles récapitulèrent la série d'incidents qui les avaient réunies. Quand elles reposèrent leur fourchette, les deux femmes s'observèrent dans un silence gêné. Anne regarda impatiemment autour d'elle, en espérant que la Française allait faire signe au garçon de lui présenter l'addition. Mais elle dissimula habilement son trouble en lui posant une question qu'elle croyait innocente :

— Et comment va votre mari ?

— Mon mari ? demanda Marianne en se raidissant soudain, le visage durci.

Anne, qui n'avait pas pris garde à son langage corporel, continua en souriant aimablement :

— Mais oui, vous n'en avez pas parlé une seule fois de toute la soirée.

— Bah ! Je n'avais pas de raison de mentionner cette ordure.

— Cette ordure, coupa Anne sèchement, est sur un lit d'hôpital, maintenu artificiellement en vie.

Le regard glacé braqué sur l'infirmière fit place à un sourire.

— Oh, mon Dieu ! Vous parliez de Yonatan !

— Votre mari, oui, confirma Anne, qui se sentait de plus en plus idiote de seconde en seconde.

— Mais non, ma pauvre amie, fit Marianne en posant une main conciliatrice sur les doigts moites de l'infirmière. Vous avez mal compris. Yonatan n'est pas mon mari, c'est juste mon amant virtuel.

Une heure passa, durant laquelle Anne écouta l'histoire des deux fans de Salman Rushdie avec un ravissement rêveur. Quand Marianne arriva au bout de son récit, elle se racla la gorge et alluma une cigarette en disant :

— Désolée de vous avoir brusquée tout à l'heure, quand vous avez parlé de mon mari. Comprenez que personne n'aime passer en revue ses échecs, surtout quand les souvenirs sont encore frais.

— Alors, vous n'êtes plus ensemble ?

— Plus du tout ! s'exclama Marianne d'une voix victorieuse. J'ai coupé tous les ponts avec ce crétin. J'ai déjà passé suffisamment de temps comme ça avec lui. J'ai dépensé trop d'énergie à essayer de me convaincre misérablement que nous étions faits l'un pour l'autre. On rencontre dans la vie des dizaines, voire des centaines d'hommes, et on croit que, grâce aux mauvaises expériences accumulées au fil des années, on saura reconnaître le bon quand il se présentera. C'est du moins ce que je pensais quand je l'ai connu. Je n'avais jamais envisagé le mariage. Je n'y pensais même pas. Mais quand il a fait sa demande, j'ai cru pouvoir échapper aux statistiques sur cette noble institution. J'étais convaincue que nous étions spéciaux, différents des autres, trop intelligents et informés pour ne pas ignorer dans quel engrenage nous mettions le doigt.

Mais il se trouve que l'intelligence et l'amour ont peu de chose en commun. Nous visions la lune, et nous avons fini cul par-dessus tête.

D'une voix soudain douce et enfantine, le visage sérieux, elle poursuivit :

— Avec Ormus, ce sera complètement différent. Il ne me brisera pas le cœur. Il saura à quel moment mettre fin à tout ça, Dieu nous en préserve.

— Ne soyez pas si pessimiste.

— Au contraire, Anne. Le simple fait de savoir que toute histoire a un commencement, un milieu et une fin a sur moi un effet apaisant. C'est cela, je pense, la principale leçon que j'ai apprise en vivant des années avec ce salaud. Au lieu de chercher à prolonger artificiellement les choses au-delà de leur durée de vie naturelle, erreur répandue dans la plupart des couples, je sais maintenant à quel moment il convient de mettre un terme à une relation. Mais assez parlé de moi, déclara-t-elle en pointant l'index sur Anne. Je radote depuis des heures. Et vous ? Avez-vous quelqu'un dans votre vie ?

Anne secoua vivement la tête, comme pour chasser l'idée avant qu'elle ne s'implante.

— Et le frère de l'acteur ?

— Nous sommes amis, c'est tout.

— C'est vraiment tout ?

— Hum…

Marianne, en voyant l'air embarrassé de l'infirmière, décida de changer de sujet. Surprenant Anne, elle tapa du poing sur la table pour marquer le coup.

— Très bien. Fini de bavarder. J'ai un petit quelque chose pour vous.

Les yeux de l'infirmière s'agrandirent à la vue de l'écrin enveloppé dans du papier glacé mauve.

— Ouvrez-le donc, murmura Marianne.

— Il ne fallait pas… balbutia Anne en s'empourprant.

— Je sais, je sais, fit la journaliste en balayant son embarras d'un revers de la main. C'est le moins que je pouvais faire. J'espère que cela vous plaira, vraiment. Sinon, vous pouvez l'échanger. Il y a un reçu dans l'écrin.

Anne déchira délicatement le papier, en s'efforçant de dissimuler sa gêne. Elle n'avait pas reçu de cadeau depuis le jour où la vieille dame lui avait légué sa maison. Elle regarda fixement l'écrin revêtu de velours noir, et aurait continué à le contempler indéfiniment si Marianne ne l'avait pas pressée d'un geste. D'une main hésitante, elle ouvrit le boîtier et laissa échapper un petit cri étouffé.

— Allez-y, sortez-le, chuchota Marianne.

Anne saisit la chaîne en or au bout de laquelle pendait un rubis taillé comme un diamant. Elle la tint délicatement devant elle entre le pouce et l'index, comme si elle appartenait à quelqu'un d'autre.

— Il ne vous plaît pas, fit Marianne.

Anne resta muette. Elle ne détachait pas son regard du plus beau bijou qu'elle eût jamais contemplé, en essayant de chasser l'inexplicable sentiment de culpabilité que ce cadeau avait fait naître en elle.

— Dites quelque chose, voyons. Si vous ne l'aimez pas, ils vous le changeront. Le magasin se trouve…

— Excusez-moi, lui dit Anne en remettant le pendentif dans son écrin pour le rendre à Marianne. Je ne peux pas accepter. C'est beaucoup trop.

Marianne lui adressa un sourire enjôleur.

— Vous trouvez que ma vie ne vaut pas le prix d'un colifichet ?

Anne faillit répliquer que c'était sa vie à elle qui n'en valait pas le prix, mais elle se lança, au lieu de cela, dans une explication embarrassée selon laquelle elle n'acceptait jamais de cadeaux, surtout quand ils avaient de la valeur.

— Vous pouvez faire une exception. Vous l'avez bien gagné, lui dit Marianne en élevant la voix.

— Je regrette, mais je ne peux pas.

— Je ne vous laisse pas le choix, insista Marianne en gloussant devant sa mine consternée et en poussant l'écrin vers Anne.

— Vous ne me ferez pas changer d'avis, déclara cette dernière en repoussant l'objet sur la table.

— Je trouve votre réaction vraiment bizarre, Anne. Il ne s'agit pas d'un diamant de quatorze carats. C'est juste un modeste témoignage de reconnaissance, qui n'empêche pas que j'aurai toujours une dette envers vous.

— Vous ne me devez absolument rien ! s'exclama Anne en tapant du poing sur la table, faisant trembler la vaisselle et attirant l'attention des autres clients.

Vexée, Marianne se leva, farfouilla nerveusement dans son sac, en sortit trois billets de cent shekels, les abattit rageusement sur la table, et fit un signe au serveur.

— Où allez-vous ? demanda Anne.

— Ce ne sont pas vos oignons ! lui dit Marianne en mettant son sac en bandoulière.

Elle prit l'écrin, le jeta sur les genoux de l'infirmière, et se dirigea à grands pas vers la sortie.

Anne mit un bon moment à réagir. Quand elle rattrapa la journaliste, celle-ci était au bord du trottoir, en train de faire signe à un taxi qui arrivait. Anne l'agrippa par le bras, essoufflée et bouleversée, puis essaya de faire entrer de force le petit écrin noir dans le sac de Marianne.

— Qu'est-ce que vous croyez être en train de faire ? cria celle-ci en retirant brutalement son sac.

La violence du mouvement cassa la mince courroie du sac d'un coup sec, et son contenu se répandit sur le trottoir.

— Regardez un peu ce que vous avez fait ! glapit Marianne en ramassant ses affaires éparpillées tout en repoussant rageusement la main de l'infirmière qui faisait une dernière tentative pour se débarrasser de l'écrin.

Serrant le sac contre sa poitrine, Marianne grimpa dans le taxi et claqua la portière derrière elle. Anne, qui évitait de croiser son regard, baissa les yeux et vit, sur le trottoir, un petit nécessaire de maquillage. En le ramassant, elle s'aperçut qu'un autre objet était tombé du sac. C'était une photo, face contre terre. Elle la prit, y jeta un coup d'œil indifférent, et sentit un choc soudain l'envahir comme une drogue. Sans quitter la photo des yeux, elle sentit ses jambes se dérober sous elle et s'assit au bord du trottoir en gémissant lamentablement.

Un agent de police qui faisait sa ronde à pied lui demanda si elle se sentait bien. Cela eut pour effet de la tirer de son hébétude. Elle hocha la tête en signe d'assentiment, se remit debout et descendit l'avenue, indifférente à la chaînette qui lui glissait des doigts pour tomber dans la main tendue d'un SDF affalé qui n'en crut pas sa chance une fois sorti de sa torpeur.

22

GAYMORRHE

Le matin du douzième jour de sa mort, Ben se réveilla à l'issue d'un sommeil sans rêve, en proie à un mélange de peur et d'excitation à parts égales. Il était plein d'enthousiasme à l'idée de rencontrer bientôt le plus éclatant de tous les Mendelssohn, qui lui manquait cruellement depuis qu'il avait succombé à sa terrible maladie. Ben se souvenait des propos de l'oncle David, qui disait toujours que ses appétits sexuels insatiables finiraient par causer sa perte ; mais il n'avait jamais envisagé, même dans ses rêves les plus déjantés, que ce serait une femme qui étoufferait la flamme vivace de ses escapades érotiques.

Dans un océan bouillonnant de conquêtes sexuelles quasi quotidiennes, David avait osé sortir une seule fois sans se couvrir, pour la seule raison qu'il ne soupçonnait pas que les représentantes du sexe étrange aussi bien qu'étranger, qui ne lui avaient jamais fait aucun effet jusque-là, pouvaient constituer un danger pour lui. Une nuit, lors de folles vacances à Ibiza, complètement torché et snobé depuis peu par un hédoniste ibérique, notre chasseur d'hommes sentit une excitation inhabituelle se propager dans sa région lombaire lorsqu'une magnifique touriste finlandaise posa une main sur lui. La pilule qu'elle lui glissa sous la langue avant de l'entraîner dans son lit ne lui fit non plus aucun mal, et il se mit à l'ouvrage, sur un nuage, jusqu'à ce qu'une lourde brume engloutisse son esprit conscient.

Deux mois après que les derniers échos du rire en cascade de ses copains se furent éteints, quand ils cessèrent de lui demander, à chacune de leurs rencontres, de raconter encore les détails de cette nuit épique, David tomba par hasard, en ouvrant son journal, sur une photo de la pute finlandaise. L'article détaillait la manière dont la prostituée séropositive avait pété un câble en décidant de faire payer collectivement le sexe fort au lieu de s'en prendre à celui qui lui avait refilé la chose. Le titre, "Tueuse de sang-froid", prenait une nouvelle signification glaçante. David jura de s'abstenir de consommer le fruit de la vie pendant un mois. Les résultats des tests, sans équivoque, lui firent comprendre que la fête était finie, ou tout au moins réservée à une petite partie de la population. Malgré sa libido extravagante, David avait une conscience en noir et blanc et refusait de mettre quiconque en danger. Il continua d'avoir une vie sexuelle active, bien que limitée, et ne se priva pas de dire à ses confidents qu'il était peut-être temps pour lui de retrouver quelqu'un qu'il avait perdu de vue depuis longtemps, son Jonathan. La recherche d'une âme sœur était en formelle contradiction avec l'un des piliers fondamentaux de son point de vue sur la vie, selon lequel les hommes de toute taille, couleur ou gabarit étaient des objets de plaisir interchangeables. En conséquence, la recherche d'un amant particulier était propre à le vider de son ardeur pour l'acte sexuel. Quelques mois avant que la maladie s'abatte inopinément sur lui sous la forme d'une pneumonie fatale, il avait confié à son neveu Ben que, virus mortel ou non, il avait clairement compris qu'il était le prochain à passer à la casserole. "La malédiction des Mendelssohn, tu vois." Il était mort par une somptueuse journée d'automne, et ses copains avaient respecté ses dernières volontés en organisant un cortège dont l'itinéraire passait par les six magasins de sport dont il était propriétaire. Son ami le plus proche, Doron, avait fait son éloge d'une voix tremblante, en révélant que ses dernières paroles avant de quitter le monde des vivants avaient été : "Je retourne dans le placard."

Mais Ben n'ignorait pas, en partant à la recherche de son oncle fantasque, les implications de son geste. David Mendelssohn était son dernier parent proche sur la liste. Après tous les échecs auxquels il s'était heurté, il savait que ses chances de découvrir un indice valable sur l'endroit où se trouvait Marianne étaient voisines de zéro, surtout dans la mesure où

David fréquentait des sphères où les hommes préféraient les hommes. Sa mère l'avait cependant encouragé à ne pas perdre espoir, en arguant que, s'il existait un lieu où une femme ne risquait surtout pas de passer inaperçue, c'était bien celui-là.

Le voyage à Gomorrhe ne fut pas de tout repos. Les regards avides d'une centaine d'yeux braqués sur lui le faisaient se tortiller sur son siège. Et son cas fut encore aggravé quand il se tourna pour dire à l'un de ses prétendants potentiels qu'il était désolé, mais qu'il préférait les nanas. Trois sosies de Jimmy Somerville brisèrent alors le silence du multi en se lançant dans une allègre version de *Woman in Love* que le reste des passagers du multi reprit en chœur avec des accents pathétiques frisant le ridicule.

Par bonheur, le voyage prit fin avant qu'ils n'arrivent au terme de la complainte romantique de leurs voix de fausset. Ben regarda autour de lui, bouche bée. Le terminus du multi se situait au sommet d'une colline au-delà de laquelle s'étendait une large vallée encaissée, grouillante de couleurs et d'activité. Ben se félicita du changement d'environnement et suivit les autres qui s'avançaient sur le versant verdoyant de la colline. Mais quelques instants plus tard, son enthousiasme pour le paysage s'éteignit, et il écarquilla les yeux à la vue du placard rose isolé qui trônait au centre de la vaste prairie. Il se hissa sur la pointe des pieds afin d'essayer de comprendre la raison pour laquelle ces gens faisaient la queue devant une porte gardée par deux hommes baraqués à la mine agressive alors qu'il était évident que la prairie pastorale continuait au-delà du seuil. Au bout d'une heure, il arriva en tête de la file d'attente, et le malabar de droite lui parla. Il répondit par un “Hein ?” dérouté, et le malabar recommença d'une voix lasse : “Bienvenue à Gaymorrhe. J'ai le plaisir de vous annoncer que vous allez franchir le seuil du pays gay le plus vaste de l'Autre Monde. Derrière vous, vous pourrez découvrir le Cercle des refoulés sexuels, où vous aurez l'occasion de vous mêler à des groupes de gens encore indécis pour partager avec eux vos premières expériences de sexualité cent pour cent mâle au cas où vous n'auriez pas eu une adolescence normale. Si vous voulez maintenant entrer dans le placard, donnez-moi votre poignet gauche, je vous prie.”

Ben lui tendit son bras, puis regarda de plus près le XY bleu marine que le garde venait de lui imprimer au poignet. Les portes s'ouvrirent, et le garde le fit avancer d'une poussée dans une obscurité totale, sans lui laisser le temps de rassembler ses esprits. La porte se referma derrière lui. Il était tout seul à l'intérieur du placard, curieux de savoir où étaient passés tous ceux qui étaient avant lui dans la file d'attente. Totalement perdu, il sentit une légère vibration dans ses jambes et poussa un cri tandis que le sol se dérobait sous lui. Ce n'est qu'au milieu de la descente en chute libre qu'il comprit que le placard était, en réalité, un ascenseur.

Au bout de trois minutes de plongeon en terre inconnue, l'ascenseur s'immobilisa. Sans laisser à ses yeux une chance de s'accoutumer à l'obscurité, le plancher se déroba de nouveau sous lui, mais cette fois-ci pour le pousser étrangement en avant, comme une valise sur un tapis roulant, vers une autre cage d'ascenseur parallèle à la première. Toujours dans l'obscurité, le mouvement s'arrêta, et il sortit par une autre porte rose. Son arrivée fut applaudie par les voyageurs du multi, qui attendaient leurs amis attardés.

Surmontant son embarras initial, Ben contempla, mi-amusé, mi-éberlué, la série de cercles identiques alignés jusqu'à l'horizon de la cité surpeuplée. Il passa deux longues minutes à plisser les paupières devant le gigantesque phallus de pierre dressé au centre du cercle le plus proche. Un fin jet d'eau giclait de son méat pour arroser les citoyens voisins, engagés dans des conversations animées au pied du mât au long nez. Toute la partie supérieure de leur corps était mouillée tandis qu'ils rendaient hommage au soleil grâce à leur godget. Un vieillard qui marchait dans la direction opposée lança à Ben un regard sans équivoque, en lui disant :

— Tu n'as pas à avoir honte, mon chou.

Pour toute réponse, Ben lui demanda s'il pouvait l'aider à trouver son chemin.

— Avec plaisir. Où veux-tu aller ?

— Au *Gaily Male*.

— Oh ! C'est très simple, fit le vieillard en suçant son index pour le pointer ensuite en direction du long alignement de symboles phalliques qui rejoignait la ligne d'horizon imaginaire. Tu continues tout droit jusqu'au troisième jet. Tu prends sur ta gauche, et tu le verras.

Ben ne mit que quelques minutes pour arriver au bon endroit. Il laissa derrière lui les ascenseurs, préférant les plaisirs d'un escalier en haut duquel il trouva une salle de rédaction tout à fait ordinaire. Quelques journaleux tapaient furieusement sur le clavier de leur portable tandis que d'autres hurlaient dans leur télédoigt. D'autres encore couraient entre les piles de papiers entassés sur les bureaux, en criant comme des courtiers massés autour de la corbeille à la Bourse, lançant leurs bribes d'actualité à travers la salle bondée, allant des potins mondains les plus éhontés aux liaisons naissantes ou agonisantes entre célébrités, en passant par les annonces larmoyantes des secondes morts par accident, suicide ou assassinat.

En s'efforçant de ne pas trop attirer l'attention, Ben louvoya entre les tables, cherchant celle de son oncle. Il finit par apercevoir le grand gaillard aux cheveux noirs coupés court, aux yeux verts en amande, au long nez effilé et à la mâchoire carrée derrière des lèvres charnues qui lui attiraient nombre de plaisanteries. À en juger par son intonation chantante et son sourire enjôleur tandis qu'il murmurait dans son télédoigt, il était sur la voie d'une nouvelle conquête. Il ne remarqua Ben que lorsque ce dernier se campa devant lui en souriant de toutes ses dents.

— Une seconde, Eddie… Excuse-moi… Tu ne devineras jamais qui j'ai en face de moi… Je te rappelle, Eddie…

Il serra Ben dans ses bras, ce qui lui valut des acclamations chaleureuses de la part des autres journalistes présents.

— Bande de pervers ! s'écria-t-il d'une voix enjouée. C'est mon neveu !

— Qui est le plus pervers de tous, alors ? lança quelqu'un, salué par un éclat de rire général.

David, fortement impressionné par la musculature de son neveu, qu'il avait connu fil de fer, lui confia que, passé le choc initial, il n'était guère surpris de le voir dans ce monde. Ben comprit qu'il faisait allusion à la "malédiction" et, voulant retarder le plus longtemps possible le moment de poser la question pour laquelle il était venu, passa plusieurs heures à bavarder de choses et d'autres avec son oncle préféré, qui lui parla principalement de son travail de journaliste spécialisé dans l'athlétisme, discipline qu'il avait déjà appris à aimer dans le monde précédent. En souriant malicieusement, il ajouta :

— Quand tu es arrivé, j'étais justement en train de parler à un sprinteur de Trinidad bâti comme un dieu noir.

— Je vois que tu n'as pas perdu la main, lui dit Ben en sortant pour faire avec lui le tour de la cité bigarrée.

— Et la main ce n'est rien, rétorqua David en rougissant avant de faire un signe de tête à une connaissance d'un soir vite oubliée. Tu ne peux pas imaginer, Ben. Depuis mon arrivée ici, c'est le pied. Le renouveau. On peut coucher avec le monde entier – disons la moitié – sans être inquiété. Grâce à cette pute finlandaise, j'ai redécouvert les plaisirs du sexe, et si je tombe sur elle un jour par hasard je lui flanquerai ma main sur une joue en paiement des souffrances qu'elle m'a infligées, et je l'embrasserai sur l'autre en remerciement des plaisirs de ce monde-ci.

Ben se mit à rire. Il buvait les paroles de son oncle tandis que ce dernier lui expliquait :

— Cette structure massive que tu aperçois là-bas s'appelle le Gay-ser. Elle a été édifiée en hommage aux antiques bains romains, et sert de centre d'activité à tous les amoureux des jeux aquatiques. Derrière cette façade évoquant une acropole, il y a des sources thermales qui sont censées posséder des propriétés curatives particulières. En fait, ces eaux volcaniques sont réputées calmer les ardeurs de l'âme des déments, pour citer mon vieux copain Hesse. Tu connais le topo. *Mens sana in corpore sano*. Mais entre nous, soit dit en passant, il y a pas mal de nageurs équilibrés qui ont rejoint depuis longtemps le Gay-ser à grands coups de palmes et investi les eaux territoriales des détraqués du ciboulot. Même moi, j'ai péché en eau claire de manière fort agréable avec un gymnaste russe… Ah, Dimitri, mon Dimitri !

David continuait à lui indiquer les principaux points d'intérêt. Il y avait Gay-henne, le plus grand sauna de la cité, qui occupait un grand bâtiment gothique surmonté de plusieurs cheminées sophistiquées d'où s'échappaient, au-dessus d'une toiture noircie, des colonnes tourbillonnantes de fumée artificielle qui donnaient l'impression que le bâtiment était en flammes. Sur la gauche de l'édifice, une étrange pagode abritait un temple sadomaso parmi les quelques douzaines d'établissements du même ordre tenus par un groupe efficace de gayshas masculins qui se faisaient une joie de combler les désirs des queens qui fréquentaient leurs établissements.

— Et ce grand bâtiment au bout de la rue ? demanda Ben en pointant l'index en direction d'une structure bleutée qui se profilait devant eux.

— Le Gay Schläfchen*. C'est un hôtel pour les hétéros qui viennent rendre visite à des parents ou amis homos. Tu trouveras peut-être l'endroit intéressant, dans la mesure où tout homo qui se respecte a au moins une bonne copine, qui loge généralement ici. Il y a aussi des hommes, mais la majorité des chambres est occupée par des femmes qui ne veulent pas imposer leur présence à leurs amis homos.

Ben essaya de se rappeler si sa femme avait eu un ami homosexuel. Sans y réfléchir davantage, il demanda à son oncle si cela lui plairait d'aller boire un café au bar de l'hôtel.

— Bien sûr, lui répondit David en haussant les épaules. Je constate avec plaisir que tu es sur la voie de la guérison !

Un essaim de femmes souriantes et bourdonnantes entoura Ben devant l'entrée de l'hôtel, en le bousculant sans complexe sous le prétexte d'avoir un peu trop bu. David émit un gloussement d'approbation devant leur hardiesse, mais Ben se contenta d'un sourire grognon sans manifester le moindre intérêt.

David lui souffla d'une voix éraillée :

— Mon chou, à Rome, il faut faire comme… tu sais bien. Mais tu ne devrais pas te laisser déborder par ton imagination.

— Pardon ? demanda Ben, dans les nuages, encore en train de retourner dans sa tête la remarque de son oncle sur sa supposée guérison en cours.

* *Schläfchen*, en allemand : “petit somme”.

Ils entrèrent dans le hall bruyant de l'hôtel et allèrent s'asseoir dans un coin éloigné. De là où il était, Ben pouvait suivre les allées et venues des femmes sur la moquette bleue de l'entrée, qui ressemblait à celles de dizaines d'hôtels dépourvus du moindre cachet de par le monde. La seule note personnelle de la décoration résidait dans la profusion hypnotique des bleus : le plafond, les lustres, les tables, la vaisselle, les portes et même le comptoir d'accueil représentaient toute une palette allant de l'azur à l'outremer. Toujours la tête ailleurs, il contempla sans rien dire la tasse de café que lui avait apportée son oncle.

— Ça te dérangerait de cesser de contempler ta tasse comme un accro à la caféine et de commencer à t'intéresser à ce qui se passe autour de toi ? lui demanda David avant de porter son attention sur les trois filles au sourire angélique assises non loin d'eux.

Sans rien dire, Ben but une gorgée de café sans quitter des yeux un groupe de femmes qui venait d'entrer dans l'hôtel.

— Que se passe-t-il, Ben ? lui demanda son oncle en suivant son regard. Pourquoi ignores-tu leurs invites ? Ce n'est pas pour ça que tu voulais venir ici ? Elles ne demandent qu'à venir te parler, et tu réagis comme un eunuque !

— Je suis surpris que tu me pousses à répondre aux avances de ces femmes, alors que tu sais très bien qu'il n'y en a qu'une qui compte pour moi.

— Ah ! murmura David en secouant la tête. Tu penses à ton adorable Marianne.

— Bien sûr que je pense à elle. Je ne pense qu'à elle. À qui d'autre voudrais-tu que je pense ?

— À toutes les autres, peut-être, fit David en levant le menton en direction des trois nouvelles venues, qui étaient maintenant six à faire tacitement un concours de charmes pour s'attirer ses grâces. Je croyais que c'était du passé, ton histoire avec Marianne.

— C'est ce que tu as voulu dire en parlant de ma guérison ?

— Naturellement. Ta mère m'a dit que Marianne était morte il y a quelque temps. Je ne pensais pas qu'au bout d'un an et demi, tu serais encore…

— Amoureux d'elle ? Je le suis plus que jamais, David.

— Comment peut-on être amoureux d'un fantôme? De l'eau a coulé sous les ponts, depuis. Je suis sûr qu'elle t'a oublié, elle.

Voyant le regard d'animal blessé dans les yeux de son neveu, David mit un peu d'eau dans son vin en ajoutant :

— Sans vouloir te faire de peine, je ne vois pas une splendide créature comme Marianne mener longtemps une vie de célibataire éplorée. Ça n'a rien à voir avec ses sentiments à ton égard. Elle a clamé son amour pour toi au sommet de toutes les montagnes, mais elle est arrivée ici bien avant toi. Qu'attendais-tu d'elle? Qu'elle reste prostrée en attendant que son chevalier blanc quitte le monde des vivants pour venir la rejoindre?

— C'est justement la raison de ma visite. Je voulais savoir si tu avais de ses nouvelles, si elle était venue te voir...

David lui sourit avec compassion.

— Désolé, mon petit. Jusqu'à ma rencontre avec Deborah, j'ignorais même qu'elle était décédée.

Ben hocha la tête en grognant :

— C'est bien ce que je pensais.

David chercha à faire un geste pour exprimer sa sympathie, mais n'en eut pas le temps, dans la mesure où il vit Ben bondir de son fauteuil comme un ressort, le visage crispé, le regard terrorisé, en direction du groupe de femmes assises en rond.

— Ça ne va pas? demanda David en voyant l'air hébété de son neveu.

Ben s'avança à grands pas vers les six femmes attablées en gueulant :

— Qu'est-ce que vous avez à me regarder comme ça, bordel? Vous voulez mon portrait?

David avait du mal à croire ce qu'il voyait. Les six femmes ne le quittaient pas du regard, indifférentes à son accès de fureur. Il s'aperçut soudain que toutes les aguicheuses de la salle indigo dévoraient Ben de leurs yeux brillants, en faisant des mimiques explicites et en tissant leurs toiles invisibles autour de leur proie récalcitrante. Ben regarda autour de lui pour s'assurer qu'il n'était pas le jouet d'une illusion. Cinquante femmes étaient en train d'utiliser sur lui leurs artifices ancestraux. Peut-être à cause du trou noir béant causé par l'absence de Marianne, que cinquante orifices bleutés ne pouvaient occulter, peut-être à cause du déséquilibre poignant induit par l'abondance de l'offre face à la pénurie de la demande monogame, ou encore à la suite de la frustration prévisible provoquée par la réponse laconique de son oncle, qui attestait crûment qu'il était pratiquement arrivé au bout de ses recherches, tout cela convergeant, de toute manière, vers le même résultat, il ouvrit grand les yeux et, avant que son oncle pût intervenir, mû par l'impulsivité qui caractérisait son talent d'épiloguiste, oubliant que, dans l'art, plus une action est folle, plus elle attire les éloges, mais que le même acte, dans la vie, ne vaut à son auteur que de la dérision, il se jeta en rugissant sur la table voisine qu'il renversa d'un coup avant de se précipiter sur la table suivante qu'il envoya d'une poussée valdinguer à travers le hall. Satisfait de la panique ainsi créée dans une salle qui s'était vidée en quelques secondes de toute présence féminine, le forcené, sous les yeux médusés de son oncle, qui n'avait jamais vu son pacifique neveu dans un tel état, se mit en devoir de tirer à grand fracas le Schläfchen de sa torpeur. Il renversa les lampes, lança les fauteuils à travers la salle, cassa les assiettes et les vases, ignorant le personnel qui n'acceptait pas une telle conduite, même de la part d'un homme au cœur brisé, et s'efforçait de le maîtriser, en l'agrippant tandis qu'il se débattait frénétiquement, comme si c'étaient eux qui étaient responsables de tous ses malheurs. Ils finirent par réussir à l'éloigner de la scène du saccage et lui maintinrent la tête pour le photographier au Polaroid avant de ranger le cliché dans un album où figuraient d'autres indésirables et de le marquer d'un X qui, jusqu'à la fin de sa mort, lui interdirait l'entrée de ce pacifique établissement.

Quand le service de sécurité en civil eut réussi à le calmer, en lui expliquant bien qu'il était désormais *persona non grata* dans cet hôtel, David rejoignit en courant son neveu abandonné sur le trottoir comme un guerrier crachant le feu et lui cria de se calmer et de cesser de se comporter comme un détraqué.

Ben enfouit la tête dans ses mains en gémissant :

— Oh, mon Dieu ! Je ne sais pas ce qui m'a pris. Je n'avais jamais fait un truc comme ça. Un truc d'énergumène. Mais tu as vu de quelle manière elles me zyeutaient ?

— J'ai vu, j'ai vu. Mais cela ne justifie pas pour autant ta conduite. Je ne suis pas sûr que Marianne serait contente d'apprendre que tu as mis tout un hall d'hôtel sens dessus dessous comme une star du rock en proie à une crise de rage infantile.

— Si seulement elle avait été avec moi…

— Tu ne vas pas invoquer éternellement cette excuse.

— Je l'invoquerai tant que je ne l'aurai pas retrouvée, rétorqua Ben en regardant derrière lui la scène de ses destructions, incapable de croire que c'était lui qui avait fait tout ça.

— J'ai une question idiote à te poser, mais je suis obligé de le faire, lui dit son oncle. Ça fait combien de temps que tu n'as pas été avec une femme ?

— Notre dernière nuit ensemble ? C'était…

— Ça ne m'intéresse pas de savoir comment c'était, fit David, qui avait du mal à dissimuler le frisson de répugnance dans sa voix. Ce que tu es en train de me dire, c'est que tu n'as pas eu de relation sexuelle depuis quinze mois ? D'aucune sorte ?

— Mmmm, reconnut Ben.

— Et tu t'étonnes de saccager sans préavis les halls d'hôtels ? Bordel de merde, tu es un terroriste déguisé en héros romantique, Ben. Ce qui vient de se passer n'est que la partie émergée de l'iceberg. Crois-moi, je sais de quoi je parle. En arrivant ici, j'avais cinq mois d'abstinence en dessous de la ceinture, et je n'ai pas tardé à comprendre que si je continuais à me priver ainsi je finirais par craquer et par aller tous les jours au Gay-ser. Rends-toi compte, Ben. Que se passera-t-il si tu ne la retrouves que dans dix ans ? Es-tu prêt à attendre tout ce temps ?

— Bon ! Les sermons, ça suffit comme ça ! tonna Ben en s'éloignant de son oncle. Tu as ta façon de résoudre les problèmes, et j'ai la mienne. Maintenant, rends-moi service, et oublie un peu mes habitudes sexuelles.

— De quoi veux-tu qu'on parle, alors ?

— Ne t'occupe plus de moi, c'est compris ? Je me démerde très bien comme ça. Je crois, ajouta-t-il avec un sourire forcé, que je n'ai plus qu'à retourner chez moi, à présent.

— Déjà ? On n'a encore rien fait ensemble.

— Ne t'inquiète pas. La prochaine fois, je serai de meilleure compagnie.

Il donna une accolade à son oncle, puis ils échangèrent leurs empreintes de pouce. Ben chuchota alors à l'oreille de David :

— Et s'il te plaît, le coup de folie à l'hôtel, j'aimerais que ça reste entre nous.

David acquiesça en caressant les cheveux de son neveu.

— Promets-moi de faire attention à toi, d'accord ?

Ben se força à sourire une dernière fois, puis dirigea ses pas vers le placard rose qu'on apercevait au loin. Les pensées se bousculaient confusément dans sa tête. Les odeurs, les voix et le décor se mélangeaient spontanément dans son esprit, comme s'il se trouvait sur la place d'un marché grouillant de monde.

Quatre heures plus tard, il descendit par erreur du multiroues à l'arrêt d'avril 2001 et prit la direction, le dos voûté, l'humeur de plus en plus dépressive, du gratte-ciel qui aurait été le sien s'il s'était suicidé deux mois plus tôt. Essayant de se concentrer sur le paysage inintéressant qui s'offrait à ses yeux, il marcha droit devant lui en s'efforçant d'oublier tout le reste, comme sa grand-mère sur son tragique tapis roulant d'exercice, sans aucune destination en tête.

Une collision inopinée avec quelqu'un le tira brusquement de sa mélancolie. Il grommela une vague excuse et poursuivit son chemin comme si rien ne s'était passé.

— Vous ne pouvez pas regarder où vous allez ? lui demanda la passante en se frottant l'épaule.

Il fit encore trois pas sur sa lancée, mais ce fut inutile. Quelque chose en lui fit qu'il s'arrêta pour se retourner. Cette voix lui était familière. Et pas seulement la voix, mais les circonstances elles-mêmes. Des années plus tôt, dans un monde lointain et différent de celui-ci, sous une pluie battante, il avait fait la rencontre d'une femme qui avait la même voix enrobée de miel. Il jeta un coup d'œil à la foule animée autour de lui tandis qu'elle faisait de même. C'est alors que leurs regards se rencontrèrent.

23

LE COPAIN DE TOM

Kobi et Tali avaient choisi l'approche "copain-copain" dans leurs relations avec leur fils unique. Ils s'occupaient consciencieusement de lui, mais faisaient tout leur possible pour éviter de se comporter en parents traditionnels et doctrinaires. Les gamins de son âge étaient follement jaloux de la manière dont Tom avait le droit de discuter de n'importe quel sujet avec ses parents, et de l'attention sincère et totale qu'ils lui réservaient. Il était le meilleur de sa classe, mais n'avait rien du bon élève genre tout dans la tête et aucun pote. Sa popularité avait atteint des sommets quand il avait décidé, à dix ans, de ne plus jamais se couper les cheveux. Filles et garçons murmuraient sur son passage, chacun de ses mouvements étant souligné par le balancement de sa longue chevelure couleur de miel. Ce petit garçon maigrichon, à l'esprit curieux, correspondait aux rêves de tous les parents. Il était vif, amusant, poli, modeste et gentil. Tali avait confié un jour à son mari qu'elle craignait que plus tard, en grandissant, il ne développe quelque tare cachée. Kobi avait hoché la tête en riant avant de répliquer : "Ce sera soit un tueur psychopathe, soit un Prix Nobel."

Quand ils lui avaient annoncé que Tali attendait un bébé, il s'était blotti dans les bras de sa mère en disant :

— Enfin, je vais avoir un petit frère avec qui partager vos attentions.

— Elles te dérangent, nos attentions ? demanda Kobi en faisant la grimace.

Tom fit un clin d'œil à sa mère.

— Je voulais juste dire que vous avez intérêt à vous préparer à de terribles crises de jalousie. Ça risque d'être très intéressant.

Kobi se mit à rire.

— Peux-tu me dire, Tali, d'où il tient cet esprit sarcastique ?

Le visage soudain grave, Tali lui donna le nom d'un vieillard faisant partie de leurs voisins.

— C'était le jour où tu t'es absenté pour un voyage d'affaires. Je me suis sentie tellement seule que…

Kobi lui lança un coussin à la figure. Il atteignit son but et rebondit sur le canapé. Tom éclata de rire et se prépara à sauter sur le dos de son père pour lui faire des chatouilles quand le téléphone sonna. Sa mère alla répondre et lui cria : "C'est pour toi, mon chéri."

Tom prit le combiné sans cesser de sourire.

— Allô ?

Son expression devint subitement grave.

— Pourquoi ?

La réponse ne lui plut visiblement pas, car il répéta, un peu plus fort :

— Oui, mais pourquoi ?

Kobi le fixait avec inquiétude. Il n'avait jamais vu son fils dans un état pareil.

— D'accord, mais quand ? demanda Tom en se balançant d'une jambe sur l'autre. Demain ? Après-demain ? Dans trois jours ? Pour quelle raison ?

Voyant qu'il fixait le combiné d'un œil songeur après avoir raccroché, Kobi lui demanda :

— Qui était-ce ?

— Tommy, qu'est-ce qu'il y a ? voulut savoir sa mère en s'approchant pour lui caresser la joue.

L'enfant eut un mouvement de recul. Avec un petit sourire, il murmura :

— Excuse-moi d'avoir crié. C'était le prof du cours d'informatique. Il m'a appelé pour dire que la séance d'aujourd'hui était annulée.

Sans attendre les questions qui n'allaient pas manquer de pleuvoir, il tourna les talons et grimpa à l'étage, en claquant la porte de sa chambre derrière lui. Tali voulut le suivre, mais écouta l'avis de son mari qui lui conseillait de le laisser tranquille :

— Il est temps qu'il apprenne que le monde ne tourne pas avec la précision d'une montre suisse.

— Mais tu as vu un peu sa réaction ?

— Tu sais bien qu'il adore ce cours. Il n'a pas manqué une seule séance en quinze mois. Je suis surpris que cela ne se soit pas produit avant.

— De quoi parles-tu ?

— Une annulation. Ce n'est pas tellement inhabituel.

— Je ne sais pas, fit Tali en regardant le téléphone. Tu ne trouves pas que sa réaction a été un peu démesurée ?

— C'est un gosse. Les gosses, ça réagit comme ça.

— Mon Dieu ! fit-elle en s'asseyant sur le canapé à deux places. Si c'est comme ça qu'il réagit quand on lui annule un cours extrascolaire, qu'est-ce qu'il va dire quand on va lui parler du vieux couple ?

Kobi s'agenouilla devant elle en lui prenant les mains.

— Ce n'est pas encore le moment, ma chérie. Il faut attendre un peu. Je ne veux pas le bousculer. Ta grossesse, leur mort… C'est trop à la fois pour lui.

— Nous ne sommes pas obligés de lui dire toute la vérité, murmura-t-elle tandis qu'une larme roulait vers le coin de sa bouche.

— Mon amour, dit-il en lui essuyant la joue du doigt. Pour lui, ils sont morts dans leur sommeil.

Elle hocha la tête en silence et lui passa les bras autour de la taille en souriant à leur reflet sur l'écran éteint de la télévision.

Ils sursautèrent tous les deux en entendant la sonnette à la porte d'entrée. Ronny, le bon copain et condisciple de Tom, se tenait sur le seuil. Il voulait savoir si Tom était là.

— Oui, il est en haut dans sa chambre, lui dit Tali en souriant avant de lui demander s'il voulait boire ou manger quelque chose.

— Un coca, suggéra le gamin grassouillet, et peut-être un de ces délicieux petits gâteaux au chocolat et aux raisins secs que vous savez si bien préparer.

— Comment as-tu deviné que j'en ai fait cuire deux plaques pas plus tard qu'hier ?

— L'odeur, fit Ronny en se touchant le bout du nez et en frottant en cercles son ventre rebondi.

Kobi, sensible à l'esprit d'autodérision du gamin, lui fit remarquer :

— Tu as de la veine que le prof ait annulé son cours d'aujourd'hui, sans quoi tu n'aurais pas pu apprécier les cookies de Tali.

Ronny regarda Tali tandis que cette dernière versait quelques gâteaux dans un bol.

— Le prof ?

— Le prof d'informatique.

La lueur dans les yeux du gamin s'éteignit au moment où Tali cessa de verser pour refermer le bocal de cookies.

— D'informatique ?

— Tu n'écoutes donc jamais ce qu'on te dit ? demanda Kobi sans cesser de sourire.

— Ouais, ouais… fit Ronny en se tournant vers Kobi tout en surveillant d'un œil les mouvements de Tali. Le prof d'informatique…

— Il a dû t'appeler, toi aussi, pour te dire que le cours d'aujourd'hui était annulé ?

Tali ouvrit un tiroir et en sortit un paquet qui croustillait. Ronny reporta toute son attention sur elle, en essayant de deviner ce qu'elle était en train de verser dans le bol par-dessus les cookies.

— Personne ne m'a appelé, dit-il d'une voix faible.

— Comment savais-tu, alors, que Tom était à la maison ? Et qu'il n'y avait pas informatique aujourd'hui ? Vous n'avez pas l'habitude de vous retrouver chez ce prof ?

Il fallut à Ronny trente secondes pour réagir, mais il eut finalement l'air de comprendre.

— Ah ! Le cours particulier d'informatique ! Je vois ! Oui, Tom m'a appelé… Pour me dire que le prof l'avait prévenu… de l'annulation…

Tali fit un bond.

— Ronny… Il n'a pas pu t'appeler… Il vient d'apprendre la nouvelle. Nous l'aurions vu s'il avait téléphoné.

— Il a utilisé son portable, riposta le gamin d'un air triomphant.

Cette fois-ci, ce fut Kobi qui répliqua.

— Ronny, son portable est en panne.

— Excuse-nous, mon petit Ronny, fit Tali en s'approchant de lui, le bol à la main. Nous ne voulons pas te faire subir un interrogatoire, mais c'est la première fois que nous voyons Tom réagir de cette façon devant un coup de téléphone. (Elle lui tendit le bol.) Sers-toi, mon petit.

L'apaisement soudain qu'il ressentit à la première bouchée disparut quand Tali lui demanda s'il avait une idée de la raison pour laquelle Tom s'était comporté aussi bizarrement.

— Non. Il a dû être très déçu. Il adore… aller chez ce prof. Vraiment…

Il essuya son front où perlait une goutte de sueur.

— Bien sûr, nous le savons très bien, fit Tali en secouant le bol pour lui rappeler que tout n'était pas pour lui.

Ronny se détourna avec un soupir en murmurant :

— Je viens de me rappeler… J'ai un truc à faire… Il faut que je m'en aille.

— Tu ne voulais pas voir Tom ? demandèrent-ils en chœur.

— Je le verrai demain à l'école.

Il bredouilla un au revoir hâtif et sortit en trombe.

— Drôle de gamin, fit Kobi.

Tali retourna dans la cuisine, remit les cookies dans le bocal et murmura :

— Non, Kobi. Il n'est pas drôle du tout. C'est juste un gamin qui ne sait pas mentir.

— D'accord. Il a menti pour le téléphone. Pas la peine d'en faire tout un plat, soupira Kobi en se laissant retomber au creux du canapé.

— Comme tu voudras. N'empêche qu'il y a anguille sous roche. Ces deux gamins nous cachent quelque chose, et j'ai l'intention de découvrir ce que c'est.

— Bonne chance, alors, Miss Marple, lui dit Kobi en allumant la télé.

Tali savait que, pour son mari, elle ne faisait que prouver par son comportement, si besoin était, que les femmes adorent remuer la surface placide des choses pour faire remonter des éléments de drame et transformer la fiction en réalité. Mais quand elle émergea de sa sieste de l'après-midi, prête à renoncer à son projet, elle ne put s'empêcher de remarquer le silence tonnant qui émanait de la chambre de son fils. La plupart du temps, il passait ses après-midi devant son ordinateur en hurlant à l'adresse de son écran et en manipulant sa manette de jeu avec tout son corps pour tuer les méchants pendant que d'horribles flots de musique pop pour ados se déversaient de la chaîne qu'ils lui avaient offerte à l'occasion de ses dix ans. Elle frappa à la porte et n'obtint pas de réponse. Elle l'ouvrit silencieusement et vit que Tom était dans son lit, le visage sous l'oreiller, et faisait semblant de dormir.

Deux heures plus tard, alors qu'elle était en train de préparer le dîner, le téléphone sonna. Tom bondit hors de sa chambre et dévala l'escalier. Tout en continuant d'émincer et de touiller, elle remarqua avec satisfaction que Kobi s'était assoupi sur le canapé. Elle espérait que son fils ne remarquerait pas qu'elle était en état d'alerte. Lorsqu'il répondit au téléphone, elle ralentit légèrement son émincage pour faire moins de bruit. Il parlait à voix basse avec Ronny. Apparemment, la situation était grave. La voix de Tom était frémissante de rage contenue.

— Espèce de gros débile, tu ne pouvais pas trouver quelque chose de plus convaincant ? Ils vont se méfier, à présent. Comment as-tu pu oublier, espèce d'idiot ? Écoute, je ne peux pas parler maintenant. Non, ils n'entendent pas. Mais on reprendra cette conversation demain à l'école.

Puis, juste avant de raccrocher, il ajouta :

— Il dit qu'il veut faire profil bas, et que je ne dois pas le revoir jusqu'à nouvel ordre.

Juste avant de mettre la table, elle réveilla Kobi pour lui demander de ne pas embêter Tom à propos de ce qui s'était passé plus tôt.

— Tu y penses toujours ? demanda-t-il en bâillant et en s'étirant.

Après dîner, quand Tom fut sorti de table, elle consulta sa montre.

— Qu'est-ce qu'il y a ? gloussa Kobi. Tu as du retard dans tes règles ?

Tali lui montra les assiettes :

— Sois un bon mari et tâche de ne pas faire de bruit en débarrassant la table.

Il se mit à rire et passa les bras autour de sa taille.

— Mon Dieu, ce que tu peux être sexy quand tu trames quelque chose !

— Je ne sais pas de quoi tu parles.

— Elle meurt d'envie de découvrir ce que ces deux gamins ont encore fait, chuchota-t-il. Ils ont peut-être assassiné une pauvre vieille et caché son cadavre, ou bien ils ont mis la main sur le prochain contrôle de maths, bien qu'on soit seulement à quelques jours des vacances d'été, ou encore ils nous cachent l'amour qu'ils se sont découvert l'un pour l'autre, bien que je doute que notre Tom-Tom apprécie les gros…

— Lâche-moi, espèce de pervers, roucoula-t-elle en se tortillant pour se dégager. J'ai quelque chose d'urgent à faire.

— Le plan de Tali, dit-il en se frottant les mains et en l'embrassant sur le lobe de l'oreille. Bonne chance.

— Que veux-tu insinuer ? J'ai juste envie de faire pipi.

— En abandonnant ton mari qui t'adore au lieu de lui demander, en bonne épouse, de se joindre à toi ?

— Pas aujourd'hui.

Elle déposa un baiser sur sa bouche et se hâta de grimper l'escalier. Dans la chambre à coucher, après avoir fermé la porte, elle fouilla tous les tiroirs jusqu'à ce qu'elle retrouve la feuille de papier pliée en quatre. Elle la déplia, la lissa du dos de la main, et parcourut la liste des élèves de la classe de Tom jusqu'à ce qu'elle trouve Ma-or Ronny. À la troisième sonnerie, une petite voix congestionnée lui répondit :

— Résidence des Ma-or. Bonsoir.

— Bonsoir, dit-elle en songeant qu'il était étonnant qu'elle n'ait jamais rencontré les parents du meilleur ami de son fils.

La maman de Ronny, apparemment désireuse de faire bonne impression, se répandit en compliments sur Tom, sans laisser le temps de placer un mot à la maman inquiète qui l'appelait. Elle ne s'interrompit qu'une fois pour éternuer, et Tali saisit l'occasion au bond.

— Je voulais juste vous poser une petite question. Savez-vous si le prof d'informatique de Ronny l'a appelé aujourd'hui pour annuler son cours particulier ?

La maman de Ronny éternua une nouvelle fois avant de demander :

— Quel cours particulier ?

— Celui qu'il donne à Ronny et à Tom. Vous savez, le mercredi à 16 heures.

Son interlocutrice se moucha.

— Euh, non, le mercredi après-midi, Ronny garde son petit frère.

— Mais il était chez nous aujourd'hui à 16 heures.

— Je sais. Il a de la chance. Sa mère a attrapé froid et n'est pas allée travailler aujourd'hui. Je lui ai expliqué mille fois que…

— Pardonnez-moi, coupa Tali. Mais ce cours d'informatique ?

— Je regrette, vous devez confondre avec un autre enfant. Ronny ne m'a jamais parlé de cours d'informatique.

— Je vois, fit Tali, désireuse de mettre fin à cette conversation au plus vite.

Le lendemain, elle appela l'agence de voyages pour dire qu'elle ne pourrait pas venir travailler en raison d'un décès dans sa famille. Elle passa le reste de la journée à essayer en vain de concevoir un plan moins tortueux. Les paroles de Tom, quelques heures après l'appel du prof pour annuler le cours, résonnaient encore dans sa tête. Lorsque la porte s'ouvrit, en début d'après-midi, pour livrer passage à son fils, elle l'accueillit avec un grand sourire. Comme à son habitude, il laissa tomber son cartable au milieu du salon et courut se servir un grand verre de coca. Elle lui demanda comment s'était passée sa journée. Il répondit que tout allait bien et se dirigea vers l'escalier en évitant de croiser son regard. Elle le regarda monter vers les chambres et, juste au moment où il atteignait le palier, lui cria :

— Au fait, mon chéri, ton prof a appelé aujourd'hui.

Tom s'arrêta sur sa lancée, se tourna vers elle et demanda :

— Mon prof? Quel prof?

— Le prof d'informatique. Pour te dire qu'il ferait cours aujourd'hui à 16 heures.

L'espace d'un instant, le visage de l'enfant demeura figé ; puis, voyant que sa mère lui souriait, il prit un air enthousiaste pour lui crier :

— Merci, m'man!

Une heure plus tard, il descendit de sa chambre et, rayonnant, annonça qu'il serait de retour dans la soirée. Tali hocha la tête, déposa un baiser sur sa joue et lui dit au revoir. Trente secondes après, elle mit des lunettes de soleil, se coiffa d'un chapeau à large bord et sortit. Elle se sentait un peu ridicule à l'idée de se comporter comme dans un film policier. Restant à bonne distance derrière lui, elle le suivit tandis qu'il marchait d'un bon pas dans des rues familières devenues inquiétantes. Vingt minutes plus tard, ayant encore accéléré le pas, elle eut l'impression qu'il se dirigeait vers le parc ; mais au lieu d'y entrer, il tourna dans une petite rue tranquille et ralentit l'allure. Il frappa alors à la porte d'une maison cossue. Le cœur de Tali fit un bond dans sa poitrine tandis qu'elle se baissait derrière une voiture en stationnement.

Elle essaya de voir qui ouvrait la porte, mais le dos de son fils lui cachait l'entrée. Il fit alors un pas en arrière et agita furieusement la main. Pendant quelques instants, il demeura silencieux, écoutant la personne qui lui avait ouvert la porte. Mais il se mit soudain à crier, ses longs cheveux volant de tous les côtés :

— Vous ne pouvez pas faire ça! Vous êtes mon ami!

Le cœur de Tali manqua un battement à la vue de l'homme osseux aux lunettes noires qui passa fugitivement la tête comme un rat téméraire hors son trou avant de secouer gentiment l'épaule du jeune garçon en lui disant d'une voix plaintive :

— Tu ne comprends donc pas que ça n'a rien à voir avec toi? Il y a pas mal de choses que tu ne sais pas sur moi et sur mon frère. Trop compliqué à expliquer. Mais pour le moment, nous ne pouvons plus nous voir. Essaie de comprendre, Tom. Tu sais comme j'aime jouer avec toi, mais là je n'ai pas le choix. Désolé.

Tom éclata en sanglots, et l'homme le serra un long moment contre lui, en lui caressant les cheveux pour le calmer. Tali s'était mise à trembler de tous ses membres en voyant cet étranger poser les mains sur son fils. Mais elle resta cachée quand l'homme rentra dans la maison, en laissant Tom dehors avec une expression qu'il était difficile de ne pas comprendre. Ce n'est qu'après s'être assurée que la voie était libre qu'elle se redressa, traversa la rue, ôta ses chaussures et s'avança sur la pointe des pieds jusqu'à la porte de la maison. Elle nota le nom gravé sur la plaque dans la paume de sa main et s'enfuit en courant. Elle ralentit quand elle aperçut son fils qui marchait à quelque distance devant elle. Pendant plusieurs secondes, elle envisagea de jouer jusqu'au bout le rôle de Miss Marple ; mais le bon sens l'emporta, et elle rattrapa Tom en posant la main sur son épaule.

Il fit volte-face et la regarda avec une expression médusée qui céda aussitôt la place à un éclair de compréhension. D'une voix atone, il demanda :

— M'man, qu'est-ce que tu fais là ?

Avant qu'elle ait pu trouver les paroles adéquates, il arrondit les lèvres en un cratère d'indignation :

— Tu m'as suivi, hein ? Tu m'as menti en disant que…

— Qu'Adam t'avait appelé, acheva-t-elle en agrippant le bras tremblant de Tom.

Il fit un pas en arrière.

— Tu lui as parlé ? demanda-t-il d'une voix menaçante.

— Non, Tom. Je ne lui ai pas parlé. J'ai préféré avoir d'abord une conversation avec toi.

— Quelle conversation ?

Elle lui montra un café voisin.

— Pas ici. Suis-moi.

Ils entrèrent en silence dans le café. Ils choisirent une table isolée. Tali commanda pour tous les deux le milk-shake préféré de son fils, à la fraise et à la banane. Ils ne parlèrent pas jusqu'à ce que la serveuse dépose les grands verres devant eux. Tali demanda à Tom s'il avait faim, et il répondit par la négative. Quand la serveuse s'éloigna, Tom fustigea sa mère du regard en disant :

— Je sais ce que tu es en train de faire, m'man.

— Pardon ?

— Tu cherches à m'amadouer pour que je te parle de mon ami, murmura-t-il en portant sa cuillère bien pleine à sa bouche.

— Mon chéri, lui dit Tali, j'ai l'impression que tu ne te rends pas compte de ce que tu as fait. Depuis quinze mois, ton père et moi nous sommes persuadés que tu prends des cours particuliers d'informatique, et je viens de m'apercevoir que ces cours n'existent pas.

— Si c'est pour l'argent, ne t'inquiète pas. Je n'en ai pas dépensé un shekel. Tout est dans ma tirelire.

— Je me fiche pas mal de cet argent. Ce que je veux savoir, c'est comment tu as rencontré cet homme et… (elle espérait qu'il ne s'apercevrait pas du tremblement qui parcourait sa jambe) pourquoi, pour l'amour du ciel, tu n'as pas eu peur que…

— Que quoi ? Qu'il me fasse du mal ? Qu'il me fasse des trucs bizarres ? ironisa Tom. Je savais que, si vous appreniez que j'ai un ami adulte, vous grimperiez aux rideaux, en vous imaginant des tas de choses complètement dingues.

S'ils avaient été chez eux, se disait Tali, il l'aurait entendue, pour la première fois, élever la voix à son encontre. Mais tandis qu'elle méditait là-dessus, il l'étonna en exprimant sa déception avec des accents de sincérité.

— Tu es comme ton amie… je ne sais plus comment elle s'appelle… celle qui est tombée de la…

Cette fois-ci, elle ne put se contenir.

— Comment oses-tu parler de cette façon de Marianne ? aboya-t-elle.

L'enfant eut un sourire d'indifférence.

— C'est à cause d'elle que j'ai rencontré Adam.

Tali considéra son fils un long moment avant de lui demander d'une voix frêle :

— De quoi est-ce que tu parles ?

— Je te le dirai si tu me promets de ne pas te mettre en colère.

— Je vais me mettre en colère si tu ne me le dis pas.

De toute évidence, il choisit ses mots avec soin quand il parla d'une voix faussement calme, le front plissé.

— Je sais que papa et toi vous me considérez comme un gentil garçon. Et vous avez raison. Mais même les gentils garçons, parfois, font de vilaines choses. Disons des choses pas très belles. N'importe comment, ne crois pas que je l'ai fait exprès. C'était une très belle journée, et le cours était super chiant. Le prof d'histoire répétait la même chose pour la millième fois. J'ai levé le doigt pour lui demander si c'était ça qu'on entendait par "l'histoire se répète". Ça a fait rire tout le monde, mais il m'a fichu dehors. Et en m'éloignant dans le couloir, je savais déjà où j'irais.

— Où ?

— Au parc d'attractions. Je mourais d'envie d'y aller.

— Comment as-tu eu l'argent pour te payer ça ?

— Papa m'avait donné mon argent de poche de la semaine ce matin-là, et j'ai emprunté vingt shekels à Ronny.

— Ronny est allé là-bas avec toi ?

— Non. J'ai attendu la récré pour lui demander s'il voulait m'accompagner, mais il a répondu qu'il aimerait bien s'il n'avait pas si peur.

— Peur de quoi ?

— Peur que quelqu'un le voie là-bas et le dise à ses parents. Je lui ai répondu qu'il y avait peu de chances pour que ça arrive, mais il avait trop la trouille. Donc, j'y suis allé seul. Et, ironie du sort, comme dirait papa, ce qu'il craignait pour lui m'est arrivé à moi.

— Oh, mon Dieu ! Tu es tombé sur Marianne juste ce jour-là !

— Oui, fit Tom en se mordant la lèvre inférieure. Pendant que je faisais la queue, j'ai vu tout un groupe d'écoliers qui entrait deux minutes avant moi. Ça m'a fait plaisir, parce que je me suis dit qu'ils avaient tous séché leur cours, un truc comme ça. Mais j'ai vu alors deux femmes sortir de devant la caisse pour distribuer les billets, et l'une d'elles m'en a donné un. Je le lui ai rendu en disant qu'elle se trompait. Elle m'a regardé, et s'est mise à rire. En l'entendant, Marianne s'est tournée vers moi. Je suis resté paralysé. Surprise, elle m'a demandé ce que je faisais là. Voyant que je ne répondais pas, elle a tout compris. Elle a éclaté de rire, elle aussi, avant de me conseiller, la prochaine fois que j'aurais envie de sécher l'école, de me faire accompagner par un ou deux copains.

— Elle a dit ça ? s'étonna Tali.

— Oui. Elle pensait que ce genre d'endroit était dangereux pour un gamin. Et elle m'a montré un type assis dans l'herbe à côté du marchand de glaces. C'était Adam. Il ressemblait à un homme d'affaires aveugle avec ses lunettes noires, son costume foncé et son attaché-case. Il ne faisait que bouger la tête de droite à gauche et de gauche à droite, comme s'il cherchait quelqu'un. Marianne m'a dit de me méfier de lui parce qu'elle le trouvait louche, mais je ne l'écoutais plus.

— Hein ? Et pourquoi ?

— La raison, c'est qu'Adam venait de sortir un jeu que je n'avais jamais vu.

— Marianne ne s'est pas aperçue que tu avais l'esprit ailleurs ?

— Elle ne faisait plus attention à moi. C'était marrant.

— Qu'est-ce qui était marrant ?

— Elle m'a demandé quelque chose, et elle a commencé à s'intéresser à un vieux clochard qui se tenait au pied d'un arbre et qui regardait Adam avec insistance. Je pense qu'elle a eu pitié de ce pauvre vieux, parce qu'elle m'a dit de l'attendre un instant et puis elle s'est approchée de lui pour lui demander s'il voulait monter dans la grande roue avec son groupe d'enfants du consulat.

— Qu'a-t-il répondu ?

— À mon avis, il devait être soûl, un truc comme ça, parce qu'il a mis un bon moment à lui répondre par un sourire. Il était trop moche. Ses dents étaient toutes noires, et sa barbe vraiment dégueu.

— C'est lui qui était assis à côté d'elle sur la grande roue le jour où elle est morte ! Tu as vu… comment c'est arrivé ?

— Non, non, je n'étais pas là quand c'est arrivé !

— Je ne comprends pas.

— J'ai demandé à Marianne de ne pas vous dire qu'elle m'avait vu là-bas. Elle m'a répondu que ce serait notre petit secret.

— Alors, tu ne nous as pas dit que tu avais vu Marianne le jour de sa mort juste parce que tu avais peur qu'on apprenne que tu n'étais pas en classe… articula Tali à voix basse. C'est vraiment idiot de ta part.

L'enfant, qui s'efforçait de ne pas croiser le regard de sa mère, fixait les traces de café en rond sur la table.

— Eh bien, qu'est-ce que tu attends ? lui dit sa mère. Que s'est-il passé après ?

Sans quitter des yeux les ronds de café, Tom s'efforça de parler calmement, mais se passionna peu à peu et accéléra le débit.

— Elle est montée dans la grande roue avec sa classe et son clochard pendant que je regardais Adam, qui venait de sortir un autre jeu que je ne connaissais pas. J'étais réellement curieux. Il a alors vidé le contenu de sa sacoche dans l'herbe, et je n'en croyais pas mes yeux. Il avait là une dizaine de nouveaux jeux dont je n'avais jamais entendu parler. Il s'est mis à les aligner devant lui. Toutes les deux minutes, il levait les yeux vers moi en souriant. Je lui ai souri moi aussi, et il m'a fait signe de m'approcher. Je suis allé vers lui. Il s'est présenté, en me demandant si j'étais amateur de jeux vidéo. Je lui ai répondu que c'était la chose que j'aimais le plus au monde. Il m'a demandé si je connaissais la série Cryptograph. J'ai dit non. Il a proposé d'y jouer avec moi. Au début, j'ai pensé à ce que m'avait dit Marianne. Mais il s'est mis à rire, en me montrant le nom du concepteur. Et c'était lui ! J'ai cru m'évanouir. Adam est l'inventeur de tous ces jeux ! C'est son métier ! Je lui ai demandé ce qu'il faisait au parc d'attractions, et il a dit qu'il recherchait des cobayes pour son nouveau jeu. Des huit-douze ans chargés de l'essayer pour lui donner leur opinion, afin qu'il puisse l'améliorer. En échange de leur collaboration, il les laissait emporter les jeux chez eux.

— Je ne sais pas si j'ai envie de t'écouter davantage, lui dit Tali.

Tom se pencha vers elle.

— Arrête, m'man ! Je sais ce que tu penses ! C'est dégueulasse ! Il n'a fait que m'emmener chez lui pour m'expliquer la règle du jeu et me regarder faire. Je m'amusais tellement que je ne voulais plus partir. Il m'a dit que c'était pareil pour lui, mais qu'il fallait que je rentre si je ne voulais pas que mes parents s'inquiètent. Et il m'a donné deux jeux à emporter.

Quand je lui ai demandé si je pouvais revenir le voir, il m'a assuré que ça ne lui posait pas de problème. À ma troisième visite, je me suis rendu compte que si toi ou papa vous appreniez que j'allais chez Adam, qui est assez vieux pour être mon père, vous pousseriez des hauts cris, en imaginant toutes sortes de trucs dingues. J'ai donc pensé au cours d'informatique. J'ai imprimé le formulaire de demande, et j'ai demandé à Ronny, pour que ça ne fasse pas trop suspect, de dire qu'il y allait en même temps que moi.

Il but le reste de son milk-shake, puis regarda sa mère. Elle soupira longuement.

— Pendant quinze mois, tu es allé tous les mercredis après-midi chez cet Adam, et tu prétends que vous n'avez rien fait d'autre que jouer devant un ordinateur ?

— Parfois, on mangeait aussi de la pizza, fit Tom en léchant sa cuillère à long manche.

— Je suppose qu'il est marié, ce type ?

— Non. Il vit seul avec son frère. Mais je ne l'ai jamais vu, parce qu'il est toujours à son travail.

Elle jeta un regard glacial à son fils.

— Tu comprends bien que je t'interdis absolument de le revoir ?

Il hocha tristement la tête.

— Ça n'a plus aucune importance. Il ne veut plus qu'on se rencontre.

Juste au moment où la serveuse arrivait pour demander s'il leur fallait autre chose, ils se mirent à sangloter en chœur. D'une voix entrecoupée, l'enfant demanda à sa mère :

— Qu'est-ce que… tu vas… me faire ?

Tali épongea ses larmes avec sa serviette et souffla :

— La question n'est pas de savoir ce que je vais te faire, mais ce que je vais lui faire à lui…

— À qui ? demanda l'enfant d'une voix angoissée.

— À celui qui m'a fait perdre confiance en la personne que j'aime le plus au monde.

Elle roula sa serviette en papier en boule pour la mettre dans le cendrier et fit signe à la serveuse de lui apporter l'addition.

24

ANNE-TARCTIQUE EN FLAMMES

— Elle a quelque chose qui ne tourne pas rond, notre Annalyse déclara l'une des infirmières à ses collègues en conciliabule à propos du changement soudain qu'elles avaient noté chez la petite bonne femme qui s'efforçait de dissimuler la tempête émotionnelle qu'elle venait de traverser sous plusieurs couches mal appliquées de maquillage.

Les produits cosmétiques théâtralement étalés sur son visage blême ne cachaient nullement ses yeux bouffis. Ils lui donnaient, au contraire, un air gothique, comme si elle sortait tout droit d'un bal de l'horreur transylvanien. Sans compter que son fard à paupières dégoulinant, son mascara en motte et son anticernes en couche de ciment témoignaient clairement que cette pauvre femme avait pleuré pendant des heures et, à en juger par le résultat de ses efforts pour ne pas le montrer, devait pleurer encore au moment où elle avait commencé à se ravaler la façade.

— Elle a l'air d'un monstre, chuchota l'une des infirmières.

— Elle est sûrement malade, avança une de ses collègues.

— Elle a dû se faire faire je ne sais quel traitement cette semaine, suggéra une troisième.

— Et ça n'a pas marché, conclut une quatrième.

Lorsque le directeur de la clinique demanda à voir Anne dans son bureau, cela suscita une lueur d'intérêt dans les yeux des autres infirmières. Elles se réjouissaient de son retour, la moindre de leurs raisons n'étant pas qu'après des années de monotonie dans leurs rapports avec la hautaine infirmière en chef, elles avaient appris à la détester cordialement et à se laisser emporter par leur imagination jusqu'au jour où, tombant dans le coma, elle serait à la merci de celle qui la remplacerait, attendant sans le savoir le moment d'être débranchée d'entre ces quatre murs au-delà desquels elle n'avait jamais osé vivre. Mais ce matin-là, les infirmières du service avaient appris que la petite bonne femme à l'air glacial avait, elle aussi, une vie à l'extérieur.

Les infirmières n'étaient pas les seules. Quand Anne referma derrière elle la porte de son bureau, le directeur la dévisagea un long moment avant de la saluer en s'excusant du chagrin que la suspension d'une semaine avait dû lui causer. Elle répondit que la seule chose qui importait était qu'il croie à son innocence. Il réitéra sa conviction et lui proposa une tasse de thé afin de se donner le temps de satisfaire sa curiosité au sujet de son aspect pour le moins étrange. Mais elle déclina son offre avec un sourire pingre, lui souhaita une bonne fin de journée et quitta son bureau.

Ce n'est qu'après son départ qu'il se rendit compte que le détail qui avait retenu son attention n'avait rien à voir avec le grotesque spectacle de son visage, des lèvres jusqu'aux sourcils. Tout était dans sa façon de se tenir. Son dos voûté, comme d'habitude, menaçait de lui faire perdre l'équilibre ; sa main gauche pendait comme toujours, figée contre sa cuisse ; mais la droite était dans la poche de sa blouse blanche, faisant une bosse sous le tissu, sans qu'elle s'aperçoive de l'effet discordant ainsi produit. Il ne l'avait jamais vue marcher de cette manière, une main en synchronisme avec la jambe et l'autre cachée. Cinq minutes plus tard, en sortant pour aller donner un cours à l'université, il se tourna pour la voir discuter avec l'infirmière qui l'avait remplacée. Elle était au chevet de Yonatan, la main droite toujours au fond de sa poche, comme si elle était indépendante du reste de son corps, comme si elle fonctionnait selon un axe différent.

Après avoir été mise au courant de l'état de Yonatan, elle remercia sa remplaçante et s'attaqua à la pile de paperasses qui s'étaient accumulées au cours de la semaine. Mais les petites lettres dansaient devant ses yeux comme des bataillons de puces noires en train de défiler en rangs désordonnés, et elle se prit à griffonner inconsciemment au coin des pages, en se demandant qui diable cela pouvait intéresser de savoir quels stocks de médicaments il y avait encore dans l'armoire alors qu'elle avait la plus sensationnelle des nouvelles qui se morfondait dans sa poche. Elle lissa du doigt la surface brillante de la photo, retenant avec peine un nouveau jaillissement de larmes. Elle se leva, remit la pile de papiers en ordre, et décida d'y revenir ultérieurement. Elle était choquée de se voir incapable d'accomplir cette simple tâche. Huit jours plus tôt, elle l'aurait expédiée tout en discutant de la santé d'un de ses patients. Surprenant le regard d'une de ses collègues, elle prit un ton professionnel pour donner à chacune de quoi s'occuper. Elles se dispersèrent dans le service, en lui épargnant leurs regards inquisiteurs. Elle consulta sa montre et décida de faire sa pause déjeuner. Mais au lieu de manger son sandwich habituel, elle passa son quart d'heure à contempler le parking de derrière, sachant que personne ne viendrait la déranger dans son coin.

Toute la nuit précédente, elle avait repassé dans sa mémoire les différentes phases de sa rencontre avec la femme mystère. Elle cherchait désespérément un moyen de combler le fossé qui les séparait depuis la fin abrupte de leur dîner par ailleurs amical. Des excuses s'imposaient, de même qu'un petit cadeau de remerciement et, peut-être, une brève conversation anodine, un rien ou deux de compassion à l'égard de Yonatan, une prédiction optimiste sur les chances qu'il avait de s'en sortir, et des marques de sympathie précédant une interrogation prudente.

Quand elle retourna dans la chambre de Yonatan, Marianne était plongée dans une de ses conversations à sens unique avec le comateux sans expression. L'infirmière en chef n'eut aucun doute sur l'identité de la personne visée quand elle baissa la voix pour chuchoter à son amant virtuel qu'elle la trouvait "vraiment bizarre".

Anne prit une profonde inspiration, toucha la photo au fond de sa poche et s'avança en disant :

— Bonjour, Marianne.

Cette dernière ne daigna même pas se retourner.

— C'est ça, dit-elle d'une voix sombre et distante.

— Vous voulez que je m'en aille ? demanda Anne.

— Je croyais que c'était déjà fait, murmura Marianne en caressant le crâne lisse de Yonatan.

— Avant de partir, commença Anne sans s'avancer davantage dans la chambre, les yeux rivés sur le dos sculptural de Marianne, il y a quelque chose que je tenais à vous dire.

— Je ne le reprends pas !

— Je ne vous le demande pas. Au contraire, je voulais vous remercier pour ce très beau cadeau, et vous prier de m'excuser pour mon comportement d'hier soir. Je me suis conduite comme une imbécile !

— Je ne vous contredirai pas là-dessus, fit Marianne d'une voix quelque peu radoucie.

Elle se tourna alors pour regarder Anne, et un gloussement amusé lui échappa.

— Qu'est-ce que vous vous êtes donc fait ?

— Pardon ?

— Ce maquillage… On dirait que vous auditionnez pour jouer la fiancée de Frankenstein…

— Je n'ai pas trop l'habitude de me maquiller.

— Ça se voit. Mais je ne peux pas vous laisser vous balader comme si vous faisiez de la publicité pour les femmes battues… Venez, avant que Yonatan ne se réveille pour retomber dans le coma pendant une semaine.

Heureuse du tour inattendu que prenaient les événements, Anne suivit docilement la journaliste dans la salle de bains. Marianne lui demanda de refermer la porte, puis elle sortit quelques serviettes en papier de son sac en cuir noir, les humecta sous le robinet et essuya les peintures de guerre de l'infirmière intimidée pour qui les attentions de Marianne avaient un caractère bien trop intime. Repensant à leur altercation de la veille devant le taxi, elle détourna la tête au moment où elle sentit l'haleine parfumée de Marianne sur sa joue. Elle huma le parfum français malgré elle et fixa du regard le carrelage du mur opposé.

— Arrêtez de gigoter, lui dit la journaliste en lui maintenant la tête pour effacer les dernières traces de maquillage.

Quand ce fut terminé, elle demanda à l'infirmière de se rincer le visage, et lui donna le nom d'une émulsion douce propre à réparer les ravages sur sa peau.

— J'ai été ridicule de me tartiner comme ça, murmura Anne.

— Pas du tout, gloussa Marianne. Si vous voulez, je peux vous donner quelques tuyaux.

— Avec plaisir, fit Anne en hochant la tête. Au fait, hier soir, quand votre sac…

— Une seconde, l'interrompit Marianne en levant l'index tandis que son portable se mettait à vibrer… Oui ? Je vois. D'accord. Pas de problème.

Elle remit le portable dans son sac, vérifia dans la glace qu'elle était présentable, et se tourna vers Anne pour dire :

— Désolée, mais il faut que je me sauve. Je dois être à l'aéroport plus tôt que prévu. Nous reprendrons cette conversation plus tard.

— Où allez-vous ?

— À Paris. Veillez bien sur Yonatan. Dites-lui que je serai de retour dans trois jours.

Anne la regarda disparaître dans le couloir, puis reporta son attention sur le miroir.

— Idiote, murmura-t-elle. Tu devrais te sentir heureuse. Dans trois jours, tu sauras où il est parti.

Les trois jours qui suivirent furent consacrés à des préparatifs méticuleux en vue du retour de Marianne. Elle avait décidé de l'inviter chez elle dans un effort très coordonné de resserrer les liens qui les unissaient déjà. Deux jours durant, elle était restée scotchée à la télévision devant des émissions culinaires qui promouvaient un maximum de créativité pour un minimum de travail. Elle s'efforçait de renforcer ses modestes dons en la matière, satisfaite de produire des imitations passables des chefs-d'œuvre gastronomiques alignés à l'écran par le Chef nu*. D'un pas confiant, elle passa la troisième journée à rendre visite à diverses bijouteries, en se voilant la face devant le nombre de zéros figurant sur de si petites étiquettes, jusqu'à ce qu'elle trouve une chaînette, identique à celle qu'elle avait

* Jamie Oliver, animateur britannique d'une émission culinaire télévisée, *The Naked Chef*, ainsi surnommé parce qu'il ne porte jamais de toque à l'écran.

perdue, dans la vitrine d'un magasin spécialisé dans les contrefaçons de qualité. Sur la lancée de son succès, elle décida d'improviser pour remplir sa mission suivante. Surfant sur la même vague d'adrénaline, elle entra dans un magasin de chaussures à la mode où elle essaya une paire noire à talons hauts faite pour des femmes à la cambrure exceptionnelle, et demanda à la vendeuse de les lui emballer. Sur le chemin du retour, elle s'arrêta pour acheter deux bouteilles de vin et tout un tas d'ingrédients pour le repas à venir.

Le lendemain, elle se leva de bonne heure, passa l'aspirateur sur tous les tapis, fit la poussière de tous les recoins, et trouva encore le temps, avant de partir travailler, d'acheter un bouquet de roses grenat qu'elle disposa dans un vase devant la fenêtre. Elle quitta son appartement le cœur en liesse. Quand elle passa devant la vitrine de la salle de sport, elle sourit à son reflet. Adam n'était pas venu depuis trois jours, chose qui l'arrangeait en lui évitant d'avoir à rester hors de portée de ses lunettes noires auxquelles rien ne semblait échapper. Une fois de plus, elle se dit qu'elle avait de la chance. Et une fois de plus, elle se répéta que tout allait se passer au mieux.

Mais elle se trompait. Tout se passa décidément très mal. Les trois jours d'absence de Marianne s'étaient écoulés, elle avait laissé dix messages sur son répondeur, elle avait appelé l'aéroport Ben-Gourion pour savoir si "son amie" était sur la liste des passagers de l'un des prochains vols à arriver, et elle s'était même rendue trois fois à son adresse, mais sans résultat. Six jours après le départ de la journaliste, tous les préparatifs auxquels elle avait consacré tant de temps semblaient appartenir à une réalité différente. Elle n'avait pas d'autre choix que de se rendre à l'évidence. Au pire moment possible, la terre semblait avoir englouti Marianne, laissant derrière elle une femme qui avait fait l'expérience de toute une vie en une semaine, une femme fracassée en mille et un fragments d'espoir déçu, qui se regardait dans la glace en se demandant où diable était en train de passer tout le monde juste au moment où elle commençait à devenir visible.

25

SUR LES AILES DE L'IMAGINATION

— Ben ! cria-t-elle en s'avançant, essoufflée, dans sa direction.

— Keren ! fit-il, surpris, en allant à sa rencontre.

Ils s'arrêtèrent à un mètre l'un de l'autre, estimant du regard l'ampleur des changements radicaux qui s'étaient opérés en eux. Keren admira, tout en souriant ironiquement, les nouveaux muscles dont il s'était doté, pendant qu'il contemplait ses nouvelles rondeurs avec un frisson de plaisir et un pincement de regret. Aucun des deux ne manqua de percevoir la lueur nostalgique dans les yeux de l'autre. Ils échangèrent un sourire gêné.

— Les mots me manquent, murmura-t-elle.

— Je sais. Je ne m'attendais pas non plus à te voir ici.

— C'est dingue ! Ça fait bien quinze ans que…

— Qu'on a rompu, n'aie pas peur de le dire.

— Qu'on a rompu, d'accord. Que je ne t'ai pas revu depuis notre village perdu dans la campagne. Et je te retrouve ici, dans cet endroit gigantesque, en train de déambuler dans les rues, et on se cogne, littéralement, exactement comme…

— Comme le jour où nous nous sommes rencontrés pour la première fois, Keren.

— Seulement, il pleuvait à verse, ce jour-là, et nous étions tous les deux au trente-sixième dessous, si je me souviens bien.

— On peut remédier à ça en quelques secondes, si tu veux reproduire ces conditions, en faisant pleuvoir avec le godget.

— Et pour la déprime ?

— J'ai comme l'impression que nous n'avons pas tellement besoin d'assistance technique.

— C'est si évident ?

— Comme tu dis, oui.

Ils demeurèrent silencieux quelques instants. Leurs paroles résonnaient comme l'écho d'une romance depuis longtemps perdue. Derrière eux, un multiroues incontrôlé renversa trois vieillards, et une jeune femme à l'humeur hivernale passa silencieusement, auréolée d'un froid nuage privé.

— Il y a longtemps que tu es ici ? demanda Ben.

— Environ un an. Et toi ?

— Quinze jours.

— Seulement quinze jours ? C'est tout frais, alors !

— Comment es-tu arrivée ici, Keren ?

— Accident de voiture.

— Désolé de l'apprendre.

— Tu parles ! J'étais en route vers la pharmacie dans l'intention de m'acheter suffisamment de somnifères pour me foutre en l'air. Mais avant d'avoir pu mettre mon projet à exécution, je me suis fait emboutir dans ma Coccinelle par un camionneur fou.

— Tu as été tuée en allant chercher de quoi te suicider ?

— Qu'est-ce que tu en dis, Ben, on peut mettre cette fin dans un roman ?

— La vérité, c'est que j'ai écrit un jour un épilogue qui ressemblait à ça. C'est un mec avec un revolver à la main, qui a une lueur d'espoir au dernier moment et décide de surseoir à son suicide, mais en manipulant son arme appuie sans le vouloir sur la détente et se tue.

— La différence, c'est que je n'avais aucune intention de changer mes plans.

— On ne peut pas savoir. Tu n'as pas vécu les derniers instants, ceux de la décision réelle.

— On dirait que tu parles en connaissance de cause.

— C'est vrai. Personnellement, j'ai pressé la détente.

Les yeux mélancoliques de Keren s'agrandirent. Elle secoua plusieurs fois la tête, faisant voler sa chevelure ondulée devant ses yeux.

— Tu t'es suicidé ? Mais tu es la dernière personne au monde qui…

— Non, Keren. S'il te plaît, épargne-moi le cliché selon lequel il existerait deux sortes de personnes, les suicidaires et les autres. Qui, mieux que toi, pourrait être la preuve que cette conception est entièrement fausse ?

— Tu ignores les circonstances.

— J'imagine que la vie ne t'a pas souri.

— C'est drôle de t'entendre dire ça.

— Pourquoi ?

— Parce que tu as été le premier à rompre avec moi.

— Nous étions des gosses, Keren. Deux pauvres étudiants en littérature hébraïque. Tu te souviens à quel point on se disputait vers la fin ?

— La première année, c'était comme dans un rêve.

— Et la deuxième, un cauchemar.

— Pourtant, il y a eu de bons moments.

— C'est vrai. Mais si tu te souviens bien, il n'y a pas que toi que j'ai abandonnée.

— Tu as raison. Je me souviens. Tu as tout laissé tomber avant les examens. Tu avais soif d'action, marre du bla-bla universitaire. C'était audacieux de ta part, surtout quand on considère que tu as embrassé la profession la plus étrange qui soit.

— Tu sais, je n'avais jamais prévu de devenir épiloguiste. C'est le hasard, je suppose, qui m'a fait rencontrer dans un bar ce scénariste au bout du rouleau. Tout en se noyant dans son whisky, il m'a raconté comment il avait tissé son histoire pour se trouver bloqué à la fin, incapable de s'en sortir tout seul. Je lui ai demandé de tout me raconter en détail, et j'ai suggéré une fin. Il s'est mis à clamer à tous vents que j'étais un véritable génie. J'ai éclaté de rire, en remettant le nez dans ma bière, mais il a pris mon numéro de téléphone et m'a appelé quinze jours plus tard pour m'inviter à passer au studio. C'est alors que ma vie a changé. Ils m'ont offert de m'engager comme scénariste, mais j'ai répondu que je ne me sentais pas suffisamment patient pour écrire toute une histoire. Que la seule chose qui m'intéressait dans un scénario, c'était le dénouement. Je ne sais pas pourquoi, l'idée leur a plu, et ils m'ont fait signer un contrat sur-le-champ. C'est comme ça que tout a commencé pour moi.

— Et moi qui ai rêvé toute ma vie d'écrire des romans ! J'ai fini par devenir critique littéraire, avec pas mal de succès, mais ça me faisait mal chaque fois que quelqu'un encensait mes articles en disant que j'étais née pour écrire des chroniques !

— Tu en as écrit une sur moi, en fait.

— Sur toi ? Mais tu n'as jamais publié de roman !

— Pas personnellement. Tu as fait la critique d'un livre dont j'ai rédigé la fin pour un auteur célèbre qui avait totalement perdu pied trente pages avant le dénouement.

— Vraiment ? Qui ça ?

— Je ne peux pas te le dire. C'est ma petite vengeance à moi.

— J'ai été très méchante ?

— Si les mots avaient le pouvoir de tuer, il y a longtemps que je serais ici.

— Je suppose qu'il serait ridicule, à ce stade, de te présenter mes excuses.

— Si tu t'excusais auprès de moi, oui, en effet. C'est sur le malheureux auteur que tu as dirigé tes foudres.

— Bizarre.

— Pas aussi bizarre que le fait de nous rencontrer ici par hasard.

— Peut-être que c'était notre destin.

— Bientôt tu vas me parler de boucles qui se referment, et nous allons hausser un sourcil ensemble.

— Hé ! Ne sois pas vache. C'est toi qui as instillé la peur de l'abandon dans ton premier amour.

— Je commence à me dire que la notion d'abandon revient un peu trop souvent dans cette conversation.

— À juste titre. Comme je te l'ai dit, tu étais le premier ; mais après toi, il y en a eu six autres. En tout, j'ai été abandonnée par sept hommes.

— Ouah ! Navré de l'apprendre, Keren.

— Permets-moi d'en douter. Veux-tu que je te dise ? J'ai vécu un an avec le dernier. J'étais sûre que ça n'arriverait plus. Nous vivions un bel amour sans histoire. Jusqu'au jour de l'anniversaire de notre rencontre, où il m'a dit qu'il sortait acheter des cigarettes. Je ne l'ai plus revu. Le lendemain, ce lâche m'a laissé un message sur le répondeur : "Pardonne-moi, mais ça ne pouvait pas marcher." J'ai cru que j'allais en perdre la raison. Je me suis juré que ça ne m'arriverait plus jamais. La suite tu la connais déjà.

— Je suis sincèrement désolé, Keren.

— Il y a de quoi. C'est toi qui as inauguré la série. C'est à cause de toi que j'ai rendu les autres barjos avec ma parano. Je les ai tellement gavés qu'ils ont fini par foutre le camp.

— Mais souviens-toi. Avant ça, avant que je te quitte, tu étais déjà obsédée par l'idée d'être abandonnée. Je t'ai même mise en garde contre les dangers de ce genre de dépendance.

— D'après ma psy, dans toute relation de dépendance, l'individu indépendant cultive l'état de dépendance de l'autre exactement dans la même proportion que l'autre.

— Elle sait de quoi elle parle, vu son tarif à l'heure.

— Ne sois pas terre à terre.

— À t'entendre, je suis bien pire que ça.

— C'est vrai ; mais que ça te plaise ou non, tu seras toujours l'ex idéal.

— Moi ?

— Oui, toi. Tu sais très bien ce que tu vaux. Et je suis sûre que tu ne seras pas surpris si je te dis que tous ceux qui t'ont succédé n'étaient que de vulgaires imitations du produit authentique.

— C'est donc une vulgaire imitation qui t'a poussée au suicide.

— La goutte d'eau, disons.

— Sans vouloir te manquer de respect, dans l'état où je suis actuellement, la dernière chose dont j'ai besoin, c'est de passer en jugement pour cruauté mentale à long terme envers la première femme que j'aie aimée.

— Personne ne t'accuse de quoi que ce soit. J'essaie juste de faire le point en me demandant si je n'ai pas commis une erreur quand j'ai pris le chemin de cette pharmacie.

— En tout cas, on te laisse le bénéfice du doute.

— Mais si je n'avais pas eu cet accident…

— Et si ton dernier mec ne t'avait pas abandonnée…

— Tu as raison. La réalité est assez tordue comme ça. Elle n'a pas besoin qu'on accumule les "si" pour tout embrouiller.

Dis-moi plutôt la vérité. Pourquoi Ben Mendelssohn s'est-il tiré une balle ?

— Parce que la femme qu'il aime est morte dans des circonstances mystérieuses et qu'il ne pouvait pas continuer à vivre sans elle.

— Vous étiez mariés depuis combien de temps ?

— Onze ans. Onze années de bonheur.

— Et ta femme est morte mystérieusement ?

— Elle est tombée de la grande roue.

— Hein ?

— Je sais, je sais. Ça paraît complètement dingue.

— Des enfants ?

— Non.

— Elle faisait quoi ?

— Marianne était prof d'anglais.

— Vous vous êtes rencontrés comment ?

— Pourquoi toutes ces questions ?

— Je suis curieuse de tout savoir sur la femme qui a su gagner ton cœur… au point que tu la suives dans la mort.

— Tu te souviens de Kobi ?

— Ton copain qui faisait une fixation sur les toilettes ?

— Celui-là même. Je l'ai connue à son mariage. J'étais invité par le marié, et elle par la mariée.

— Pratique.

— Peut-être, mais ce n'est pas ce que tu crois. Personne ne nous a présentés, et il y avait tellement de monde que je suis sûr que nous ne nous serions jamais remarqués sans cet incident.

— Quel incident ?

— J'avais bossé comme un fou toute la journée, et je me suis rendu compte, en allant au mariage, que je n'avais rien mangé depuis la veille. J'étais véritablement affamé. Enfin bref, juste au moment d'aller féliciter les deux futurs époux, une serveuse est passée devant moi avec un plateau plein de *bourekas**. J'ai pris le plus gros que j'ai pu et j'en ai fourré un maximum dans ma bouche. Mais avant d'avoir pu déglutir, j'ai commencé à m'étouffer. C'était horrible. Tout le monde

* Feuilletés au fromage.

s'amusait ou dansait, et j'étais là dans mon coin en train de suffoquer. Par bonheur, Marianne était juste derrière moi. Plus tard, elle m'a raconté que j'avais déjà commencé à convulser. Elle a noué ses mains autour de mon abdomen et pratiqué sur moi la méthode de Heimlich* de manière quasi parfaite. Le morceau de *boureka* a été expulsé illico. J'étais mortifié. Je me suis tourné vers elle pour la remercier. Elle s'est présentée. Je n'arrêtais pas de la dévisager comme un imbécile. Je n'avais jamais vu un visage aussi pétillant d'intelligence. Je l'ai invitée à sortir avec moi, de but en blanc. Je voulais effacer la première impression désastreuse. Elle a souri, en me demandant si j'étais de taille à absorber un repas entier. J'ai ri à mon tour, en lui promettant de prendre mon temps, à l'avenir, pour bien mâcher avant de déglutir. Elle a accepté.

— À partir de là, vous vous êtes vus régulièrement. J'imagine que c'était couru depuis le début.

— Pas du tout. À notre premier rendez-vous, nous n'avons pas cessé de nous chamailler à tout propos. Sur les livres, les disques, les films, la politique. Tout ce qu'on peut imaginer sous le soleil.

— Et au deuxième ?

— Ça a continué. Sur des choses qui paraîtraient dérisoires à n'importe qui d'autre.

— Par exemple ?

— Essayer de deviner les titres des chansons du nouvel album de Morrissey.

— Pardon ?

— Je savais que ça ne te parlerait pas. Je ne dis pas ça pour paraître supérieur, mais nous avons vite compris que nous étions sur la même longueur d'onde, tout en ayant des opinions divergentes. Depuis le début, nous avions l'impression de bien nous connaître. Il n'y avait pas de tension initiale entre nous.

— Comment êtes-vous tombés amoureux ?

— Je ne sais pas. Je crois que nous avons zappé cette étape. Nous nous sommes aimés depuis le début. Comme si tomber amoureux était un détail négligeable appartenant à un passé

* Compressions abdominales.

reculé. Nous savions que nous étions fascinés l'un par l'autre. Il était inutile de perdre notre temps en préliminaires oiseux.

— Et le frisson que l'on ressent au début d'une relation sentimentale ?

— Crois-moi, nous n'avons pas cessé de le ressentir. Marianne me donnait le frisson en inventant des mots croisés spécialement pour moi, et je lui rendais la pareille en écrivant des épilogues uniquement pour elle, que j'insérais dans les livres qu'elle lisait. Nous étions émus jusqu'aux larmes quand nous rencontrions des couples qui n'avaient plus rien à se dire alors que nous ne cessions jamais de discutailler. Nous étions émus quand nous nous apercevions, au restaurant, que le temps avait passé si vite que nous étions les derniers à partir. Nous étions émus quand nous nous promenions et que nous nous perdions, dans nos pensées comme dans la réalité, et aussi chaque fois que nous nous couchions ensemble le soir ou que nous nous levions le matin. Et nous étions émus, surtout, quand nous avons compris qu'il était insensé de continuer à vivre séparément.

— Mais à quel moment as-tu su qu'elle était l'élue de ton cœur ?

— Est-ce que tu avais une amie imaginaire quand tu étais enfant ?

— Oui.

— Moi aussi, j'en avais un. Mais il a disparu à la puberté. Et un mois après ma rencontre avec Marianne, j'ai eu l'impression qu'il était revenu, sous une forme féminine. Cette impression qu'on a d'être observé quand on est bouleversé, ou heureux, ou furieux, ou déprimé, ce sentiment d'avoir quelqu'un à côté de soi, même quand on est tout seul, je ressentais ça avec Marianne.

— Je meurs d'envie de faire sa connaissance.

— Je suis mort pour la retrouver. Mais ça n'a pas marché jusqu'à présent. Elle a disparu. Il y a quinze jours que je la cherche sans répit, et…

— Elle ne désire peut-être pas qu'on la retrouve.

— Que veux-tu dire ?

— J'ignore ce qu'il y avait entre vous, mais une femme ne tombe pas comme ça de la grande roue. Au pire, elle se jette.

— Marianne n'a pas pu se suicider. C'est une idée absurde.

— Si tu laissais un instant de côté ton ego blessé pour regarder les choses logiquement ? Tu ne crois pas qu'il pourrait y avoir des détails que tu ignores ?

— Tu ne la connais même pas.

— Et alors ? Je sais très bien ce que c'est que d'être traumatisé par la perte de quelqu'un qui te laisse tomber sans préavis, et j'ai l'habitude de voir les gens refuser de regarder la réalité en face.

— Tu parles de qui, là ?

— De toi, Ben. De toi ! Tu ressembles à un Job des temps modernes, qui se complaît à masser inutilement ses blessures.

— On croirait entendre un prédicateur fou.

— Tu ne vas pas t'en tirer en te montrant cynique. Le plus difficile pour toi, peut-être, c'est d'accepter l'idée horrible que tu te serais suicidé pour rien.

— Le fait de ne pas la trouver n'implique pas qu'elle n'a plus les mêmes sentiments pour moi.

— J'admire le culte aveugle que tu portes encore à la femme qui t'a quitté.

— Pourquoi fais-tu ça ?

— Ça quoi ?

— Me lancer des piques. Me tirer le tapis sous les pieds.

— C'est parce que tu comptes encore beaucoup pour moi.

— Si je compte un peu pour toi, tu devrais te montrer plus compréhensive. Même si ça m'importe peu en vérité.

— Tu es insultant.

— Je n'ai rien dit de mal.

— Mais tu t'y préparais.

— Possible. J'allais juste te faire remarquer que, pour quelqu'un qui a connu les affres de l'abandon aussi souvent que toi, il est sans doute amusant de projeter ton bagage émotionnel sur celui qui, le premier, a pourri ton karma relationnel.

— On dirait un enfant qui joue avec les mots.

— Tes comparaisons, tu ne crois pas qu'elles sont un peu puériles ? Ce ne serait pas trop beau d'apprendre que l'épouse de ton premier amour l'a quitté et que tu es là pour lui montrer la voie de la lumière ? J'imagine que pour toi ce serait une manière idéale de boucler un scénario qui n'a jamais fini de tourner en rond.

— Mon Dieu ! L'âge t'a rendu bien arrogant, si tu crois que je me sers de ça dans mon propre intérêt !

— Rends-nous service à tous les deux, Keren, et arrête un peu de faire ta sainte-nitouche. Pas besoin de posséder des superpouvoirs pour se rendre compte que tu nages dans la joie devant la manière dont les choses se présentent.

— C'est bien parce que je comprends ta situation que j'accepte d'ignorer tes insultes. Laisse-moi seulement te poser une question. Pour quelle raison crois-tu que nous nous soyons rencontrés ?

— Nous voulions parfaire notre éducation, je pense.

— Je ne parle pas de cette époque-là. Dans l'Autre Monde, pourquoi nous sommes-nous rencontrés, et dans des circonstances aussi sembl… ?

— Arrête, Keren. Tu sais bien que le symbolisme forcé, ça me rend malade.

— Comment, forcé ?

— Ça marcherait peut-être si c'était pour un film hollywoodien, mais par bonheur la réalité est plus indépendante et ne nécessite pas un budget aussi élevé. Seuls les désespérés se raccrochent aux coïncidences en leur attribuant des significations qui correspondent à leurs besoins du moment. C'est pour ça qu'on les appelle des coïncidences, tu comprends ? En ce qui me concerne, le fait que nos chemins se soient croisés a exactement autant de signification que le fait que le chemin de Marianne et le mien ne se sont pas encore rencontrés.

— Il reste que si, en marchant dans la rue, tu tombais par hasard sur Marianne, et si vous vous remettiez ensemble, tu clamerais à tous vents que c'est le destin qui vous a poussés dans les bras l'un de l'autre.

— Pas le destin, mais l'inéluctable nécessité de nous retrouver enfin.

— Je ne vais pas couper les cheveux en quatre avec toi. Tu sais aussi bien que moi que tu traverses en ce moment une phase de déni total.

— Elle est bien bonne ! Me voilà en train de me disputer avec mon ex au sujet des chances que j'ai de retrouver ma femme, sur un ton qui me rappelle étrangement les raisons pour lesquelles nous avons rompu à l'origine…

— Excuse-moi si je me suis emportée, Ben. Je suppose que c'est parce que j'en avais un peu trop sur le cœur. Tu n'imagines pas à quel point je suis heureuse de te revoir.

— Et moi de même.

En regardant autour de lui, Ben se rendit compte qu'ils avaient beaucoup marché en discutant et qu'il n'avait aucune idée de l'endroit où ils se trouvaient.

Keren lui montra un gratte-ciel sur sa gauche en disant :

— Viens.

— Je ne sais pas si c'est une très bonne idée…

Il se tut quand elle lui mit un doigt sur les lèvres. Il se dit qu'elle était encore très belle.

— Ne t'inquiète pas, murmura-t-elle.

Le quatuor à cordes les accueillit avec le sourire. Tandis que la porte de l'ascenseur se refermait, la musique commença à bercer doucement leurs oreilles. Ben s'efforçait d'apprivoiser les pensées qui se bousculaient dans sa tête, mais il devait reconnaître que les années avaient été clémentes à l'égard de sa première véritable petite amie, et il se trouvait incapable de détacher son regard de son corps aux rondeurs harmonieuses, agréablement sculptées par le temps. Tout en admirant ses mouvements pleins de grâce, il faisait des efforts pour chasser de son esprit le calcul insidieux du nombre de jours qui s'étaient écoulés depuis la dernière fois qu'il avait été avec une femme. En même temps, il était assailli par des images en rafales de l'époque où il était étudiant et où il avait découvert avec elle les joies de la sexualité, alors qu'elle était encore, se remémora-t-il, un sac d'os inexpérimenté. Il était alléché par la perspective du plaisir qu'elle pouvait donner aujourd'hui, dans sa pleine maturité féminine. Une dangereuse lassitude l'envahit, menaçant de réduire à néant les vestiges de la résistance acharnée dont il faisait preuve quelques heures auparavant. Il échangea un demi-sourire bancal avec le reflet gênant de Keren dans la glace.

Il hésita avant de sortir de l'ascenseur, surpris de constater que la cabine les avait arrêtés au niveau de la terrasse luxueuse de l'immeuble et non pas à l'étage de Keren. Il eut un sourire interrogateur, et elle hocha la tête d'un air complice en se dirigeant vers le parapet.

— Qu'est-ce que tu fais ? demanda Ben.

Elle lui tendit la main et attendit patiemment qu'il rassemble son courage et la rejoigne en nouant ses doigts dans les siens. Debout sur le parapet à côté d'elle, il sentit que tout se mettait à tourner autour de lui et raffermit sa prise sur la main de Keren. Quand il baissa les yeux vers la cité qui s'étalait sous ses pieds, il serra les genoux et chercha à reculer.

— Ne crains rien, mon chéri, murmura-t-elle en collant ses lèvres brûlantes contre l'oreille de Ben.

Mais il était tellement paniqué que sa quasi-paralysie avait fait place à un tremblement incoercible. Elle l'attira contre elle. Il ferma les yeux, humant la douce chaleur de son corps, en lui caressant le dos tandis que sa respiration saccadée suivait le rythme de ses seins qui se soulevaient contre lui. Il enfouit la tête dans son cou fragrant, montant et descendant le long de son artère de vie, s'attardant sur la commissure de ses lèvres serrées, les effleurant et s'extasiant en les voyant s'ouvrir pour révéler une caverne luisante d'où une langue gourmande darda à la rencontre de ses lèvres en une opération de séduction serpentine qui invitait sa propre langue à se livrer à des jeux amoureux mais qui, aussitôt comblée, fut brusquement interrompue tandis qu'il sentait monter en lui l'excitation du plaisir. Il repoussa gentiment le corps frémissant de Keren en secouant la tête :

— Excuse-moi, je ne peux pas…

Elle posa sur lui un regard lointain, comme si elle sortait d'un rêve enchanteur. En lui jetant un regard contrarié, elle murmura :

— Tu ne peux pas lui être infidèle, juste une fois ?

— C'est envers moi-même que je serais infidèle.

Elle hocha lentement la tête tandis que ses yeux s'embuaient.

— Est-ce que je t'ai déjà dit que tu étais le rêve de toute femme ?

Une rumeur colossale ébranla l'immeuble.

— Qu'est-ce que c'était ? Ne me dis pas qu'il y a des séismes ici aussi !

— Non, mon chéri. Ce qu'il y a ici, ce sont des ascenseurs monstrueux, qui se bloquent parfois.

— L'ascenseur est bloqué ?

— J'ignorais que tu étais pressé.

— Bon, si on n'a pas le choix...

Elle se mit à rire en le voyant se diriger vers la porte de l'escalier.

— Tu ne songes pas sérieusement à descendre vingt-quatre étages à pied ?

— Comme je viens de le dire, quand on n'a pas le choix...

— Mais nous l'avons, ce choix.

— Je ne... commença-t-il avant de comprendre ce qu'elle voulait dire. Tu ne suggères tout de même pas...

— Fais-moi confiance. Tu ne sais pas ce que tu rates. Je fais ça à peu près deux fois par semaine. C'est le couronnement parfait d'une journée misérable.

En voyant son expression incrédule, elle ajouta :

— Et si ça ne te suffit pas, considère que c'est l'occasion rêvée de revivre les derniers instants de Marianne. Dans la mesure du possible.

— Dans la mesure du possible ?

— Si tu veux vraiment reconstituer la version authentique de l'événement, je suppose qu'il convient d'ajouter un élément de terreur dans l'équation.

— La terreur, ce n'est pas cela qui manque.

— C'est juste parce que tu es un nouveau-mort. Crois-moi, quand tu te seras habitué à ton nouvel environnement, tu ne sauras plus ce que c'est que la peur. Il faut que tu apprennes à te servir des bons côtés de la mort.

— Sauter du haut d'un immeuble de vingt-quatre étages, par exemple ?

— Tiens, regarde ! dit-elle en désignant trois immeubles voisins, chacun ayant à son sommet un adolescent qui se balançait d'avant en arrière, prêt à faire le grand plongeon.

Elle s'avança sur le bord de la corniche, les bras écartés comme des ailes, et cria dans le vent :

— Ne regarde pas en bas.

Ben s'approcha prudemment du parapet, en se remémorant l'attitude tremblante de Kolanski quand il était tombé dans les nuages. Il fit un pas en arrière, imagina les derniers instants de Marianne, enjamba le parapet, ferma les yeux et sauta une fraction de seconde après Keren, son rire résonnant encore dans ses oreilles.

La terreur initiale qui s'empara de lui quand il osa ouvrir les yeux se mua en une euphorie hypnotique et tranquille lorsqu'il se rendit compte qu'il planait entre ciel et terre. Un silence total l'enveloppait à l'occasion de son vol inaugural, et il ne vit pas grand-chose, à travers la fente de ses paupières mi-closes, à l'exception de l'image de sa femme disparue qui tombait en chute libre, un sourire irrationnel plaqué sur son visage. Il comprenait finalement ce que Keren avait voulu dire en parlant de couronnement parfait. Les événements de ces derniers jours s'estompèrent dans le silence envahissant. Le sentiment de liberté était incomparable. Son âme était guérie de tout ce qui l'affectait en dehors de la certitude apaisante que, si un homme est capable de voler, il est capable de n'importe quoi. Sous l'impulsion d'un optimisme sans borne, il hurla le nom de Marianne. Et, bien que son appel restât sans réponse, il le réitéra, persuadé que, même s'ils volaient à travers des cieux différents, leurs chemins, d'une manière ou d'une autre, finiraient bien par se croiser. La chute libre se poursuivit durant une minute de plus, jusqu'à ce que les agrégats noirs du sol prennent vie, faisant comprendre à Ben que le vol allait prendre fin quand il serait capable de faire la différence entre les femmes et les hommes. Occupés qu'ils étaient à gagner ou quitter leurs logements modernes, ils ne se donnaient même pas la peine de lever les yeux vers le projectile humain qui fondait sur eux jusqu'au moment où il se mit à hurler, en agitant désespérément les bras et les mains, avant de toucher terre avec un bruit mou au beau milieu d'un terrain de football, au grand dam des joueurs des deux côtés.

En rouvrant les yeux au milieu d'un cercle de gamins, il eut du mal à comprendre pourquoi il entendait une voix féminine à son oreille qui disait :

— Ben ? Ben Mendelssohn ?

Il se souvint du télédoigt quand l'un des gamins lui montra la lumière rouge qui clignotait sur son godget.

— Oui, c'est moi.

— Je sais bien que c'est vous ! répliqua la femme. Puisque je vous appelle ! Écoutez, c'est Marilyn.

— Marilyn ? fit-il en chassant les gamins au moyen d'une série de gestes brusques de la main. Ah ! C'est vous, Miss Monroe ?

— Oui, mon chou. Désolée d'être aussi directe, mais je suis en retard pour mon spectacle, et j'ai ici un couple de vieux qui me retardent. Ils sont à la recherche de Maria.

— Marianne ? glapit Ben.

— Marianne, c'est ça. Je n'ai pas le temps de tout leur expliquer, mais ils meurent d'envie de vous rencontrer.

— Une seconde, qui sont ces gens ?

— Ils disent que ce sont ses parents.

— Demandez-leur d'être chez moi dans une heure... Mon adresse est juin 2001, cercle 21, bâtiment M, 24e étage, appartement 7.

Revigoré, Ben quitta le terrain de foot d'un bon pas et se dirigea vers l'arrêt de multi le plus proche. Mais il s'immobilisa soudain, leva les yeux vers le ciel qui s'assombrissait et se frappa le front. Il chercha Keren autour de lui. Au bout d'un moment, il vit une jambe qui dépassait d'un buisson à la périphérie du parc. Il courut vers elle. Elle était sur le dos, les yeux à peine ouverts, le visage épuisé plein de confusion, un sourire faible et halluciné au coin des lèvres.

— Qu'est-ce qui t'arrive, Keren ? demanda Ben en se penchant sur elle.

— Encore un coup et j'y suis, murmura-t-elle d'une voix rêveuse.

— De quoi parles-tu donc ? demanda-t-il en rapprochant l'oreille de ses lèvres en mouvement.

— Là... Ça vaut mieux comme ça... mon chéri...

Il remarqua alors qu'elle tenait son godget à la main.

— Hé! Tu ne peux pas faire ça! s'écria-t-il en écartant son doigt, d'une résistance surprenante, du bouton qui allait l'expédier au royaume du sommeil éternel.

Ce n'est que lorsque la main de Keren se détendit et reposa docilement dans la sienne qu'il relâcha sa vigilance. Il avait cru qu'elle était déjà plongée dans un sommeil profond, mais sentit qu'elle enfonçait soudain ses ongles dans le dos de sa main. Il poussa un cri en faisant un bond en arrière.

— Bonne chance avec je ne sais plus qui, lui dit-elle en enfonçant la touche pour la septième fois avant de fermer les yeux.

— Désolé, murmura-t-il en baisant ses lèvres souriantes et en la soulevant dans ses bras.

Il se consolait à la pensée que cette fois-ci, au moins, il avait décidé de rester avec elle pour l'accompagner jusqu'au seuil de son ultime voyage.

26

TRONCATION

Destinataire : Demimilliard, directeur des Forêts généalogiques
Expéditeur : Milliardetquart

Je souhaite attirer votre attention sur le corps gisant actuellement sur ma table de dissection. Comme vous le savez, je n'ai pas l'habitude de vous importuner avec mes rapports d'autopsie concernant les arbres déracinés, à moins, naturellement, qu'ils ne soient matière à suspicion. Dans le cas présent, je puis affirmer catégoriquement, fort de mes années d'expérience en qualité de pathologiste forestier, que je n'ai jamais vu d'exemple plus flagrant de maltraitance arboréenne. Le fait est que quelqu'un a commis, de manière répétée, un crime qui doit être puni sans tarder. Il va sans dire que je soutiendrai toute décision que vous voudrez bien prendre, étant assuré que, lorsque vous aurez connaissance des faits, vous conviendrez comme moi que les auteurs de ces abominables exactions doivent être relevés de leurs fonctions et châtiés comme il se doit.

Ci-joint huit éléments de base mis au jour à l'occasion de l'autopsie de l'arbre généalogique des Mendelssohn situé sur la concession 2605327 jusqu'au 21/06/2001 à 23 h 07.

1) Les racines de l'arbre sont vigoureuses et stables, à l'exception de quelques traces de décomposition superficielle (qu'un simple traitement radiculaire aurait été à même de faire disparaître), indiquant que l'arbre aurait encore eu devant lui de nombreuses années de fructification s'il n'avait pas été déraciné prématurément.

2) L'écorce est jeune, fraîche, d'une belle couleur marron. Des éraflures causées par des chaussures à bout pointu sont visibles à une hauteur de 80 centimètres. Le coupable a donné des coups de pied au tronc, en laissant des marques visibles sur toute la section inférieure du fût. Contrairement à ce que l'on observe sur les troncs beaucoup plus âgés, qui présentent souvent des éruptions sur toute leur hauteur, le sujet n'est blessé qu'aux endroits susmentionnés, ce qui confirme qu'il a été victime de mauvais traitements délibérés.

3) La couronne ne présente aucun signe de renouvellement foliaire au cours des dix années précédentes. Essentiellement, cela signifie que l'arbre a connu un automne forcé. Permettez-moi de citer Septmilliards, qui écrit dans son ouvrage fondamental *Feuilles et Branches* : "Quand un arbre perd ses feuilles et qu'elles ne se régénèrent pas, il y a de fortes chances pour que l'on soit en présence d'un traumatisme automnal sévère, prélude à un déclin graduel. Si la maladie n'est pas en cause (le coupable habituel étant l'ictère trisaisonnier, qui se présente sous la forme de feuilles ternes et jaunies), on doit en conclure que cela est dû à une influence extérieure. Une défoliation anormalement rapide est un moyen, pour un arbre, de signaler à ceux qui l'entourent qu'il est en état de détresse suite à des actes de violence."

4) Les marques de sève à la naissance des huit derniers rameaux ont presque disparu et sont devenues illisibles. La chose est assez courante parmi les vieilles essences dures. La datation radiométrique permet d'établir que les Mendelssohn ont été là pendant deux mille six cents ans, ce qui infirme la théorie du vieillissement. Par conséquent, la disparition des marques de sève doit être attribuée à l'autre facteur connu, à savoir : la peur. L'hypersécrétion de sève est un indicateur de pathologie existentielle sévère (cf. *Quand l'arbre tremble, les effets des guerres mondiales sur les familles de garçons*). Le phénomène est mis en relief à l'occasion des tempêtes qui s'acharnent périodiquement sur la Forêt généalogique et qui constituent un reflet aussi crédible qu'hystérique de périodes particulièrement troublées. Que craignait donc cet arbre ? Et pourquoi a-t-il seulement commencé à ressentir de la peur ces dernières années ?

5) Les entailles observées sur les branches naturelles remontent jusqu'au 1er février 1994 (Menachem Mendelssohn). Au-delà de cette date, les huit moignons sont fibreux et en pointe. En d'autres termes, les branches ont été cruellement arrachées, et l'auteur de ce crime ne s'est même pas donné la peine de nettoyer derrière lui. En outre, l'angle d'arrachage est le même dans les huit cas. Une pression de 45° sur la droite, suivie d'une autre de 35° sur la gauche, d'une torsion et d'un démembrement final *intentionnel.* On relève également des traces de lutte. Une branche faible succombe rapidement à l'emploi de la force ; mais dans le cas présent, l'agresseur a été obligé d'exercer une torsion, ce qui signifie, je suis navré de le constater, que la branche a offert une résistance limitée à cette odieuse agression. Nous sommes donc obligés de conclure qu'il est impossible de croire que ces branches se sont affaiblies suite à des causes naturelles au point de tomber toutes seules. Il y a eu, sans l'ombre d'un doute, un acte malveillant derrière tout cela.

6) Complément d'information sur le démembrement : Malgré les points communs dans la méthode d'arrachage des différents rameaux, on peut constater une certaine progression dans la procédure utilisée par le criminel. Les deux premiers moignons témoignent d'une certaine maladresse, qui a nécessité neuf torsions dans le sens inverse de celui des aiguilles d'une montre pour séparer la branche du tronc, alors que les quatre suivants indiquent une intervention plus efficace et que les deux derniers semblent refléter l'action d'un expert : une triple torsion associée à une traction horizontale.

7) Les meurtres ont été accomplis à la main, sans l'aide d'aucun outil ou instrument. Si le criminel avait utilisé une scie ou un outil du même genre, il n'y aurait pas de traces de "bâclage", ce qui nous conduit à trois scénarios possibles : ou bien les meurtres n'ont pas été prémédités, ou bien ils ont été prémédités mais leur auteur a voulu faire croire qu'ils ne l'étaient pas, ou encore l'assassin est un personnage illogique et écervelé.

8) Là où l'écorce a été arrachée, le cœur apparaît, lisse, dur et vigoureux. Un duramen qui indique que l'arbre a encore de nombreuses années fructifères devant lui. Sa couronne n'est

pas emmêlée, ses branches sont symétriques et bien espacées, son tronc ne présente pas de rugosités ni de nœuds inhabituels. En somme, c'est l'un des spécimens les plus sains et les plus esthétiques qu'il m'ait jamais été donné d'étudier.

Fraternellement vôtre,
Milliardetquart

PS. Si vous avez besoin d'une quelconque assistance pour tracer le profil psychologique du perpétrateur, n'hésitez pas à me contacter. Je recommande deux pistes d'investigation principales. Une haine mystérieuse envers la famille en question (il est possible qu'il y ait une relation entre l'alias responsable et la famille Mendelssohn, si vous voyez ce que je veux dire), ou bien un trouble psychologique sévère propre à inciter le criminel à se comporter en psychopathe sans merci chaque fois qu'il passait devant l'arbre, paix à son âme.

PPS. Je me permets de conclure sur une note personnelle, en vous félicitant pour votre nouvel amour.

Tous mes vœux de bonheur.

Demimilliard plia la lettre et la remit dans son enveloppe. Hochant la tête, il se prit à songer à son prochain schnaps en compagnie de Milliard. Il décida de convoquer dès le lendemain les deux principaux suspects dans son bureau pour leur demander des explications. Il était grand temps d'en finir avec cette affaire.

27

LA ROUE TOURNE ENCORE

— Adam ! s'écria Shahar d'une voix enfantine en tambourinant du poing de manière monotonique sur la table qui les séparait.

L'interpellé se rapprocha lentement du fauteuil de son frère, ses yeux rougis rivés sur le spectacle lamentable qui s'offrait à lui. Les yeux écarquillés, les cheveux en bataille, les épaules tombantes, les joues couvertes d'une barbe de trois jours, Shahar lui adressa un sourire inquiétant.

— Heureux de te voir, murmura l'acteur d'une voix sourde.

— La voix, fit Adam en s'asseyant. Éclaircis-toi la voix.

— Ça fait trois jours que je n'ai pas dit un mot.

— Je sais, répliqua Adam en hochant la tête. Ils m'ont appris que tu refusais de parler, même à ton avocat.

— Pourquoi as-tu mis si longtemps ? Je leur ai dit que je ne parlerais qu'à toi.

— Ils n'ont pas voulu me relâcher, fit Adam en baissant les yeux vers le sol poussiéreux.

— Que veux-tu dire ? demanda Shahar en lorgnant son frère avec curiosité.

— Je suis ici sous surveillance. Les flics m'ont arrêté hier.

— Qu'est-ce que ça signifie, Adam ? La police t'a arrêté ? À cause de moi ?

— Mais non, Shahar. Rien à voir avec toi, lui dit Adam en faisant un effort pour parler calmement. Ils sont venus à la maison hier matin. Il y a eu une plainte. À la brigade des crimes sexuels, un truc comme ça. Je leur ai affirmé qu'il n'y avait jamais rien eu, que c'était entièrement platonique, mais au moment de partir la femme a demandé si elle pouvait utiliser les toilettes. Quand elle est ressortie, j'ai vu qu'il s'était passé quelque chose d'horrible. Pendant que je discutais avec les deux autres, elle était entrée dans la chambre "par erreur".

Voyant l'expression confuse de son frère, il répéta :

— La *Chambre*.

Shahar secoua la tête, incrédule.

— Je te dis toujours de la fermer à clé. Je suis toujours en train de…

— Je sais, tu as raison, fit Adam en posant une main tremblante sur celle de Shahar, qui s'agitait nerveusement. J'ai agi de manière irresponsable. Voilà le résultat, quand un flic ouvre une porte et voit tout un mur d'enfants nus. Ils m'ont embarqué aussitôt dans leur bagnole, et ils m'ont lu mes droits. Après ça, je n'ai pas eu un seul instant de répit. Ils ont confisqué toutes les photos, et ils m'ont forcé à donner le nom de chaque enfant. Ensuite, ils ont mis mon nom dans la liste nationale des pédophiles, en disant qu'ils ne me relâcheraient pas tant qu'ils n'auraient pas parlé à chacun des garçons pour s'assurer que je ne les avais pas touchés.

— Oh, mon Dieu ! Je n'arrive pas à croire que c'est en train de nous arriver ! fit Shahar en roulant les yeux. Et qui a porté plainte ? demanda-t-il au bout d'un bref moment de silence.

— La mère de Tom, répondit Adam, tordant les lèvres en signe de dérision.

— Encore cet emmerdeur de gamin ? s'exclama Shahar en donnant un coup de pied à la table. Il ne peut pas nous foutre la paix ?

— Ce n'est pas lui, Shahar. C'est sa mère.

— Excuse-moi, mais c'était qui, la dernière fois, hein ? C'était la copine de sa mère, au parc d'attractions. Je te dis depuis le début que ce gamin ne nous apporte que des ennuis.

— Chut ! fit Adam. Ils entendent tout ce que nous disons.

— De quoi parles-tu ? Il n'y a personne ici ! déclara Shahar en indiquant la paroi vitrée.

— Ne montre pas du doigt ! grogna Adam. Ils sont derrière. Comme à la télé. Tu crois que c'est par bonté d'âme qu'ils nous laissent nous rencontrer ? Ils savent très bien que c'est la seule manière de te faire parler.

— Je voulais te dire, Adam, en ce qui la concerne…

— Pas un mot sur elle, Shahar. Ils entendent tout.

— Je n'ai pas le choix, lui dit son frère, les dents serrées. S'ils font ce qu'ils ont dit, je serai obligé de tout déballer.

— Hein ? Qu'est-ce qu'il y a, Shahar ? Tu trembles comme une feuille.

— J'ai la trouille, Adam.

— Tu ne peux pas les laisser s'en prendre à toi.

— Rien à foutre de ce qu'ils peuvent faire. C'est d'elle que j'ai peur. Ils ont dit qu'ils allaient la faire venir pour organiser une confrontation.

— Qu'est-ce qui les en empêche ?

— Elle a quitté le pays, et ils attendent qu'elle soit de retour.

— Et alors ? La belle affaire, s'il y a confrontation.

— Ça ne va pas la tête ? glapit Shahar, les yeux exorbités. Je refuse de me trouver dans la même pièce que cette femme. Dès que je ferme les yeux, je la vois en train de me poursuivre. La seule fois où j'ai réussi à trouver le sommeil, elle m'a suivi en hurlant comme une folle sur un de ces trucs à une roue du début du siècle. Les roues, Adam, je ne vois que ça partout. Des ronds, des cercles, des sphères…

Sans ajouter un mot, il pivota sur son siège, fixa le mur craquelé et se mit à tracer des cercles dans l'air à l'aide de ses deux bras.

— Ça suffit, Shahar ! s'écria Adam en lui immobilisant les bras. Regarde-moi. Écoute-moi. Personne n'est en train de te pourchasser.

— Facile à dire, pour toi. C'est ton petit frère qui a fait tout le travail à ta place. Mais laisse-moi t'apprendre quelque chose. Il se trouve que le grand frère ne sait pas tout. Il ne voit que la moitié du tableau.

— Que cherches-tu à faire ? demanda Adam. Tu parles comme un détraqué du cerveau. Essaie de comprendre une chose très simple, mon vieux. La journaliste qui est venue chez nous, celle que tu as agressée, était une créature de chair et de sang, ce n'était pas un fantôme, d'accord ?

— Je ne sais pas ce que c'était, grogna Shahar.

— Non, non et non, Shahar. Tu peux faire mieux que ça. C'est ce foutu scénario qui t'embrouille les idées. La femme du film, c'est une fiction. C'est elle qui te hante ! La journaliste qui a frappé à notre porte, au mauvais moment, j'en conviens, ressemble comme deux gouttes d'eau à…

— Non ! coupa Shahar en tremblant violemment. Ce n'est pas une ressemblance, c'est elle !

— Impossible ! tonna Adam. Si elle est morte, et si tu es responsable de sa mort, comment veux-tu qu'elle se présente chez toi un an après les faits ? À moins, naturellement, qu'elle n'ait miraculeusement survécu à sa chute, auquel cas tu serais lavé de toute culpabilité. On ne peut pas te rendre responsable de la mort d'une femme qui est encore en vie. C'est pour cette raison même que tu as perdu la boule il y a trois jours. C'est parce que tu voulais en finir avec cette histoire.

— Je ne veux pas écouter tes explications idiotes plus longtemps, déclara Shahar en repoussant abruptement la table pour se lever. C'est à cause d'eux que tu n'arrêtes pas de déformer la vérité !

Sous le regard ébahi d'Adam, il se tourna vers la paroi vitrée pour hurler :

— Je l'ai tuée dans son incarnation précédente ! Oui, les gars, vous attendiez depuis trois jours que j'ouvre ma grande gueule, eh bien, vous êtes servis ! Je vous en donne la primeur ! La version du réalisateur !

— Shahar, calme-toi, s'il te plaît. Tu ne te contrôles plus. Tu débloques complètement !

— Ne faites pas attention au pleurnichard qui est derrière moi. Ce pauvre Adam est un pédophile tourmenté, mais moral. Les deux vont bien ensemble, n'est-ce pas ? La torture et la moralité. Voilà qui résume bien Adam. La plupart des mecs prennent la fuite après avoir fait leur mauvais coup, mais pas mon grand frère. D'abord il fiche les gamins dehors, et ensuite il tire son coup, seul dans sa chambre. Qui est le gros malin qui allume une cigarette avant de demander tranquillement : "Suis-je responsable de ce que fait mon frangin ?"

— Je t'en supplie, Shahar, murmura Adam en se levant de son siège pour s'approcher délibérément de son frère en dirigeant ses paroles vers la paroi en verre unidirectionnel. Vous êtes responsables de la santé mentale des détenus. Il a besoin d'un bilan psychiatrique. Vous avez vu comme il fait des moulinets avec ses bras comme un dingue ? Il n'est pas en…

— Ça suffit, imbécile ! lui dit Shahar en le repoussant violemment pour essayer de l'écarter de la paroi vitrée. Ne m'approche pas, ou tu le regretteras.

Il se tourna de nouveau vers son auditoire invisible en gloussant.

— Vous avez vu comme je suis obligé de le réprimer sans arrêt ? De l'empêcher de dépasser les bornes ? L'autre jour, en voyant la lueur qui brillait dans ses yeux, j'ai tout de suite compris que la chasse était ouverte. Il paraissait plus tendu qu'à l'accoutumée, et je croyais savoir pourquoi. Depuis trois mois, il se contentait des photos, et il n'avait pas attiré un seul gamin à la maison. Il faisait des efforts pour se sevrer. Il faut lui reconnaître ça, il a de la suite dans les idées. Le soir où j'ai agressé cette salope de fantôme, il avait même fait venir une femme à la maison. Mais ce matin fatidique, il était clair que son programme de désintoxication pédophilique en douze points avait fait complètement faillite. Il était dévoré par un feu intérieur. C'est à peine s'il avait touché à ses toasts au petit-déjeuner. Il ne tenait plus en place. Je lui ai demandé si je pouvais l'accompagner. Comme vous le voyez, même les pédophiles ont besoin d'une nounou. Il m'a répondu que ce n'était pas la peine. J'ai vu que mon instinct ne m'avait pas trompé. Je lui ai dit qu'on se retrouverait au parc d'attractions. Je m'y suis pointé une heure plus tard, déguisé en clochard. *De la main à la bouche*, ça vous dit quelque chose ? Ça m'a valu un prix d'interprétation. À cette époque-là, je me baladais habillé en mendiant, pour m'imprégner de l'idée de néant. Je rentrais à la maison une fois par jour, le matin, pour prendre le petit-déjeuner avec mon frère. Et c'est tout.

Enfin bon, quand je me suis pointé au parc ce jour-là pour m'assurer qu'il ne faisait pas de bêtise, je ne l'ai pas quitté des yeux, et tout allait très bien jusqu'au moment où elle est arrivée. Une prof accompagnée de ses élèves et d'une autre enseignante. Je ne comprenais pas ce qu'elle me voulait. En fait, elle m'offrait de monter avec elle sur la grande roue, histoire de me remonter le moral. Vous voyez de qui je parle. Il y avait sa photo dans tous les journaux. Ses parents ont intenté un procès à la direction du parc, et ils ont gagné il y a seulement quelques jours. Incroyable, ce qu'un bon avocat peut arriver à faire. Quoi qu'il en soit, j'ai accepté son offre. À vrai dire, je n'étais pas peu fier. Tout le monde me prenait pour un vrai SDF. Nous sommes montés dans une partie à moitié vide de la roue. Elle prétendait qu'elle voulait entendre ce que je disais, et avec tout le bruit qu'il y avait…

Vous connaissez la suite. Elle m'a demandé de lui raconter ma vie, et je lui ai servi l'histoire du personnage que j'interprétais. Mais dès que la roue s'est mise à tourner, tout a changé. Complètement. Elle a commencé à parler de l'hypocrisie de notre société, qui méprisait les gens comme moi et ignorait les individus réellement dangereux qui, déguisés en brebis innocentes, se promenaient partout, sans que personne les arrête. Je me suis efforcé de ne pas sourire quand elle m'a montré un homme d'affaires avec son attaché-case coûteux, qui se tenait à côté du marchand de hot-dogs. Elle n'était pas dupe une seule seconde, disait-elle. Je lui ai demandé ce qu'elle entendait par là, et elle m'a répondu qu'elle savait que derrière ces lunettes noires se cachaient des yeux de prédateur. À partir de là, tout a été très vite. Je n'ai même pas eu le temps de réfléchir. Elle s'est penchée pour pointer l'index en direction d'Adam, mais il était en pleine conversation avec un gamin. Et tout à coup, elle est devenue hystérique : "Oh, mon Dieu ! Je n'arrive pas à y croire !" Elle s'est mise à hurler le nom du gamin, mais qui va prêter attention à une femme qui hurle sur la grande roue, direz-vous. Avec raison. Cependant, tout semblait possible sur le moment. Surtout quand ils ont commencé à s'éloigner et que mon frère a posé la main sur l'épaule du gamin en un geste innocent mais qui a eu pour effet de rendre la prof complètement folle. Comprenant qu'il était impossible que quelqu'un l'entende, elle s'est dressée dans la nacelle pour attirer l'attention. Je ne savais pas comment l'arrêter quand elle a commencé à gesticuler. Je n'avais guère le choix. Je ne supportais pas l'idée que mon frère pût être accusé de tentative de séduction sur mineur. Avant qu'elle eût retrouvé sa voix, je la saisis par les jambes, la soulevai un peu et la poussai dans le vide. Tout cela n'a pris que quelques secondes. J'étais ébahi de voir avec quelle facilité je l'avais soulevée, et encore plus de constater que personne ne s'était aperçu de rien. Ce n'est qu'une fraction de seconde avant qu'elle s'écrase que la foule s'est rendu compte de ce qui se passait. Ce fut la panique la plus totale. La roue s'arrêta au bon moment. Je m'éclipsai rapidement et sortis du parc.

Vous voulez savoir la meilleure ? Une demi-heure après mon arrivée à la maison, je les ai entendus rentrer en rigolant pour se diriger droit sur l'ordinateur. J'étais encore en train d'effacer les traces de mon déguisement, incapable de croire qu'en une heure à peine j'étais passé du statut d'honnête homme à celui d'assassin et que, plus grave encore, le mobile de mon crime était confortablement installé devant un écran dans la pièce à côté, l'esprit parfaitement serein ! Je pourrais analyser plus en détail l'état d'esprit dans lequel je me trouvais à ce moment-là, mais j'ai dans l'idée que ça ne vous intéresserait pas outre mesure. En conséquence de quoi j'arrête là, fin de l'histoire. Je vous ai épargné la recherche de pièces à conviction et de témoins. La confession est parfaite, n'est-ce pas ? Merci de m'avoir écouté.

Debout devant la vitre, il s'inclina profondément comme pour saluer son public tandis que les applaudissements finissaient de crépiter à ses oreilles. Il se tourna vers Adam en soupirant :

— Crois-moi, mon frère, le soulagement que j'éprouve en ce moment, ça vaut bien un meurtre.

Pour la première fois depuis qu'il avait adopté une position fœtale sur la moquette, Adam leva les yeux vers lui.

— Tu as besoin de te faire soigner, Shahar.

Ce dernier tendit la main dans sa direction.

— Relève-toi, Adam. Le spectacle est fini. Ils vont arriver dans quelques secondes, et tu n'as pas envie de leur donner la satisfaction de te trouver dans cet état.

Adam se redressa sans accepter son aide et retourna s'asseoir lourdement. Il contempla la paroi sans rien dire, et Shahar l'imita.

Dix minutes plus tard, la porte s'ouvrit et l'inspecteur entra, suivi de cinq policiers blasés. Les deux frères se demandaient pourquoi ils avaient mis si longtemps. Mais dès que l'inspecteur ouvrit la bouche, tout devint clair. L'officier de police au visage grave se tourna vers l'acteur pour lui demander, sur un ton qui cachait mal l'admiration qu'il avait pour lui depuis des années :

— Eh bien, Shahar, maintenant que nous vous avons laissé voir votre frère, êtes-vous disposé à parler ?

Adam et son frère échangèrent un regard surpris, et Shahar prit une expression qui en disait long. D'une voix mesurée, il articula :

— Certainement ; mais je n'ai pas grand-chose à déclarer. J'ai agressé cette femme sans raison. J'ignore totalement ce qui m'a poussé à faire cela.

L'inspecteur lui jeta un regard courroucé, garda un instant le silence, et laissa tomber sa cigarette par terre avant de l'écraser du talon.

— Emmenez-le, dit-il à deux des hommes en uniforme.

Tandis qu'ils entraînaient Adam vers le couloir, l'inspecteur demanda :

— Vous êtes sûr qu'elle n'a rien fait ? Elle a peut-être dit quelque chose qui vous a irrité ?

Shahar secoua négativement la tête.

— Elle n'en a pas eu le temps.

— Vous la connaissiez peut-être déjà ?

— Désolé, mais je ne l'avais jamais vue, fit Shahar en haussant les épaules.

L'inspecteur crut déceler l'ombre d'un sourire au coin des lèvres de l'acteur tandis que celui-ci regardait par-dessus son épaule, mais lorsqu'il tourna la tête ce fut trop tard pour voir celui esquissé par Adam, déjà dans le couloir.

28

QUATRE CROQUE-MORTS, UN CLIENT ET LE FAUTEUIL D'UN MENTEUR

Deux entrepreneurs de pompes funèbres au sourire affable conduisirent Keren à son repos éternel dans un sarcophage de verre. Quand ils eurent fini, Ben les remercia d'avoir respecté son agenda serré en le faisant passer avant tout le monde. Les croque-morts eurent un sourire angélique et, avant de s'occuper du corps suivant, lui adressèrent un clin d'œil en disant qu'il ne servait à rien de trop s'affliger, car elle était maintenant dans un bien meilleur monde.

Ben prit la toute petite clé que lui tendait le croque-mort aux cheveux d'or et la tourna trois fois dans la serrure du sarcophage, comme on le lui demandait. Le croque-mort chauve la lui reprit, la plaça sur le bout de sa langue et, penchant la tête en arrière, l'avala avec un léger tressaillement.

En voyant l'expression de Ben, celui aux cheveux d'or expliqua :

— C'est juste une précaution supplémentaire contre les pilleurs de tombes, les nécrophiles et autres magouilleurs postmodernes.

Ben les remercia une dernière fois et s'en alla, un léger sourire aux lèvres à la pensée de sa précédente visite dans cet étrange cimetière. Son sourire s'effaça toutefois quand il songea à la réaction probable du détective quand il apprendrait l'état de ses recherches. Il était allé voir tous les membres proches de sa famille, et terminait sur un fiasco. Le nain allait lui présenter ses excuses du fond du cœur, en lui disant qu'il avait fait tout son possible pour localiser la personne disparue, mais que même un vieux renard comme lui n'avait jamais eu à traiter un dossier aussi stérile. Ben lui lancerait un regard de marbre, puis le remercierait d'avoir essayé jusqu'au bout. Ils échangeraient encore quelques phrases creuses, se serreraient la main et se diraient adieu. Ensuite, ce serait la solitude, la futilité de chercher une aiguille dans une botte de foin, de se battre contre des moulins à vent. Tous les clichés y passeraient. Et avec le temps, sa farouche détermination de retrouver la femme de sa vie deviendrait de plus en plus repliée sur elle-même, jusqu'au moment où…

Un cri perçant résonna dans la grande salle, déchirant le silence de mort. Ben se retourna pour voir une femme affalée sur le corps d'un jeune homme, probablement son fils, tambourinant sur sa poitrine et lui donnant des claques dans un effort désespéré pour le ressusciter. L'homme qui était à côté d'elle, sans doute son mari, la suppliait de se calmer tout en jetant des regards impuissants autour de lui. Mais elle refusait de l'écouter, et se mit à le frapper lui aussi, passant des larmes au rire avec une facilité qui provoqua l'hilarité de tous les visiteurs du cimetière, qui considéraient la seconde mort de leur proche comme un événement simple mais brutal, attitude que la mère angoissée se refusait à adopter.

Ben hocha la tête dans sa direction pour exprimer sa sympathie et, plutôt que de continuer à regarder le couple désemparé comme faisaient tous les autres, se tourna une dernière fois vers les croque-morts avant de s'éloigner en direction de la sortie. Mais le spectacle qu'il eut alors sous les yeux fut encore plus intrigant. Un peu plus loin devant lui, l'un des croque-morts était en train de discuter avec quelqu'un que Ben ne voyait que de dos et qui était dans un fauteuil roulant. Ben accéléra le pas dans leur direction, en se demandant qui ce paraplégique particulièrement athlétique venait d'enterrer.

Le croque-mort chauve tendit la petite clé à Robert, lui montra du doigt la serrure et prononça quelques paroles d'explication. Ben ne comprit pas pourquoi il sentit soudain ses jambes défaillir sous lui en voyant ce mort à distance, et ce n'est que lorsque Robert tourna une troisième fois la clé avant de la rendre au croque-mort qu'il fut assez près d'eux pour que la sueur commence à couler dans son dos et que ses tempes se mettent à battre furieusement comme un marteau sur une enclume. Le croque-mort prit la clé, ouvrit la bouche et… bascula en arrière lorsque Ben le plaqua sur le sol de marbre, lui arracha la clé de la main et se releva pour regarder avec stupeur le cadavre de Mad Hop qui gisait sur le dos, figé dans la position du repos éternel, la bouche légèrement entrouverte comme celle d'un enfant qui attend une surprise, les yeux clos, les mains tranquillement nouées sur son ventre, légèrement euphorique.

— Qu'est-ce qui se passe ici ? demanda Robert d'une voix d'abord agacée, puis étonnée quand il reconnut l'homme qui se penchait sur lui avec une expression tout aussi perplexe.

— J'allais vous demander la même chose, lui dit Ben.

Le croque-mort aux cheveux d'or aida son collègue étourdi à se remettre debout.

— Pourquoi avez-vous fait ça ? demanda-t-il.

— C'est mon ami, fit Ben en désignant Mad Hop. Et c'est impossible qu'il ait choisi le repos éternel.

— Vous seriez surpris si vous saviez le nombre de gens qui considèrent cette option comme valable ! s'exclama le croque-mort aux cheveux d'or. Chacun est libre de choisir sa manière d'échapper au…

— La ferme, vous ! lui cria Ben. Je vous dis que celui qui est dans ce cercueil n'a pas opté pour la mort éternelle, un point c'est tout. Faites un pas vers ce sarcophage, et vous aurez de mes nouvelles.

— Ben, pourquoi vous mettre dans tous vos états, demanda calmement Robert, alors que nous savons très bien, vous et moi, qu'il n'y a plus rien à faire ? Je partage votre peine et vos angoisses, mais quel autre choix avons-nous que d'accepter le cruel destin d'un détective frustré ?

— Frustré ? Samuel était tout sauf frustré !

— Pas en tant qu'homme, mon bon ami, mais en tant que détective. À propos, a-t-il retrouvé votre épouse ?

— Non, mais quel rapport avec le reste ?

Robert posa la main sur sa tache de naissance en étoile.

— Désolé de dire les choses aussi brutalement, surtout dans la mesure où c'est moi qui vous ai mis en contact, mais Mad

Hop n'a pas résolu une seule affaire au cours des dix dernières années. Pas une seule. Et pour finir, son entêtement lui a coûté très cher.

— Hein ? Pourquoi l'avoir encensé à ce point, alors, quand vous m'en avez parlé ?

— Moi aussi, comme beaucoup, j'ai été abusé de bonne foi par la confiance aveugle que j'avais en l'humanité. Pas un seul instant je n'ai soupçonné que c'était un escroc.

— Samuel ? Un escroc ? s'exclama Ben en repoussant l'idée que le détective, avec son don étrange pour déceler les mensonges, ait pu lui-même avoir recours à la tromperie.

— Et comment ! fit Robert en soupirant et en se laissant aller en arrière dans son fauteuil roulant. Un escroc de première classe !

— C'est vous qui l'avez amené ici ?

Robert hocha affirmativement la tête.

— Je ne pouvais pas le laisser dans l'état où il était. Même le pire escroc mérite des funérailles décentes.

— Comment savez-vous qu'il a fait un sept fois trois ?

— Samuel m'a appelé pour me demander de passer le voir le plus vite possible. Je me suis dit qu'il avait peut-être du nouveau sur Catherine. Quand je suis arrivé chez lui, la porte était ouverte. Je l'ai trouvé étendu par terre. J'ai essayé de le ranimer, mais il ne bougeait pas. Tout comme vous, Ben, je ne pouvais pas croire qu'il avait pu faire ça. Mais le mot qu'il avait laissé sur la table ne faisait place à aucun doute.

— Un mot ? demanda Ben sans quitter des yeux le corps inerte du détective.

— Il demandait pardon à tous ceux dont il avait trahi la confiance. Il avouait que, plus que tout au monde, il avait ambitionné d'être un détective hors pair, mais que ce désir s'était transformé en une véritable obsession qui voilait son jugement et l'avait conduit à cette étourdissante série d'échecs. Il avait eu le sentiment de n'être plus bon à rien, d'où sa décision de donner une fin tragique à une lamentable farce.

L'effet sinistre de ces paroles sur Ben ne l'empêcha pas d'aboyer : "N'y pensez pas !" quand le croque-mort aux cheveux d'or s'avança vers lui la main tendue pour lui reprendre la clé.

— Pourquoi ne la lui rendez-vous pas ? demanda Robert.

— Parce qu'il l'avalerait et que je n'aurais plus aucun moyen de tirer Samuel de là.

— Qu'entendez-vous par "tirer Samuel de là" ? demanda le croque-mort chauve.

— Je vais vous l'expliquer dans un instant, rétorqua Ben. Mais d'abord, dites-moi ce qui se passe si quelqu'un qui n'a jamais appuyé sur les touches magiques est enfermé dans un sarcophage de sommeil éternel.

— Cette chose-là n'existe pas. Il est inconcevable que nous puissions forcer quiconque à…

— Je ne parle pas de vous, les gars. Je me demandais seulement s'il existe un moyen de prouver que quelqu'un a vraiment choisi l'option du sommeil éternel.

— Naturellement ! s'esclaffa le croque-mort chauve. Il suffit de voir s'il se réveille.

— Mais s'il se réveille une fois que vous avez avalé la clé ?

Celui aux cheveux d'or ricana.

— Ne vous faites pas de souci. Une fois dans leur lit de mort éternelle, ils n'ont aucune chance de se réveiller.

Ben hocha la tête, s'approcha du sarcophage, mit la clé dans la serrure et la tourna trois fois.

— Qu'est-ce que vous faites ? demandèrent les croque-morts à l'unisson.

Ben sourit, puis tendit la main à Robert.

— Venez. Sortez de ce fauteuil. Aidez-moi à mettre Samuel là-dedans. Cela nous fera gagner du temps.

— Vous avez perdu la tête ? Vous oubliez que je suis paraplégique ? Je ne peux aller nulle part sans mon fauteuil.

— Je vous ai vu courir le cent mètres en pleine forme, lui dit Ben.

Avant que Robert ait eu le temps de lui répondre, Ben s'excusa et lui porta un grand coup à la tête, lui brisant la nuque. Il sortit le Belge du fauteuil et le laissa tomber par terre. Puis il le retourna sur le dos et lui pressa le pouce une fois sur la touche 3 de son godget, ce qui mit fin à ses gémissements d'agonie. Quelques instants plus tard, ses paupières papillotèrent et il sombra dans un sommeil profond.

Les croque-morts l'avaient regardé faire avec ébahissement.

— Vous saisissez ? leur dit Ben. J'ai fait cela pour vous démontrer qu'il est parfaitement possible que vous ayez, en toute innocence, enfermé des gens endormis à l'intérieur de ces fichus sarcophages !

Voyant qu'ils ne comprenaient toujours pas, il ajouta :

— Comme Robert ! Que se passerait-il si je l'enfermais dans l'état où il est à l'intérieur d'un de ces sarcophages ? Le bouton trois assure huit heures de sommeil sans rêve, c'est bien ça ? Que se passe-t-il à l'expiration du délai ?

— Il continuerait à dormir, fit celui aux cheveux d'or en échangeant des regards incertains avec ses collègues.

— En d'autres termes, si je veux me débarrasser de Robert, rien de plus facile, et en plus vous m'apporteriez votre aide. Dans le monde précédent, vous seriez considérés comme complices d'assassinat. Et c'est un peu plus grave que d'assommer un faux infirme. En fait, vous allez pouvoir vérifier aisément la chose dans quelques heures, quand il se réveillera.

Ben souleva alors le lourd couvercle du cercueil. Il prit dans ses bras le corps encore chaud de Mad Hop, et le mit dans le fauteuil roulant.

— Mais… commença le croque-mort chauve.

— Désolé, lui dit Ben, mais c'est comme ça. Inutile de discuter. Je l'emmène avec moi. Si je me suis trompé, je vous promets de vous le ramener. En attendant, je vous conseille de réfléchir à des moyens de vérifier vos candidats au sommeil éternel.

— À une condition… murmura le croque-mort aux cheveux d'or.

La rencontre avec Yossef et Miriam ne manqua pas d'être émouvante, même si le couple ne cessait de lorgner du côté du mort dans son fauteuil roulant flanqué de quatre croque-morts soupçonneux. Ben eut du mal à retenir ses larmes en écoutant le récit de leur départ du monde précédent et du cadeau qu'ils avaient laissé à Kobi et Tali. Quand il leur parla de ses efforts incessants pour retrouver leur fille et de l'aide qu'il avait reçue de l'homme inanimé dans le fauteuil roulant, ils lui promirent de faire le maximum pour l'aider. Ben comprit que les deux vieux généticiens avaient du mal à se faire à leur nouveau monde. Quand Yossef lui demanda s'il avait une explication concernant la nature de la réalité dans laquelle ils étaient plongés, Ben répliqua que leur nouvelle existence prendrait un sens bien assez tôt, y compris de leur point de vue scientifique, mais qu'en attendant ils avaient toutes les raisons de se réjouir d'être arrivés ici ensemble.

Le couple échangea ses empreintes de pouce avec Ben, en lui demandant d'être tenus au courant de l'évolution, même minime, des choses, et de ne pas perdre le contact comme il l'avait fait pendant leur longue période de deuil dans le monde précédent.

Après leur départ, Ben resta un moment adossé à la porte. Non seulement Miriam et Yossef avaient vieilli de dix ans depuis la tragédie mais, comme si cela ne suffisait pas, il les avait quittés en les laissant sur la fausse impression qu'ils allaient sûrement rencontrer Marianne dans un avenir pas très lointain.

Perdu comme il l'était, une fois de plus, dans l'un des wagons désertés de son train de pensées, il fut incapable de donner un sens aux paroles qu'une voix grincheuse murmurait à son oreille et demanda : "Qu'est-ce que vous avez dit ?"

Le plus jeune des croque-morts leva le menton en direction de Mad Hop, qui étira ses membres courts de tout leur long, bâilla à se décrocher la mâchoire, regarda autour de lui et déclara :

— Bon sang de bonsoir, qu'est-ce qu'elle est moche, cette piaule !

Les quatre croque-morts abasourdis se pressèrent autour de lui.

— Vous voulez quoi ? glapit-il avec un mouvement de recul.

Voyant Ben qui s'approchait de lui, il tapa du pied droit par terre.

— C'est ça mon sept fois trois ? Quatre croque-morts, un client et le fauteuil roulant d'un menteur ? Pas de nana ? Rien à s'envoyer derrière la cravate ? Où est la ville ? C'est trop petit, ici… pas de cheminée… Bon Dieu, ça ne devrait pas être comme ça… Qu'est-ce que c'est que ce bordel de monde inté…

— Samuel, vous vous sentez bien ? demanda Ben en s'agenouillant pour le serrer dans ses bras.

Le nain, perdu dans cette étreinte, s'écria :

— C'est tout ce qui me manquait ! L'épanouissement d'une homosexualité latente ! Bordel de merde !

L'un des croque-morts éclata de rire.

— Désolé, monsieur, mais vous faites erreur. Vous êtes toujours dans l'Autre Monde, et nous avons commis une grave erreur. (Il se tourna vers Ben en inclinant la tête.) Nous vous devons de profondes excuses, dit-il. Nous n'aurions pas dû douter de votre bonne foi.

Ben le fit taire d'un geste.

— Ne vous inquiétez pas. L'essentiel est que Samuel soit sorti d'affaire. Mais je ne voudrais pas vous retenir plus longtemps. Vous avez sûrement des montagnes de choses à faire.

Quand ils furent partis, Ben reporta son attention sur le détective.

— Qu'est-ce qui vous est arrivé, Samuel ? Je sais que vous n'avez pas choisi de faire un sept fois trois.

— Même pas une seule fois trois.

— Et alors ?

— Robert.

Ben eut un rire involontaire.

— Robert ?

— Épargnez-moi votre expression de clown. Cet homme est un menteur pathologique.

— Vous voulez parler du fauteuil roulant ?

— Il y a ça aussi. Comme vous m'avez amené ici dans son fauteuil, je suppose que vous avez compris qu'il n'en a pas plus besoin que vous ou moi. Il s'en sert uniquement pour s'attirer la sympathie des gens.

— C'est vrai que la chose m'a toujours paru suspecte, vu qu'il est la seule personne handicapée que j'ai rencontrée dans l'Autre Monde.

— La seule personne qui fait semblant d'être physiquement diminuée. Les handicapés, ça n'existe pas dans l'Autre Monde.

— Vous dites que ce fauteuil roulant, c'est pour inspirer la pitié ?

— Absolument. Il cherche à convaincre le plus grand nombre de gens possible qu'on lui a fait du tort dans le monde précédent. N'allez pas vous imaginer qu'il vous a choisi parce que vous avez un don pour écouter les malheurs des autres. Je vous assure qu'il y a des centaines de personnes dans votre cas. Des gens pris au hasard, qui ont prêté l'oreille au récit pathétique de la vie tragique d'un infortuné incapable de se pardonner ce qu'il a fait et qui cherche donc à s'attirer la sympathie de tout un chacun…

— Je comprends, à présent, pourquoi vous aviez du mal à en parler. Mais comment pouvez-vous être si sûr qu'il a menti sur toute la ligne ?

— Il a sauvagement violé cette pauvre fille.

— Et cette histoire de somnambulisme ?

— Balivernes ! Il a fait faire un double de sa clé, et il s'est introduit dans sa chambre la nuit.

— Et vous savez ça comment ?

— Robert est venu me trouver pour me demander d'apprendre le plus de choses possible sur Catherine et de le prévenir quand elle arriverait dans l'Autre Monde. Avant d'accepter, je l'ai prié de me raconter toute l'histoire en détail. Quand il est arrivé à l'épisode du viol, qu'il a, naturellement, décrit comme une initiative romantique de la part de la fille, je n'ai pas pu retenir mon rire. Je lui ai expliqué que je souffrais d'un rare syndrome nerveux qui provoquait des crises de rire paroxystique. En mon for intérieur, je n'avais que mépris pour ce salaud. Je lui ai demandé de m'apporter la bande vidéo de cette nuit-là, mais il a prétendu que toutes ses cassettes avaient mystérieusement disparu de son appartement. J'ai eu mal à la mâchoire pendant plusieurs jours, mais je lui ai promis de l'aider.

— Pour quelle raison ? Vous n'avez pas…

— Mon pauvre Ben, il y a des moments où vous êtes aussi naïf qu'un alias.

— Et vous Samuel, vous êtes aussi brumeux qu'un coin de ciel londonien.

— J'ai accepté de m'occuper de cette affaire dans le but de faire tout ce qui était en mon pouvoir pour qu'il ne la revoie jamais.

— Vous lui avez donc menti.

— Je ne pouvais pas supporter l'idée que cette pauvre fille serait persécutée dans la mort comme elle l'avait été dans la vie. J'ai déniché plusieurs articles de journaux sur cette affaire. Il est clair que cet homme est une véritable bête sauvage qui a voulu profiter d'une jeune femme prête à consacrer sa vie à Dieu. Il a tout gâché du jour au lendemain. Je savais très bien qu'il mentait, mais je n'ai pas pu m'empêcher de m'intéresser de près à cette affaire.

— Qu'avez-vous fait ?

— Vous voulez parler de ce que je n'ai pas fait ? Ce qui est sûr, c'est que je ne l'ai pas averti quand elle est arrivée ici il y a un peu plus d'un an.

— Comment a-t-il pu la rater ? Il est tout le temps là-bas dans son fauteuil…

— Elle a eu de la chance, un point c'est tout. Il était peut-être à Narcotica, en train de s'acheter un de ces ignobles cigares.

— Incroyable.

— Mais je ne vous ai pas encore tout dit. Juste après avoir fait sa connaissance, j'ai contacté le directeur de la salle blanche pour lui demander de m'adresser un rapport quotidien sur les arrivées des nouveau-morts. Quand son nom a fini par apparaître, je suis allé la trouver pour la mettre en garde contre lui, et je lui ai cherché un autre logement. Après avoir entendu sa version des faits, j'étais si furieux que j'aurais pu tuer cet individu de mes propres mains. Il est complètement détraqué, Ben. Il est obsédé par cette femme. Après toutes les conquêtes qu'il a à son actif, il n'a pas pu supporter d'être rejeté par elle, et il a décidé de prendre les choses en main.

— À votre avis, il ne fait pas tout ça parce qu'il l'aime ?

— Je me fiche pas mal de savoir ce qu'il pense. La seule chose qui compte, c'est qu'elle ne l'aime pas. Pour elle, c'est le diable incarné.

— Vous ne croyez pas que vous exagérez un peu ? Comme on dit, l'erreur est humaine, mais le pardon est…

— Jamais je n'ai été aussi fier de mon humanité et de mon manque de divinité.

— Je voulais parler de Catherine.

— Elle ne peut pas lui pardonner. Sans compter que, pour elle, cette histoire est loin d'être finie. Son cauchemar continue.

— Parce que, quand elle lui a tiré dessus, elle croyait mettre un terme à cette histoire.

— Et en arrivant là, elle découvre que non seulement cet abject individu continue de la traquer, mais que sa détermination est multipliée par dix.

— Cependant, tant qu'il ne la retrouve pas…

— Il l'a déjà trouvée. Dans un café. Elle s'est défendue, et elle a réussi à lui échapper.

— Mais oui ! Oh, mon Dieu ! J'étais là en compagnie de ma mère. J'ai tout vu. C'est-ce jour-là que j'ai découvert qu'il n'était pas paralytique.

— Exact. Elle a donc réussi à s'enfuir, en laissant ce salaud avec le sentiment d'être humilié et trahi. Il est venu directement chez moi, pour me reprocher mon incompétence et gémir qu'il m'avait fait confiance toutes ces années et que, si je ne lui avais pas remis de faux rapports, il l'aurait retrouvée depuis une éternité. J'ai souri en répliquant que, puisqu'il était d'humeur accusatrice, il ne verrait peut-être pas d'inconvénient à rétablir la vérité sur un certain nombre de fausses déclarations qu'il m'avait faites.

— Vous lui avez dit la vérité ?

— Tout bon menteur, mon cher Ben, sait pertinemment que le mensonge le plus vil est parfois destiné à couvrir une vérité encore plus sordide. Le spectacle en valait la peine. Il est devenu blême, un spasme catatonique a parcouru ses membres, et sa physionomie a pris l'air hystérique d'un homme qui a conscience d'avoir menti à un menteur bien plus doué que lui. Ensuite…

— Il vous a sauté dessus ?

— C'est étonnant, la force qu'il a. Il m'a sauté dessus, oui, et avant que j'aie eu le temps de me défendre il m'a pris à la gorge en hurlant comme un forcené. Il a saisi mon pouce pour l'appuyer malgré ma résistance sur le bouton qui me condamnait à un sommeil d'où je croyais ne jamais pouvoir émerger.

— Je ne saisis pas très bien. S'il voulait vous expédier au royaume du repos éternel, pourquoi ne vous a-t-il forcé à appuyer qu'une seule fois sur le bouton ?

— Pas une fois, mais sept.

Ben eut un sourire bancal.

— Ça suffit comme ça, Samuel. Faites-moi plaisir, et dites-moi une fois pour toutes de quoi vous êtes en train de parler. Parce que ce que je viens d'entendre n'a absolument aucun sens.

— Détrompez-vous. Cela s'explique parfaitement si on a pris soin de trafiquer le bouton quelques années auparavant.

Mad Hop retira le godget qui pendait à son cou et lui montra la touche de sommeil.

— Je vais vous faire la démonstration avec mon petit doigt, poursuivit-il, car vous savez que le godget ne réagit qu'au pouce. Que se passe-t-il si vous appuyez sept fois sur cette touche avec un autre doigt ?

Avec précaution, Ben enfonça sept fois de suite le bouton avec son petit doigt.

— D'accord, dit-il. Il ne se passe rien.

— Très bien, fit Mad Hop en appuyant une fois sur la touche.

Ben fixa le godget des yeux en murmurant :

— Le bouton reste enfoncé. Il ne remonte pas.

— C'est exact. Vous pouvez appuyer dessus sept fois ou même cent fois, il n'enregistrera que le premier coup.

— Huit heures de sommeil sans rêve.

— Vous l'avez dit, fit Mad Hop en se remettant le godget autour du cou. J'ai demandé au fabricant de désactiver toutes les autres options de sommeil.

— Mais les croque-morts m'ont dit que…

— Et c'est vrai. C'est bien la raison pour laquelle je vous suis infiniment reconnaissant. Si vous ne m'aviez pas sorti de ce ridicule bocal à poissons, j'aurais été HS pendant beaucoup plus que huit heures. Ce Belge est peut-être complètement fou, mais c'est un manipulateur de première. Quand il a compris ce que j'avais fait, il m'a traîné jusqu'au cimetière pour m'enterrer avant que j'aie eu le temps de me réveiller.

— Donc, en langage local, on peut dire que je vous ai sauvé la mort.

Mad Hop sortit du fauteuil roulant avec un grognement indistinct.

— En tout cas, vous avez gagné cette antiquité en échange.

— À propos, que comptez-vous faire en ce qui concerne Robert ?

— Nous ne risquons pas d'entendre parler de lui pendant quelque temps. Et en ce qui concerne Catherine, il n'y a pas de souci à se faire. Elle réside loin d'ici. La seule raison pour laquelle il est tombé sur elle par hasard est qu'elle venait rendre visite à une amie.

Il demeura silencieux quelques instants, puis ajouta :

— En attendant, si j'ai bien compris, vous avez fait chou blanc.

— On ne saurait mieux dire. Personne ne l'a vue, personne n'a entendu parler d'elle, personne n'a…

— D'accord, d'accord, j'ai compris. Fin de la phase de recherche facile. N'importe comment, je dois dire que cette affaire devient de plus en plus intéressante. D'une part, votre femme est reportée disparue dans l'Autre Monde, chose qui n'est pas difficile à accomplir vu que cet endroit rêvé pour un criminel en cavale ne cesse de s'agrandir quotidiennement selon une progression géométrique débridée ; et d'autre part, toute votre famille est ici mais personne n'a eu de ses nouvelles en quinze mois.

Ben hocha la tête tout en regardant le portrait accroché au mur comme s'il détenait une partie de la réponse.

Mad Hop le regarda.

— Ça fait penser à la Joconde, hein ? Elle ne dit rien, et elle vous regarde avec son sourire en coin, comme si elle savait quelque chose que vous ignorez, en s'arrangeant, avec son air innocent, pour suggérer que le mystère qui l'entoure est un pur produit de l'imagination de celui qui la contemple.

— J'aimerais bien qu'elle puisse parler.

— Si elle en était capable, elle réclamerait sans doute un cadre.

— Pardon ?

Mad Hop décrocha la toile du mur et la mit sous son bras.

— Le peintre a fait du beau travail, mais ça ne suffit pas. Il va falloir l'encadrer.

— J'avais l'intention de le faire, mais…

— Ne vous inquiétez pas. C'est peu de chose, en comparaison de tout ce que vous avez fait pour moi.

— Attendez, je vous accompagne.

— Inutile. Profitez de mon humeur généreuse et allez vous coucher. À votre réveil, cette petite dame énigmatique aura un cadre digne d'elle, et cela nous mettra peut-être sur les rails.

— Que voulez-vous dire ?

— En vérité, je n'en ai pas la moindre idée. J'essaie juste de vous remonter le moral avec mon bavardage. J'aurai plaisir à mettre au point une nouvelle stratégie avec vous à mon retour.

29

L'EXORCISTE

“Yonatan, tu commences à m'inquiéter. Je m'absente une semaine et tu ne manifestes toujours aucun signe de guérison. Tu t'es peut-être habitué à entendre ma voix, et tu as cru que je t'avais abandonné. N'y compte pas, mon chéri, c'est totalement exclu. Désolée d'être restée si longtemps absente. Ce n'était pas délibéré. Loin de là. J'étais censée prendre l'avion, me faire opérer et rentrer trois jours plus tard. Je t'ai déjà parlé de cette opération, tu t'en souviens ? Il y a des années que j'aurais dû le faire, mais chaque fois que je passais devant un hôpital cela me rappelait la chose terrible qui est arrivée à ma mère. Finalement, j'ai décidé de dominer ma peur. Après tout, cet endroit est réputé être le leader mondial dans le domaine de l'abla… Merde ! Impossible d'avoir une conversation privée ici… On a l'impression que le personnel soignant profite de la moindre occasion pour écouter ce qu'on dit. J'espère que ça ne te dérange pas si je parle à voix basse jusqu'à ce qu'ils s'en aillent. Tu vas sûrement être surpris d'apprendre que, finalement, je ne me suis pas fait opérer. Tu ne vas pas me croire si je te raconte ce qui est arrivé. Je suis donc allée à cet hôpital, et quand le moment est arrivé, lorsque le chirurgien est entré dans la salle d'op pour me préparer, j'ai commencé à penser à ce qui était arrivé dans cet endroit des années auparavant, et j'ai compris que jamais je ne pourrais le faire, que c'était trop pour moi.

Tu vas probablement te dire que je suis une dégonflée. J'ai pris la fuite, et j'ai décidé d'en rester là. J'ai vécu avec jusqu'ici. Si on me l'enlevait, je ne serais plus la même personne. Je sais que ce ne sont que des excuses, des rationalisations minables pour dissimuler ma trouille. Mais que puis-je dire de plus ? Je suis beaucoup moins courageuse et endurcie que je ne le croyais. Impulsive, sans doute, mais courageuse ? Non. Je pensais à ce que tu m'aurais écrit si tu avais su qu'au moment crucial j'ai succombé à mes vieux démons, en leur concédant une victoire de plus. Ma mère aurait été dévastée si elle avait appris que je ne suis pas allée jusqu'au bout, mais je pense qu'elle m'aurait comprise. J'ai toujours eu l'impression, de son vivant, qu'elle n'approuvait pas trop le recours à la chirurgie. Comme si elle préférait que j'y renonce. La seule chose qui l'aurait affectée profondément, c'est de voir à quel point le traumatisme avait encore prise sur moi. Comme si cet enfoiré avait triomphé une nouvelle fois.

Je sais que tout cela doit te paraître un peu confus, mais crois-moi, j'ai mes raisons. Ce n'est pas pour rien que j'ai jeté mon dévolu sur toi, le parfait compagnon que j'ai cherché ma vie entière, celui qui est capable de m'aider à m'échapper dans des mondes lointains. Oh, Yonatan ! Tu ne peux pas savoir à quel point nos petits jeux me manquent ! Ce que je dis ne te paraît pas trop bizarre, j'espère ? Quand tu te réveilleras, nous pourrons reprendre là où nous nous sommes arrêtés. Il faut absolument que tu te réveilles, Ormus. Je refuse d'accepter l'idée qu'à partir du moment où je t'ai rencontré, toute notre histoire s'est révélée être une mascarade, qu'à partir du moment où nous nous sommes trouvés, mon amour, tu es tombé dans le coma. Tout est prêt pour t'accueillir. J'ai tout laissé derrière moi. Toutes les choses déplaisantes. Il ne me reste plus rien en France. Ma mère est morte, mon mari est une relique du passé, et j'ai décidé de complètement zapper la chirurgie. Qui se soucie d'une petite cicatrice souvenir ? C'est ce que j'ai décidé en prenant l'avion une dernière fois à Charles-de-Gaulle. Malgré tout son charme, j'en ai fini avec la France. C'est cela qui m'a retenue, mon amour. J'ai voulu faire mes adieux comme il faut. Rendre une ultime visite aux endroits qui ont marqué ma vie. Avant de repartir de zéro.

Je sais que ma chronologie doit te sembler bizarre. Après tout, j'ai quitté la France il y a quinze jours. Je suppose que j'avais besoin de me retrouver ici pour me rendre compte qu'il me fallait absolument y retourner une dernière fois. Question de perspective, j'imagine. Il m'a fallu du temps pour mettre de l'ordre dans ma vie. Pour comprendre que j'allais vraiment commencer une vie nouvelle en Israël, et que je me fichais pas mal que tout le monde me trouve sonnée d'aller vivre dans un endroit aussi dément. Mais l'emploi que j'ai dégoté ici s'est avéré être un véritable don du ciel. C'est grâce à cela que j'ai pu rassembler suffisamment de courage pour aller régler toutes mes affaires en France. Et je n'ai même pas encore mentionné ton nom, Yonatan. Tu es la seule personne qui ait jamais réussi à me retenir. Grâce à toi, finalement, je me suis libérée de mes attaches personnelles au point d'envisager un avenir radieux avec toi, mon cher amour. Certains pourraient dire que je n'ai pas osé affronter mes démons quand j'ai tout quitté. Mais qu'importe ! Ils ne peuvent pas savoir à quel point l'année qui vient de s'écouler a été horrible pour moi. Ce n'est que grâce à toi que j'ai pu me hisser hors des décombres du passé et renaître entièrement. Grâce à toi, j'ai pu chasser tous mes démons. C'est drôle, à quel point une personne dans le coma peut avoir de l'influence, pas vrai ?

Mais le plus drôle, tu veux savoir ce que c'est ? Tu vas peut-être me trouver morbide, mais quand cet acteur m'a agressée et que j'ai eu la peur de ma vie, j'ai compris que je n'avais jamais été aussi heureuse qu'ici. Les pensées qui se bousculaient dans ma tête étaient particulièrement étranges. Les gens qui voient leur dernier moment arriver disent toujours que leur vie défile à toute vitesse devant leurs yeux. Mais moi, j'ai vu tout ce qui allait arriver après ma mort. Mes funérailles, mes collègues de travail, la carrière de l'acteur brutalement interrompue, les réactions délirantes des médias. Et puis j'ai pensé à toi, et je me suis dit qu'il fallait que je survive à tout prix. Imagine un peu, si tu te réveillais pour apprendre que j'ai été assassinée. Ce serait trop pour toi.

Mais tu n'as pas à t'inquiéter. Je suis là, et je n'ai pas l'intention d'aller où que ce soit. Pour l'acteur, j'ai changé d'avis. Au début, je me suis dit que je fouinerais un peu dans sa vie, et que j'irais l'interviewer. Une grande première. La victime interviewant son agresseur. Mais cette semaine que je viens de passer en France m'a aidée à comprendre à quel point ça ne m'intéresse pas. C'est juste un démon de plus à chasser. D'après les flics, ce n'est un secret pour personne qu'il est un peu dérangé. Je suis certaine que si ça n'avait pas été moi, ce serait tombé sur quelqu'un d'autre. Dans ce genre de métier, où l'on occulte sans cesse sa personnalité véritable, il n'est pas rare que l'on craque de temps en temps. Et si tu veux bien me croire, je préfère laisser à d'autres le plaisir douteux de l'entendre expliquer son agression par je ne sais quelle obsession créative de merde. J'ai déjà donné. C'est trop chiant. Je ne veux pas lui offrir une tribune pour exposer ses mensonges. Le faire interner d'office pour troubles mentaux ? L'envoyer derrière les barreaux ? Alléluia ! Je n'ai pas envie de perdre mon temps avec ces conneries. Par bonheur, l'affaire est claire comme de l'eau de roche, et j'ai un témoin qui m'a sauvé la vie. Tu connais les détails…

Ce que tu ignores par contre, c'est le rôle de cette petite bonne femme qui s'occupe de toi. Cette Anne, à la fois amicale et difficile à cerner. Je ne sais pas pourquoi, j'ai l'impression qu'elle cherche à se rapprocher de moi. Je sais que ça va te sembler horrible, et même inhumain, mais ce n'est pas parce que quelqu'un t'a sauvé la vie que tu as une dette éternelle à son égard, surtout quand cette personne ne t'intéresse absolument pas. Mon Dieu ! Je ne veux pas que tu croies que je suis une horrible personne, mais j'ai vraiment autre chose à faire que fraterniser avec cette infirmière bizarre. Alors, suis-je quelqu'un de réellement monstrueux ? J'aimerais que nos rôles soient inversés. J'aimerais que ce soit moi qui lui aie sauvé la vie. Au moins, c'est elle qui aurait une dette. J'ai mauvaise conscience, Yonatan. Elle m'a laissé au moins dix messages sur mon répondeur, pour me dire de la contacter dès mon retour. J'étais sûre que quelque chose d'important était arrivé. J'ai pris un taxi pour aller directement à la clinique. Elle voulait juste m'inviter à dîner chez elle. Dix messages, Yonatan ! Juste pour m'inviter ! J'aurais voulu que tu voies son expression ! Elle était rayonnante ! Elle débordait d'énergie. Je lui ai demandé s'il y avait un changement en ce qui te concerne.

Elle s'est contentée de me dévisager en silence, et ce n'est que lorsque j'ai répété ma question qu'elle est sortie de je ne sais quel rêve intérieur pour me répondre non, pas encore. Désolée d'avoir à le dire, mon chéri, mais il y a quelque chose d'effrayant chez cette femme. Elle est totalement imprévisible. J'en rajoute peut-être un peu, mais le fait est que je n'ai pas voulu la décevoir et que j'ai accepté d'aller chez elle ce soir. J'espère qu'elle n'en fera pas une habitude. Euh… quand on parle du… Elle arrive. Tu devrais voir sa tête. Comme si elle voulait me demander quelque chose. Elle m'observe avec ses petits yeux. Elle est passée derrière le rideau de séparation. J'ai l'impression qu'elle tend l'oreille, Yonatan. Que veut-elle donc ?

Écoute, mon chéri, je ne veux pas t'ennuyer davantage avec mon bavardage. C'est vrai que je commence à trouver le temps long. Ce qui me fait penser à une chose. Tu vas bondir quand tu auras entendu ça. L'un des rédacteurs de la chronique littéraire vient de m'apprendre que Rushdie va sortir un nouveau bouquin en septembre. Je crois que ça va s'appeler *Furie*. Qu'est-ce que tu en penses ? Tu vas rester dormir pendant que les enfants de minuit font la java ? Il reste deux mois avant sa sortie, mais n'attends pas de moi que je te fasse la lecture tant que tu es dans ce lit. C'est toi, mon amour, qui vas me lire ce nouveau Rushdie. Autrement, c'est ma furie à moi que tu vas voir éclater. Et sur un autre plan, considère que c'est un cadeau formidable que nous allons bientôt recevoir. Un nouveau roman de Salman Rushdie pour célébrer notre union. Cette fois-ci, je compte bien le lire avec toi, en temps réel, comme nous l'avons toujours rêvé… Ne sois pas cruel, Yonatan… Avec qui vais-je pouvoir discuter de ce livre, si ce n'est… Mais non, inutile d'aller au devant. Pas question que tu sois encore endormi à ce moment-là… Pas vrai ?"

30

LE MIROIR PARTIAL

L'expression de Mad Hop n'augurait rien de bon. Ben crut y lire la colère et la déception, à parts égales. Il s'avança un peu trop vite dans l'appartement, tête baissée, en grommelant un "Salut" à peine distinct. Ben remarqua qu'il évitait de croiser son regard et, chose encore plus troublante, qu'il arrivait les mains vides.

Le détective actionna son briquet d'un coup sec pour allumer sa cigarette, puis s'assit dans le fauteuil roulant.

— Et le tableau ? demanda Ben.

Mad Hop roula des yeux confus, examina le bout de sa cigarette puis murmura :

— Vous n'avez peut-être pas envie de savoir.

— Samuel ! Vous êtes parti l'encadrer il y a trois heures. Qu'a-t-il bien pu se passer en trois heures ?

Mad Hop poussa un soupir à fendre l'âme. Quand il leva enfin les yeux vers Ben, ce fut avec un air de profonde mélancolie qui ne lui était guère habituel.

— Je suis obligé de vous poser une étrange question, Ben, dit-il d'une voix dépourvue d'intonation. Répondez-moi de manière objective, si possible. Votre Marianne est-elle encore vivante ?

Ben éclata de rire.

— C'est ça, le nouveau tour que prend votre enquête ? On ne peut pas la trouver, alors on en déduit qu'elle est encore dans le monde précédent ?

— Je vous rappelle que je vous ai demandé d'être objectif.

— Objectif ? fit Ben, les narines dilatées en signe de dédain. Comment pourrais-je ne pas l'être, quand vous me faites crouler sous les preuves concrètes et indiscutables ?

— Puisque vous parlez d'évidences, je suggère que nous fassions tous les deux très attention. Je crois me souvenir que vous avez déclaré que le visage de la femme qui a chuté du haut de la grande roue était méconnaissable.

— C'est exact, mais je vous ai parlé aussi des signes particuliers qui m'ont permis de l'identifier, par exemple le grain de beauté entre son gros orteil et…

— Je ne l'ai pas oublié, interrompit Mad Hop. J'essaie seulement d'envisager une autre possibilité. Peut-être que Marianne est tombée de la grande roue, mais que le corps que vous avez vu n'était pas le sien.

— Vous avez complètement perdu la boule ? s'écria Ben. C'est la théorie la plus farfelue qu'il m'ait jamais été donné d'entendre. Si le corps qu'on m'a présenté à la morgue n'était pas celui de ma femme, où peut-elle être, alors ?

— En France.

— Je vous demande pardon ?

— J'ai des raisons de croire que votre épouse s'est rendue en France après sa "mort", et qu'elle n'a ensuite regagné Israël que quinze mois plus tard. La chronologie est pratique, n'est-ce pas ?

— Une seconde ! Soyons clairs. Vous insinuez que Marianne a simulé cet accident uniquement pour se débarrasser de moi ? Vous n'auriez pas pu trouver quelque chose d'un peu plus alambiqué ? demanda Ben en éclatant de rire.

— À ce stade, ne serait-il pas possible que votre assurance inébranlable soit le plus gros obstacle entre nous et la vérité ? Croyez-moi, j'ai rencontré dans ma carrière plus d'un conjoint qui refusait de regarder en face la trahison de l'autre et qui faisait aveuglément foi à la pérennité des vœux du mariage, comme si dans la vie les sentiments étaient immuables, comme si un individu n'avait pas le droit de changer d'avis. Mais ne vous méprenez pas sur ce que je veux dire. Je n'ai jamais mis l'accent sur la trahison. Je préfère parler d'une forme de lassitude.

— Lassitude ? répéta Ben avec une moue d'écœurement.

— Mais oui, mon ami. Comme dans "y en a marre" ; comme dans "ça suffit comme ça, j'ai décidé d'en rester là". La méthode est originale mais odieuse, je vous l'accorde. N'importe comment, je ne suis pas là pour faire des commentaires sur la manière dont un cœur desséché réagit à un mariage en fin de course. Il est difficile pour un conjoint d'accepter le fait qu'on ne veut plus de lui, que les canaux de communication se sont taris, que l'autre a décidé de se barrer. Il va vous falloir beaucoup de courage, mon vieux, pour imaginer – je dis bien imaginer, je n'ai pas dit accepter – que Marianne s'est fatiguée de vous pour des raisons encore inconnues. L'épiloguiste que vous êtes est-il préparé à regarder en face une fin aussi cruelle ?

— Absolument pas ! s'écria Ben d'une voix triomphale. Une telle fin représente la quintessence de tout ce qui est réfutable dans un épilogue. Marianne et moi nous nous aimions passionnément, et cela jusqu'à son dernier jour. Je vous affirme avec force qu'elle n'a pas pu se lasser de moi.

— Dommage que je n'aie qu'une seule version de l'histoire, fit Mad Hop en mâchonnant un ongle déjà à moitié sectionné. Je comprends très bien, cependant, que vous n'ayez aucune envie de considérer, même de loin, une possibilité qui fait de votre vie une mystification totale. Je suppose néanmoins que, si on vous avait demandé de donner une fin à cette histoire, vous auriez sauté sur ce dénouement pervers qui vous aurait permis d'exploiter le produit de votre imagination débridée. Mais quand il s'agit de votre réalité, vous préférez vous réfugier au creux du nid douillet du déni, en prétendant ne vouloir accepter qu'une fin des plus traditionnelles. N'oublions pas que vous vous êtes suicidé parce que vous étiez aussi certain de son amour que du vôtre. Mais cela revenait à placer un miroir partial face à vos propres sentiments, sans tenir compte une seule seconde de la possibilité, même légère, que…

— Un miroir partial ?

— C'est l'une des affections les plus communes de l'esprit romantique. La certitude que les sentiments de votre partenaire correspondent aux vôtres, le désir inconscient d'une symétrie artificielle, la quête d'un équilibre entre deux amants, tout cela dans l'ignorance pure et simple du fait que, lorsqu'on a affaire à un couple, le summum est représenté par l'harmonie et non pas par la symétrie.

— Encore un de vos biscuits chinois débiles ? grogna Ben d'une voix rauque et presque inaudible. Notre relation était d'une richesse incroyable. Je n'ai jamais cherché à imposer quelque symétrie artificielle que ce soit entre nous. Vous, par contre, vous m'attribuez la sensibilité d'une fillette de douze ans au lieu de celle d'un homme mûr qui sait parfaitement que la compagne à ses côtés est l'exact opposé de son propre reflet dans le miroir et qui, justement à cause de cela, lui voue un amour total. N'allez pas vous imaginer une seule seconde que tout était toujours rose entre nous. Nous formions un couple normal, qui se disputait de temps en temps, qui ne se parlait pas à l'occasion, mais ça n'a rien à voir avec le reste. Nous savions qu'à la fin tout rentrerait dans l'ordre et que nous ne laisserions jamais le virus de la vie quotidienne nous infecter plus que nécessaire. Un petit rhume par-ci, un refroidissement par-là, même une bronchite éventuellement, mais jamais au point de refroidir définitivement notre amour.

— Et la pneumonie aiguë, ça n'existe pas ? La tuberculose galopante ? Non, inutile de me répondre. Il y a trop longtemps que vous vous contemplez dans ce miroir déformant. Pour le nouveau-mort que vous êtes, l'idée que quelqu'un que vous considériez comme trépassé puisse être encore vivant est tout aussi traumatisante que, pour un vivant, d'apprendre la mort d'une personne aimée. Plus encore, peut-être, car d'ici on ne peut plus repartir. Si Marianne est vivante, elle est la seule à pouvoir décider de venir vous rejoindre. C'est peut-être regrettable, mais une fois de plus la réalité démolit la jolie symétrie.

— Qu'est-ce que vous me voulez à la fin ? s'écria Ben en bondissant de son siège pour faire furieusement les cent pas dans la pièce. Que se passe-t-il donc ici ? Pourquoi me sortez-vous cette histoire maintenant ? Vous voudriez me faire jouer le rôle du mari rejeté par sa femme, qui aurait manigancé tout cela pour se débarrasser de moi par lassitude ? Qui vous a mis ces conneries en tête ?

Mad Hop pointa l'index sur le siège qu'il venait de quitter.

— Rasseyez-vous, Ben. Je ne pense pas que mes explications vont vous faire très plaisir.

Serrant les dents, Ben reprit sa place pour écouter le détective qui lui parla d'un ton faussement placide.

— Ma seule intention était de faire encadrer la toile, pour vous exprimer toute ma gratitude. J'aurais pu aller dans mille autres endroits, mais j'ai choisi l'échoppe du Chinois. Il a quatre-vingts ans, mais il est réputé pour son œil infaillible. Je savais qu'en allant chez Chu Ming-tun je ferais d'une pierre deux coups. Cet octogénaire rusé a le don de retrouver une personne disparue rien qu'en touchant son visage sur une photo.

— Hein ? Pourquoi n'êtes-vous pas allé le trouver avant ?

— Il fait partie de ceux qui pensent que l'image d'une personne capture son âme. Vous avez dû entendre parler de ces choses-là dans le passé. Le problème, c'est que nous n'avons pas de photo, nous n'avons qu'un portrait, et je ne savais pas si ça marcherait. Mais j'avais une autre raison pour ne pas y aller, qui est ma méfiance instinctive envers tout ce qui est mystique. Je ne supporte pas beaucoup les clairvoyants, surtout quand ils sont morts.

— Bon, et alors ? fit Ben entre ses dents serrées.

— Je lui ai donc demandé d'encadrer le portrait. Et quand j'ai voulu savoir s'il était capable de me dire où était cette femme, il m'a répondu sans hésiter que cette personne n'existait pas. Il m'a fallu un bon moment pour comprendre ce qu'il entendait par là. J'ai alors mis le doigt sur le grain de beauté, pour le cacher. Il a fermé les yeux et posé la main sur le visage de Marianne. Ses doigts ont glissé sur ses yeux, son nez, sa bouche, ses oreilles. Finalement, il a rouvert les yeux en souriant mystérieusement pour dire : "Elle est ici, mais elle est là-bas. Difficile de dire à quel monde elle appartient." Agacé par cette réponse, je lui ai demandé si la sagesse chinoise était toujours aussi énigmatique. Il a ri en m'assurant qu'il regrettait beaucoup, mais qu'il ne pouvait pas m'aider à la retrouver. Et il a ajouté qu'il avait des centaines de cadres dans son échoppe qui iraient bien avec le portrait que je tenais dans mes mains. Pendant qu'il ajustait un encadrement en acajou, j'ai attendu sur un tabouret dans un coin, en m'efforçant de donner un sens à ce qu'il avait dit. J'ai répété plusieurs fois, comme un mantra, sa phrase qui défiait toute logique. Et tout à coup, j'ai compris. J'ai bondi du tabouret au moment où Ming-tun donnait un dernier coup de marteau. Il s'est tourné vers moi en souriant, comme s'il savait que j'avais fini par piger.

— Je vous serais fortement reconnaissant, honoré détective, si vous vouliez bien partager vos lumières avec moi, lui dit Ben. Comme vous pouvez le voir je ne suis pas en train de crier eurêka.

— Réfléchissez un peu, Ben. Elle est ici mais elle est là-bas. Et il est difficile de dire à quel monde elle appartient. Il n'y a guère qu'une solution. Qui donc est à cheval sur les deux mondes à la fois ?

Ben fit la grimace comme un enfant contrarié.

— C'est une Charlatane ? C'est cela que vous êtes en train de me dire ?

— N'est-ce pas la logique même ? demanda Mad Hop en caressant son menton lisse et rond. Il lui est peut-être arrivé quelque chose, et elle est entre la vie et la mort dans je ne sais quel établissement hospitalier lointain.

— En quoi cela s'accorde-t-il avec votre histoire de tout à l'heure, selon laquelle elle m'a embobiné avant de quitter le pays ? Les deux scénarios me paraissent inconciliables.

— Vous ne m'avez pas bien suivi, Ben. Quand j'ai dit qu'il lui était peut-être arrivé quelque chose, je ne faisais pas référence à la grande roue. Je pensais à quelque chose d'autre. Un accident tout bête, peut-être. Un truc comme ça.

— Et la base de ces élucubrations, ce sont les propos d'un vieil encadreur chinois à moitié gâteux ?

— Vous n'y êtes pas. C'est un peu plus compliqué que ça. Quand Ming-tun a eu terminé j'ai pris le portrait et je me suis rendu à Ambrosia, vous savez bien, ce lieu où les Charlatans aiment bien se rencontrer. J'avais l'intention d'enquêter un peu, pour voir si quelqu'un avait vu cette dame.

— Et j'imagine que ces zombies vous ont raconté des histoires auprès desquelles les contes des frères Grimm pourraient passer pour des manifestes surréalistes ?

— Pas du tout. Personne, et quand je dis personne c'est personne, n'avait jamais vu la femme au portrait.

— OK d'accord, fit Ben sans cacher son impatience. Vous êtes donc reparti bredouille et, tel que je vous connais, vous avez pris le multi suivant à destination d'Ambrosia 2000, qui est une destination beaucoup plus logique, si l'on ajoute un minimum de foi à vos divagations.

— Je n'y suis jamais arrivé, Ben, déclara Mad Hop en essayant d'extraire une dernière cigarette d'un paquet vide. En allant à l'arrêt du multi, poursuivit-il un ton plus bas d'une voix glacée, je suis passé devant une librairie et j'ai regardé la vitrine, en espérant secrètement que Miss Christie se serait ravisée et aurait recommencé à écrire. Mais ce faisant, j'ai remarqué quelque chose d'autre : le reflet, dans la vitrine, d'un homme qui faisait semblant de s'intéresser aux bouquins mais qui, en réalité, me surveillait. J'ai continué mon chemin, et il m'a suivi. Sans même regarder derrière moi, je savais qu'il était là, comme mon ombre. Et pas n'importe quelle ombre, car il était évident que c'était un Charlatan. Quand j'ai senti qu'il était un peu trop près, je me suis retourné brusquement pour lui dire ce que tout le monde sait, que quand on prend quelqu'un en filature, il faut marcher sur le trottoir d'en face. Il a eu un sourire, un très beau sourire, et pour parler franchement il était difficile de ne pas remarquer une certaine ressemblance entre lui et moi. Il était chauve et joufflu comme moi, à peine plus grand de quelques centimètres. Il n'a pas nié mon accusation. Il se contentait de regarder fixement le portrait que je tenais sous le bras. Je lui ai demandé s'il connaissait cette femme. D'une voix très triste, il m'a répondu que ses cheveux n'étaient pas tout à fait de cette couleur, et que le grain de beauté lui semblait mal placé, bien qu'il ne l'ait vue en réalité que de loin. J'allais lui poser d'autres questions, mais il m'a demandé d'un air accusateur : "Comment connaissez-vous Marianne ?"

— Marianne ? Il a bien dit Marianne ? glapit Ben.

— Pas seulement ça. Il m'a fait le récit très intéressant de la manière dont ils se sont connus, sur un site de fans de Salman Rushdie.

— Rushdie ? fit Ben en plissant les sourcils en accent circonflexe. Marianne aimait Rushdie, mais ça lui ressemblerait davantage de passer du temps sur un site consacré au Barde.

— Permettez-moi de vous rappeler que vous parlez de la Marianne que *vous* avez connue. Le Charlatan n'a pas mentionné Shakespeare. La nouvelle Marianne a peut-être des goûts différents. Ce qui est parfaitement clair, en tout cas, c'est que cet homme est éperdument amoureux d'elle, et j'ai beau être dans votre camp, il m'est difficile de ne pas lui souhaiter ce qu'il y a de meilleur.

— Je vous demande pardon ?

— Comprenez bien, murmura Mad Hop en souriant, qu'ils n'ont jamais eu l'occasion de se voir face à face. Après avoir entretenu une correspondance torride en ligne, elle en France et lui en Israël…

— C'est un Israélien ? demanda Ben en écarquillant les yeux.

— Oui. Après avoir entretenu une longue correspondance, disais-je, elle lui a annoncé qu'elle avait trouvé du travail à Tel-Aviv et qu'il était grand temps pour elle de rencontrer l'homme dont elle était tombée amoureuse. Cette nuit-là, notre Charlatan est descendu d'un taxi face au restaurant où ils avaient rendez-vous, l'a vue sur le trottoir d'en face et a été victime d'une crise cardiaque.

— Dont elle était tombée amoureuse ? Vous lui avez dit qu'elle avait un mari qui…

— J'ai essayé de lui épargner les détails. Je lui ai quand même demandé si elle avait parlé d'un mari ou d'un petit copain, mais il a fait la grimace en disant qu'elle s'était séparée de son affreux mari un peu plus d'un an auparavant.

— C'est impossible, fit Ben en se tordant les mains. Toute cette histoire… Il doit y avoir un grave quiproquo… Ne me dites pas qu'il s'agit de la même Marianne !

L'expression du visage de Mad Hop le fit hurler.

— Quoi ? Pourquoi me regardez-vous comme si l'affaire était close ? Cet idiot qui vous a parlé devait confondre avec une autre femme. Il vous a peut-être menti pour…

— Mon cher Ben, je n'ai pas ri une seule fois en entendant ses explications. Je n'ai même pas souri. Cet homme était sincère. Et en toute honnêteté, je pense que nous savons tous les deux qu'il s'agit de la même Marianne, celle que vous avez cherchée inutilement en vous trompant de monde.

— Mais vous affirmiez, il y a moins d'une minute, que c'était une Charlatane !

Mad Hop plissa triomphalement les lèvres.

— Ce n'est pas beau, de souhaiter la mort de celle que vous aimez.

Ben secoua obstinément la tête.

— Roh ! Arrêtez un peu ! Cessez de tout présenter comme si c'était définitif !

— Vous ne pouvez pas ignorer ces nouveaux développements, Ben. Le Charlatan m'a juré qu'il devait rencontrer votre femme il y a quinze jours, à Tel-Aviv. Cela met un terme à la plupart de nos conjectures. Quant à Ming-tun…

— Rien à foutre de ce débile de Chinois ! hurla Ben.

Les yeux rivés au plancher, retournant dans sa tête des douzaines de scénarios, il leva soudain les yeux en demandant :

— Qu'est devenu le portrait ?

Mad Hop s'éclaircit la voix à plusieurs reprises.

— Il… euh… Il m'a demandé de le lui laisser… Il m'a pratiquement supplié… Je lui ai dit que c'était impossible, mais je lui ai proposé de mettre fin à ses malheurs…

— Samuel, vous n'allez pas me dire que vous lui avez donné le portrait ! Pour l'amour du ciel, dites-moi que vous lui avez botté les fesses pour le renvoyer dans l'autre monde.

— L'Autre Monde, c'est ici, Ben. Et il a refusé de retourner là-bas. Il ne me faisait pas confiance. Il m'a dit qu'il jugeait plus sage d'attendre. J'ai essayé de lui expliquer qu'il n'avait aucune raison d'attendre dans ce monde-ci, mais il m'a arraché le tableau des mains et s'est enfui avec.

— Qu'avez-vous fait ?

— Ce que j'ai fait ? Je lui ai couru après. Mais juste au moment où j'allais l'attraper, je me suis fait faucher par un multi qui arrivait. Quand j'ai repris conscience, il n'y avait plus aucune trace du Charlatan ni du portrait.

Ben eut un petit gloussement ironique et regarda, les paupières mi-closes, l'emplacement du portrait sur le mur.

— J'étais à la recherche de ma femme, et maintenant il va me falloir chercher son portrait. Bientôt, je vais faire parler tous les morts pour trouver une voix qui lui ressemble… C'est ça, l'enfer qui m'attend, Samuel ?

— Ce sera bien pire, si vous continuez à vous apitoyer sur vous-même de cette façon.

Mad Hop avait dit cela d'une voix dure malgré son désir de consoler ce pauvre homme. Luttant contre l'envie de proférer des insanités à son encontre, ce dernier grommela :

— Marianne n'était pas ce genre de femme… Elle n'avait pas la moindre duplicité en elle… Elle m'aimait de toute son âme… Et elle était courageuse. Seule une personne lâche aurait pu élaborer un plan aussi machiavélique que vous le dites pour se débarrasser d'un être aimé… Mais pas ma Marianne… C'est totalement inconcevable…

Mad Hop se dirigea tranquillement vers la porte. Il ne s'immobilisa que lorsque Ben lui demanda, glacial :

— Où croyez-vous aller comme ça ?

Le détective, d'une voix cassée qui avait de toute évidence du mal à franchir la barrière de la boule qu'il avait dans la gorge, répliqua en ouvrant la porte :

— Je rentre chez moi.

— Si vous partez maintenant, ne vous donnez pas la peine de revenir. Et n'oubliez pas de me renvoyer mes cassettes le plus rapidement possible.

La réaction de Mad Hop surprit le noteur au bord de la crise de nerfs. Le petit homme au visage baigné de larmes revint sur ses pas dans l'appartement, claque la porte derrière lui et fulmina :

— Qu'est-ce que vous voulez ? Qu'est-ce que vous attendez de moi ? Comment voulez-vous que je m'en aille ? Vous croyez que je ne vois pas à quel point vous êtes anéanti ? Vous croyez que ma conscience malmenée ne va pas me harceler pendant des mois quand j'aurai appris que vous avez fait un sept fois trois parce que vous aurez enfin réalisé qu'elle ne sera plus jamais à vous ? Vous croyez que c'était facile pour moi de venir vous parler de ce Charlatan transi d'amour ? Que je n'avais pas songé aux répercussions ? Comprenez bien, Ben, que je ne suis pas fait pour encaisser continuellement ce genre de tragédie. Ma vocation, dans la mort, c'était de résoudre toutes sortes d'affaires aussi marrantes que gratifiantes. Personne ne m'avait dit que je serais plongé dans le mélo jusqu'aux sourcils. Que sais-je, moi, de ce qui a bien pu se passer dans la tête de votre charlatane d'épouse, et j'utilise le mot dans son acception conventionnelle, quand elle a décidé de se faire la malle et de vous éjecter de sa vie avec un aller simple pour l'enfer ? Comme toutes les personnes amoureuses que j'ai connues, elle me paraît bien pourvue en matière d'égocentrisme, et vous avez, comme elle, fait preuve d'une bonne dose d'égoïsme en choisissant de ne pas me parler des autres membres de votre famille, au point que, plus j'étais aux prises avec les intégrales de la formule de votre relation insensée et plus j'avais la certitude que l'affaire que j'avais sur les bras concernait deux êtres éperdument narcissiques enclins à hisser leur amour au niveau d'un idéal sacré. Autrement, comment expliquer qu'en onze ans de mariage vous n'avez même pas songé à mettre un enfant au monde, comme si vous alliez être dévastés par la nécessité de partager votre amour sacré et sujet à controverse avec un autre être humain ? Avez-vous une réponse à ça ? Quelque chose qui puisse expliquer votre monstrueux nombrilisme et me prouver que le miroir, en réalité, n'est pas aussi partial qu'on peut le croire ? Répondez-moi, Ben.

Ce dernier soupira profondément, longuement.

— Vous n'imaginez pas à quel point nous voulions un enfant, Samuel.

— Quelle partie de la copulation avez-vous ratée ?

— La partie finale. Marianne est enceinte, nous nageons dans le bonheur total, mais elle se réveille, une nuit, dans une mare de sang, et on lui apprend qu'elle ne pourra plus jamais avoir d'enfant…

Mad Hop s'excusa et sortit en courant, en disant qu'il allait revenir dans une minute. Il alla frapper à plusieurs portes, réussit à avoir la cigarette dont il avait un besoin pressant, retourna à l'appartement de Ben, l'alluma et déclara :

— Et maintenant, redites-moi ça lentement. Marianne attendait un enfant de vous ?

Ben hocha la tête, muet.

— Et elle a fait une fausse couche ?

Sans attendre la confirmation de Ben, Mad Hop porta la cigarette à ses lèvres, tira une longue bouffée et la garda dans sa bouche le plus longtemps possible. Les yeux rivés au sol pendant qu'il exhalait la fumée, il finit par murmurer :

— J'aimerais être Superman pour pouvoir remonter le temps jusqu'au moment où nous nous sommes rencontrés pour la première fois, afin de refuser de m'occuper de votre affaire… J'aimerais pouvoir vous trépaner pour voir quel lobe de votre cerveau on vous a ôté, et ce qu'on vous a laissé à la place… J'aimerais savoir pourquoi vous m'avez caché que votre épouse était enceinte et avait fait une fausse couche… mais je n'ose pas vous poser la question, de peur de vous voir, une fois de plus, jouer au demeuré et me dire que vous n'avez pas mentionné ces détails parce que je ne vous avais rien demandé… J'aimerais, en fait, que vous alliez tranquillement jusqu'à la porte en attendant que je régularise la pression de mes deux poumons encombrés… et, plus important encore, j'aimerais que vous alliez boire plusieurs verres d'eau, parce que, dans quelques heures, vous allez faire la connaissance de votre enfant disparu…

31

PANDÉMONIUM

En un instant, tout s'était écroulé.

Anne avait préparé cette soirée comme si une question de vie ou de mort en dépendait. Ayant lu quelque part que la réussite d'une bonne hôtesse se mesure à sa manière de mettre ses invités à l'aise, elle s'était attelée à la tâche avec un sérieux sans faille, décidée à ne pas manquer une seule occasion de s'attirer les bonnes grâces de la femme qui allait sûrement lui fournir les réponses qu'elle espérait. Le meilleur cadre pour ce contre-interrogatoire étant, se disait-elle avec sagacité, celui où tout s'accordait avec l'adage selon lequel les secrets se dévoilent avec le vin. Et même si le vin ne réussissait pas à délier la langue de la Française pourtant versée dans ces questions, elle n'avait nulle intention de céder facilement à la panique. Sa théorie était également valable pour la nourriture, même si cela demandait beaucoup de préparation de la part de l'hôtesse. Elle savait qu'elle aurait à servir une assez grande variété de plats pour que la journaliste, malgré sa compétence probable en la matière, se cale contre le dossier de son fauteuil, se masse l'abdomen et devienne aussi accommodante qu'un chat repu. Et même si une extrême satiété échouait à provoquer les résultats désirés, il lui resterait toujours la ressource de s'attarder sur le sujet qui passionnait le plus la journaliste et d'explorer, creuser, approfondir et examiner de long en large, avec une expertise proprement parasitique, tous les angles possibles de la question, pour lui communiquer l'impression chaleureuse et quasi familiale que l'on ressent en parlant d'un être cher à son cœur, afin de neutraliser toutes les craintes et suspicions possibles et de laisser sa pensée vagabonder jusqu'à ce que les derniers vestiges de résistance se soient volatilisés et que, les murs étant abattus et la cible étant enfin en vue, la conversation puisse insensiblement dévier dans la bonne direction et que la question cruciale, avec un tact extrême, soit finalement posée.

Tout aussi importante, se disait Anne en faisant entrer Marianne chez elle, est la nécessité de garder le sourire quoi qu'il arrive. Une atmosphère bienveillante baigne cette maison, et notre invitée ne doit pas se douter des difficultés en chaîne qu'il a fallu surmonter pour organiser ce repas. Tout ce qu'elle doit savoir, c'est qu'elle est venue dîner. Ce n'est rien de spécial. C'est une soirée normale. Et avec un demi-sourire sur son visage, l'infirmière en émoi se répétait : *Tout comme moi. Ma crédibilité est fonction de ma normalité.*

Alors, comment une soirée ordinaire avait-elle fait pour virer à la catastrophe majeure ? se demandait Anne en rinçant la couche épaisse de maquillage qui couvrait son visage apeuré. L'odeur délicate de ses petits plats flottait encore dans la cuisine, la table de la salle à manger portait encore le souvenir du festin, et la chambre à coucher abritait toujours l'invitée. Elle baissa les yeux pour regarder l'eau souillée qui stagnait au fond du lavabo, jalouse de son pouvoir de régénérescence. Puis elle leva son visage ravagé face au miroir, pour en examiner de près les contours ridicules.

— Je n'ai pas de regrets… murmura-t-elle.

Son regard s'attarda sur la chaînette autour de son cou, copie parfaite de l'original qu'elle avait perdue. Un muscle secret se crispa au coin gauche de sa lèvre inférieure tandis qu'elle se rappelait le regard approbateur qu'avait eu Marianne quand elle s'était assise à table en disant :

— Je vois avec plaisir que vous avez décidé d'aller échanger le collier. Je sais maintenant, au moins, que vous en êtes contente.

Mon Dieu ! s'était dit Anne. *Comment a-t-elle vu que ce n'était pas le même ?*

Avec un sourire hypocrite, elle avait hoché la tête, désireuse de se débarrasser au plus vite de cette indésirable digression :

— Oui, j'en suis très contente.

L'invitée s'était alors assise, et Anne avait noté le regard satisfait qu'elle portait au cendrier disposé devant elle comme une invitation à fumer sans restriction, étape supplémentaire sur la voie de la conversation tant attendue. D'une démarche hésitante, l'infirmière quitta alors la salle de bains et s'avança jusqu'au bord de la table pour prendre le cendrier. Elle compta sept mégots. Nul doute qu'elle s'était sentie à l'aise. Anne vida le tout dans la poubelle et posa le doigt sur le coin de sa lèvre pour l'empêcher de pulser. Il ne fallait pas qu'elle perde le contrôle. Elle ne pouvait pas se le permettre.

Elle eut un petit rire de désespoir et se souvint qu'elle avait feint d'être extasiée quand elle avait demandé à la journaliste de lui parler de l'actualité culturelle et que son invitée s'était lancée dans des commentaires interminables sur la sortie imminente du nouveau livre de Rushdie, une lueur enthousiaste illuminant ses yeux, pour ne ralentir qu'un instant, que l'infirmière mit à profit pour lui poser une question sur les *Versets sataniques* à propos desquels les Iraniens étaient entrés dans une colère folle, et pour lui demander la raison pour laquelle ils avaient annulé leur sentence de mort, et si, à ce propos, l'auteur laissait voir sa détresse personnelle dans ses écrits ultérieurs, et lequel de ses livres elle lui recommandait de lire en premier si jamais elle décidait d'explorer son univers complexe. Tout en posant ces questions en rafale, l'infirmière bâillait intérieurement, ce qui ne l'empêchait pas de hocher la tête extérieurement tandis que la journaliste lui montrait une nouvelle facette de sa personnalité attachante en se révélant, en plus d'être belle et intelligente, parfaitement cultivée, avec un esprit analytique capable de disséquer une œuvre littéraire sans sombrer dans un jargon par trop académique, en faisait plutôt appel à la curiosité de son interlocutrice émue qui l'écoutait, enchantée, lui donner des précisions sur l'anthologie de la littérature indienne qu'il avait publiée et sur son style, ses jeux sur les mots, et même les couvertures de ses livres, notamment celle du *Dernier Soupir du Maure*, qui synthétise l'ensemble du roman, surtout ne pas confondre ce Maure-là, dont la famille pratique le commerce des épices, avec un autre livre, écrit par une romancière indienne comme lui, qui s'immerge elle aussi la tête la première dans le mysticisme propre aux épices, ni, de manière générale, avec les auteurs de cette partie du monde qui ont tendance à assaisonner leurs écrits de fragrances complexes propres à…

Anne avait déjà perdu le fil au moment où elle se lançait dans la description du feu d'artifice sensoriel qu'elle avait ressenti à la lecture du *Dieu des petits riens* ; et juste au moment où elle entamait l'éloge des prouesses littéraires de Vikram Seth, l'infirmière saisit au passage le brin dont elle avait besoin, perdu au milieu d'un inextricable lacis de mots, avant de servir à son invitée un septième verre de vin et de profiter du silence abrupt qui s'était établi pendant qu'elle buvait pour demander en souriant d'un air innocent :

— Mais, sans vouloir dénigrer les autres, c'est tout de même Rushdie que vous préférez ?

Marianne hocha la tête, les yeux embués, le sourire large quand son hôtesse annonça :

— Je crois que je vais commencer par celui qui parle de cette artiste peintre… Ça s'appelle comment, déjà ?

— *Le Dernier Soupir…*

— *Du Maure !* compléta Anne à la manière d'une élève attentive. Celui avec la couverture intéressante.

— L'image a été conçue par… commença Marianne, en souriant sans achever sa phrase.

— Mon Dieu ! Quelle tête de linotte je fais ! minauda Anne en retournant la chaînette à son cou entre ses doigts. En vous entendant parler d'image, je viens de me souvenir que j'ai quelque chose qui vous appartient…

— Vraiment ?

— Mmmm… fit Anne en s'efforçant de paraître décontractée tandis qu'elle bondissait de son siège pour courir dans la chambre d'où elle ressortit quelques secondes plus tard avec la photo à la main.

— Ce soir-là, devant le restaurant, pendant que nous discutions, vous avez laissé tomber ceci de votre sac.

Marianne jeta un coup d'œil à la photo et haussa les épaules.

— Ne vous inquiétez pas. Vous pouvez la jeter, elle n'est pas à moi.

— Je ne comprends pas.

— Je ne connais pas les gens qui sont sur cette photo, déclara Marianne, qui avait hâte de reprendre la discussion sur Rushdie mais ne pouvait faire abstraction du changement brusque qui s'était opéré dans la physionomie de l'infirmière. Posant la main sur son bras, elle lui demanda : Vous vous sentez bien ? On dirait que vous venez de voir un fantôme.

Anne retira vivement son bras, regarda longuement la photo et demanda :

— Que voulez-vous dire par "Je ne connais pas les gens qui sont sur cette photo" ?

— Deux jours après mon arrivée en Israël, j'ai pris le bus pour me rendre à mon nouveau bureau. J'avais l'esprit ailleurs, vous devez vous douter où. Nous ne nous étions pas encore rencontrés, et j'avais très envie de lui faire la surprise. En face de moi, il y avait une femme et son fils. Je crois, sans en avoir la certitude, qu'ils parlaient de moi, car ils ne cessaient de me regarder. Finalement, la femme m'a tendu cette photo pour que je la prenne. Elle a dû me confondre avec quelqu'un d'autre. J'y ai jeté un coup d'œil et je l'ai mise dans mon sac. Depuis, je n'y ai plus repensé. C'était juste une erreur commise en toute bonne foi.

— Vous ne croyez pas sérieusement que je vais prendre cette histoire pour argent comptant ?

— Vous pouvez la prendre comme il vous plaira. Mais je vous serais infiniment reconnaissante si vous pouviez l'oublier un peu, parce que, en toute honnêteté, je n'ai vraiment rien à ajouter sur la question.

— Je cherche simplement à comprendre. Si cette photo ne signifie rien pour vous, pourquoi l'avez-vous gardée ?

— Je vous l'ai dit. Je l'ai complètement oubliée. Je ne savais même pas qu'elle était tombée de mon sac.

— Et vous ne savez vraiment pas pour quelle raison cette femme vous l'a donnée dans le bus ?

— J'ai cru comprendre qu'elle trouvait une certaine ressemblance entre la femme de la photo et…

— Une certaine ressemblance ! Allons donc, il faut être aveugle pour ne pas voir que c'est vous !

— Très intéressant, déclara Marianne en allumant sa huitième cigarette tout en regardant la photo de plus près. Je reconnais qu'elle me ressemble, mais nous n'avons pas le même style, et le monde est rempli de personnes qui ont des traits voisins.

Vous savez ce qu'on dit… que chaque personne a son double quelque part.

Il y eut un bref silence, rompu par la journaliste qui demanda :

— On ne pourrait pas parler d'autre chose, maintenant ?

— Vous avez une raison particulière pour refuser de parler de cette photo ?

— Et vous pour tenir tellement à en parler ?

La tension qui étreignait Anne depuis le début s'était maintenant communiquée à la journaliste. Une hostilité feutrée s'était établie entre les deux femmes aux traits tirés. Aucune des deux ne comprenait ce que voulait l'autre, et elles avaient beau échanger des sourires forcés, elles n'étaient pas dupes. Un climat délétère s'était installé dans la pièce, et le plus innocent des sourires était vite interprété comme une ruse destinée à détourner l'attention de l'autre. Quand la journaliste manifesta des signes d'ennui évident, en réprimant un bâillement et en se frottant les yeux, son hôtesse plissa les paupières en se grattant le genou sous la table.

— Je sais pourquoi vous voulez changer de sujet, murmura-t-elle.

L'expression de tolérance qui se peignit sur le visage de Marianne ne déconcerta nullement la petite bonne femme apeurée assise en face d'elle.

— Vous ne voulez pas vous remémorer le bon temps que vous avez connu avec lui, dit-elle.

— Lui qui ?

— Votre mari.

— Mon mari ?

— Vous avez l'air parfaitement heureux, tous les deux, sur cette photo.

— Ce n'est pas la première fois que vous confondez cette ordure avec d'autres hommes. D'abord c'était Yonatan, et maintenant c'est ce mec que je ne connais même pas.

— Je comprends que vous vouliez le garder rien que pour vous.

— Qui ?

— Votre mari.

— Ma pauvre amie, si je pouvais lui arracher la tête et la donner en pâture à un lion affamé…

— J'ai du mal à y croire, surtout si vous vous obstinez à faire comme si cette photo n'existait pas.

— Et moi, j'ai du mal à croire que nous sommes encore en train de parler de cette stupide photo, comme si elle avait quoi que ce soit à voir avec moi.

— Comment s'appelle-t-il ?

— Qui donc ?

— Votre ex.

— Jacques.

— Et où habite-t-il ?

— Jacques ? Je n'en sais rien. Probablement dans notre ancien appartement, à Paris.

— Depuis quand est-il là-bas ?

— Sept ans.

— Impossible.

— Je vous demande pardon ?

— Je l'ai vu pendant une année entière en train de faire de la musculation au club de sport qui est au bout de la rue.

— Il n'y avait pas de club de sport au bout de notre rue.

— Pas là-bas, Marianne, ici. Au bout de cette rue.

— À Tel-Aviv ? Jacques ? Il a ce pays en horreur.

— Pourtant, il y est resté toute une année, jusqu'à ce qu'il disparaisse il y a quinze jours.

— Vous vous trompez lourdement, Anne. Jacques n'a jamais…

— Vous l'aimez encore ?

— Vous êtes dure d'oreille ?

— Alors, pourquoi ne m'aidez-vous pas à le retrouver ?

— Je vous ai dit où il était exactement. S'il n'a pas déménagé, son adresse à Paris est…

— Je me fiche pas mal de Paris.

— Mais, pour une raison que j'ignore, vous tenez à trouver Jacques. Pouvez-vous me dire pourquoi ?

— Je ne peux pas.

— D'accord. Mais je peux vous dire, moi, que vous ne cherchez pas cet enfoiré pour les bonnes raisons.

— C'est votre point de vue.

— Que voulez-vous de moi, à la fin ?

— Que vous le laissiez tranquille et que vous m'aidiez à le contacter.

— Il y a très longtemps que je l'ai quitté, Anne. Je me ferai un plaisir de vous donner son adresse.

— À Tel-Aviv ?

— Non, Anne. Pas à Tel-Aviv. Il n'a jamais eu d'adresse ici.

— Pourquoi êtes-vous allée à Paris ?

— Pardon ?

— À Paris. Ce voyage urgent que vous avez accompli. C'était pour lui, n'est-ce pas ?

— Mais non, absolument pas.

— Je commence à avoir l'impression que vous menez une double vie.

— Et moi, j'ai comme l'impression que vous êtes en train de dépasser les bornes.

— Yonatan est votre amant virtuel, d'après ce que vous dites, et Jacques est votre amant véritable. Un à Tel-Aviv, un à Paris.

— C'est ridicule !

— Arrêtez, Marianne. Je ne vous juge pas. J'essaie juste de comprendre ce qui vous pousse à mentir à propos de Jacques.

— Je n'ai absolument aucune raison de mentir à propos de cette ordure !

— Pourquoi êtes-vous allée à Paris, alors ?

— C'est personnel.

— Vous voyez bien.

— Ne soyez pas ridicule… Je suis allée en France pour… Une seconde. Pourquoi vous devrais-je des explications ?

— Pour que je puisse savoir si j'ai une chance de contacter Jacques ou si vous êtes en train de me mener en bateau.

— Je n'ai aucune raison de mener en bateau la personne qui m'a sauvé la vie.

— Alors, sauvez-lui la vie en retour, et dites-moi la vérité sur l'homme de la photo.

— Mon Dieu ! Encore cette maudite photo ! Combien de fois dois-je vous répéter que je n'ai rien à voir avec ces deux personnes ?

Elle arracha la photo des mains de l'infirmière et se mit à la déchirer en d'innombrables morceaux.

— Là ! Vous vouliez la preuve que je n'ai rien à voir avec ça, la voilà ! Il n'en reste plus rien ! Même chose pour cette soirée débile !

Anne la regarda se lever de son siège et se diriger furieusement vers la penderie où était rangé son manteau. Elle la suivit en la suppliant lamentablement :

— Pardonnez-moi, Marianne. Restez encore un peu, je vous en prie !

Marianne enfila son vêtement.

— Il se fait tard, dit-elle.

— S'il vous plaît, ne partez pas encore. Je ne voulais pas vous contrarier. Je ne me le pardonnerai jamais, si vous partez à cause de ce que j'ai dit. Je ne voudrais pas totalement gâcher cette soirée idiote.

Faisant preuve d'un courage inhabituel, elle aida son invitée réticente à retirer le manteau qu'elle venait de mettre pour le pendre à nouveau dans le placard. Puis elle lui prit le bras pour l'accompagner dans le salon, où elle la fit asseoir sur le canapé face à la télé, à côté de la table basse au plateau de verre qu'elle avait achetée quand elle avait eu la certitude qu'il n'y aurait jamais de jeunes enfants dans la maison. Avec un sourire qu'elle réservait généralement à ses patients récalcitrants sous assistance respiratoire, elle demanda :

— Thé ou café ?

Marianne lui sourit.

— Thé, s'il vous plaît. Sans sucre.

Anne hocha la tête et lui montra la télécommande.

— En attendant, vous pouvez regarder…

— Ça ira très bien comme ça.

— Si le vase vous gêne…

— Ça ira, vous dis-je.

En un instant, tout s'était écroulé.

Puis elle avait improvisé un plan B. Le frisson d'excitation qu'elle avait ressenti quand elle avait décidé de ne pas laisser la source d'information nommée Marianne lui filer entre les doigts appelait une action énergique. Elle était hantée par la vision de l'homme de la salle de sport tandis qu'elle remplissait la bouilloire et sortait deux sachets de thé de leur boîte argentée, forcée d'admettre que si elle voulait avoir une chance de le revoir un jour il faudrait bien qu'elle élimine les obstacles grossiers qui se dressaient sur son chemin. Cette femme, c'est le mal incarné, se disait-elle en se glissant dans la salle de bains pour prendre le flacon de somnifères qu'elle avait ramené de la clinique le week-end précédent, alors que la pensée de Jacques l'empêchait de dormir la nuit. De retour dans la cuisine, elle contempla les pilules avec un regard empreint d'une sorte de terreur amusée.

Elle ne pouvait pas retourner en arrière – elle commença à faire la vaisselle. Impossible, maintenant ! – Elle vida les résidus du repas dans la poubelle. Pas question de renoncer – elle souffla les bougies. Elle s'appliqua ensuite à recoller les douze morceaux de la photo, en hochant la tête avec enthousiasme devant le résultat de son travail. *Je ne peux pas abandonner !* se dit-elle en remuant silencieusement les lèvres. Puis elle sortit prendre un morceau de corde effilochée dans la remise. En retournant dans la chambre, elle passa devant le miroir et demanda à son reflet : "Tu es sûre que tu veux faire ça ?"

Le reflet répondit de manière laconique : "Tu as une meilleure idée ?"

Elle médita cela quelques instants, puis secoua négativement la tête.

"Alors, qu'est-ce que tu attends au juste ?" insista le reflet.

Anne détourna la tête, enroula la corde autour de son bras, prit une profonde inspiration et entra dans la chambre. "Le week-end va être long", lui dit le miroir en gloussant dans son dos.

Elle s'acquitta de ses obligations avec une tendresse extrême. Quand elle fut sûre que seuls des pouvoirs surnaturels seraient capables de libérer Marianne, elle éteignit la lumière, rapprocha une chaise du lit et s'assit pour la surveiller d'un air à la fois menaçant et menacé. L'idée enivrante qu'elle pouvait faire d'elle tout ce qu'elle voudrait lui fit monter un sourire aux lèvres, sourire qui ne disparut totalement qu'au bout de huit heures d'un sommeil sans rêves. Quand elle se réveilla, elle eut un mouvement de recul à la vue de la femme ligotée sur son lit. Il lui fallut quelques secondes pour que les événements de la nuit précédente remontent à la surface. La lumière du matin accentua l'impression qu'elle avait d'être passée de l'autre côté de la barrière.

Il n'est pas trop tard pour tout arrêter.

Elle courut à la cuisine et sortit le grand couteau du lave-vaisselle. Puis elle se figea. Le cri venu de la chambre à coucher avait déchiré le silence qui pesait sur la maison. Elle retourna à grands pas pesants dans la chambre, oubliant la lame qui brillait dans sa main moite et se forçant à ne pas regarder le miroir au passage.

Mais le miroir ne pipa mot, et l'invitée retomba dans le silence en voyant son hôtesse armée. La terreur dans ses yeux s'évanouit, et elle sourit à l'infirmière.

— Anne ! Vous ne pouvez pas savoir comme je suis heureuse de vous voir !

L'infirmière la dévisagea, en s'efforçant de deviner à quel jeu elle jouait, et si c'était une sorte de ruse féminine, jusqu'au moment où la Française lui fit un signe de tête pour l'inviter à se rapprocher et lui demanda dans un souffle :

— Vous avez réussi à vous en débarrasser ?

— De qui ? demanda Anne en relâchant un peu sa prise sur le couteau de cuisine.

— Je ne sais pas. De l'intrus, du cambrioleur…

— Quel cambrioleur ?

— Je suis attachée à ce lit, et vous arrivez avec un couteau de boucher à la main. J'en ai déduit que…

— Marianne, j'ai l'impression que vous…

— Chut ! Ils sont peut-être encore là. Détachez-moi, et prévenons la police. (N'obtenant pas de réponse, elle se mordit la lèvre inférieure avant d'ajouter :) J'espère qu'ils n'ont rien fait de mal. On dirait que vous êtes en état de choc, et je ne sais même pas comment j'en suis arrivée là. Mon Dieu ! Ils ont dû me faire absorber du Rohypnol, ou je ne sais pas comment ça s'appelle…

— De quoi parlez-vous ?

— Cette drogue qu'ils donnent de force aux victimes de viol pour leur faire tout oublier.

— Je sais ce que c'est que le Rohypnol, coupa Anne.

— Vous ne croyez pas que…

— Vous allez la fermer, espèce d'idiote ? aboya l'infirmière en agitant le couteau, surprise de l'effet produit par ces mots qu'elle n'avait pas l'habitude d'employer.

Les yeux de Marianne s'étaient agrandis. Elle attendit docilement une explication.

— C'est moi, Marianne, qui vous ai attachée sur ce lit. Et le couteau que j'ai à la main, c'était pour vous libérer.

— Pour quelle raison m'avez-vous attachée ? demanda Marianne.

Son visage s'illumina d'une soudaine compréhension, et elle continua d'une voix sidérée :

— Pourquoi ne pas me l'avoir avoué franchement, Anne ? Seigneur ! Quelle surprise ! Vous avez passé la moitié de la soirée à me harceler de questions sur mon ex uniquement pour dissimuler ce que vous aviez en tête !

Anne avait l'impression d'être dans un rêve.

— Vous êtes folle… Folle à lier !

— Ce n'est pas grave, Anne. Ce genre de chose ne me pose pas de problème. Même si je dois vous avouer qu'en matière d'orientation sexuelle, j'ai des goûts plutôt traditionnels.

— Oh ! Faites-moi le plaisir d'arrêter de vous envoyer des fleurs ! Ce n'est pas pour ça que je vous ai attachée. Mais ensuite, j'ai changé d'avis.

— Dans ce cas, pourquoi n'utilisez-vous pas ce couteau pour me libérer ? J'ai tous les membres endoloris. Je n'arrive pas à croire que j'ai passé la nuit entière ligotée comme ça.

— Je ne peux pas.

— Vous ne pouvez pas quoi ?

— Vous détacher.

— Mais vous venez de dire que vous aviez changé d'avis et que vous étiez là pour me libérer !

— J'ai encore changé d'avis.
— Regardez-moi quand je vous parle ! hurla Marianne.
— Comment osez-vous crier comme ça en vous adressant à moi ? hurla Anne à son tour.
Marianne éclata d'un rire mal assuré.
— Attendez ! J'ai l'impression que vous ne comprenez pas très bien dans quel pétrin vous vous êtes fourrée. Je ne saisis pas très bien ce qu'il y a dans votre tête, mais je commence à croire que vous avez vu *Misery* une fois de trop. Ou alors, vous avez puisé trop libéralement dans la réserve de médicaments de votre établissement. Tout ce que je sais, c'est que si vous ne me détachez pas immédiatement, je vais me mettre à hurler si fort que le monde entier sera bientôt à votre porte et que vous aurez à vous expliquer sérieusement.
En voyant la journaliste se débattre pour se libérer de ses liens, Anne retrouva un semblant de raison.
— D'accord, dit-elle. Je promets de vous libérer si vous me dites où il est. C'est tout ce que je vous demande.
— Qui ça, "il" ? demanda Marianne.
— Jacques.
La journaliste ferma les yeux.
— Sainte mère de Dieu ! Pourquoi êtes-vous obsédée par ce con ?
— Vous voulez que je vous détache ou non ?
— Je vous ai déjà dit où il est !
— Vous ne m'avez pas donné son adresse à Tel-Aviv.
— Il n'a pas d'adresse à Tel-Aviv ! hurla Marianne. Vous confondez avec quelqu'un d'autre, je vous le répète !
— Non, Marianne. C'est vous qui faites erreur si vous croyez que je vais vous libérer avant que vous m'ayez donné une réponse satisfaisante.
Anne quitta furieusement la chambre, pour revenir quelques secondes plus tard. Elle s'assit au chevet de Marianne, plaqua sur ses lèvres une chaussette imbibée de whisky, la força à ouvrir la bouche et y enfonça la chaussette en essuyant d'une main tremblante une larme traîtresse qui lui coulait sur la joue.
— Votre seul choix, à présent, c'est de vous taire et de bien réfléchir à tout ça pour savoir si vous tenez encore à jouer à

la plus maligne avec moi. Je vais préparer le petit-déjeuner. Si vous êtes raisonnable, quand je reviendrai, je vous retirerai cette chaussette et je vous laisserai manger. Mais croyez-moi, Marianne, si vous ne me dites pas où est l'homme de la photo, je vous jure que je n'hésiterai pas. Et vous avez dû vous apercevoir que je ne fais jamais de menaces en l'air.

Avant même de battre les œufs, elle s'occupa du voisin inquiet qui avait cru entendre des cris à l'intérieur de la maison. Elle s'excusa en souriant :

— On est parfois tellement absorbé par le film qu'on s'oublie complètement. La prochaine fois, je penserai à baisser le volume, je vous le promets.

— Oh, ce n'est pas grave ! Je voulais juste m'assurer que tout va bien, murmura le vieillard en s'en allant.

Elle verrouilla la porte, retourna à la cuisine, fit du thé et déposa une noisette de beurre dans la poêle. La toux lointaine qu'elle entendait, distraction constante, lui fit casser les œufs sur la poêle même au lieu du bol qu'elle avait préparé pour l'omelette. Troublée, elle alluma la radio pour faire semblant d'écouter une émission culturelle présentée par un animateur autoritaire et presque engagé qui était en train d'évoquer d'une voix sombre le décès de Rafaël Kolanski, le célèbre peintre, qui avait succombé à une crise cardiaque aux petites heures du matin. Elle hocha la tête en murmurant : "Il aurait dû être mon centième."

Pendant que le présentateur faisait l'éloge de l'œuvre remarquable du peintre et résumait pour ses auditeurs l'histoire de sa vie, Anne regarda, satisfaite d'elle-même, le plateau qu'elle venait de préparer. Certes, son invitée était ligotée et bâillonnée sur son lit, mais ce plateau conçu avec amour sur fond élégiaque d'éloge funèbre contenait tous les ingrédients dont l'organisme avait besoin, et si la diablesse se plaignait de mauvais traitements, elle n'aurait rien à redire, en revanche, sur la qualité nutritive des aliments qui lui étaient gracieusement fournis par son hôtesse.

La sonnerie du téléphone déchira la tranquillité du moment. Elle décida de l'ignorer, en se demandant qui pouvait l'appeler à cette heure indue, pendant ce qui était censé être un week-end libre de toute obligation. Mais elle enfonça la touche de lecture de son répondeur, et entendit la voix sérieuse du directeur de la clinique qui disait : "Bonjour, Anne, je vous serais reconnaissant de bien vouloir passer à la clinique le plus tôt possible. Merci."

"Ça tombe vraiment mal", murmura-t-elle entre ses dents tout en soulevant le plateau et en plaquant un sourire maternel sur ses lèvres avant de se diriger d'un pas étonnamment assuré vers la chambre à coucher.

Il n'y a aucun bruit dans la chambre... Le miroir lui renvoya l'image d'un front plissé et soupçonneux.

Aucun bruit dans la chambre, répétèrent les murs en un écho inquiétant.

Aucun bruit dans la chambre... et le plateau se mit à trembler.

"J'espère que vous avez faim", murmura Anne de sa voix la plus chaleureuse.

Mais la position dans laquelle elle avait trouvé la journaliste n'était pas de celles qu'une personne désireuse de manifester sa gratitude à une hôtesse attentionnée aurait pu choisir. L'infirmière se pencha pour poser le plateau par terre, en rigolant nerveusement. "Arrêtez, Marianne. Vous ne savez pas que je suis infirmière et que j'ai l'habitude de repérer les simulateurs au premier coup d'œil?"

La Française ne répondit pas. Elle était figée sur le lit, comme si Anne l'y avait clouée, bras et jambes étalés comme avant son réveil, à cette exception près que sa poitrine ne se soulevait pas au rythme de sa respiration et que le devant de son chemisier était maculé de whisky dégoulinant encore de la chaussette enfoncée dans sa bouche.

"Ça suffit comme ça!" glapit Anne sans se départir de son sourire, en espérant puérilement que son rictus grossier suffirait à ramener à la vie la femme inanimée qui ne réagit même pas lorsqu'elle lui donna une claque sur la joue, puis une autre, puis une troisième, chaque fois avec un peu plus de force. "Je sais que vous simulez! reprit-elle en faisant lentement le tour du lit, à l'affût du moindre signe de vie involontaire. N'avez-vous pas encore compris, Marianne, que je ne vous laisserai pas partir avant d'avoir appris ce qui est arrivé à mon homme ? Plus vous vous battrez pour le garder rien que pour vous, et plus vous perdrez votre emprise sur lui, parce que vous n'êtes pas faits l'un pour l'autre. Même sur cette photo, on voit que vous êtes tous les deux en train de décliner. De tomber, Marianne. De dégringoler. De vous débattre dans d'atroces convulsions, car c'est la fin pour vous. Acceptez-le. Acceptez votre sort."

Elle posa un doigt léger sur son poignet pour lui tâter le pouls. C'était bien ce qu'elle pensait. Elle était vivante. Mais sa position sur le lit avait quelque chose de préoccupant. Elle ne pouvait pas se permettre de prendre des risques inutiles. Sans compter que, s'il lui arrivait quelque chose, elle ne pourrait jamais lui faire révéler le secret qu'elle gardait si jalousement. Elle ôta la chaussette de sa bouche et courut à la cuisine chercher le couteau de boucher. Il était là où elle l'avait laissé, tout comme la journaliste, mais elle surprit l'infirmière quand celle-ci retourna dans la chambre, car elle était en pleine crise, raidie dans ses liens, mains et pieds agités de spasmes saccadés caractéristiques de l'épilepsie. La crise prit fin aussi abruptement qu'elle avait commencé. La chambre redevint silencieuse. La journaliste malade reposait sur le lit. Elle n'avait rien dit de sa condition, elle n'avait pas laissé le choix à son hôtesse terrifiée. Anne coupa rapidement la corde, qui retomba par terre à côté du couteau. Les bras de Marianne étaient inertes le long de son corps raidi. L'infirmière posa la main sur son visage, et sentit aussitôt une douleur aiguë lui parcourir le corps.

Les dents de Marianne s'étaient enfoncées dans le gras de sa main comme les crocs d'un chien sur une proie tentante. Avant d'avoir eu le temps de réagir, Anne vit son invitée livide ouvrir les yeux pour murmurer avec mépris : "Merci de m'en avoir donné l'idée*." Elle se sentit défaillir lorsque la fausse épileptique lui noua ses deux mains autour du cou en comprimant sa veine jugulaire. Le regard assassin de la journaliste la paralysait. Cependant, le manque d'oxygène stimula ses pensées en lui

* En mentionnant plus haut le film *Misery*, où un écrivain séquestré prend le dessus, par la ruse, sur sa tortionnaire, une infirmière psychopathe prénommée Annie.

faisant prendre conscience que, si elle ne faisait pas d'urgence quelque chose pour se débarrasser de la bête sauvage qui s'acharnait sur elle en ahanant et en lui criant sans arrêt : "Salope!", c'en était fini d'elle.

Elles luttèrent, la plupart du temps en silence, pendant un long moment, en essayant de s'étrangler respectivement, les seuls bruits que l'on entendait étant ceux de leurs respirations étouffées, cherchant à s'emparer du couteau de boucher qu'elles savaient être au bas du lit, une main sur la gorge de l'autre et l'autre main tâtonnant pour retrouver la lame, cinq doigts contre cinq doigts se télescopant brutalement chaque fois que l'une soupçonnait l'autre d'avoir repéré le couteau, jusqu'à ce qu'elles perdent ensemble l'équilibre pour rouler sur le sol en une boule chaotique hérissée de jambes et de bras qui ruaient, griffaient, cognaient et serraient à mort. Il devenait de plus en plus clair, pour toutes les deux, que cette bataille pourrait durer des heures si l'une d'elles ne réussissait pas à placer un coup inattendu qui mettrait définitivement fin à cet affrontement épuisant. Et quand ledit coup arriva, sous la forme d'un livre à la couverture en dur qui s'abattit sur la tête de l'infirmière, celle-ci laissa échapper un juron et regarda Marianne avec de grands yeux tandis que la journaliste saisissait une extrémité de la corde et la levait pour frapper, l'échine courbée, les yeux lançant des éclairs. Mais Anne réussit à lui échapper et s'enfuit du champ de bataille pour gagner le salon, momentanément à l'abri de la fureur de Marianne. La journaliste la suivit, sourde à ses demandes de trêve, et ce n'est que lorsque la corde s'abattit sur le dos de l'infirmière terrorisée qu'elle tourna la tête pour regarder dans les yeux la femme en fureur qui hurlait :

— Vous êtes complètement cinglée! Je vous déteste!

Comme une gardienne de bœufs, elle brandit la longueur de corde pour frapper Anne au visage avec une violence étonnante.

L'infirmière reconnut le goût métallique qui se répandait dans sa bouche et en oublia tout ce qu'elle savait : la brûlure lancinante sur sa joue confirmait qu'elle avait eu raison de penser que leur rencontre était véritablement une question de vie ou de mort. Se jetant à genoux, elle supplia Marianne d'arrêter. Celle-ci laissa tomber la corde par terre et se dirigea en claudiquant vers la porte, comme si leur bataille appartenait déjà au passé.

Terrassée et morfondue, Anne la regarda s'éloigner, sachant que si elle passait la porte, jamais elle ne trouverait l'homme qui l'avait sauvée de sa propre prison charnelle en la délivrant de ses inhibitions. Marianne, qui ne s'attendait pas à un nouveau déchaînement de violence, posa la main sur la poignée de la porte. Au moment de tourner la clé, ses oreilles perçurent le bruit d'une respiration saccadée, et elle se retourna juste à temps pour voir le lourd chandelier qui décrivait un arc de cercle en direction de sa tête. Retournant à la confusion du combat, elle désarma Anne d'un mouvement brusque, faisant voler le chandelier et repoussant contre le mur opposé la petite bonne femme qui voulait encore la torturer.

Trois minutes s'étaient écoulées depuis que l'infirmière, échappant à sa prise, s'était jetée sur Marianne, puis deux autres après que Marianne se fut cassé trois ongles en ratissant le visage de son adversaire ; une minute encore quand Anne avait violemment décoché des coups de pied dans les reins de la femme accroupie ; trente secondes quand Marianne, luttant contre la douleur, s'était forcée à se concentrer sur la sueur sanglante et la fureur bestiale qui s'étaient emparées de son hôtesse ; vingt secondes quand la femme recroquevillée par terre avait réussi à ramper jusqu'à la table basse pour s'emparer du grand vase en terre cuite qu'elle s'apprêtait à lancer sur Anne ; quinze secondes quand elle avait tourné la tête vers la cuisine, poussée par une curiosité indéfinissable, et dix secondes quand l'infirmière, profitant de sa distraction, lui avait arraché le vase des mains pour le lui fracasser sur la tête.

Les éclats de poterie avaient volé partout, transformant le living austère en un site archéologique reconverti en salon de thé déjanté. Anne suça un doigt entaillé par un tesson tout en contemplant la femme blessée à ses pieds, hypnotisée par le silence subit qui avait remplacé la cacophonie assourdissante de la bataille. Elle demeura immobile un bon moment, en attendant que la nausée qui lui étreignait l'abdomen s'apaise un peu. Le visage et les cheveux de Marianne étaient maculés de sang, et son corps inerte baignait dans une mare vermeille qui se dirigeait en lents méandres vers les chaussures de l'infirmière, figée sur place par le choc, et qui dut faire un effort pour reculer d'un pas afin d'échapper au flot d'hémoglobine. Mais il était trop tard. Son pied droit glissa sur une coulée visqueuse et elle tomba sur le dos, pestant contre le sang qui rougissait son chemisier et le saturait au point de dégouliner jusqu'à son coccyx.

Étalée par terre, elle murmura le nom de la femme au visage strié de traces de sang séché comme un coin de terre dans le désert sous un soleil éclatant, sans obtenir de réponse. Elle rampa jusqu'à elle dans l'intention de lui prendre le pouls, mais se ravisa. Cette fois-ci, il n'y avait aucun doute possible. Elle avait déjà vu quatre-vingt-dix-neuf cas du même genre. La vacuité de son regard était assez éloquente. Le silence qui pesait sur ses lèvres était unique et singulier, troublé seulement par une voix calme et masculine diffusée par la radio dans la cuisine : "Je préfère ne pas trop en dire sur la sortie de mon prochain livre. Je vous confirme seulement, comme cela a été annoncé dans divers journaux, qu'il aura pour titre *Furie*."

32

LANGUE PATERNELLE – C

Juste après être monté à bord du multi à destination d'Aliasville 96, Ben s'assit en grommelant :

— Je me fais l'effet d'un parfait idiot.

Mad Hop, assis face à lui, sourit en silence.

— Samuel, continua Ben, je me sens obligé de vous dire que je ne crois pas une seule seconde à l'éventualité de rencontrer…

— Votre enfant, acheva Mad Hop.

— Je n'ai pas, et je n'ai jamais eu d'enfant, lui dit Ben en voyant arriver les derniers parents à l'air hagard.

— Je vous comprends, Ben. Tout d'un coup, une entité sans nom et sans identité, jusque-là définie uniquement par son absence, fait irruption dans votre existence. Cela doit vous paraître éminemment bizarre. Cet enfant n'a jamais existé pour vous, mais vous êtes en route pour le rencontrer.

Le multi s'ébranla tandis que Mad Hop poursuivait :

— Si nous sommes tous arrivés ici dans la mort, pourquoi un fœtus, décédé avant…

— Arrêtez ! Je vous en conjure ! Vous voudriez me faire croire qu'un être minuscule, qui n'a jamais respiré la moindre bouffée d'oxygène, vit actuellement dans je ne sais quelle cité au terminus de cette ligne ? Que vais-je trouver là-bas au juste, Samuel ? Une mutation pseudo-humaine au fond d'un bocal de formaldéhyde, qui va me dire *papa* et me donner l'impression d'être Frankenstein au sommet de ses pouvoirs ?

— Non, Ben. Attendez-vous plutôt à voir un enfant de cinq ans parfaitement normal, qui n'a jamais connu ses parents. Contrairement à nous, ils ne cessent pas de grandir à partir de l'instant de leur mort. Ils continuent de se développer jusqu'à ce qu'ils décident de mettre un terme à la progression des années… Après tout, ils ont bien droit à un tel privilège, en tant que personnes qui n'ont jamais eu l'occasion de vivre.

Une lueur de compréhension apparut dans le regard de Ben, qui murmura :

— Mon Dieu ! Tout s'éclaire ! Ceux qui n'ont jamais eu la chance de vivre en tant qu'humains, les fœtus qui n'ont jamais vu le jour… ce sont les alias… ceux qui s'occupent de la maintenance de l'Autre Monde… C'est pour cela qu'on les appelle comme ça… ils n'avaient pas de nom en arrivant ici… ils utilisent des pseudos…

— Pas des pseudos, Ben, mais des numéros de série, par ordre d'arrivée.

— Et c'est la seule différence entre eux et nous. Ils n'ont jamais connu notre monde précédent, mais nous les avons fait venir directement dans celui-ci. C'est la raison pour laquelle ils n'aiment pas que l'on mentionne les différences qui nous séparent… Nous les avons créés, et ils nous aident durant tout le reste de notre existence…

— Heureux de constater que vous avez retrouvé la forme, lui dit Mad Hop en lui donnant une claque dans le dos.

D'une voix rapide et entrecoupée, Ben demanda :

— Mais qu'en est-il des bébés qui sont morts après leur naissance ? Ils ont connu le monde précédent, donc ce ne sont pas des alias. Qui s'en occupe ? Et les femmes qui ont perdu la vie quand elles étaient enceintes ? Cela signifie-t-il qu'elles restent dans cet état de grossesse inconfortable pendant toute l'éternité ? Et en ce qui concerne les…

— Vous vous égarez, l'interrompit Mad Hop en riant. Laissez-moi d'abord vous parler de l'endroit où nous nous rendons. Chaque année, dans l'Autre Monde, correspond à une cité d'alias, peuplée de fœtus et de bébés morts avant, pendant ou juste après la naissance. Ce sont des "substituts" qui s'en occupent, c'est-à-dire des mères et des pères de substitution, en d'autres termes des alias qui cherchent à compenser leur infertilité en élevant ces enfants. Les nouveau-nés passent leur première année dans un "jardin", qui ressemble aux crèches hospitalières du monde précédent, où leurs besoins physiques et mentaux sont pris en charge. Au bout de cette première année, ils sont confiés soit à leur substitut, soit à leurs parents ou grands-parents, s'ils se sont manifestés à temps. Seuls six proches ont le droit de s'occuper du jeune alias : la mère, le père, les parents de la mère et ceux du père. Même si les parents biologiques se présentent plus tard et que l'enfant a déjà été confié à un substitut, cet alias est facile à retrouver, car vous pensez bien que les archives sont soigneusement tenues à jour. Il n'y a jamais eu aucun cas de substitut absent ou disparu. Sans compter que l'Association pour la protection du bien-être des alias garde en permanence le contact avec les enfants, pour veiller à ce qu'ils soient traités comme il faut. Je vous donne juste une statistique propre à balayer l'expression dubitative que je vois sur votre visage. Vingt pour cent des sujets seulement choisissent de figer leur âge à l'époque de l'enfance. Trente pour cent optent pour l'adolescence, et les cinquante pour cent restants jettent leur dévolu sur l'âge de vingt ans ou un peu plus, vingt ans étant l'âge le plus prisé pour arrêter le cycle de vie. Vous n'avez pas idée du nombre de vieilles personnes de vingt-cinq ans qui errent dans ces cités d'alias.

— Le problème de l'âge ne me concerne pas vraiment, déclara Ben en portant son pouce à ses lèvres. Tout ce que vous venez de me dire, Samuel, me paraît un peu tiré par les cheveux. Un peu beaucoup, même. Je suis peut-être censé être excité, ému aux larmes, hors de moi, n'importe quoi qui prouve que je suis humain, mais passé le choc initial je dirais que rien n'a changé. Peut-être parce que j'ai fait une croix sur mes rêves de paternité depuis longtemps. Peut-être aussi parce que la mort a fait de moi un être froid et dépourvu d'émotions.

— C'est vraiment la dernière chose que je dirais de vous, déclara Mad Hop en lui montrant discrètement les autres voyageurs hébétés. Regardez un peu autour de vous. Ils ont tous la même expression que la vôtre. Ils vont rencontrer de parfaits inconnus qui se trouvent être leur progéniture. En un instant, un mouflet sans intérêt devient la chose la plus intéressante au monde. En un instant, un gamin quelconque devient *votre* enfant. Il y a une heure à peine, vous me disiez que vous auriez aimé en avoir un.

— Il y a une heure, je ne savais rien de tout ça.

— Et dans une heure, qui peut savoir ? demanda Mad Hop avec un sourire énigmatique.

Une heure plus tard, Ben apprit que les alias avaient un sens de l'humour très particulier. Le labyrinthe à l'entrée d'Aliasville 96, nommé Dédale de la Ligature des Trompes de Fallope, obligeait les visiteurs à suivre un réseau circulaire de haies formant des centaines de passages aboutissant à un mur couvert de lierre ou à quelque autre barrière végétale infranchissable. Tout en cherchant laborieusement leur chemin, les parents surexcités étaient entourés de cris joyeux et de rires en cascade émis par des enfants invisibles. Heureusement pour Ben, Mad Hop découvrit rapidement la logique du labyrinthe botanique. Ils ne mirent que quarante minutes à tourner en rond jusqu'au moment où, se couvrant les oreilles pour amortir les piaillements des enfants, il entendit la voix calme d'une fillette plus âgée qui lui expliquait comment trouver le bon chemin. Elle les dirigea vers un mur élevé couvert d'herbes folles et leur demanda de pousser de toutes leurs forces. Le mur pivota, révélant une immense salle remplie d'enfants qui couraient dans tous les sens. Ben les regarda avec appréhension, en se demandant s'il serait capable de repérer le fruit perdu de ses entrailles.

Mad Hop, qui le précédait de quelques pas, se tourna pour lui dire :

— Venez, Ben, votre enfant n'est pas dans cette salle.

— Comment le savez-vous ? demanda Ben en scrutant un groupe de gamins de cinq ans qui jouaient à chat.

— Ils ne font pas attention à vous, expliqua Mad Hop.

Il lui montra la neuvième porte sur sa gauche. Elle était décorée en son milieu par le dessin d'un panda, juste en dessous du mot SEPTEMBRE.

— C'est normal qu'ils ne fassent pas attention à moi. Ils ne peuvent pas savoir que je pourrais être le père de l'un d'eux.

— Détrompez-vous… grogna Mad Hop en levant les yeux au plafond. Je me suis toujours demandé pourquoi ils ne distribuaient pas un guide à l'accueil. Un *Lonely Planet* pour l'Autre Monde.

— Il y a quelque chose que je devrais savoir ? demanda Ben. Expliquez-moi, Samuel, comment ces enfants peuvent deviner que je ne suis pas leur…

— Constitution génétique.

— Ce qui veut dire ?

— Chaque alias reconnaît génétiquement n'importe lequel de ses six parents biologiques. Je dis génétiquement, mais en vérité j'aurais pu employer le terme *magnétiquement.* Quand un alias se trouve à proximité de l'un des six, il ressent un tiraillement gravitationnel inexplicable. Comme s'il avait en face de lui un champ magnétique et non pas un être humain.

— Mais les six parents biologiques, est-ce qu'ils ressentent quelque chose ?

— Non. C'est encore un privilège réservé aux alias. Un baromètre de la vérité irréfutable. Mieux qu'un test d'ADN, n'est-ce pas ?

— Donc, le fait que les gamins que nous venons de croiser ne s'intéressent pas à moi représente la preuve scientifique qu'ils ne me sont pas apparentés ?

— On peut le dire comme ça.

Ben avait perçu un petit sourire chez Mad Hop.

— Ce qui signifie ?

— Ils ont une manière fort intéressante d'exprimer leur soudaine montée d'amour.

— Quand vous dites une manière intéressante, vous insinuez que tous les alias réagissent exactement de la même façon en présence d'un parent ou d'un grand-parent ?

Avec un sourire radieux, Mad Hop répondit :

— Je sais que cela fait penser à des robots, mais je trouve ça brillant. J'ai assisté à une telle scène des dizaines de fois, et j'ai toujours été frappé par l'innocence émouvante des alias au moment fatidique de la révélation. La surprise des parents n'est pas moins spectaculaire quand le moutard leur agrippe la jambe sans vouloir la lâcher, en poussant des petits cris d'admiration comme s'il venait de découvrir un trésor sans pareil.

Il s'interrompit en voyant son interlocuteur blêmir avant de s'adosser au mur, les yeux baissés vers le sol, la lèvre inférieure tremblante.

— Seigneur, Ben, qu'est-ce que vous avez ?

— Je… je… l'ai… déjà vu, réussit à balbutier Ben.

— Qui ? demanda Mad Hop en ayant du mal à articuler. L'enfant ?

— Oui, fit Ben, atterré. Il jouait au ballon, et quand il m'a vu il m'a saisi la jambe, exactement comme vous venez de le décrire. Je l'ai repoussé… Je ne comprenais pas ce qu'il me voulait. Mais il revenait chaque fois à la charge… C'était trop étrange, Samuel… J'ai chassé mon propre fils quand il…

— Cessez de vous en vouloir, Ben, lui dit Mad Hop avec insistance. Vous ne pouviez pas savoir qui il était, et il est tout à fait compréhensible qu'un adulte ne veuille pas voir un gamin inconnu lui tenir la jambe sans aucune raison apparente. Mais si je puis me permettre d'interrompre vos poignantes réminiscences, pourriez-vous s'il vous plaît me dire où a eu lieu cette rencontre ?

— J'étais à la recherche de Marianne dans les labos. Ou plutôt à côté. Il y avait un parc.

— Ça ne m'aide pas beaucoup, fit Mad Hop en désignant la porte. N'importe comment, la réponse est ici.

Hochant la tête, Ben emboîta le pas au détective, qui frappa à la porte. La voix douce qui les pria d'entrer appartenait à une fille à la peau foncée qui leur sourit en leur faisant signe de prendre place devant le bureau derrière lequel elle était en train de lire un livre.

Mad Hop s'éclaircit la voix pour murmurer :

— Salut, beauté. Je m'appelle Samuel Sutton, et lui c'est mon ami…

— Pouce, s'il vous plaît, commanda-t-elle poliment en posant un tampon encreur rouge et un mouchoir en soie blanche sur le bureau.

Ben enfonça son pouce au milieu du tampon élastique et l'apposa sur le mouchoir qu'il tendit à la fille. Elle le considéra un instant avant de dire :

— Le tampon, c'est pour vous identifier ; le mouchoir, c'est pour sécher vos larmes.

Mad Hop prit le mouchoir pour le lui rendre, mais Ben était comme hypnotisé par l'aliasse. Elle prit le tampon d'identification et l'appliqua contre l'écran de l'ordinateur qui était devant elle. Elle attendit trois minutes, puis écrivit le résultat sur une feuille de papier qu'elle fit glisser sur le bureau en disant "bonne chance" avant de retourner à sa lecture.

Ben la remercia, et ils sortirent. Mad Hop lut à voix haute par-dessus l'épaule de son ami : "Alias 9562300483371, masc. né le 21/09/1996 ; père : Ben Mendelssohn ; mère : Marianne Corbin ; placé sous la garde de l'alias 57438291108 et de l'aliasse 88888888 le 30/09/1997 ; retour au jardin d'enfants en raison d'une incompatibilité avec ses substituts : placé sous la tutelle des alias 74321555 et 74321556 le 04/12/1998, retour au jardin le 17/02/2000 à la suite de la décision des deux substituts de faire un sept fois trois simultané ; remis le 05/06/2000 à sa représentante biologique légale."

— Et c'est tout ? demanda Ben en se retournant vers la porte. C'est tout ce qu'ils donnent comme renseignements ?

— Vous ne voyez toujours pas ? demanda Mad Hop. Vous n'êtes pas aussi futé que je le croyais.

— Je ne vois pas quoi ?

— Réfléchissez une seconde, Ben. Cet enfant a une représentante biologique légale. Que pouvez-vous en déduire ? Vous ne comprenez toujours pas ? Il y a quelques heures seulement, je vous ai expliqué pourquoi je pensais que votre femme vous avait joué un mauvais tour, et qu'elle était toujours vivante. Mais à présent, je suis obligé d'avouer qu'il y a des années que je ne me suis pas senti aussi perdu. La représentante biologique légale de cet enfant ne peut-être que sa grand-mère maternelle, sa grand-mère paternelle ou Marianne. Comme vous avez déjà parlé aux deux premières, il ne nous reste que la troisième.

— Vous pensez que Marianne est venue chercher l'enfant ?

— C'est la preuve, en tout cas, qu'elle est bien décédée.

— Je n'en ai jamais douté, fit Ben en regardant ses pieds.

— D'accord. Ne vous fâchez pas, mais il faut que je vous demande une chose. Êtes-vous demeuré, maso, schizo, ou les trois à la fois ?

— Ce n'est pas la preuve absolue que ma femme est morte, Samuel. Outre ma mère, il y a une autre représentante légale possible.

— Vous voulez parler de Miriam Corbin, celle qui est morte hier.

— Je veux parler de la mère biologique de Marianne, pas de sa mère adoptive.

Les pupilles de Mad Hop s'étrécirent de manière menaçante.

— Je ne vous ai pas encore dit, aujourd'hui, que je vous détestais ?

— Je sais que vous me reprochez toujours d'être distrait, fit Ben en traînant les pieds derrière lui, mais vous ne m'avez jamais demandé si Marianne avait été adoptée, et je n'avais aucune raison de croire que ce détail vous intéresserait. Mais pour répondre à la question que vous n'allez pas manquer de me poser, non, Marianne n'a jamais cherché à savoir qui est sa vraie mère.

— Je vais vous dire qui c'est, moi. C'est une parfaite étrangère qui s'occupe d'élever votre fils ! Une parfaite étrangère qui a décidé de mettre à profit les droits que ce monde lui donne pour soulager sa conscience en élevant son petit-fils.

— Mais nous n'avons aucun moyen de savoir si c'est elle ou Marianne qui a pris l'enfant.

— Détrompez-vous, fit Mad Hop en lui donnant une tape dans le dos avant de le guider vers la grande salle avec une vigueur renouvelée. Venez ! Nous allons dans les bureaux de la Gestion des Arbres généalogiques. Ils vous donneront le nom et l'adresse de cette femme. Un petit tour de multi, et nous sonnerons à sa porte. Je vous promets qu'avant ce soir vous prendrez votre fils dans vos bras.

Sceptique, Ben hocha la tête et suivit le détective au pied léger. Mais une voix de femme âgée résonna alors à son oreille.

— Ben ? Ben Mendelssohn ?

Il jeta un coup d'œil à son godget et vit que le télédoigt était en train de clignoter.

— Oui, madame Phouet.

— Fouinette, mon cher. Fouinette. Je n'ai pas de chat à fouetter.

— Je vois. J'imagine que vous m'appelez parce que vous avez des nouvelles de mes grands-parents.

— Exactement. Ils m'ont demandé de vous faire savoir qu'ils avaient des informations vitales sur votre épouse.

— Qu'ont-ils appris ?

— Je ne sais pas très bien. Tout cela est un peu confus. Mais Moïse a insisté pour vous rencontrer le plus tôt possible.

— Pourquoi ne vous a-t-il pas dit ce qu'il savait ? Cela nous aurait fait gagner du temps.

— C'est ce que j'ai demandé. Mais il répétait qu'il était essentiel que vous les rejoigniez.

— Où m'avez-vous dit qu'ils sont ? 1700 et des poussières, je crois ?

— Non, encore plus loin. 1616, à présent.

— Vous savez combien de temps il va me falloir pour aller là-bas ?

— Vous pouvez prendre l'express du XVIIe siècle. Vous voyagerez de nuit.

— Hum… Vous avez l'adresse exacte ?

— Ils sont descendus à la taverne du Temps Suspendu.

— Une taverne ? Pourquoi pas un hôtel ou encore…

— Vous savez bien. Ils recherchent l'authenticité. Il y a cinquante ans que le chantier des Cent Ans a été achevé, ce qui a eu pour effet d'améliorer tous les espaces de vie des siècles post J.-C. Ne soyez donc pas surpris si le XVIIe siècle ressemble comme deux gouttes d'eau au XXe, tout au moins du point de vue architectural.

Ben ne put s'empêcher de demander :

— Qu'y avait-il avant ? C'est-à-dire pendant la période de rénovation. Où vivaient les morts du XVIIe siècle ?

— À la fin du XIXe, naturellement. Certains étaient même logés au début du XXe.

— Hein ? C'est impossible !

— Quelle naïveté, mon Dieu ! Quelle naïveté ! Vous croyez vraiment, Ben, que tous ces gratte-ciel ont poussé tout seuls ? Je suppose que vous êtes au courant, pour les alias…

— Vous voulez parler des fœtus.

— Oui. Et comme ce sont eux, plus ou moins, qui gèrent ce drôle de monde, ils s'ingénient à punir les canailles qui ont fait subir de mauvais traitements aux alias ou aux autres enfants. Au lieu de les jeter en prison, ils les condamnent aux travaux forcés. Et si je vous dis que, d'après les études les plus récentes, aucun individu, au moins jusqu'en 2500, n'aura à s'inquiéter de devenir un jour SDF, vous saisirez le topo.

— Les criminels construisent les logements du futur ?

— Le concept est aussi hardi que séduisant, vous en conviendrez. Surtout quand on ne perd pas de vue que les entrepreneurs sont les seuls à avoir accès au futur et que les alias, tout comme les pires représentants de la loi dans le monde précédent, sont des individus particulièrement émotifs qui se défoulent de leur cruauté enfantine sur leurs prisonniers.

— Mais vous disiez qu'il n'y avait pas de prisons.

— Question de sémantique, mon ami. Disons que les entrepreneurs les conduisent en 2312. Ils travaillent toute la journée et sont libres d'aller la nuit où bon leur semble dans la cité fantôme. Théoriquement, ce ne sont pas des prisonniers. Il n'y a ni barreaux, ni chaînes, ni menottes. Mais ils ne peuvent pas quitter 2312, car seuls les entrepreneurs ont la clé des salles blanches, qui constituent l'unique passage possible en provenance et en direction des autres époques. Et croyez-moi, ce n'est pas le genre de clé que l'on peut voler.

— Les prisonniers sont bloqués dans le futur ?

— Dans la prison la plus sûre que l'on puisse imaginer, si on veut que cela leur serve de leçon. Vous comprenez, les pervers, c'est une chose, ils paient leur dette envers la société pendant une période de temps donnée, mais qu'en est-il de ceux qui ont péché de leur vivant contre l'humanité ? Pour la plupart, ils n'ont pas pu avoir un semblant de mort décente, avec le monde entier qui les harcelait pour en tirer vengeance. Certains ont préféré se joindre aux détenus uniquement pour s'assurer qu'ils ne seraient plus poursuivis.

— Parce que personne ne peut aller dans le futur en dehors des prisonniers et des entrepreneurs ?

— Exactement. Vous ne serez pas surpris, j'imagine, d'apprendre que l'Autrichien enragé vient de passer les cinquante dernières années ou un peu plus à malaxer du ciment au début du XXVIe siècle et qu'il n'a pas encore renoncé à son rêve du surhomme, à en croire, tout au moins, son *Mein Kampf II*, où il ne tarit pas en invectives à l'encontre des négationnistes de l'Holocauste, qui voudraient le priver de son plus grand accomplissement. Joli paradoxe, ne trouvez-vous pas ?

Ah ! Et avant que vous me demandiez pourquoi ils ne font pas un sept fois trois qui mettrait un terme à tout cela, laissez-moi vous préciser que les godgets des détenus sont confisqués avant leur arrivée dans les cités du futur, ce qui explique, je suppose, les rumeurs concernant le moustachu fou qui chante *Tristan et Iseult* chaque soir en se passant un nœud coulant autour du cou pour sauter de son échafaudage dans une vaine tentative de changer l'ordre des choses dans l'Autre Monde et de connaître une nouvelle mort.

— Permettez-moi de vous dire, ma chère Fouinette, que vous êtes un véritable puits de science.

— Et vous, un puits sans fond de curiosité. Promettez-moi qu'un jour vous passerez me voir chez moi et que nous aurons une longue conversation toute en digressions comme celle-ci.

— Je vous le promets, et merci d'avoir pris le temps de…

— Trêve de salamalecs. Tenez-moi au courant si vous exhumez quelque chose, et bon voyage.

Ben se tourna vers Mad Hop, qui murmura :

— Il faut vous rendre au XVIIe siècle, pour voir ce que votre grand-père a à dire, si je comprends bien.

— Il est pénible, parfois, soupira Ben en suivant Mad Hop, qui lui fit signe de se taire, mit ses mains en cornet autour de ses oreilles et sortit rapidement du labyrinthe. Pendant que la grille dorée se fermait derrière eux, il haussa les épaules en disant :

— Ne me regardez pas comme si j'allais vous dissuader d'y aller. Vous savez aussi bien que moi ce que je pense de vos chances de la retrouver en ce monde. Mais il y a des cas où l'on ne peut pas faire autrement. Si j'étais vous, je pense que j'irais aussi.

— Comment dois-je faire pour attraper l'express du XVIIe ?

— Vous allez d'abord à la gare centrale de 1996, qui se trouve à deux rues d'ici, puis vous montez dans le multi à destination de 1900. Les lignes à grande vitesse partent toutes au début de chaque siècle.

— Pendant ce temps, vous irez à la Gestion des Arbres généalogiques ?

— Oui, et arrêtez de faire cette tête de chien battu. Votre gamin existe depuis cinq ans, et vous ne l'avez jamais serré dans vos bras. Ce ne sont pas deux ou trois jours de plus qui vont faire une différence.

Trois heures plus tard, Ben trouva le multi qu'il cherchait, grimpa à bord d'un pas décidé, et demanda à un jeune de vingt ans et quelques si le siège à côté de lui était libre. Le mec hocha froidement la tête, se renfonça dans son siège et, les yeux clos, grommela quelques paroles confuses, entonnées comme un mantra en pleine méditation. Ben se repassa un bon moment les événements de la journée qui venait de s'écouler en mémoire, excité à l'idée qu'il allait bientôt voir son fils, si toutefois ils réussissaient à retrouver sa représentante légale. Au plus profond de lui-même, il savait que le fantasme de paternité qu'il nourrissait était fort éloigné de la réalité, et il préférait, pour le moment, se confiner au royaume rassurant des rêves. Cependant, un doute persistant était né en lui : d'abord une piqûre d'épingle, puis une crevaison, puis une crevasse, jusqu'à ce qu'un véritable gouffre menace d'engloutir les perspectives de son imagination. Même après avoir fini de parler à Fouinette, en route vers la gare, il avait agi instinctivement, sans réfléchir, mû par un sombre réflexe d'affliction précédant l'acceptation. On pourrait dire qu'il faisait ce long voyage dans l'espoir sincère de retrouver l'amour de sa vie, il ne le niera pas mais ne le reconnaîtra pas non plus, sauf peut-être dans le confessionnal secret enfoui au plus profond de sa conscience, où il courbera la tête et avouera qu'il a fait cela sans y croire vraiment, que le pilote de ses actions n'a pas déserté son poste, laissant ses passagers à l'abandon, mais qu'il s'est simplement assoupi aux commandes. Le système de pilotage automatique a pris la relève, conformément aux dispositions internes qui stipulent que chaque fois qu'il entend prononcer le nom de Marianne il répond *Marianne vole, Marianne plane, Marianne se pose, Marianne s'écrase*, et les autorités de régulation aérienne vont retrouver la boîte noire où figurera une seule phrase qui résume la situation : "Morte au nom de..." Et dans le même souffle, un noteur cloué au sol admettra que l'enfant n'est qu'une nouvelle et opportune diversion, et un futur scénario s'imposera à lui : Dans trente ans, mon fils et moi nous partons à la recherche de sa mère biologique, en un périple dont seul l'avenir peut définir les contours ; et pour une fois je ne retire ni plaisir ni triomphe de cette fin ouverte, véritable puits de possibilités dont aucune n'a encore été utilisée, et ceux qui veulent essayer sont les bienvenus, mais ceux qui veulent aller plus loin sont maudits, car ils vont apprendre eux aussi qu'un scénario n'est rien d'autre qu'un tronçon de route entre deux points, un kilométrage composé d'une intrigue, de personnages et de tout ce qui les sépare, et soudain il est frappé par une logique qui se réveille d'un long sommeil et qui avec une malveillance compatissante encourage Ne vous inquiétez pas, monsieur, à n'importe quel moment vous pouvez arrêter l'histoire et ce qui n'arrive pas maintenant arrivera plus tard. Ben jongle avec ses pensées et se demande : Comment mettre fin à l'histoire alors que nous savons tous les deux où est le point final ? Non, non, non, nous savons tous les deux où nous souhaitons mettre le point final, mais si vous désirez m'utiliser vous verrez que là où la logique n'opère pas le temps y parvient, et de même que le début de chaque histoire est arbitraire, surtout en ce qui concerne son positionnement dans l'intrigue, la fin ne l'est pas moins, si vous voyez ce que je veux dire. Vous insinuez que je dois renoncer à la fin désirée... Cher monsieur, si vous n'êtes pas convaincu, acceptez au moins l'idée que le chemin d'un point à un autre change la nature de la destination dans la plupart des cas, et vous comprendrez vite que la fin de l'histoire était différente depuis le commencement. Pourquoi cette conversation déstructurée ? Parce que vous savez très bien que nous ne devons pas nous consacrer à un seul aspect de notre existence. **De quoi parlez-vous donc ?** C'est vous qui parlez de romance, et pas seulement de romance, mais de trucs rigides, durs, tragiques, à la Anna Karénine, qui vont jusqu'au bout, ou bien, dans votre cas, presque jusqu'au bout. **Que voulez-vous au juste ?** Que vous vous souveniez que la vie et la mort, ce n'est pas que de la romance. **Mon amour pour Marianne, c'est bien plus que de la romance.** Ce n'est pas votre amour que je mets en doute, mais la direction qu'il a prise. Après tout, s'il n'y avait pas Marianne, il y aurait quelqu'un d'autre, ou personne, peut-être. **Personne ?** L'amour, au bout du compte, ne fait que remplir un vide que d'autres choses pourraient combler. Comme je vous l'ai déjà dit, si vous ne saisissez pas ça maintenant dans votre histoire, vous pourrez toujours le saisir plus tard. **Comment en êtes-vous si sûr ?** C'est votre désespoir poignant qui me le dit. À n'importe quel moment, vous pouvez mettre un point final et décider que vous l'avez perdue, qu'elle est vivante, et qu'elle mourra de mort naturelle dans quarante ans, que malgré l'éternité dont vous disposez il est vain de continuer à vous battre pendant des dizaines d'années, qu'il vaut mieux refermer le livre, y mettre un point final, vous préparer à souffrir, mais aussi à retrouver votre liberté, vous pouvez appeler ça une tragédie, tout ce que vous voudrez, mais à la fin l'intrigue aura été dénouée, il n'y aura pas de dénouement heureux, peut-être, ça fera mal, peut-être, mais ce sera terminé, ce sera la fin, l'épilogue, et vous serez dehors, en train de regarder à l'intérieur. **Regarder quoi ?** L'histoire qui vous angoissait tellement. Vous la verrez de l'extérieur, comme un octogénaire qui feuillette les pages de sa biographie, qui se complaît dans ses réminiscences, qui ressent un pincement au cœur, mais qui finit par remettre le bouquin sur son étagère, et que lui reste-t-il ? La fin de sa vie, les marges de son histoire, et plus courte elle est, plus larges elles sont. **Cessez de philosopher.** Ce n'est pas moi, c'est vous. Nous savons très bien tous les deux que personne ne parle jamais des marges de chaque côté de l'intrigue, avant et après. Si vous finissez par la retrouver, et si vous connaissez avec elle le parfait bonheur, qui sait ce qui pourra se passer au bout d'un an ou deux ?

Ça, c'est une autre paire de manches. Exactement. C'est une autre aventure, tout comme la vôtre qui va bientôt prendre fin. Élargissez vos marges, Ben. Terminez cette histoire et commencez-en une autre. Bâtissez sur les ruines, sur les vestiges de vos précédentes péripéties. Vous irez loin. Vous ne voulez pas la fermer ? J'ai tant de choses à dire. Mais vous tournez en rond. Non, mon ami. Je me demandais juste ce qui se passerait si vous entendiez *Marianne*. Vous avez entendu ? Entendu quoi ? *Marianne Marianne Marianne Marianne Marianne Marianne* morte sous le nom *Marianne Marianne Marianne* lève-toi *Marianne Marianne* ce n'est pas un rêve il se passe quelque chose *Marianne Marianne*…

Quand il ouvrit les yeux, Ben regarda autour de lui. Son voisin lui sourit d'un air narquois tout en remettant en place une mèche folle dans la forêt frisée de sa chevelure tandis que, de l'autre main, il se massait la tempe avec une feinte sérénité.

— Je crois que vous vous êtes un peu emmêlé dans vos répliques.

— Pardon ?

— Les paroles que vous avez murmurées avant de vous réveiller. Croyez-en mon humble expérience, j'ai lu toutes les pièces qui ont jamais été jouées, et je n'ai jamais entendu quelque chose qui ressemble à "Marianne Marianne morte sous le nom lève-toi Marianne ce n'est pas un rêve il se passe quelque chose *Marianne Marianne*" et malgré la rivalité évidente qui nous sépare, je vous conseillerais d'opter pour un autre texte, quelque chose d'intelligible. La concurrence est assez serrée comme ça.

Il se tut, non sans pointer l'index en direction des sièges qui se trouvaient derrière Ben. Ce dernier se tourna pour regarder dans cette direction, sidéré.

— La rivalité évidente qui nous sépare? Quelle rivalité? Désolé, mais je n'ai pas tellement envie de faire la conversation avec un inconnu qui m'écoute parler pendant mon sommeil et qui me cite les propos tenus par mon inconscient.

— Oh, je vois ! fit son voisin en battant des paupières avec enthousiasme. Vous n'êtes pas un acteur !

— Pourquoi en serais-je un ? riposta Ben malgré son désir de couper court à cette conversation surréaliste.

— Parce que, à part vous, semble-t-il, tous les voyageurs dans cette rame en sont.

— C'est pour cela que vous murmuriez entre vos dents tout à l'heure ?

— Je répétais. Je ne voulais pas manquer cette occasion.

— Quelle occasion ? Vous avez une audition ?

— Tout le monde ici a une audition. Et pas n'importe laquelle : *l'audition* ! Vous êtes à bord du onze millième multi en route vers la Grande Audition.

— Nous parlons bien tous les deux du XVIIe siècle ? voulut vérifier Ben avec un frémissement visible.

Le jeune homme étouffa un éclat de rire.

— Je rêve ! C'est pas vrai ! Vous êtes tombé du ciel, ou plutôt de la lune ? Ou vous vous êtes peut-être trompé de multi ? Vous ne vouliez pas aller en 1616 ?

— Oui, c'est bien ma destination.

— Dans ce cas, c'est une drôle de coïncidence. Voilà un mec qui va en 1616 et qui ignore qu'il y a là la plus grande audition de toute l'histoire du théâtre. D'abord ce truc de l'Annonceur, et maintenant vous me dites que vous n'avez jamais entendu parler de l'audition.

— L'Annonceur ?

— N'avez-vous pas remarqué que, juste au moment où vous commenciez à réciter votre texte incohérent, l'Annonceur a appelé son nom ? Pendant que vous le répétiez comme un disque rayé, l'Annonceur faisait de même avec un synchronisme parfait.

L'acteur étonna Ben en redressant le dos sur son siège et en répétant comme un robot, d'une voix froide et métallique : "Marianne, Marianne !" Puis ses épaules s'affaissèrent comme précédemment, et il lança à Ben un regard empreint de gravité en disant :

— Pourquoi me regardez-vous comme si j'avais perdu la raison ? Ou plutôt, comme si vous l'aviez perdue ?

— Vous êtes certain d'avoir bien entendu ?

— Ouais, mais je n'ai pas retenu son nom de famille. J'ai trop l'habitude de cette voix mécanique en fond sonore. En général, je n'y prête pas attention. Si vous n'aviez pas répété ce nom comme un…

Ben ne l'écoutait plus. Bondissant de son siège, il se retourna, surpris de sentir la poigne de l'acteur sur son avant-bras qui avait la chair de poule.

— Où allez-vous comme ça ?

— Je descends. Il faut que je retourne là-bas.

— Impossible. C'est un express, il ne s'arrête pas avant le XVIIe siècle.

— Mais il faut que j'aille dans la salle blanche ! cria Ben d'une voix hystérique.

— Vous devriez vous calmer un peu, fit le jeune homme d'une voix apaisante en lui faisant signe de se rasseoir. Même si vous pouviez descendre ici, vous ne seriez jamais là-bas à temps. Nous sommes aux environs de 1800, et je suppose que même un cadet de l'espace comme vous sait que les portes s'ouvrent deux heures après le bulletin de l'Annonceur.

Ben roula des yeux affolés comme un animal pris au piège quand il se rend compte qu'il est perdu. Il saisit son godget à deux mains et se mit à chercher l'empreinte de Mad Hop.

— Épargnez-vous cette peine, lui dit son compagnon de voyage. Le télédoigt ne fonctionne pas sur les lignes express. Il n'y a pas de réseau.

Ben insista pour allumer son godget, mais constata bien vite que l'acteur avait raison.

— Qu'est-ce que je vais faire ? dit-il. Il faut absolument que je prévienne quelqu'un de son arrivée. Elle va…

— Je n'ai même pas entendu son nom de famille. Vous savez très bien que d'un point de vue statistique, les probabilités…

— Non ! insista Ben. Vous avez raison, mais je sais que c'est elle !

— Comment savez-vous ça ? demanda l'acteur en lui jetant un regard curieux.

— Parce que c'est le rebondissement qui attendait son moment diabolique, le dénouement auquel je n'avais pas pensé. Elle est morte et elle arrive ici alors que je suis coincé dans un multi qui fonce vers l'inconnu, sans pouvoir descendre. Et quand j'arriverai au XVIIe siècle et que je retournerai au XXIe, j'apprendrai qu'elle a changé d'adresse pour une raison ou pour une autre, et je continuerai à la chercher pendant des années, en sachant qu'elle est ici mais que je n'ai aucun moyen d'entrer en contact avec elle.

— Malgré tout le respect que j'ai pour votre étalage de panique fort convaincant, je vous ferai remarquer que vous oubliez un petit détail somme toute assez encourageant.

— Lequel ? glapit Ben. Quel détail ai-je oublié ?

— S'il s'agit véritablement de la femme que vous tenez tellement à retrouver, n'est-il pas logique de penser qu'elle va chercher à vous localiser de son côté ?

Ben regarda par la fenêtre du multi avec une expression de désolation poignante.

— Plus rien n'a de sens, à présent, énonça-t-il.

33

LES VOIES MYSTÉRIEUSES DES ALIAS

Chers alias,

J'aurais préféré que nous soyons réunis aujourd'hui dans cette clairière pour des raisons moins tragiques ; cependant, à mon grand regret, ce n'est pas le cas. Les premières lueurs de l'aube apparaissent déjà, et je suis sûr que vous auriez préféré jouir d'une précieuse heure de sommeil supplémentaire plutôt que de répondre à ma convocation sans préavis. Je vous prie de m'en excuser. En ma qualité de directeur des forêts, je n'ai pas trouvé le moyen de procéder autrement. Je vois que vous me regardez avec une intense curiosité et que vous vous demandez à quoi riment ce préambule et ce ton dramatique. Je rends hommage à votre innocence aliastique et vous demande de reporter votre concentration sur un alias particulier. Nobles déracineurs, si vous regardez bien autour de vous, vous remarquerez l'absence flagrante de 57438291108, un ouvrier affecté depuis quatorze ans à la concession 2605327. Il s'est toujours comporté comme un excellent déracineur, et n'a jamais attiré sur lui aucun soupçon notable. Malheureusement, cet alias manquant a réussi à jeter de la poudre aux yeux de son équipier et à donner libre cours à son agressivité outrancière de la manière la plus ignoble qui soit, contre laquelle mon prédécesseur vous a mis en garde maintes et maintes fois. Inutile de préciser que nous avons pris toutes les précautions utiles pour éviter ce type de scénario : patrouilles régulières dans les concessions, sentinelles aux entrées, et tout un bataillon de gardes dans la forêt. Chacun de ceux qui sont présents dans cette clairière connaît parfaitement les implications glaçantes d'un acte de vengeance particulièrement vil, et nous avons tous eu la vision cauchemardesque d'un intrus humain qui réussirait à s'introduire clandestinement dans la forêt pour régler ses vieux comptes en s'attaquant, même légèrement, à un rameau sans défense. Mes prédécesseurs ont pris bien soin, à juste titre, de former une légion de gardiens loyaux chargés de veiller à la sécurité des arbres ; mais ils n'ont pas suffisamment envisagé que le danger pourrait venir de l'intérieur et non de l'extérieur.

Nous ne devons pas ignorer le fait que nous aussi nous sommes le fruit d'entrailles mortelles et que toute la panoplie des déficiences humaines coule également dans nos veines. Bien sûr, nous jouissons de conditions d'existence exceptionnellement confortables, bien plus gratifiantes que celles qui sont offertes aux résidents de leur monde, où il est nécessaire d'être doté d'une rectitude morale à proprement parler colossale pour résister aux ombres imprévisibles tapies sous un instinct de survie inné dans un monde par trop complexe et sujet aux caprices de la corruption. J'ai également eu connaissance de cas où un alias avait sombré dans une profonde mélancolie après avoir été en contact avec un mortel. En toute innocence, je nous croyais immunisés contre ce genre de dépression amère, jusqu'au jour où je suis tombé sur le dossier de déracinement de la famille Mendelssohn. Au cours de la décennie qui vient de s'écouler, les huit derniers descendants de cette famille sont arrivés ici selon un taux d'expiration propre à faire froncer les sourcils. J'ai cru bon de consulter à cet effet Milliard, le précédent directeur des forêts, qui m'a confirmé que de temps à autre des erreurs regrettables surviennent. J'ai évoqué la possibilité d'un acte de malveillance, mais il a fermement écarté cette hypothèse, en mettant fin à mes craintes.

Le moment est maintenant venu de vous faire part d'un détail intime dont je vous aurais volontiers, en d'autres circonstances, épargné la teneur. Comme plusieurs d'entre vous le savent déjà, j'ai rencontré une femme, il y a dix jours, et nous sommes tombés amoureux. Je dis bien une femme, et non pas une aliasse. Sandrine Montesquieu. Ma compagne m'a causé un choc quand elle m'a demandé de clarifier pour elle l'inexplicable soudaineté de son trépas. Comme l'aurait fait n'importe lequel d'entre vous, je me suis dit qu'il s'agissait encore d'un de ces accidents qui surviennent lorsqu'un déracineur casse une branche par mégarde. J'ai donc examiné l'arbre en question, et il m'a été impossible d'ignorer l'évidence. De plus, par une étrange coïncidence, cet arbre se trouvait dans la concession des Mendelssohn. Mais je n'ai pas réagi tout de suite. Je savais qu'il me fallait attendre le rapport du pathologiste pour confirmer ou infirmer mes soupçons.

Ce n'est qu'hier, tard dans la soirée, que ce rapport est arrivé sur mon bureau. Je ne vous ennuierai pas avec tous les détails. Je me contenterai de vous dire que les preuves de malveillance répétée sont irréfutables. L'arbre généalogique de cette malheureuse famille a été victime d'agressions infâmes, systématiques et intentionnelles ! J'ai donc pris la décision de convoquer le déracineur responsable dès ce matin, afin de le confronter à ces horribles faits. Je m'attendais à une résistance bruyante, à des protestations indignées, à un déni total, ou tout au moins à des démonstrations d'innocence outragée. Mais je n'avais pas idée de ce qui allait se passer avant le point du jour.

Permettez-moi de vous faire partager une nouvelle anecdote personnelle. Aujourd'hui, alors qu'elle ne l'a pas vue depuis un an, ma compagne a rendez-vous avec sa meilleure amie. Elles devaient se voir hier, mais il y a eu un contretemps, et ma partenaire était sur des charbons ardents jusqu'à ce que je déniche l'adresse lointaine de son amie dans le fichier central du Pouce. La nuit dernière, trop excitée pour aller se coucher, Sandrine m'a annoncé qu'elle sortait pour s'éclaircir un peu les idées. Je lui ai demandé où elle voulait aller, et elle a ri nerveusement en me disant qu'elle mourait d'envie de voir son arbre généalogique, particulièrement à l'endroit où était sa marque de sève, là où la branche a été sectionnée. Je lui ai expliqué que le règlement interdisait l'entrée de la forêt aux humains et que même les alias n'appartenant pas au personnel sont priés de se tenir à distance, mais elle a eu du mal à comprendre. Au bout d'une longue discussion, elle a réussi à me convaincre de faire une exception en sa faveur. “Après tout, tu es le directeur des forêts, et tu ne me quitteras pas des yeux”, m'a-t-elle dit.

J'ai donc cédé. Nous sommes arrivés dans la forêt en pleine nuit. Sandrine a insisté pour que je lui explique tout en détail. Comment les branches ploient et craquent avant de tomber, comment les Tisseuses relient les couronnes des arbres pour bien marquer les liens du mariage, et même pourquoi les feuilles sifflotent doucement quand une gentille brise les caresse. La forêt l'enchantait, et elle ne tarissait pas de questions tandis que je la guidais à grands pas vers la concession. J'avais envie de lui montrer sa marque le plus vite possible afin de rentrer sans perdre de temps à la maison.

Lorsque nous finîmes par arriver en vue de l'endroit où poussait son arbre, Sandrine me saisit le bras pour m'arrêter en murmurant tout bas qu'il y avait quelqu'un. Nous nous approchâmes tout doucement. Je n'en croyais pas mes yeux. Le délinquant était en plein travail. Juché à la hauteur de 2,05 mètres, il arrachait les branches en proférant des insultes et des insanités. Il ne nous avait pas remarqués, et lorsque je lui ai ordonné de cesser immédiatement de se comporter comme un fou, il m'a regardé avec étonnement sans s'arrêter pour autant. N'ayant pas le choix, j'ai demandé à ma compagne d'alerter les gardiens et j'ai grimpé à l'arbre derrière le criminel, que j'ai tout de suite identifié grâce à ses bottes déchirées de déracineur habitué à donner des coups de pied rageurs à l'arbre des Mendelssohn, comme l'avait déjà signalé Milliardetquart dans ses rapports. Je lui ai saisi la jambe et je l'ai tiré vers le bas de toutes mes forces. Il est tombé sans dire un mot et, à ma grande surprise, sans résister. Lorsque je lui ai demandé d'expliquer son étrange comportement, il a commencé à me mettre en garde à propos de celle que j'aime : "Vous allez voir, elle va faire exactement comme mon aliasse. Elle vous a déjà fait enfreindre le règlement." Puis il est tombé à genoux et a éclaté en sanglots. Il m'a raconté que sa bien-aimée l'avait encore quitté, qu'elle l'avait déjà plaqué douze fois et qu'après chaque rupture il venait à la concession passer sa rage sur les branches. C'était la treizième et dernière fois ! Il m'a avoué toute la vérité relative aux Mendelssohn. Sept arrachages en tout. Mais en ce qui concerne la dernière branche, il jure qu'il n'y est pour rien. En fait, une étude approfondie du dossier montre que nous sommes en présence d'une tendance naturelle au tarissement, d'une volonté de suicide méticuleusement prémédité, sans intervention extérieure malveillante. Je lui ai demandé à qui correspondaient les quatre autres branches, et il m'a répondu que trois d'entre elles avaient subi les conséquences des trois premières ruptures. Apparemment, à mesure que le mode opératoire du déracineur devenait plus méthodique, son assurance atteignait des sommets que les efforts combinés de tous ceux qui sont ici présents, moi y compris, auraient du mal à atteindre. Les trois premières branches ont été arrachées au hasard à des arbres possédant plusieurs rameaux, mais après la quatrième rupture il a concentré ses efforts parasitiques, avec un acharnement criminel, sur la famille déjà citée. Ce qu'il m'a expliqué, c'est que, à partir du moment où il s'est attaqué à l'arbre des Mendelssohn, il n'avait plus à se préoccuper de la question du choix. Le tronc était déjà presque nu, il ne portait plus que huit branches. C'était une dynastie en voie d'extinction. Il ne voyait là aucun paradoxe. Au contraire, il était persuadé qu'en jetant son dévolu sur un seul arbre, il épargnait des branches qu'il aurait prises au hasard et que cela bénéficiait au reste des concessions. Mais lorsque le tronc a été déraciné, il lui fallait une nouvelle victime, et son choix s'est porté sur l'arbre de ma bien-aimée. À la douzième rupture, il a méchamment sectionné la branche qui l'a amenée dans mes bras. Il est certain que l'interprétation morbide de ces déplorables événements devrait faire que je remercie l'assassin d'avoir commis son douzième forfait, mais je me refuse à accepter une telle idée. L'auteur de ces horribles exactions n'a pas été capable de se dominer et, au lieu d'essayer de régler ses problèmes grandissants, a préféré puiser dans ses crimes "non prémédités" une vigueur de mauvais aloi. D'après ce qu'il prétend, il se sentait particulièrement euphorique après s'être défoulé, comme si son âme tortueuse y trouvait une consolation.

Ma compagne est devenue furieuse quand elle s'est rendu compte qu'il était responsable de son trépas et de la mort gratuite de deux autres membres de sa famille ; elle lui a sauté dessus, en lui fouettant le visage avec l'aide généreuse de deux branches tombées à terre. Il n'a pas été facile de les séparer, surtout dans la mesure où, au lieu d'exprimer des remords, cet imbécile s'est mis à divaguer en expliquant qu'il n'avait fait que transférer ces gens d'un monde à l'autre, le second étant, de l'avis général, nettement supérieur au premier. J'ai demandé à Sandrine de se calmer pendant que j'essayais de faire comprendre au contrevenant la gravité de ses actes. Je lui ai expliqué qu'il avait assassiné quatorze mortels innocents, pour un mobile des plus abscons. Au grand étonnement des gardes, il a éclaté de rire en disant qu'il ne voyait pas pourquoi on en faisait tout un plat et que de toute manière toutes les branches d'un arbre finissaient par tomber. Pendant que les gardes se préparaient à l'emmener, il a ajouté en souriant : "Quand un homme tire sur un autre avec un revolver et que, au même instant exactement, un déracineur sectionne la branche de la victime, qui est responsable ? Celui qui a pressé la détente ou celui qui a excisé la branche ?"

Je ne me suis pas laissé piéger par sa question. Je lui ai demandé de cesser de vouloir rejeter sur d'autres la responsabilité de ses crimes. Il m'a jeté un regard furieux de ses yeux fossilisés et a répété sa question d'une voix sarcastique. Cette fois-ci, sans me démonter, je lui ai répondu : "Le responsable, c'est celui qui a ôté la vie à autrui et, dans le cas que vous décrivez, il semble qu'il y ait une collaboration due au hasard. – Mais comment aurais-je pu collaborer avec quelqu'un que je ne connais même pas ? m'a-t-il demandé en plaidant l'innocence. – De la même manière que vous les avez tués", ai-je répliqué en refusant d'en entendre davantage.

Deux heures plus tard, conformément au Code des délits criminels inhabituels, j'ai fait venir dans mon bureau les cinq précédents directeurs des forêts afin de prononcer la sentence du déracineur. Unanimement, nous avons décidé qu'il était responsable du décès prématuré de quatorze mortels innocents, sept d'entre eux appartenant à la même famille, et qu'il devait être châtié avec une sévérité exemplaire, sans circonstances atténuantes. Nous avons fait comparaître le prévenu devant nous pour l'informer de notre décision. Il s'imaginait à tort qu'il s'en tirerait avec un bannissement officiel de la forêt et qu'il lui faudrait juste rendre ses bottes de déracineur. Son attitude m'a montré à quel point notre jugement était indiqué, dans la mesure où il ne manifestait aucun signe de contrition ni de compréhension. Milliard insista donc pour clarifier la relation entre le sectionnement des branches et la mort.

Qu'il me soit permis de vous lire ici le protocole des Procès relatifs aux Délits criminels inhabituels, section 2001 : "Pour ceux qui vivent dans le monde précédent, la mort n'a pas d'autre signification que la négation de leur existence. Nombre d'entre eux sont néanmoins impliqués dans l'élaboration de différentes théories étranges qui sont censées les aider à vaincre leurs appréhensions face à l'inconnu. Tant qu'ils n'ont pas franchi le seuil de l'Autre Monde, leurs angoisses sont prépondérantes. Ils s'accrochent à leur vie de tout leur pouvoir et résistent à leur inévitable fin. Imaginez, 57438291108, que vous cessiez brutalement d'exister un jour. Êtes-vous capable, même, d'envisager une chose aussi terrifiante ? Après tout, même un sept fois trois n'est rien comparé à la manière dont ils imaginent le trou noir qui les attend. Et maintenant que nous avons décrit les appréhensions, voyons quels sont les éléments de danger. Pour un être humain vivant, le danger est partout, tout le temps. En traversant la rue, il peut se retrouver sous les roues d'un camion ; en prenant son pied dans l'eau, il peut être aspiré soudain par un tourbillon ; en grimpant au sommet d'une montagne l'été, il peut glisser et tomber dans l'abîme. Sans compter, naturellement, qu'il peut être trahi à tout moment par son organisme peu fiable. Nous n'avons absolument pas le droit d'intervenir ! Nous sommes seulement responsables de la gestion et du développement des arbres, tâche que nous accomplissons de notre mieux. Ce n'est pas pour rien que nous gardons la forêt des arbres généalogiques avec une vigilance aussi stricte. Comme nos collègues de cet autre monde, nous cherchons à les protéger dans la mesure du possible des nombreux dangers que recèle leur existence ; comme eux, nous courbons la tête, angoissés, lorsque l'humanité fait pleuvoir sur elle-même d'horribles calamités ou quand la nature lui porte un coup inattendu. Les soins attentifs que nous prodiguons aux arbres visent à leur assurer une existence tranquille, exempte de bouleversements, dans l'espoir que, à l'occasion de leur mort, les anciens vivants arriveront ici le cœur aussi léger que possible. Le travail des déracineurs consiste à ramasser les branches tombées à terre et à extraire les troncs nus. Quand un déracineur décide d'intervenir dans l'ordre naturel des choses et d'exciser une branche dans l'intention de nuire, il fait plus que transférer un individu d'un monde à l'autre, il supprime de ses propres mains la capacité des humains à survivre dans un univers rempli de dangers et sème des souffrances indescriptibles au sein de ceux qui restent. Cet individu accélère la fin ! Après avoir longuement et attentivement étudié le dossier de la famille Mendelssohn, je suis obligé de conclure, avec un chagrin effroyable, que chacun des huit membres de cette famille a été victime du genre de circonstances qui ne font que confirmer mes arguments relatifs aux dangers existentiels.

Il y a plusieurs heures de cela, vous avez demandé au directeur des forêts qui était, selon lui, responsable de la mort par balle d'une victime. J'aimerais que vous vous posiez les questions suivantes : Pourquoi, malgré le syndrome de détachement bien connu, avez-vous été obligé d'imprimer plusieurs torsions à la branche avant de la faire céder ? Pourquoi une telle résistance de la part d'une simple branche alors qu'elle n'était plus rattachée au tronc que par quelques brins fibreux à peine visibles ? Et que diable pensez-vous qu'il se passe en bas quand vous vous acharnez ici sur une branche ? Je ne parle pas du moment où elle se détache, mais de celui où vous la tordez dans tous les sens, de celui où l'âme prend conscience du danger qui est devant elle et fait des efforts désespérés pour vaincre son incommensurable détresse alors que, pour son grand malheur, un alias, dans un monde lointain, s'acharne à lui ôter la vie en la privant de ses dernières forces de résistance, de ses dernières réserves, de son instinct de survie au bord de l'épuisement. L'alias lance alors son attaque surprise, et l'âme capitule avec une précipitation diabolique. La personne qui fait face à l'arme du crime succombe, non pas par manque de ressource, mais parce qu'on lui a ôté toute possibilité de se défendre. Dans le premier cas, la victime se débat et peut sortir gagnante, blessée mais en vie ; et dans le deuxième, elle n'a aucune chance. En cet instant tragique, elle perd tout espoir. Rien à voir avec un coup tranchant, un accident subit causant une mort instantanée. Dans le cas qui nous intéresse, la victime doit subir l'humiliation de la soumission, les spasmes désespérés de son âme, l'horrible prise de conscience d'être en train de quitter pour toujours le seul monde qu'elle connaisse ! Je ne sais pas si vous avez assez d'intelligence pour saisir les subtilités de la dislocation d'un rameau et de son impact direct sur la victime, car il me paraît évident que vous n'avez jamais vraiment compris la signification des arbres de vie ; par conséquent..."

Ici, l'alias s'est tourné vers moi en attendant que je prononce sa sentence.

"Par conséquent, nous vous condamnons à vivre !"

Mes chers alias, c'est la première fois dans les annales de l'Autre Monde que nous avons prononcé la peine la plus lourde qui soit. L'alias qui a déraciné la vie va être déraciné de ce monde avec effet immédiat. Pendant que je vous parle, les gardes emmènent le criminel, dont les cris résonnent en ce moment même à vos oreilles. Ce sont les cris d'un être apeuré qui va se retrouver dans moins de quarante-huit heures dans ce qui sera véritablement pour lui un autre monde, sans le moindre souvenir, sans savoir d'où il vient ni où il va. Une pauvre créature à la dérive, dépourvue de racines. Il sera forcé d'affronter cette vie comme s'il y était né.

En ce qui concerne les questions qui, j'en suis sûr, suscitent votre intérêt, cet alias, pour nous tous, a cessé d'en être un dès le moment où il a dénigré l'existence d'autrui. Sa mort lui a été refusée. Croyez-moi, il n'existe pas de châtiment plus sévère. Je vous demande de garder cet épisode en mémoire et de ne jamais oublier sa fin. Cela fera de vous de meilleurs alias.

J'ai un dernier aveu à vous faire avant de mettre un terme à cette réunion. Du fond du cœur, je vous demande pardon d'avoir abusé de votre confiance en autorisant ma compagne humaine à pénétrer dans les secteurs interdits de la forêt. J'ai violé le serment des directeurs des forêts, et je suis indigne de continuer à exercer mes fonctions. Par conséquent, je vous annonce que je démissionne et que je désigne Milliardetquart pour me succéder. J'ai toujours détesté les adieux, aussi ne vous ferai-je pas subir plus longtemps mes paroles. Je vous souhaite à tous une bonne journée et un brillant avenir. Merci beaucoup.

34

LA MORT S'AMUSE

Un épais brouillard persistant obscurcissait la capacité de réflexion de la petite meurtrière, flottant d'un casier à l'autre de son cerveau, refusant de se dissiper même quand elle plissait les yeux en un vain effort de concentration. Aucun rai de lumière ne filtrait à travers le nuage qui la clouait sur place, raidie sur un siège à côté de la table de cuisine. Et quand elle essaya de bouger, de se révolter contre son cruel destin, elle se sentit happée par un tourbillon d'hébétude qui transforma toute la pièce en un pot-pourri multicolore de particules voilées. Elle se cala contre le dossier de la chaise, parcourant du regard la multitude d'obstacles constitués par les objets flous qui peuplaient le salon, en s'attardant finalement sur celui qui était au centre de tout : un corps sans vie étalé par terre. Celui d'une étrangère. Dans la mort, Marianne était devenue deux fois plus étrangère. C'était, du moins, ce que se disait Anne en l'observant à travers le brouillard mystérieux qui intensifiait la peur qu'elle avait de découvrir ce qu'il dissimulait quand il s'éclaircirait. Si toutefois il s'éclaircissait. Et si elle avait vraiment peur. Mais ce n'était pas le cas. Elle avait trouvé l'instinct de survie de l'assassin, le besoin de se détacher de sa victime. Très drôle. *Allons, Anne, allons, se morigénait-elle. C'est l'instinct de survie qui t'a mise dans ces mauvais draps pour commencer.*

Elle acquiesça, sans même bouger la tête. Cela vérifiait une chose qu'elle savait depuis longtemps, que l'homme de ses rêves n'était rien de plus qu'un leurre destiné à la maintenir en vie, quelque chose à quoi elle s'était raccrochée juste avant de se noyer. Elle n'était rien de plus qu'un petit poisson demandant à être mangé, un goujon qui avait oublié que sa minuscule présence n'était pas détectée par les radars des prédateurs qui filaient au-dessus de lui à grands coups de nageoires. C'étaient de faux espoirs qui l'encourageaient à continuer, à se laisser dériver en direction de l'hameçon brillant. Quel manque de lucidité de sa part, quand son imagination limitée avait négligé de prévoir l'issue de l'histoire. Même si cet être inconnu l'avait sortie de l'eau au bout de son fil, s'imaginait-elle vraiment qu'il l'aurait enveloppée dans ses bras musclés pour la conduire en terre promise ? Qu'est-ce qui aurait pu les lier ? Ils étaient séparés par la langueur de plusieurs océans.

Elle blêmit en pensant aux pièges sournois du désir de survivre. La morte qui gisait à côté d'elle ne lui avait été utile en rien. En cessant de vivre, elle l'avait privée de toute possibilité de renouer avec lui. Par sa mort, elle avait mis fin à tous les subterfuges. Cette étourdissante contradiction amena l'esquisse d'un sourire sur ses lèvres entrouvertes. Dans son désir de survivre, elle avait tué la femme dont sa survie dépendait, pour découvrir finalement que la survie elle-même n'était qu'un prétexte peu convaincant. Quelle tortueuse ironie, se disait-elle en admirant sa propre compréhension de la situation, hypnotisée qu'elle était par les grinçantes découvertes qui se révélaient peu à peu à travers la brume épaisse : d'un côté, elle avait sauvé la vie de cette femme, et de l'autre elle la lui avait ôtée. Son regard survola la brume environnante pour s'attarder sur le corps inanimé et en détailler avec passion les contradictions soudain révélées sous la forme de débris de poterie jonchant le sol. Elle lui avait sauvé la vie avec un vase, et avec un autre elle avait… Était-ce le destin qui avait structuré cela, ou le simple hasard ?

Un bruit sourd, au fond de la maison, parvint à ses oreilles. Elle ne se donna pas la peine d'aller voir. Peut-être les petits-enfants de la voisine indiscrète qui venaient encore chercher leur ballon. Le picotement dans ses yeux accentuait sa lassitude. Elle bâilla spectaculairement dans l'espace réduit du salon, se pencha en avant, posa la tête sur la table et ferma les yeux, en espérant ne jamais se réveiller. Dans son rêve, elle vit deux espadons animés se battre en duel au fond d'un aquarium infesté de vers. Ils se déchiraient en silence, leurs viscères minuscules s'échappant de leur corps pour flotter autour d'eux mêlés aux larves qui tapissaient la paroi transparente, jusqu'à ce que deux mains féminines aux ongles soignés saisissent l'aquarium pour le soulever et le fracasser par terre. La forêt tout autour. Des hélicoptères tournent dans le ciel, envoyant des rayons de lumière pourpre issus de trois directions différentes, toutes centrées sur une petite silhouette masculine en train de soulever des haltères. Une plage déserte. Une main féminine aux ongles soignés creuse un trou dans le sable. Un rire résonne en arrière-plan. Un rire sans joie. La main retire du trou profond une anguille morte. Puis elle sort un hippocampe mort. Un bébé crocodile mort. Un bébé requin mort. Un poulpe. Mort également. Le rire s'éteint. Une ampoule bon marché est suspendue à un fil au-dessus de la mer. Une main gantée de latex se tend vers elle, révélant au fur et à mesure qu'elle avance un avant-bras entouré d'une blouse blanche de docteur. Les doigts se referment sur l'ampoule brûlante et la tournent lentement. C'est l'obscurité totale.

Anne réussit difficilement à ouvrir les yeux. Elle aspirait à dormir encore un peu plus. Son épuisement lui accorda dix minutes supplémentaires. Elle se leva de sa chaise sans se sentir étourdie. La brume s'était dissipée. Elle baissa les yeux vers le cadavre en murmurant d'une voix léthargique : "Tu es encore là, toi ?" Traînant les pieds, elle s'en rapprocha pour l'examiner d'un regard apathique, un sourire grave aux lèvres. "Maintenant, toi et moi, nous sommes à égalité." D'une main sûre, elle extirpa un tesson de couleur bordeaux fiché dans la chevelure auburn de la morte. À ce moment précis, la sonnette de la porte se fit entendre avec une urgence impérieuse. Le tesson lui tomba des mains et ricocha jusqu'à la porte. Elle rampa jusqu'au panneau de bois qui la séparait du monde extérieur. La sonnerie retentit plusieurs fois, sur un rythme de plus en plus rapide, jusqu'à ce que le visiteur décide de la rendre folle en appuyant en continu sur le bouton, emplissant la maison d'un *dring dring* frénétique qui la força, assourdie, à tourner la clé dans la serrure pour lui ouvrir la porte.

Il se dissimulait derrière un énorme bouquet prétentieux d'œillets de poète, tel un personnage de Magritte en complet élégant, trois quarts humain et un quart composition florale, en attendant la réponse de la femme en piteux état, qui n'exposait qu'une partie de sa tête. Elle accepta le bouquet et murmura au milieu des fleurs :

— Encore un petit poisson…

— Je vous demande pardon ? fit Adam avec un sourire hésitant.

— Merci pour les roses, murmura-t-elle en enfouissant sa tête dans le bouquet.

— Ce ne sont pas des roses, Anne, mais des œillets…

— C'est important ?

— Si j'avais voulu vous offrir des roses…

— Vous auriez acheté des roses.

— Désolé d'arriver sans prévenir.

— Vous avez sonné comme un fou.

— Je veux dire de ne pas vous avoir téléphoné avant. Mais je voulais vous faire la surprise.

— C'est réussi.

— Vous êtes contrariée que je n'aie pas appelé ?

— Non.

— Je voulais venir plus tôt, mais j'étais en voyage d'affaires. Je suis rentré ce matin. Il fallait absolument que je vous voie. Après avoir salué mon frère, je suis allé acheter ce bouquet, et me voilà.

— Votre frère ?

— Shahar. Il a fait une dépression. Il est dans une institution.

— Je croyais qu'on l'avait arrêté.

— Il a eu une crise au commissariat. Nous espérons qu'on va le laisser sortir bientôt.

— Hum…

— Anne, pourquoi vous cachez-vous derrière ce…

— Désolée, Adam, mais nous ne pouvons plus nous voir.

L'homme au parfum généreux ôta ses lunettes et la considéra avec mélancolie.

— Vous ne m'avez pas laissé vous expliquer ce qui s'est passé ce soir-là.

— Ça n'a rien à voir avec vous, expliqua-t-elle d'une voix défaillante. Je dois vous demander de partir.

— Si vous vouliez me laisser entrer un instant…

— Ce ne serait pas une bonne idée, fit-elle en lui rendant le bouquet, dévoilant son visage tuméfié.

— Oh, mon Dieu ! Que vous est-il donc arrivé ? demanda-t-il en posant le bouquet pour caresser d'une main les profondes griffures qui sillonnaient sa joue violacée. Qui vous a fait ça ? glapit-il en poussant doucement la porte encore entrebâillée.

La sonnerie du téléphone lui fit redresser ses épaules tendues, et elle se retourna pour avancer comme un spectre vers le combiné avant de répondre d'une voix étouffée :

— Oui ?

Le directeur de la clinique se lança dans un flot de paroles frénétiques :

— Anne, pourquoi n'avez-vous pas répondu à mes appels ? Vous n'avez pas eu mon message ? Je vous demandais de passer d'urgence à la…

Elle raccrocha et arracha le cordon d'un coup sec et indifférent. En entendant la porte claquer bruyamment derrière elle, elle se retourna, contrariée :

— On ne vous a pas appris à refermer une porte de manière civilisée ?

Adam émit un cri étouffé en voyant le cadavre. Il fit un pas en arrière, s'avança craintivement et recula une nouvelle fois en faisant passer le poids de son corps d'un pied sur l'autre en une danse d'épouvante comique, jusqu'à ce que ses jambes acceptent de le faire avancer encore, le cou tendu en avant, le corps réticent en arrière.

— Dieu du ciel ! s'exclama-t-il doucement. Mais c'est…

Anne se laissa tomber sur la chaise qu'elle occupait précédemment en murmurant avec un sourire suave :

— Je vous avais dit de ne pas entrer.

— Que s'est-il passé ici ?

— Je vous sers du thé ? demanda-t-elle en se levant pour se diriger d'une démarche flottante vers la bouilloire.

— Je vous ai posé une question !

— Nous nous sommes disputées, répliqua sèchement Anne.

— Disputées ? fit-il en saisissant ses frêles épaules entre ses larges mains. Vous avez une morte dans votre salon !

— Parlez plus fort, les voisins ne vous ont pas entendu ! dit-elle en le repoussant pour regarder du côté de la bouilloire. Combien de sucres ?

— Comment pouvez-vous me parler de thé en un moment pareil ?

— Vous croyez que si nous nous abstenons de boire du thé, cela la ramènera à la vie ?

Elle prit deux tasses dans l'évier, les lava, tira vers elle la boîte à thé en argent, en sortit deux sachets, les déposa au fond des tasses et jeta à la bouilloire un regard impatient.

— Vous ne m'avez toujours pas dit combien de sucres.

Adam l'ignora, saisit la poubelle qui se trouvait dans un coin de la cuisine et retourna avec dans le salon.

— Que faites-vous ? demanda-t-elle, surprise.

— À votre avis ?

Il se mit à genoux devant Marianne, en prenant garde de ne pas empiéter sur la mare de sang qui l'entourait. Puis il se mit en devoir de ramasser les éclats de poterie autour d'elle et dans ses cheveux. Quand il se releva, il pressa les deux mains contre ses tempes pour se concentrer.

— Cessez de vous tourmenter pour elle ! lui dit la voix désincarnée dans la cuisine. Elle est morte, vous ne pouvez plus l'aider !

— J'aimerais que vous compreniez une chose, Anne. Qu'auriez-vous fait si je n'étais pas arrivé ?

— J'aurais pris une bonne douche. Après quoi je suppose que je serais allée me coucher. Vous n'imaginez pas à quel point je suis fatiguée.

— Tôt ou tard, il aurait fallu que vous fassiez quelque chose à propos du cadavre qui est au milieu de votre salon.

— Tôt ou tard, oui, je suppose.

— Et qu'auriez-vous fait au juste ?

— Je pense que j'aurais cherché à m'en débarrasser.

— C'est évident. Mais comment ?

— Faites-moi plaisir, Adam, n'entrons pas trop dans les détails.

— Mais, Anne, c'est ce genre de détail qui compte. La moindre petite erreur pourrait vous envoyer à vie derrière les barreaux. Pardonnez-moi si j'ignore ce qui s'est vraiment passé ici, mais…

— Il n'y a pas grand-chose à savoir. Elle était mariée au mec de la salle de sport.

— Hein ?

— Vous m'avez entendue. Ils étaient divorcés, et elle a refusé de me donner les renseignements que je voulais. Comprenez bien. Pour le cas où j'aurais voulu le revoir.

— Et c'est ce que vous vouliez ?

— Je vous l'ai dit. Je ne veux plus rien du tout. Jacques ne ferait même pas attention à moi, de toute manière.

— Jacques ?

— Le mec de la salle de sport.

— Mais vous n'avez tout de même pas envie de finir derrière les barreaux ?

— On rencontre un homme à deux reprises, et déjà il sait tout sur vos envies secrètes.

— Anne, vous devriez peut-être aller prendre cette douche. Je crois que vous avez besoin de vous ressourcer.

Assis en face d'elle, tenant sa tasse de thé tiède d'une main remarquablement ferme, il prit une longue et lente gorgée.

— Pardon ? fit Anne en changeant inconfortablement de position sur son siège.

— Voulez-vous venir avec moi aux Caraïbes ? répéta Adam en posant sa tasse pour lui prendre la main.

— Pardon ? répéta Anne en regardant du coin de son petit œil sa main captive dans la grosse paluche moite de l'homme.

— Je pense que nous avons tous les deux besoin de changer d'air. Qu'en dites-vous ?

La prise de ses cinq doigts pressants se raffermit sur la petite main.

— Si je dis non, vous allez me broyer les doigts ?

Il relâcha son étau et lui sourit pour s'excuser.

— Je me disais seulement que nous aurions tous les deux intérêt à garder profil bas, au moins jusqu'à ce que nous soyons sûrs qu'il n'y a pas de danger à revenir ici.

Le rire d'Anne ne dissimula pas tout à fait son étonnement.

— À vous entendre, on croirait que vous aviez tout prévu depuis le début et que la seule chose à faire, à présent, est de suivre votre plan parfait.

— Je n'avais rien prévu du tout, mais je trouve que notre meilleure chance serait de la faire disparaître avant de disparaître à notre tour. Imaginez que demain nous soyons tous les deux loin d'ici, en train de prendre le soleil sur une plage paradisiaque et de remplir nos poumons d'air tropical.

— Je n'ai jamais rien fait de semblable.

— Vous n'avez rien fait de ce genre non plus, rétorqua-t-il en désignant le cadavre avec un sourire paisible. J'espère que votre passeport est valide.

— Oui, dit-elle en frottant son mollet contre le pied de la table, heureuse de sentir le contact de quelque chose de froid et de métallique.

— C'est parfait. Il ne nous reste plus qu'à régler les détails, et je pense que si nous agissons méthodiquement, en gardant la tête froide, il n'y a pas de raison pour que nous échouions. J'espère que vous n'attendiez pas de visite aujourd'hui.

— Non, dit-elle en s'efforçant de ne pas rire en pensant au résultat de sa seule et unique tentative d'offrir l'hospitalité à quelqu'un.

— Excellent. Je vois que vos fenêtres sont fermées et vos rideaux tirés. Laissez-les comme ça. N'ouvrez la porte à personne et ne répondez pas au téléphone.

— Pas de problème, fit Anne en se demandant si son mode de vie jusqu'à présent n'avait pas constitué une méticuleuse préparation au crime parfait.

Adam hocha la tête avec enthousiasme.

— Magnifique ! Je m'occupe d'acheter les billets, si possible sur le premier vol de demain. Ensuite, je rentre à la maison, je fais mes valises et j'attends patiemment qu'il fasse nuit avant de revenir ici avec l'étui à contrebasse de Shahar.

— Son étui à contrebasse ?

— Il y a quelques années de cela, Shahar a pris des leçons de contrebasse pour un de ses rôles. C'est une longue histoire, mais la seule chose qui compte c'est que l'étui est long et large, et que cette femme est petite et mince. Cela nous permettra de la sortir d'ici sans éveiller les soupçons. En attendant, nettoyez bien le sol. Il ne doit plus rester une seule goutte de sang. Remettez tout en place, et faites vos bagages. N'oubliez pas de prendre un maillot. Et surtout, ne la touchez pas.

— Si ce sont les empreintes qui vous préoccupent, elle doit en avoir partout…

— D'accord, d'accord. Réfléchissons un instant.

— J'ai une idée, Adam. Mais ça me paraît un peu cruel.

— Cruel envers qui ?

Elle plissa les lèvres avant de chuchoter :

— De l'acide.

— Inutile de parler à voix basse. L'acide, ce n'est pas une mauvaise idée. Cela répond à tous nos besoins. Cela détruit le corps, les indices, et indique un mobile de la part de l'assassin. Un cadavre rongé à l'acide avec un crâne fracassé, c'est le genre de combinaison qui déroute les flics, particulièrement si nous en rajoutons.

— Que voulez-vous dire ?

— Nous embellissons le crime. Ils font ça tout le temps dans les films. On lui coupe un doigt, ou peut-être deux. Et aussi un orteil.

— Mais que ferons-nous après avoir…

— Nous l'enterrerons.

— Où ?

— Il nous reste quelques heures pour y réfléchir, ma chère. Je suis sûr que d'ici à la tombée de la nuit nous aurons trouvé l'endroit idéal.

Adam se pencha vers elle pour coller deux lèvres charnues sur son front et chuchota à son oreille :

— Tu verras comme je saurai te rendre heureuse.

Anne huma son parfum d'homme, en se disant que s'il ne s'éloignait pas rapidement elle risquait de ne plus se contrôler. Son exaltation joyeuse demeura quand il se dirigea vers la porte, se retourna avec sourire d'excuse, entra dans la cuisine, prit la poubelle dans ses bras musclés et sortit en lui faisant signe de refermer la porte derrière lui. Elle poussa le verrou avec un gloussement. *Le petit poisson a connu le goût du sang et s'est transformé en requin*, se dit-elle, sachant que tout cela n'était qu'un rêve dans le cadre fragile duquel elle allait chercher la serpillière mouillée pour se mettre à genoux et éponger avec application la flaque répugnante, en étudiant les taches de sang qui disparaissaient peu à peu à travers le voile délicat de la brume. Quand elle sourit, le tableau disparut, elle se pencha sur le corps placide, se coucha tout contre et écarta quelques mèches collées pour murmurer calmement à son oreille : "Alors, Marianne, tu ne m'as pas oubliée ? Que trouves-tu à dire pour ta défense, maintenant ? Tous les Jacques et tous les Rushdie du monde ne t'ont pas tellement aidée, hein ? Tout de même, je sens que je te dois des excuses. Après tout, nous savons toutes les deux que je ne suis pas une femme violente, et encore moins une meurtrière. C'est pourquoi je regrette beaucoup que tu te sois comportée comme une salope égoïste, en me forçant à réagir comme une bête féroce. Mais tu as bien vu ce qui s'est passé ici il y a quelques minutes à peine ! As-tu jamais eu un homme qui était prêt à risquer sa peau pour toi de cette manière ? As-tu jamais connu un tel amour ? Même si c'était un rêve, même s'il ne revient jamais, au moins j'ai une vie qui me permet de rêver, de me reprendre et de rêver encore comme une idiote. Mais toi ? Tu ne connaîtras plus rien d'autre que le sommeil éternel. C'est une grande différence, n'est-ce pas ? Tu as entendu ? On frappe à la porte. Il est revenu. Adam va m'emmener aux Caraïbes. Est-il possible que je me sois trompée et que tout cela soit réel ? Mais il a dit qu'il ne reviendrait qu'en fin de soirée. Je vais aller ouvrir. Écoute comme il cogne. Il est pressé, comme s'il ne m'avait pas quittée il y a moins d'une heure. J'espère que tu es morte de jalousie, Marianne."

Deux secondes avant de poser la main sur la poignée, elle entendit une voix féminine pressante qui criait de l'autre côté de la porte : "Ouvrez-moi, je sais que vous êtes là !"

Elle recula d'un pas. Un instant, elle crut que cette femme allait enfoncer la porte avec ses coups répétés et la faire tomber victorieusement sur elle. "Anne, c'est Bessie. Bessie Kolanski, la femme de Rafaël. J'ai une chose à vous demander." La voix se radoucit pour ajouter : "Je ne sais pas si vous êtes au courant, mais mon pauvre Rafaël est décédé. C'est arrivé ce matin de bonne heure." Elle semblait accablée de chagrin, mais Anne ne fut pas dupe. "Écoutez, reprit la voix. Je ne peux pas me permettre de perdre davantage de temps. Les funérailles ont lieu demain, et je suis sûre que vous savez pourquoi je suis ici malgré tous mes soucis. Alors, ouvrez-moi, s'il vous plaît."

Anne jeta un regard glacé à la cuisine, scrutant les placards, l'évier, la table et les chaises avec hébétude avant de reporter son attention sur la tasse orpheline posée au centre de la table. Avant qu'elle ait eu une chance de se rappeler où était passée la seconde tasse, la vieille dame en colère tambourina encore plus fort contre la porte en hurlant d'une voix chevrotante : "Écoutez-moi bien, pauvre idiote, je n'ai pas la patience de jouer à vos jeux débiles. Je vous entends respirer derrière cette porte. Je ne suis pas ici pour me disputer avec vous. Croyez-moi, c'est le jour le plus sombre de ma vie, et je préfère consacrer mes pensées à mon pauvre mari disparu plutôt qu'à une insignifiante infirmière toquée terrée dans son antre."

En traînant un pied devant l'autre comme une aveugle, Anne tâtonna pour aller vers la cuisine et s'arrêta à l'entrée, d'où elle apercevait la poubelle hérissée d'éclats ensanglantés. Au loin, la vieille dame continuait de vociférer en expliquant que son mari appréciait la plaisanterie douteuse qu'une infirmière débile lui avait fait subir en écrivant sur sa paume avec une encre qu'il refusait de nettoyer, en évitant de se savonner à cet endroit. Mais la veuve avait été atterrée quand l'employé des pompes funèbres l'avait informée qu'il n'arrivait pas à faire disparaître la marque malgré de multiples essais avec les plus puissants détergents.

"Je refuse d'enterrer Rafaël avec cette inscription infâme que vous avez laissée sur sa main !" fulmina la vieille dame en donnant un coup de pied rageur à la porte tandis que l'infirmière, retranchée dans la cuisine à côté de la poubelle, pestait contre cette présence compromettante.

"Je vous en conjure, Anne, si vous avez tant soit peu de respect pour les morts, dites-moi quelle encre vous avez utilisée, pour que nous puissions l'effacer. Je ne vous demande rien d'autre. C'est trop étrange. Une encre indélébile, ça n'existe pas."

Aux mains d'une meurtrière, un innocent éclat de poterie peut devenir une arme de destruction. Adossée au mur de la cuisine, absorbée par la tâche laborieuse consistant à graver huit mots d'espoir dans la paume de sa main, elle vit le sang ruisseler de sa ligne de vie à son poignet indifférent, s'attarder le long d'une veine assoupie et goutter sur le carrelage. Une minute plus tard, elle examina d'un œil critique les quatre premiers mots qu'elle avait réussi à caser entre la ligne de tête et la ligne de vie, ennuyée de voir que sa petite main n'offrait pas assez de place pour tout écrire et furieuse d'avoir cédé inutilement à l'impulsion qui lui avait fait prendre cette position enfantine, les jambes écartées, perdant son sang, hagarde et déboussolée, égarée dans ses rêves fracassés. Un instant avant de s'endormir pour la énième fois, elle tira la poubelle à elle avec sa main valide, en sortit quelques éclats de vase et visa le cadavre qu'elle rata à plusieurs reprises, en s'y reprenant chaque fois et en criant, chaque fois qu'elle réussissait à en planter un dans sa cible : "Bravo ! Bravo !" jusqu'à épuisement. Pour finir, elle sombra dans un sommeil sans rêve, coupée de tout, à l'intérieur comme à l'extérieur.

Inconscient, son corps gisait tel un meuble au rancart, tassé dans un coin dans une torpeur vide de tout souvenir indésirable. Et quand ses paupières entrouvertes la conjurèrent de réintégrer le cercle de vie, elle eut la certitude d'être tombée sur une scène où elle n'avait aucun rôle à jouer, ignorant ce que la police faisait chez elle, comment tous ces gens étaient entrés, et qui est donc cette personne couchée à côté de Marianne, oh, mon Dieu ! Encore un cadavre, cette fois-ci un homme ! Et qui est cette vieille dame toute vêtue de noir en train de discuter calmement avec une femme en uniforme de la police, on ne pourrait pas arrêter ces sirènes s'il vous plaît et pourquoi personne ne fait attention à moi, ils sont combien là-dedans, au moins dix, et ils sont tous autour de Marianne, comme une troupe de courtisans aveugles, ils la prennent en photo, ils cherchent des indices, ils notent des tas de trucs, ils tournent autour d'elle comme si elle pouvait leur donner des réponses, et c'est la même chose pour le mort inconnu dont la présence est complètement inexplicable, tout comme l'attention qu'on lui porte, elle ne peut pas l'identifier, elle n'a pas la moindre idée de la manière dont cet homme nu a pu s'introduire chez elle ni des circonstances de sa mort. Soudain, la jeune femme en uniforme se tourne vers elle pour la dévisager et crie à l'un de ses collègues de la police : "Yaron, elle est blessée. Il faut la panser avant de l'emmener."

Elle a un mouvement de recul, elle tremble comme une feuille tandis que le policier se penche sur elle pour entourer d'un pansement sa main inerte. Il ne fait pas attention à elle, il accomplit simplement son travail.

C'est alors que la veuve en noir s'approcha lentement avant de se pencher sur elle, ses yeux lançant des éclairs, ses lèvres distendues, pour dire d'une voix rauque issue des cavernes profondes de sa gorge : "Vous auriez dû m'ouvrir la porte."

Anne se recroquevilla de plus belle en chuchotant :

— Je partage votre douleur.

— J'aimerais pouvoir en dire autant, murmura Bessie en échangeant un regard entendu avec la femme en uniforme. J'ai vu depuis le début qu'il y avait quelque chose qui ne tournait pas rond chez vous. Cette soif de donner la mort. Cette lueur dans vos yeux quand vous m'avez persuadée de signer les papiers concernant Rafaël. Mais j'étais loin d'imaginer que vous emportiez du travail à la maison. N'allez pas croire que je ne reconnais pas la pauvre femme qui gît sans vie devant nous. Elle est venue plusieurs fois à la clinique pendant que j'y étais. Mais l'homme, non. Peu importe, d'ailleurs. Il doit faire partie d'une longue liste de victimes de l'infirmière miséricordieuse, n'est-ce pas ?

Anne tendit le cou, intriguée.

— Cet homme, je ne l'ai jamais vu de ma vie. Je ne sais pas qui c'est.

— Ce n'est pas beau de mentir comme ça. Quoique, dans le cas présent, vous n'ayez pas mis beaucoup de chances de votre côté.

— Que voulez-vous dire ?

Bessie haussa les épaules.

— Qui a jamais entendu parler d'un assassin qui balance sa victime dans son arrière-cour ? Qu'est-ce que vous aviez dans la tête ? Vous avez cru que personne ne le remarquerait simplement parce qu'il y a une haie qui vous sépare de la propriété voisine ? Si vous aviez deux sous d'intelligence, vous l'auriez traîné dans la remise là-bas au lieu de le laisser à la vue de tout le...

— Je n'ai pas la moindre idée de ce dont vous parlez.

— D'accord, je vois. Moi non plus je n'avais pas la moindre idée de ce qui se passait quand vous avez refusé de m'ouvrir. J'ai fait le tour de la maison pour essayer d'entrer par-derrière, et au lieu de trouver la porte j'ai découvert un mort nu dans l'herbe.

Bessie eut un rictus de mépris.

— C'est à cause de lui que vous avez appelé la police ? demanda Anne, horrifiée.

— Naturellement. J'ignorais que vous aviez une petite morgue privée chez vous, avec des cadavres dans tous les coins. (Elle se pencha sur Anne en murmurant, un ton plus bas :) Écoutez, je me fiche pas mal de vos activités privées. La seule chose que je veux savoir, c'est quelle encre vous avez utilisée.

— Je n'en ai utilisé aucune ! s'écria l'infirmière. Je vous l'ai déjà dit à la clinique ! Je n'ai rien à voir avec les mots mystérieux gravés dans la main de votre mari !

Bessie crispa les paupières en essayant de se maîtriser, mais un cri issu du centre du salon lui fit faire volte-face.

— Seigneur ! Il est vivant ! Il a ouvert les yeux !

Tous les regards s'étaient immédiatement portés sur le jeune homme apeuré, qui rejeta la couverture dans laquelle il était enveloppé et se frotta les yeux de consternation à la vue des uniformes bleus qui l'entouraient. Il remua les lèvres pour laisser entendre trois syllabes incompréhensibles et, quand le médecin lui posa la main sur le cœur, éclata en sanglots silencieux qui ne durèrent pas plus d'une minute. La femme en uniforme qui avait interrogé l'épouse du peintre suggéra que tout le monde attende qu'il se calme un peu avant de la laisser lui parler face à face quand ils seraient de retour au poste de police.

— En attendant, il faut lui trouver des vêtements, dit-elle en s'adressant à un collègue plus jeune. Vous habitez dans le quartier, je crois, Dov. Allez lui chercher quelque chose à se mettre.

— Tout ça n'est pas normal, fit d'une voix hystérique le policier épouvanté qui l'avait vu ouvrir les yeux et refusait de se calmer. J'ai dix ans de carrière, et je n'ai jamais vu quelqu'un qui n'avait plus de pouls revenir à la vie après avoir été officiellement déclaré mort.

Du recoin où elle se trouvait, Anne vit l'inconnu se lever lentement, tituber jusqu'à la fenêtre, tirer le rideau et regarder dehors.

— Vous cherchez quelque chose ? lui demanda la femme en uniforme.

Il se tourna vers elle pour murmurer doucement :

— Vous parlez… hébreu ?

— Bien sûr, dit-elle en souriant et en faisant un geste large pour désigner ses collègues. Tout le monde parle hébreu ici.

— Pourquoi ?

— Quelle autre langue voudriez-vous parler en Israël ?

Il plissa le front de confusion.

— Israël ?

— Où pensiez-vous vous trouver ?

Il leva les yeux au ciel sans répondre.

Dov ne mit pas longtemps à choisir des vêtements aptes à cacher la nudité de l'inconnu et retourna chez Anne en courant avec un pantalon marron en velours côtelé et un tee-shirt vert qui avaient connu des jours meilleurs et étaient pendus à des cintres en fil de fer déformé. Il compléta cette garde-robe avec un caleçon légèrement troué, des chaussettes grises en laine et des baskets en mauvais état. L'homme nu lui lança un regard d'incompréhension quand il lui demanda de s'habiller. Et quand il lui tendit le caleçon, l'autre le prit sans hésiter pour le mettre sur sa tête.

— Merde ! murmura Dov derrière sa moustache.

Il demanda à l'homme de l'accompagner dans la chambre, en faisant signe à deux collègues de les suivre. Ils cessèrent de rigoler quand ils virent qu'ils faisaient partie de l'équipe d'habillement. Pendant de longues minutes, les trois représentants de l'ordre essoufflés bataillèrent pour enfiler bras et jambes récalcitrants dans les orifices appropriés. Quand ils quittèrent la maison, les autres policiers présents s'abstinrent de rire en voyant de quoi il avait l'air et échangèrent des regards médusés quand il sourit à la vue de la haie du jardin et se pencha pour arracher quelques feuilles jaunies.

La seule personne qui laissa entendre un gloussement enfantin dans la cuisine fut la petite femme soupçonnée de meurtre, qui ne tendit l'oreille qu'à moitié quand on lui lut ses droits, en se disant qu'elle avait fait peu de cas de ceux de la femme que l'on était en train d'emporter sur une civière, par exemple le droit de voir Yonatan une dernière fois ou celui de lire le dernier livre de Rushdie. Elle ne cessa même pas de glousser lorsque la porte se referma derrière elle et qu'on la guida avec d'infinies précautions jusqu'à la voiture de police, tandis qu'elle gardait la tête haute face à la douzaine de voisins qui s'étaient rassemblés devant sa maison. Des gens qui la croisaient quotidiennement et ne s'étaient jamais donné la peine de savoir qui elle était. Elle quittait ce quartier qu'elle détestait le cœur léger, en disant définitivement adieu à la rue bordée de sycomores et de petites maisons identiques et possédant un paisible magasin de proximité.

En regardant par la vitre de la voiture, elle vit la petite femme en noir qui trépignait de frustration et continua de sourire, la brume s'étant dissipée et ses pensées étant rentrées dans l'ordre. Cela faisait longtemps qu'elle n'avait pas été d'aussi bonne disposition. Dans moins d'une minute, la voiture allait prendre le fameux virage, et elle plissa les yeux en direction du club de remise en forme, à l'intérieur duquel elle aperçut un aveugle qui s'exerçait avec une concentration opiniâtre sur l'un des appareils, sans se rendre compte de la cocasserie de ses mouvements tandis qu'il se retournait à plat ventre pour soulever des poids au niveau de ses chevilles. Et quand il releva la tête en un effort extrême, chaque muscle de son visage se convulsa de stupeur, et elle comprit qu'il la voyait, ce qui déclencha chez elle un éclat de rire sonore.

— Qu'est-ce qui vous fait rire comme ça ? demanda Dov, qui avait en horreur le gargouillement discordant issu du fond de sa gorge.

— Rien, je pensais seulement à quelqu'un, dit-elle en feignant la nonchalance avant de se détourner de la vitre.

35

LA CENTIÈME MORTE
ET L'HOMME FLUCTUANT

Marianne était sûre d'être une Charlatane. Même si elle ignorait la signification exacte du terme dans ce contexte. Il ne faisait pour elle aucun doute que la bataille qu'elle avait livrée contre l'infirmière assassine s'était terminée sur un lit d'hôpital où elle était reliée à des machines exactement comme celui qu'elle aimait. Confusément, elle fondait son jugement sur les récits désormais familiers de très nombreuses personnes qui, en des termes aussi sereins que constants, décrivaient un grand couloir blanc au bout duquel brillait une lumière. Malgré le peu de considération qu'elle avait pour ce genre de clichés, elle devait reconnaître qu'il y avait du vrai dans ces témoignages, bien que, contrairement aux descriptions habituelles, la salle, qui n'avait rien d'un couloir, fût à la fois très vaste et étonnamment pleine de monde.

Apparemment, il y a pas mal de gens qui ont eu le crâne fendu par une poterie, se disait-elle en souriant timidement et en portant la main à son crâne pour y chercher les vestiges de la bataille, expliquant l'absence de sang sur sa main par l'authenticité douteuse de l'expérience, car en vérité, elle ne croyait pas trop se trouver réellement dans une salle énorme, entourée de dizaines de milliers de nudistes bizarres apparemment aussi désemparés qu'elle-même. Il n'y avait donc pas lieu d'insister sur des détails terre à terre comme l'absence de plaie béante qu'elle aurait dû avoir au sommet du crâne. Elle ne prêta aucune attention à l'écran ni au discours de bienvenue qu'une hôtesse avenante était en train d'y prononcer. Elle préféra passer le peu de temps qu'elle pensait avoir à sa disposition à se pencher sur son sort funeste. Depuis son arrivée en Israël, elle avait été brutalement agressée à deux reprises. Et, comme si ces actes de violence ne suffisaient pas, son nouvel amour avait été terrassé par une crise cardiaque avant même de se présenter devant elle pour la première fois. Elle débordait cependant d'excitation à la pensée qu'il se trouvait peut-être lui aussi quelque part dans cette étrange salle.

Plissant les yeux à la lueur de l'écran géant, elle essaya de le localiser au milieu d'un véritable océan de têtes. Quand les lumières se rallumèrent et que la salle immense fut inondée d'une clarté fluorescente, elle se frotta longuement les yeux et se hissa sur la pointe des pieds pour le chercher, en retournant distraitement entre ses doigts l'étrange objet suspendu à son cou sans cesser de détailler méthodiquement les visages autour d'elle, même les plus balourds et les plus surréalistes. À sa grande surprise, elle reconnut Kolanski, le célèbre peintre israélien, au fond de la salle, en train de sauter sur place à pieds joints comme un enfant, ignorant les gens qui faisaient cercle autour de lui en le traitant en chœur de fou furieux, et se fraya un chemin jusqu'à lui, mais le vieil homme au visage austère qui continuait de faire des bonds en s'écriant : "Ce n'est pas possible ! Ce n'est pas possible !" ne lui accorda pas le moindre battement de paupières jusqu'à ce qu'elle lui tape sur l'épaule.

— Qu'est-ce que vous me voulez ? demanda-t-il en faisant volte-face avec la rudesse dont il était coutumier.

— Je sais que vous ne me connaissez pas, mais je tenais à vous complimenter pour ce miracle médical.

Rafaël voulut lui sourire, mais lui adressa à la place un hochement de tête limité en montrant ses pieds qui continuaient de danser la gigue :

— Vous avez vu ça ? Vous savez depuis combien d'années ils ne m'ont pas porté ?

— Je sais, répondit-elle aimablement avant de répéter après un bref moment de silence : Vous ne me connaissez pas, mais...

— Bien sûr que je vous connais ! Les copains ridicules de votre mari m'ont demandé de faire votre portrait, ce que j'ai évidemment refusé. Kolanski ne fait pas de portraits !

— Les copains ridicules de mon mari ? demanda-t-elle avec un sourire innocent. Vous devez faire erreur, monsieur Kolanski. Vous ne me connaissez pas. Moi, je vous connais parce que je vous ai vu dans le coma à la clinique. Mais vous m'avez peut-être aperçue le jour où ils vous ont laissé rentrer chez vous.

— Assez radoté. Je sais exactement qui vous êtes. Même si ça me paraît quelque peu bizarre de vous trouver ici après tout ce temps. Je croyais que nous étions tous des nouveau-morts, et voilà que je suis en train de bavarder avec une personne décédée il y a plus d'un an.

— Non, non et non, Rafaël, vous vous trompez sur toute la ligne. Je suis exactement comme vous, dans un coma profond. Vous avez eu une autre attaque. Les journaux en ont parlé.

— Vous n'avez donc pas lu que je n'avais pas survécu à cette nouvelle attaque ?

— Pas du tout ! Vous êtes toujours à la clinique, et votre douce Bessie est à votre chevet, attendant votre réveil.

— Bessie est probablement en train de m'enterrer au moment où je vous parle, ma chère petite idiote. Pauvre Bessie, elle ne sait pas ce qui l'attend. Mais ce n'est rien comparé à ce que l'avenir me réserve, le jour où elle mettra les pieds ici. L'optimisme insondable de la fleur est plus fort que la pointe superficielle de l'épine. Contrairement à moi, elle a toujours pensé que la mort n'était rien d'autre qu'un mot.

Marianne avait presque envie de se joindre au chœur des curieux qui entouraient Kolanski, mais elle changea d'avis en voyant la grande double porte qui commençait à s'ouvrir. Certaine d'avoir raison, elle ne suivit pas le mouvement de la foule curieuse qui se précipitait pour sortir, attendant patiemment qu'il ne reste plus personne à l'intérieur. Rafaël s'était laissé emporter malgré lui vers la sortie. En dépit de ses glapissements indignés, la horde des morts ne le laissa pas s'échapper, l'obligeant à partager un enthousiasme que cinquante ans d'invalidité lui avaient fait largement oublier. Marianne, plaquée au mur, étouffa un petit rire en évitant le flot de gens qui couraient et tendit le cou pour apercevoir, du recoin où elle se faisait toute petite, le vieil homme excité qui gambadait parmi la foule en mouvement avec un plaisir suprême.

Elle se délecta de ces instants de répit et fut la dernière à sortir, en faisant des vœux enfantins pour ne pas être rejetée trop vite dans le monde de violence d'où elle venait. Un sursis d'une semaine ou deux, c'était tout ce qu'elle demandait. Elle tourna lentement la tête en direction de la double porte déjà en train de se refermer et aperçut les véhicules monstrueux stationnés à l'autre extrémité de la vaste pelouse. Ils ressemblaient à de gigantesques trams qui absorbaient tour à tour des milliers de personnes avant de s'éloigner à toute vitesse pour n'être plus que des points noirs qui se fondaient dans la ligne d'horizon.

Elle essaya de se rappeler si, dans les récits de ceux qui étaient revenus d'entre les morts, il y avait quelque chose qui évoquait ces véhicules ou le ridicule joujou électronique suspendu à son cou, ou encore la voix glaciale qui était sortie de haut-parleurs invisibles jusqu'à l'ouverture des portes. Mais ses pensées furent interrompues par la vue, au bout de l'allée, d'une silhouette bleuâtre, plutôt rondouillette, qui ne la quittait pas des yeux. Sans comprendre ce qui la poussait à agir ainsi, elle courut à sa rencontre, en proie à une grande excitation, chaque enjambée intensifiant l'étincelle de reconnaissance à la vue de cette forme au loin, pressée de s'assurer que ses yeux ne la trahissaient pas, car à trois cents mètres devant elle la silhouette évanescente de Yonatan ressemblait à une apparition. Il tendit la main dans sa direction avec un sourire de bonheur qu'elle lui rendit, n'en croyant pas sa bonne fortune : une rencontre au paradis, deux êtres provisoirement trépassés qui se retrouvent par le plus grand des hasards. Mais l'apparition disparut subitement pour reparaître à moitié. Elle cria son nom passionnément, sans obtenir de réponse. L'homme clignotant à cent cinquante mètres de là semblait vouloir lui dire quelque chose. Ses lèvres remuaient sans émettre un son, il tendit son autre main, son sourire était flou. Soudain, il perdit toute clarté, comme un acteur dans un film en couleur qui se transforme en noir et blanc avant de disparaître progressivement. Marianne ferma les yeux puis les rouvrit à plusieurs reprises. Il devint totalement invisible, puis réapparut une seconde plus tard, avec des contours renforcés, en se dirigeant lentement vers elle. Mais il se figea encore. Elle n'avait pas l'intention de renoncer à le prendre dans ses bras. Ses vêtements fluctuaient sur lui. Encore quelques pas et ils seraient réunis. Mais il expira soudain. Elle referma ses bras sur le néant. L'homme fluctuant s'était éteint. Marianne ne perdit pas son calme. Au cours de la minute qui venait de s'écouler, il avait disparu pour réapparaître plusieurs dizaines de fois, comme une ampoule qui vacille et refuse de claquer. Elle continuait de regarder dans sa direction, sûre qu'il allait revenir, et ne renonça pas, même au bout de plusieurs minutes, en se disant que l'homme invisible était là en train de tester sa résistance émotionnelle. Oubliant totalement son environnement, elle resta plantée là, isolée, au centre d'une allée déserte, jusqu'à ce que ses oreilles perçoivent une voix douce et feutrée sur sa gauche.

En souriant victorieusement, elle se tourna vers la voix et décocha un regard pétrifiant au gnome. Le petit homme pâle répéta son nom, cette fois-ci d'une manière stridente qui impliquait qu'elle n'avait pas le droit de l'ignorer, et elle répliqua :

— Fichez-moi la paix et arrêtez de me distraire, espèce d'andouille.

Au lieu de lui faire plaisir, il lui cria tristement :

— Désolé, Marianne, mais vous pouvez rester ici des heures, ça ne le fera pas venir.

— Disparaissez, vous m'empêchez de me concentrer.

Fermant les yeux, elle trépigna d'impatience.

— Allons, Yonatan, supplia-t-elle. Tu vas finir par m'énerver.

— Ça ne marche pas comme ça, ma belle, fit la voix conciliante. L'instant est révolu. C'est fini, il s'est réveillé. Mais si vous ouvrez bien les yeux, vous verrez qu'il vous a laissé un souvenir.

Malgré elle, obéissant à l'étrange petit homme, elle se baissa pour ramasser le portrait d'une femme qui lui ressemblait étrangement, à l'exception du grain de beauté superflu et des cheveux lisses et noirs.

— Encore cette femme ? s'écria-t-elle. D'abord cette salope essaie de me tuer à cause d'elle, et maintenant c'est Yonatan qui me laisse son portrait ! Qu'elle aille donc au diable !

Avant qu'il ait pu prévenir son geste, elle fracassa le tableau contre un tronc d'arbre voisin et cria d'une voix menaçante :

— Où est-il ? Où est Yonatan ?

— Je vous l'ai dit. Il vient d'émerger du coma.

— Moi aussi, je veux sortir de mon coma !

Elle se mit à courir en direction de la double porte, ignorant les cris du petit homme qui lui demandait d'arrêter, fuyant devant lui tandis qu'il s'essoufflait à la poursuivre. Ne trouvant pas la poignée de la porte, elle tambourina, donna des coups de pied et hurla sous l'effet de la panique.

— Ouvrez-moi ! Ouvrez-moi cette porte ! J'ai besoin de passer ! Il faut que je sorte de là ! Aidez-moi à revenir ! Il y a des gens qui restent dans cet état végétatif pendant des années, je ne peux pas me permettre de perdre mon temps comme ça ! Yonatan s'est réveillé, il faut que je me réveille aussi ! Il faut que je lui parle ! Faites-moi clignoter ! Faites-moi clignoter !

— Impossible, ma chère, lui dit le petit homme d'une voix douce après avoir finalement raccourci la distance qui le séparait de la femme en pleurs. Vous ne pourrez jamais retourner là-bas.

— Et pourquoi donc ?

— Parce que, contrairement à ce que vous croyez, vous n'êtes pas dans le coma. Vous avez largement passé ce stade.

— Qu'en savez-vous ?

— Vous êtes nue, vous portez un godget autour du cou, et l'Annonceur a appelé votre nom. C'est la raison pour laquelle je suis ici, et c'est aussi la raison pour laquelle vous avez aperçu Yonatan.

Au bout d'un long moment de silence, il reprit en souriant :

— Bienvenue dans l'Autre Monde, autrement dit au royaume des morts.

Elle se retourna lentement, les pupilles agrandies, les deux mains sur les lèvres.

— Que venez-vous de dire ?

Cette fois-ci, ce fut son tour d'être surpris. Il eut un sursaut de recul, comme s'il venait de recevoir un choc électrique, les yeux rivés sur la petite tache de naissance qu'elle avait sur le sein gauche et qui venait de lui être révélée.

— Oh, mon Dieu ! Je comprends tout, maintenant. C'est simple ! Quand je me suis renseigné dans les bureaux de la Gestion des Arbres généalogiques et qu'ils m'ont dit qui était votre mère, j'ai pensé qu'il ne s'agissait que d'une brillante coïncidence, mais maintenant... je comprends tout !

— De quoi parlez-vous donc ?

— Cette marque de naissance sur votre poitrine… en forme d'étoile…

— J'étais censée m'en débarrasser il y a quelques jours, mais j'ai finalement décidé de renoncer à l'opération.

— Parce que cela vous rappelait ce qui s'est passé la dernière fois, n'est-ce pas ? Quand votre mère vous a accompagnée à la clinique où vous avez rencontré le seul homme au monde qui a exactement la même marque, l'homme que votre mère a tué dans un accès de rage, le salopard de Belge qui lui a pourri la vie !

Marianne murmura d'une voix terrorisée :

— Comment savez-vous tout ça ? Qui diable êtes-vous donc ?

Il baissa modestement la tête.

— Je suis connu sous le nom de Mad Hop. Profession : détective privé. Mais vous pouvez m'appeler Samuel. Et je vous saurais gré de bien vouloir m'accompagner dans un petit voyage que vous allez trouver fascinant.

— Un voyage ? demanda-t-elle en regardant dans la direction de la double porte close.

— Plus tôt vous accepterez le fait d'être morte, et mieux vous vous porterez, Marianne. Vous êtes attendue dans ce monde par un certain nombre de gens qui vont être ravis de vous voir.

— Mais que vais-je faire au sujet de Yonatan ? demanda-t-elle d'une voix désespérée.

Ses traits se tordirent sous l'effet d'une animosité indicible, et elle écuma :

— La garce, elle m'a assassinée ! Elle m'a éliminée, elle m'a enlevée à lui avant qu'il se réveille ! Mon Dieu ! Il va croire que je l'ai abandonné ! Il va se dire que…

— Calmez-vous, Marianne, calmez-vous, fit Mad Hop en posant une main rassurante sur son épaule. Vous devez oublier cette histoire et espérer que vous finirez par vous retrouver un jour. Après tout, il n'était pas particulièrement en bonne santé, à en juger d'après ce qu'il m'a dit ; et au risque de vous paraître un peu macabre, j'ajouterai que vous savez probablement que son cœur finira par lâcher un jour ou l'autre. Je ne doute pas, alors, que les deux enfants de minuit que vous êtes remercieront le destin capricieux qui les a séparés pour mieux les réunir dans un monde différent. Peut-être aurez-vous même envie de rire en repensant à votre arrivée mouvementée dans l'Autre Monde et au moment où vous avez exprimé la plus étrange requête que j'aie jamais entendue…

— Quelle requête ?

— Faites-moi clignoter…

Souriant, Mad Hop lui offrit une cigarette.

36

CHRONIQUE D'UNE MORT ANNONCÉE?

Les résidents de 1616 n'avaient jamais vu un tel afflux de population dans leur cité. Ils avaient beau être habitués à toutes sortes de pèlerinages à propos de n'importe quoi, la vague actuelle dépassait en ampleur tout ce qu'ils avaient connu dans le passé. Des centaines de multis spéciaux arrivaient en ville pour déverser, avant de repartir illico, leurs cargaisons de rêveurs qui avaient attendu des dizaines, voire des centaines d'années ce moment crucial et qui, maintenant qu'il était arrivé, ne tenaient littéralement plus en place. Près de quatre cents ans s'étaient écoulés avant que le plus grand des dramaturges daigne offrir à l'Autre Monde une nouvelle pièce, sa trente-huitième, qu'il avait fignolée durant une période de temps considérable, peut-être une dizaine d'années, à en croire les rumeurs qui circulaient. La première journée d'auditions, des milliers d'acteurs survoltés, au bord de l'épuisement, s'étaient massés devant les portes du théâtre, car on disait que, outre le directeur de casting et son équipe austère, le personnage responsable de tout ce bruit pour quelque chose serait présent dans le théâtre pour superviser en personne les opérations de sélection.

Ceux qui avaient déjà eu la chance d'auditionner décrivaient d'une voix frustrée une grande salle obscure, une scène illuminée par des projecteurs et une voix douce, dans le noir, qui demandait au candidat de lire deux passages de son choix. Ces auditions sommaires avaient lieu depuis quatre semaines, et la fin n'était nulle part en vue, le flot de postulants n'étant pas près de se tarir. Certains attendaient avec angoisse qu'on les appelle sur leur télédoigt, d'autres répétaient compulsivement dans l'attente de leur audition en présence de l'incomparable Barde. L'insupportable congestion des rues voisines et le comportement névrotique des acteurs (crises de rage, manifestations d'angoisse, sanglots hystériques, gesticulations de désespoir à des degrés variés), qui traitaient ces auditions avec un respect extrême, embarrassaient tous les participants, en particulier quand ceux-ci avaient décidé de collaborer en donnant vie à des scènes entières, parfois à des actes complets, en plein milieu de la rue, en soulignant l'impression de réalité distordue ressentie par ceux qui voulaient vivre leur mort en paix et se trouvaient par hasard devant des péripéties dramatiques sur la route de leur monotone existence, telle la femme qui, mourant d'envie de s'acheter une glace, était passée devant trente-trois Hamlet hésitants jusqu'à ce que le trente-quatrième s'interpose sur son chemin, lui saisisse la tête comme dans un étau et lui pose "la" question, ou tel le malheureux gamin qui s'était par hasard trouvé témoin d'un meurtre brutal, merci *Titus Andronicus*… La folie shakespearienne s'était répandue dans tous les coins de cette cité tranquille, dont les résidents accablés se contentaient de hocher la tête, sachant que ce n'était qu'un début.

Pour un homme en particulier, cependant, c'était plutôt la fin. Totalement détaché de ces bruyantes festivités, Ben venait de passer plus d'une heure à arpenter les rues d'une scène théâtrale à l'autre, sans même chercher à les reconnaître, ce qu'il n'aurait certainement pas manqué de faire en une autre période moins apathique. Dans un bref élan de réactivité, il avait essayé d'appeler Mad Hop, mais avait eu pour toute réponse sur la ligne un silence aussi déroutant que prolongé. Souriant tristement, il avait hoché la tête sous le coup d'une soudaine compréhension. Seul quelqu'un qui avait passé sa vie à rédiger des dénouements pouvait être à même de détecter une fin avec une certitude quasi scientifique. C'était un sentiment de libération d'un grand poids sur les épaules aussi bien du protagoniste que du narrateur.

Quittant la rue bordée de nombreux Caliban en pleine tempête, il obliqua dans une allée tranquille où il s'adossa contre un mur de pierre pour souffler un peu. Il avait demandé un jour à Marianne ce qu'il lui faudrait faire si par malheur il la perdait.

Elle avait répondu en riant : “Trouve quelqu’un d’autre. – Mais ce ne serait pas toi”, avait-il raillé. Elle avait gloussé en réponse, puis, d’un air sérieux, avait murmuré : “C’est l’essence même de la perte. Un jour, quelqu’un m’a demandé ce que je trouvais en toi. Après avoir réfléchi un instant, je lui ai répondu : Des choses que j’avais perdues sans le savoir.”

Ben passa ses différentes options en revue : primo, retourner en 2001 et reprendre ses recherches stériles ; il découvrirait alors probablement quelques explications qui ne le satisferaient pas du tout : si elle avait éprouvé le besoin de l’induire en erreur au point de mettre en scène sa propre mort, cela signifierait certainement qu’elle ne voulait plus de sa compagnie ; secundo, aller trouver ses grands-parents en feignant d’être intéressé par les informations pour lesquelles il avait fait ce long voyage à destination d’une cité en folie ; et tertio, de loin la solution qui le tentait le plus, mettre fin à tout ça d’un seul mouvement du pouce. Sans plus attendre. C’était la seule alternative acceptable à une existence sans Marianne. Il avait d’ailleurs une certaine expérience. Il avait pris le même risque dans le passé, celui de renoncer à sa vie sans trop se poser de questions, celui de se raccrocher à une foi innocente autant qu’optimiste en une fin heureuse que seule la mort était susceptible de lui apporter. Et même à présent, face à une réalité si sordide qu’elle ne laissait pas la moindre place à une foi quelconque, il se savait capable de le refaire.

Passant la main sur les caissons d’acier de son abdomen, il soupira : “Tu ne peux pas savoir à quel point mon jugement moral est devenu insipide depuis le jour où tu es morte, Marianne. À quel point je suis moi-même devenu insipide. Privé de mon sens commun, j’ai longtemps erré futilement d’une cité à l’autre, d’une foule à l’autre, dans l’espoir de te retrouver, alors que tu avais décidé de ne pas te montrer. Peut-être déjà, à l’époque de nos jours heureux, avais-tu décelé une faille inquiétante dans la configuration de ton amant, et avais-tu compris, dans ton infinie sagesse, qu’en quittant le compagnon qui était à tes côtés, tu le laisserais complètement dévasté ? Peut-être voulais-tu me donner une leçon, me réduire à mes composants élémentaires pour me laisser faire face aux conséquences ?

Mais moi, en piètre et irresponsable amant, je n'ai pas réussi l'épreuve. L'oncle David pensait que j'avais commencé à recoller les morceaux du puzzle, mais il n'imagine pas l'énormité du vide destructeur que tu as laissé dans ton sillage. Pourquoi ne suis-je pas capable, comme la plupart de ceux qui ont subi la perte d'un être qui remplissait leur vie, de me maintenir finalement la tête hors de l'eau ? Avais-je besoin de ce genre de drame ? Et, si tu es celle qui a rempli ma vie, suis-je pour toi celui qui appartient au néant ? Est-il possible que l'amour soit la raison suprême de vivre… et sa perte, celle de mourir ? C'est la pire fin que l'on puisse trouver, Marianne, la plus amère, la plus épineuse, la plus décevante, la plus sombre et la plus déficiente qui soit. Il ne faut pas se donner entièrement à son amour, car il exige d'être payé au centuple en retour. Il ne s'agit pas juste de ce qu'une personne est capable de donner, mais de son être tout entier. Comme en un noir tunnel au bout duquel la lumière est inversée, le dedans dehors. La fin est en réalité le commencement, sans quoi comment pourrait-on même y accéder ? Il faut bien avoir un mince filet de lumière pour faire les premiers pas.

Les premiers pas vers quoi ? Vers les ténèbres infinies ? Comme une naissance, mon amour ? Une lueur éphémère se fait, et… boum ! Tout s'éteint. Pour l'éternité. C'est cela, un début prometteur ? Une trompeuse explosion d'étincelles ? Le jour où nous nous sommes rencontrés, le jour où mon premier épilogue a été publié, le jour où tu m'as annoncé que tu attendais un bébé, chacun de ces moments a une fin précoce, car je ne te connais plus, car je n'ai plus envie d'écrire un mot, car notre fils est un alias, et il se porte mieux sans son père ridicule. Pour l'amour de Dieu, une simple lueur apparaît, et nous ne sommes plus là, happés par le tunnel diabolique de la vie. Peut-être n'avions-nous pas le choix, mais c'est comme ça. Nous sommes programmés pour croire qu'il y a au bout du tunnel une lueur de rédemption. Et j'ai moi-même joué un grand rôle dans la propagation de cette trompeuse tradition. C'est vrai, j'ai écrit des fins volontairement provocantes, des fins ouvertes, des fins tristes. Les gens n'ont pas peur de la mort, Marianne. Ils ont peur d'une fin pourrie, où l'illusion d'un grand lustre au bout du chemin leur vole en éclats à la figure, répandant les ténèbres autour d'eux. Il n'existe pas d'autre fin, Marianne. Aucune autre fin. Cela ne m'intéresse pas d'arpenter ce foutu tunnel qui refuse de finir. Cela ne m'intéresse pas de me raconter des histoires comme quoi il va se passer quelque chose à un moment donné. En ce qui me concerne, le choix n'est pas d'être ou de ne pas être, mais de n'être pas tout de suite ou de n'être pas plus tard. En toute honnêteté, je ne vois pas l'intérêt de différer ce moment. Je pense que l'heure est venue de mettre fin à cette histoire, et si je fais erreur j'espère que tu ne sauras jamais…"

Il saisit son godget à deux mains et posa prudemment le pouce sur la touche n° 3 lorsqu'il entendit une petite toux sèche derrière lui.

— Si vous pensez qu'en faisant un sept fois trois vous allez l'oublier, vous vous mettez le doigt dans l'œil.

Ben pivota pour voir un vieillard plus âgé que tous ceux qu'il avait jamais vus. C'était un personnage voûté, fripé comme un sac en papier réutilisé mille fois, qui se racla la gorge en poursuivant :

— Pardonnez-moi cette grossière intrusion, mais j'ai pensé qu'il valait mieux vous parler avant de vous voir éteindre vos lampions.

— Depuis combien de temps êtes-vous là ? demanda Ben en frissonnant.

Le personnage décati répondit d'une voix ahanante :

— Depuis : "j'ai longtemps erré futilement d'une cité à l'autre". À peu près là. Je n'ai pas l'habitude d'écouter aux portes, mais vous avez fait intrusion dans mon allée, mon domaine, le refuge qui me sert à échapper à tous ces acteurs exaspérants. J'avais cru que vous en étiez un aussi, et j'allais vous prier d'aller chercher une autre scène pour exercer vos talents, mais vous avez sorti ce godget…

— Je regrette, mais c'est moi qui vais devoir vous demander de trouver un autre refuge. Vous êtes en travers de mon chemin !

— Désolé, mais ce n'est pas un sept fois trois qui va vous permettre de vous affranchir des craintes que vous venez d'exprimer, fit le vieillard en se rapprochant avec indolence.

— Que pouvez-vous savoir du sept fois trois ?

— Ce que je sais, c'est que, pour une personne qui ne veut plus exister, le sept fois trois est la pire des options.

— Que reprochez-vous au sommeil éternel ?

— Qu'on ne peut plus en sortir.

— La belle affaire ! s'écria Ben avec un enthousiasme modéré, vu qu'il n'était pas sûr de vouloir en entendre davantage.

— Là, vous vous méprenez, déclara le vieillard d'une voix prudente où s'était glissée une étrange insistance. Quand la première étape de votre vie a pris fin, simple prologue qui avait duré, à en juger par votre aspect physique, une quarantaine d'années, vous étiez loin de vous attendre à vous retrouver dans ce type de monde.

— Exact, acquiesça Ben à contrecœur. C'est bien la raison pour laquelle je suis tenté de…

— Je sais, je sais, interrompit le vieillard en toussant. J'y arrive. Désespoir, dépression, ennui, curiosité… Peu importe la raison qui vous pousse à en finir. L'option proposée par le godget a de quoi séduire : on enfonce sept fois la touche, et c'est le sommeil éternel. L'épilogue des épilogues. Le point final ! Mais ce n'est pas sûr du tout.

— Que voulez-vous dire ?

— C'est très simple, mon enfant. Ce monde-ci est la preuve que le concept de non-existence ne peut pas exister. C'est impossible. C'est juste une question de "géographie".

— Hein ?

— Vous n'avez le droit de ne pas exister que dans un monde donné. De même que vous n'avez le droit d'exister que dans un seul monde. Selon votre statut actuel, vous avez le droit de ne plus exister dans le monde où vous êtes né tout comme, dans votre vie précédente, vous n'aviez pas le droit d'exister dans le monde où vous vous trouvez maintenant. D'où nous sommes forcés de déduire que, si vous optez pour un sept fois trois, vous ferez l'expérience d'une sorte d'existence entièrement différente, dont vous n'avez pas pu avoir idée dans les deux mondes que vous avez connus.

— Mais il s'agit seulement de sommeil éternel.

— Qui peut s'avérer agité et plein de péripéties fiévreuses ! Comment savoir ? Réfléchissez. Pour ceux qui vous aimaient et qui sont restés derrière vous, s'il y en a, vous êtes maintenant plongé dans un sommeil éternel. Ils ne savent absolument rien du monde farfelu où nous nous trouvons. Quelle différence entre un cercueil en bois et un sarcophage vitré ? Et si je n'ai pas encore réussi à vous convaincre, pensez à ce que vous suggère l'expression *sommeil éternel*. Faut-il que nous nous tuions à l'analyser, ou êtes-vous capable de vous en sortir tout seul ?

— Vous pensez à des rêves, déclara Ben, stupéfait. Vous croyez vraiment que le sommeil éternel se réfère à des rêves sans fin ?

— Bien plus dangereux encore, déclara le vieillard avec un sourire matois sur son visage parcheminé.

— Très bien. Je vous écoute.

— Quand quelqu'un meurt, que disent les vivants ?

— Les vivants ?

— Oui. Où disent-ils que cette personne est allée ?

— Dans le pays d'où je viens, ils disent *halach l'olamo*, il a rejoint son monde.

— Et ce monde-ci, vous considérez que c'est le vôtre ?

— Pas vraiment.

— Et le monde précédent, c'était votre monde ? Vous aviez demandé à y naître ?

— Non.

— Si vous faites un sept fois trois, ce serait peut-être la première fois de votre existence où vous rejoindriez volontairement un troisième monde.

— Mais je suis arrivé ici volontairement ! Personne d'autre ne porte la responsabilité de ma mort !

— Ne pensez-vous pas qu'il faut tenir compte des alias ?

— Je vous demande pardon ?

— Si ce troisième monde est le vôtre, s'il n'appartient qu'à vous et à vous seul, il faut bien qu'il soit composé de quelque chose, vous me suivez ? Des impressions, des préférences, des amours, des haines, des particularités, des couleurs, des sensations, des besoins, des phobies, des penchants, des pensées, des rêves. Tout cela, naturellement, en fonction de votre vie précédente, sans quoi vous n'auriez pas pu déterminer ce que vous êtes, ni de quelle manière alternative vous auriez pu amasser l'expérience existentielle qui sert à vous définir.

— Mais si je dois finir par me retrouver dans mon monde à moi, pourquoi ne puis-je pas m'y rendre du premier coup ? Pourquoi ne puis-je pas sauter les étapes ?

— Je ne prétends pas connaître toutes les réponses, mais il me semble que deux choses sont claires. Si vous étiez un alias, mort avant d'être né, où croyez-vous que vous auriez pu arriver ? Comment rejoindre votre monde personnel si vous n'avez jamais eu l'occasion de vivre quoi que ce soit ? Ce monde-ci se doit d'exister pour ceux à qui l'autre monde est inaccessible parce qu'il n'entre pas dans le champ de leur expérience. Mais la deuxième chose est tout aussi importante. Comme chacun sait, ce sont des alias particulièrement avancés qui ont mis au point le godget sans lequel vous ne pourriez pas rejoindre un autre monde…

— En d'autres termes, vous pensez qu'il existe nécessairement un monde intermédiaire entre ce monde et…

— Ce que je pense, c'est qu'il vaudrait mieux adopter un compromis en parlant de monde intermédiaire entre le monde extérieur et le monde intérieur.

Fermant les yeux, Ben murmura d'une voix remplie d'excitation :

— Le godget… Cette simulation d'une liberté qui nous laisse le choix entre nos différents modes d'existence favoris, pratiquement sans restriction. La transition entre un monde arbitraire dépourvu d'options et un monde où l'on ne nous demande jamais d'affronter les contraintes du corps, les difficultés de communication ou les affres de l'économie. Une utopie ostensible propre à nous préparer à la véritable utopie représentée par le monde intérieur. Un monde régi par la topographie de l'âme. Le *halach l'olamo* de Ben. Le monde de Ben Mendelssohn. Une autoreligion. D'un simple clignement d'esprit, l'aride paysage israélien peut se changer en ruine de monastère portugais et les couleurs du printemps peuvent devenir omniprésentes. Schubert, Costello, Woody Allen, un chat ou deux, une tranquillité hypnotique. Je vais me remettre à écrire. Je me lance dans la peinture, car j'en suis soudain capable. Je suis entouré non pas d'une, mais de plusieurs Marianne. Plus besoin de la chercher, elle est partout. Comme le ciel et la terre, elle fait partie de la nature ; avec son rire en cascade, elle est comme moi dans le rêve, elle réside de manière permanente dans mon château, qui domine le vaste océan où nous allons nager chaque matin avant de faire l'amour sur la plage, et lui... il est avec nous aussi, notre petit alias... peut-être même y en a-t-il un autre, j'en ai toujours voulu deux, le frère et la sœur... la mère et le père... la famille idyllique. Qu'est-ce qui nous empêche d'aller jusqu'au bout de notre vision ?

Il rouvrit les yeux et eut un mouvement de recul effrayé. Le vieillard avait disparu, et à sa place se tenait la plus belle femme du monde.

Il s'approcha d'elle, posant une main sur son épaule découverte, et demanda :

— Es-tu réelle ?

Elle lui décocha son fameux sourire et croisa les bras dans son dos, accentuant la courbe inégalée de ses hanches en une posture divine. Elle portait la robe en velours bleu qu'il adorait entre toutes.

— Où as-tu trouvé cette robe ? s'étonna-t-il.

— Dans l'armoire.

La plus mélodieuse voix du monde lui caressait le cœur comme les dernières notes d'une mélodie enchanteresse.

— Quelle armoire ?

— Celle de la chambre à coucher, gros bêta.

Elle se tortilla chaleureusement, en lui pinçant la peau du coude comme elle faisait toujours quand il posait une question stupide.

— Où est cette chambre à coucher ?

— À la maison.

— La maison de Tel-Aviv ?

— Il y en a une autre ?

— Quand es-tu allée là-bas ?

— À toi de me le dire.

— Je ne sais pas. Et je ne comprends pas comment tu peux être ici depuis quinze mois avec ta robe en velours bleu alors que tout le monde sait que nous sommes en pays nudiste.

— Qui, tout le monde ?
— Tout le monde.
— Mon Benji, nous sommes seuls ici. Et qu'est-ce que c'est que cette histoire de nudistes ? Ton jean, il est fait avec quoi ? L'air du temps ?
Ben regarda pensivement le jean usé qu'il portait.
— Mais où sont-ils tous passés ?
— Et toi, où étais-tu passé ?
— Je ne suis allé nulle part. C'est toi qui es partie.
— Je suis pourtant bien là, en face de toi. Regarde. À portée de ta main.
— Pourquoi ne puis-je pas te toucher, alors ? Pourquoi cette froideur ? Ça ne devrait pas être comme ça, Marianne.
— Benji, mon amour, qu'attends-tu de moi au juste ? C'est toi qui établis les règles. Tu peux les changer quand tu veux. Je ne sais pas pourquoi tu as décidé que je serais glaciale et inaccessible. Cela ne me laisse pas beaucoup de marge. Tu devrais monter un peu la température de cette rencontre.
— Je ne peux pas. C'est coincé sur tiède.
— On s'en contentera pour l'instant, alors.
— Non, Marianne. Je n'ai pas fait tout ça pour rester sur tiède.
— Fais quelque chose, alors.
— Oui, mais quoi ? Et que faisons-nous au milieu de cette allée, au fait ?
— Tu veux rentrer à la maison ?
— À Tel-Aviv ?
— Ou au sanctuaire de Saint Jean de Madeira.
— C'est quoi, ça ?
— Un petit monastère en ruine au nord de Lisbonne.
— Et pourquoi là ?
— Je ne sais pas…
— Mais tu m'as dit, tout à l'heure, que nous n'avions qu'un seul domicile.
— C'est vrai, nous n'en avons qu'un.
— Alors, pourquoi aller dans les ruines d'un monastère du nord de Lisbonne ?
— Tu adores ce genre d'endroit.

— Qu'est-ce que ça veut dire, tout ça, Marianne ? Que signifie cette conversation débile ? Pourquoi ne puis-je pas te toucher ?

— C'est peut-être en rapport avec ce truc.

— Quel truc ?

— Ce drôle de joujou des alias. J'en ai un, moi aussi.

— Un alias ?

— Non, un godget. Mais tu es bien plus courageux que moi.

— Je ne suis pas du tout courageux.

— Tu as raison. Tu es un lâche. D'abord le revolver, puis le bouton, et maintenant on a un problème.

— J'ai appuyé sur le bouton ?

— Tu n'as jamais été très doué pour faire face aux choses. Au lieu de te trouver quelqu'un d'autre, tu t'es tiré une balle.

— C'était pour être avec toi, Marianne. Je n'arrive pas à croire que tu aies tant de mal à comprendre que je me suis tué pour te rejoindre.

— Pourquoi n'as-tu pas écouté ce vieux, alors ?

— Je ne l'ai pas écouté ?

— Il t'a mis en garde, non ? Tu as quand même choisi de faire un sept fois trois, et maintenant nous ne pourrons plus jamais être ensemble.

— Mais nous sommes ensemble ! Tu es là !

— Uniquement parce que tu m'as invoquée. Tu te souviens des paroles du Chinois ?

— Le Chinois… ?

— "Elle est ici, mais elle est là-bas. Difficile de dire à quel monde elle appartient." Tu es content, maintenant ?

— Attends un peu. Qu'est-ce que ça signifie, tout ça ? Qu'est-ce que ça veut dire, Marianne ? Tu fais partie du même monde que moi. Où t'en vas-tu ? Tu ne peux pas me laisser comme…

— Je ne m'en vais pas.

Elle s'éloigna dans l'allée en flottant, laissant derrière elle à sa place une Marianne souriante en robe de velours bleue.

Ben regarda, bouche bée, le résidu humain qui lui faisait face, assemblage douloureusement familier de tissus, de tendons et de peau dépourvu de l'âme qui lui donnait son essence, et tendit la main pour toucher la nuque sculpturale. Dans sa fureur, il avait envie de tordre ce cou gracile qui se faisait passer pour celui dont il était amoureux, mais remarqua que ses lèvres remuaient sans voix. Il se concentra pour déchiffrer ses paroles : “Les lâches meurent bien des fois avant leur mort ; les vaillants ne sentent qu'une fois la mort.”

Excité comme un enfant, il cria : “Je sais d'où ça vient, Marianne. *Jules César ! Jules César !*”

Le double de Marianne lui sourit, confirmant qu'il avait réussi à l'épreuve. Pressant ses lèvres contre son oreille, elle chuchota : “La prochaine fois, fais attention quand tu poses le doigt sur le bouton. Et maintenant, lève-toi et fais ce que tu as à faire.”

Ben se réveilla de son petit somme imprévu en meilleure forme qu'il ne l'avait jamais été depuis des mois. Il savait qu'il bénéficiait d'une seconde chance. Il se rua dans l'allée, puis dans les rues principales de la cité, passant devant trois sorcières fielleuses, trois rois soucieux, six Rosencrantz et Guildenstern, cinq marchands avisés et un prince compliqué qui jonglait avec trois têtes de morts avant de repérer l'enseigne, au bout de la rue, qui décrivait l'établissement au-dessous en lettres de néon mouvantes comme “le rendez-vous des spiritueux et des gens d'esprit”. Mis à part cette enseigne spirituelle et la musique dernier cri qui était, de toute évidence, même à cette distance, de qualité hautement numérique, la taverne à la façade en bois, au toit de chaume pourrissant et à la porte vermoulue attestait que le temps, ici, s'était figé depuis des centaines d'années.

La première chose qui lui traversa l'esprit quand il entra fut que, si le temps s'était suspendu à un certain moment, ce moment, apparemment, était particulièrement joyeux. Les exubérantes manifestations d'ébriété étaient ponctuées de chansons paillardes braillées à tue-tête et accompagnées de hoquets, éructations et autres bruits divers originaires d'on ne sait quels orifices, de concours de glissades zigzagantes dans une flaque de bière douteuse, de bras de fer amicaux prompts à dégénérer et de roucoulements de couples incapables de se retenir, qui déballaient leurs affaires en public. Plein d'appréhension, il chercha ses grands-parents du regard et, après avoir décliné l'invitation d'une ripailleuse malsaine de corps et d'esprit et baissé la tête pour éviter la partie supérieure d'une bouteille qui volait dans les airs, se dirigea vers une table isolée derrière laquelle, radieuse comme jamais, le dos bien droit, était assise sa grand-mère, plongée dans des pensées amères, à en juger par son air grave, en tenant à la main un verre de vin archaïque dont elle sirotait méthodiquement le contenu.

Sans attendre d'y être invité, Ben se précipita vers elle les bras largement ouverts en criant : "Mémé Rosie ! Mémé Rosie !"

La vieille dame tourna vers lui un regard trouble, lui sourit chaleureusement, se leva du banc pourri où elle était assise et le prit dans ses bras.

— Mon petit Ben ! Comme tu nous as manqué ! Nous avions tellement hâte de te voir !

Elle déposa un baiser odorant sur sa joue et recula d'un pas pour l'examiner à loisir.

— Laisse-moi te regarder un peu. Mon Dieu ! Fouinette n'a pas exagéré, tu t'es vraiment bonifié physiquement avec l'âge.

— Tu n'es pas mal non plus. Aussi belle que jamais. Dis-moi, comment se passe ton voyage ? Je suis sûr que tu apprécies chaque seconde…

Elle se rassit et lui prit le bras pour le serrer avec une force surprenante.

— Absolument, mon chéri. C'est l'une des aventures les plus exaltantes auxquelles il nous ait été donné de participer. On change totalement de perspective, et on en apprend plus sur la génétique des familles qu'en lisant tous les livres sur Mendel et ses petits pois. Sais-tu, par exemple, que ton grand-père et son grand-père se ressemblent comme deux gouttes d'eau ? Sans parler de la mère de ton arrière-arrière-grand-père. C'est complètement dingue ! Elle a enterré trois maris avant de tomber enceinte. Deux d'entre eux sont encore amoureux d'elle et préfèrent ignorer son penchant pour le poison. Et voilà qu'on se retrouve dans cette époustouflante cité ! Avec quel sens de l'à-propos ! Je n'arrive pas à y croire ! Mais je suis sûre que tu es déjà au courant de tout ça.

— Tu veux parler de tous ces acteurs qu'on voit dans les rues ?

Tout d'un coup, il se figea, puis murmura :

— Comment cela a-t-il pu m'échapper ? J'étais tellement plongé dans toutes ces aberrations que je n'ai pas fait le rapprochement… On est en 1616… La cité est remplie d'acteurs… Dans le multi, un acteur m'a appris que tout le monde se rendait à l'audition la plus importante de l'histoire… C'est ici qu'il habite, n'est-ce pas ? Il est mort en… et il a dû écrire quelque chose de nouveau, sans quoi je ne verrais pas tous ces trucs shakespeariens autour de moi…

Il se mordit les mains, absorbé dans ses pensées.

— À quoi es-tu en train de songer, mon petit Benji ? lui demanda sa grand-mère en lui caressant le bras. Pourquoi prends-tu un air si contrarié ?

— Je viens de penser à quelque chose. Tu sais qui était folle de lui. Et Fouinette m'a dit que tu avais des renseignements sur elle.

— Éloignons-nous de ces écœurantes bacchanales et trouvons un coin tranquille pour parler, lui dit-elle d'un ton péremptoire.

Elle se leva vivement et traversa à grands pas la salle caquetante avant de claquer la porte derrière elle.

Ben la rejoignit, l'air inquiet.

— Mémé Rosie, il y a quelque chose qui ne va pas ? Pourquoi es-tu…

Elle secoua plusieurs fois la tête, laissa échapper un long soupir, lui prit le bras et commanda dans un souffle :

— Viens !

Ben obéit sans rien dire. À sa grande surprise, il constata qu'elle le faisait retourner dans l'allée qu'il avait quittée un peu plus d'une heure auparavant.

— Que faisons-nous ici, mémé ?

— C'est l'un des rares endroits tranquilles de toute cette cité, où nous pourrons parler tranquillement.

Il acquiesça docilement et la suivit jusqu'aux deux murs familiers.

— Alors ? demanda-t-il, quelque peu impatient. Qu'as-tu appris ? Quelles sont les nouvelles ?

Rosie leva les yeux vers lui et lui caressa la joue.

— N'oublie jamais, Ben, que tu as eu beaucoup de chance dans ta vie. Je ne connais pas beaucoup de gens qui ont vécu un amour aussi intense que le tien.

— Je sais, grand-mère. Je sais. Mais en toute sincérité, ce préambule ne me paraît pas de très bon augure, n'est-ce pas? Non, ne dis rien. C'est une réponse que je connais aussi.

— Quelle réponse? demanda-t-elle, le front ridé de suspicion. Que sais-tu exactement?

— Que Marianne n'est pas ici.

— Et comment sais-tu ça?

— J'ai entendu l'Annonceur prononcer son nom quand j'étais dans le train, et c'est ça, entre autres raisons sur lesquelles je ne m'étendrai pas, qui m'a mis la puce à l'oreille. Alors, n'aie pas peur de me dire ce que tu as appris de ton côté. Je n'ai pas pensé une seule seconde que j'allais la trouver dans cette cité, malgré l'inévitable conclusion… Shakespeare, Marianne…

— C'est vrai, fit Rosie d'une voix lugubre. Tu as raison…

Au bout de quelques secondes de silence, elle reprit d'une voix âpre, avec un petit sourire amer :

— L'inévitable conclusion, je n'aurais pas su dire mieux.

— Mais, grand-mère, de quoi parles-tu?

Elle lui lança d'une voix sonore :

— Pourquoi as-tu attendu, Ben? Pourquoi a-t-il fallu que tu attendes si longtemps?

Il demeura incapable de répliquer pendant un long moment. Puis il demanda finalement :

— Pourquoi cette question, grand-mère? Je commence à croire que tu te trompais quand tu as dit à Fouinette que tu avais des renseignements sur Marianne. En réalité, elle est morte la nuit dernière. Je n'ai aucune idée de la manière dont c'est arrivé, mais…

— Mon pauvre Ben, tu ne sais pas ce que tu dis. Tu n'es pas au courant…

La voix de la vieille dame s'étiola.

— Si tu me disais ce que tu crois savoir? s'emporta Ben. J'ai fait tout ce chemin pour avoir des bribes d'information sur ma femme, et tu me fais tout un cinéma… Qu'as-tu donc découvert? Dis-le moi franchement, que je puisse passer à autre chose.

— D'accord, murmura-t-elle en le regardant dans les yeux. N'oublie pas, cependant, que c'était une idée de ton grand-père. Nous avons longuement discuté pour savoir s'il fallait te mettre au courant, et il a fini par faire pencher la balance de son côté. Pour tout te révéler. Son argument, c'était que tu ne nous pardonnerais jamais si tu l'apprenais par une autre source.

Elle poussa un long soupir et lui posa la main sur la tête pour lui masser le cuir chevelu de ses longs doigts délicats.

— Ce n'est pas simple, mon Benji. Pas simple du tout. Nous nous ressemblons beaucoup, ton grand-père et moi. Beaucoup plus que ce que croient la plupart des gens. Nous avons pris les rênes de notre destinée dans nos mains, mais il n'y en a qu'un qui a réussi à stopper l'attelage pendant que l'autre perdait le contrôle. Ce n'était pas sa faute, mon chéri. Ce n'était la faute de personne.

— Grand-maman, si tu laissais un peu les métaphores de côté, et si tu me disais pourquoi tu ne voulais pas me parler de cette chose que tu sembles savoir et que je suis censé ignorer ? Mais peut-être la réponse est-elle évidente. Tu voulais m'épargner la douleur de savoir ?

— Nous n'étions pas sûrs de ce qui était préférable. Te cacher la vérité et laisser tous tes espoirs intacts, ou bien…

— Elle est avec quelqu'un d'autre. Elle aime quelqu'un d'autre ? suggéra-t-il d'une voix glacée.

— Ne sois pas ridicule, mon chéri, fit sa grand-mère avec un rire rauque. Elle n'est avec personne. Personne, excepté la mère.

— La mère ? Tu veux dire sa mère biologique ? Elles se sont retrouvées ?

Une lueur d'espoir était revenue en force dans son regard.

— Oui, Benji. Nous sommes tombés sur elle par hasard. Avant-hier.

— Tu as vu Marianne ? couina Ben.

— Mais non. Pas Marianne. Sa mère. Pas loin du théâtre où se déroulent les auditions. Nous étions curieux de voir pourquoi il y avait toute cette foule devant l'entrée, et nous avons interrogé quelques personnes. C'est alors qu'elle est arrivée chargée de paniers, probablement des courses à l'épicerie du coin, et juste au moment où nous allions repartir elle est venue vers nous et nous avons vite compris que nous l'intriguions. Elle s'est figée, pétrifiée d'étonnement, à un mètre de nous, et elle a mis un moment à retrouver son calme. Elle nous a dit alors qu'elle nous reconnaissait d'après les cassettes. Celles de Marianne. Elle nous a suppliés de lui donner des renseignements. Sur toi, Benji. Elle disait que, si jamais nous avions de tes nouvelles, il fallait la contacter immédiatement, même si cela se passait dans plusieurs années. Nous lui avons répondu que nous avions eu effectivement de tes nouvelles, et que tu te trouvais ici, dans l'Autre Monde. Au début, elle a eu du mal à nous croire, puis elle a fondu en larmes, en nous suppliant de te dire qu'il fallait absolument qu'elle te voie. Elle a répété cela au moins cinq fois : "Dites-lui qu'il faut absolument que je le voie." Nous lui avons promis de t'avertir au plus vite, et Moïse lui a demandé si nous pouvions aller voir Marianne. Elle a répondu qu'à son avis ce n'était pas une très bonne idée, puis elle nous a dit où elle était.

— Où est Marianne, grand-mère ? Dis-moi où elle est, bon Dieu !

— Désolée, Ben, mais je pense qu'il vaut mieux que tu l'apprennes par elle. Par la mère. Elle sait exactement ce qui s'est passé, elle est plus concernée par cette histoire que n'importe qui d'autre, et elle t'attend. Elle nous a instamment demandé de ne rien te révéler sur l'endroit où se trouve Marianne avant que tu lui aies parlé, et je pense qu'elle a eu raison d'insister sur ce point.

— Écoute ce que te dit ta grand-mère, c'est la voix de la sagesse, décréta une voix chaleureuse derrière lui.

Il se tourna et se trouva aussitôt pris dans l'étau des bras dégingandés de son grand-père.

— Désolé d'arriver en retard, Benji. Il fallait que je dise au revoir à quelques personnes avant de reprendre la route.

Ben enfouit son visage dans le creux de l'épaule de son aïeul, prêt à mourir dans cette position consolatrice pour échapper aux complications et aux déconvenues qu'il sentait venir, pour éviter les responsabilités inhérentes à un amour librement prodigué. Il n'avait jamais vu sa grand-mère se tortiller de cette manière dans les affres d'une émotion intense, choisissant ses mots avec soin, cherchant avec une méticulosité qui lui était inhabituelle les termes les plus aptes à préserver sa sensibilité, laissant entendre à chaque tournant de phrase que le pire était encore à venir. Jamais il n'avait connu son grand-père aussi réservé, comme s'il était arrivé exprès en retard pour donner un prétexte à sa confusion, à ses piètres excuses laconiquement exprimées, afin de pouvoir se réfugier dans un silence morose en échangeant des regards entendus avec son épouse qui n'en menait pas large. Jamais il n'avait assisté à de telles démonstrations de compassion de la part de deux vieux cyniques habituellement prompts à épicer leurs rencontres avec leur petit-fils de taquineries incessantes, de plaisanteries parfois douteuses et d'intermèdes comiques de toutes sortes qui auraient en l'occurrence contribué à faire baisser la tension. "Sois courageux", lui disaient leurs sourires forcés.

Il les regarda s'éloigner main dans la main, comme s'ils n'avaient pas d'autre choix, pour reprendre l'interminable voyage qui les ferait remonter dans l'histoire jusqu'au premier couple, deux incorrigibles amants, deux infatigables provocateurs qui, indépendamment de la distance qu'ils pourraient parcourir, n'oublieraient jamais de rester unis dans leur quête, dans leurs mouvements parfaitement chorégraphiés, dans leurs intentions comme dans leurs destinations. Ce n'est que lorsqu'ils eurent disparu, noyés dans la masse, que Ben rassembla suffisamment de courage pour quitter l'allée au pas de course, certain que son voyage à lui, contrairement à celui du vieux couple, allait bientôt pouvoir prendre fin.

37
L'INÉVITABLE CONCLUSION

Deux heures. Pas plus. C'est le délai qui s'écoula entre le moment où un noteur à cran se présenta devant la porte de la femme qui détenait les réponses et celui où il repartit de chez elle, livide et tremblant. Deux heures, c'est aussi le temps qu'il lui fallut pour gagner l'endroit où résidait Marianne. Tous les morceaux du mystérieux puzzle de sa disparition avaient été extirpés et flottaient dans l'air sous la forme de segments de phrases juxtaposés avant de retomber par terre pour s'assembler en images cohérentes. Questions à moitié formulées, quarts de réponses, sauts dans le temps, interruptions sidérées, silences pesants, larmes abondantes. Et, pour décrire d'une autre manière la conversation la plus prégnante qu'il eût jamais tenue, pléthore d'informations en un minimum de temps. Il ne s'était jamais douté, jusque-là, que la vérité pût être à la fois aussi dense et aussi atrocement simple. Il lui fallut faire appel à tous ses talents de narrateur pour se répéter, calé dans un multi qui filait comme le vent en direction de 1700, l'histoire qui venait de lui être révélée.

Une chronologie claire et précise, voilà le secret. Avec une bonne mesure de logique. Car s'il avait été capable de faire la relation entre deux faits très simples, le vide qui s'était emparé d'elle à sa mort et son admiration pour le plus grand des dramaturges, il en aurait déduit qu'elle s'était empressée de gagner à un stade précoce la lointaine cité où l'objet de son amour platonique et les fans qui le vénéraient se sentaient chez eux… La conclusion était inévitable. Sans compter qu'il y avait d'autres conclusions, beaucoup moins évidentes, à tirer. Des conclusions qui avaient sournoisement échappé à son attention en raison de leur improbabilité, par exemple l'identité de la mère biologique. Quand elle lui avait ouvert sa porte en souriant pour lui dire qu'elle attendait sa visite, il avait ressenti un léger malaise. Il s'était habitué à l'idée de voir quelqu'un de complètement étranger, la femme qui se trouvait avoir donné naissance à son épouse ; mais il n'avait pas tardé à s'apercevoir que sa petite stature et la douceur rêveuse qui émanait de son visage n'étaient qu'un leurre qui s'adressait à la première impression d'un spectateur indifférent. Dès l'instant où il avait passé la barrière angélique de ses grands yeux turquoise, de ses lèvres naturellement rouges et pulpeuses, de ses pommettes saillantes, de son front hautain et de la crinière de velours doré qui encadrait sa beauté raffinée, il avait réussi à découvrir d'innombrables failles dans son comportement qui disaient exactement le contraire. Au cours de leur conversation, voilà qu'elle courbe la tête à plusieurs reprises et que tout à coup ses yeux se lèvent vers lui pour le contempler avec une suspicion et un air de panique confinant à la paranoïa ; et quand elle se tait pour l'écouter parler, une veine saillante d'anxiété pulse au bord de son oreille, teintant son expression polie d'une angoisse palpable tandis que ses lèvres s'affaissent en une moue de déception ou de commisération, même quand ni l'une ni l'autre ne semble nécessaire ; elle frotte alors son menton concave avec ses ongles courts, au point que sa peau se met à rougir jusqu'au sang.

Avant même de commencer à déchiffrer son langage corporel, il s'était efforcé d'ignorer la moiteur subite qu'il avait ressentie en sa présence, comme s'il la connaissait déjà. Il était presque sûr de l'avoir vue quelque part au cours des deux semaines qui venaient de s'écouler. Il n'avait aucun doute que c'était dans ce monde-ci et non dans l'autre qu'il l'avait croisée. Quand elle lui serra la main, elle mit fin à ses interrogations au moyen de quatre syllabes. Il se sentit grandement soulagé d'avoir la confirmation qu'il ne s'était pas trompé. C'était cette femme qu'il avait vue devant les labos multilingues le jour où il était allé là-bas s'enquérir de Marianne. C'était dans les bras de cette femme que son fils s'était précipité quand il n'avait pas pu s'accrocher à sa jambe. Et c'était elle, toujours, qui avait cassé une bouteille, devant le café, sur la tête du Belge menteur. Pour couronner le tout, s'il était encore incapable de voir la ligne invisible qui reliait tous ces points, le malaise au creux de son estomac s'accentua quand elle lui dit son nom : Catherine Dumas. Des aiguilles invisibles lui picotèrent le diaphragme tandis qu'il se déclarait enchanté de la rencontrer. Une deuxième inévitable conclusion l'illumina alors pour disparaître aussitôt puis pour réapparaître derrière l'une des portes grinçantes de son esprit. Était-il possible que Robert…

Elle reprit alors le commandement de son train de pensée égaré en murmurant d'une voix terre à terre :

— Marianne avait raison. Il vous ressemble un peu. Il a hérité de vous ce petit regard inquisiteur.

Il faillit lui crier de ne pas parler de cet enfant. Plus tard, peut-être, mais pas maintenant. Il voulait mettre de l'ordre dans ses idées, reconstituer la chaîne des événements qui l'avaient conduit chez l'ex-taularde condamnée pour avoir truffé de plomb son ennemi juré, mais elle avait déjà évoqué l'enfant. Mad Hop avait raison. Rien qu'un petit syllogisme qui prouve son identité. Si elle n'avait pas été légalement sa tutrice, elle n'aurait jamais eu la garde de… Mais où était-il ? Il essaya de localiser le dernier des rejetons de la famille Mendelssohn, tendant l'oreille à l'affût d'un mouvement d'enfant derrière l'une des nombreuses portes fermées de l'appartement, ou peut-être d'un éclat de rire cristallin, ou encore d'un cri de colère qui aurait pu percer le calme trompeur d'un madrigal de John Ward que l'on entendait déclamer au loin.

— Henri est chez un ami, il reviendra dans la soirée, roucoula-t-elle d'une voix mélodieuse.

— Henri ?

Il se racla la gorge en essayant vainement de dissimuler le peu de sympathie qu'il avait pour ce nom.

— Je trouve que ça sonne un peu mieux que 9562300483371, n'est-ce pas ?

Elle se mordit la lèvre, hésitante, tandis que la rage possessive qui s'était emparée de lui en entendant ce nom faisait progressivement place à de la gratitude. Toutes les noirceurs et les vicissitudes qu'elle s'efforçait de dissimuler sous une douceur et une sérénité apparentes avaient disparu quand elle avait prononcé le nom de l'enfant, et il comprenait que le fœtus que Marianne avait perdu cinq années auparavant était devenu la seule consolation de Catherine. Il supposait que la grand-mère et son petit-fils étaient venus en 1616 sur les traces de la mère disparue, mais n'avait pas la moindre idée de la manière dont Catherine s'était arrangée pour obtenir sa nouvelle adresse.

Catherine se mit à rire et le corrigea comme si elle avait deviné sa pensée.

— Comment aurais-je pu venir ici à la recherche de ma fille alors que je ne savais même pas qu'elle était morte ? Quand j'ai entendu parler des alias et de mon droit d'adopter éventuellement un membre proche de ma famille, j'ai voulu tenter ma chance ; et en apprenant que j'avais un petit-fils, je me suis dit qu'il faudrait sans doute des années pour que… vous comprenez, elle est si jeune, après tout…

Elle lui raconta alors leur rencontre. Celle qui avait eu lieu loin de la cité d'origine du Barde.

Trois mois après avoir pris l'enfant en charge, elle l'avait conduit dans Aliasville 1996 pour un entretien requis par l'administration afin d'évaluer le bon déroulement de l'adoption et le degré de satisfaction de l'enfant. Après quoi Catherine avait décidé, sur un coup de tête, d'offrir à son petit-fils un voyage à Mars 2000 pour qu'il puisse revoir l'un de ses meilleurs copains du jardin d'enfants, un gamin élevé lui aussi par sa grand-mère. Heureux de se retrouver, les deux enfants avaient joué pendant des heures tandis que leurs grands-mères bavardaient, jusqu'au moment où Catherine avait regardé son godget en disant qu'il était l'heure de repartir. Les protestations du petit Henri lui valurent une heure de jeu en plus avec son copain alias aux cheveux roux. Quand ils prirent congé, Catherine promit qu'ils reviendraient bientôt.

Sur le chemin de l'arrêt du multi qui devait les reconduire chez eux, ils passèrent devant une longue file d'attente à l'entrée d'une station de vie-déo, et l'enfant, curieux, s'attarda pour regarder ce qui se passait tandis que sa grand-mère le tirait par la main dans la direction de l'arrêt du multi. Mais soudain, le gamin tourna la tête, se libéra brusquement de la main qui le retenait et se mit à courir comme un fou, sans écouter les admonestations de sa grand-mère, en direction de la file d'attente. Saisi d'une espèce de transe, il se précipita vers la seule femme qui n'avait pas fait attention à lui et s'agrippa désespérément à sa jambe dans un élan de dévotion absolue. Surprise par l'intensité de cette irruption, la femme le contempla, figée, durant quelques secondes, sans même pouvoir ouvrir la bouche pour protester. Catherine fut encore plus secouée quand elle reconnut les signes de l'attraction génétique dont elle avait fait l'expérience la première fois qu'elle s'était trouvée elle-même en présence de l'enfant. Celui-ci, qui agissait d'instinct, sans comprendre ce qui se passait, ne manifestait aucun signe de panique et laissait entendre un long cri d'amour qui suscita des sourires attendris de la part des gens qui attendaient dans la queue. La femme, pendant ce temps, semblait désemparée, et essayait en vain d'éloigner l'enfant qui lui enlaçait la jambe à deux bras et pressait son visage radieux contre sa hanche. Sûre d'être au bord d'une nouvelle crise cardiaque encore plus foudroyante que celle qui l'avait expédiée dans l'Autre Monde, Catherine supplia Henri de se conduire comme un grand garçon et de lâcher la jambe de sa fille hébétée.

Les regards des deux femmes se croisèrent. Celui de la fille qui ne comprenait pas et celui de la mère qui avait compris et s'efforçait de résister à l'impulsion de lui caresser la joue. Quand ses doigts tremblants frôlèrent le visage de Marianne, celle-ci eut un mouvement de recul et repoussa l'enfant de toutes ses forces. Enfin libérée du contact de ces deux inconnus qui la contemplaient avec passion, se sentant acculée par leurs regards, Marianne quitta sa place dans la queue et s'éloigna à grands pas, sans oser se retourner pour faire face aux inexplicables effusions dont elle était l'objet. Ce n'est que lorsque Catherine, ayant recouvré ses esprits, eut crié son nom par trois fois qu'elle ralentit enfin pour s'immobiliser. La grand-mère et l'enfant trottèrent dans sa direction, la première essayant de réfréner l'ardeur du second, qui faisait de son mieux pour échapper à sa poigne sans comprendre pourquoi elle lui refusait l'inexplicable plaisir vers lequel il tendait. Et pendant tout ce temps, Marianne les considérait avec le regard hagard d'une femme apeurée qui cherche à s'échapper.

Le silence aurait pu s'éterniser si Catherine ne lui avait pas tendu la main en se présentant : "Bonjour, Marianne. Je suis Catherine Dumas, ta mère, et voici Henri, ton fils."

Ben n'eut pas de mal à la croire quand Catherine lui confia que Marianne éclata de rire après la pause de quelques secondes qui fit suite à cette théâtrale déclaration. S'il avait été à sa place, il n'aurait pas, il en était sûr, réagi différemment. Marianne demanda à la femme inconnue de quel mauvais feuilleton télé elle sortait ; et quand la grand-mère de l'enfant eut répété, d'une voix plus forte, ce qu'elle venait de dire, elle la traita de "vieille chnoque" et lui demanda de cesser de l'importuner. Sans perdre son calme, Catherine lui montra la longue file d'attente devant la station de vie-déo et déclara d'une voix posée : "J'ai l'impression que nous sommes tombés juste au moment où tu allais retirer les cassettes de ton existence. Retourne faire la queue. Nous ne t'ennuierons pas plus longtemps. Fais-nous simplement à toutes les deux – à tous les trois – la faveur de regarder la première bande, celle qui commence à ta naissance. Regarde bien mon visage. Garde-le en tête… Et appelle-moi si tu veux."

Marianne ne protesta pas quand sa mère lui prit son gadget pour enregistrer son empreinte de pouce dans sa mémoire. Catherine la regarda bien dans les yeux et murmura d'une voix défaillante : "S'il te plaît, ne disparais pas. Je t'ai déjà perdue une fois…"

— Sans Henri, lui fit remarquer Ben, vous auriez pu la croiser dans la rue en ignorant que c'était votre fille.

— Absolument pas, répliqua Catherine en secouant vigoureusement la tête, révoltée par un tel commentaire. Comme je le lui ai dit, il n'était pas question que je la perde une seconde fois.

— Mais comment auriez-vous pu savoir…

Il se tut en voyant ses prunelles turquoise flamboyer. Buvant à petits traits l'eau du verre posé au bord de la table, elle lui raconta l'histoire de la jeune étudiante en théologie vers la fin des années 1960 à Paris, peu de temps avant les événements auxquels elle ne participa guère à cause de la mauvaise farce que la vie lui avait réservée en la personne de Robert, son colocataire haineux, l'acteur raté qui coupait-collait à belles dents des pans entiers de la vérité, tissant un fil trompeur en travers de toute la trame. Exemple, le fait qu'il n'était jamais à l'heure à ses auditions parce qu'il faisait la nouba jusqu'aux petites heures du matin et que, lorsqu'il lui arrivait de n'être pas en retard, il se faisait éconduire sans cérémonie parce qu'il n'était pas doué pour un sou. Exemple, le fait qu'il avait l'habitude de boire jusqu'à l'hébétude avant de la supplier de le laisser entrer dans sa chambre jusqu'à ce qu'elle le chasse à coups de manche à balai en jurant qu'elle irait loger ailleurs s'il ne la laissait pas tranquille. Exemple, le fait qu'à leur première rencontre il lui avait juré, croix de bois, croix de fer, qu'il n'aimait que les hommes, pour la convaincre de louer l'appartement avec lui, profitant ainsi de l'innocence d'une jeune femme qui avait fui la maison de son ivrogne de père. Exemple, le fait qu'un jour, alors qu'elle planchait pour son examen, elle avait oublié sa clé sur la porte à l'extérieur et ne s'en était souvenue que tard dans la nuit, sans se douter que ce joyeux filou avait déjà profité de l'occasion pour s'en faire faire un double. Exemple, le fait que, quelque temps plus tard, Robert, étant rentré un soir plein comme une barrique et, ayant décidé qu'il était temps de demander son dû, s'était introduit dans sa chambre pendant qu'elle était sous la douche, s'était caché derrière la tenture pour bondir sur elle comme un possédé lorsqu'elle s'était endormie ; et quand elle avait repris ses sens, il était déjà trop tard. Exemple, le fait qu'elle avait porté le résultat de ce viol brutal dans son ventre durant neuf mois atroces au cours desquels elle avait perdu son boulot qui consistait à s'occuper d'un vieux prêtre impotent, car elle ne pouvait plus dissimuler sa grossesse. Robert avait été envoyé en prison, et elle s'était juré de ne jamais lui révéler ce qui s'était passé. Il n'avait absolument pas connaissance des jumelles qu'elle portait jusqu'aux derniers jours de son innocent printemps final. La fille, qui était farouchement opposée à l'avortement, n'avait pas été examinée une seule fois pendant sa gestation et se trouva donc fortement étonnée quand la sage-femme, dans la salle d'accouchement où elle suait en plein travail, lui dit à l'oreille avec un clin d'œil : "Et voilà l'autre qui arrive." Le choc initial fit place à un gémissement étouffé quand l'une des infirmières déposa les jumelles entre ses bras et qu'elle remarqua la minuscule marque de naissance sur la poitrine de la première-née, l'étoile parfaite, l'incontournable médaille de déshonneur que Robert avait léguée à sa fille.

Catherine savait qu'elle n'aurait jamais les moyens d'assumer la charge financière représentée par le fait d'élever deux filles. Par conséquent, durant le premier mois de leur existence, elle vendit tout ce qu'elle possédait, dans l'espoir de faire arriver l'impossible, en priant jour et nuit pour qu'une intervention divine mette fin à son tourment. Le miracle espéré ne se produisant pas, elle se résigna à aller trouver son seul parent, un père fanatique qui la chassa de chez lui en la traitant de putain.

Catherine se servit un nouveau verre d'eau, l'avala d'un trait et poursuivit son récit, cette fois-ci sur un rythme un peu plus rapide. D'une voix tremblante, elle raconta comment elle en était arrivée à prendre la décision la plus douloureuse de toute sa vie : séparer les jumelles afin de pouvoir en élever une. Dès qu'elle eut pris la décision d'abandonner l'une des deux filles, elle sut qu'elle allait garder celle qui portait la marque d'infamie, en un acte de pathétique autoflagellation. Chaque fois qu'elle regarderait cette marque, cela lui rappellerait sa terrible action. La compensation financière qu'elle reçut servit à assurer quelques moyens d'existence à la fille "marquée". La rencontre, dans un parc, avec un étrange personnage répondant au nom d'Arthur représenta, en ce qui la concernait, un signe venu d'en haut, et elle ne posa qu'une seule condition préalable : que les parents adoptifs ne changent pas le prénom de l'enfant, même si elle avait pleinement conscience de la nature ridiculement fragile de son subterfuge. Si les deux enfants portaient le même prénom et avaient le même physique, peut-être, avec le temps, en arriverait-elle à se persuader qu'elle n'avait donné naissance qu'à un seul bébé. Au plus profond de son cœur, elle espérait que les deux sœurs ne se rencontreraient jamais, et elle pleura amèrement durant des semaines entières quand l'accord fut conclu. Peut-être sa demande insistante résultait-elle seulement de son désir de laisser une petite marque personnelle sur le bébé de deux mois qui lui fut enlevé par une belle journée inondée d'un soleil glorieux. Toujours est-il que, six mois plus tard, elle trouva du travail et emmenait son bébé avec elle quand elle allait faire le ménage, seize heures par jour, dans un immeuble de locations résidentielles. Lorsque l'enfant eut dix-huit mois, elle l'inscrivit dans une garderie, préférant la tenir à l'écart des logements crasseux où elle travaillait. Lorsque l'un des locataires de l'immeuble commença à s'intéresser d'un peu trop près à elle, elle comprit qu'elle n'avait pas le choix, qu'elle ne permettrait pas à l'histoire de se répéter, et fit l'acquisition, dans une ruelle mal famée, d'un pistolet qu'elle mit dans son sac, doublement écœurée par la pensée qu'elle portait une arme et par la raison pour laquelle elle était obligée de le faire. Au fil des années, elle avait pris l'habitude de repousser avec vigueur les avances de nombreux hommes à qui sa beauté n'était pas indifférente, et elle s'était tenue à l'écart de la gent masculine jusqu'à sa mort.

Quand sa fille lui posait des questions sur son père, elle répondait qu'il était mort depuis de nombreuses années, étouffant dans l'œuf toute tentative d'approfondir son cauchemar personnel. Elle consacra ses meilleures années à entretenir le seul rai de lumière qui brillait dans sa vie, jusqu'à ce qu'il se transforme en un soleil aveuglant. Marianne dépassait toutes ses attentes. Après avoir été une fille exemplaire et une élève brillante, elle devint journaliste et indépendante. Poussée par les encouragements de sa fille attentionnée, la mère, fière de sa fille, reprit ses études à la quarantaine bien sonnée, usée mais encore pleine de curiosité et de volonté d'achever ce qu'elle avait commencé des années auparavant, avec la ferme intention de ne plus jamais laisser la vie contrecarrer ses projets. Quand elle obtint son diplôme, sept ans plus tard, le doyen de sa faculté la fit venir dans son bureau pour lui dire qu'il avait lu sa thèse, “La relation personnelle à Dieu, l'histoire d'amour la plus périlleuse qui soit”, et qu'il l'avait trouvée fascinante. Il lui proposa d'en faire un livre, afin de continuer ce qu'elle avait amorcé dans son écrit modeste : raconter la vie d'une personne simple vue sous l'angle du divin. Au début, elle se sentit écrasée par l'ampleur prétentieuse d'une entreprise qu'elle voyait potentiellement frustrante ; mais après réflexion, et avec l'aide de son vieux professeur, elle parvint à la conclusion qu'elle ne pouvait laisser passer cette occasion de procéder à un examen de conscience dans une perspective divine.

Trois ans plus tard, quand sa fille l'informa qu'elle voulait faire enlever chirurgicalement sa marque de naissance, Catherine demanda à l'accompagner, désireuse d'assister à la "transformation" de sa fille en sa jumelle qu'elle n'avait jamais connue et de faire comme si elle la voyait pour la première fois, en chassant de son esprit la peur stupide qu'elle ressentait à l'idée que, sans sa marque de naissance, elle perdrait son identité en tant que Marianne qu'elle avait élevée avec amour. Le dernier homme qu'elle aurait pu rêver de rencontrer dans la petite clinique était celui qui ne quittait plus ses pensées depuis qu'elle avait aidé à pousser sa fille, dans son fauteuil roulant, jusqu'à la salle d'op. Quand il avait ouvert la porte, sans se douter de ce qu'il allait trouver de l'autre côté, elle avait perdu sa faculté de raisonner clairement. Les yeux de l'homme s'étaient agrandis, ses lèvres s'étaient élargies en un rictus. Et c'était ce rictus ignoble qui avait guidé la main de Catherine dans son sac. Elle avait sorti son arme, visé son cœur et appuyé sur la détente. Comme un robot. Sans rien ressentir du tout. Plus tard, quand sa fille épouvantée lui avait demandé ses raisons, elle ne lui avait livré qu'une demi-vérité. C'est parfois suffisant. Seule sa compagne de cellule, sa chère Sandrine, connaissait toute la vérité ; et sur son lit de mort, Catherine lui avait fait jurer qu'elle retrouverait la fille qu'elle avait perdue et qu'elle ferait en sorte de réunir les deux sœurs. Quand Ben lui demanda pour quelle raison elle avait attendu ses derniers instants pour révéler son secret, elle haussa les épaules et se contenta de fixer le plancher d'un air morose. Et quand il lui demanda si elle avait écrit ce fameux livre, elle esquissa un sourire en murmurant : "Oubliez ça, ce n'est qu'un tissu de bavardage sans signification."

L'inévitable conclusion. Le Charlatan qui a rencontré Mad Hop est amoureux d'une autre Marianne, celle qui vit tranquillement dans un monde lointain. Ben avait du mal à s'habituer à l'idée qu'il y avait deux Marianne. L'une d'entre elles constituait déjà un monde en soi, et il découvrait à présent qu'il y en avait une autre, ce qui représentait pour lui une alternative des plus fascinantes. Il joua un instant avec l'idée d'une Marianne différente, avec des expressions nouvelles, une personnalité nouvelle. Une Marianne qu'il n'avait jamais vue. Mais peut-être se trompait-il, et la ressemblance entre les deux était-elle bien plus grande qu'il ne le soupçonnait.

— Je suppose, dit-il, qu'à un moment donné, vous avez eu des nouvelles de… ma Marianne à moi.

— Vous avez raison. Un mois après l'incident de la station vie-déo. Elle a demandé à me rencontrer. Dans la cité où elle habitait, en 1616. Je n'ai pas eu besoin de réfléchir. J'ai pris le petit et je me suis mise en route. Elle était à six pâtés de maisons de l'endroit où nous sommes. Boulevard du Roi-Lear.

— Elle était ? demanda Ben avec une angoisse grandissante culminant en une nausée qui lui tenaillait l'estomac. Vous voulez dire qu'elle a encore déménagé ? Elle n'y est plus ?

— Il y a deux mois qu'elle a quitté son appartement. Essayez de comprendre, Ben. Après ce qui s'est passé… C'est moi, en fait, qui l'ai persuadée de partir… Elle n'avait pas le choix…

— Mais de quoi parlez-vous donc ? Pourquoi l'avez-vous poussée à partir ?

Pour la première fois depuis le début de leur conversation, des larmes perlèrent à ses yeux, et la façade stoïque qu'elle essayait de maintenir devant les événements qui avaient façonné sa mort s'effondra rapidement. Sa voix devint confuse, et l'angoisse qui lui montait à la gorge déforma certaines de ses paroles.

— Vous imaginez, je pense, à quel point il était douloureux pour elle… de rencontrer sa mère et son fils… Elle avait visionné la bande… et elle m'avait reconnue… Peut-être était-ce le choc qui l'avait empêchée de remarquer la ressemblance entre Henri et son père, devant la station vie-déo… La rencontre ne fut pas facile… pas facile du tout… Je voulais la prendre dans mes bras, la toucher, lui faire comprendre que je suis là pour l'éternité… mais je n'osais pas… elle était si distante… si froide… Je ne lui en veux pas, bien sûr. Je la comprends. Mais elle ne manifestait aucune chaleur… pas même à l'égard de l'enfant… J'attribuais aussi cela à son état de choc… Elle lui prit la main, elle lui sourit un peu, mais rien de plus. Comme si elle restait sur ses gardes… Et même un mois plus tard, quand je lui ai annoncé que nous voulions nous installer ici, en 1616, pour être à côté d'elle, elle a eu une étrange réaction… Je croyais qu'elle serait contente… Après tout, nous étions sa seule famille… et vous savez à quel point c'est difficile de trouver un logement différent dans l'Autre Monde… Mais Marianne ne semblait pas du tout ravie à cette idée. Elle a bredouillé quelque chose du genre : "Bienvenue", et elle est retournée à ses occupations… J'ai essayé de gagner sa confiance par tous les moyens… J'étais prête à n'importe quoi pour qu'elle me pardonne, et le fait est que nous nous sommes revues de plus en plus souvent après ça, mais j'ai mis du temps à m'apercevoir que je ne l'intéressais pas réellement… pas plus que Henri…

— Son enfant ne l'intéressait pas ? demanda Ben d'une voix étonnée.

— C'est vous, Ben. C'est vous seul qui l'intéressiez. Même Shakespeare a perdu de son intérêt quand il ne l'a pas sélectionnée pour jouer dans sa nouvelle pièce. Et c'est cela qui a mis le feu aux poudres. Avant notre rencontre, même.

— Mais d'après ce que vous avez dit, elle a trouvé qu'il avait mes yeux. Cela ne signifie-t-il pas…

— Bien au contraire, Ben. Bien au contraire. Les rares fois où elle le regardait en face, elle se mettait à frissonner et à éclater en sanglots. Elle répétait que c'était trop pour elle, qu'elle ne supportait pas ces yeux. Et quand je lui ai demandé si elle pouvait garder l'enfant un jour ou deux pendant mon absence, elle m'a regardée comme si j'avais perdu la tête… Plus tard, nous avons essayé de lui rendre visite au moins une fois par semaine pour essayer de la sortir un peu de son appartement, mais sans résultat… Elle préférait rester cloîtrée, à visionner ses cassettes. Parfois, je me joignais à elle pour regarder quelques bribes de votre vie commune… Je me disais que j'apprendrais ainsi à la connaître un peu mieux, mais il était clair que ma présence ne faisait que l'importuner. Je ne lui en voulais pas, mais j'avoue qu'il m'était assez difficile de la comprendre… jusqu'à ce terrible après-midi, il y a deux mois…

— Que s'est-il donc passé il y a deux mois ?

— Henri a fait quelque chose d'un peu…

La sonnette de la porte d'entrée retentit deux fois. Catherine se leva d'un bond pour aller ouvrir en gloussant de rire. La femme derrière la porte la serra dans ses bras, et elles se balancèrent d'avant en arrière, riant et pleurant en même temps. Catherine prit la main de sa visiteuse en se tournant vers Ben :

— Je vous présente Sandrine Montesquieu, dont je vous ai déjà parlé…

Sandrine s'approcha de lui pour lui serrer chaleureusement la main tout en échangeant des regards amusés avec son amie radieuse. Ben était stupéfait de voir le changement radical qui s'était opéré chez Catherine, comme si cette visite lui avait insufflé une vitalité nouvelle. Il supposa que les deux femmes devaient partager quelque chose d'assez important pour éclipser tout ce qu'il avait pu apprendre jusque-là. Elles prirent place l'une à côté de l'autre sur le canapé et se mirent à bavarder en se tenant la main comme si tous les malheurs du monde avaient été effacés d'un coup, comme si cette pièce était leur ancienne cellule, comme si elles n'étaient pas assises face à un gendre interloqué qui attendait la réponse vers laquelle toute son attention était braquée. Mais celle-ci était lente à venir. Durant plusieurs interminables minutes, il les écouta papoter à propos du temps passé, échanger des souvenirs à mots codés indéchiffrables pour lui, remonter des perles du fond de l'océan de misère qu'elles avaient traversé ensemble. Elles en oubliaient tout le reste. Ben admirait leur remarquable faculté de faire entièrement abstraction de sa présence, et cela lui rappela la manière dont il avait agi plusieurs fois de la sorte avec sa femme, jusqu'au moment où, n'y tenant plus, il les rappela à l'ordre au moyen d'une remarque acerbe.

— Je sais que vous avez beaucoup de choses à vous dire, et je m'en voudrais de vous déranger davantage… mais si vous pouviez juste me donner l'adresse…

Catherine le regarda d'un air penaud avant de s'excuser :

— Désolée, mes pensées étaient ailleurs… Je vous proposerais bien de rester dîner…

— Je ne veux pas vous déranger. Je suis sûr que nous aurons l'occasion de nous revoir bientôt…

— Mais certainement, dit-elle en déchirant le coin d'un journal qu'il n'avait pas remarqué.

Elle griffonna quelques mots, lui tendit le morceau de papier et murmura :

— Soyez patient, je vous en prie. Et surtout, ne renoncez pas. Vous êtes arrivé jusqu'ici, ce n'est pas le moment de perdre espoir.

Ben hocha la tête et ne regarda le papier qu'après avoir échangé son empreinte de pouce avec elle et prit congé. À partir de là, ses lèvres ne cessèrent de prononcer à voix basse les mots écrits, un peu comme l'acteur qui avait répété à côté de lui dans le multi. *Octobre 1700, première à droite en sortant de la gare centrale, deuxième à gauche, puis deuxième à droite. Repos séculier.*

38

DANS LE NOIR

DPM. Dépression *post mortem*. C'était ainsi que l'alias responsable du service des Affections Incurables avait qualifié l'état de Marianne. Trois petites consonnes qui voulaient donner la mesure de son déclin dans l'au-delà : le choc initial, que la plupart des trépassés ressentent à leur arrivée dans l'Autre Monde ; le stade d'adaptation illusoire ; le stade du choc primaire ; celui du déni ; celui du naufrage ; celui du gel total. En d'autres termes, comme l'avait dit l'alias en lissant pensivement sa petite barbe frisée, l'incapacité d'affronter le retrait du monde précédent et le refus catégorique d'accepter le monde nouveau en tant que cadre unique de l'existence, ou même en tant que cadre d'existence possible.

— Ironiquement, avait ajouté 270 avec un sourire épanoui, les deux tranches de population les plus susceptibles de souffrir de cette maladie mentale préoccupante sont diamétralement opposées. Le groupe le plus large est constitué d'individus qui ont souffert toute leur vie et ont cru, à tort, que la mort allait mettre fin à leur existence. Ce groupe est incapable d'affronter l'idée que l'Autre Monde tend vers l'éternité. Plutôt que de se réjouir de la seconde chance qui leur est offerte, ils rejettent farouchement cette réalité, en la considérant comme un complot certes inexplicable mais à coup sûr malveillant destiné à accroître leur dégoût de leur propre existence. Comme ils abhorrent ce qu'ils considèrent à tort comme un état insupportable, ils se lancent dans des campagnes muettes contre les "manipulateurs" qui tirent les ficelles de la prétendue conspiration dont ils se croient victimes, se laissent prendre au piège et passent à côté de leur inexorable destin. Ils se sentent dupés, trahis, maintenus en suspens contre leur volonté entre l'inutilité de leur situation actuelle et l'inutilité inhérente à une réaction qui ne saurait en aucun cas produire les résultats escomptés. Un peu marginale par rapport à ce groupe, il y a une sous-catégorie particulièrement étrange d'individus au réalisme inquiétant qui refusent purement et simplement de croire à l'existence de l'Autre Monde avec ses caractéristiques relativement fantastiques et persistent à essayer de convaincre tous ceux qui croisent leur chemin qu'il s'agit d'une fiction absolument inconcevable. La plupart du temps, ces gens-là finissent au Repos séculier après avoir compulsivement détruit un certain nombre de godgets volés et essayé en vain d'imprimer de la fausse monnaie pour "insuffler un peu de réalité dans les veines de ce grotesque univers". C'est en tout cas ce qu'ils disent.

Le second groupe, qui représente statistiquement à peine un pour cent du premier, est composé d'individus qui ont connu de grandes joies de leur vivant et qui, dans la mort, ont pris la mesure de tout ce qu'ils laissaient derrière eux et ont du mal, par conséquent, à se détacher du passé. Le passage à un monde différent représente, de leur point de vue, un nouveau départ non désiré, et ils n'ont donc que mépris envers une mort forcée qui les a privés de leur joie de vivre. Ces patients ne cessent de parcourir leur biographie personnelle et de sanctifier le chef-d'œuvre représenté par la période infinitésimale qui va de leur naissance à leur mort. Distincts des malades déçus par la mort, qui souffrent d'une dépression active due à leur état d'esprit paranoïaque, les patients anciennement joyeux de vivre sombrent dans une forme de dépression passive qui les empêche d'échapper à la prison lancinante de leurs souvenirs. Cela dit, il convient de faire preuve de prudence à leur voisinage, car ils peuvent être extrêmement dangereux et réagir de manière violente s'ils se sentent menacés. C'est dans ce dernier groupe, ajouta le spécialiste avec un sourire de sympathie, que nous avons rangé votre épouse.

— Marianne n'aurait jamais réagi de la manière extrême que vous venez de décrire, répliqua Ben en souriant. Elle n'est ni violente ni dangereuse. C'est la femme la plus…

— Elle a failli tuer votre enfant, coupa le spécialiste.

— Menteur !

L'alias eut un rictus.

— J'aimerais bien. Dans un autre monde, cette histoire aurait eu une fin terrible.

— Quelle histoire ?

— Votre épouse, monsieur Mendelssohn, est accro aux cassettes de sa vie. Elle s'éloigne un instant, elle va dans la cuisine, l'enfant reste seul dans le salon et cherche quelque chose avec quoi il puisse s'amuser. Il joue avec les boutons du lecteur vie-déo. Il efface une semaine. Il efface la noce et la lune de miel. Voilà ce que m'a raconté son aimable grand-mère. Marianne revient dans le salon et découvre ce que l'enfant a fait. Elle perd la tête. Elle pète un plomb. On vient de lui voler une semaine de sa vie, et pas n'importe laquelle. Elle lui bondit dessus et commence à l'étrangler de toutes ses forces. La grand-mère survient et la découvre dans cette position non équivoque. Elle comprend que cette femme a besoin d'aide. Marianne ne résiste pas quand nous envoyons un multi spécial à son domicile, avec quatre infirmiers qui lui demandent de les suivre. Les cassettes, c'est tout ce qui l'intéresse. Elle les emporte avec elle. Peu lui importe qu'on l'enferme au Repos séculier, pourvu qu'elle ait ces bandes. Après tout, pour elle, ce qui arrive après la mort n'arrive pas vraiment.

— Et comment explique-t-elle la semaine de sa vie qui a été effacée ? demanda Ben, choqué par son propre manque de réactivité quelques instants après avoir appris l'écœurante métamorphose de Marianne.

De nouveau, l'alias se passa la main dans la barbe, qu'il tirailla cette fois-ci d'un mouvement calme et répété.

— Ce n'est qu'une petite bavure technique. Les faits demeurent dans sa mémoire lointaine. C'est une expérience assez déstabilisante, monsieur Mendelssohn. Elle n'a pas oublié qu'elle a étranglé son enfant, mais cet acte n'a aucune signification en ce qui la concerne. Comme je vous l'ai déjà expliqué, tout ce qui n'appartient pas à son passé est pour elle superflu et sans valeur. Le fait d'avoir connu sa mère biologique dans notre monde, le fait d'avoir trouvé son fils unique dans ce monde, le fait qu'il a effacé une semaine de son existence, celui d'avoir réagi avec une violence confinant à la furie, tout cela est pour elle parfaitement immatériel, relégué dans une zone inaccessible de son cerveau, enfoui, sans aucun doute, sous des montagnes d'informations longuement malaxées. Le phénomène a été un jour décrit par l'un de mes collègues sous le nom de "régurgitation". Et c'est bien, essentiellement, ce que font tous nos malades atteints de DPM. Ce n'est pas un besoin d'introspection aboutissant à de vraies conclusions qui les pousse à visionner leur vie. Ce qu'ils veulent, c'est la revivre, en tant que simples spectateurs.

— C'est pour cette raison que vous avez donné cet horrible nom à votre service ? Vous pensez vraiment que la dépression de Marianne est incurable ?

— La dépression *post mortem* n'est pas une maladie comme les autres. Malheureusement, aucun des remèdes à la mode dont disposent aujourd'hui les psychiatres n'agit sur l'organisme des humains de notre monde.

— Dans ce cas, à quoi servez-vous donc ? s'indigna Ben. En quoi votre équipe et vous pouvez-vous l'aider à combattre cette terrible maladie ?

— Nous la laissons exister.

— Je vous demande pardon ?

— Contrairement aux autres maladies mentales, qui peuvent être soignées ou guéries par des activités ludiques, des discussions, des exercices et toute une gamme de moyens thérapeutiques, la DPM résiste à toute intervention. Croyez-moi, j'ai suffisamment d'expérience pour en parler. Indépendamment de la futilité de toute tentative d'établir un dialogue avec des patients coupés de la réalité, même s'ils arrivent à échapper momentanément à la prison de leurs souvenirs, ils considèrent toute intrusion dans leur vie privée comme une agression insupportable qui a pour effet de les pousser à se réfugier encore plus profondément dans la coquille de leur aliénation. La pratique nous a enseigné que la meilleure façon d'aborder le problème est de les laisser tranquilles, et je suis fier de vous dire que soixante-quinze pour cent de nos patients du second groupe montrent des signes de rémission totale.

— Quand vous parlez de rémission…

— Je veux dire qu'ils acceptent le monde où ils sont maintenant et apprennent à se libérer entièrement de leur passé. Il s'agit pour eux d'une seconde naissance, même s'il y a là une contradiction apparente.

— Pourquoi, alors, appelez-vous cet endroit le service des Affections Incurables ?

— Parce que nous n'intervenons pas de manière invasive. De notre point de vue, en tant qu'institution médicale, nous ne proposons aucun traitement, excepté un isolement indispensable.

— Comment expliquer l'amélioration de ces malades, si vous ne leur offrez aucun traitement ? Désolé, mais j'ai du mal à comprendre ce qui peut empêcher un individu déprimé de se complaire dans son état si personne ne fait rien pour lui venir en aide. Ce que je veux dire, c'est qu'il s'agit là d'une tentation aussi forte que dévastatrice pour ceux qui ont des tendances suicidaires ou qui s'apitoient sur eux-mêmes. Loin de moi, bien sûr, l'idée de penser que mon épouse entre dans l'une de ces catégories…

— Je sais, monsieur Mendelssohn, je sais. Lors d'une des rares occasions que j'ai eues de lui rendre visite dans sa chambre, j'ai visionné quelques scènes de votre vie avec elle, et il me paraît clair qu'elle avait une personnalité énergique et très attachante. Ce qui confirme à quel point la maladie dont elle souffre est sournoise et dangereuse. Mais cela ne nous donne pas pour autant les moyens de la traiter. En tout état de cause, nous fournissons à ces malades un espace de mort illimité. Vous voulez vous morfondre pendant quarante ans devant un écran de télé ? Allez-y, ne vous gênez pas. Et pour ce qui concerne votre question sur la guérison de nos patients, je sais que cela peut vous paraître ridicule, mais croyez-moi, ils finissent tôt ou tard par se lasser. Ils se fatiguent de cette existence dans un cocon qu'ils ont patiemment élaboré, et ils en arrivent à le crever pour se libérer. Nous avons eu ici une malade de quatre-vingt-neuf ans atteinte de DPM qui est restée assise devant son écran, à l'état de légume, pendant soixante-quatorze années… Eh bien, un beau jour, elle s'est levée, et elle est partie.

— Elle est peut-être allée ailleurs faire un sept fois trois ?

L'alias sourit avec compassion.

— S'il y a une chose à laquelle les malades de DPM ne croient pas, c'est bien la mort.

Ben eut un hochement de tête approbateur.

— Si je comprends bien, la seule ombre au tableau, c'est le délai qui s'écoule entre le diagnostic et la guérison. Comment expliquez-vous qu'il soit si long ?

— C'est simple. Dans la majorité des cas, les malades sont si enchantés de pouvoir revivre leur existence chérie qu'ils passent les deux premières années à zapper d'un moment de bonheur à l'autre. Ce sont les points forts, si vous voulez, de leur parcours. Et quand ils ont visionné plusieurs fois chacun de ces instants, ils veulent plus de détails, et ils revivent leur vie en temps réel.

— En temps réel ?

— Exactement. Si vous avez vécu quarante ans vous passez quarante ans de votre mort à revoir votre…

— Vous n'avez jamais eu l'idée de détruire ces bandes ? De simplement laisser vos patients entre quatre murs ?

— Monsieur Mendelssohn, cela fait à peine dix minutes que vous êtes ici, alors que nous y sommes depuis des générations. Tout ce à quoi vous pouvez penser a été envisagé, testé, évalué et réévalué. Pour votre information, la destruction d'une cassette vitale constitue un crime si elle est réalisée par quelqu'un d'autre que le titulaire de la bande. Et la confiscation des cassettes dans un but thérapeutique n'a conduit à rien d'autre que l'aggravation de l'aliénation du malade par rapport à son environnement.

— Et moi dans tout ça ?

— Pardon ?

— Je suis certain que je pourrais aider Marianne. Après tout, je la connais mieux que n'importe qui.

— Vous connaissez l'ancienne Marianne mieux que n'importe qui. Mais en ce qui concerne sa nouvelle incarnation, permettez-moi d'être sceptique. Je ne crois ni à la profondeur de votre connaissance ni à l'utilité d'une rencontre.

— Elle n'a pas pu changer à ce point.

— Vous dites cela parce que, comme elle, sur le plan conceptuel, vous êtes resté coincé dans le monde antérieur.

— Vous vous trompez.

— Monsieur Mendelssohn, nous savons tous les deux que vous êtes animé des meilleures intentions. Il est seulement à espérer que vous avez eu la sagesse de vous préparer au pire.

— Le pire est déjà derrière moi. Désormais, les choses ne peuvent que s'améliorer.

— Vous insistez donc pour la voir ?

— Vous en avez douté ?

— J'ai pensé pouvoir vous dissuader de commettre cette erreur.

— Cette erreur ? En quoi le désir de revoir ma femme peut-il être une erreur ?

— L'erreur est dans le refus, l'obstination, la puérilité, le manque de compréhension, l'ignorance. La femme que vous allez voir n'est pas votre épouse. La mort, en ce qui vous concerne, vous a rendus absolument étrangers l'un à l'autre.

— Et c'est pour me protéger que vous essayez de me convaincre de ne pas affronter la glaçante vérité toute nue ?

— Toute métaphore mise à part, vous n'êtes pas trop loin du compte. Si vous voulez un conseil, retournez à l'endroit d'où vous venez et essayez de comprendre que ces absurdités romantiques ne peuvent vous mener à rien. Je respecte votre vocation de martyr, mais elle est totalement gratuite. Vous n'avez pas idée de la déception qui vous attend, et je n'utiliserai pas le cliché qui consiste à dire qu'un siècle, ce n'est qu'une goutte d'eau dans l'océan de l'éternité. Vous croyez vraiment que si elle guérit, ou quand elle guérira, elle va courir droit dans vos bras en sanglotant de joie à l'idée de vous retrouver ? Faites-vous la faveur d'imaginer votre réaction quand elle vous dévisagera froidement en vous disant que vous appartenez au passé, tout comme les bandes qu'elle aura détruites, tout comme cet endroit où elle aura passé tant de temps. Les torts que vous allez vous causer seront mille fois plus grands. Tout ce que je vous demande, c'est de regarder clairement l'ensemble du tableau qui vous attend.

— Vous n'avez pas non plus une vue très claire du tableau. Vous fondez tout votre diagnostic sur des cas antérieurs, en vous rendant coupable de généralisations outrancièrement criminelles quand vous me demandez de repartir sans avoir vu ma femme.

270 poussa un soupir en forme de docte résignation.

— Vous commettez tous la même erreur. Vous croyez que votre histoire est différente, unique dans les annales. Eh bien, je vous souhaite bonne chance !

Ben le suivit à pas pesants, le dos voûté, le regard rivé au revêtement de sol luisant. Il essayait d'oublier tout ce qu'il avait entendu à partir du moment où il avait mis les pieds dans ce maudit hôpital, s'il était permis d'appeler ainsi cette espèce de tranquille établissement hôtelier avec ses pelouses désertes, entretenues avec soin, qui s'étendaient à perte de vue, et ses clients fantômes dans leurs chambres bruyantes. Derrière chaque porte, on entendait des conversations animées, des disputes conjugales, des gémissements d'amour et des dizaines d'autres bruits épouvantablement réalistes provenant de prises uniques, sans répétition préalable, sans prompteur, comme s'il s'agissait de pure improvisation échappant au scénariste ou au réalisateur et constituant une fiction sophistiquée, car derrière ces portes il n'y avait pas le moindre soupçon de vie réelle, mais une vie recyclée avec la minutie que seule la mort pouvait apporter.

Le mur en béton que ces malades dressaient entre les deux mondes le faisait enrager ; soudain, chacun se transformait en noteur et décidait de mettre fin à son histoire comme bon lui semblait, sans demander l'avis d'un expert ; soudain, chacun profitait de la belle excuse offerte par la mort pour refermer le livre de sa vie à deux mains molles, sans vouloir écrire un seul mot de plus, assis au creux de son fauteuil, lisant et relisant ardemment les mots éteints qui formaient une pâle imitation de dénouement. Marianne elle aussi faisait partie des noteurs. Elle s'était elle aussi calée au fond de son fauteuil, en rejetant ses instruments d'écriture et en se complaisant dans une conclusion prématurée. Une tâche ardue et complexe attendait Ben. Il fallait qu'il libère celle qu'il aimait des griffes du passé et qu'il lui montre que leur avenir était devant et non derrière eux. Il fallait qu'il lui prouve qu'il était capable entre tous, lui qui détenait tout un trousseau de clés destinées à ouvrir des portes aux autres, de se forger une ingénieuse clé personnelle propre à libérer pour elle de glorieux horizons en déverrouillant soigneusement le portail qu'elle avait choisi de refermer sur sa vie…

Avant d'avoir eu une chance de développer pleinement cette pensée, il fut soudainement interrompu par son guide, qui lui souhaita bonne chance pour la seconde fois et tourna brusquement les talons. Ils étaient arrivés devant une porte orange. Au début, Ben ne comprit pas comment l'alias pouvait distinguer la chambre de Marianne des chambres voisines, car elle n'était signalée ni par un nom, ni par un numéro, ni par aucun signe distinctif apparent. Mais quand il regarda les autres portes du couloir, au nombre d'une vingtaine, il s'aperçut qu'elles avaient des teintes différentes, et il se dit que la couleur orange n'était peut-être pas due au hasard, car il savait que Marianne la détestait. Décidant de ne pas atermoyer plus longtemps, il passa quatre doigts tremblants dans ses cheveux, ferma les yeux et colla l'oreille à la porte pour savoir quelle partie de sa vie elle était en train de visionner, comme s'il était important de bien synchroniser son entrée. Mais aucun son ne sortait de la chambre. *Elle nous regarde peut-être dormir*, se dit-il en frappant. Seul le silence lui répondit. Il appliqua une main moite contre la porte et la poussa doucement. Elle s'ouvrit docilement sans bruit, et il pénétra dans la chambre où régnait une obscurité totale. Il prononça son nom en hésitant, puis le répéta d'une voix plus ferme.

— Benji ? fit une voix langoureuse qui troua l'obscurité.

Il tourna la tête vers la source de cette voix familière en murmurant :

— Oui, c'est moi.

Le long silence qui accueillit cette réponse ne le désarçonna guère, et il demanda d'une voix neutre, en réprimant le tremblement qui menaçait de s'emparer de lui de la tête aux pieds :

— Où est l'interrupteur ?

— N'allume pas, fit-elle d'une petite voix timide, en riant.

Il sourit en tâtonnant dans le noir jusqu'à ce que ses narines captent le parfum doux-amer de son corps attendu. Il se pencha pour explorer dans le vide avec enthousiasme. Sa main ralentit quand il reconnut son petit nez en trompette. Il lui fallut un moment pour se réhabituer aux traits de son visage accueillant. Au milieu de l'obscurité la plus lumineuse qu'il eût jamais connue, une petite main délicate saisit la sienne et la guida avec une lenteur délibérée jusqu'à son nombril, autour duquel il traça des cercles de plaisir. C'était, entre autres, leur petit secret d'alcôve, celui qui témoignait sans conteste du désir qui montait en elle. Elle l'attira à elle d'une main ferme, arquant les reins à sa rencontre, ensorceleuse et ensorcelée, masse de chair et de sang ne demandant qu'à se frotter contre un horizon longtemps espéré afin de rendre réel le seul rêve restant, l'impossible, l'inexplicable. Il fut transporté par la chaleur purificatrice qui se glissa sous son épiderme, comme quelqu'un qui rentre à la maison au bout d'une très longue absence et qui, même s'il reste plongé dans le noir absolu, est encore capable de discerner les odeurs, l'air confiné dans les chambres closes, les souvenirs qui lui sourient dans chaque coin, tapis dans l'ombre pour surgir sans prévenir : une maison qui représente pour lui une carte détaillée de chacun de ses mouvements, de chacune de ses méditations. Dès l'instant où il avait ouvert la porte pour oser entrer, il s'était mis à errer à travers les pièces de la maison, vérifiant que rien n'avait changé au cours de ses quinze mois d'absence, ouvrant une porte, claquant une autre, montant les stores, tirant les tentures, remettant les fauteuils en place, poussant les meubles, ôtant les obstacles, créant des passages. Curieusement, elle ne s'insurgea pas contre une telle intrusion, mais l'accepta avec une passion reconnaissante, et le moment fut incomparablement pathétique, telle une rencontre au sommet entre un logement et son titulaire, surtout lorsqu'elle sentit sous ses doigts la contexture ferme de son corps, la sveltesse à laquelle elle attachait tant de prix, enrobée d'une masse musculaire qu'elle n'aurait jamais imaginée. Il n'aurait pas pu ménager de meilleures conditions de rencontre. Il arpenta la maison dans tous les sens, laissant sa marque sur chaque objet, faisant trembler les parois, suintant de plaisir devant la toiture gémissante que ses lèvres retenaient captive, s'insinuant dans les fissures des tuiles moites, se glissant avec dextérité dans les joints transis des parpaings.

Finalement, quand Marianne fit entendre sa satisfaction sous la forme d'un gémissement de satiété, son mari extatique poussa un long soupir en lui caressant les cheveux et en attendant qu'elle dise quelque chose, mais elle demeura muette comme une tombe. Même quand il chuchota à son oreille : "Comme tu m'as manqué !", il n'obtint pas de réponse. Il contempla longuement ce que l'obscurité lui permettait d'entrevoir : quelques fragments de Marianne auxquels son imagination donnait corps. Les paroles inquiétantes de l'alias remontèrent dans sa mémoire, reléguées au rang de théorie sans fondement après leur séance d'amour rationnel dans ce lit qui leur avait fait revivre des moments anciens. C'était un aperçu de ce que l'avenir leur réservait, se disait-il avec un sourire épanoui. L'alias avait exagéré les effets de la maladie. *J'aurais probablement fait la même chose si j'étais mort le premier. Elle n'a pas dévié de la normale, elle a seulement eu une dépression. Rien de plus.*

Sa voix presque inaudible l'avait tiré de ses ruminations, sa voix intérieure qui avait trouvé le moyen de remonter en elle jusqu'à la base de sa gorge, sa voix que personne d'autre qu'elle-même n'était supposé entendre, et qui n'attendait pas de réponse. *C'était tellement réel tu es ici à côté de moi derrière moi devant moi au-dessus de moi sous moi cette fois-ci je t'ai senti je t'ai même entendu quand tu m'as demandé où était l'interrupteur et que je t'ai dit de ne pas allumer parce que même en rêve j'avais peur que la lumière me réveille et que je comprenne et j'avais vraiment envie que tu restes je ne voulais pas que tu partes parce que c'est seulement dans le noir que je te vois seulement dans le noir que je sens ta présence que je sais que tu es là et rien ne peut empêcher cela pas même les autres patients dans les chambres à côté j'espère que tu n'en fais pas partie déjà il y en a un qui prétendait être Ben mais il ne savait pas caresser mon nombril alors je l'ai chassé et je me suis endormie comme tous les soirs dans le noir rien de nouveau sous le soleil alors à quoi bon allumer ce n'est pas réel pas tangible surtout pas comme aujourd'hui je n'arrivais pas à y croire je n'y crois toujours pas comment as-tu fait pour me donner l'impression que tu étais réel comme dans le film j'ai finalement réussi à te faire venir grâce à l'obscurité mon amour ça a marché ça a entretenu la flamme que je suis seule à voir je sens ton odeur même en ce moment je t'entends respirer à petits coups comme tu fais d'habitude mais c'est notre petit secret à tous les deux je te promets de ne le dire à personne si tu reviens me voir pendant mon sommeil si tu adoucis mon cauchemar si tu m'inondes de promesses on gardera ça pour nous seuls comme aujourd'hui Marianne a retrouvé Benji Marianne avait raison et cet idiot d'alias avait tort quand il m'a dit que je ne te retrouverais jamais entre ces quatre murs en dehors des cassettes et regarde tu es arrivé et ça m'est égal que tu partes parce que je sais que tu reviendras demain je sais que tu as des choses à faire probablement une autre histoire à terminer moi aussi j'ai à faire je n'ai toujours pas retrouvé la semaine manquante c'est comme un trou noir parfois je ne sais plus où j'en suis où sont passés ces sept jours je ne suis pas sûre de les retrouver mais je continuerai à chercher et toi tu continueras à venir dans ma chambre oh mon Benji comme je t'aime tu essaies de trouver la fin idéale et moi je suis ici en suspens enfin pas vraiment parce que ma fin à moi a été écrite depuis longtemps et je ne fais que radoter radoter radoter…*

Abasourdi, Ben resta deux heures de plus au chevet de sa femme qui continuait à délirer, effrayé à l'idée qu'elle pourrait décider de se lever, allumer la lumière et voir le fruit de son imagination qui, à la faveur de l'obscurité, avait pris corps et âme, sans qu'il sache s'il devait croire ou ne pas croire ce que ses oreilles lui rapportaient. Quand elle se tut, il crut bon de profiter du moment pour s'éclipser, mais elle ne lui en laissa guère le temps. Elle se déplaça avec précision dans le noir, et Ben, paralysé, entendit le bruit caractéristique de l'interrupteur qu'elle actionnait. La lumière maladive qui se répandit dans la pièce, mélange nauséabond de beige pâle et de moutarde avariée, le força à cligner les yeux à deux reprises avant de pouvoir poser les yeux sur elle. À son grand étonnement, elle ne le vit pas tout de suite. Ses yeux couraient d'une bande à l'autre un peu partout sur le sol, et ce n'est que lorsqu'elle s'avança à quatre pattes pour ramasser une cassette qu'elle avait fait glisser par inadvertance sous le lit qu'elle leva les yeux, l'aperçut et sourit.

Les lèvres de Ben se figèrent en un rictus horrifié. Ce sourire n'exprimait ni la compréhension mutuelle, ni le sarcasme, ni l'indignation, ni la séduction, ni la flatterie, ni l'humour, ni la salacité, ni l'intellectualité, ni la délibération, ni la dérision, ni l'orgasmicité, ni la déroute, ni l'indifférence, ni le doute, ni le mensonge pieux, ni la bêtise, ni la frayeur, ni le caprice, ni la ruse, ni l'éveil, ni la générosité, ni l'effarement, ni l'émerveillement.

Ce sourire était celui d'une complète inconnue.

39

AU ROYAUME DES SONGES

Vingt-sept mois après avoir perdu la vie dans de bizarres circonstances aéronautiques, Marianne se réveilla au milieu de la nuit en entendant des bruits suspects du côté de la porte, se traîna jusqu'à l'interrupteur et alluma. Elle poussa un soupir de soulagement en constatant que sa chambre n'abritait pas le mystérieux intrus qui alimentait sa peur, mais son regard se porta sur l'écran de télé et elle vit l'enveloppe blanche qui y était scotchée, avec son nom tracé d'une main dont l'écriture lui avait été familière dans un autre monde. Elle prit l'enveloppe, s'assit au bord du lit et en sortit une liasse de feuilles couvertes de la même écriture. En se raidissant pour calmer le tremblement de ses mains, elle lut les mots tracés d'une écriture désinvolte en se forçant à les prononcer tout haut de peur que, si elle les déchiffrait en silence, ses tremblements soustraient des lignes entières à sa vision.

Très chère Marianne,

Ceci n'est pas un rêve. Les pages que tu tiens dans tes mains contiennent des mots écrits par ton mari qui t'adore, et cette lettre est la première et la dernière que tu recevras. Je précise cela afin de m'assurer que tu ne la détruiras pas dans un moment de colère et que tu ne t'imagineras pas qu'elle fait partie des fantasmes que ton esprit a concoctés. J'ignore si ces mots auront le pouvoir de t'atteindre et de pénétrer au cœur de la forteresse de ton âme. J'ignore si tu pourras lire cette lettre en étant capable de voir ce qu'il y a au-delà des murs de ta chambre. Ma tentative est peut-être totalement ridicule. Tu ne comprendras peut-être pas ce que je veux, tu jetteras peut-être ces feuillets au panier, mais souviens-toi qu'il n'y en aura pas d'autres. Ni aujourd'hui, ni demain, ni dans cent ans. Je sais que tu reconnaîtras mon écriture, comme tu reconnaîtras la main qui a tracé ces mots. Cette même main qui a pressé la détente pour me faire venir à toi.

C'est vrai ; comme toi, je n'ai pas trouvé le moindre intérêt à continuer à me battre lorsque tu as été brutalement arrachée à moi. Comme toi, j'ai fermé les volets, verrouillé les portes et battu en retraite entre les quatre murs de la fin. J'ai voulu croire que je trouverais le courage de surmonter ma perte et j'attendais avec impatience le moment d'escalader le mur pour passer de l'autre côté. Lorsque j'ai commencé à fréquenter la salle de sport pour façonner mon corps d'une manière propre à te faire plaisir, je me suis leurré, dans l'espoir secret qu'en retrouvant la compagnie des humains je récupérerais ma vie plutôt qu'une version lointaine et imparfaite qui ressemblerait au souvenir édulcoré d'une enfance heureuse. Je n'ai pas mis longtemps à comprendre l'essence de ce grand mensonge. Un mort ne peut pas se permettre de fréquenter des êtres qui respirent et qui vivent. J'avais le sentiment d'être un espion sans qualification, une taupe dépourvue de bon sens, un agent double qui trahissait les deux mondes à la fois. J'étais écœuré par mon incapacité. Si tu souffres tant que ça, me disais-je, il n'y a qu'un moyen honorable de mettre fin à tes misères. Mais ne te méprends pas sur mes intentions, Marianne. Je voulais juste abattre le mur entre nous. Parfois, je voulais t'oublier, effacer ton souvenir de ma mémoire, maîtriser l'énorme pouvoir que tu avais sur moi, mais je n'ai jamais pu cesser d'en rire. Je te jure que j'en riais. Par plaisanterie. Par dépit. Je riais de savoir à quel point tout cela était vain. Je me demandais comment faisaient les autres pour gérer leur deuil alors que j'échouais de manière aussi lamentable. Qu'est-ce qui rendait ma perte différente, unique, spéciale ?

Hélas, je n'ai jamais pu trouver la réponse. Il est simpliste de dire que nous avions quelque chose qu'aucun autre couple ne possédait. C'est tellement évident. Et que ce que les autres couples avaient n'était pas semblable. En attendant, j'ai rejeté toutes les argumentations rationnelles en faveur de la survie dans un monde où ma bien-aimée n'était plus. Les jours ont passé dans une immobilité entêtante, où ma seule consolation consistait à rendre un culte au corps. Tu m'avais laissé dans la mort une aspiration insatisfaite, un modeste désir qui m'a servi de bouée de sauvetage provisoire. Chaque soir, je me regardais dans la glace à travers tes yeux, en me demandant si mon physique avait atteint les proportions propres à émoustiller tes désirs, et peu à peu un projet a commencé à prendre forme. J'avoue que je n'avais pas envisagé que l'Autre Monde pourrait ressembler à ça, mais contrairement à beaucoup d'autres j'avais foi en son existence. Je savais que, si tu étais partie, c'était pour aller quelque part. Même si cet endroit s'appelait nulle part, je préférais me retrouver là avec toi plutôt que de passer mon temps dans un non-lieu où chacune de mes inspirations serait comptabilisée, où chaque battement de paupière serait un faux-semblant. Je pensais que toute autre douleur serait éclipsée par celle que je ressentais là-bas, dans ce chez-nous qui, en un instant, s'est révélé être un simple chez-moi, sans âme, dénué de signification, pour tout dire un enfer.

Je me trompais.

Mais non, je n'éprouve pas le moindre soupçon de regret. Sauf, peut-être, en ce qui concerne les misérables moments d'attente. Peut-être aurais-je pu, en arrivant plus tôt, combler le fossé. Le fossé du temps. Quel est l'idiot qui a dit que le temps guérit toutes les blessures ? À mon avis, il est plutôt débilitant, le temps. Le fait est que tu es là et que je suis ici. Nous sommes tous les deux dans le même monde. Quelle ironie ! Quand j'étais dans le monde précédent et toi ici, nous étions mentalement dans des univers parallèles, si tu me pardonnes ce cliché éculé. Mais c'est ici, paradoxalement, que nous avons été le plus loin l'un de l'autre. C'est ici que j'ai baissé les bras parce que, même dans mes rêves les plus fous et dans mes pires cauchemars, je n'avais pas prévu la possibilité saugrenue selon laquelle j'irais à grands pas, avec détermination, vers un avenir commun pendant que tu stagnerais et régresserais dans un passé qui a pris fin avec ta mort. J'avais peur, comprends-tu, qu'en arrivant à te rejoindre je m'apercevrais que tu avais continué ta route sans moi, en direction d'un futur indéterminé. En bon épiloguiste, je voulais aller de l'avant, laisser le passé derrière nous, même si cela me forçait à agir en dirigeant mes pas. Je ne te reproche pas les changements drastiques qui se sont opérés en toi depuis le jour de ta mort jusqu'à ce présent chimérique, mais je suis obligé de t'avouer que je suis quelque peu surpris.

Quand nous nous sommes retrouvés, tu m'as demandé de ne pas allumer, et nous avons fait l'amour comme au bon vieux temps. Naïvement, je m'imaginais que nos misères avaient pris fin et que nous allions pouvoir repartir d'un bon pied. Le directeur du service et ses prédictions de malheur pouvaient aller se faire voir. Je refusais d'accepter les jugements qu'il proférait de manière catégorique, et je détestais ses manières glaciales, comme s'il te connaissait mieux que moi. Je méprisais son diagnostic outrageant et, par-dessus tout, je m'indignais de l'entendre affirmer que la mort avait fait de toi une personne différente. C'est alors que tu as allumé la lumière. Et que tu m'as souri d'une manière que je ne reconnaissais pas. Comme si tu étais surprise de voir l'homme qui, une seconde plus tôt, avait fait l'amour avec toi, comme si tu étais choquée par sa présence dans ta chambre, telle une personne à la fois amusée et intimidée à la vue de l'amant qui osait sortir de son rêve.

Rien n'est plus effrayant, Marianne, que de voir une expression nouvelle et totalement inconnue se dessiner sur le visage d'un être aimé. Comme si l'on écoutait un morceau de musique familier et réconfortant pour s'apercevoir qu'il est déformé par des notes aléatoires et discordantes. Nous nous sommes regardés ainsi pendant plus d'une heure. J'ai essayé de te persuader que j'étais venu du monde des vivants exprès pour te retrouver ici. Je t'ai secouée de toutes mes forces, j'ai hurlé à ton oreille, j'ai même essayé d'effacer ton expression obtuse en te giflant à plusieurs reprises, mais rien n'y a fait. Ton sourire figé m'a suivi pendant six mois, chaque fois que tu allumais la lumière après avoir fait l'amour. Je me disais que, si je satisfaisais assez longtemps les obscurs caprices de la femme à qui je rendais visite, le jour arriverait où celle dont j'étais tombé amoureux me reviendrait, et chaque soir, en franchissant la grille de l'établissement pour m'en aller, je ressentais un mélange de satisfaction et de dégoût, sachant que, tant que je continuerais à venir te voir, tu ne ferais que t'enfoncer dans cet odieux mensonge, ce mensonge exaspérant qui faisait de moi un simple fantôme. Six mois durant, le corps de ton fantôme a comblé tes désirs dans la tiédeur moite de ta chambre, et les liens d'acier qui unissaient nos âmes se sont mis à rouiller et à se craqueler lentement, jusqu'à ce qu'il n'en subsiste plus le moindre brin. Plus rien. Pendant six mois, nous n'avons pas réussi à échanger une seule parole qui ait un sens. Je ne peux pas continuer à me contenter de nos rapports enténébrés, Marianne. Plus maintenant. Ce que je désire par-dessus tout, c'est ton esprit, que tu as entouré de barbelés, y compris contre toi-même. Il n'y a pas de place pour moi dans ton monde. Comment pourrais-je te rejoindre, sachant à quel point tu es merveilleuse dans ton être et douloureusement frustrante dans ton non-être ?

Ce n'est pas de toi que je suis tombé amoureux, mais de ce que tu étais.

Ce n'est pas moi que je déteste, mais celui que tu fais de moi, l'imposteur qui se glisse le soir dans ton lit pour satisfaire tes désirs ténébreux et qui s'en va, la queue basse, au milieu de la nuit.

Sais-tu, Marianne, quelle est la différence entre le passé et le présent ?

Es-tu capable de faire la distinction ?

La dernière fois que nous nous sommes vus, il y a exactement cinq mois et une semaine, j'étais venu dans l'intention de me séparer de toi, sans te le dire. Je croyais que quelque chose pourrait changer au dernier moment, peut-être parce que le fait d'avoir décidé de ne plus revenir t'alerterait d'une manière ou d'une autre. Jadis, en des temps moins compliqués, tu comprenais les choses rien qu'en me regardant dans les yeux. Mais ce jour-là, tu t'es surpassée. À peine avions-nous fini notre exercice de luxure que tu es retournée à ton écran en disant : "Pousse-toi, tu m'empêches de voir." J'ai regardé l'écran, et je nous ai vus en train de faire l'amour. Le vrai Ben t'empêchait de regarder le Ben enregistré. La réalité reléguée au rang de demi-fantasme avait déserté ma mémoire. Mais j'ai tenté ma chance quand même. J'ai ramassé une brassée de cassettes qui jonchaient le sol et j'ai fait mine de m'en aller. Ton sourire s'est aussitôt effacé. Tu m'as regardé comme une tigresse furieuse qui protège ses petits, et avant que j'aie pu ouvrir la porte tu as bondi sur moi avec une férocité dont je ne te croyais pas capable. Quand tu m'as roué de coups pour me reprendre les bandes, j'ai compris que si je ne m'écartais pas de l'écran je ne ferais qu'aggraver la situation. Te souviens-tu de ce qui s'est passé quand j'ai menacé de te priver de ton passé ? Te souviens-tu de la violence avec laquelle tu as réagi, en serrant amoureusement les cassettes contre ton cœur et en continuant à sourire de cette manière bizarre tout en regardant l'écran de télé comme s'il ne s'était rien passé ?

Un peu tardivement, j'ai compris. Pour toi, il ne s'était vraiment rien passé. La preuve évidente de mon existence ne t'avait même pas effleurée. Tu ne laissais personne, pas même moi, pénétrer dans ton univers soigneusement cloisonné pour tout bouleverser. Rien ni personne ne devait s'interposer entre ton écran et toi. Tu as toujours été un peu têtue, mais dans la mort tu es devenue carrément intraitable.

Encore une fois, qu'il soit bien clair que je ne regrette nullement de t'avoir retrouvée. J'aurais fini par perdre la raison si tu étais restée pour moi prisonnière du royaume des songes. Aujourd'hui, je peux dire sans risque que le fait de t'avoir revue a fait de toi un rêve tangible, un cauchemar qui m'est personnel. J'ai trouvé une Marianne qui ne sait plus qui je suis en dehors des frontières de ses propres fantasmes, qui refuse de dialoguer raisonnablement avec moi, qui ne s'intéresse plus à moi quelques instants après avoir prononcé mon nom dans un élan de passion. D'un autre côté, je rêve de toi comme si je ne t'avais jamais trouvée entre les murs de cette ancienne bâtisse. Je rêve de la Marianne que j'ai connue. De la Marianne que tu regardes chaque jour sur ton écran. Ma bien-aimée sans armure. Mon adorée sans voile.

J'ai cru que j'allais encore m'effondrer en décidant de ne plus jamais revenir te voir dans cette chambre. J'ai cru que l'angoisse de ma trahison par abandon me terrasserait. J'y ai réfléchi longuement. Trop longuement. Parfois, il vaut mieux laisser ses pensées tournoyer dans sa tête jusqu'à ce qu'elles s'épuisent d'elles-mêmes. Parfois, il faut savoir s'endormir pour se réveiller en s'apercevant que ce n'était qu'un rêve. Cette idée que tu allais m'attendre les bras ouverts et que nous pourrions reprendre notre vie à l'endroit où nous l'avions interrompue. Que nous pourrions poursuivre sans difficulté notre magique relation harmonieuse d'éternels amoureux.

J'avoue que ce n'est pas la fin que j'avais espérée. Elle souffre d'un étrange manque de clarté. Et elle débouche de nouveau sur une attente, peut-être un peu moins angoissée, un peu plus concrète. En même temps, j'ai retrouvé une liberté que j'avais déjà réussi à oublier. Pas un jour ne passe sans que je te voie en imagination ; pas une nuit sans que je t'imagine à côté de moi ; pas un matin sans que je te cherche en tâtonnant sous les draps. La force de l'habitude, peut-être. Mais je suis débarrassé de la déprime qui s'était emparée de moi avant nos retrouvailles. L'amère mélancolie qui s'était insinuée en moi jusqu'à la moelle de mes os a été balayée comme si elle n'avait jamais existé. Et quand elle m'a quitté, la brise fraîche d'un nouveau matin a commencé à souffler sur moi. J'ai compris que notre existence côte à côte n'est pas un impératif de la réalité. J'ai compris que si le souvenir constitue ta manière à toi de m'aimer, je dois respecter cela et chérir à ma manière mon souvenir de toi. J'avais besoin d'accomplir ce voyage avant de te laisser t'en aller. J'avais besoin de ce long voyage pour accepter de te perdre afin de te retrouver en moi. C'est drôle, n'est-ce pas ? Je me suis suicidé pour pouvoir faire la paix avec ta mort. Quelqu'un de moins enclin à des moyens extrêmes aurait pu réaliser ce parcours sans quitter le canapé de son salon, mais ton mari avait besoin de péripéties dramatiques. Tu vois ce qu'un noteur est prêt à faire pour trouver le point final de son histoire…

Il reste que cette fin n'est pas définitive. Pas tout à fait. Et tu sais pourquoi. Ou peut-être pas. J'ignore si tu as perdu la notion du temps quand tu as fait ton deuil du présent. Permets-moi de te rappeler une chose. Il y a quarante et un ans aujourd'hui que tu es arrivée dans le monde précédent. Il y a un an aujourd'hui que j'ai quitté ce même monde. Et aujourd'hui, il y a quelques heures de cela, nous avons célébré l'anniversaire de la femme qui porte le même nom que toi et qui te ressemble comme deux gouttes d'eau. Tout le monde est venu pour cette occasion au parc 2001. Tout le monde, oui, Marianne. Même des gens que je ne connais pas. Maman, papa, Catherine, Henri, oncle David et son nouveau copain, oncle Gad, Yossef et Miriam, pépé Moïse et mémé Rosie, Sandrine et son compagnon, et même la "pétasse norvégienne", comme maman appelle la copine de papa. Sans oublier Samuel, mon bon ami, qui m'a aidé dans mes recherches. Finalement, ta charmante jumelle a réussi à surmonter sa gêne pour remercier sa famille adoptive, en déclarant qu'elle n'ignorait pas à qui elle devait ses plus grands remerciements et en dirigeant son regard voilé par les larmes vers le fauteuil vide qui occupait la place d'honneur. Elle a levé son verre à ta santé et à ton rétablissement. Tout le monde s'est mis debout pour souhaiter un bon anniversaire aux deux Marianne, celle qui était là et celle qui n'était pas là. Nous avons exprimé en chœur le souhait de te voir, peut-être, l'année prochaine parmi nous. Je pense que tu seras heureuse d'apprendre que c'est le petit Henri qui a eu l'idée du fauteuil vide à la place d'honneur.

Chaque jour qui passe sans que tu sois à nos côtés me chagrine énormément, Marianne, et la moindre de mes raisons n'est pas la pure magie que nous avons, sans le savoir, introduite dans ce monde. Je l'adore de tout mon cœur et je me suis même habitué au nom rébarbatif que grand-mère Catherine lui a donné. Cet enfant illumine mes jours de ses sourires et, en toute honnêteté, je dois avouer qu'il a changé beaucoup de choses en "naissant" au sein du clan Mendelssohn frappé d'extinction. Tout le monde ici l'adore. Catherine est allée vivre dans l'appartement de Marianne, à dix minutes d'ici, et elles viennent fréquemment nous voir. Sandrine, la meilleure amie de ta mère biologique, lui a cousu des ailes, afin qu'il profite plus longuement de sa chute quand il se jette du haut de la terrasse. Yossef et Miriam l'emmènent souvent dans leurs voyages à travers l'Autre Monde. David lui a fabriqué un multiroues miniature, qu'il conduit dans les allées du parc réservées à cet effet. Et c'est loin d'être tout. La vie ne l'a peut-être pas gâté, mais la mort, je ne te dis pas…

J'ai retrouvé mon rire. La dernière fois que je me suis esclaffé, c'est quand Henri, frappé par un éclair d'illumination, m'a demandé si je ne pouvais pas être le petit ami de sa tante Marianne : "Elles sont exactement pareilles, et elles ont le même nom." Ces gamins ! J'aimerais que ce soit aussi simple. Et aujourd'hui, j'ai ri encore lorsque j'ai donné à Marianne sa part de gâteau. Nos regards se sont croisés, et un frisson m'a parcouru l'échine. Pendant une fraction de seconde, la ressemblance m'a paralysé. Il semble que je n'aie pas été le seul à remarquer ce qui s'est innocemment passé. Toute l'assistance s'est tue en essayant d'interpréter nos regards ; ce n'est pas la première fois que cela nous arrive. Quand elle me regarde, elle pense à la pauvre infirmière qui l'a assassinée, et moi je… enfin, tu vois ce que je veux dire. Et dans ces minuscules icebergs du temps, d'où les pensées conscientes s'échappent comme des gouttelettes à moitié gelées, je crois que je saisis presque toute la réalité. Je comprends la manière dont nos associations d'idées pointent le nez sans avertissement préalable pour ébranler notre logique en essayant de nous confronter à d'indélébiles instantanés historiques de bonheur ou de noirceur, de nous entraîner sur un coup de tête dans de dangereux abîmes afin de mieux nous emprisonner dans la glace. Pourquoi j'ai ri ? C'est parce que ses yeux n'expriment pas ce que disaient les tiens, quand tu en avais encore le pouvoir. C'est parce que ses pupilles révèlent beaucoup de choses, mais pas des choses à toi. Je comprends que seul un regard exercé est capable de distinguer des jumeaux. Et en cet instant tumultueux où la différence me saute aux yeux, je souris comme un imbécile, je lui passe sa tranche de gâteau, et je retourne à ma place pour bavarder avec Samuel, embarrassé par l'intimité artificielle imposée par l'imagination.

Même lorsque Catherine a proposé pour la première fois d'organiser une rencontre entre vous deux et que tu as refusé de quitter ta chambre où la télé était toujours allumée, j'ai saisi clairement la différence entre elle et toi. En vous voyant toutes les deux, j'ai su que je ne pourrais jamais te retrouver en elle. Même si aujourd'hui, la connaissant depuis dix mois, je suis en mesure d'affirmer que vous vous seriez entendues à merveille. Vous en savez des tonnes, toutes les deux, sur l'art moderne, et surtout vous adorez ça. Je ne doute pas que vous auriez passé des jours et des nuits à regarder des films, à fureter dans les librairies, et à fréquenter les salles de concert et les stades en plain air…

Marianne et Samuel m'ont été d'un très grand soutien les deux premiers mois, quand j'ai cessé de venir au Repos séculier. Ils ont su extirper le dégradant sentiment égocentrique enraciné en moi et m'ont encouragé à me remettre à écrire. Marianne a repris ses reportages artistiques et littéraires (au cours de ces six derniers mois, elle a publié deux entretiens avec Orson Welles sur deux films différents qu'il est en train de préparer en vue de détrôner *Citizen Kane* du haut de la liste des chefs-d'œuvre de tous les temps), et Samuel poursuit ses investigations sur différents mystères tout en travaillant à ce qui sera probablement son plus grand succès, le *Petit Guide des grands détectives défunts*… Mais j'oublie parfois, vois-tu, que tous ces détails fastidieux ne t'intéressent guère, et je suis en train de radoter comme dans l'ancien temps où tu aurais fait n'importe quoi pour avoir une place dans un cinéma où serait projeté en avant-première un film inédit d'Orson Welles, et où tu aurais utilisé le nom d'un acteur ou d'un personnage pour le mettre dans l'un de tes fascinants mots croisés à succès. Aurais-tu oublié, Marianne, le plaisir que tu éprouvais à triturer les mots verticalement et horizontalement ? Bouderas-tu vraiment la nouvelle pièce de Shakespeare ? Te complairas-tu dans l'ignorance que ta cellule solitaire a seulement à t'offrir ? Tourneras-tu le dos à la corne d'abondance que représente l'univers extérieur ? T'abstiendras-tu, comme les mécréants et les diminués du cerveau, de regarder ce qu'il y a derrière le trou de la serrure ? Vivras-tu comme eux une mort conventionnelle, abêtissante, froide, monochromatique, décomposée ? Vas-tu te transformer en un cadavre amorphe, au cou rigidifié, qui ne regarde que dans une direction – en arrière –, une femme qui a perdu la volonté d'aller de l'avant, une déesse de l'intelligence qui a cessé d'utiliser son intellect ?

Je n'arrive toujours pas à y croire. Je ne crois pas à cette séparation forcée. Je ne crois pas que nous ayons perdu le pouvoir de communiquer. Mais je crois en toi. Autrement, je ne me serais pas glissé dans ta chambre pendant ton sommeil, je ne t'aurais pas laissé cette lettre en guise de cadeau d'anniversaire. Je n'en ai plus l'usage. Espérons seulement qu'elle pourra te venir en aide. Et avant que tu lises les dernières lignes et que tu retournes à tes cassettes, je voudrais te dire que j'ai écrit un prologue. Si tu jouissais de tous tes moyens, tu me traiterais probablement de menteur en éclatant de rire. Mais je te le jure, ma chérie. J'ai écrit un prologue. Le début d'une histoire. Une histoire qui se passe ici. Dans l'Autre Monde. Le potentiel pour écrire dans ce monde est tout simplement infini. Je ne veux pas te révéler trop de détails, mais je dois t'avouer que je n'ai pas la moindre idée de la manière dont cela finira. Pour la première fois depuis que j'ai pris la plume pour commencer à écrire, je me fiche pas mal de la fin. Elle n'a aucune signification pour moi. Après tout, qui a dit qu'un voyage, réel ou relevant de la fiction, devait nécessairement avoir une destination ? Parfois, nous éprouvons seulement le besoin de voyager, et c'est tout. En réalité, maintenant que j'y réfléchis, c'est le point de départ qui est décisif, n'est-ce pas ? C'est lui qui nous a mis le pied à l'étrier pour nous lancer dans nos errances aventureuses, comme dans la vie réelle, mon amour. Je crois qu'il est grand temps de nous tourner vers le commencement des choses, et même, avant cela, vers l'introduction qui nous permettra de découvrir la racine des motifs et la raison pour laquelle le narrateur a décidé de monter dans le train à un endroit plutôt qu'à un autre.

Tu trouveras mon adresse au dos de l'enveloppe, pour le cas où, et le moment, sait-on jamais…

Ton Ben qui t'adore

Marianne alluma la télé, appuya sur MARCHE, et se pencha en avant avec intérêt. L'image de son mari, en chemise de soie mauve et pantalon marron en velours côtelé qu'elle lui avait acheté avec son amie Tali accro du shopping, emplit l'écran. En arrière-plan, on entendait une pétarade impossible à identifier, accompagnée de clameurs d'encouragement et de cris de joie issus d'une foule invisible. Le tintamarre ne faisait rien pour distraire l'attention d'un noteur qui tenait un revolver dans sa main droite et sortait de la poche de son pantalon un mot qu'il tenait fermement de la main gauche. La grande table à côté de lui était chargée d'amuse-gueules, et le plafond au-dessus de lui était décoré d'un chapelet de ballons multicolores. Il essuya du revers de la main la sueur qui perlait à son front, balaya la salle d'un regard plein de frayeur, ouvrit ses lèvres tremblantes et enfonça le canon du revolver dans sa bouche. Les yeux fermés, son doigt hésitant caressa par trois fois la détente avant de la presser à fond. La détonation sèche fut à moitié couverte par les feux d'artifice assourdissants à l'extérieur ; l'écran de télé devint noir, et le lecteur vie-déo annonça, au moyen d'un léger bip, que la cassette était arrivée à sa fin. Dans la pénombre, Marianne distingua sur l'écran le reflet d'une femme qui pleurait doucement, son sourire disparu à jamais.

REMERCIEMENTS

Je souhaite exprimer toute ma gratitude à ceux qui, au fil des années, m'ont apporté joie et soutien :

Famille biologique : Menachem et Hadassa (mes parents) ; Atzmon, Gil, Orit, Dalia, Noa, Omer, Yamit, Yaniv.

Autre famille : Ori Brenner, Lior Elbo, Lior Gefen, Eitan et Racheli Shavit, Gil & Moti, Shay Leon, Dganit Saar, Renana Sofer, Ran Meirovich, Noam Shavit, Dan Morgenstern, Avshalom et Clarissa Caspi, Koby Israelite, Idan Talesnik, Orna Shamia, Christopher Kloeble, Saskya Jain et Chandrahas Choudhuri.

Famille féline : Pele, Pupu et toute la bande à moustaches.

Meilleurs remerciements à Shimon Adaf, aussi bien l'homme que le mythe.

Merci à tous les membres de l'International Writing Program, aux personnes comme au décor de rêve.

Merci à tous ceux de la maison d'édition Keter ;

À Iris Mor ;

À Adam Friedstein ;

À tout le monde aux éditions Tor ;

À mes valeureux agents, Deborah Harris (Israël) et Kathleen Anderson (États-Unis) ;

À Katharine Critchlow, pour l'accueil chaleureux qu'elle m'a réservé ;

À Stephan Martiniere, pour le somptueux montage de couverture.

Mille mercis à mon remarquable traducteur, Mitch Ginsburg,

Et tout spécialement à Marco Palmieri, mon excellent éditeur, pour son superbe travail, et pour avoir été là.

DANS LA MÊME COLLECTION

SILO

roman traduit de l'anglais (États-Unis)
par Yoann Gentric et Laure Manceau

Dans un futur postapocalyptique indéterminé, une communauté d'hommes et de femmes a organisé sa survie dans un silo souterrain géant. Du monde extérieur, devenu hostile, personne ne sait rien, sinon que l'atmosphère y est désormais irrespirable. Les images de mauvaise qualité relayées par d'antiques caméras, montrant un paysage de ruines et de dévastation balayé de vents violents et de noirs nuages, ne semblent laisser aucune place à l'illusion. Pourtant, certains continuent d'espérer. Ces individus, dont l'optimisme pourrait s'avérer contagieux, représentent un danger potentiel. Leur punition est simple. Ils se voient accorder cela même à quoi ils aspirent : sortir.

Dans une nouvelle qu'il met en ligne en 2011, Hugh Howey décrit une société où l'on ne percevrait plus le monde extérieur que par le biais d'un écran. Peu après, devant le nombre de messages de lecteurs lui réclamant une suite, il imagine quatre nouveaux épisodes… donnant naissance à *Silo*, devenu depuis un best-seller international.

Conjuguant un art consommé du récit et un infaillible sens du suspense, Hugh Howey a peut-être offert à la science-fiction son dernier classique en date.

SILO ORIGINES

roman traduit de l'anglais (États-Unis) par Laure Manceau

En 2049, le monde est encore tel que nous le connaissons, mais le temps est compté. Seuls quelques potentats savent ce que l'avenir réserve. Ils s'y préparent. Ils essaient de nous en protéger. Ils vont nous engager sur une voie sans retour. Une voie qui mènera à la destruction ; une voie qui nous conduira sous terre.

L'histoire du silo est sur le point de débuter. Notre avenir commence demain.

AUTOBIOGRAPHIE D'UNE MACHINE KTISTÈQUE

roman traduit de l'anglais (États-Unis) par Guy Abadia

"Au commencement il y eut une interruption [...]. Mais une interruption peut-elle survenir au commencement ?" Ainsi s'ouvre la première autobiographie jamais écrite par une machine... Créée par l'Institut pour la Science Impure, veillée par un géant au petit pied, une éternelle petite fille, un inventeur sans génie aux créations formidables, un grand roi sans couronne et un fantôme qui n'existe pas, la machine ktistèque n'est rien moins que le compendium mécanique de l'humanité. Machine pensante qui englobe toutes les consciences, elle doit apporter la réponse à l'humanité. Que les hommes sachent quelle est la question, c'est une autre histoire...

Marginal magnifique de la SF, Lafferty multiplie dans ce roman fou les expérimentations poétiques et fouille l'absurde sans relâche pour y dénicher du sens et du non-sens. Du Livre d'Isaïe au traité de Pline sur les géants, de Platon à saint Thomas d'Aquin en passant par le martyrologe, il convoque mille références, toutes plus ou moins truquées ou détournées, comme si son roman s'inscrivait dans une histoire parallèle de la littérature et de la philosophie. Au fil d'une trame rigoureusement bordélique et délibérément zinzin, il tisse une jubilatoire et singulière métaphore de la création. Car cette machine, créée avec le "cellogel" des hommes et censée leur donner la connaissance d'eux-mêmes, ne serait-ce pas la littérature elle-même ?

Plusieurs décennies après sa sortie, *Autobiographie d'une machine ktistèque* reste en tout cas l'une des propositions les plus fascinantes de la science-fiction américaine.

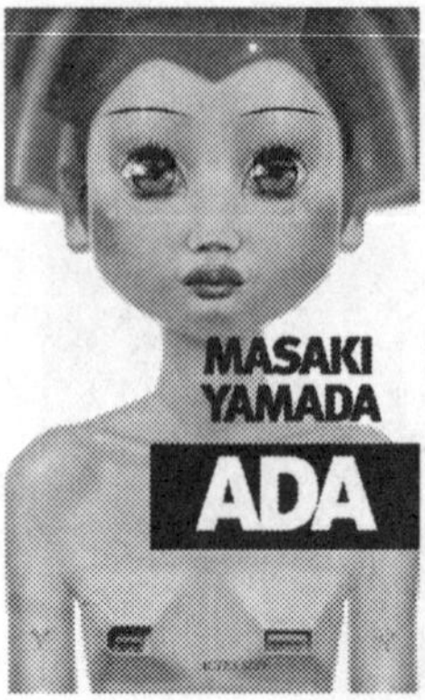

ADA

roman traduit du japonais par Anne Regaud-Wildenstein

Ada, c'est le prénom de la fille de Byron, qui aida Charles Babbage à mettre au point la machine à différences, ancêtre de l'ordinateur. C'est aussi le nom d'une mystérieuse disquette remise à Shimizu, un concepteur de jeux de simulation. C'est un superaccélérateur de particules, à moins qu'il ne s'agisse que d'un simulateur d'accélérateur imaginé par un écrivain de science-fiction de seconde zone. Et c'est également un ordinateur quantique qui crée des mondes parallèles…

Dans le monde quantique, un accélérateur de particules d'un genre nouveau peut faire coexister dans ses anneaux des réalités multiples. Dans le monde quantique, Yukari, la fille de la secrétaire de Shimizu, a été et n'a pas été renversée par un camion. Dans le monde quantique, toute distinction entre virtuel et réel est abolie, et Frankenstein peut partir à la rencontre de Mary Shelley. Dans le monde quantique, un concepteur de jeux de simulation et un écrivain peuvent rejouer aux frontières de l'univers l'ultime combat commencé dans la plaine d'Armageddon.

Convergence de la fonction d'onde, superposition d'états, les principes de la physique quantique déterminent la forme même de cet impressionnant roman, accrétion incertaine de fictions plurielles, mise en scène floue de concordances multiples. De l'ère sassanide au Japon contemporain, de l'Angleterre victorienne à un futur qui n'est pas moins incertain que le présent, Masaki Yamada compose une fable vertigineuse dans laquelle des réalités indistinctes naissent et disparaissent à l'infini, et répètent, telle une vague ininterrompue, leur va-et-vient incessant sur les rivages de l'existence.

Byron pleurait "ceux qui pleurent au bord des fleuves de Babylone, dont les autels sont déserts et la patrie un songe". Rejouant le geste du poète, Yamada chante l'étrange complainte de ces juifs 2.0, pauvres mortels égarés dans les mondes parallèles de l'univers quantique, doublement vagabonds puisqu'ils vont jusqu'à se perdre dans les souvenirs de leur errance.

L'ÉVEIL DU LÉVIATHAN

roman traduit de l'anglais (États-Unis) par Thierry Arson

L'humanité a colonisé le système solaire (Mars, la Lune rebaptisée Luna, la Ceinture d'astéroïdes et au-delà), mais les étoiles restent toujours hors de sa portée.

Jim Holden est second sur un transport de glace qui effectue la navette entre les anneaux de Saturne et les stations installées dans la Ceinture. Quand son équipage et lui croisent la route du *Scopuli*, un appareil à l'abandon, ils se retrouvent en possession d'un secret qu'ils auraient souhaité ne jamais connaître. Un secret pour lequel certains sont prêts à tuer, et à une échelle impensable pour Jim et son équipage. La guerre dans tout le système solaire devient inévitable, à moins qu'il ne découvre qui a abandonné ce vaisseau, et pourquoi.

L'inspecteur Miller recherche une jeune femme. Elle n'est qu'une personne parmi des milliards, mais ses parents ont les moyens, et l'argent peut beaucoup. Quand l'enquête le mène au *Scopuli* et à Holden, devenu sympathisant des rebelles, Miller comprend que cette jeune femme est peut-être la réponse à tout.

Holden et Miller doivent désormais jouer la partie en finesse, entre le gouvernement de la Terre, les révolutionnaires des Planètes extérieures et certaines firmes aux visées obscures. Leurs chances sont minces mais au cœur de la Ceinture les règles sont différentes, et un petit vaisseau peut changer le destin de l'univers.

Thriller interplanétaire mâtiné de noir et d'éléments horrifiques, ce premier volet de la saga *The Expanse* dépoussière furieusement le genre du *space opera*. SyFy a lancé la production d'une série basée sur la saga, décrite comme "un *Game of Thrones* dans l'espace".

"Un *space opera* qui déchire", George R. R. Martin

SILO

roman traduit de l'anglais (États-Unis) par Laure Manceau

À la suite d'un soulèvement, les habitants du silo 18 sont face à une nouvelle donne. Certains embrassent le changement, d'autres appréhendent l'inconnu. Personne n'est maître de son destin. Le silo est toujours sous la menace de ceux qui veulent le détruire. Et Juliette sait qu'elle doit les arrêter. La bataille pour le silo a été gagnée. La guerre pour l'humanité ne fait que commencer.

OUVRAGE RÉALISÉ
PAR L'ATELIER GRAPHIQUE ACTES SUD
ACHEVÉ D'IMPRIMER
SUR ROTO-PAGE
EN DÉCEMBRE 2014
PAR L'IMPRIMERIE FLOCH
À MAYENNE
POUR LE COMPTE DES ÉDITIONS
ACTES SUD
LE MÉJAN
PLACE NINA-BERBEROVA
13200 ARLES

DÉPÔT LÉGAL
1re ÉDITION : JANVIER 2015
N° impr. : 87747
(Imprimé en France)